U0637212

博士论文
出版项目

清代诗社研究

The Research on the Poetry Society of the Qing Dynasty

胡媚媚　　著

中国社会科学出版社

图书在版编目(CIP)数据

清代诗社研究/胡媚媚著. —北京：中国社会科学出版社，2022.7
ISBN 978 - 7 - 5203 - 9969 - 2

Ⅰ.①清…　Ⅱ.①胡…　Ⅲ.①诗歌史—研究—中国—清代
Ⅳ.①I207.209

中国版本图书馆 CIP 数据核字(2022)第 050775 号

出 版 人	赵剑英
责任编辑	刘志兵
责任校对	李　莉
责任印制	李寡寡

出　　版	中国社会科学出版社
社　　址	北京鼓楼西大街甲 158 号
邮　　编	100720
网　　址	http://www.csspw.cn
发 行 部	010 - 84083685
门 市 部	010 - 84029450
经　　销	新华书店及其他书店

印　　刷	北京君升印刷有限公司
装　　订	廊坊市广阳区广增装订厂
版　　次	2022 年 7 月第 1 版
印　　次	2022 年 7 月第 1 次印刷

开　　本	710×1000　1/16
印　　张	33.25
插　　页	2
字　　数	461 千字
定　　价	186.00 元

凡购买中国社会科学出版社图书，如有质量问题请与本社营销中心联系调换
电话：010 - 84083683
版权所有　侵权必究

出 版 说 明

为进一步加大对哲学社会科学领域青年人才扶持力度，促进优秀青年学者更快更好成长，国家社科基金 2019 年起设立博士论文出版项目，重点资助学术基础扎实、具有创新意识和发展潜力的青年学者。每年评选一次。2020 年经组织申报、专家评审、社会公示，评选出第二批博士论文项目。按照"统一标识、统一封面、统一版式、统一标准"的总体要求，现予出版，以飨读者。

全国哲学社会科学工作办公室

2021 年

序

　　作为古代文人学士的一种文化消费方式，诗社的开展由来已久，这一群体性的集结活动，更多承载着诗人自我强烈的表现欲望、交流意愿、文化志向，以及以风雅自命的自傲。而大多情形之下，诗社因文人学士参与而自主建构，文人学士则借助诗社来娱志遣情。这一文学活动空间的设计，其主要功能和意义，不仅表现在文人学士诗歌技艺的展示、交流及传播上，并且反映在彼此之间情感的沟通和融合上。从这个意义上说，探察历来众多文士参与其中的诗社活动，重现他们活动的历史画面，无疑是检视古代诗歌史、诗学史乃至文学史或文化史的一条重要途径，其可以帮助我们循沿这条不能绕过的径路，寻索传统文人士大夫在文学和情感层面的各种交流与碰撞的轨迹。有清一代诗人层出，其交流之频繁，结社之活跃，为前代所不及，成为诗人集社趋于兴盛的一个时代，这也为我们探察清人诗歌创作和结社活动提供了一笔异常丰富的研究资源。但在另一方面，清代诗社林立，名目繁多，地域分布较为广泛，成员构成相对复杂，这又势必给相关的研究工作增加了难度和强度。

　　据我所知，媚媚博士早在硕士研究生学习阶段，就开始从事清代诗社的研究，多年以来，在这一领域已有较为深厚的积累。她的硕士学位论文《清代诗社研究——以六诗社为中心》，就有针对性地选择若干诗社个案展开考察，该论文后经修订成为《清代诗社初探》一书，现已正式出版。而她自从进入博士研究生学习阶段以来，孜孜矻矻，勇于拓辟，在先前研究工作的基础上，有志于对有清一代诗社进一步展开系统性和综合性的探究，故依然择取以清代诗社为其博士学位论文选题。经过数载的潜心研治，终于完成了书稿的撰写，后又以此获得国家社科基金优秀博士论文资助项目，这是她本人在此研究领域全心投入、勤勉钻研的结果。如果说《清代诗社初探》系作者投入该课题研究的初步尝试，那么呈现在读者面前的这部《清代诗社研究》，则对同一课题无论在深度还是在广度上都作了充分的拓展，我个人认为，后者是迄今为止探讨有清一代诗社最为全面也最为深细的一部著作。

以我一己的阅读体会，综合观之，此书具有如下几方面的特点。

首先，作者立足于对清代诗社展开多维度的考察，较为立体地凸显了这一历史时期诗人结社活动的各个侧面。比如，诗社的主体是参与结社的诗人群体，作者在考察清代结社之主体时，就十分注意分辨诗社成员的身份担当，将其划分为遗民、闺秀、八旗、士夫诗社等，从不同的角度，究察这些诗人群体各自的身份意识、现实境遇、处世态度以及结社宗旨，并进而分别探析他们群集唱和的具体方式、风格特征等，展现有清一代不同诗人群体结社的独特面向或个体差异。又如清代诗社的兴盛，不仅体现在数量上的扩充，也反映在地域分布相对广泛，作者在考察清代诗社的结社方式和社诗总集的过程中，则着重从空间的维度，同样注意不同地域诗社各自呈现的地方特色。书中主要探讨了广东、浙江、江苏等地区诗社的形成和发展势态，涉及集会唱和的具体方式和社诗总集的创作与编纂特点，以及在梳理诗社形成和发展脉络的基础上，探析具有地方性质的诗歌派系。如此考察方式的采用，不仅比较不同地域诗社承载的地方文学传统和各自的结社模式，再现这些诗社在特定地理空间范围内的生长情形，克服了诗社区域考察的单一性和平面性，并且通过对不同地域诗社发展状况的参比分析，审观参与不同诗社的诗人群体之集会唱和及其社诗总集对当时诗坛所发生的独特影响，厘清了有清一代诗社发展的整体轨迹。除此之外，本书针对清代诗社的探讨，又并未局限于诗社单纯结构层面的描述，而是同时将其置于较为开阔的清代特定的政治和文化境域中，考察涉及诗社建构和发展的影响因素，以及诗社承担的文化功能和表现特征，包括重点探讨了诸如清代诗社政治性、文学性、艺术性及宗教性的多种类别和担当的多元功能，书院文化及官学与诗社建设构成的不可忽略的联系，清代诗歌及诗学的高度成熟和空前繁盛对促进诗社发展所产生的重要作用等。凡此，皆有助于多侧面观照清代不同时期诗社的形成机制、活动场景，以及它们所呈现的文化样貌。

其次，阐释和考辨相辅相成，尤其是后者更体现了作者力图忠实还原清代相关诗社历史实景的研究意愿。自然，要做到这一点，对于有关文献的深度开掘和仔细清理是必要的基础，作者正是利用这项切实而有效的考察手段，来开展相关问题的辨析。兹仅举一例，如书中关于嘉庆、道光时期"宣南诗社"的考辨，尽管前人对于该社已有过相关的探讨，但作者并不满足于此，而是通过对多种文献记载的深细爬梳，从动态的角度，作了更为详尽而确切的考察，指出追溯起来，嘉庆十九年（1814）董国华约同人发起的"消寒诗社"成为"宣南诗社"活跃的标识。自嘉庆十九年至二十四年（1819），根据活动方式和社诗创作等情况，"消寒诗社"又可以具体分为六个阶段，而早在嘉庆九年"消寒会"创立，参与成员中则有后入"消寒诗社"的陶澍，从中显示"消寒会"和"消寒诗社"个别成员的交叠。同时析分起来，"宣南诗社"又非一个诗社，而是由多个不同诗人群体参与的诗社组成，故如道光十年（1830）林则徐、龚自珍、魏源等人所结"宣南诗社"，虽和董国华发起的"消寒诗社"在时间上有着一定的承接关系，结社地点都在北京宣武门以南，但因二者参与的诗人群体不同，故应视为两个诗社。如此的辨析，则更加具体而妥切地梳理了嘉、道时期"消寒会""消寒诗社""宣南诗社"之间的相互关系。

最后，整体与局部考察的有机结合，在宏阔的展述中融入微细的刻画。以本书的研究理路和撰写结构来看，作者有意要跳脱诗社个案研究和单一区域研究的格局，而是从整体性和系统性的层面，探察有清一代诗社的形成和发展的历史过程，涉及结社主体、社诗总集、诗社类型、地域分布、唱和特点等诗社各个构成的环节和生长情形，这也是作者对早先从事的《清代诗社研究——以六诗社为中心》研究课题的自觉超越。毫无疑问，从全面探究清代诗社的考察方式而言，采取以上的研究策略是完全必要的，这有助于相对完整而充分地展露清代诗社发展的历史进程和总体形态。然而，整体的考察又是需要通过很多局部的观照来加以呈现的，离开了后者的支撑，前者也就难以成立。本书在加强整体性考察的同时，又格外注意充实局部乃至细节性问题的究析，凸显了相关考察充分的细密度。这也符合研究特定对象的需要，因为诗社牵涉的诸如成员构成、活动方式、社诗创作等一系列相关问题具体而烦琐，唯有深入大量细部的问题，方能有效而逼真地彰显诗社历史存在的原貌。如书中从社诗总集审视清代结社的多样性问题，即是一例。作者认为，综观清代社诗总集的体式和结构，其既受到元初遗民诗社"月泉吟社"社诗总集《月泉吟社》的影响，又展现了有清一代结社方式的多样性和阶段特征，社诗总集的差异不仅表现在文本内容方面，也反映在集会、唱和方式的区别以及编纂体例之不同上。对此，作者借助对多个清代诗社社诗总集的细致察析，梳理出不同阶段社诗总集的文本特征及结社方式的多种表现，包括以诗人自发结社为主兼有官府创设、文本与口头兼具的约定形式、集会的一次与多次之分及多次集会定期与无定期之别、征诗与唱和兼具的创作模式、作诗为主而填词为辅及同题分咏与同题分韵的唱和方式、诗歌选取结合选评的总集编纂特点，等等。正是通过这种整体与局部探析相结合的考察方式，较为明晰地揭橥了清代社诗总集编纂的时代特征，以及从中所反映的清代诗人群体结社方式的演变过程。

应该说，本书为媚媚博士在清代诗社研究领域多年耕耘的收获，倾注了她极大的心力，也是她对自己阶段性研究成果的一次集中展示和总结，相信随着它的正式出版，其将对清代诗社乃至清代诗歌史、诗学史研究的深入开展，起到积极的推动作用。当然，清代诗社众多，成员繁多，活动频繁，无论是时间跨度还是空间跨度都较大，牵涉的问题非常复杂，而这些问题并不是一部著作所能完全涵盖并予以彻底解决的。我也相信，媚媚博士将会以此为其学术生涯的一个重要起点，继续努力，在该领域不断深化研究，并同时在未来开辟更为广阔的一片学术天地。

是为序。

郑利华

2021 年 10 月 29 日于复旦大学

摘　　要

　　清代诗社研究，主要包括集会、唱和两个方面。唱和所得诗歌创作，是文学研究的重点。遵循这个原则，基于结社事实的考据工作，笔者将存有社诗总集或社诗作品的一类诗社，作为主要研究对象。除了集会活动和诗歌创作，社长及诗人群体具有一定的结社自觉，他们的政治思想、诗学观念、生活方式等也是诗社的宗旨所在。因此，社诗总集、社诗作品和结社主体，成为诗社研究不容忽视的三个部分。清代诗社的数量非常丰富，且更趋类型化。消寒会、耆老会等都是类型诗社，产生时代较早，并在清代达到成熟的状态。从历时视角即结社史的纵向维度出发，清代诗社的结社方式在不同阶段的差距不大。但是，它们具有明显的地域性，深刻影响集会唱和方式及社诗作品的文本呈现。诗社规约、图像等，作为诗社的附属，提供了全面认识社事发生、发展的一些依据。本书分为六章，主要内容和观点如下：

　　第一章"清代诗社的社诗总集"，立足于现存社诗总集，全面探讨结社方式的多样性。《月泉吟社》作为元初著名的社诗总集，对清代社诗总集的编纂及体例具有深远的影响。社诗总集在内容与形态方面的特征反映出了清代集会唱和的多样性，如诗人组织与官府创设、文本约定与口头约定、一次与多次集会等不同结社方式。本章又着重围绕清代社诗总集的代表《红犀馆诗课》，探讨其文本形态，以及社集在反映集会进程、结社主体和创作倾向等方面所发挥的功能。同声集，是清代诗歌总集的重要类型。其中，同声社和同声社集相得益彰，构成同声唱和现象。胡凤丹所编三部同声集，卷帙丰富，形态完备，是清代同声社达到鼎盛的标志。这些社诗总集的逐步编纂，在诗人群体唱和行为诗社化的过程中起到催化作用。

第二章"清代诗社的结社主体"，以诗人群体为中心，分别探讨遗民诗社、女性诗社、八旗诗社和士夫诗社等具体类型。遗民诗社通常具有政治抗争性，所存留的社诗作品不多，随着清朝统治的稳固而日渐消亡。本章以"蕉园诗社"和"清溪诗社"作为清代女性诗社的要例，发掘其集会唱和的闺阁本色，进而分析女性结社的内外动因。女性诗歌总集多合刻现象，同时也决定了社诗总集的形态。八旗诗社的活动范围主要在北方，具有集会消寒的传统。这类诗人群体的命运和统治阶层相关，结社成为谋求仕进的手段，多倡导试帖诗创作。士夫诗社以宣南诗社为典型，嘉道之际北京的结社之风影响全国社事的开展。

第三章"清代诗社的特殊类型"，主要探讨消寒会、消夏会和耆老会的结社方式。本章以消寒社诗总集为基础，梳理清代具体诗人所结消寒会，分析消寒会不同于一般诗社的集会唱和方式。消夏会既有模仿消寒会的成分，又和消寒会交替举行，彼此参照。"香山九老会""洛阳耆英会"对后世影响深远，其集会形式、创作体裁、乐天精神等都是清代耆老会效仿的典范。有赖于结社传统、结社经验和结社环境等多方面的条件，耆老会在清代得到高度发展，同时促进了社诗总集的编纂。清代诗人并称群体结社有其渊源和发展历程，基于"并称"与"结社"的合力而呈现紧密的内在联系，耆老会促进诗人并称群体的定型和地域文学传统的延续。

第四章"清代诗社的地域分布"，包括"粤社及岭南诗派复兴""浙社及诗家名流提唱""吴社及环太湖诗社群"等若干部分。广东涌现大量的社诗总集，并且形成"南园""西园"诗社系列，体现了地域文化对诗社的全面影响。浙江各地的结社盛况，则有赖于厉鹗、杭世骏、商盘、朱彝尊等著名诗人的提唱行为。江苏社事极其繁荣，苏州、常州、南京和扬州等地均有丰富的社集活动，早在明清之际便已引领全国结社之风。沧浪亭诗社群、红桥修禊系列，都以相同的结社空间为前提。园林的兴废和社集的盛衰，具有一致性。

第五章"清代诗社的诗歌创作"，主要探讨社诗作品所呈现的创作规律。唱和形式包括分题、分体和分韵等。当然，这些也是历代诗社的基本分赋形式，并非清代结社集会的断代特征。但不可否认的是，这些唱和形式的布置和运用，在清代诗人群体中极具灵活性，社诗总集的唱和作品更能反映集会规律。联句诗是同社集体合作的产物，而诗钟的本质则是限时游戏。诗钟从创作方式发展成诗社类型，是晚清诗人结社趣味提高的表现。清代社诗总集及社诗作品，具有显著的咏物倾向。清初王士禛秋柳唱和对此深有影响。社诗评论，展示了诗社的甲乙制度和品评功能。社员试图通过结社及评诗达到提高诗艺的效果。

第六章"清代诗社的文化阐释"，主要考察诗社的文化、艺术内蕴，以及社约、社图的实际功能。艺术性、宗教性诗社的存在，结合之前提到的政治性、文学性诗社，足见清代诗社多元化的类别和功能。社约、会约通常置于社诗总集卷首，是一般唱和总集所没有的标志性文字。清代诗社的规约是结社宗旨的体现，在很大程度上延续了宋代真率会约的精神。社图绘制及题图诗创作，也是再现集会场景和还原结社真实的线索。社图所展现的诗人画像或集会场景，是不同于社诗创作的另一种呈现。清代社图绘制如《潜园吟社图》《东轩吟社图》等，就受到北宋《西园雅集图》的影响。除了诗人群体所构建的结社环境，清代诗社还受到朝廷政策的制约，如清初禁社之令在一段时间内阻碍社事发展。书院及官学，促进了课诗类诗社的发展，表现出了对文章和诗歌的共同关注。清代社事，一方面遵循诗歌及诗社发展的固有规律，另一方面也受到政治、文化环境的不断刺激，呈现出了前所未有的活跃之态。

关键词：诗社；清代；社诗总集；结社主体；消寒会；地域分布

Abstract

The research on the poetry society of the Qing Dynasty consists mainly of two aspects, namely association and creation. The creation of poetry, as the focus of literary research, remains the principle of this research. On the basis of textual analysis, the research's main subject is poetry societies with poetry collections. In addition to association and creation, presidents and poet groups tend to establish associations consciously. Their political thoughts, poetic concepts and life styles also embody the society's objective. And thus, the collection of poetry, the creation of poetry, and the subject of association constitute three significant parts of studying poetry society. When the number of poetry society reaches a certain degree, special types such as the winter association and the elderly association, would appear. These types of poetry society have a long history, and came into their prime during the Qing Dynasty. Diachronically speaking, there is no striking difference in organizing poetry society at different stages. Yet the poetry society of the Qing Dynasty varies geographically, profoundly influencing the way of association and the text. Being subsidiary to the poetry society, the statutes and images serve as a certain basis for a comprehensive understanding of the occurrence and development of poetry societies. In this connection, the book is divided into six chapters and the main content and points are as following.

The first chapter, "the Collection of the Poetry Society in the Qing

Dynasty", is based on the existing poetry collections, and comprehensively explores the diversity of the way of association. *The Yuequan Society* as a famous poetry collection in the early Yuan Dynasty, had a profound impact on the compilation and format of poetry collection of the Qing Dynasty. The characteristics of poetry collections, in terms of content and form, reflect the diversity of association and responsory. For example, the poetry society might be self-sponsored or officially sponsored, activities could be agreed in textual or oral form, and could be carried out once or multiple times. This chapter takes the *Hongxiguan Poetry Society* as the representative of poetry collections in the Qing Dynasty, to explore its textual form and functions in reflecting the process and the subject of association and the tendency of creation. Tongsheng Collection is an important type of poetry collection in the Qing Dynasty. Tongsheng Society and Tongsheng Collection complement each other, forming the phenomenon of creating poems with the same voice. Three Tongsheng collections compiled by Hu Fengdan, with rich content and complete form, symbolizes the heyday of Tongsheng society in the Qing Dynasty. The gradual compilation of poetry collections acted asa catalyst for the poetry responsory which was evolving into the poetry society.

The second chapter, "the Subject of the Poetry Society in the Qing Dynasty", is centered upon poet groups, to explore the specific types of the poetry society with different subjects, such as adherent poets, female poets, Eight Banners and scholar-bureaucrats. Adherent Poetry Society is usually politically resistant, with few existing works. They were gradually dying out as the stability of the Qing Dynasty grew. This chapter takes Jiaoyuan and Qingxi as important examples of Female Poetry Society to explore the female characteristics of association and creation. It then analyzes the internal and external motivations for the formation of Female Poetry Society. The phenomenon that several collections of female poems were merged and published also determines the form of collections of the poetry society. The Eight Banners Poetry Society is mainly active in the north, with a tradition of holding the winter association. The fate of these poet groups is related to the ruling class, for the association becomes a means of seeking official career. They often advocated the creation of Shitie poem. Xuannan poetry society is a typical example of Scholar-bureaucrat Poetry Society. The trend of Scholar-bureaucrat Poetry Society in Beijing, during Jiaqing and Daoguang period, influenced the development of poetry societies throughout the country.

The third chapter, "Special Types of the Poetry Society in the Qing Dynasty", mainly discusses how the winter association, the summer association and the elderly association are formed. Based on these collections, this chapter presents several winter associations initiated by specific poets and analyzes their ways of association and creation which are different from general poetry society. The summer association imitated and sometimes alternated with the winter association, but both influenced each other. Two elderly poetry societies, Xiangshan and Luoyang, had far-reaching influence on later generations. Their formsof association andcreation, as well as optimistic spirit, were models of the elderly poetry society of the Qing Dynasty to follow. Being dependent on various conditions such as tradition, experience and environment, the elderly poetry society advanced quickly in the Qing Dynasty while it also promoted the compilation of poetry collections. The poetry society held by the collectively named poet groups has their own origin and development. The combined force of collective name and poetry society are closely interactive. The elderly poetry societyinthe Qing Dynasty promoted the maturity of the collectively named poet groups and the continuation of regional literary tradition.

The fourth chapter, "the Geographical Distribution of the Poetry Society in the Qing Dynasty", includes poetry societies in Guangdong, Zhejiang, Jiangsu and other places. A large number of collections of poetry societies had emerged in Guangdong, where the poetry society series named South Park and West Park were formed, reflecting the overall influence of regional culture on the poetry society. The prosperity of poetry societies in various parts of Zhejiang depended on the advocacy of famous poets, such as Li E, Hang Shijun, Shang Pan, and Zhu Yizun. Poetry societies in Jiangsu were extremely rich, for example, societies in Suzhou, Changzhou, Nanjing and Yangzhou. Jiangsu led the nationwide ethos of the poetry society as early as the late Ming Dynasty. Activities at Canglang Pavilion and Red Bridge were based on the same space as the premise. The rise and fall of gardens, and the prosperity and decline of poetry societies, are in consistency to each other to a large degree.

The fifth chapter, "the Poetry Creation of the Poetry Society in the Qing Dynasty", mainly discusses the creative rules presented by the poems of the poetry society. Poetry responsory is made up of different topics, genres, rhymes and others. Indeed, these are also the common creative ways of poetry societies in the past dynasties, not the unique features of the Qing Dynasty. However, it is undeniable that the arrangement and application of these ways was especially flexible and active in the Qing Dynasty. The poemsin the collections of poetry societies can better reflect the regularity of the association. The Lianju is the product of collective cooperation, while the Shizhong is a time-limited game. The development of Shizhong from a creative way into a type of poetry society manifests elevation of appreciating the poetry society in the late Qing Dynasty. The collections of poetry societies and the poems in the Qing Dynasty have an obvious tendency for chanting about tangible objects, on which, chanting about autumn willows ledby Wang Shizhen exerts a far-reaching impact. Poetry reviews show the ranking system and commentary function of poetry societies. And the members of the poetry society attempt to improve their poetry creation through these reviews.

The sixth chapter, "the Cultural Interpretation of the Poetry Society in the Qing Dynasty", mainly investigates the cultural and artistic connotation of poetry societies, and the function of the statutes and images of poetry societies. The existence of art and religious society, as well as the aforementioned political and literary society explains the diversification of categories and functions of the poetry society in the Qing Dynasty. The statutes of the poetry society are usually put in the front page of its poetry collection, which is a sign that general poetry collections do not own. They embodied the purpose of the poetry society, and to a large extent continued the spirit of the Zhenshuai association of the Song Dynasty. The images of poetry society and poems on the given images are clues to reappear the scene of association and to restore the reality of the poetry society. The portraits of poets or the scenes of association shown in the images are another presentation that is different from the poetry creations. The drawing of images of poetry societies in the Qing Dynasty, such as Qianyuan society and Dongxuan society, was influenced by the West Park Image of the Song Dynasty. Apart from the environment established by poet groups, policies by the royal court also influenced the poetry society in the Qing Dynasty. For example, the banon alliance and association in the early Qing Dynasty hindered the development of poetry societies over a period of time. Folk academies and official schools promoted the curriculum-based poetry society, demonstrating attention on both prose and poetry. Following the inherent rule of developing poetry and association, poetry societies in the Qing Dynasty were also impacted by politics and culture, and exhibited unprecedented vitality.

Key words: poetry society; Qing Dynasty; the collection of poetry society; the subject of poetry society; the winter association; geographical distribution

目　　录

Contents

绪　　论

一　选题价值

（一）诗社的定义和社诗总集的范围

诗社，作为诗歌创作的活动载体，是在吟咏、唱和、集会等形式的基础上发展而成的文学现象。诗社研究对于诗歌研究具有重要意义。清代，作为诗人结社最兴盛的朝代，既是诗社发展的定型时期，也是诗社演变的最终阶段。笔者的研究对象，主要是结社时间在清朝统治期间（1644—1911）的诗社，也涉及起结于明末、活跃于清初的诗社，以及集会活动从清末延至民国的一些诗社。按主要创作体裁划分，清代还有词社、文社、曲社等，有时也进行诗歌创作，其集会及作品也有可能进入笔者的研究范围。

诗社，在清代通常叫作某诗社、某吟社或某社等。诗课，是具有习课性质的诗歌创作活动，其主体可以是一人或多人。多人参与的诗课，往往具备明确的社名或自觉的结社意识，与诗社大致无异，也可纳入研究范围。至于不具群体性、约定性的一般诗课，笔者将不作深入探讨。关于诗社的基本概念，笔者在已出版的《清代诗社初探》作过讨论①。

朱则杰先生在《清诗考证续编》第二辑第四篇《王士禛"红桥修禊"考辨》引言中，谈及结社、集会、唱和三者之关系："诗人结社、集会、唱和，三者既有可能相互重合，也有可能相对独立。

---

① 胡媚媚：《清代诗社初探》，香港汇智出版有限公司 2019 年版，第 13—30 页。

顺序而言，结社必有集会（个别特例另论），集会必有唱和（无唱和的集会不论），这是相互重合。而倒过来说，唱和不一定都要集会，集会也不一定都是结社，这就是相对独立。"① 集会是诗社研究中的一个基本概念。诗社由历次集会构成，诗歌创作主要通过集会活动得以实现（部分作品在集会后完成）。从诗社的源头看，集会是结社的前身，两者在具体模式上一脉相承，如流觞曲水、吟诗作赋等。因此，清以前的一些集会唱和，对于清代诗社研究也有参考意义。清代，集会如"红桥修禊"，唱和如"秋柳唱和"，由诗坛领袖王士禛所倡导，后世影响深远，被视作结社。王士禛反复提到"秋柳社"，如《古夫于亭杂录》卷四"顺治丁酉，余在济南明湖倡'秋柳社'，南北和者至数百人，广陵闺秀李季娴、王潏卿亦有和作"②，附于吴渭"月泉吟社"之后。另有多处记载涉及该社：

> 丁酉秋试，与不肖举"秋柳社"于明湖，赋诗倡和，播在人口。③
>
> 顺治丁酉秋，予客济南，时正秋赋，诸名士云集明湖。一日会饮水面亭，亭下杨柳十余株，披拂水际，绰约近人，叶始微黄，乍染秋色，若有摇落之态。予怅然有感，赋诗四章，一时和者数十人。又三年，予至广陵，则四诗流传已久，大江南北和者益众。于是"秋柳社"诗，为艺苑口实矣。……又二十余年，居京师，及门赵生于兰携其尊人君孚先生《菜根堂诗》

---

① 朱则杰：《清诗考证续编》，浙江大学出版社 2019 年版，上册，第 408 页。

② 王士禛（禛）：《古夫于亭杂录》卷四，《王士禛全集》本，齐鲁书社 2007 年版，第 6 册，第 4907 页。说明：本书所引用的古代文献绝大多数为清人著述，极少量涉及其他朝代。为简洁起见，注释中不再一一标注作者所属朝代，而在参考文献中标注，以便查阅。

③ 王士禛：《渔洋文集》卷十一，《王士禛全集》本，齐鲁书社 2007 年版，第 3 册，第 1687 页。

卷过予，曰："先子固秋柳社中人也。"①

丁酉秋，倡"秋柳社"于明湖，（即大明湖，亦名濯缨湖，又名莲子湖。）二东名士，如东武邱（石常）海石、清源柳（燾）公㦰、任城杨（通久）圣宜兄弟、益都孙（宝侗）仲孺辈咸集，予首倡四诗，社中诸子暨四方名流和者不减数百家。②

后人多沿用王士禛的说法，以诗社称之。又如山东淄川人王培荀《乡园忆旧录》卷四将"红桥修禊""秋柳唱和"作为南北社事的标志："'红桥诗社'与'秋柳诗社'南北辉映，永为骚坛故事矣！"③王培荀称"秋柳社"继承明末"复社"而来，是山东新城社事的代表，当时还有王士禄、王士禧所倡"晓社"，以及"因社"④。"秋柳社"采取同题唱和的结社方式，与"月泉吟社"亦有共同点。

关于诗社的界定，笔者倾向于：第一，诗人群体以结社自称，包括不具社名的情况，以及部分诗会、诗课；第二，诗人群体编有社诗总集，包括部分社诗合刻。符合其中一条，便可看作诗人结社。

社诗总集，简称"社集"，是诗人结社唱和所得总集。社集是作者群体较紧密、创作风格较接近的一类总集。社诗作品的筛选、评定，也能够反映一个诗社的思想宗旨与诗学审美。古代社诗总集的数量远少于一般唱和总集，存有社诗总集的诗社也只是社事一隅。因此，社诗总集是珍贵的诗社研究资料，可谓吉光片羽。清代社诗总集的编选和刊刻，已成为诗人群体结社之后的共同追求，也是清人会社文化在文学层面的表现。在清代结社史上，诗社发展的状态和趋势受到多重因素的综合影响，社诗总集行世和诗社的重要程度并非完全相关，著名诗社也有可能以结社事迹闻名而非文学作品。

---

①　王士禛：《蚕尾续文集》卷二，《王士禛全集》本，齐鲁书社2007年版，第3册，第2004—2005页。

②　王士禛：《带经堂诗话》卷七，人民文学出版社1963年版，上册，第173页。

③　王培荀：《乡园忆旧录》卷四，齐鲁书社1993年版，第209页。

④　王培荀：《乡园忆旧录》卷一，齐鲁书社1993年版，第60页。

然而，就后世学术研究而言，文本能在一定程度上调整文学社群的传统格局，推进诗社的文学价值重估。

"诗社"概念的模糊性，影响"社诗总集"的界定工作。清人的"诗社"概念比较宽泛，很多诗会、诗课都在社事的范畴之内，并非"有规律的集会活动"才能称作结社。如"香山小榄乡菊花会"采取命题征诗的方式，并无集会规律可循，宏观而言，这是广东香山在清代历史上的第四次菊会，但诗人群体已迥然不同。又如"容山鹏贤诗社"，诗卷超过三千份，诗篇共计两万多，也是典型的征诗模式，而非集会赋诗。更有甚者，不以集会作为依托，如"兰社"成员林滋秀和华文漪、鲍台只有神交，从未晤面。这些现象都属于诗人结社，相关的《香山榄溪菊会诗集》《容山鹏贤诗社汇草》《兰社诗略》，也毫无疑问都是社诗总集。

唱和总集是否属于社诗总集，也应参考诗人群体是否以结社自视，或后人是否以结社视之。如胡凤丹所编《皖江同声集》《鄂渚同声集》被称作社刻，而后来的《榕城同声集》却没有显示明确的结社或集会特征。笔者将三地同声集作为同声唱和现象研究，但不把《榕城同声集》纳入社集目录。又如许应镁《清华唱和集》，共赋吴中薇院绿牡丹，与《莳兰堂诗社汇选》的唱和方式类似，将《清华唱和集》看作社诗总集或唱和总集皆可。一些唱和总集没有具体社名，但提到同人唱和受到以前社事的影响，或者按照社诗总集的体例编排内容，在某种程度上也可看作社集。

诗集合刻是否属于社诗总集，也应遵循事实依据。如《吴中女士诗钞》《凝香阁合集》《榄山花溪诗钞初集》，三个诗人群体都举行集会，并通过唱和作品表现出来。而《碧城仙馆女弟子诗》，作者包括浙江、江苏、上海等地的女诗人，也许与编者陈文述及其家眷有所交游，但缺乏共同集会的便利条件。又如《宛上同人集》，强溱序文明确提到道光六年丙戌（1826）在安徽宣城结有诗会。该总集包含十部诗集，作者和诗会成员并不完全等同，但终究以结社唱和为缘起，视作社诗总集也未尝不可。《兰社诗略》也是六名闽浙诗人的社诗合刻。

（二）清代诗社研究对于清诗研究的意义

清代诗社研究是清诗研究的一大分支。清诗研究，一般从诗人或诗集入手，结合社会历史背景，多角度分析作品的文学价值与作家的文学史地位，也涉及交游唱和、结社集会等。宏观而言，集会、唱和是清代诗社的两条主线，社诗总集、结社主体和结社方式则构成清代诗社研究的三个重点。笔者试图摆脱清代诗社个案研究和单一区域研究的局限，综合研究清代诗社的构成要素，关注其形成和发展的过程，尊重清代社事的历史真实，具有整体性、系统性。结社集会，作为诗歌创作的一种途径，丰富了清诗的数量和风格，而集体创作的方式在一定程度上也提升了作品的艺术水准。以社存诗、以诗证史，是清代诗社对清诗的巨大贡献。清代诗社研究对于清诗研究的意义，主要表现在以下两个方面。

第一，从创作主体出发，清代诗社研究实质上也是诗人群体研究。诗社研究，涉及起止时间、集会活动、创作倾向等。把握这些要点，必须着眼于结社的诗人群体。共同的时代背景、地理环境或亲友关系，是诗社创立的前提，进而形成固定的诗人群体及规律的集会时间。同一诗社的成员，秉承同社之宗旨，遵循同社之约定，在诗歌创作上也表现出某些审美共性。诗社领袖或核心社员的诗学主张也在引导集体创作，使之呈现出相近的诗风。诗人在社中的地位，往往由年龄、官职等决定。一些诗社走向分裂或衰败，与社员在政治、文学等方面的分歧不无关系。仕途情形、身体状况等，通常是社员脱离诗社的直接原因；领袖的离开有可能造成一个诗社的迅速没落。总之，诗人群体的共识或结社宗旨，是维系诗社的重要基础。

可以说，诗社之间的差别，就是诗人群体之间的差别。诗社是诗人群体研究的切入点。诗社在结社模式、创作手法等方面的差异，也代表了诗人群体的不同特征。诗社能够反映特定时代诗人群体的思想变化与人生选择。无论是诗人群体衍生诗社，还是诗社巩固诗人群体，都说明了两者之间的紧密关系。

在清代结社史上，诗人并称群体结社的现象颇值得关注。笔者将专门讨论遗民诗社及其诗人并称群体、耆老会及其诗人并称群体，进而探究清代诗人并称群体结社背后的原因。例如乾隆五十九年甲寅（1794），应让、吴朴、鲍文逵、顾鹤庆、王豫、钱之鼎、张学仁七位丹徒诗人结诗课，始称"京江七子"。随着顾鹤庆北上，张学仁赴越，鲍文逵入都，诗课无奈解散。十多年后，诸子逐渐归里，复结诗课。嘉庆十八年癸酉（1813）至十九年甲申（1814），社事最盛。"京江七子"前后两次结社，是并称群体结社的典型。嗣后，该地又有"京江中七子""京江后七子"。可见，诗人并称群体的形成，与地方文学的传承有着密不可分的关系。

第二，立足于创作文本，清代诗社与地方文学的发展具有一致性。诗社能够影响诗歌流派的形成，如明末清初侯方域所倡"雪苑社"，既致力于古文创作，同时也不偏废诗歌，促进了"雪苑诗派"在中州诗坛的兴起。黄玉琰先生《论明末清初雪苑诗派的形成》一文也谈及"雪苑社"与"雪苑诗派"的关系①。诗社和诗派都以相同的地域文学及文化为基础，但诗派的影响不会随着社事的结束而终止。又如《鸳水联吟》，李宗昉序言记载："岁辛丑，嘉善钱生埙携子宝青应礼部试，来京师，手一编，请序。乃秋洿于子所编《鸳水联吟诗》也。开编卒读，不禁狂喜。其山川城郭，不啻温故而知新；所咏鸟兽草木诸什，居然补采风所遗而备见闻所不及；农桑风俗，又曩此辀轩经过、目睹而耳熟之者。同社诸君，抒情发咏，各擅工妙，宛似万卷纷披、烛花烂漫。时人则云龙之侣、鸥鹭之盟，皆一时俊杰士。"② 这部总集收录了二十次集会的诗歌，作者多达一百余人，来自嘉兴、秀水、海盐、德清、归安、平湖、嘉善、吴江和桐乡等地。学者对"鸳社"的基本情况已做过研究③。根据李序，

---

① 黄玉琰：《论明末清初雪苑诗派的形成》，《求索》2009 年第 8 期。
② 岳鸿庆、于源：《鸳水联吟》，道光二十一年辛丑（1841）刻本，第 1b—2a 页。
③ 参见王志刚《鸳水联吟社研究》，硕士学位论文，苏州大学，2013 年。

该社描绘了嘉兴一带的山川城郭、鸟兽草木、农桑风俗等，展现了当地的风土人情，颇有鸳水竹枝词的功能。"鸳社"可谓道光时期的秀水一派：不论是否受到浙派的影响，其社员之众多、风格之明显，都难以磨灭地域文化的深刻痕迹；不论是否追求诗格的突破与诗境的新变，都无法掩盖地域文学的独特色调。

地缘是诗人结社的重要因素，同邑也是社员之间最普遍的关系。即使是没有举行集会的"兰社"，由闽浙一带的诗人构成，彼此在地理上也具有亲近感。社名取自集会地点，正体现了生活环境及地域文化对诗人结社的直接影响。以书斋命名，如胡涛古欢书屋之"古欢吟会"、曾元基听琴别馆之"消寒会"、汪远孙书屋之"东轩吟社"、欧景辰红犀馆之"红犀馆诗课"、徐元章小桃源室之"小桃源联吟社"、吴兆麟铁花山馆之"铁花吟社"等；以山水命名，如"鸳水联吟社""红梨社""碧湖吟社"等。郭麐《红梨社诗钞序》记载："今年以诗一帙，名《红梨社诗钞》，述诸君之意，请为之序。展阅一遍，则皆舜湖诸同人，及其邻近之士，游宴翕集，拈题赋韵，或咏古，或即目，寓贤过客，与者即著于录，得诗词如干首。"[①] 可见，"红梨社"的主要成员是舜湖同邑及邻近诗人，寓贤过客不时与会。舜湖风俗之美，在"红梨社"及其诗人群体身上也有体现。嘉庆二十一年丙子（1816）至二十四年己卯（1819），无锡华文彬、华文模兄弟和张立本等人结"二柳村庄吟社"，选有社诗总集。张立本序言记载："余自掌铎梁溪以来，即与华氏伯雅、仲修诸昆季相识。其所居鹅湖之二柳村庄，僻静无尘市喧，宜乎花晨月夕吟咏其中，萧然有物外意也。"[②] 该社以无锡华氏诗人为主，张立本寓居此地。正是同邑的缘故，诗社得以持续三年之久。又，《北麓诗课》张作楠序道：

---

① 陈希恕：《红梨社诗钞》卷首郭麐序，道光十一年辛卯（1831）刻本，第1a页。

② 张立本：《二柳村庄吟社诗选》卷首张立本序，道光元年辛巳（1821）鹅湖小绿天刻本，第1a—1b页。

乾隆戊申、己酉间，曹珩圃师（开泰）与邑人方警斋（国泰）、方海槎（元鸥）、邵勿斋（声芳）及方醴泉（应凤）、玉海（应麟）兄弟结"北麓诗课"。越三年，余与珩圃师从子立人（位）、陈慎斋（仁言）、金月林（萼梅）与焉。嘉庆己未后，曹谨斋（寅）、冯羊山（慎中）及舍弟舫斋（作楫）、族子砚山（允提）复与焉。分题刻烛，极一时文酒之盛。余与羊山各录得课草藏之。年来，或老，或病，或死，或宦游四方，风流云散，付之一梦矣。今春舫斋来娄东，校刻珩圃师遗集成，拟并辑课草，适羊山携藏本来，因合二本，编为四卷。昔浦江吴清翁结"月泉吟社"，偶然聚首，而罗公福辈《田园杂兴诗》尚传诵至今，况同人唱和，时越十年，诗成巨册，又何忍听其沉埋蠹腹？惟清翁当日力能合数郡之人，今仅及同邑。同邑同时能诗者不少，课中仅十四人，即十四人大半有专集，晚年定本或较胜此编。今只就箧中所有编次，盖意在志一时聚散之迹，故依陆鲁望编《松陵集》、杨大年编《西昆酬唱集》例，并录拙作，非敢效芮挺章《国秀集》之颦也。①

乾隆五十三年戊申（1788）、五十四年己酉（1789），六名金华诗人创立"北麓诗课"，三年后又增至十人，嘉庆四年己未（1799）以后，共得十四人。社员包括曹开泰、方国泰、方元鸥、邵声芳、方应凤、方应麟、张作楠、曹位、陈仁言、金萼梅、曹寅、冯慎中、张作楫和张允提，无一例外都是同邑诗人。根据"时越十年，诗成巨册"等说法，可知该社持续时间很长。随着时间的推移，诗人们陆续衰老、患病、死亡，社事遭到终结。除了身体状况，社员"宦游四方"也是导致"北麓诗课"零落的原因。可见，诗课长期有序进行，依赖于同邑同乡这个前提，而迁移现象自然造成诗人群体的

① 张作楠：《北麓诗课》卷首张作楠序，道光二年壬午（1822）刻本，第1a—1b页。

解散。

　　寓居的他乡诗人，或融入当地诗坛，或继续和乡人保持往来。以京城为例，结社集会的诗人群体主要是同年（或同僚）和同乡两类。胡凤丹所编《皖江同声集》《鄂渚同声集》[①]，主要也是旅居或任职安徽、湖北的诗友。这些同声集的刊行，推动了皖江、鄂渚等地方诗派的形成。一地之诗坛领袖，通过结社的方式，传播诗学主张、建立诗歌理论，为诗派的形成奠定基础；一地之唱和传统，到了清代，引发新的结社风潮，为诗派的发展倾注活力。也有一些诗人突破地域限制，广招才士名流，如毛晋的交游对象既有冯班、冯武等常熟诗人，也有外地名家。卢绂《隐湖倡和诗序》记载："当夫人之各处一方，或远而数百里，或远而数千里，原在两不相知之地。其初何以召之使来，其终何以投之使合，盖莫不以言为先资。言为心声，气之所至，言亦至焉。……阅其诗之倡和者，悉皆名隽，方信子晋所感之最深，而所招之最广，诚不愧朋友一伦。"[②] 卢序也能说明，召集朋友进行诗歌唱和原本就受地域限制。

　　父子、兄弟之间集会唱和所形成的家族诗社，既有地缘基础，又有亲属关系，因此相对排外。女诗人结社，一般发生于家族或同门内部，集会空间范围较小，更不可能实现多种地域文化的交融。社事繁荣的地方，对不同文化的包容程度也相对较高，比如北京、江苏、浙江等地。辗转四方的诗家，在题材、情感和思想等方面得到深广的拓展之后，更具备主持坛坫、提唱风雅的资格。北京宣南诗社的集会活动被各地争相模仿，东部的结社风气带至西南，关键在于诗人的流动。地域是结社主体的一种标签，深刻影响着集会动向和创作形态。

　　清代诗社，既是独立的文学现象，又和诗人群体、地方文学有

------

① 胡凤丹：《皖江同声集》《鄂渚同声集》，同治九年庚午（1870）退补斋刻本。

② 陈瑚：《隐湖倡和诗》卷首卢绂序，清末叶氏五百经幢馆钞本，第1a—2a页。

着千丝万缕的关系，如何定位至关重要。一方面，清代诗社研究是清诗研究的子领域，应避免成为诗人研究的附属，需重新审视其学术价值。另一方面，清代诗社研究应关注结社主体及其诗歌创作。社诗总集是诗社研究的文本，也是总集的重要类别。近年的明清诗社研究，逐渐从结社现象转向社诗作品。这种转变迎合了古典文学研究的基本要求，即回归文本。清代社诗总集的形态和内容之差别，展现了诗人群体的创作在不同时段的特征，是后人把握清诗风采的途径之一。诗社自身的创立、发展、演变和衰亡，不同时空的诗社相互唱和，都为清诗研究开辟了新的途径。以诗社为单位观照清诗史，应是翔实可信的新诗史。

二　研究现状

贾晋华先生《唐代集会总集与诗人群研究》一书，考证了唐代集会总集和诗人群的情况，这两者在诗社形成的过程中发挥了巨大作用。宋代陆续出现诗社，目前也有一些相关论著。元初"月泉吟社"是中国结社史上相当重要的一个遗民诗社，学界已有十几篇期刊论文，涉及主要成员、活动形式、社诗主旨、诗学心态、诗集版本等。明代诗社的数量远超前代，也累积了大量的研究成果，如郭绍虞先生《明代的文人集团》《明代文人结社年表》二文，何宗美先生《文人结社与明代文学的演进》（人民出版社 2011 年版）等，提供了研究方法上的借鉴。清代诗社的数量和形式，较之明代都更加丰富，研究论著如下：

（一）学位论文

研究清代诗社的学位论文主要有：葛恒刚《望社研究》（硕士学位论文，南京师范大学，2005 年），臧守刚《侯方域与雪苑社研究》（硕士学位论文，南京师范大学，2006 年），康维娜《"蕉园诗社"考述》（硕士学位论文，南开大学，2007 年），王恩俊《复社研究》（博士学位论文，东北师范大学，2007 年），靳卫华《"蕉园诗社"研究》（硕士学位论文，河北师范大学，2007 年），张涛《明末清初的文人社团与文学运动》（博士学位论文，中国人民大学，2008年），朱兴和《超社逸社诗人群体研究》（博士学位论文，华东师范大学，2009年），孙立新《南社苏州诗人研究》（博士学位论文，苏州大学，2009年），王文荣《明清江南文人结社研究》（博士学位论文，苏州大学，2009年），范晨晓《"蕉园诗社"考论》（硕士学位论文，浙江大学，2010年），张薇《清代清溪吟社女作家研究》（硕士学位论文，南京师范大学，2010年），邱睿《南社诗人群体研究》（博士学位论文，苏州大学，2010年），刘凤云《清代江浙地区"女子诗社"研究——以"蕉园诗社"为例》（硕士学位论文，四川师范大学，2010年），杨丽娜《清代东北流人诗社及流人诗作研究》（硕士学位论文，苏州大学，2011年），黄建林《红梨社研究》（硕士学位论文，苏州大学，2012年），周于飞《惊隐诗社研究》（博士学位论文，浙江大学，2012年），祁高飞《清代杭嘉湖地区文学社群研究》（博士学位论文，苏州大学，2013年），孙玉婷《竹溪诗社研究》（硕士学位论文，苏州大学，2013年），王志刚《鸳水联吟社研究》（硕士学位论文，苏州大学，2013年），郭宝光《清初淮安山阳望社研究》（博士学位论文，苏州大学，2013年），齐腾腾《明清山东文人结社研究》（硕士学位论文，西南大学，2014年），谢静《李确及其结社研究》（硕士学位论文，苏州大学，2014年），孙雪娇《明清碧山吟社研究》（硕士学位论文，江南大学，2015年），刘苏晓《"清溪吟社"的诗社运作及其创作研究》（硕士学位论文，贵州民族大学，2016年），闫莉莉《归德府雪苑社研究》（硕士学位论文，郑州大学，2017年），曾璐《探骊吟社研究》（硕士学位论文，辽宁大学，2017年），周佳慧《湘社唱和诗词研究》（硕士学位论文，吉首大学，2019年）等。大部分是诗社个案研究。近年来也出现不少具体区域的诗社研究，但通论层面的整体性研究还有待填补。对照清代诗社本身的文学史价值，学界的现有研究相形之下不够充分，却为综合研究开启了先河。

笔者的硕士学位论文《清代诗社研究——以六诗社为中心》（浙

江大学，2013年）①，上篇《清代诗社综论》主要阐述清代诗社的若干概念、阶段特征、地域分布、集会活动、唱和形式、历史地位六个方面，从背景环境和诗社本身等角度探讨，勾勒清代诗社的发展线索，提炼清代诗社的整体特征，探索清代诗社的存在价值。下篇《清代诗社丛考》主要以六个诗社为中心，即"城南诗社""友声诗社""古欢吟会""泊鸥吟社""西园吟社"和宝廷"消夏""消寒"诗社，考察具体诗社的基本情况，对结社的主体、集会、创作等方面都有不同程度的研究。这部论文为笔者继续从事清代诗社研究奠定了基础。

（二）期刊论文

民国时期，涉及清代诗社的期刊论文主要有：李元庚《望社姓氏考》（《国粹学报》1910年第71期），陆树楠《三百年来苏省结社运动史考》（《江苏研究》1935年第3期），陆树楠《雪苑社和望社》（《越风》1936年第10期），陈豪楚《两浙结社考》（《越风》1936年第16、17、19期），胡怀琛《中国文社的性质》（《越风》1936年第22—24期），等等。《中国文社的性质》一文，从文社（包括诗社）的起源谈起，将中国文社按性质分为三类：治世（或盛世）的文社、乱世（或衰世）的文社和亡国遗民的文社。胡怀琛先生开始关注古人结社的普遍现象和总体特征，不只停留在考据层面，可谓近代以来诗社综合研究的第一人。

1949年以后，清代诗社个案研究（以某诗社或某诗人结社为中心）逐渐增多，主要集中在著名诗社上，比如"望社""冰天诗社""惊隐诗社""蕉园诗社""宣南诗社""南社"等。这些诗社受到广泛关注的原因很大程度上在于结社时间或结社主体的特殊性。"望社""冰天诗社""惊隐诗社"都是明末清初、易代之际的诗社，"南社"出现在清末民国社会转型的时期。"惊隐诗社"的主体是遗民诗人，"蕉园诗社"的主体是女诗人，"宣南诗社"则是士大夫结

---

① 已修订出版，《清代诗社初探》，香港汇智出版有限公司2019年版。

社的典型。

　　除了葛恒刚先生的成果，"望社"相关研究还有：陈凤雏《望社鸿爪录》（《淮阴师专学报》1997 年第 3 期），张兵《望社的形成与诗文化活动》（《西北师大学报》2002 年第 6 期），杨胜朋《张鸿烈非"望社"成员考》（《江海学刊》2013 年第 1 期），郎晓斌、陈亮亮《淮安望社形成及其成员与浙江籍流寓文人交游议考》（《江苏第二师范学院学报》2014 年第 7 期）等。

　　"冰天诗社"相关研究有：薛虹《函可和冰天诗社》（《史学集刊》1984 年第 1 期），刘国平《清代东北文学社团——冰天社考评》（《社会科学战线》1990 年第 4 期），杨丽娜《"冰天诗社"的诗歌内容及思想倾向》（《大众文艺》2010 年第 21 期），柳海松、曾璐《论冰天诗社》（《东北史地》2016 年第 5 期），刘威志《流人、诗社与禅堂：作为文本的〈冰天社诗〉》（《清华学报》2020 年第 1 期）等。

　　除了周于飞先生的成果，"惊隐诗社"相关研究还有：何宗美《乐志林泉跌荡文——惊隐诗社及其文学创作浅析》（《南开学报》2003 年第 4 期），宁晓玉《王锡阐与惊隐诗社》（《科学文化评论》2008 年第 4 期），李炳华《龙沙嘉会结寒盟——记清初江南惊隐诗社》（《江苏地方志》2009 年第 1 期），周雪根《清初吴地"惊隐诗社"新考》（《文艺评论》2011 年第 2 期）等。

　　"蕉园诗社"相关研究有：张远凤《清初"蕉园诗社"形成原因初探》（《金陵科技学院学报》2008 年第 1 期）、《论"蕉园诗社"女诗人徐灿诗词情意》（《金陵科技学院》2008 年第 4 期），胡小林《清代初年的蕉园诗社》（《古典文学知识》2008 年第 2 期）、《清初"蕉园诗社"考正》（《湖北文理学院学报》2012 年第 6 期），吴晶《"蕉园诗社（派）"与蕉园诸子》（《杭州研究》2008 年第 3 期）、《蕉园诗社考论》（《浙江学刊》2010 年第 5 期），邓妙慈《"蕉园诗社"首倡者顾之琼考论》（《古籍整理研究学刊》2013 年第 2 期），赵厚均《留得蕉园遗社在，只今风雅重钱塘——清初钱塘蕉园诗社考》（《新疆大学学报》2013 年第 4 期）等。李恬《蕉園詩社与杭州顧氏》一文，发表在日本九州大学中国文学会《中国文学论集》第41 号（2012 年），是"蕉园诗社"的另一相关成果。

"宣南诗社"相关研究有：杨国桢《宣南诗社与林则徐》（《厦门大学学报》1964 年第 2 期），王俊义《龚自珍、魏源"参加宣南诗社"说辨证》（《吉林大学学报》1979 年第 6 期）、《关于宣南诗社》（《文物》1979 年第 9 期），黄丽镛《宣南诗社管见》（《上海师范大学学报》1980 年第 1 期），樊克政《关于宣南诗社的命名时间及其他——对〈宣南诗社管见〉一文的几点商榷》（《华东师范大学学报》1980 年第 4 期），王永厚《林则徐与宣南诗社》（《文献》1991 年第 1 期），王春林《试述鸦片战争前夕的宣南诗社的性质》（《历史教学》1999 年第 12 期），陶用舒《陶澍与宣南师友》（《湖南城市学院学报》2009 年第 1 期），魏泉《"交游"与"纪念"："宣南诗社"之"题图诗卷"读解》（《文艺研究》2015 年第9 期），欧阳少鸣《梁章钜与宣南诗社》（《梧州学院学报》2015 年第 2 期）等。

"南社"研究的期刊论文非常丰富，在此不作列举。该社处于政治变革时期，同时具备政治性与文学性；也处于文学转型阶段，与旧文学、新文学都有关联。诗社的发展过程复杂，成员内部宗派不一，已经打破传统诗社的模式，开创近代诗社的新阶段。

其他诗社个案研究：张志中、李障天《〈郢中诗社〉人物考》（《蒲松龄研究》1992 年第 3 期），眭俊《问梅诗社述略》（《复旦学报》2000 年第 1 期），李冰馨《从秋红吟社看明清女性诗社的发展》（《乐山师范学院学报》2007 年第 2 期），郑幸《南屏诗社考》（《厦门教育学院学报》2007 年第 2 期），戴健《曲江亭雅集钩稽》（《江苏广播电视大学学报》2007 年第 6 期），叶君远《吴梅村与"两社大会"》（《甘肃社会科学》2008 年第 1 期），杨萌芽《海上结社：超社、逸社与宋诗派在上海的文学活动》（《云梦学刊》2010 年第 5期），刘舒曼《雾里楼台看不真——秋红吟社满族成员家世初探》

（《满族研究》2011 年第 4 期），刘荣丽《苔岑诗社与道咸以降的金陵诗坛》（《名作欣赏》2012 年第 2 期），祁高飞《铁华吟社及其文学创作》（《齐鲁学刊》2012 年第 5 期）、《〈梦余集〉之文人结社与诗歌创作》（《名作欣赏》2014 年第 4 期），温世亮《明末清初"潜园社"考论——兼谈文人结社与明清桐城文学发展的关系》（《安徽大学学报》2012 年第 6 期），刘正平《南屏诗社考论》（《北京大学学报》2013 年第 3 期），孙植《"洛如吟社"辨证——兼论"续洛如吟社"与"洛如嗣音集"》（《盐城师范学院学报》2013 年第 3 期），何湘《"高士莲花还结社"中的创作与传播——以清末诗僧八指头陀为例》（《古典文学知识》2014 年第 3 期）、《清末湖湘诗僧八指头陀结社考论》（《长沙大学学报》2014 年第 6 期）、《市野之间的文学社群——以湘潭雨湖诗社为例》（《古典文学知识》2020 年第 3 期），韩梅《清初山左丈石诗社考》（《求索》2013 年第 4 期），任聪颖《"西泠吟社"考》（《古代文学理论研究》2014 年第 2 期），范学亮《"西园十子树坛坫"——商盘与"西园诗社"》（《唐山学院学报》2014 年第 4 期），王玉媛《沈德潜与竹溪诗社》（《古典文学知识》2014 年第 6 期），孙雨晨《东轩吟社：清代艺文士人的群体聚合》（《大众文艺》2014 年第 24 期），赵晨《清代中期济南诗社鸥社及其祭祀杜甫活动初探》（《菏泽学院学报》2018 年第 1 期），徐礼节《清乾隆年间高密"通德诗社"考论》（《巢湖学院学报》2018 年第 4 期），楼特钦《清溪吟社的诗社活动探微》（《名作欣赏》2018 年第 7 期），赵阳《清代扬州女性文学社团"曲江亭诗社"考论》（《盐城师范学院学报》2020 年第 2 期），王雪松、耿传友《清末著涒吟社考论》（《中国文学研究》2020 年第 3 期），陈雨星《问梅诗社考论》（《苏州教育学院学报》2021 年第 2 期）等。

目前，清代诗社个案研究累计最多的学者，当推笔者的硕士生导师朱则杰先生。已发表的论文有《〈清尊集〉与"东轩吟社"》（《浙江大学学报》2010 年第 5 期）、《"潜园吟社"考》（《文学遗产》2010 年第 6 期）、《"惊隐诗社"成员丛考》（《中国文学研究》

2011 年第 3 期)、《清初江南地区诗社考——以陈瑚〈确庵诗稿〉为基本线索》(《苏州大学学报》2012 年第 1 期)、《"洛如诗会"考辨》(《文学遗产》2012 年第 5 期)、《铁花吟社的社诗总集与集会唱和》(《诗书画》2013 年第 2 期)、《"南华九老会"与其〈倡和诗谱〉》(《常州大学学报》2013 年第 3 期)、《"遁园吟社"与〈遁园杂俎〉》(《社会科学战线》2013 年第 11 期)、《陈瑚"莲社"与〈顽潭诗话〉》(《浙江大学学报》2013 年第 6 期)、《"翠屏诗社"考》(《四川师范大学学报》2013 年第 6 期)、《毕沅"官阁消寒会"与严长明〈官阁消寒集〉》(《甘肃社会科学》2013 年第 6 期)、《清代朝廷"九老会"考》(《明清文学与文献》第二辑)、《清代诗人结社丛考——以李符"梅里诗课"等为中心》(《嘉兴学院学报》2014 年第 1 期)、《吴省钦"城南联句会"与曹仁虎〈刻烛集〉》(《明清文学与文献》第三辑)、《清代诗人结社丛考——以杭州地区为中心》(《浙江工商大学学报》2015 年第 1 期)、《"于野诗会"考》(《原诗》第一辑)、《清末福州诗社——"支社"考辨》(《厦门广播电视大学学报》2015 年第 2 期)、《"南园秋社"与"南园赓社"》(《江南大学学报》2015 年第 3 期)、《清代诗人结社丛考——以北方地区为中心》(《汉语言文学研究》2015 年第 4 期)、《"著涒吟社"考》(《社会科学战线》2016 年第 2 期)、《清代诗人结社丛考——以边连宝"菊社"等为中心》(《中国语言文学研究》2016 年秋之卷)和《清代诗人结社丛考——以镇扬两地为中心》(《江苏大学学报》2016 年第 6 期),等等。这些文章后来又收录于《清诗考证续编》之中①,主要运用考据的方法,梳理清代典型诗社的基本情况,映照清诗史的发展脉络,重在为后人综合研究清代诗人结社提供参考。

　　除了个案研究,诗社综合研究的期刊论文也有不少,包括诗社群体研究和诗社概论等。

---

① 朱则杰:《清诗考证续编》,浙江大学出版社 2019 年版。

　　侧重结社时段的研究：陆草《中国近代文社简论》（《中州学刊》2001 年第 4 期），许振东《十七世纪文人社集与文学思潮的演变》（《中华文化论坛》2004 年第 3 期），袁志成《嘉道文人结社考录》（《湖南城市学院学报》2012 年第 4 期）、《咸同文人结社考录》（《湖南城市学院学报》2014 年第 4 期）等。

　　强调结社地域的研究：顾志兴《明清两代的西湖诗社》（《西湖》1984 年第 1 期），佘德明《绍兴的文人结社》（《绍兴师专学报》1990 年第 1 期）、《绍兴的文人结社（续）》（《绍兴师专学报》1990 年第 2 期）、《绍兴的文人结社（续二）》（《绍兴师专学报》1990 年第 3 期）和《绍兴的文人结社（续完）》（《绍兴师专学报》1991 年第 1 期），李绪柏《明清广东的诗社》（《广东社会科学》2000 年第 3 期），宫泉久《论清初山左诗人的结社交游》（《理论学刊》2008 年第 10 期），罗时进、王文荣《清代吴地"九老会"文学活动探论》（《苏州大学学报》2009 年第 1 期），陈超《集会与地域：明清湖州怡老会的地域文化阐释》（《江汉大学学报》2011 年第 1 期），罗时进《基层写作：明清地域性文学社团考察》（《苏州大学学报》2012 年第 1 期），祁高飞《20 世纪以来明清杭州文人结社研究综述》（《许昌学院学报》2012 年第 6 期），孙植、罗时进《清代浙西平湖文学社群考述——以"东湖""洛如""艺舫"为中心》（《河北学刊》2013 年第 4 期），孙植《平湖诗社与吴文化》（《重庆工商大学学报》2014 年第 2 期），邱睿《清末民初京沪诗坛地位的转移——以结社为中心的讨论》（《苏州大学学报》2014 年第 3 期），柳成栋《黑龙江的诗社》（《黑龙江史志》2014 年第 4 期），曾娟、袁志成《文人结社与晚清民国云南诗风演变》（《社会科学家》2014 年第 8 期），何湘《论历史记忆与清代湖湘文人结社》（《湖南科技大学学报》2016 年第 4 期），张琼《清代岭南诗社探究》（《岭南学术研究》2018 年第 1 期），陈雨星《清代江南诗社研究述论》（《文化学刊》2021 年第 5 期）等。这些研究可能在具体结社时段上也作了限制，只是诗社的地域性较突出。

关注结社主体的研究：夏晓虹《晚清的女子团体》（《杭州师范学院学报》1996 年第 1 期），何宗美《清初甬上遗民结社略考》（《中国典籍与文化》2003 年第 4 期），王瑞庆《明清江南的士女结社》（《保定师范专科学校学报》2006 年第 4 期），段继红、高剑华《清代才女结社拜师风气及女性意识的觉醒》（《天津师范大学学报》2008 年第 3 期），韩丹丹《乾嘉吴中女性诗群成因初探》（《西南交通大学学报》2009 年第 3 期），常新《清初关中遗民生存境域与文学生态——以游幕、隐居、结社为例》（《甘肃社会科学》2010 年第 5 期），唐筱琳《明末清初泰州东淘遗民诗群考》（《兰州教育学院学报》2010 年第 6 期），付优《明清女性结社综论》（《北京化工大学学报》2011 年第 2 期），李建武《天津文化教育史上的奇葩——清代前期天津地区僧俗文学雅集活动》（《天津市财贸管理干部学院学报》2011 年第 2 期），袁志成《从闺内吟咏到闺外结社——中国古代女性文学的突围之路》（《华南师范大学学报》2012 年第 3 期）等。由此可见，最受关注的结社主体是遗民诗人和闺秀诗人。

探讨结社方式的研究：方宝璋《清代至民国时期闽台诗钟》（《福建师范大学学报》2002 年第 1 期），黄乃江《诗钟与击钵吟之辨》（《台湾研究集刊》2005 年第 3 期）、《诗钟与科举之关系及其对清代台湾文学的影响》（《社会科学》2008 年第 7 期）和《诗钟与台湾古典诗社的三次发展高潮》（《台湾研究集刊》2013 年第 1 期），刘兴晖《近代诗钟社探赜》（《中国韵文学刊》2007 年第 1 期），阳达、丁佐湘《清代民间考评式结社述论》（《江西社会科学》2011 年第 4 期），阳达《科举性结社与清代小说》（《文艺评论》2014 年第 8 期）等。"诗钟"这种特殊的活动方式，黄乃江先生已有专门研究①。

诗社概论或诗社研究史：刘学忠《古代诗社初考》（《阜阳师院学报》1989 年第 3、4 期），张涛《文学史视野下的中国古代文人社

---

① 黄乃江：《台湾诗钟研究》，复旦大学出版社 2009 年版。

团》(《河北学刊》2006 年第 1 期)、《20 世纪中国古代文人社团研究史论》(《深圳大学学报》2006 年第 6 期)、《明清之际文人社团发展的历史转向》(《燕山大学学报》2007 年第 2 期),朱寿桐《现代文学社团与传统文人会社比较论》(《深圳大学学报》2005 年第 4 期),史五一《明清会社研究综述》(《安徽史学》2008 年第 2 期),李玉栓《中国古代的社、结社与文人结社》(《社会科学》2012 年第 3 期),陈小辉《中国诗社起源论》(《重庆师范大学学报》2013 年第 4 期),郭鹏《论清谈活动对诗社形成所起的作用及其诗学意义》(《三峡大学学报》2014 年第 1 期)等。

（三）出版专著及其他

涉及清代诗社的出版专著主要有:谢国桢《明清之际党社运动考》(中华书局 1982 年版),何宗美《明末清初文人结社研究》(南开大学出版社 2003 年版),孙之梅《南社研究》(人民文学出版社 2003 年版),何宗美《明末清初文人结社研究续编》(中华书局 2006 年版),丁国祥《复社研究》(凤凰出版社 2011 年版),郭英德《中国古代文人集团与文学风貌（修订版）》(中国人民大学出版社 2012 年版),王恩俊《复社与明末清初政治学术流变》(辽宁人民出版社 2013 年版),胡媚媚《清代诗社初探》(香港汇智出版有限公司 2019 年版),何湘《山鸣水应:清代湖湘文人社群研究》(凤凰出版社 2021 年版),周于飞《惊隐诗社研究》(中国人民大学出版社 2022 年版)等。此外,针对清代诗人或诗歌流派的论著中经常提及结社,这种情形不胜枚举。清代词社、文社的研究,已超出研究体裁范围,不作列举。

三　研究思路

笔者的硕士学位论文《清代诗社研究——以六诗社为中心》,主要采取考据与论述相结合的方法,梳理清代不同时期、不同地域的诗社,旨在充实诗社个案研究,总结诗社的一般规律和特征,从而为综合研究建立初步体系。在此基础上,如何开拓清代诗社研究的深度和广度，笔者开始对这项工作进行再思考。

一是从诗人别集到社诗总集。清代诗人别集记载了结社事实，收录了社集作品，是诗社研究的重要线索，整合散见于社员别集的诗歌，能够大致还原诗社的集会场景。年谱、方志、地方诗歌总集等文献，有时也包含了清人结社的资料，却难以窥探一个诗社的全貌。从文学的角度深入研究诗社，必须依赖于一定数量的社诗作品。因此，刊有社诗总集的诗社，往往具备成熟的形态和丰富的内涵，应当首先受到重视。利用现存的清人著述，从唱酬类中查找社诗总集及疑似社诗总集，是笔者着手研究的第一步。社诗总集的序跋、目录、诗题等，通常包含相关诗社的源起、成员和集会等基本情况。例如冯誉骢所编《翠屏诗社稿》卷首《诗社牌示》，交代了"翠屏诗社"的起止时间、与会人数和结社因由等，一目了然。社诗选本收录结社所得部分佳作，在一定程度上能够体现编者的个人意志或诗社的共同审美。因此，社诗总集及作品始终是研究过程中的焦点。秉承这样的思路，笔者专设"清代诗社的社诗总集"一章，对它们的"规模与形态""体例与风格"进行分析，试图论述清代社诗总集与诗社定型之关系。

二是从诗社个案到诗社群体。纯粹以诗社个案为单位的研究，从历时的角度叙述清代诗社的发展脉络，具有一定的局限性，无法构建对诗社的整体认识与综合研究。只有跨越个案的单一性，到达类型的综合性，才能确切把握诗社的内涵与本质。按照地域分布，北京、江浙、闽粤等地的诗社在清代较活跃。具体区域的诗社，或同时兴起，或相继浮现，以诗社群体的力量对诗坛产生深刻影响，促进当地诗歌创作高潮的形成。按照结社主体，清代诗社可分为士夫诗社、遗民诗社、闺秀诗社和八旗诗社等。特殊主体参与社事，既是时代赋予的责任，也是诗社功能宽泛化的表现。因此，以诗社群体彰显社事的普遍性，以个别诗社呈现社事的典型性，是本书的重要研究方法。例如，本书在阐述清代消寒会总体特征的同时，又着眼于洪亮吉消寒会的创设和衍生，试图展示视角之广和论证之细。

　　三是从诗社外部到诗社内部。集会与创作是诗社研究的重心。集会，包括集会时间、集会地点、集会方式等，是结社区别于一般唱和的重要方面，是诗社的外部特征；诗歌创作，涉及题材、体裁、用韵和社诗的品评与裁定等，是诗社的内部特征。集会以上巳、下巳、人日等传统节日作为时间，突出了诗社的文化素养；山水、书屋、寺庙等作为集会地点，是诗社活动性的体现；赋诗以外的其他集会方式，也表现了诗社的娱乐功能。总体而言，清代诗社的政治性、党派性、宗法性等，随着历史演进而发生变化，但诗歌创作始终是维持诗社运转的有效手段。因此，兼顾诗人结社的文学性和活动性，也是本书的基本研究思路。

　　四是从文学现象到文学传播。诗人结社作为一种文学现象，社约、社序、社引等在集会当中保持相对稳定的状态，而诗歌多寡、作品优劣，则体现了诗社的动态发展情况。诗社定期召集社员举行集会，投入诗歌创作、宣扬诗学主张、交流鉴赏心得，是文学传播的手段之一。社诗总集的刊刻、流通，更是诗社扩大文学传播的重要途径，对当时的诗坛甚至后世都产生不小的影响。清代党、社分离，诗社进入社事日常化的阶段，各阶层诗人根据现实条件灵活调节集会规模，文学传播达到前所未有的频率。广义的文学传播不仅包括社诗作品的传播，也泛指结社传统的一脉相承，即沿袭前代社事的文化底蕴，并在模式上为后代诗社创造多样性的可能。因此，历史传统、自身模式和后续影响三者并重，也是笔者在清代诗社研究过程中所运用的方法之一。

第 一 章

清代诗社的社诗总集

　　诗人结社所得诗歌总集，统称"社诗总集"，简称"社集"。诗社集会有时也称作"社集"，指的是社集活动。一个名称，两种用法，因有语境有指向而不易造成概念混淆。清人另有"社草"的提法，指的也是结社集会所留存的诗稿，但不分别集和总集。社诗总集，由诸位社员的诗作汇集而成，但组合方式不止一种。按照诗社或总集的初始概念，社诗总集至少收录两位诗人的作品。社诗总集是清代诗社研究的重要线索和文本依据，其体式与结构也展示了清代丰富多变的结社方式。清代社诗总集对元初《月泉吟社》有所承袭，结社方式也受其影响。《红犀馆诗课》是晚清时期浙东地区"红犀馆诗课"的社诗总集，形制规范完备，颇具普遍意义和探究空间，所录诗歌作品亦深刻反映时代与环境。清代诗歌总集数量繁多，其中以"同声"命名的同声集，是诗坛同声唱和现象的一个个缩影。相应的同声社此起彼伏，引人注目。胡凤丹《皖江同声集》《鄂渚同声集》《榕城同声集》的编纂与刊刻，基于明清以来诗社的高度发展，体现了同声社在同治、光绪阶段的成熟状态。本章讨论社诗总集的规准与清代结社方式的多样性表现，同时也关注清代同声唱和现象在同声社创设、同声集编纂等方面的推促作用。

第一节 社诗总集的编纂与结社方式的呈现

清代是古典诗歌正向发展的最后时代，诗歌作品的主体构成、题材提炼、情感表达及其所反映的诗学观念等在两百多年的创作历程中均有不小的突破。清代的个人创作大致延续明代以来的进程和趋势，以集会、结社为外在形式的群体创作在原有基础上也获得更多实践机会，并通过社诗总集的编纂表现出来。清代社诗总集的刊行与流通，正是基于创作方式的新变和出版行业的繁荣。社诗总集为考察诗社提供翔实的材料和广阔的空间，也是本书立论的依据。

一 《月泉吟社》在清代的范式意义

众所周知，"月泉吟社"是元初的遗民诗社，相应的《月泉吟社》是中国现存最早的一部社诗总集。该总集对明清诗社及社诗总集具有典范作用，是不可动摇的传统和经典，又形成一定的标准和规范，一如《三百篇》《花间集》对后世诗词的深远影响。结社受到"月泉吟社"的启发，社诗总集遵循《月泉吟社》的形态、风格，这种情况在清代相当常见。在探讨清代的社诗总集之前，《月泉吟社》是无法回避的话题。

"月泉吟社"由吴渭创立。吴渭，字清翁，号潜斋，浙江浦江人，曾官义乌令，入元后退居吴溪。文渊阁《四库全书》收录社诗总集，取名"月泉吟社诗"，《四库全书总目》作"月泉吟社"，笔者提法采取后者。关于"月泉吟社"的活动时间，社约记载如下：

> 本社预于小春月望命题，至正月望日收卷，月终结局。请诸处吟社用好纸楷书，以便誊副而免于差舛。明书州里姓号，以便供赏而不致浮湛。切望如期差人来问，浦江县西地名前吴吴知县位对面交卷，守回标照应。俟评校毕，三月三

日揭晓，赏随诗册分送。此固非足浼我同志，亦姑以讲前好、求新益云。①

"月泉吟社"征赋《春日田园杂兴》诗，规定元至元二十三年丙戌（1286）十月十五日命题，次年丁亥（1287）正月十五日收卷，月底结局，三月三日揭晓并分赏。《月泉吟社》原序前有清代四库馆臣《提要》记载："此本仅载前六十人，共诗七十四首。又附录句图三十二联，而第十八联佚其名。盖后人节录之本，非完书也。其人皆用寓名，而别注本名于其下。如第一名连文凤，改称'罗公福'之类，未详其意。岂凤等校阅之时，欲示公论，以此代糊名耶？首载社约、题意、誓文、诗评，次列六十人之诗，各有评点，次为摘句，次为赏格及送赏启，次为诸人覆启，亦皆节文。其人大抵宋之遗老，故多寓遁世之意及听杜鹃、餐薇蕨语。"② 该社收到二千七百三十五张诗卷，邀请方凤、谢翔、吴思齐评定甲乙，选取二百八十人。但《月泉吟社》仅载录前六十人，诗七十四首。与《提要》著录相符，《月泉吟社》包括社约、春日田园题意、誓诗坛文、诗评、月泉吟社诗及评点、摘句图、送诗赏小札、回送诗赏札等部分。创作、选评、奖赏三者，奠定了社诗总集的基本形式。这三者也是诗社活动的重要环节，围绕诗歌创作而展开。《月泉吟社》的编纂体例，反映了"月泉吟社"的活动形式，并对清代社诗总集的形态产生影响。"月泉吟社"是元初遗民诗社，成员多为"宋之遗老"，具有避世倾向。其遗民性对后世结社也有一定的引导作用。关于该社的具体细节，欧阳光先生《宋元诗社研究丛稿》已展开论述③。

"月泉吟社"逐渐成为元代风雅的象征。王玉树《元尚风雅》

---

① 吴渭：《月泉吟社》，《景印文渊阁四库全书》第 1359 册，第 619 页。

② 吴渭：《月泉吟社》卷首《提要》，《景印文渊阁四库全书》第 1359 册，第 617—618 页。

③ 欧阳光：《宋元诗社研究丛稿》，广东高等教育出版社 2011 年版，第 72—81 页。

记载："案：有元一代，文学甚轻，当时有九儒十丐之谣，科举亦屡兴屡废。宜乎风雅之事弃如弁髦矣。而缙绅之徒，往往以文墨相尚，每岁必联诗社，四方名士毕集，宴赏穷日夜，诗胜者辄有厚赠。"①谈到元代缙绅名士热衷结社的风气，也提及"月泉吟社"的发起人吴渭、考官谢翱及第一名作者。这篇杂记摘自《明史》《元史》《怀麓堂诗话》《四友斋从说》等史料，赵翼《元季风雅相尚》一文的结构内容也与此相似②，都反映了清人对宋元之际文学环境和社事的总体认识。"月泉吟社"并非元初唯一诗社，其创立当时必是诗社林立，宴集酬唱频繁。但《月泉吟社》的流传，使得该社秀出于众，终成诗社典范，并推动明清社事的巨大发展。清代对"月泉吟社"及其社诗总集的推重与模仿，主要体现在以下三个方面。

第一，追和"月泉吟社"原韵。"春日田园杂兴"，借题于范成大诗歌。清人沿用该诗题，表达对"月泉吟社"前辈的思慕，对田园归隐生活的神往。就性质和风格而言，"月泉吟社"堪称遗民诗社、田园诗社的滥觞。陆世仪《春日田园杂兴》序云："遭时不偶，避世墙东，春日伤心，无聊独叹。偶过异公斋，示我《春兴》六首已，又出《月泉吟社》一册曰：'此至元丙戌浦江吴潜翁所辑也。'时元易宋已五载，翁隐石湖，集诸隐流吟咏寄志，一时属和几及三千。嗟乎！屈、陶异世同情矣。虽时事尚未可知，而丙戌奇合深用足叹，亦成六首聊志鄙怀。不敢曰首山之吟，亦用代曲江之哭耳。"③卷二编年"乙酉至丁亥"，这组诗歌写于顺治三年丙戌（1646）春。《月泉吟社》经过明代毛晋汲古阁的刊印，在清代容易得见。类似"秋兴"，"春日田园杂兴"渐成清人春日咏叹的一个固定主题。陆世仪的组诗，又见于陈瑚《顽潭诗话补遗》④，用字有所改易。《顽潭诗话》属于诗歌总集而非诗话，补遗部分实为陈陆溥所

---

① 王玉树：《经史杂记》卷五，《续修四库全书》第 1156 册，第 399 页。
② 赵翼：《廿二史札记》卷三十，《续修四库全书》第 453 册，第 557 页。
③ 陆世仪：《桴亭先生诗集》卷二，《续修四库全书》第 1398 册，第 548 页。
④ 陈瑚、陈陆溥：《顽潭诗话·补遗》，《续修四库全书》第 1697 册，第 559 页。

辑，朱则杰先生已有考辨①。陈瑚自序称："其间有一人为一类者，《指南》《心史》之续也；有一事为一类者，《月泉吟社》之续也；有一时为一类者，《谷音》之续也。"② 陆世仪这组诗歌应属第二类。可见，《月泉吟社》的体例被清初总集所借鉴。据朱则杰先生考证，《顽潭诗话》不等于陈瑚所结"莲社"之社诗总集，尽管作者多是"莲社"成员③。目前没有证据显示陆世仪《春日田园杂兴》是社诗作品，但后世诗人追和"月泉吟社"原韵足以说明该社的影响。清代同题组诗或五言、七言律诗数量众多，不胜枚举。又如任安上《借舫居诗钞仅存》④，目录所载《重阳前二日，同人小集永贻堂，分咏秋日村居杂兴，仿元人"月泉吟社"例，不拘韵，各赋五言或七言一首，分得蔬圃》一诗，"秋日村居杂兴"乃"春日田园杂兴"之变形。

另外，王士禛《仲兄礼吉墓志》记载："兄所刻《抱山诗集》凡二卷。尝和月泉吟社诗五十余章，多警策，未及锓梓，今其稿不知犹存否？"⑤ 这些和诗于王士禧《抱山集选》之中未能获见⑥，但很有可能仿《春日田园杂兴》而作。

第二，追导"月泉吟社"遗风，效仿《月泉吟社》形式。这种情况是指，以"月泉吟社"为典范创立诗社，甚至按照《月泉吟社》的体例编排总集。第一点所说，追和"月泉吟社"原韵，有可能仅限于个人创作。清代诸多集会唱和，实际很接近结社，常以

---

① 朱则杰、黄治国：《陈瑚"莲社"与〈顽潭诗话〉》，《浙江大学学报》2013年第6期。凡所引朱则杰先生有关结社、集会、唱和的文章，又可参见其《清诗考证续编》第二辑《结社集会类》）。

② 陈瑚、陈陆溥：《顽潭诗话》卷首，《续修四库全书》第1697册，第503页。

③ 朱则杰、黄治国：《陈瑚"莲社"与〈顽潭诗话〉》，《浙江大学学报》2013年第6期。

④ 任安上：《借舫居诗钞仅存》，光绪十五年己丑（1889）刻本。

⑤ 王士禛：《蚕尾续文集》卷十七，《王士禛全集》本，齐鲁书社2007年版，第3册，第2259页。

⑥ 王士禧：《抱山集选》，《四库全书存目丛书》集部第227册，第420—432页。

"月泉吟社"作为理想，试图重现联社雅集的传统。如汪琬所辑唱和总集《姑苏杨柳枝词》，含有《倡和姑苏杨柳枝词约》："琬按：元浦江吴渭清翁《月泉吟社》一刻，前有题意、诗评数则。今略仿此例，凡用事未有根据者……概不及录。其余虽有微暇，未敢删弃。琬也不敏，或盲心眛目则有之，若爱憎毁誉杂出私心，则吴清翁所谓'三辰在上，可誓诗坛'者也。惟诸作者亮之。"① 这篇约文的功能相当于《月泉吟社》的社约和誓文。据朱则杰先生考订，"姑苏杨柳枝词唱和"汪琬首唱作于康熙十五年丙辰（1676），最终成书时间是康熙十六年丁巳（1677）②。结合上述陈瑚《顽潭诗话补遗》的编定时间，《月泉吟社》的体例在清初这段时间得到高度认可。立约盟誓，也是唱和活动规范化诗社化的标志。王士祯也曾提到汪琬仿"月泉吟社"征诗："宋末浦江吴渭清翁作月泉吟社。……顺治丁酉［十四年，1657］，予在济南明湖倡秋柳社，南北和者至数百人，广陵闺秀李季娴、王潞卿亦有和作。后二年，予至淮南始见之。盖其流传之速如此。同年汪钝翁在苏州为《柳枝诗》十二章，仿月泉例征诗，浙西、江南和者亦数百人。"③ 王士祯"秋柳社"与汪琬"姑苏杨柳枝词唱和"，都是"月泉吟社"之流亚。关于作品体裁、唱和方式和作者关系等，朱则杰先生已注意到两者的差异④。这两例都能说明清初社事与"月泉吟社"及其社诗总集的渊源和联系。此外，胡敬《崇雅堂骈体文钞》卷二《屠琴坞同年〈是程堂倡和投赠集〉序》《翟氏书巢倡酬诗册序》两篇序文都以"月泉吟社"为参考⑤。又如李苞《观音庵同人小饮》首二联写道："不见故人徒相思，既见故人莫相离。

---

① 李圣华：《汪琬全集笺校》，人民文学出版社 2010 年版，第 4 册，第 2212 页。
② 朱则杰：《汪琬"姑苏杨柳枝词唱和"考论》，《江南大学学报》2016 年第 2 期。
③ 王士祯：《古夫于亭杂录》卷四，《王士禛全集》本，齐鲁书社 2007 年版，第 6 册，第 4907 页。
④ 朱则杰：《汪琬"姑苏杨柳枝词唱和"考论》，《江南大学学报》2016 年第 2 期。
⑤ 胡敬：《崇雅堂骈体文钞》卷二，《续修四库全书》第 1494 册，第 265、273 页。

况复续开月泉社,月月联袂吟新诗。"① 相较于元白唱和、皮陆唱和、西园雅集等,"月泉吟社"是名副其实的大型诗社,最终成为结社的象征和指代。吴翌凤《灯窗丛录》卷一"社集始于宋末之'月泉吟社'"②,将该社作为结社集会的开端,推促明代结社热潮的产生。清人动辄以之勉励同人,努力延续社事之盛况。

第三,为"月泉吟社"作诗文、序跋。复旦大学图书馆藏《月泉吟社》一卷,明末虞山毛氏汲古阁本,卷末附有全祖望所撰《跋〈月泉吟社〉后》《跋〈月泉吟社〉白湛渊诗》《寄万九沙论〈宁志〉补遗杂目,"月泉吟社"诗人》③,应为后人抄录添加。第三篇是回答万经(九沙其号)关于重修《宁波府志》的问题,涉及"月泉吟社"两位诗人白埏(号湛渊)、陈规(字养直)。全祖望《鲒埼亭集外编》卷三十四、卷三十三、卷四十七,亦分别收入了这三篇文章④。钱谦益《牧斋初学集》卷八十四《记〈月泉吟社〉》提到"月泉吟社"仿"锁院试士之法"并介绍了该社的活动过程、部分社员生平,表现了这个诗人群体的遗民心态⑤。孙士毅《题〈月泉吟社诗〉后》对"月泉吟社"成员的缅怀之情跃然纸上:"君不见遗民老作江湖客,不愿为潮愿为汐。汐社风流五百年,卷中诗句谁词伯。富春尚胜严陵台,越市已无梅尉宅。白雁从南飞,朱鸟鸣声悲。十月既望岁丙戌,春日田园杂兴诗。托名第一罗公福,浦阳江上吞声哭。"⑥《月泉吟社》在清代有退补斋《金华丛书》本,是胡凤丹取家藏明代毛晋本重刻所得,并撰有《〈月泉吟社〉序》⑦。此

① 李苞:《敏斋诗草》卷下,《续修四库全书》第 1475 册,第 643 页。

② 吴翌凤:《灯窗丛录》卷一,《续修四库全书》第 1139 册,第 576 页。

③ 吴渭:《月泉吟社》卷末,明末虞山毛氏汲古阁刻本。

④ 朱铸禹:《全祖望集汇校集注》,上海古籍出版社 2000 年版,中册,第 1439、1417、1775 页。

⑤ 钱谦益:《牧斋初学集》卷八十四,上海古籍出版社 2009 年版,下册,第 1763—1764 页。

⑥ 孙士毅:《百一山房诗集》卷五,《续修四库全书》第 1433 册,第 415 页。

⑦ 胡凤丹:《退补斋文存》卷三,《续修四库全书》第 1552 册,第 304 页。

毛晋本是《月泉吟社》与《谷音》合刻本。王士禛《香祖笔记》卷二谈到"《谷音》三卷"时称此书"毛氏汲古阁本与《月泉吟社》合刻最工"①，可见该合刻在康熙年间也是通行本。

第四，考证"月泉吟社"成员，辨析《月泉吟社》版本。清人笔记涉及"月泉吟社"之处，往往谈及社员和版本。如，王士禛《池北偶谈》卷十九记载："宋末浦江吴渭倡'月泉吟社'，赋田园杂兴近体诗，名士谢翱辈第其高下，诗传者六十人，清新尖刻，别自一家。予幼于外祖邹平孙公家见古刊本，后始见琴川毛氏本，常遍和之。窃谓皋羽所品高下，未尽当意，因戏为易置次第如左。"②王士禛曾在外祖家见过《月泉吟社》古刊本，后来才是毛氏汲古阁本。他按照自己的标准，重新排列前面二十一名。清代《月泉吟社》版本并不复杂，主要有《四库全书》本、《诗词杂俎》本、《粤雅堂丛书》本和《金华丛书》本等。

此外，断代诗歌总集、地方诗歌总集也常收录"月泉吟社"成员之诗。如顾嗣立《元诗选》、厉鹗《宋诗纪事》、陈衍《元诗纪事》、郑杰《闽诗录》等。某些地方诗话和读书斋诗话也经常叙及该社，如王士禛《带经堂诗话》、郑方坤《全闽诗话》、陶元藻《全浙诗话》、李慈铭《越缦堂诗话》等。地方志如雍正《浙江通志》也摘录了一些"月泉吟社"的相关史料。

"月泉吟社"的影响从清代延至民国。"梁社"被迫停顿后，"衡门诗社"兴起，"效元代至元时浦江吴渭、谢翱诸公之'月泉吟社'"③，编有社诗总集《衡门社诗选》。吴慧慧先生硕士学位论文《"梁社"

---

① 王士禛：《香祖笔记》卷二，《王士禛全集》本，齐鲁书社 2007 年版，第 6 册，第 4501 页。

② 王士禛：《池北偶谈》卷十九，《王士禛全集》本，齐鲁书社 2007 年版，第 4 册，第 3308 页。

③ 张景延等：《衡门社诗选》卷首萧惠清序，《清末民国旧体诗词结社文献汇编》第 23 册，第 225 页。

研究》对该社已作细论①。另有"蛰园钵社"等，为续"月泉吟社"之风雅而创立，并辑有社集《蛰园击钵吟》②。

二　文本与活动：从社诗总集看结社方式的多样性

社诗作品编纂成集，存在总集与别集合编的情况，或者总集附属于诗文集。社诗作品一旦独立成卷，便具备总集编纂的意识和研究价值。清代社诗总集，其成书往往受到《月泉吟社》的影响。上文也提到清人序跋常以"月泉吟社"作为诗社的典范，如"君如蒲褐，遍传湖海词人；我亦清翁，共结田园吟社"等③。"月泉吟社"及《月泉吟社》对于清代社集的意义，在于树立了社集编纂的体式。相隔几百年，清代社诗总集仍有《月泉吟社》的诸多痕迹。社诗总集之间的差异，不仅表现在文本内容方面，也包括集会、唱和等方式的区别，以及编纂体例的不同。社诗总集编纂的历史性转变，反映的正是结社方式的演化过程。

清代唱和总集的数量，明显多于社诗总集。酬唱是诗社之先声，所有社诗作品其实都是唱和作品。社诗总集与唱和总集，具有明显的界限，如社诗总集的序跋明确提到结社，卷首附有社约、社引，卷内作品包含集会信息。两类总集代表唱和与结社两种文学活动，在形式上各具特点。第一，双人唱和及其相关总集较常见，双人结社的情况却不多。如李星沅（号石梧）、郭润玉（号笙愉）夫妻二人唱和所得《梧笙唱和初集》④，董镛（字薇雪）、那兴阿（字兰汀）朋友二人唱和所得《汀雪联吟初集》⑤，张珮兰、张贞

---

① 吴慧慧：《"梁社"研究》，硕士学位论文，浙江大学，2016 年。
② 郭则沄：《蛰园击钵吟》，《清末民国旧体诗词结社文献汇编》第 24 册。
③ 李长荣：《柳堂师友诗录》卷首谭莹玉序，同治二年癸亥（1863）羊城富文斋刻本，第 2b 页。
④ 李星沅、郭润玉：《梧笙唱和初集》，道光十七年丁酉（1837）芋香山馆刻本。
⑤ 董镛、那兴阿：《汀雪联吟初集》，清末嗜此味斋钞本。

兰闺秀二人唱和所得《二兰合璧》①，这类总集不是个人诗集的合订本，作者之间关系密切，真实存在唱和活动。诗社有大小之分，多至上百人，少则二三人。社员的名单在集会的过程中会发生增减，控制社员数量是维持社事秩序的手段之一。普通唱酬不一定依赖集会，不完全受主体数量的限制。第二，相较于社诗总集，唱和总集受地域的限制较小。如张銮辑《沪上秋怀倡和集》②，来自张銮与吴懋谦旅沪时与诸友共同唱和；方濬颐辑《岭南倡和诗》③，是广州唱和诗歌总集；王咏霓辑《渐源唱和集》④，以皖江渐水一带诗人为主体；钱国祥辑《闽中唱和集》⑤，是诗人居闽中时与友人唱和往来之作。这些总集一律以地域命名，辑录的可能是当地及周边诗人的作品，也可能是诗人旅居他乡与故雨新知唱和所得。反观社诗总集，诗社活动范围有限，常在社员的寓所或书斋举行，如《红犀馆诗课》集会与欧景辰红犀馆舍相关。清代也有辐射范围较广的诗社，但毕竟还有社内社外的门槛，包容程度不及一般唱和。

纵观清代社诗总集，其体式与结构既反映了对元初《月泉吟社》的继承与仿效，又展示出清代结社方式的多样性和阶段特征。主要表现在以下几个方面。

第一，以诗人自发结社为常态，兼有官府创设的情况。"翠屏诗社"是云南官府创设的具有会课性质的诗社⑥，其《诗社牌示》记载："每月十五会课一次，届期由本府拟诗题数道，粘帖府署大堂，

---

① 张珮兰、张贞兰：《二兰合璧》，光绪三十年甲辰（1904）刻本。

② 张銮：《沪上秋怀倡和集》，康熙三年甲辰（1664）刻本。

③ 方濬颐：《岭南倡和诗》，同治三年甲子（1864）羊城刻本。

④ 王咏霓：《渐源唱和集》，光绪二十六年庚子（1900）刻本。

⑤ 钱国祥：《闽中唱和集》，清稿本。

⑥ "翠屏诗社"起于光绪二十二丙申（1896）五月，迄于二十三年丁酉（1897）十一月。会课诗人有冯誉骢、赵永昌、宋培厚、张玊武、胡嗣虞、李重华等，总数多达六十余人。刻有社诗总集《翠屏诗社稿》，凡十卷，内部作品按照各次集会顺序编排，每次集会包含一组或两组诗题。

诸生自行钞回，宽以时日，脱稿送阅。"① 这种自行抄回再脱稿送阅的方式，可能也有借鉴"月泉吟社"的成分。官府创设诗社之初，通常具备一定名目。冯誉骢任职云南东川知府期间，注意到当地诸生已掌握八股文法，但诗词创作失于工整，因此提议在文课外设立"翠屏诗社"。该社成员众多，也是官府倡导的直接结果。每月十五会课一次，诗题由冯誉骢拟定，官办诗社的执行力度较强。其实，清代诗社绝大部分由诗人自觉发起，"翠屏诗社"追本溯源也取决于冯誉骢的个人举措。自发结社，集会时间灵活，可作适度调整，与会诗人当场创作，缺席诗人会后补足。官府创设诗社相对正式，但并非常态，无法完全满足各地诗人频繁集会的需求。不同于士大夫阶层，布衣结社容易受到经济状况的束缚，宴饮游赏、创作付梓等都需要费用支持。然而，即使底层诗人生活贫寒，无以为继，民间小型诗社依旧此起彼伏，不可计数。到了清代，阶层和经济已不再是阻碍诗人结社的关键因素。

第二，兼有文本与口头两种约定形式。社诗总集不仅收录社诗作品，也涉及结社相关事宜。前文提过《月泉吟社》包含社约、题意和誓文等部分。宋元时期拟定社约的惯例延续至明清，民国社诗总集也常见约法。例如明代万历三十六年戊申（1608），谢肇淛与徐燉起结"红云诗社"，分别撰有《红云社约》《红云续约》②，是典型的社约。段猷显与袁宏道等人结"葡桃社"于葡萄棚下，又作"葡萄社"，谢肇淛也曾参与其中。这类以果品命名的诗社颇具晚明风格，在此不作探讨。又如民国时期"南雅诗社"社约、"观澜诗社"社约等③，囊括结社宗旨、审美倾向、集会频率和集会地址等，内容

---

① 冯誉骢：《翠屏诗社稿》，光绪二十四年戊戌（1898）云南东川府署刻本，第1a页。

② 邓庆寀：《闽中荔支通谱》卷十一，《四库全书存目丛书》子部第81册，第524—525页。谢肇淛：《小草斋文集》卷二十七《餐荔约》，即《红云续约》，《四库全书存目丛书》集部第176册，第296—297页。

③ 由云龙：《南雅诗社吟稿》，《清末民国旧体诗词结社文献汇编》第8册，第61—62页；钟伯毅等：《观澜诗社酬唱初集》，《清末民国旧体诗词结社文献汇编》第26册，第512—515页。

大同小异。清人王相举行"九九诗会",社诗总集为《白醉题襟集》,《会约》如下:

> 一〔一〕一九一会,即以交九之日为定期。同人有兴,欲添设一会者,亦听便,如月之有闰可也。
>
> 一〔二〕同人轮转邀集,各随兴致,毋拘次第,似觉活泼。前三日或诗或文,传送一邀;不烦折简,以避俗例。
>
> 一〔三〕会日芳尊苦茗,山肴野蔌,取朴去华,以存文人本色。
>
> 一〔四〕辰刻聚集,酌题分卷。早餐后有要事者,不妨分应;晚酌毕,灯下补成,艺全方散。
>
> 一〔五〕六艺外,不及余事。外扰之来,概宜谢绝;不获辞则入别室,毋败人意。
>
> 一〔六〕会友文字外,或工书或善画,皆可订入;会时正课毕,别留妙翰,以志雪鸿,添助雅兴实多。
>
> 一〔七〕远道不能至者,可附鳞羽;期于九日之内,尊作寄到,则下课之题并前课诸友之作,坛主人录寄。①

九九消寒会的集会时间较明确,通常在创社之前约定社规,而不是在集会的过程中逐步摸索。"翠屏诗社"的《诗社牌示》,以文书的形式公开告知民众,也兼具社约的功能。可见,社约大致有两种形式:一是类似序跋,以社引、社启等文体出现,回顾结社缘起、叙述结社经过和约定结社方式等;二是类似例言,条目式罗列,对社诗总集的宗旨、体例、结构、体裁和内容等作出说明。第二种社约是社诗总集的附件,而第一种往往是篇章独立的散文,可以视作结社的前奏。真正的凡例,如《寄园七夕集字诗》

---

① 王相:《白醉题襟集》,《友声集》附,《续修四库全书》第 1627 册,第 243—244 页。

卷首胡德迈所撰①，也起到约束社员的作用。清代，文本约定仍是少数，口头约定居多。即使是口头约定，诗社的集会与创作同样有迹可循，这是诗社的内部规律。

第三，集会有一次和多次之分，多次集会又有定期和无定期之别。前文叙及顺治年间王士禛建立"秋柳社"，和者数百人，乃清代著名大型诗社之一。此后的诗人或诗社的唱和活动反复采用王士禛《秋柳》韵。"秋柳社"实质上只是一次雅集唱和。又如总集《寄园七夕集字诗》②，寄园、七夕、集字诗，分别限定了集会地点、时间和创作方式，也只有康熙三十六年丁丑（1697）七月七日一次集会。又如《碧湖吟社展重阳会诗》所记载③，光绪十二年丙戌（1886）九月十九日，郭嵩焘在长沙北城外碧浪湖畔的开佛寺结"碧湖吟社"。不管该社是否还有其他集会，这部社诗总集的作品确是围绕一次集会一个主题。又如谭宗濬评定《香山榄溪菊会诗集》④，排列一百零一位诗人名次。"香山小榄乡菊花会"的诗题包括"登风度楼怀张文献公"和咏菊系列组诗等。这类总集以一次集会为依托，介于诗会总集和社诗总集之间。诗会与诗社的概念差别并不明朗，也没有彻底划清界限的必要。一次性的集会活动，特别是安排在令节佳期，容易得到百人云集响应，形成宏大规模。倘若诗社开展多次集会和各式主题，要求社员之间相互配合，与会诗人恐怕难以达到数百之多。一般而言，清人以多次集会巩固诗人群体的交游，保证社事的长远发展，止于一次集会的诗社及社诗总集相对稀见。消寒会、消夏会等，结社目的和集会次数明确，社员具备一种默契：集会完结即

① 赵吉士：《寄园七夕集字诗》卷首，康熙三十六年丁丑（1697）刻本，第1a—2b页。

② 康熙三十六年丁丑（1697）七月七日，赵吉士招辇下同人雅集寄园，限韵集字，以堂额"相赏有松石间意"为韵分赋，同年刻有《寄园七夕集字诗》。

③ 郭嵩焘：《碧湖吟社展重阳会诗》，光绪十二年丙戌（1886）刻本。

④ 谭宗濬：《香山榄溪菊会诗集》，清西湖街藏珍阁刻本。

诗社解散。例如曾元基辑《听琴别馆消寒诗钞》①，这个"消寒诗社"凡九次集会，两次集会间隔九日，起止时间十分清晰。还有部分诗社在创立初始阶段，预先约定集会的具体次数，具有特殊性。

第四，兼有征诗与唱和两种创作模式。与"月泉吟社"相同，王士禛"秋柳社"、汪琬"姑苏杨柳枝词唱和"等，都是清代典型的征诗大会。大型诗会一般采取"征诗"这种形式，社员围绕主题进行创作，或以首唱为核心征集和诗。诗坛名流主持社集，但逾百名社员之间的关系不甚紧密。上述"寄园七夕集会""香山小榄乡菊花会"等诗会的创作方式也类似于征诗。光绪《香山县志》卷二十二记载："顺德罗天尺有《榄溪斗菊诗》（暴志《艺文》）。同治甲戌十月初十日再举为第四会，命题征诗，首题为'登风度楼怀张文献公'，次为'菊酒''菊糕''菊灯''菊枕'，诗四千余卷。南海谭榜眼宗浚评阅，本邑黄绍昌诗擅场（《采访册》），一时有'菊花状元'之目（《海山诗屋诗话》）。"② 收诗四千余卷，足见征诗规模之大。道光祝淮《香山县志》记载，香山小榄人善作盆菊，品评乡人所植菊花叫作"菊试"，联二三知己唱和篱下花前叫作"菊社"。至于"菊会"，起止三天，乾隆四十七年壬寅（1782）为初会，五十六年辛亥（1791）为第二会，嘉庆十九年甲戌（1814）为第三会，同治十三年甲戌（1874）是第四会。这里将"菊会"与"菊社"区分，"菊会"以布置菊展招揽宾客观赏为主，至于按照惯例征诗，规模宏大也非"菊社"所能比肩。第四次菊会辑有社诗总集《香山榄溪菊会诗集》，称为同社也可。明末社集就有征诗方式，如

---

① 曾元基：《听琴别馆消寒诗钞》，道光十五年乙未（1835）桐城官署刻本。该"消寒诗社"始于道光三年癸未（1823）十一月二十一日冬至，迄于次年甲申（1824）二月初三日，每九日雅集一次，共九次集会。九位诗人轮流主持，每次集会设置二到四个诗题。

② 光绪《香山县志》卷二十二《杂记》，《中国地方志集成·广东府县志辑》第32册，第487页。

《历代画史汇传》记载："黎遂球……初于崇正癸未游维扬，其时影园放黄牡丹，大会词人赋诗，且征诗江楚，延社长评定甲乙，第一以黄金二觥镂'黄牡丹状元'字赠之。折卷遂球第一入选，女乐歌吹迎于红桥，一时传为盛事。"[1] 崇祯十六年癸未（1643），郑元勋影园雅集，钱谦益评卷，黎遂球获得第一名。征诗作为社事的序幕，为后面的选诗、评诗创造可能性，也可调动社员的积极性，增添结社的趣味。征集得来的诗歌，一般具有相同的主题或创作体裁，有助于评定甲乙。征诗是"月泉吟社"的标志，又成为清代结社的一种形式，得到广泛应用。征诗还用于贺寿、悼亡等活动，具有纪事意义。当然，唱和模式仍是清代诗社最主要最常见的创作方式。减少与会诗人，增加集会次数，唱和模式促使诗社稳定发展，达到一种平衡状态。

第五，作诗为主，填词为辅。通常而言，诗社以诗歌创作为主，词社填词，文社则写作文章，相互切磋技巧。值得注意的是，清代史料出现"文社"二字，有时只是文人结社的笼统称呼，并不涉及体裁。彭銮辑《薇省同声集》收录词集四种[2]，其中包括端木埰《碧瀣词》。作者自序记载："道光戊申［二十八年，1848］，江宁水灾。伟君金先生居采蘩桥，水汩其半扉，移居天禧寺之听松阁。……适先生填《秋影》《秋声》两词，仲常首属和，谓予曰'先生境困极，又一无所好，盖群和焉，联为词社，稍释老人牢愁'，众以为然。先生亦不忍拂群意，遂就所作名曰'听松词社'。"[3]《薇省同声集》是总集，但所收四家词人并非同社关系；《碧瀣词》不是总集，却包含词社作品。又，同治六年丁卯（1867），薛时雨（字慰农）

---

① 彭蕴璨：《历代画史汇传》卷十一，《续修四库全书》子部第1083册，第241页。

② 彭銮：《薇省同声集》，光绪十六年庚寅（1890）刻本。

③ 端木埰：《薇省同声集·碧瀣词》卷首自序，光绪十六年庚寅（1890）刻本，第1a页。

主持"湖舫文社",共八次集会,辑有《湖舫会课》①,包含八个时文题目和八个试帖诗题。在此之前已开"湖舫诗社",两社并著。针对不同的创作群体或集会空间重展社事,在清代时有发生。但是,文学体裁转变,促使二社并举错立,这种情形为数不多。宏观而言,词社和文社的创作体裁及方式较单一,集会次数也有限。而诗社具有统摄力,既可专事作诗,不触旁类,也可凭余力填词造文,琢磨文章技艺。诗社唱和注重互动与交流,在社员之中形成耦合效应。除了《借舫居诗钞仅存》,任安上还撰有《词钞仅存》《文钞仅存》。其曾孙任元潆辑《借舫居同社仅存》,乃任安上结社所得,时间大致在嘉庆十五年庚午(1810)、十六年辛未(1811)。社员姓氏目录如下:

苏　榛　诗四首

吴　骞　诗七首

储成章　诗三十五首

朱麟征　诗十四首,序一篇

申泽溥　诗二十四首,词三首

潘兆熊　诗二十七首

周　迪　诗三十五首,词六首

储征甲　诗二十一首,词三首

吴衡章　诗十一首

万应馨　诗一首

汤　溶　诗一首

史　炳　诗二首

徐腾蛟　词一首

朱　珩　词一首

朱　琏　词一首

① 薛时雨:《湖舫会课》,光绪二十年甲午(1894)刻本。

徐　桎　词一首
马廷华　词三首①

　　社员十七人，作品包括诗词和序文。任元瀋根据曾祖所存断简零纨，"遍处访求，搜辑付梓"②，使之得以流传后世。另外，潘允喆诸作已刊入《长溪草堂集》，该总集不录。潘允喆即乾隆末年"长溪诗社"的社长，任安上也是社员之一。其孙潘逮吉所刻社诗总集《长溪社诗存》包括诗两卷、词一卷。又，《红梨社诗钞》序文"缮录积一年，得诗若干、诗余若干，以齿为先后梓之"③，明确记载社员作词。"红梨社"第十三次集会，题目为《十一月十二日，集款冬花屋，分赋寒闺词》，十名社员分赋十种词牌。该社屡次尝试同题分韵、分题咏物、分题咏史等唱和方式，偶或穿插不同文体的创作。清代诗社以作诗为主，有时兼顾填词，这种形式改变了集会原有的节奏，起到调剂社事的作用。

　　第六，采取同题分咏、同题分韵等多种唱和方式。题与韵，指的是诗歌的题材与用韵。例如《北麓诗课》④，卷一包括写景诗、咏物诗、宫词等，题材较杂；卷二是怀古诗和拟古诗两类，形成"十亭怀古""十楼怀古""十台怀古""续十台怀古"等系列；卷三全部是咏史诗；卷四主要是拟新乐府、题画诗、书后诗、咏物诗和歌

---

　　①　任元瀋：《借舫居同社仅存》卷首，光绪十五年己丑（1889）刻本，第1a—2a页。

　　②　任元瀋：《借舫居同社仅存》卷首，光绪十五年己丑（1889）刻本，第2a页。

　　③　陈希恕：《红梨社诗钞》卷首，道光十一年辛卯（1831）刻本，第1a页。道光十年庚寅（1830）二月，周梦台、唐寿蓴、冯泰、陈希恕、张星、张沅、仲湘、沈彬、贾洪、张镆等人在江苏吴江结"红梨社"。当地有水"红梨渡"，因以名社。社诗总集《红梨社诗钞》收录了十四次集会的诗作，与会社员三十人左右。

　　④　张作楠：《北麓诗课》，道光二年壬午（1822）刻本。乾隆五十三年戊申（1788）至五十四年己酉（1789），曹开泰与方国泰、方元鸥、邵声芳及方应凤、方应麟兄弟六人在浙江金华结"北麓诗课"。三年后，张作楠与曹位、陈仁言、金尊梅四人加入。嘉庆四年己未（1799）以后，曹寅、冯慎中、张作楫和张允提四人再加入。社诗总集《北麓诗课》，合张作楠、冯慎中所录课草编为四卷，诗歌共九百九十一首。

谣等。从卷二开始，主题趋向统一，出现同题唱和、分题唱和两种方式，显示出了诗歌创作随着社事深入而呈现的新特征。宋元诗社纷起之时，唱和方式已相当成熟、丰富。因为在社事兴盛以前，诗人当中的集体唱和活动十分活跃，对唱和方式的探索不断。清代社诗总集的唱和方式，呈现出由"同题共咏"转向"同题分咏""同题分韵"的趋势。"月泉吟社"诗人群体皆以"春日田园杂兴"为题，这种整齐划一的方式即同题共咏，便于评阅作品。但从长期结社的角度考虑，唱和方式多样性是必然的趋势。根据《北麓诗课》目录可见，在诗歌类型相同的前提下，社员分咏小题，体裁却视情况而定。"红梨社"则尝试了多种唱和方式，历次集会如下：

第一会，《庚寅二月十二日，集绿意庵，分赋古方俗》

第二会，《三月二十一日，同人游西庵，并议祀卜野水先生主于别室》

第三会，《四月十四日立夏节，集西云楼饯春，以韩诗"升堂坐阶新雨足，芭蕉叶大栀子肥"分韵》

第四会，《闰四月八日，集古鲸琴馆，分咏诸家所藏书画》

第五会，《五月四日，集无悔靡闷之室，题李辰山先生墓图》

第六会，《六月七日，荇藻湖观荷，以白石词"水佩风裳无数"句分韵》

第七会，《七月五日，集惜笋庵，分咏蔬果》

第八会，《八月二日，集停云楼，茗饮即事》

第九会，《八月十五日，集琯朗阁，分咏饮中八仙》

第十会，《九月十九日，集崇百药斋，赋十医诗》

第十一会，《十月八日，集观自得斋，分拟〈选〉诗》

第十二会，《十月二十八日，集玉海书堂，分咏里中故迹》

第十三会，《十一月十二日，集款冬花屋，分赋寒闺词》

第十四会,《十二月初八日,集止宿庵,分赋残年新乐府》①

其中,九次集会都是同题分咏,内容包括传统地方风俗、书画、蔬果、饮中八仙等。第三会和第六会便是同题分韵,这种方式通常以名句分韵赋诗,并保证韵脚多于与会人数。在清代社诗总集中,同题分咏与同题分韵都具有突出的地位。"红梨社"第二会、第五会则属于同题共作,众人围绕一个诗题共同创作,这种方式在集会的过程中逐渐式微。同题共作,适合难以分题分韵的大型集会,或是诗社活跃度不足的情况。

第七,诗歌创作与选评相结合。清代诗社仿照《月泉吟社》选评诗歌的先例,对社诗作品加以选取与评点,形成总集编纂的特定模式。但选诗和评诗,并非所有诗社的必经过程。有的诗社力求呈现作品全貌,甚至不予修饰,或者诗社本身规模小,存留作品不多,就会尽量扩大社诗总集的容量。诗歌评点的部分,属于诗话范畴,体现诗社的审美趣味。例如"素兰社"所刻《莳兰堂诗社汇选》②,由冯公亮选评辑录。冯氏评语短小精悍,只用一二句点出诗作的风格神态,对于清丽淡雅、绝尘脱俗的文笔,亦不吝赞美。该社共得卷帙一千一百多,选诗解决了总集编排的难题,评诗又深化了选诗的目的和依据。《香山榄溪菊会诗集》之中,谭宗濬对所录诗人作品也作了相应的评论。评第一名黄绍昌曰:"骈体序藻采华赡,诗则骨秀气苍,于瑰玮典丽之中仍有浑灏流行之致。昔宋孙邻几评杜陵诗,譬之凿太虚而嗷万籁,俨勾陈而界云汉。吾于斯篇亦云然。末首感喟淋漓,则又吊古况今之微旨也。七绝鲜秀。"③ 评第二名李长荣曰:"切定'风度楼'着想一切,曲江祠堂、文献故宅等题,俱移

---

① 陈希恕:《红梨社诗钞》,道光十一年辛卯(1831)刻本。

② 冯公亮:《莳兰堂诗社汇选》,乾隆三年戊午(1738)刻本。乾隆二年丁巳(1737),冯公亮与何绂、李璧、郭天慧、黄大琏、吴元雄、冯天秩、蔡文锋、黄企公等七十余人在广东结"素兰社",刻有社诗总集《莳兰堂诗社汇选》。

③ 谭宗濬:《香山榄溪菊会诗集》,清西湖街藏珍阁刻本,第3b页。

用不得。诗格亦苍健雄深，非精于声律者不能有此境界。七绝轻秀，品格在南湖、白石之间。"① 谭宗濬从辞藻、格律、风格、源流和意旨等方面简析作品，评价恰如其分。清代社诗总集还会对诗歌"评定甲乙"，即给诗人排名。裁判可能是诗社社长、总集编者、诗坛名宿或乡里长老等。"红犀馆诗课"成立②，姚燮（字复庄）因年长位尊被延为祭酒，并为社诗作品评判高下。复庄先生"兼采众体，不名一家"③，取舍公允。清末，黄映奎与同人结"后南园诗社"（又作"后南园诗课"）。第一次请姚筠评定；第二次请梁鼎芬评阅，采其佳句，录为一册，即《后南园诗课》④。诗题有二：《过学海堂，有怀阮文达公》《珠江夜月》。诗社取诗，分为"上取""中取""次取""又次取""备取"五等。"上取""中取"每题各五名，"次取"各二十五名，"又次取"各五十名。《后南园诗课》选录部分代表作品，例如"上取"内部，第二题只录入第一名、第四名和第五名诗作。

三　民国社诗总集与旧体诗社的最终定型

清代社诗总集的编纂及其文本内容，反映和记录了社事的秩序和发展程度。"月泉吟社"及其社诗总集所包含的结社方式诸如命题征诗、同题共作等，以及涵盖创作、选评、奖赏的结社机制，都成为清代社事效仿的源流和典范。后世诗社以此为规准，又通过一次次集会唱和不断突破和发展已有的结社模式，并在清代达到最盛。"月泉吟社"的遗民性质和田园题材，展示了诗社在易代之际的功能，即促使文学从与政治的紧密关系中剥落分离出来，诗人身份也得到重新确立。后世诗人摆脱从仕唯一道路之际，往往也是积极结

---

① 谭宗濬：《香山榄溪菊会诗集》，清西湖街藏珍阁刻本，第4b页。
② 咸丰十年庚申（1860），欧景辰在浙江象山创立"红犀馆诗课"，以"红犀"命名馆舍，辑有社诗总集《红犀馆诗课》。
③ 姚燮：《红犀馆诗课》卷首，同治四年乙丑（1865）刻本，第1b页。
④ 梁鼎芬：《后南园诗课》，宣统三年辛亥（1911）羊城刻本。

社回应"月泉吟社"的时候，比如清初、清末。

　　清末民国旧体诗社的社诗总集虽多，但基本延续了清初以来的编纂体式，结社方式也没有产生新花样。黄协埙所辑《同声集》①，自序记载："戊午［民国七年，1918］夏五，于生干、朱生宝亮谒予而言曰：'今者世途扰扰，国学将亡，同人拟结社澧溪，互相研究。先生为我乡硕果，请执牛耳，以莅盟坛。'余应之。迨腊月麇社中课作，乞余遴其尤者排比印行，余又应之。……今社中诸君多暗室潜修，闭户不问天下事，然他日出其所学，毅力行之，众志成城，为国捍患，同仇敌忾，安见不气夺三军？则是集也，小之仅足供乡塾之诵经，大之即可为草庐之经略，诸君勉乎哉！余虽老眊，企而望之矣。至于集中经史之足以考证得失与否，词章之足以陶写性情与否，读者自能辨之，余何敢言。"②"世途扰扰，国学将亡"道出了当时的结社环境。据黄协埙描述，中国岩疆为外族所觊觎，步步沦丧，各地学生尽力支撑。学生停课，工人辍业，商人罢市，群起奋争，直到外敌不敢置喙，金壬因以免官。这种团结的精神，与同社之间"声气相孚"的要求并无二致。面对国学式微的局面，澧溪诸君组织"国学研究社"，奉黄协埙为社长③，月课经史、诗文。社长不惮笔舌之烦，循循善诱，社员进步非常迅速，在弘扬国学方面确有帮助。该《同声集》包括"经史"和"词章"两部分，创作文章和诗词，同时具有经世致用和娱情适性两种功能。纵观整个清代诗人结社的宗旨，也不外乎这两种。世乱时危的易代之际，诗人群体的结社宗旨更倾向于经世致用，而太平盛世之下的诗社则没有这

---

　　① 黄协埙（1851—1924），字式权，号梦畹，别署鹤窠村人、畹香留梦室主，江苏南汇（今上海）人。光绪十五年己丑（1889），任《申报》主笔。工诗词、骈文，著有《鹤窠村人诗稿》。除了《同声集》，还辑有《梅村雅集图题咏》《海曲诗钞》等。

　　② 黄协埙：《同声集》卷首黄协埙序，民国八年（1919）国学研究社排印本，第1a—1b页。

　　③ 入选社诗总集的社员有于干、季望畴、张以诚、朱宝亮、王岳屏、孙时亮、沈云汉、朱惟钰、沈云若、王征杰、许祖荫、张崇鼎、翁吕溪、顾宪融、汤云轩和朱惟球十六人。

样的使命。不管是经史或词章作品，《同声集》多采用同题共作的方式。社员张崇鼎撰有《"淡社"赏菊雅集小启》①，汤云轩、季望畴分别作有《和梦畹先生"淡社"饯菊诗》②，由此可知黄协埙曾结"淡社"。黄协埙的原作《"淡社"赏菊有感》如下：

> 年年每值菊花期，比玉堂开集屡綦。
> 近喜烟尘消北地，又吟霜月醉东篱。
> 灯明绮席频呼酒，影上文窗似索诗。
> 只是灌园人不见，哭君我亦鬓成丝。③

此诗写于民国十三年（1924）秋。"近喜烟尘消北地"一句，诗人自注"闻直奉有休兵之议"④。时局动荡，"淡社"成员的家国责任较强烈，同时期其他诗社也具有这个特点。

《海曲诗钞》附黄协埙《香光楼同人唱和诗》⑤，其中作者以社友互称，时间大概为民国六年（1917）。顾忠宣《香光楼祭南邑诗人记》记载："丁巳季夏之望，黄子梦畹选《海曲诗钞三集》。既蒇事，为位于邑城香光楼祭邑先辈之以诗鸣者，盖告成也。我邑虽滨海弹丸地，然骚坛吟社，代有闻人。清乾、嘉间，邑人冯墨香先生爰有《海曲诗钞》初、二集之刻，距今百余祀。梦畹乃踵而行之。"⑥

---

① 黄协埙：《同声集·词章》，民国八年（1919）国学研究社排印本，第1b页。
② 黄协埙：《同声集·词章》，民国八年（1919）国学研究社排印本，第3a—4b页。
③ 黄协埙：《鹤窠村人诗稿》卷八，民国十九年（1930）排印本，第6a页。
④ 黄协埙：《鹤窠村人诗稿》卷八，民国十九年（1930）排印本，第6a页。
⑤ 黄协埙：《香光楼同人唱和诗》，冯金伯《海曲诗钞》附，民国七年（1918）国光书局排印本。收入黄报廷、胡世桢、胡祥清、秦始基、倪绳中、谢其璋、王荣黻、胡洪湛、费毓麟、徐守清、叶寿祺、朱家让、宋家钵、严惟式、顾宪融、陈橄、陶元斗、唐斯盛、王绍祥、顾家莹、唐其寅、张寿提、顾金佩、张学义和黄协埙二十五人的唱和诗歌。
⑥ 黄协埙：《香光楼同人唱和诗》卷首，冯金伯《海曲诗钞》附，民国七年（1918）国光书局排印本，第1a页。

黄协埙续纂《海曲诗钞》，并在香光楼祭祀南邑诗人，延续了冯金伯初集、二集的刻书传统，对地方诗歌总集的编纂与流通作出巨大贡献。又，黄协埙《梅村雅集图题咏》序文记载："又闻太仓吴祭酒当有明鼎革时，得王氏赍园艺梅数百本，易其名曰'梅村'，于此箬肥遁焉。"① 梅村雅集，呼应明末清初吴伟业"梅村"之名号，展现了对退隐生活的无限向往。鼎革之际诗人结社心态的相似性，可见一斑。

由这些结社编书的事实可知，铅印取代了传统雕版印刷，民国社诗总集的编纂和流通更显轻车熟路。不管是否经历选诗过程，总集的印行都达到了以诗存社、以诗存人的目的。同声集这种类型在近代得到了较好的继承与发展，而消夏会、消寒会等形式也未曾消亡。前文提到《南雅诗社吟稿》《观澜诗社酬唱初集》等保留了社约的形式，从集会到付梓都相对正式、规范。但不可否认的是，部分民国唱和总集包括社诗总集有粗制滥造之嫌。然而，清末民国的社诗总集，具有自身的时代特征。第一，除了雕版印刷，新兴的铅印、石印等技术直接改变社诗总集的形态，流布于世的稿本和钞本也不在少数。第二，清末民国政治危机空前，纯粹的文学社减少，娱乐功能削弱，结社方式由繁入简。社诗作品对时事民生多有关注。第三，处于新旧文学交替的阶段，振兴国学是一些诗人的共识。由于新文学的撞击，旧体文学社受到排挤和压制，而且这股潮流不可逆转，新文学社与日俱增。"国学研究社"致力于"经史"和"词章"，未尝偏废其一，社集活动具有重兴诗文的复古意义。即使是古典诗社，同样不可避免地受到新事物、新词汇的影响。第四，就旧体诗词结社而言，民国诗社是清代诗社的遗风余象。清代是社诗总集编纂的成熟时期，民国总集无出其右，主要是形式上的仿制和体例上的调整。总而言之，清末民国是传统诗社发展的最后一个阶段，这

---

① 黄协埙：《梅村雅集图题咏》卷首黄协埙序，民国五年（1916）排印本，第1b页。

个时期内的社诗总集除了宗旨的变化，在编纂体式方面没有新的突破。

第二节 社诗总集的文本形态：以《红犀馆诗课》为中心

《红犀馆诗课》八卷，附《海山小集分韵诗》一卷、《丹山倡和诗》一卷，清代同治四年乙丑（1865）刻本，是浙江象山"红犀馆诗课"的社诗总集。"红犀馆诗课"与会社员众多，集会活动层次丰富，社诗总集形制完备，堪称咸同之季浙东地区的著名诗社。本节拟梳理《红犀馆诗课》的内容与体式，展现"红犀馆诗课"的结社方式，试以探寻唱和文本与集会活动之间的关系。

一 《红犀馆诗课》的历次集会

根据董沛所作《红犀馆诗课序》记载，象山"红木犀"从南宋开始闻名。宝庆《四明志》卷二十一记载："花之品有红木犀，最奇。邑士史本初得此种，因接本献阙下。高宗皇帝雅爱之，曾画为扇面，御制诗题其上以赐从臣。荣薿诗曰：'月宫移就日宫栽，引得轻红入面来。好向烟霄承雨露，丹心一一为君开。'复古殿又题曰：'秋入幽岩桂影圆，香深粟粟照林丹。应随王母瑶池晓，染得朝霞下广寒。'自是四方争求之，岁接数百本，史氏以此昌其家。今惟邑境所植色深而香烈，移之四方则色香少损，此地气然也。"[①] 咸丰十年庚申（1860），欧景辰倡"红犀诗社"，以"红犀"命名寓所，请姚燮担任祭酒即社长。"红犀馆诗课"第一次集会，诗题为《红木犀辞》，有引曰："木犀有红、白、黄三种，红者产象山。按宝庆《志》，宋高宗时，邑士史本初以接本献，上爱之，尝画扇头并题诗赐从臣，

———————

① 宝庆《四明志》卷二十一，《中国方志丛书·华中地方·第五百七十四号》，第1册，第5350页。

由是四方知名。"① 宝庆《四明志》记载当地物产红木犀，是结社的源起与初衷，与董沛所叙一致。董序又说："始为社，议以二十四集，遭乱不终。今所编者，凡十集，为诗千有余篇，梓而传焉，以纪一时之盛。"② "红犀馆诗课"原本计划举行二十四次集会，遭遇动乱而未能完结。《红犀馆诗课序》内部只有十次集会，具体诗题和社员制成表格如下：

集会	诗题	社员
第一集	《红木犀辞（有引）》	王蒔兰、郭传璞、欧景辰、姚景皋、欧景岱、沈观光
	《蓬莱山寻陶宏景丹井》	王蒔兰、欧景辰、郭传璞、孔广森、邓克旬、陈汝谐、沈观光、王蒔蕙、姜鸿潍
	《调兵》	王蒔兰、欧景辰、王蒔蕙、姜继勋
	《催饷》	王蒔兰、欧景辰、王蒔蕙、郭传璞
	《月痕（拟作）》	姚燮、王蒔兰、郭传璞、邓克旬、姚景皋、王蒔蕙、姜鸿潍
	《露气（拟作）》	姚燮、王蒔兰、郭传璞、邓克旬、姚景皋、王蒔蕙、孔广森、欧景辰
	《水影（拟作）》	姚燮、王蒔兰、郭传璞、姚景皋、王蒔蕙、姜鸿潍
	《烟声（拟作）》	姚燮、王蒔兰、郭传璞、邓克旬、姚景皋、王蒔蕙、欧景辰
	《西沪櫂歌（有引）》	郭传璞、王蒔兰、欧景辰、沈观光、王蒔蕙、孔广森
第二集	《拟张茂先〈励志诗〉》	郭传璞、邓克旬、陈汝谐、欧景辰、姚景皋、欧景岱、王蒔蕙、姜鸿潍、孔广森
	《冰苔（拟作）》	姚燮、郭传璞、欧景辰、沈观光、王蒔蕙
	《霜叶（拟作）》	姚燮、陈致新、邓克旬、欧景辰、倪本泳、王蒔蕙、孔广森
	《风篘（拟作）》	姚燮、郭传璞、邓克旬、欧景辰、沈观光、陈维垣、王蒔蕙
	《雪枝（拟作）》	姚燮、陈致新、邓克旬、欧景辰、倪本泳、沈观光、王蒔蕙、孔广森
	《帘押（拟作）》	姚燮、郭传璞、陈汝谐、欧景辰、王蒔蕙、孔广森、伍芝昌
	《帐钩（拟作）》	姚燮、郭传璞、陈汝谐、欧景辰、王蒔蕙、孔广森、伍芝昌
	《灯屏（拟作）》	姚燮、郭传璞、王蒔蕙、孔广森、伍芝昌
	《镜褥（拟作）》	姚燮、郭传璞、王蒔蕙、伍芝昌
	《象山海错诗》	郭传璞、邓克旬、陈汝谐、欧景岱、王蒔蕙

---

① 姚燮：《红犀馆诗课·一集》，同治四年乙丑（1865）刻本，第1a页。
② 姚燮：《红犀馆诗课》卷首，同治四年乙丑（1865）刻本，第1b页。

续表

集会	诗题	社员
第三集	《金烈妇诗》	陈致新、谢之枢、王莳兰、郭传璞、邓克旬、陈汝谐、欧景辰、姚景皋、陈维垣、欧景岱、王莳蕙、何源、孔广森、何明志
	《伍子胥箫》	郭传璞、欧景辰、沈观光、姚景皋、陈维垣、王莳蕙、何源
	《高渐离筑》	郭传璞、陈汝谐、欧景辰、姚景皋、王莳蕙、何源、孔广森
	《秦罗敷筝》	郭传璞、欧景辰、姚景皋、王莳蕙、何源、孔广森
	《司马长卿琴》	郭传璞、欧景辰、沈观光、姚景皋、陈维垣、王莳蕙、何源
	《王嫱琵琶》	郭传璞、陈汝谐、欧景辰、沈观光、姚景皋、王莳蕙、孔广森
	《祢正平鼓》	郭传璞、陈汝谐、欧景辰、沈观光、姚景皋、王莳蕙、何源、孔广森
	《刘越石笳》	郭传璞、陈汝谐、欧景辰、姚景皋、王莳蕙、何源、孔广森
	《杨太真笛》	郭传璞、陈汝谐、欧景辰、姚景皋、王莳蕙、孔广森
	《咏绿云菜（并序）》	郭传璞、陈致新、王莳兰、欧景岱
第四集	《拟陶元亮〈岁暮和张常侍〉诗，倒叠原韵（拟作）》	姚燮、郭传璞、欧景辰、欧景岱、王莳蕙、姜鸿潍
	《南田篇吊张忠烈公》	王莳兰、欧景辰、欧景岱、陈致新、邓克旬、陈维垣、王莳蕙、孔广森
	《病马（拟作）》	姚燮、欧景辰、王莳兰、郭传璞、邓克旬、陈维垣、王莳蕙、姜鸿潍、孔广森
	《饥鹰（拟作）》	姚燮、欧景辰、王莳兰、郭传璞、邓克旬、陈维垣、欧景岱、姜鸿潍、孔广森
	《枯猿（拟作）》	姚燮、欧景辰、王莳兰、郭传璞、邓克旬、陈维垣、王莳蕙、孔广森
	《冻虎（拟作）》	姚燮、欧景辰、王莳兰、郭传璞、邓克旬、吴皞如、王莳兰、孔广森
	《梅妻二首，限题字为韵》	郭传璞、欧景辰、吴皞如、沈观光、姚景皋、陈维垣、李教樊、王莳蕙、孔广森
	《子夜四时歌》	郭传璞、陈汝谐、沈观光、欧景岱、李教樊、王莳蕙、孔广森
第五集	《冬晚田家杂兴》	郭传璞、陈汝谐、王莳蕙
	《纪庚申十一月杪象西团勇搜禽逸盗事（拟作）》	姚燮、欧景岱、王莳兰
	《柏油》	郭传璞、王莳兰、陈汝谐、沈炳如、欧景岱
	《竹炬》	郭传璞、王莳兰、陈汝谐、沈炳如、欧景岱、王莳蕙
	《薯粉》	郭传璞、王莳兰、沈炳如、欧景岱
	《米饧》	郭传璞、王莳兰、沈炳如、欧景岱、王莳蕙

续表

集会	诗题	社员
	《冯煖为孟尝君焚券（拟作）》	姚燮、张淦、郭传璞、邓克旬
	《如姬为信陵君盗符（拟作）》	姚燮、张淦、郭传璞、王蓟蕙
	《毛遂为平原君定盟（拟作）》	姚燮、郭传璞、邓克旬、孔广森
	《朱英为春申君筹计（拟作）》	姚燮、郭传璞、邓克旬、王蓟蕙
	《门神》	陈致新、谢之枢、张淦、王蓟兰、郭传璞、邓克旬、沈观光、欧景辰、沈镕经、王蓟蕙、姚景夔
	《灶君》	陈致新、郭传璞、邓克旬、沈观光、欧景辰、沈炳如、沈镕经、王蓟蕙、姚景夔
	《床婆》	陈致新、谢之枢、郭传璞、邓克旬、沈观光、欧景辰、沈炳如、沈镕经、王蓟蕙、孔广森、姚景夔
	《厕姑》	陈致新、张淦、王蓟兰、郭传璞、邓克旬、沈观光、欧景辰、武槐、沈镕经、王蓟蕙、孔广森、姚景夔
	《赋水仙花根，限"根"字，长律十二韵》	王蓟兰、欧景辰、郭传璞
第六集	《反陈思王〈名都篇〉（拟作）》	姚燮、王蓟兰、郭传璞、邓克旬、陈汝谐
	《反陈思王〈美女篇〉（拟作）》	姚燮、王蓟兰、郭传璞、孔广森、何明志
	《正月九日灵霄宫圣寿，代群仙早朝应制》	欧景岱、何源、陈致新、顾汝成、郭传璞、欧景辰、姚景皋、沈炳如、沈镕经、李教樊、何明志、孔广森
	《拟庾开府〈咏画屏风诗〉》	郭传璞、邓克旬、欧景辰、姚景皋、沈观光、欧景岱、李教樊、王蓟蕙、何源、孔广森、赖维翰、姚景夔、何明志
	《野花（拟作）》	姚燮、陈致新、郑永祥、顾汝成、岑璋、欧景辰、李教樊、沈镕经、王蓟蕙、孔广森、姚景夔
	《咏不倒翁（拟作）》	姚燮、王蓟兰、岑璋、欧景辰、姜继勋、陈维垣、李教樊、沈镕经、王蓟蕙、孔广森

续表

集会	诗题	社员
第七集	《春晓，拟李昌谷〈春昼〉诗体》	王莳兰、郭传璞、邓克旬、陈汝谐、欧景岱、王莳蕙
	《春日杂感，集陶句，限五律》	王莳兰、郭传璞、邓克旬、姜鸿滩
	《燕子楼曲，依长庆体》	王莳兰、史锦标、郭传璞、欧景辰
	《宫禁柳》	鲍淦、王莳兰、史锦标、郑永祥、郭传璞、邓克旬、欧景辰、沈观光、姚景皋、欧景岱、李教樊、王莳蕙、孔广森、姚景夔
	《军营柳》	鲍淦、王莳兰、史锦标、顾汝成、郭传璞、邓克旬、欧景辰、姚景皋、武槐、欧景岱、李教樊、王莳蕙、姜鸿滩、孔广森、姚景夔
	《驿亭柳》	鲍淦、鲍鏴、张淦、王莳兰、史锦标、顾汝成、郭传璞、邓克旬、欧景辰、沈观光、姚景皋、欧景岱、李教樊、王莳蕙、姜鸿滩、孔广森、姚景夔
	《妓院柳》	鲍淦、鲍鏴、张淦、王莳兰、史锦标、郑永祥、郭传璞、邓克旬、欧景辰、姚景皋、陈维垣、欧景岱、李教樊、王莳蕙、孔广森、姚景夔
	《论汉魏六朝诗，仿元遗山体》	王莳兰、郭传璞、欧景辰、孔广森
第八集	《置酒高堂上（相和歌辞平调曲，拟作）》	姚燮、王莳兰、郭传璞、陈汝谐、欧景辰、王莳蕙、孔广森、姜鸿滩
	《相逢狭路间（相和歌辞清调曲，拟作）》	姚燮、王莳兰、郭传璞、陈汝谐、欧景辰、王莳蕙、孔广森、姜鸿滩
	《门有万里客（相和歌辞瑟调曲，拟作）》	姚燮、王莳兰、郭传璞、陈汝谐、欧景辰、王莳蕙、孔广森、姜鸿滩
	《襄阳蹋铜蹄（清商曲辞西曲歌，拟作）》	姚燮、王莳兰、郭传璞、陈汝谐、欧景辰、王莳蕙、孔广森、姜鸿滩
	《刈麦》	王莳兰、郭传璞、欧景辰、陈维垣、欧景岱、孔广森
	《插秧》	王莳兰、郭传璞、欧景辰、欧景岱、孔广森
	《翠竹轩新筑露台，同人小集，次〈大梅山馆集〉〈露台〉〈坐月〉二首诗元韵》	陈致新、王莳兰、欧景辰、欧景岱、李教樊、王莳蕙、孔广森
	《咏美人风筝》	谢之枢、张淦、顾汝成、郭传璞、欧景辰、陈汝谐、王莳蕙、姚景夔
	《追日》	郭传璞、吴皞如、姚景皋、陈维垣、王莳蕙、孔广森、姚景夔
	《御风》	郭传璞、谢定超、姚景皋、陈维垣、王莳蕙、孔广森、姚景夔
	《移山》	郭传璞、谢定超、姚景皋、陈维垣、李教樊
	《填海》	谢之枢、郭传璞、吴皞如、姚景皋、陈维垣、李教樊
	《杨花曲》	谢之枢、郭传璞、欧景辰、欧景岱、王莳蕙、孔广森、姚景夔

续表

集会	诗题	社员
第九集 （海山小集分韵诗）	《庚申十一月十七日游西沪海山，以摩诘诗"高情浪海岳，浮生寄天地"十字拈阄分韵，各得五古一章》	欧景岱、郭传璞、王蔚蕙、姜鸿潍、王蔚兰、孔广森、欧景辰、姚燮、姚景皋、邓克旬
第十集 （丹山倡和诗）	《雨中游蓬莱山，用壁间韵》	姚燮、马嗣澄、王蔚兰、邓克旬、欧景辰、姜鸿潍、伍芝昌、郭传璞、姚景皋、王蔚蕙、孔广森、欧景岱

以上十次集会，除了第九集游海山和第十集游丹山（旧称蓬莱山），大部分都在室内举行。第一集第二题"蓬莱山寻陶宏景丹井"，很有可能是创作结合实地考察。各次诗题后，凡刻有小字"拟作"，开篇均为姚燮作品。姚燮诗集《复庄诗问》①，《续修四库全书》影印道光姚氏刻《大梅山馆》本，成书在"红犀馆诗课"创始之前，因而没有收录姚燮这些社诗作品。路伟、曹鑫两位先生所编《姚燮集》②，其中《诗补遗》收录了《雨中游蓬莱山，用壁间韵》和《庚申十一月十七日游西沪海山，以摩诘诗"高情浪海岳，浮生寄天地"十字拈阄分韵，各得五古一章》③。这两首诗后分别注明"录自《红犀馆诗课》附《丹山倡和诗卷》"和"录自《红犀馆诗课》附《海山小集分韵诗卷》"④。显而易见，编者在从事诗歌辑补工作时已注意到总集文本，"丹山倡和""海山小集"两次集会所得作品独立成卷，并且标具姚燮姓名。但是，《红犀馆诗课》前面八次集会，姚燮作品不具名，极容易被忽视。《诗补遗》当中《庚申十

---

① 姚燮：《复庄诗问》，《续修四库全书》第 1532—1533 册。

② 路伟、曹鑫：《姚燮集》，浙江古籍出版社 2014 年版。

③ 路伟、曹鑫：《姚燮集·诗补遗》，浙江古籍出版社 2014 年版，第 4 册，第 1107—1109 页。

④ 路伟、曹鑫：《姚燮集·诗补遗》，浙江古籍出版社 2014 年版，第 4 册，第 1109 页。

一月杪，纪象西团勇搜擒逸盗事》一诗①，与《红犀馆诗课》第五集诗题《纪庚申十一月杪象西团勇搜禽逸盗事》内容相同②，而编者注明“录自民国《象山县志》卷三十二《文征外编》下”③，也再次证明前八卷姚燮社诗作品因不具名而被疏漏的事实。

二　《红犀馆诗课》的结社主体

根据《红犀馆诗课序》记载：“方是时，象山之能诗者，司马主之，邓谱庵、孔晓园、王纫香、砚农昆季左右之，而吾鄞郭恬士从而先后之。近自台越，远暨杭湖，闻风而应者无虑数十家，闺秀、方外之作，亦参列其间，可谓盛矣。”④ 姚燮担任社长并评定社诗总集，欧景辰主持集会，邓克旬（谱庵其字）、孔广森（晓园其字）、王莳兰（纫香其字）、王莳蕙（砚农其号）、郭传璞（恬士其字）等人是核心社员。此外，“红犀馆诗课”社员还有欧景岱、沈观光、陈汝谐、姜鸿潍、姜继勋、陈致新、倪本洙、陈维垣、伍芝昌、谢之枢、何源、何明志、吴皞如、李教樊、沈炳如、张淦、姚景夔、沈镕经、顾汝成、赖维翰、郑永祥、岑璋、史锦标、鲍淦、武槐、鲍鑰、谢定超和马嗣澄等，前后约有三十五人参与社集。每次集会并非所有社员都到场，每个诗题对应的作者一般不超过二十人。该社闻名远近，外地诗人慕名而来，常有一些临时社员偶然与会。

姚燮（1805—1864），字梅伯，号复庄、大某山民，浙江镇海人。道光十四年甲午（1834）举人。著有《疏影楼词》《复庄诗问》《复庄骈俪文榷》《今乐考证》等。徐时栋《姚梅伯传》曰：“余尝评梅伯所著，骈体文第一，诗次之，填词又次之，余所横溢皆可观

---

① 路伟、曹鑫：《姚燮集·诗补遗》，浙江古籍出版社 2014 年版，第 4 册，第 1110—1112 页。

② 姚燮：《红犀馆诗课·五集》，同治四年乙丑（1865）刻本，第 2b—5b 页。

③ 路伟、曹鑫：《姚燮集·诗补遗》，浙江古籍出版社 2014 年版，第 4 册，第 1112 页。

④ 姚燮：《红犀馆诗课》卷首，同治四年乙丑（1865）刻本，第 1a 页。

传人也。而梅伯自言'有诗万余首，遴之至三千，可以视古无愧色'，闻者笑之，余固知梅伯言不妄也。"① 姚燮以诗自负，尽管当时"闻者笑之"，但他一生笔耕不辍，著述丰富，学生众多，终成一代名士。第一次鸦片战争以后，姚燮诗歌的内容和风格有所转变，深刻揭露社会现实和百姓疾苦，有"浙东杜甫"之称。"红犀馆诗课"社员姚景虁、姚景皋，都是姚燮之子。

道光八年戊子（1828），姚燮二十四岁，与叶元阶、厉志、孙家谷、郑乔迁、尹嘉年、陈仅、王淑元、孙漆、张恕、王梁闳、佘梅、陈福熙、阮训、李作宾等人结"枕湖吟社"。姚燮《过揽碧轩悼叶文学（元阶），并吊孙明府（家谷）、厉山人（志）两先生，即寄"枕湖社"同社诸公，得长歌六十句》一诗②，交代了结社细节和社员详情。"社中十五人同调，年二十四吾最少"③，该社约有十五人，姚燮年纪最轻。《复庄诗问》也收录了多首社诗作品。又，《叶仲兰文学诔》记载："君有别业在郡城月湖之东，曰'枕湖吟舍'。墙粉拭而素拓，檐竹抱而绿深。迓六邑士之能诗者结吟社，月以三集。众诗既成，君则题拂纠弹，悉中微窾。"④ 每月三次集会，一年多达三十六次集会。又，《齐乐天》词序记载："八月七日夜集月湖揽碧庄，凤炉爇檀，羊灯围蜡，深红倚坐，浅翠上衣，愁乐并交，笑言相错，不知东方之既白也。集者陈渔珊（仅）、王秋楂（淑元）、孙东菁（楫）、孙幼连四大令，张铁峰孝廉（恕），陈艅仙（福熙）、王乃荪、郑耐生三明经，戴琴生（炳垣）、佘花禅（梅）、尹少桥（嘉年）、阮小岩（训）诸文学，暨白华厉骇谷、赤堇叶心水两山人，及钱塘王宝

---

① 徐时栋：《烟屿楼文集》卷七，《续修四库全书》第 1542 册，第 299 页。

② 路伟、曹鑫：《姚燮集·复庄诗问》卷三十三，浙江古籍出版社 2014 年版，第 4 册，第 965—966 页。

③ 路伟、曹鑫：《姚燮集·复庄诗问》卷三十三，浙江古籍出版社 2014 年版，第 4 册，第 965 页。

④ 路伟、曹鑫：《姚燮集·复庄骈俪文榷》卷八，浙江古籍出版社 2014 年版，第 5 册，第 1319 页。

卿、吴门谢绣莺、绣芸三录事，并余十八人。醉后倚梦窗与江湖诸友泛湖词韵，付莺儿歌之。"① 学者一般认为这首词描绘了"枕湖吟社"集会宴饮之盛况，如洪克夷先生《姚燮评传》②。笔者以为，尽管姚燮所记"十五人"未必十分准确，集会过程中的社员变动也属常态，但《齐乐天》的具体创作时间不明，又没有资料记载"枕湖社"兼填词，因此无法判断这首词是否为社作。词总集《疏影楼词·画边琴趣》收录姚燮《金缕曲》，小序记载"'白湖吟榭'第一集，赋湖堤新栽春柳"，附录厉志、叶元墀同题同调词作③；姚燮《摸鱼儿》小序记载"'白湖吟榭'第二集，赋白湖观打鱼"，后附叶元墀同作④。叶元墀乃叶元阶之弟。可见，姚燮又结有"白湖吟社"，且该社很有可能是个纯粹的词社。"枕湖吟舍"即揽碧轩，"白湖吟榭"即小隐山庄。

欧景辰，字星北，号茶仙，浙江象山人。贡生，官浦江教谕、乐清训导。欧景岱，景辰之弟，字仲真，一字仲贞，浙江象山人。贡生，授候选员外郎。《两浙𬨎轩续录》卷四十九收录欧景岱五首诗歌，即《庚申十一月十七日偕友人游西沪海山，以摩诘诗"高情浪海岳，浮生寄天地"十字分韵，得"高"字》《金烈妇诗（并序）》《南田篇吊张忠烈公》《翠竹轩新筑露台，同人小集，次〈大梅山馆集〉〈露台〉〈坐月〉诗元韵》《杨花曲》⑤，均为社诗作品，选自《红犀馆诗课》。从这个层面看，社诗总集具有"以诗存人"的作用，既呼应或补充诗人别集，也为地方总集的编纂提供了材料。

① 路伟、曹鑫：《姚燮集·疏影楼词》，浙江古籍出版社 2014 年版，第 7 册，第 1759 页。

② 洪克夷：《姚燮评传》，浙江古籍出版社 1987 年版，第 12—13 页。

③ 路伟、曹鑫：《姚燮集·疏影楼词》，浙江古籍出版社 2014 年版，第 7 册，第 1764—1765 页。

④ 路伟、曹鑫：《姚燮集·疏影楼词》，浙江古籍出版社 2014 年版，第 7 册，第 1768—1769 页。

⑤ 夏勇、熊湘：《两浙𬨎轩续录》卷四十九，浙江古籍出版社 2014 年版，第 13 册，第 3910—3912 页。

"红犀馆诗课"其他社员的名气不如姚燮，也说明了延请社长的必要性。邓克旬，字谱庵，浙江象山人，贡生。《两浙輶轩续录》卷四十八收录其《反陈思王〈名都篇〉》①，是"红犀馆诗课"第六集作品。孔广森，字晓园，浙江象山人，诸生。《两浙輶轩续录》卷四十九收录其《蓬莱山寻陶宏景丹井》《置酒高堂上》《金烈妇诗》三首②，分别是第一集、第八集和第三集的作品。王莳兰，初名尚忠，字纫香，浙江象山人，诸生。少年沉静好学，成年后性至孝，有终身事亲之志。颇得同社姚燮信任，临别受托幼子。王莳蕙（1835—?），字撷香，号砚农，号抱泉山人，又号陶园主人，浙江象山人。早岁从姚燮游，后佐兄莳兰组织民团，保卫桑梓。著有《抱泉山馆诗集》《文集》。郭传璞（1823—?），字恬士，号晚香，又号鄞之老民，浙江鄞县人。同治六年丁卯（1867）举人。曾从学于姚燮，工骈体文，后成为浙东名家。沈观光，字润山，浙江象山人，诸生。陈汝谐，字襄哉，号伯山，一作柏山，浙江象山人，贡生。

董沛（1828—1895），字孟如，号觉轩，浙江鄞县（今宁波）人。光绪三年丁丑（1877）进士，官建昌知县。著有《六一山房诗集》《正谊堂文集》等。董沛为《红犀馆诗课》作序，也曾与郭传璞、欧景岱、王莳兰、王莳蕙等人有过交游唱和。至于他是否参与"红犀馆诗课"，有待考证。董沛《六一山房诗集》卷三《慈溪金烈妇词》③，与"红犀馆诗课"第三集《金烈妇诗》所讲故事相同，但董诗作于咸丰四年甲寅（1854），明显早于诗社的创立时间。又，《六一山房诗集》卷九《南屏张忠烈公墓》④，与诗社第四集《南田篇吊张忠烈公》题材相同，但董诗作于同治九年庚午（1870），也

---

① 夏勇、熊湘：《两浙輶轩续录》卷四十八，浙江古籍出版社 2014 年版，第 13 册，第 3843 页。

② 夏勇、熊湘：《两浙輶轩续录》卷四十九，浙江古籍出版社 2014 年版，第 13 册，第 3908—3910 页。

③ 董沛：《六一山房诗集》卷三，《续修四库全书》第 1558 册，第 98 页。

④ 董沛：《六一山房诗集》卷九，《续修四库全书》第 1558 册，第 153 页。

不在"红犀馆诗课"存续期间。董序也没有提到任何关于作者本人参与该社的经历,因此可以断定董沛不是社员。

关于女诗人叶兰贞是否是社员的问题,也在此稍作探讨。叶兰贞(1825—1862),字淑畹,原籍浙江萧山。工诗词,善骈文,著有《研香室吟草》。"红犀馆诗课"成员姜继勋之妻。姜继勋,字麓芝,廪生。道光二十三年癸卯(1843)十月二人结为夫妻,编有唱酬总集《芝兰合稿》。叶兰贞《金烈妇》一诗,小序记载:"姚梅伯孝廉主盟西沪诗社,以此命题。贞格于闺务,脱稿逾期,未及缴。"① 又,咏花组诗四首《菜花》《茶花》《兰花》《野花》,诗后注云:"以上四花与卷首《咏金烈妇》七古,俱系西沪红木樨诗社课题也,向与麓芝分咏,各课四首。其稿已久遗失,偶于旧书篋得之,因补录于左。"② 从"向与麓芝分咏"可知,叶兰贞的诗歌正是"参列其间"的闺秀之作。但据笔者推测,叶兰贞应该没有亲身参与集会,而是与姜继勋私下分咏课题。《红犀馆诗课》当中没有收录这些咏花诗歌,第六集《野花》也并非组诗,且不含姜继勋的作品。"红犀馆诗课"在创社之初计划举行二十四次集会,社诗总集最终收录十次集会,很有可能选取部分诗作,而非展现全貌。

三 《红犀馆诗课》的创作倾向

《红犀馆诗课》历次集会的部分诗题,具有组诗的特征,例如:

集会	诗题
第一集	《调兵》《催饷》
	《月痕》《露气》《水影》《烟声》
第二集	《冰苔》《霜叶》《风篁》《雪枝》
	《帘押》《帐钩》《灯屏》《镜槛》

① 叶兰贞:《研香室诗存》,团结出版社 2017 年版,第 47 页。
② 叶兰贞:《研香室诗存》,团结出版社 2017 年版,第 32 页。

续表

集会	诗题
第三集	《伍子胥箫》《高渐离筑》《秦罗敷筝》《司马长卿琴》《王嫱琵琶》《祢正平鼓》《刘越石笳》《杨太真笛》
第四集	《病马》《饥鹰》《枯猿》《冻虎》
第五集	《柏油》《竹炬》《薯粉》《米饧》
	《冯煖为孟尝君焚券》《如姬为信陵君盗符》《毛遂为平原君定盟》《朱英为春申君筹计》
	《门神》《灶君》《床婆》《厕姑》
第六集	《反陈思王〈名都篇〉》《反陈思王〈美女篇〉》
第七集	《宫禁柳》《军营柳》《驿亭柳》《妓院柳》
第八集	《置酒高堂上》《相逢狭路间》《门有万里客》《襄阳蹋铜蹄》
	《刈麦》《插秧》
	《追日》《御风》《移山》《填海》

又如第二集《象山海错诗》也有组诗倾向，仅王蒔蕙一人就创作了二十首：

社员	诗题
郭传璞	《箭鱼》《文啮》《新妇臂》《记月鱼》《和尚蟹》《墨鱼》《石首鱼》《海扇》
邓克旬	《石蜐》《海月》《新妇臂》《杨妃舌》
陈汝谐	《蛎》《蛏》《鳗》《鲎》《毛蚶》《龙头鳜》《爵溪鲞》《人面蟹》《江瑶柱》《海绩筐》《鳎鰏》《沙蒜》《搬嘴鱼》
欧景岱	《鲨》《虾姑》《吹沙郎》《淡菜》《红钳蟹》
王蒔蕙	《白扁》《水母》《丫髻鱼》《社交》《蛤蜊》《霜打泽鱼》《蚕虾》《丁香螺》《邵洋鱼》《沙蜻》《土步》《章巨》《肘子》《黄花鱼》《千年臂》《吐铁》《海瓜子》《带鱼》《鬼工》《璘珀》

以上各组诗题相对独立，不设总题，但题材和风格具有某些共性，确是同组关系。在通常情况下，诗社成员选择一二小题进行分咏，但"红犀馆诗课"倾向于共同创作全部或多数分题，这也是《红犀馆诗课》卷帙浩繁的原因。加之十次集会井然有序，姚燮监社并评定社诗，该社及其社诗总集在浙东诗坛产生广泛的影响。

根据题材，以上组诗可分为咏物、咏史、咏事和拟古等类。咏物诗如《月痕》一组咏梦幻景物，《冰苔》一组咏自然景物，《帘押》一组咏室内器物，《病马》一组咏动物，《柏油》一组咏炊物，《宫禁柳》一组则专门咏柳。咏史诗有《冯煖为孟尝君焚券》一组。《伍子胥箫》一组，则是咏史兼咏物。咏事诗如《调兵》一组咏战事，《刈麦》一组咏农事，《追日》一组咏神话故事。拟古诗有《反陈思王〈名都篇〉》一组、《置酒高堂上》一组。"同题咏物"或"分题咏物"，是诗社常见的唱和方式。咏物分题数量的增加，或咏物题材向咏史等转变，意味着诗社的扩大，集会的深入开展。一般而言，"红犀馆诗课"每个主题设置四个分题。《调兵》《反陈思王〈名都篇〉》《刈麦》等组，都只有两个诗题，可能是集会创作实际情形如此，也可能是社诗作品经过筛选而编纂成集。若是前者，原因可能在于主题不易发散。第三集《伍子胥箫》一组，含有八个诗题，体裁都是七言律诗。试列部分社员所作第一题即《伍子胥箫》如下：

自听渔父唱芦漪，乞食沿门任所之。
歌体略参吴巇谱，些声先创楚骚辞。
最怜同调无埙和，聊吐哀心与剑知。
他日鼓鼙喧逐鹿，祸胎悔不划西施。（郭传璞）

亲仇未复诉凭谁，但说飘零讵是悲。
调促三终嗟短气，饱求一饭哭低眉。
吴天断雁难成唳，楚国亡猿更孰追。
末路英雄歌代哭，霜风满袖雪生髭。（欧景辰）

大志都缘忍□□，岂从贱技觅残生。
含凄欲绝身何赖，出口难调气不平。
且溷鱼廛随下走，待枹鳝鼓夺先声。
南音漫说无人解，多是愁肠暗结萦。（沈观光）

尘埋囊剑气难雄，乞食蹒跚向市中。

楚塞徒悲鸿信断，吴歈不作柳枝工。

一盂冷饭逋臣泪，三叠凄商落叶风。

白马潮头呜咽响，至今飞过浙江东。（姚景皋）①

此外，还收入陈维垣、王蒔蕙和何源的作品。诗歌内容主要是借咏箫以咏伍子胥，个人身世与国家命运相联结，基调较悲怆凄凉。在同题共作的情况下，体裁统一便于社员互相切磋和学习，体现了"红犀馆诗课"的"课"性。其他诗社，如果评定社诗甲乙，一般也要求体裁相同，以示公平。两三次集会活动之后，"红犀馆诗课"积累了一定经验，按照这个模式继续唱和。到第七集咏柳系列，社员的数量达到创社以来最多，结社的积极性和创作的热情相对高涨。该社的诗人群体较固定，主要是姚燮父子、欧氏兄弟和王氏兄弟等。社员之间交错的情感关系，比如亲属、师生等，也是诗社平稳发展的基础。若非国家忧患、社会动乱，诗人的生活遭受破坏，《红犀馆诗课》的社诗作品肯定不止目前存世的规模。

咸丰十年庚申（1860）至同治二年癸亥（1863），前后四载，陆齐寿等人在浙江海盐结"小桃源吟社"，徐元章辑有社诗总集《小桃源室联吟诗存》。"红犀馆诗课"的创立时间与"小桃源吟社"同年，社事"一月一举"，大概持续十个月，唱和活动相对密集。两个诗社的发生时间相近，地址均在浙江沿海，社诗总集的刊刻时间都是同治初年。两者既具有时代的共性，又具有结社方式的差异。

第一，两个诗社的结社环境相同。《红犀馆诗课序》记载："惜乎不及期年而遽，以寇难辍也。"② 该社由于战事不息而提前结束。其集会多在红犀馆举行，较少出游，可能也受到动荡时局的限制。

---

① 姚燮：《红犀馆诗课·三集》，同治四年乙丑（1865）刻本，第11a—12a 页。

② 姚燮：《红犀馆诗课》卷首，同治四年乙丑（1865）刻本，第1b 页。

而"小桃源吟社",多在徐元章的别墅小桃源室进行唱和。咸丰十年庚申(1860),太平军攻入嘉兴,海宁、嘉兴、桐乡和海盐等地的诗人纷纷避难于小桃源室附近。李维焜所撰序文记载:"貔虎千群,阃外之兵戈任扰;羲皇一梦,壶中之日月偏长。想其坐管宁之藜床,据嵇康之煅灶。人间狡兔,凿坏求营窟之安;天上飞鸿,到处留爪泥之迹。酒肠似海,垫巾冒雨而来;诗胆如天,拔剑当筵而起。诚可谓笃雅有节、玲珑其声者矣!既而官军荡氛,寇锋敛迹;赤县全复,黄头无惊。脱难者四十有七人,联吟聚首;避居者三年有数月,分韵拈题。就正名家,选成精萃,多如束笋,编以新蒲。"① 社员徐维鉴亦有相关诗作,《辛酉夏五,避兵小桃源室,用筱谱从孙村居韵,索同人和》如下:

> 扁舟探得武陵春,来作仙源避世人。
> 笔砚有灵仍索债,箪瓢无恙且安贫。
> 一隅地僻惊谣少,数卷诗成格律新。
> 扰扰征尘何日靖,合从高隐问栖身。②

小桃源室成为诗人的逃难安身之处,为结社提供场所,避免了交游唱和的中断和结社集会的停滞。兵戈扰攘的环境,一方面阻碍社事的顺利进行,另一方面为结社提供契机,为社诗作品开拓诗境。这个时期的诗社,尤其关注社会现实和生活理想,绝少追求仕进,回归诗歌创作本身,以铸造文人精神世界。诗社的名称,体现结社之宗旨。小桃源距离城邑三十余里,"山围川绕,水竹清华,村中居民足衣食、知礼让,津津有古桃源风"③。以馆舍命名诗社及社集,

---

① 徐元章:《小桃源室联吟诗存》卷首李维焜序,同治五年丙寅(1866)徐氏刻本,第1a—1b页。

② 徐元章:《小桃源室联吟诗存》,同治五年丙寅(1866)徐氏刻本,第21b页。

③ 徐元章:《小桃源室联吟诗存》卷首严锡康序,同治五年丙寅(1866)徐氏刻本,第1a页。

寄托了诗人群体对美好家园的憧憬,具有美学意义。

又,严锡康序道:"庚申仲夏,余摄松江海防郡丞,治沪城。值粤逆陷苏台,逼近沪上,筹饷筹防,日无暇晷。入秋以后,贼氛稍远,听政余闲,尝与钱唐吴冠云公子重开'苹花诗社'于沪城一粟庵。大江南北知名士避寇来沪者,皆与斯会。戎马倥偬,吟怀未倦,窃谓莽莽天涯,必少同调。今年春,任经野之役,至青浦获晤海盐朱梦鹿孝廉,剪烛谈诗,称莫逆交,因出盐邑徐侣梅上舍所订《小桃源室联吟诗存》若干首见示。"① 作者提到自己治理上海期间忙于防御工作,政务之余与避难人士结"苹花诗社"。这种结社于乱世的情形,也与"小桃源吟社"相似。

第二,《红犀馆诗课》倾向于采取"同题共咏"的唱和方式,而《小桃源室联吟诗存》则以"同题分韵"为主。上文已叙及"红犀馆诗课"社员经常共同创作四题组诗,包括咏物、咏史、咏事等。试举"小桃源吟社"饯春会的分韵情况如下:

> 陆齐寿《四月五日至小桃源室,适同人作饯春会,遂与斯席,以"孔北海'座上客常满,樽中酒不空'"为韵,分得"孔"字》
> 高宸得"北"字
> 高文鋆得"不"字
> 潘大同得"满"字
> 郑鉁得"海"字
> 郑钤得"樽"字
> 黄绪昌得"中"字
> 朱丙寿得"酒"字
> 徐文潮得"上"字
> 徐元湝得"客"字

---

① 徐元章:《小桃源室联吟诗存》卷首严锡康序,同治五年丙寅(1866)徐氏刻本,第1a页。

徐师谦得"常"字

徐森得"空"字

徐元章得"座"字①

此次集会，十三位社员分咏"孔北海'座上客常满，樽中酒不空'"十三字。《红犀馆诗课》按照集会编排社诗作品，而《小桃源室联吟诗存》则按照社员收录社诗，各有侧重。只有汇集"小桃源吟社"成员的同题诗歌，才能看到一次集会及创作的全貌。朱泰修所撰序文记载："主人朝于斯，夕于斯，觞于斯，咏于斯。解入此室，自无俗尘；能来共谈，便成佳士。一时抽简授牍，研精覃思，编十景而拈题，饯三春而分韵。咏史则式蛙斗蟀，狂泼墨以淋漓；述怀则春草落花，静含毫以绵邈。或襟分而素心如结，或萍聚而笑口顿开；或乘舟访戴以行，或冒雨过苏而饮。由是削稿如叶，选词类珠，千跖择鸡，一斑窥豹。虽删余尚似束笋，而遴存可先刊梨矣。"②《小桃源室联吟诗存》内部，主要是饯春会诗歌和《题小桃源室联吟图》《小桃源室十景诗》等，符合"编十景而拈题，饯三春而分韵"的描述。

咏物组诗是"红犀馆诗课"和"小桃源吟社"共同的创作类型。两个诗社的规模不相上下，社员整体有三四十人，但单次集会的参与者通常为一二十人。咏物组诗的形式适合这种规模的集会唱和。《小桃源室十景诗》包括《沈山塔影》《汪堰渔火》《梅园夜读》《仙坛晚钟》《鸳湖新月》《虎坟残雪》《祝桥垂钓》《文溪唤渡》《蕉窗听雨》《竹院烹茶》十个诗题。这组诗歌模仿"西湖十景"的命名，具有清新别致的风格。诗题体裁上也有新的尝试，如朱丙寿《小桃源室十景诗》前四首如下：

---

①　徐元章：《小桃源室联吟诗存》，同治五年丙寅（1866）徐氏刻本。

②　徐元章：《小桃源室联吟诗存》，同治五年丙寅（1866）徐氏刻本，第2a—2b页。

爽气挹西山，孤塔表其半。
碧天净无云，长空飞鸟乱。
此景似赤城，余霞犹未散。（《沈山塔影》）

孤村夕照红，荒堰芦花白。
老渔一叶舟，秋风水为宅。
波心响渔叉，吹火出深碧。（《汪堰渔火》）

一弓旧名园，花开梅树老。
中有读书声，篝灯时探讨。
几案生古香，别有闲吟草。（《梅园夜读》）

白云寒西崦，深林藏古寺。
远公讲经坛，旧有仙人至。
一杵晚钟声，惊起维摩睡。（《仙坛晚钟》)①

　　虽为平常的写景咏物，但均以五言六句为创作形式，且与其他社员的体裁有所不同。该社又有《寒士叹》《流民叹》等题，充分与时事结合，发挥了诗社的纪事功能。《红犀馆诗课》第五集《纪庚申十一月杪象西团勇搜禽逸盗事》等题，也表现了社员的叙事能力。两个诗社都力求延续结社传统，拟古诗作或诗社命名都表达了恢复古风古调的愿望。"小桃源吟社"诗人阶层低下，经济状况恶劣，心灵的创伤时有流露，社诗总集受时代背景的影响更深，预示着晚清社会的衰败趋势。

---

① 徐元章：《小桃源室联吟诗存》，同治五年丙寅（1866）徐氏刻本，第17b—18a页。

第三节　同声集与同声社

　　清代是诗歌创作和诗集刊刻并兴的时期，也是社事强盛的阶段，诗社唱和总集开始增多，普通唱酬总集则触目皆是。同声集，作为清诗总集的一类，包括社诗总集和非社诗总集，具有重要的研究价值。同声集，取《易》"同声相应，同气相求"之意。《说文》曰："同，会合也。""同人"指的是同心同德的君子，泛指相与交游唱和的文人。"同声"指的是聚集同人之言。以"同声"命名的诗集，绝大多数是总集。笔者拟梳理清代同声集的类型、特征等，勾勒清代同声社的发展脉络，最终落到清代唱和的内核即"同声相应"。相应地，"同声社"社诗总集、同声唱和总集的刊行对清人结社的推动作用也得以彰显。

一　同声集的多样性：以地域、群体、诗社为依托

　　立足现存文献，清代同声集数量丰富、特征鲜明，成为总集的一种类型。形制完备的同声集，代表了总集编纂的高度。随着诗歌创作主体的扩大，同声集的主体亦从士大夫延伸至普通文人。从这个角度看，清诗具有相对包容的环境和活跃的发展势态。清代同声集的类型，主要分为以下三种。

　　一是地方诗歌总集。清代地方诗歌总集的刊刻十分兴盛，这与地方志的修撰和地方文学的发展有着密切的关系。同声集冠以地名，即当地之诗歌总集，包括历代诗歌总集和当朝诗歌总集等。笔者主要探讨同时代的地方性诗歌总集。如胡凤丹所刻《皖江同声集》《鄂渚同声集》《榕城同声集》，分别收录他与诗友在安徽、湖北和福建等地唱和所得作品，可谓胡凤丹结社刻书的三个重点。又如：朱景英辑《海上同声集》，应是诗人任职台湾期间的唱和总集，今

佚；汪之选辑《淮海同声集》，"诗赢千首，人汇百家"①，"淮海"指的是扬州府，作者是以汪之选为核心的扬州诗人群体（原籍可能不同）；李树瀛辑《同声诗钞》②，旧称《富川同声集》③，收录湖北兴国州（古为富川县）及周边诗人结社的作品；王凯泰辑《三山同声集》《续编》④，主要是福建本省绅士、幕友的唱和诗歌，"三山"是福州的别称，因城内有九仙山、乌石山、越王山而得名。此外，民国时期，郁葆青辑有《沪渎同声集》《沪渎同声续集》，属于近代旧体诗词唱和总集，同样具有地方性，可与晚清的同声集互相参照。

二是多人诗歌合集。这类同声集是汇合几种诗集，编订成册，总为一书。诗集之间具有某些共同特点，但相对独立。如丁芸辑《同声集》⑤，包括丁芸《墨农诗草》、毛琳《溪南诗草》和陈秀《水山诗草》三种。这样的形式在明代已经出现，如《四库全书总目》所载杜桓辑《柳黄同声集》⑥，为柳贯、黄溍合集。多人诗歌合集的产生，往往基于地域渊源，即所谓共同点。丁芸、毛琳和陈秀皆为梅里人，而编者杜桓与作者柳贯、黄溍，三人是徽州同乡。编者可能是作者之一，也可能与作者并无交游。一般而言，社诗总集内部存在唱和关系，而多人诗歌合集主要体现的是编者意志，作品原本没有这层关系。即使具备选诗过程，这种看似合并实则割裂的

---

① 汪之选：《淮海同声集》卷首刘凤诰序，嘉庆二十二年丁丑（1817）汪氏刻本，第1b页。

② 李树瀛：《同声诗钞》卷首曾邦俊序，同治五年丙寅（1866）兴国学署刻本。

③ 胡凤丹：《退补斋诗存》卷十六《李香洲学博出〈富川同声集诗钞〉见示，用集中〈闲兴〉原韵奉赠》，《续修四库全书》第1552册，第257页。又，李树瀛《同声诗钞序》记载："州中士大夫多艳其事而和之，爰汇成一帙，刊为《富川联吟》。自后，览斯集者续相唱和，恒仍用前韵，并瀛一切赠答之什，复得百余首。因合前刻共为一卷，更名为《同声诗钞》。"

④ 王凯泰：《三山同声集》《续编》，同治俭明简斋刻本。

⑤ 丁芸：《同声集》，乾隆五十七年壬子（1792）刻本。

⑥ 永瑢等：《四库全书总目》，中华书局1965年版，下册，第1740页。

形态，显然也已偏离唱酬总集的本质。另外，张曜孙辑《同声集》①，收录吴廷珍《塔影楼词》、王曦《鹿门词》、潘曾玮《玉泉词》、汪士进《听雨词》、王宪成《桐华仙馆词》、承龄《冰蚕词》和刘耀椿《海南归棹词》七种，虽为词集，但成书的体例与结构是类似的。

三是诗社唱和总集。这类同声集以诗社为依托，是同声社的社诗总集。上述地方诗歌总集一类，可能也包括诗社唱和总集：历代诗歌总集，缺乏同时唱和的条件，理论上排除了社诗总集的可能性；当朝诗歌总集，应根据它的序跋、体例和内容，推断是否结社集会。如《淮海同声集》，创作主体所处的时代一致，其宗旨在于保存个人诗歌面貌、展现地方文学风格。但是，该同声集以作者为目次，没有结社或集会的背景，不能视作社诗总集。前文提及李树瀛所辑同声集《同声诗钞》，曾邦俊作序曰："于是风雨拈毫，烟云落纸。分题首唱，把酒心知。望切针砭，相邀入社。行逢旗鼓，便许登坛。"②可见在时人眼中，这样的唱和行为等同于结社。"拈毫""把酒"等词也透露了集会的痕迹。该"同声社"的成员有李树瀛、孙缙、王臣弼、徐继型和陈光亨等二十余人。《同声诗钞》以李树瀛《闲兴》二首为原唱，之后是各位诗人的次韵作品，以及李的再次韵作品，具有社诗总集的性质。所有诗歌同题同韵，切合"同声"之名，洵为罕觏。其他相关同声集将在后文进行探讨。

按照与社事的紧密程度，清代同声集又可分为三种：一是"同声社"社诗总集，二是同声唱和总集，三是既无结社又无唱和的总集。第二种同声集，有时也举行集会，推动着诗社的发展。第三种以《淮海同声集》为代表。前两种同声集，是同声唱和的载体，也是同声社研究所要关注的对象。其编纂体例，既包含一般总集的共

①　张曜孙：《同声集》，道光二十四年甲辰（1844）至同治元年壬戌（1862）递刻本。

②　李树瀛：《同声诗钞》卷首曾邦俊序，同治五年丙寅（1866）兴国学署刻本，第1b页。

性，又兼具社集自身的特质。

二 同声唱和现象及其诗社化倾向

同声集是考察同声唱和现象的基本文献。纵观清代同声唱和活动，以诗歌创作为主，但多半未经付梓，同声总集仍是少数。然而，同声集作为类型化的清诗总集，即使数量有限，且形态、风格各异，也足以反映同声唱和的一些特征，具体表现在以下三个方面。

第一，同声唱和规模可观。以胡凤丹所刻同声集为例，《皖江同声集》唱和主体八人，《鄂渚同声集初编》二十五人，《续编》二十三人，《三编》二十人。随着同声社的举行和同声集的刊印，诗人群体趋于稳定。鄂渚同声唱和，前后分为三个阶段；《鄂渚同声集》三编，卷帙浩繁、内容广博。其规模大小，毫不逊色于一般诗社。在清代，以记录唱和过程、保存作品原貌为宗旨的同声集，其编纂与修订更为纤芥无遗。王凯泰《三山同声集》例言第一款记载："癸酉福建闱中，偶成《即事》四诗，质之同人，一时和章云集，爰汇刊一编，署曰《三山同声集》。"① 该总集共四卷，收录了王凯泰的原唱及诸友的和作。卷一、卷二是两星使暨寅僚和诗，计七十八人；卷三是本省绅士及幕友诸君，计十七人；卷四是致用堂同学诸子，计三十五人。《续编》又补录了续和及外省寄和者四十七人，其中两人在正编中已有选录。发声相和者一百七十五人，基本涵盖了王凯泰在福建的全部交游对象。《三山同声集》是王凯泰首倡的一点多线的唱和方式，因此能够达到百人以上。概而言之，以作家及作品的数量、影响等作为参考，清代同声唱和规模可观。究其原因，不仅在于受到结社和刻书的双重刺激，还有赖于"同声"的旗号。此外，《淮海同声集》二十卷，收录八十八家诗歌，在提高著名诗人作品比重的同时，又兼顾选取范围的广泛性和全面性。虽不含唱和关系，但从侧面展现了清代同声集的宏大规模。

---

① 王凯泰：《三山同声集》卷首《例言》，同治刻本，第1a页。

　　第二，同声唱和现象普遍。同声集之外，清代的某些同人集、同音集等，由同声之名演变而来，也具有同声唱和的性质。凌霄《快园诗话》卷二记载："余诗已刊者，江宁之《快园集》、怀宁潘兰如之《诗粹》、苏州石远梅之《同音集》、镇江王柳村之《酹雅集》、扬州之《溟鸥集》、泰州之《停云集》、东台之《海上题襟集》、如皋之《蠔山联唱集》、通州之《蒲上题襟集》、石芸亭之《同人集》、汪月樵之《淮海同声集》、孙渊如之《芝泉集概》。"①以上诗集，除了《快园集》《芝泉集概》，其余都是诗歌总集。石钧（远梅其号）《同音集》、石渠（芸亭其字）《同人集》等，大致刻于凌霄所处的乾嘉时期，可见当时总集编纂之兴盛，同声唱和活动普遍而频繁。袁枚，作为凌霄的前辈和师长，则编有《续同人集》。袁枚自序记载："冒巢民先生有《同人集》十二卷，序曰：'海内才人，同声相应。当其始也，视为易得而弃置焉。及时移事易，其人已往，则雪泥鸿爪，往往思之于无穷，岂不可惜！'"②《续同人集》是以冒辟疆《同人集》作为范例，具有选诗存人的意义。但两者的体例大不相同，《同人集》按照传统的诗文体裁进行分类，而《续同人集》则分为"过访类""投赠类""宴集类"等十四种。无论是以"同声"命名，还是秉承"同声相应"的宗旨，或是受到同声唱和风气的影响，这类清诗总集都具有共同的精神特质。

　　第三，同声唱和出现集会。在通常情况下，清诗总集按照诗人或诗歌体裁等进行编排，这个方面在夏勇先生《清诗总集通论》第三章"清诗总集的编纂体例"中已有详细的论述③。清代同声集尤其是社诗总集类，频现一个突出的编排特征，即以集会和诗题为线索。如胡凤丹《鄂渚同声集二编》，卷一以"饯春"为题，下列何国琛等九位诗人的作品；卷二以"鄂城怀古"为题，下列十一位诗

---

①　凌霄：《快园诗话》卷二，《续修四库全书》第 1705 册，第 278 页。

②　王英志：《袁枚全集新编》，浙江古籍出版社 2015 年版，第 18 册，第 1 页。

③　夏勇：《清诗总集通论》，中国社会科学出版社 2016 年版，第 228—314 页。

人的作品；卷三以"乐大司徒玉卣诗"为题，下列七位诗人的作品①。以此类推，卷四至卷二十都有相应的诗题。事实上，每一卷很有可能以一次集会为依托，围绕共同的诗题唱和。集会是判断结社与否的重要标准。因此，以集会和诗题为线索编排文本，也是社诗总集的明显特征，例如《红犀馆诗课》②，八次集会的诗歌辑为八卷，单次集会的吟咏对象和内容基本一致。约定集会时间和创作主题之后，同声唱和与诗社唱和一致，同声总集与社诗总集无异。类型化的唱和活动，如何演变为诗社的过程，是非常具有研究价值的部分。事实上，清代同声集中的社诗总集不多，同声唱和往往随意自发，有规律的集会较罕见。但是，无论是否完成自身诗社化，同声唱和现象无疑推动了社事的发展，促进了社诗总集的刊刻与流通。

三　同声社的内部演变及同声集的衍生

清代，同声唱和盛行，直接导致同声社的发展。或受到环境的刺激应运而生，或受到历史的影响承前启后，同声社层出不穷，成为清代诗社的典型类型。形制完备的同声集及其背后的同声社固然重要，但是，部分同声社不以创作为首务，发挥着诗社的其他功能，具有时代性，亦不容忽视。清代不同时期的同声社，结社方式大相径庭，但社员之间追求声气相通的初衷如出一辙。

一是顺治年间，"沧浪会"内部发生纷争，分为"慎交社"和"同声社"。"沧浪会"由明末"几社"成员发起。而"同声社"作为"沧浪会"的分支之一，是清代较早的同声诗社。乾隆《震泽县志》卷三十八《杂录·二》记载："'慎交社'创于郡中，宋既庭实颖主之，而吾邑之在社者，则宏人兄弟为之冠也。时昆山叶文敏方蔼先倡'同声社'，吾邑周求卓爱访董方南暗附之。遂各立门户，相

---

① 胡凤丹：《鄂渚同声集二编》卷首《目录》，同治九年庚午（1870）退补斋刻本，第1a—2b页。

② 姚燮：《红犀馆诗课》，同治四年乙丑（1865）刻本。

为水火，垂二十年而后已。"①"同声社"的创立者是叶方蔼（文敏其谥号），周爰访（求卓其字）、董闇（方南其字）暗中附和。

顺治十年癸巳（1653），吴伟业等人曾试图消除"慎交""同声"两社的矛盾，举行虎丘大会，提倡"九郡大社"。顾师轼《吴梅村先生年谱》卷四"十年癸巳，四十五岁"条，引程穆衡《吴梅村诗笺》注：

> 癸巳春社，九郡人士至者几千人。第一日，"慎交社"为主。"慎交社"三宋为主，右之德宜、畴三德宏、既庭实颖，佐之者尤展成侗、彭云客珑也。次一日，"同声社"为主。"同声社"主之者张［章］素文在兹，佐之者赵明远炳、沈韩倬世奕、钱宫声仲谐、王其倬长发。太仓如王维夏昊、郁计登禾、周子俶肇，则联络两社者。凡以继张西铭虎邱大会。②

此时，章在兹（素文其字）是"同声社"的领袖，赵炳（明远其字）、沈世奕（韩倬其字）、钱中谐（一名仲谐，宫声其字）、王长发（其倬其字）等为骨干社员。又引王撰《自订年谱》"十年上巳"云：

> 吴中两社并兴，"慎交"则广平兄弟执牛耳，"同声"则素文、韩倬、宫声诸公为之领袖。大会于虎邱，奉梅村先生为宗主，梅翁赋《禊饮社集》四首，同人传诵。次日，复有两社合盟之举。山塘画舫鳞集，冠盖如云，亦一时盛举。拔其尤者，集半塘寺订盟。四月，复会于鸳湖，从中传达者研德、子俶两人，专为和合之局。是秋九月，梅翁应召入都，实非本愿，而

---

① 乾隆《震泽县志》卷三十八《杂录·二》，《中国地方志集成·江苏府县志辑》第 23 册，第 342 页。

② 顾师轼：《吴梅村先生年谱》卷四，《北京图书馆藏珍本年谱丛刊》第 69 册，第 323—324 页。

士论多窃议之，未能谅其心也。①

虎丘大会声势浩大，但是好景不长，随着吴伟业入都，"九郡大社"解散，"慎交社""同声社"恢复之前的对立状态，调解之举以失败告终。叶君远先生《吴梅村与"两社大会"》一文探讨了此次大会的性质②。至于两社的具体立场和矛盾根源，不得而知。"慎交社"宋德宜（右之其字）、宋德宏（畴三其字）、宋实颖（既庭其字）三人同族，且才名早著，"同声社"诸人的影响力不如宋氏兄弟。该"同声社"沿袭明末结社风气，除了雅集赋诗，在政治主张、文学思想等方面也具有一致性。清初诗坛，纯粹的文学性诗社较少，集会活动带有晚明党社遗留下来的痕迹。

二是"楚梁同声社"及《楚梁同声集》。梁云构《楚梁同声序代》记载：

> 妄谓燕赵之声敦而穆，齐鲁之声博而能放，吴声沉隐而善变，楚声横逸而廉折，梁声洪邑而衍达，秦声澄激如水之咽石，西吴之声郁而转、辨而不穷，蜀声约而不迫，江右之声清约有制动、无繁向，闽粤之声含而锐、纤而能赴，滇黔之声细远而终不息，我晋之声亦能远啤缓而追中平之韵。大都此近日之变声也。……不佞结两大社，集子衿百辈，月三课之，而以牛耳属两人。两人拂晓辄先诸生至，捻须据梧，啸对终日。其声和以密，渊以别，奔逸而不怒。美哉，泱泱乎！盖兼乎十五国之声而为大声者乎！且梁、楚不相及，而两人之声同。吾不能名两人之声，而取曹丘之骇季布者曰"何以得此声于梁、楚间哉"，而刻其文，题之曰《梁楚同声》。今新圣改元梧桐冈上，其

---

① 顾师轼：《吴梅村先生年谱》卷四，《北京图书馆藏珍本年谱丛刊》第 69 册，第 324—325 页。

② 叶君远：《吴梅村与"两社大会"》，《甘肃社会科学》2008 年第 1 期。

雖雖喈喈者非他人，必诞先、匠先二人之声。①

这篇序文论及十五国之声的不同特点，又提到结百人大社，每个月举行三次诗课，孟登（诞先其字）、梁云构（匠先其字）为诗社领袖。孟登，湖广武昌（今湖北鄂州）人，万历三十七年己酉（1609）举人。陈广宏先生《竟陵派研究》一书，考述谭元春在湖广的交游时也提到了孟登②。他与谭氏兄弟曾是"复社"成员。梁云构，河南兰阳（今兰考）人，崇祯元年戊辰（1628）进士。顺治二年乙酉（1645）降清，官至大理寺卿、户部左侍郎。卒于顺治六年己丑（1649），谥号康僖。二人主导"梁楚同声社"，孟登代表楚声，梁云构代表梁声，时间大致为顺治初年，辑有《梁楚同声集》，不可见。

三是桐城"潜园社"扩大为"白门社"，发展成"同声大社"。熊伯龙曾作《"同声大社"二集序》：

> 予过金陵，闻"同声大社"噪甚，心窃异之。私询何子次德，乃知皆龙眠名宿。进而侍侧于坦庵方公，尤详其本末。盖桐城旧有"潜园社"，肇自方楼冈、姚龙怀两姓昆弟，及张濬之、陈二如、胡子兑、吴炎牧诸子耳。已而扩为"白门社"，则益以左子夏昆弟。今又合何次德、吴于廷、孙振公昆弟及社中之子弟而颜为"同声"，是所谓同沟遂川涂而耳目相亲、志意相观之人矣。③

桐城"潜园社"始自方孝标（楼冈其号）、方亨咸（号邵村）

---

① 梁云构：《豹陵集》卷十三，《四库未收书辑刊》第七辑第 17 册，第 303—304 页。

② 陈广宏：《竟陵派研究》，复旦大学出版社 2006 年版，第 306 页。

③ 熊伯龙：《熊学士诗文集·文集》卷中，《四库全书存目丛书》集部第 217 册，第 79 页。

兄弟和姚文然（龙怀其号）、姚文勋（号丹枫）、姚文焱（号盘青）兄弟，以及张秉哲（濬之其字）、陈式（二如其字）、胡如珪（子兑其字，号栲峰）、吴循（炎牧其字）等人，当时有"潜园十五子"。序作者熊伯龙是方拱乾（坦庵其号）的女婿；方孝标乃方拱乾之子，与姚文然齐名。根据马其昶《桐城耆旧传》记载："［二如］寓白门，与里人胡栲峰、何道岑、张蔚乔、吴南苍、方楼冈、邵村、姚丹枫、龙怀、盘青辈为'潜园十五子'之会。"① 可知"十五子"还包括何应珏（道岑其号）、吴日永（南苍其号）等人。后来，"潜园社"扩为"白门社"，左国鼎（字夏子）即左光斗之侄入社。结社地点亦由桐城转为南京。何亮功（次德其字）、吴修（于廷其字）、孙中麟（振公其字）兄弟等加入，发展为"同声大社"。该社源起于桐城一脉，方氏兄弟、姚氏兄弟、左氏兄弟发挥着骨干作用。同乡关系、姻亲关系是联结社员的重要纽带。作为明末东林领袖的左光斗，其子左国柱（字子正）、左国栋（字子直）、左国材（字子厚）等，都是"复社"的核心人物，他们的思想和活动对"同声大社"深有影响。

徐大纲先生《熊伯龙家世及行年考略》提到："叶方蔼未通籍之前，原是几社社员，顺治六年冬，他与章素文创立同声社，故与熊伯龙有交往，熊伯龙曾应请为同声社二集选刻作《同声大社二集序》。"② 此处或有失察，"同声大社"与叶方蔼"同声社"并非一个诗社。两者在时间上可能相去不远，但在结社地点、社员构成等方面并无交集。叶方蔼《读书斋偶存稿》卷二《简熊学士》③，同卷《熊青岳学士建言部议处分奉旨特免，诗以志喜》④，指的都是熊赐

---

①　马其昶：《桐城耆旧传》卷七，黄山书社 2013 年版，第 188 页。

②　徐大纲：《熊伯龙家世及行年考略》，湖北人民出版社 2012 年版，第 240 页。

③　叶方蔼：《读书斋偶存稿》卷二，《景印文渊阁四库全书》第 1316 册，第 774 页。

④　叶方蔼：《读书斋偶存稿》卷二，《景印文渊阁四库全书》第 1316 册，第 785 页。

履（青岳其字）学士。又，《上熊学士书》一文①，再次证明与叶方蔼相交的熊姓学士只此一人。叶方蔼的诗文集中不曾留下与熊伯龙来往的蛛丝马迹。明末清初，诗社涌现，不断创立、分裂、合并，应谨慎区别同名诗社。另外，《"同声大社"二集序》是为该社第二次集会作序，类似于《兰亭集序》，并非为社诗总集撰写序言，"选刻"二字没有根据。

熊伯龙这篇序文，讨论了明末以来社事之弊病，颇有见地："及其流失，术陋心杂，耳目非便于相接之亲，志意非发于时观之素。拜未登堂，身先许死，属有乡曲之誉、铢两之利。构斗其间，则张、陈之头颇可按兵而索。是故入声名人物最盛之邦，而其士君子孝友睦姻任恤之意，反荡然无复存者，其祸未尝不始于文章门户。社之为当世大禁，当事者岂独以文体为忧哉？"②受到"乡曲之誉、铢两之利"的熏染，社员丧失了"耳目相亲、志意相观"的初衷，走上相互争斗的道路。文章门户导致祸事，错误不在文章本身，根源还是人心。"同声大社"作为结社的典范，有其名噪一时的原因："夫不苟而同者，必不苟而异；以性命而合者，必不以意气而离。故其发为文词，亦皆专一深静以求其至，而非疲苦于四海九州之问遗，淫佚于饮食宴乐之豪举，而以篇章为余事者。"③总之，诗文创作是结社的正途和归宿。

四是史荣"同声社"及《同声集》。全祖望《鲒埼亭集》卷二十二《史雪汀墓版文》记载：

> 由是雪汀之门墙骤盛，一唱十和，丹黄无间于昕夕，其欣赏淋漓，真觉所遇皆作者。于是登其门者，谓人不必学，谓诗

---

① 叶方蔼：《叶文敏公集》卷八，《续修四库全书》第1410册，第555—556页。
② 熊伯龙：《熊学士诗文集·文集》卷中，《四库全书存目丛书》集部第217册，第79页。
③ 熊伯龙：《熊学士诗文集·文集》卷中，《四库全书存目丛书》集部第217册，第80页。

古文词不必宗传，谓流品不必裁量，方言里谚，皆供诗材，雪汀兀兀手钞，为《同声集》四十卷。吾乡吟社久替，至是忽争传雪汀之诗派，而雪汀之风格乃骤衰。①

可知史荣曾与当地诗人结社，抄得《同声集》四十卷，今不传。史荣（1674—1752），一名阙文，字汉桓，号雪汀，浙江鄞县人。该社的唱和时间大概为乾隆初年，具体成员不可知，根据全祖望的描述多为后生晚辈，但朝暮唱和的盛况可以想见。这篇墓志铭强调史荣的诗歌共有四变："雪汀少即喜为诗。当是时，鄞之细湖多诗人，大率出宗正庵之门。正庵诗本师法竟陵，稍改其面目，而未洗故步也。雪汀稍悟其非，变而为山谷；已而又稍嫌其生涩，又一变而为玉川；晚乃信笔不复作意，遂为诚斋，然其实学诚斋而失之者。盖雪汀之诗凡四变，而遇益穷，才亦益落，悲夫！"②从竟陵派到山谷体，再到玉川体，又到诚斋体，史荣早年诗风多变。与其他诗人不同，史荣结社唱和，其诗歌不但不加精进，反而到了风格骤衰的地步。可见师法的重要性，诗学宗旨作为诗社的内在动力，对提升诗艺起了关键作用。此处，《同声集》之"同声"也暗含同里、同地的意思。史荣一改往日孤另的个性，对于这些昨暮儿极力称许，恐怕也有自树一帜的追求。

五是胡凤丹三大"同声社"及《同声集》。胡凤丹在同治、光绪年间，辗转安徽、湖北、福建等地，大力发展"同声社"。随后刊行《皖江同声集》《鄂渚同声集》《榕城同声集》三部总集，体例完备、内容详尽，堪称清代同声集的典范。三次结社的各个方面，包括时代背景、结社环境、作品风貌等，在相应的同声集中均有所展现。三地结社刻书，可谓胡凤丹一生事业的缩影。这些同声社及其

---

① 全祖望：《全祖望集汇校集注·鲒埼亭集》卷二十二，上海古籍出版社2000年版，上册，第404—405页。

② 全祖望：《全祖望集汇校集注·鲒埼亭集》卷二十二，上海古籍出版社2000年版，上册，第404页。

同声集的具体情况，在此不作细论。

四　"同声相应"：清代诗人唱和的基本内核

"同声集"之名，可追溯至元代。熊尧章著有《击壤同声集》，以求"同声相应于数千载之下也"①，意在流传后世，与后人达到精神上的交流。虽非唱和总集，却是以"同声"命名诗集的肇始。明代，李东阳、谢铎《同声集》是当时著名的诗歌总集。钱谦益《列朝诗集小传》丙集"谢侍郎铎"条记载："二公同年同馆凡十余年，辑其联句唱和诗，题曰'同声集'。及李公当国，谢自田间再起，而唱酬不异往日。又有后集、续集若干卷。当国家承平，词馆优闲无事，以文字为职业，而先辈道义之雅，僚友切摩之谊，亦具见于此。因录诗而及之，亦可以三叹也。"② 这篇小传记叙了李、谢《同声集》的缘起，提到在稳定的政治下，官员们尚有余力进行文学创作。谢铎在翰林学诗时，也曾自立程课，限一月为一体。该《同声集》是双人唱和总集的典型，清代也不乏这种形式。

"同声相应"与诗社相结合，促使了同声社和同声集的诞生。社诗总集以"同声"命名，反映了诗社的宗旨即"同声相应，同气相求"。清人结社强调"声气相求"，是为获取文学和心灵层面的融通，体现了诗社的基本功能即创作与交游。诗社领袖的政治主张和学术思想，也通过其他社员的响应、附和得以传播。陈瑚《确庵文稿》卷二十六《时习讲义》提到"方以类聚，物以群分，同声相应，同气相求"的时习，文中指出清初结社的不良风气："近来结社，全然不讲文字，只是醵钱聚众、看戏饮酒、搬斗是非、雌黄人物而已。以势交者，势尽而交疏；以利交者，利尽而交绝。岂不是与'朋来'相反？"③ 陈瑚《确庵文稿》包含多处诗社活动的线索，

---

① 许有壬：《至正集》卷三十一，《景印文渊阁四库全书》第 1211 册，第 224 页。
② 钱谦益：《列朝诗集小传》，上海古籍出版社 2008 年版，上册，第 248 页。
③ 陈瑚：《确庵文稿》卷二十六，《四库禁毁书丛刊》集部第 184 册，第 459 页。

朱则杰先生《清初江南地区诗社考——以陈瑚〈确庵文稿〉为基本线索》一文据此加以钩沉①。"同声相应,同气相求"作为历代结社与雅集的传统,有其正面意义。若不受权势和利益的驱使,摆脱吃喝玩乐的陋习,倾力于诗文创作,清代诗社才能延续风雅传统,为诗歌发展贡献力量。陈瑚之文与熊伯龙《"同声大社"二集序》似有异曲同工之见,但由于政治背景的变换,明末和清初的结社环境已是迥然不同。

扩大到清代普通唱酬诗集,"同声相应"也经常作为指导精神而存在。如钱澄之《二龙唱和诗引》:"吾读二方子唱和诗,而有悟于声气之故也。……《易·文言》分别物类,乃有同声相应、同气相求之辨。而今于人伦之类,称朋友曰同声,称兄弟必曰同气。夫同声不必同气者有矣,要未有气同而声不同者也。而有不同者,君子以为气之渗矣。"② 二龙指的是方中履(字素伯)、方中发(字有怀),分别是方以智、方其义的儿子。方氏堂兄弟年纪相仿,亲如手足,游处密切,唱和频繁。在钱澄之看来,二人继承桐城方学渐(私谥明善先生)的孝友传统,诗歌的风格和内容一致,不止停留在声调相谐的阶段,而是真正达到了同气的境地。钱澄之、方以智、方其义、方中履、方中发等人都是遗民,在这个层面也算是同声相应、肝胆相照的诗人群体。又如卢竑撰《隐湖倡和诗序》:"《易》曰'同声相应,同气相求',又曰'同声之言,其臭如兰'。盖我以斯求,而彼不能以斯应,不可以言同;彼以斯来,而我不能以斯受,亦不可以言同。当夫人之各处一方,或远而数百里,或远而数千里,原在两不相知之地,其初何以召之使来,其终何以投之使合?盖莫不以言为先资,言为心声,气之所至,言亦至焉。"③ 卢竑论及"各处一方"而"同声相应"的可能性。显然,"同声相应"已成为普

---

① 朱则杰:《清初江南地区诗社考——以陈瑚〈确庵文稿〉为基本线索》,《苏州大学学报》2012年第1期。
② 钱澄之:《田间诗文集》卷十六,《续修四库全书》第1401册,第181页。
③ 陈瑚:《隐湖倡和诗》卷首卢竑序,清末叶氏五百经幢馆钞本,第1a—1b页。

遍的价值取向，进入清人的文学世界及生活日常。

清代对友道、友情的重视，是"同声相应"获得广泛认可的前提。清初，刘榛《友论》记载："友道之沦丧也，非一日矣。古之为友者，曰讲习，曰责善，曰辅仁，曰乐群。取友，曰信，曰断金。而其始合也，曰同声相应、同气相求。其要厥终也，曰久敬，曰终和且平。"① 受到明末党社风气的影响，清初谈论友道和同志的文章尤多。又如，光绪年间，王韬《择友说》："故以势交者，势败则散；以利交者，利尽则疏。然则择交当奈何？当今之世，品高行直者既已罕觏，惟有求其气谊融洽、性情投合者，斯可耳。羲《易》有曰'同声相应，同气相求'，《礼》曰'营道同术，合志同方'，皆可为取友之法。"② "同声相应，同气相求"自古以来便是择友的准则，契合清人对友道的崇尚之心。鉴于友情是结社的情感基础，"同声相应"自然成为酬唱往来的理想境界，也影响着社员的创作态度与风格。

宏观而言，同声社及同声集的发展与诗社相仿，乾隆以后日益繁盛。清末民国时期，受到晚清结社风气的推动，同声集的刊印掀起一个高潮。如民国七年（1918），徐致清结"同声诗社"，选辑《同声集》，相与唱和的社员有林拯、周璋、胡文衡、斯资深、姚琮等三十余人。又，郁葆青辑《沪渎同声集》，收录包括夏敬观、周庆云、姚洪淦、袁天庚等三十二人诗歌，共二百四十六首；民国二十四年（1936），郁葆青辑《沪渎同声续集》，收录夏敬观、李宣龚、黄孝纾、徐识耜等四十五人诗歌，共三百八十五首。民国同声集相对繁杂，不及清代同类总集编纂之精审。

着眼于同声集，同声唱和、同声社在清代的发展有迹可循。同声社的举行与同声集的编纂，两者相辅相成，如同诗社与总集的关系。同声社，强调"同声相应，同气相求"的理想状态，反映出清

---

① 刘榛：《虚直堂文集》卷十二，《四库未收书辑刊》第七辑第25册，第133页。
② 王韬：《弢园文录外编》卷七，《续修四库全书》第1558册，第588页。

代诗人相互唱和的动机，即谋求共鸣、砥砺诗艺。诗社名称相同，意味着结社宗旨相近。这也是清代同声社类型化并值得归类探讨的原因。清初，明季党社的余温笼罩着诗坛，遗民群体一度活跃，各种声音不绝于耳。"同声同气"适应复杂的政治环境，同声社顺势得以滋生发展。"同声相应，同气相求"贯穿整个清代唱和活动，刺激了民国同声社及同声集的兴起。

第四节 同声总集的编纂体例：以胡凤丹三部同声集为例

清代诗坛主力倡导诗社，并通过社诗总集的选定与刊行扩大该社的影响。以社员数量和地域幅员为参照，胡凤丹结社属清代重大社事。胡凤丹（1823—1890），字齐飞，一字枫江，号月樵，晚署双溪渔隐，浙江永康人。历官湖北候补道，署督粮道。著有《退补斋诗存》《退补斋文存》等。他主持编纂了多种书籍，是当时著名的刻书家、藏书家。其子胡宗廉等所撰《显考月樵府君行述》，记载了胡凤丹的生平概略。"游皖、鄂、闽，皆有《同声集》之刻。庚寅寓杭，偕吴筠轩、盛恺庭诸丈月举'铁华诗社'。番愚许方伯应镳开'西泠耆英会'，府君亦与焉。"① 皖江唱和、鄂渚唱和、榕城唱和，是胡凤丹发起的诗社活动，并刻有相应的社诗总集，即《皖江同声集》《鄂渚同声集》《榕城同声集》。

一 皖江同声社及《皖江同声集》

诗社具有"集体创作"的性质。社员举行集会时，围绕相同或相近的诗题进行唱和，内容趋于一致。在多次集会的基础上，逐渐约定集会主题与创作方式，形成有规律的唱和模式。然而，《皖江同

① 胡宗廉等：《显考月樵府君行述》，光绪十六年庚寅（1890）刻本，第11b页。

声集》多为留别、送别、赠答等内容，并无集会赋诗，无异于诗人间的一般交游。可以说，胡凤丹等人在皖江唱和阶段没有明显的结社意识。但是，皖江唱和与鄂渚唱和的宗旨、风格类似，二者在时间上相承接，而《鄂渚同声集》是社诗总集，因此笔者俱以诗社视之。清代，各个诗社的内在紧密程度不同。有些诗人群体，并不具备结社意识，或者集会无定，偶以"社"自称；有些诗社，社集特征显见，却不专以"社"名。诗社的界定，应结合诗人群体和集会的具体情况加以考察。皖江唱和，纵使脱离集会活动、借助诗柬往来，其主体仍处于相对稳定的状态，具有"社"性。

皖江唱和，又可称为"皖江同声社"，作为胡凤丹结社的先声，为以后的鄂渚唱和、榕城唱和提供经验。张炳堃于同治八年己巳（1869）为《皖江同声集》所撰序言记载：

> 余自通籍入词馆后，供职甫三年，乞养南归，日与诸兄弟吟咏于当湖、澉水间，不复作出山想。咸丰末年，叠遭兵燹，身以外荡焉荩焉。至同治纪元，从军入秦，由秦而晋，而豫而燕，复与曩好通音问、相往还。乙丑冬，需次鄂垣。次年夏，月樵都转抵鄂，朝夕过从，告予曰："吾侪在皖，与朱久香阁学、何小宋方伯、陈心泉观察及李季荃、吴竹庄、李恕皆、胡稚枫诸公联吟叠唱，得《皖江同声集》十卷，率皆次韵之作，各抒胸臆以表生平，君盍为鉴定焉？"①

胡凤丹到湖北后，与张炳堃过从甚密，谈起在皖之时与朱兰（久香其字）、何璟（小宋其字）、陈濬（心泉其字）、李鹤章（季荃其字）、吴坤修（竹庄其字）、李文森（恕皆其字）、胡志章（稚枫其字）等人联吟叠唱，并有《皖江同声集》，请为鉴定。

---

① 胡凤丹：《皖江同声集》卷首，同治八年己巳（1869）退补斋刻本，第1a—2a页。

胡凤丹所撰《皖江同声集·凡例》交代了唱和的起止时间、编纂体例等，前三款如下：

> 自同治乙丑秋九月至丙寅春三月，同人在皖唱和，合计五、七古及七律诗二百五十六首，厘为十卷。
>
> 是编以首唱者列于前，次韵者列于后，不以科分之早晚为序。
>
> 目录于某某之下载明某省、某县、某字，其历任衔名未及备载。①

皖江唱和始于同治四年乙丑（1865）九月，终于五年丙寅（1866）三月，历时半载。唱和得五言古诗、七言古诗和七言律诗二百五十六首，共十卷。《凡例》第四款叙述了唱和的相关逸事，感叹朋友聚散无常。该《凡例》与张序的撰写时间相近，即总集付梓之前。根据《皖江同声集》目录，可知参与唱和的诗人为李文森、何璟、吴坤修、陈濬、胡凤丹、胡志章、朱兰、李鹤章八人。以社员数量、唱和时长等作为衡量标准，皖江唱和的规模远不及此后的鄂渚唱和。

李文森（1830—1867），号海珊，贵州镇远人。道光三十年庚戌（1850）进士。官安徽兵备道、署按察使。何璟（1827—1898），又字伯玉，广东香山（今中山）人。道光二十七年丁未（1847）进士。选庶吉士，授编修，历任江南道监察御史、户科给事中、安徽庐凤道，官至闽浙总督。生平与李鸿章、李鹤章、曾国藩、曾国荃等人有交往。吴坤修（1816—1872），江西新建人。咸丰间从军数年，官至安徽布政使、署巡抚。著有《三耻斋初稿》，参与编纂光绪重修《安徽通志》。另刻有《半亩园丛书》等，与胡凤丹一样是著名的藏书家、刻书家。陈濬（1815—1870），福建闽县人。道光二十

---

① 胡凤丹：《皖江同声集》卷首，同治八年己巳（1869）退补斋刻本，第1a页。

七年丁未（1847）进士。官山东道监察御史、湖北盐法道。胡志章，生卒年不详，原名承浩，湖北安陆人。优贡，官知州。朱兰（1800—1873），号耐庵，浙江余姚人。道光九年己丑（1829）进士。授编修，官内阁学士、詹事府詹事、安徽学政。著有《补读室诗稿》。李鹤章（1825—1880），又字仙侪，号浮槎山人，安徽合肥人，李鸿章弟。诸生。著有《浮槎山人文集》《半仙居诗草》等。除了李鹤章，其他诗人基本上是旅居皖地，可能都是"作客"心态。他们在当时有一定的诗名和官职，大致反映出胡凤丹交往的诗人群体的层次。

二 鄂渚同声社及《鄂渚同声集》

《鄂渚同声集》为"鄂渚同声社"的社诗总集，共有三编。初编七卷、二编二十卷、三编八卷，分别对应鄂渚唱和的三个阶段。此三编连同《皖江同声集》，四种总集的刊刻年月相近又有所差异，应加以区别。

《鄂渚同声集初编》收录了胡凤丹、张炳堃、王熙绅、王柏心、陈建侯、伍肇龄、何璟、何国琛、陈樊侯、胡志章、刘维桢、金安清、彭崧毓、丁守存、朱宗涛、钱桂林、吴耀斗、向光谦、刘国香、袁瓒、诸可权、卢英俦、车元春、陈善寅、濮文暹二十五人的诗作。卷六后附徐庆铨、王树之、丁绍基、唐莹、濮文昶等人的词曲作品。胡志章曾参与皖江唱和。书序为同治九年庚午（1870）春陈濬所撰，刊刻时间稍晚于《皖江同声集》。《鄂渚同声集初编·例言》交代了鄂渚唱和第一阶段的情况：

> 是编继《皖江同声集》而作。余自丙寅四月来鄂，寮寀联欢，大半燕台旧雨。从公余间，辄相赠答，随作随钞，汇分七卷，署曰《鄂渚同声集初编》，纪始也。
>
> 自丙寅至己巳，前后四载，所作以编年为先后，不序官阶，不依年齿。有因诗而存其人者，亦有因人而存其诗者。工拙固

不暇计，从实也。①

同治五年丙寅（1866）至八年己巳（1869），胡凤丹在湖北与旧识唱和，得《鄂渚同声集初编》七卷。"因诗存人，因人存诗"是编纂该集的主要原则，遵从真实，不计工拙。

鄂渚唱和第二阶段始自同治九年庚午（1870），得《鄂渚同声集二编》二十卷。参与诗社的有何国琛、彭崧毓、张炳堃、陈濬、胡凤丹、彭汝琮、量云、车元春、丁守存、唐嘉德、钱桂林、王应昌、朱宗涛、诸可宝、袁瓒、刘维桢、徐瀛、刘国香、金安清、张凯嵩、萧铭寿、孙第培、何铭彝二十三人，其中包括一些偶然与会的社外诗人。陈濬曾是皖江唱和的成员。卷首收录了张之洞所撰序言，作于同治九年庚午（1870）大雪前二日。可见，《鄂渚同声集》三编的刊刻紧随各阶段唱和的结束时间，而非同时付梓。

鄂渚唱和第三阶段始自同治十年辛未（1871），迄于光绪元年乙亥（1875），历时五年，得《鄂渚同声集三编》八卷。社员有何国琛、彭崧毓、胡凤丹、刘维桢、张凯嵩、张荫桓、车元春、彭汝琮、陈懋侯、张炳堃、钱桂林、诸可宝、林寿图、陈濬、李树瀛、舒立潘、刘国香、潘颐福、彭瑞毓、瞿廷韶二十人。书序为光绪二年丙子（1876）五月恽祖翼所撰，也标志着《三编》的大致成书时间。

纵观鄂渚唱和三阶段，胡凤丹、张炳堃、何国琛、刘维桢、彭崧毓、钱桂林、刘国香、车元春等人始终参与其中，为核心社员。

张炳堃（1817—1884），原名瀛皋，字鹿仙，浙江平湖人。道光二十七年丁未（1847）进士。改庶吉士，授编修。后请辞奉养父母。太平军攻打浙江之时，张炳堃慷慨从戎，以道员分发湖北，得到湖北总督李鸿章和巡抚曾国荃的器重。同治十二年癸酉（1873）、光绪

---

① 胡凤丹：《鄂渚同声集初编》卷首，同治九年庚午（1870）退补斋刻本，第1a页。

二年丙子（1876），两次出任湖北督粮道。《平湖县志》载其传①。居湖北期间，张炳堃参与胡凤丹结社，二人关系密切。

何国琛（1813—1884），字白英，也作伯英，浙江海宁人。道光二十一年辛丑（1841）进士。官湖北襄阳知府、署督粮道。胡凤丹《退补斋文存》，同治十二年癸酉（1873）退补斋鄂州刻本，各篇文后往往附有同人之评语，其中也包括何国琛。卷三《"月泉吟社"序》一文，何国琛评道："怀古抚今，慷当以慨，结以清翁之人，酬一缣为况，尤觉逸趣横生。然请与君约，或人酬一花、人酬一酒，应不吝此豪举否。"② 又有彭崧毓语："社刻惟浙江最盛。今楚、皖《同声集》之刻，亦称盛于一时。追溯昔之'月泉'，君盖非漫为是好事者。至人酬一缣，固属豪举。然时非其时，无论力所不逮，即有力，亦讵可为耶？九江关榷使置酒琵琶亭，以待四方之游客，一诗见赏，不吝千金。吾闻其语，未见其人，可胜慨哉！"③ 可见，胡凤丹及其所刻两部《同声集》受到高度赞誉。

彭崧毓（1803—?），字于蕃，又字渔帆，号稚宣，湖北江夏人。道光十五年乙未（1835）进士。改庶吉士，授编修。著有《求是斋文存》《诗存》等。

钱桂林、刘国香、车元春等人，生平不详。《鄂渚同声集》收录了他们的作品，社诗总集在"以诗存人"这个方面深具意义。

三 榕城同声社及《榕城同声集》

《榕城同声集》为胡凤丹游闽地时唱和所得总集，胡凤丹自序说：

> 庚辰首夏，薄游闽南。于时溽暑初临，荷风散馥，吟瓢酒盏，累日无虚。或敦素好，或缔新交；或赠缣以抒情，或论文

---

① 光绪《平湖县志》，《中国地方志集成·浙江府县志辑》第20册，第398页。
② 胡凤丹：《退补斋文存》卷三，《续修四库全书》第1552册，第304页。
③ 胡凤丹：《退补斋文存》卷三，《续修四库全书》第1552册，第304页。

而兴感；或纪山川之灵异，或志物产之精华。……七月杪，遵
海南旋，中秋抵里，搜寻游稿，钞录成帙，厘为三卷。以同人
吟咏者，不序官、不论齿，先唱后和，以为纂编。复以仆之沿
途杂感及题赠诸作附之卷末。《易》曰"同声相应，同气相
求"，可为吾党咏焉矣。①

　　《退补斋文存二编》卷三也收录了这篇序文②。"榕城同声社"
的时间主要集中在光绪六年庚辰（1880）夏。胡凤丹结社、刻书，
从同治初年持续至光绪年间，推动了各地诗歌的发展和书籍的刊行。
根据《榕城同声集》目录，胡凤丹、张景祁、叶永元、吉大文、黄
绍昌、丁志璧、高望曾、杨浚、张国桢、梁俊年、朱宝善、程咸焯
十二人参与唱和。

　　张景祁（1828—?），字韵梅，号蘩甫，浙江钱塘（今杭州）
人。同治十三年甲戌（1874）进士。改庶吉士，充武英殿协修、国
史馆协修。光绪二年丙子（1876），以庶常改官县令，谒选得福建武
平知县；九年癸未（1883），调台湾淡水知县。张景祁与胡凤丹相唱
和的时间，与上述经历吻合。吉大文（1828—1897），字少史，广东
崖州（今海南乐东）人。咸丰元年辛亥（1851）举人。曾参与镇压
黎族人民起义而升为知府。光绪四年戊寅（1878），赴京报功，以候
补道员分发福建。黄绍昌（1836—1895），字芑香，广东香山（今中
山）人。光绪十一年乙酉（1885）举人。官中书。何璟督闽，延为
幕府记室，因此得以参与榕城唱和。著有《香山诗略》等。高望曾
（1829—1878），字稚颜，号茶庵，浙江仁和（今杭州）人。诸生。
官福建将乐知县。杨浚（1830—1890），字雪沧，号冠悔道人，福建
闽县（今福州）人。咸丰二年壬子（1852）举人。官内阁中书，任
国史馆、方略馆校对。杨浚曾设书肆广收善本，也是著名的学者、

---

① 胡凤丹：《榕城同声集》卷首，光绪六年庚辰（1880）刻本，第1a—2b页。
② 胡凤丹：《退补斋文存二编》卷三，《续修四库全书》第1552册，第540页。

藏书家。朱宝善（1820—1889），字楚材，一字樱船，晚号悔斋，江苏泰州人。官福建澄海知县。著有《红粟山庄诗》①，同治九年庚午（1870）至光绪十五年己丑（1889）自刻于福建。

《榕城同声集》三卷，前两卷是胡凤丹与诸友唱和所得，卷三是胡凤丹的个人杂感、题赠之作。前两卷的编纂体例是，先录胡凤丹的原作，再录诗人们的和作。如卷一胡凤丹《闽中留别简诸同人五律六章》，叶永元、吉大文、黄绍昌、张景祁、丁志璧五人分别作《和月樵都转闽游留别五律六章，仍次前韵》以和②。《榕城同声集》也没有显示明确的结社或集会特征，比之《皖江同声集》《鄂渚同声集》，更似一般唱和总集，且唱和时间较短，诗歌数量较少，是胡凤丹唱和结集的尾声。

四　同题咏物与唱和活动诗社化

鄂渚唱和第二阶段，是胡凤丹结社的兴盛阶段。虽然历时不长，但集会次数、作品篇数却相对丰富。《鄂渚同声集二编·例言》前四款为：

> 是编始自同治庚午暮春，同人约以月之朔望，轮流直课，意在遣兴，非求标榜也。
>
> 课日集崇文书局听经阁小叙，或限韵，或不限韵，或作古今体诗，或填词曲。各擅所长，不拘体格。
>
> 课作誊写，不按科第，不分少长，不计工拙，以诗成先后为次。
>
> 署曰《鄂渚同声集二编》，因丙寅至己巳已有《初编》之刻。此编系同人课作阄题分韵，名曰《二编》。厥后所作，以续

---

① 复旦大学图书馆古籍部藏《红粟山庄诗》六卷，同治九年庚午（1870）福州刻本；《诗续》六卷、《诗余》一卷、《诗补遗》一卷，民国十四年（1925）朱崇官刻本。

② 胡凤丹：《榕城同声集》卷一，光绪六年庚辰（1880）刻本，第4a—10b页。

编名之。①

这个阶段，社员开始约定集会时间为每月初一、十五，轮流主持诗课。集会地点为崇文书局听经阁。同一次集会，社员各擅所长，创作体裁比较自由。"不按科第，不分少长，不计工拙"，作品按照诗成先后次序誊写。清代诗课、诗社的创立目的，常与试举有关，而胡凤丹组织该社的意图主要是遣兴抒怀。尽管初衷如此，集中诸作的篇幅、构思，经常超出"遣兴抒怀"的要求，达到较高的艺术水准。在已有结社经验的基础上，鄂渚唱和第二阶段步入相对成熟的结社模式。

《鄂渚同声集二编》二十卷，对应二十次集会，集中在同治九年庚午（1870）。一次集会通常包含一组到三组诗题，始自《饯春》，迄于《馈岁》《别岁》《守岁》。怀古类有《鄂城怀古》《赤壁怀古》等；咏物类有《蒲扇》《葛巾》《蓑衣》《箬笠》，《蝉》《萤》《蜗》《蛾》，《枥下骥》《架上鹰》《匣中剑》《涧底松》，《天边云》《水中月》《镜里花》《身外影》等。另有一些应时序而作的诗歌，如《荷花生日》《庚午小春，晚步长春园访菊》《腊月望日立春》等。

鄂渚唱和第二阶段，区别于皖江唱和、鄂渚唱和第一阶段的地方，在于社诗总集内"同题咏物"诗歌的数量。前两次唱和，没有集会作为依托，诗歌按写作时间编排，属于普通的酬唱赠答。到了鄂渚唱和第二阶段，上述咏物诗歌大量出现，集会时间固定，结社意识强烈。咏物诗创作，突破了室内集会对题材的限制，满足了多次集会对诗题的需求，是诗社运行的重要方式。同题咏物和分题咏物，则是社员赓唱迭和的具体形式。咏物组诗也在一定程度上激发了社员的创作力。琴棋书画、花鸟鱼虫等，都是社诗常见的吟咏对象。此后的鄂渚唱和第三阶段、榕城唱和，既无明确的集会活动及

---

① 胡凤丹：《鄂渚同声集二编》例言，同治九年庚午（1870）退补斋刻本，第1a—1b 页。

社诗作品，也无"同题咏物"诗歌。因此，笔者将"同题咏物"的出现，看作胡凤丹结社的高潮，是唱和行为诗社化的标志。这类诗歌增强了社事的规律性，即集会的约定性。

"同题咏物"与"分体""分韵"等俱为创作形式，在清代社集中较常见。例如"竹冈吟社"，主要活动于道光三十年庚戌（1850）、咸丰元年辛亥（1851），社员有张伟、王式金、黄家锟、黄步瀛、诸士瓒、张舒文六人，社诗总集为《竹冈吟社诗钞》。王式金作《咏物四题，李心庵易园文集中有倚声八阕，予拟五律四首以继之》，分别为《万花筒》《千里镜》《九连环》《七巧牌》①，是典型的咏物组诗。又，王式金作《冬花》，黄步瀛作《冬草》《冬菜》，黄家锟作《冬笋》②；王式金作《雪花》《冰花》《酒花》《米花》，张伟同作四题，黄家锟作《酒花》《米花》③；王式金作《菊秧》《竹秧》《荷秧》《菱秧》，黄步瀛、张伟、黄家锟同作四题④。以"冬""花""秧"为核心，展为一组诗题，社员共同吟咏。同题咏物组诗，增添了结社集会的趣味，充实了唱和作品的数量。

从"同题咏物"出发，"同题咏史"也成为社诗的创作类型之一。如道光年间王侃、许崇基等结"听雨楼吟社"，社员二十余人，王培荀辑有社诗总集《听雨楼吟社》⑤。社集载有明确的社员名单，卷首《凡例》条列社规，涵盖了集会的具体情形。社诗总集分为上、下两册，收录了同题同体唱和诗歌，并有品评。卷一有《庄周化蝶》《纪渻养鸡》《弄玉跨凤》《田单火牛》《塞翁失马》《叶公好龙》

---

① 张伟等：《竹冈吟社诗钞》卷一，咸丰二年壬子（1852）刻本，第13b—14a页。

② 张伟等：《竹冈吟社诗钞》卷一，咸丰二年壬子（1852）刻本，第18a—18b页。

③ 张伟等：《竹冈吟社诗钞》卷一，咸丰二年壬子（1852）刻本，第19a—20b页。

④ 张伟等：《竹冈吟社诗钞》卷二，咸丰二年壬子（1852）刻本，第3a—5a页。

⑤ 王培荀：《听雨楼吟社》，道光二十九年己酉（1849）刻本。

《公输木鸢》《郑人得鹿》《燕姞梦兰》《卫武比竹》《战钜鹿》《五湖舟》《丰城韧》《鸿门宴》等题。咏史怀古，为集会创作提供了源源不断的题材；同题唱和，则便于社员互相切磋和品评诗歌，促进了集会活动规律化。评定社诗甲乙，也有赖于相同体裁、相近题目等前提。

"同题咏物"，既是促进唱和行为诗社化的途径，又是集会唱和的一种形式，在结社的过程中成为集体创作的标志，也为社诗的品评设置相同背景。清代，诗人数量和诗歌题材不断扩大，即使诗题无法满足集体同时创作，"同题咏物"或相关分咏方式也巧妙地解决了这一问题。社集组诗的涌现，一方面体现了清代诗社的深入发展，另一方面也印证了清诗作品在数量和形式等方面的繁荣。

五 社诗作品与结社环境的转变

诗社的集会活动及社诗创作，在一定程度上受到结社环境的影响。尤其是风云变幻的晚清时期，外界环境的转变，反映在社诗作品上可能更深刻。《皖江同声集》《鄂渚同声集》等，分别作于不同的时间、地域，且诗人群体发生了变动，其诗歌内容和创作手法等也呈现出阶段性的特征。主要表现在以下两个方面。

一是《皖江同声集》的纪事性。胡凤丹《皖江同声集》从卷八开始，吟咏时事的作品逐渐增多。如《胞从兄弟十三人，今存者只六人矣，两遭兵燹，家境萧然，八叠前韵志慨》《季荃观察言克复嘉湖前事，九叠前韵志谢》《季荃观察所统旧部"开"字营调皖防守，十一叠前韵》《谢王少岩太守题八烈诗，十五叠前韵》《赠袁竹畦参军，二十九叠前韵》等[1]，谈论兵事战乱，慨叹人生际遇。又，《客感柬王峰臣军门，二十二叠前韵》一诗，作于"捻匪窜楚，北陷黄陂等邑"之时[2]，也具有"以诗纪事"的作用。其诗如下：

---

[1] 胡凤丹：《皖江同声集》卷八，同治八年己巳（1869）退补斋刻本，第2b—8a页。

[2] 胡凤丹：《皖江同声集》卷八，同治八年己巳（1869）退补斋刻本，第6a页。

> 读书已悔十年迟，作客无聊短策支。
> 懒散都从驹隙过，功名感说虎头痴。
> 鲸鲵浪静澄清日，鹅鹳声销整暇时。
> 皖水肃清兵事息，羽书楚北又交驰。

　　时间应为同治四年乙丑（1865），正值捻军突破包围进入湖北，战事不息。胡凤丹作客异乡，感怀岁月匆匆，功名未就。其从兄弟五人已死于战事，家境萧然。友人之中也有投笔从戎的举动。这个阶段的诗歌，一改宴饮唱和的欢乐情调，关心战况和局势，弥漫着烽烟之痛和故乡之思，诗人在精神上饱受战争的摧残。

　　李鹤章作为领兵将士，配合其兄李鸿章的计划，率领淮军在镇压捻军的战役中取得了节节胜利。《皖江同声集》卷九收录了他的一系列纪事诗，如《癸亥冬攻克苏锡，乘胜进取常州，雪夜破城外五十余垒，忆己未避乱是城读书白龙庵，不胜今昔之感，马上赋此以示诸将》《内子由皖至常昭，因攻剿正紧，不及往视，复叠前韵告捷》《甲子寒食大雨，卧病军中，念此次贼围常昭县城赖内子督守得保，再叠前韵寄怀》《平吴归皖，三叠前韵》《咸丰己未，避乱常州，与张子绍京、李子玉亭读书城内白龙庵，临赴浙闱乡试题壁》《克复常州，步己未题壁原韵》《重到白龙庵，寄怀张绍京、李玉亭，再叠前韵》《平吴感示诸将，三叠前韵》《重建白龙庵告成，四叠前韵》①。这九首七律勾勒出李鹤章的生平经历和战争的形势策略。咸丰九年己未（1859），李鹤章避乱常州，在城内白龙庵读书，赋诗题壁。同治二年癸亥（1863），攻克苏锡，进取常州。同治三年甲子（1864），捻军围攻常昭，李鹤章夫人督守得保，数千捻军乞降；同年，李鹤章克复常州，生擒八王；平定吴地，打破了捻军占据江宁十余年的状态，苏南地区的捻军基本被肃清；李鹤章重建白

---

　　① 胡凤丹：《皖江同声集》卷九，同治八年己巳（1869）退补斋刻本，第1a—4a页。

龙庵,复其旧观。胡凤丹依次作七律九首以和,如《次李季荃观察攻克苏常雪夜破贼垒五十余座马上赋诗示诸将原韵》《叠和季荃眷口至常昭因攻剿不及往视原韵》《再叠贼围常昭赖夫人督守城池原韵》等①。吴坤修也有两首和诗。战争环境下的结社唱和,淡化了集会活动的娱乐功能,以社诗作品记录了历史真实和个人情怀。到了鄂渚唱和阶段,时移世易,这个类型的诗歌不再出现。

二是《鄂渚同声集》的地域性。皖江唱和的主体是暂居安徽一带的诗人,其诗歌的地域色彩并不浓厚;胡凤丹在湖北的停留时间较长,相对而言,《鄂渚同声集》的地域特征较突出。《鄂渚同声集二编》之中,《鄂城怀古》《荆州大堤行》《赤壁怀古》等题,都是与湖北相关的题材,体现出地域文化对社诗创作的引导。何国琛《鄂城怀古》二首如下:

> 翼轸分躔枕上流,熊渠锡爵冠通侯。
> 当年歌舞横江出,是处楼台载酒游。
> 龙角峰高天外削,虎头云起坐中收。
> 兴亡自昔无成局,毕竟英雄让仲谋。(其一)
>
> 舳舻千里已消沈,铗板铜琶思不禁。
> 黄鹄摩空春雨暝,白羊来下暮烟深。
> 更无人物夸吴蜀,只有江山自古今。
> 醉后独看鹦鹉赋,一轮明月涤烦襟。(其二)②

第一首七言律诗,"当年歌舞""龙角峰高"两联,写出了鄂城的昔日繁华与关键地势,末句点出孙权的军事才干。陈澥的七律,

---

① 胡凤丹:《皖江同声集》卷九,同治八年己巳(1869)退补斋刻本,第4a—4b页。

② 胡凤丹:《鄂渚同声集二编》卷二,同治九年庚午(1870)退补斋刻本,第1a页。

同韵而作："锦帐牙旗据上游，雄藩形胜拱神州。双流水汇云涛壮，八字山分剑壁秋。半世勋名劳运甓，满天风月快登楼。铜琶休唱江东曲，惹得周郎一顾愁。"① 颔联对仗工整，尾联引出周瑜，颇有惋惜之意。何国琛《鄂城怀古》其二，诗末以祢衡《鹦鹉赋》消除烦闷的心绪。陈濬第二首七律写道："楚泽行吟有瓣香，骚坛从古盛文章。祢衡作赋夸鹦鹉，崔颢题诗压凤凰。木叶亭边山月小，梅花笛里水风凉。仙人一去无消息，我辈登临兴更长。"② 以祢衡、崔颢的名篇作为吟咏对象，赞扬了楚地的文学传统，抒发了登临赋诗的快感。二人的两首七律，分别吟咏湖北的历史与文学，是怀古诗歌的一般内容。此外，在结社集会的过程中，诗人们置身鄂城，自然受到风土人情的熏陶。当地的楼台水榭，不仅是诗社的聚集地点，也是坚固的文化标志。到了榕城唱和阶段，《榕城同声集》也反映出闽中独有的环境，以及新的诗人群体。

社诗总集反映了历次集会的唱和情况和诗人群体的创作倾向，是诗社研究的第一手资料。诗社的举行与社诗总集的刊行相辅相成，社集加强了诗社在清代文学史上的地位与影响。社集的刊行流通，首先得益于诗坛的结社风气，其次依赖于个别诗人如胡凤丹投入的精力。不同阶段的社诗总集，见证了时代环境和地域环境的转变。除了社诗作品的内容，总集刻本的体例、风格也非一成不变。《皖江同声集》和《鄂渚同声集》的刊刻时间相近，字体相同，比之光绪刻本《榕城同声集》，更为厚重精美。尤其是《鄂渚同声集》三编，校刻规范细致，可谓胡凤丹退补斋刻本和清代同治刻本的典范。

除了皖、鄂、闽三大唱和，胡凤丹还有一些短暂的结社经历。例如，曾与方濬颐（字子箴）、薛时雨（字慰农）、孙衣言（字琴西）创立"长江诗筒"，该社具有消寒会的性质。《退补斋诗文存二

---

① 胡凤丹：《鄂渚同声集二编》卷二，同治九年庚午（1870）退补斋刻本，第2a页。

② 胡凤丹：《鄂渚同声集二编》卷二，同治九年庚午（1870）退补斋刻本，第2a—2b页。

编》卷一收录了社诗作品《方子箴、薛慰农、孙琴西创议"长江诗筒",命余首唱,赋此为第一集》①。卷首注明创作年份为"癸酉、甲戌、乙亥",且此诗前一题为《水仙茶花》,其序云:"光绪纪元花朝前十日,小园茶花含苞未放。忽宝珠一树,红逾玛瑙,离花梢寸许,傍开水仙一朵,素瓣黄心,清香扑鼻,为生平所未见,诚异事也。诗以志之。"② 初步推知"长江诗筒"的创立时间为光绪元年乙亥(1875)。然而,社诗后五题为《挽通奉大夫竹溪伯兄》,末句注释"闰六月十六仙逝"③。出现闰六月,只能是同治十二年癸酉(1873)。可见,《退补斋诗文存二编》卷内作品排次并不准确。又,方濬颐《二知轩诗续钞》卷十四《"长江诗筒"第一集,次月樵韵》也出自同次集会④。卷首注明"壬申七月至十二月",且卷内严格编年排次,创议"长江诗筒"的时间应为同治十一年壬申十二月(公元已入 1873 年)无误。另,《二知轩诗续钞》为同治刻本,诗作不可能迟至光绪年间。"长江诗筒"只有这一次集会存诗。季节变更,诗人行迹转移,都可能成为消寒会渐衰的原因。诗筒,诗人赋诗赓唱的佩物,用作暂录偶成之句,类似诗囊。此处用"诗筒"代指"诗社",饶有趣味。

又如,《退补斋诗文存二编》卷四收录了"铁华诗社"之社诗作品,如《吴丈筠轩开"铁华诗社"第一集,分得"禁"字》《谒南屏张忠烈公墓("铁华"第三集)》《"铁华"第六集,吴子修孝廉以应方伯适园红树命题,分得"于"字》⑤。该社成员之一丁丙《松梦寮诗稿》也有相关诗作,时间为光绪四年戊寅(1878)。胡凤丹于次年己卯(1879)动身前往福建,无法参与社集始终。"铁华

①　胡凤丹:《退补斋诗存二编》卷一,《续修四库全书》第 1552 册,第 439 页。
②　胡凤丹:《退补斋诗存二编》卷一,《续修四库全书》第 1552 册,第 438 页。
③　胡凤丹:《退补斋诗存二编》卷一,《续修四库全书》第 1552 册,第 441 页。
④　方濬颐:《二知轩诗续钞》卷十四,《续修四库全书》第 1556 册,第 257—258 页。
⑤　胡凤丹:《退补斋诗存二编》卷四,《续修四库全书》第 1552 册,第 454—455 页。

诗社"，又作"铁花吟社"，朱则杰先生对该社已有考订①。

胡凤丹的刻书事业，除了《同声集》之刻，还包括重刻古人著述、撰刻名山小志、新刻诗人别集等。其《辛巳暮春生日自讼》组诗，作于光绪七年辛巳（1881），诗人的生平游历、性情志向在诗中有所展现。其三记载：

> 我年逾四十，宦游汉江滨。流光激如矢，岁星周一辰。
> 自我定厘则，抉剔政一新。繁简判去留，藉以苏涸鳞。
> 奉诏开书局，琐屑招手民。旦暮雏亥豕，日与古人亲。
> 吾郡萃理学，宋元多伟人。自遭黄巾乱，板籍成灰尘。
> 四海觅善本，买书忘家贫。勤勤付枣梨，吾道赖传薪。
> 更有寒士集，著作久沈湮。醵金代校刻，扶持大雅轮。
> 溯自归田后，手足病不仁。筋力日衰惫，迷途奚问津。②

第五、第六联，胡凤丹自注说："丁卯设立崇文书局，至丁丑春，刊成经史子集二百三十七种。"③ 第七联至第十联，自注说："自同治初年刻《金华丛书》成，前编六十三种，续刻十余种，又刊各家子集四十余种。"④《金华丛书》是包含金华历代文学的大型丛书。刻成之后，退补斋在两浙声名大噪。胡宗懋继承父亲之志，续刻五十九种。胡氏父子对金华文苑和清代文献学、目录学作出了巨大贡献。"更有寒士集，著作久沈湮。醵金代校刻，扶持大雅轮"，指的是胡凤丹在安徽、湖北帮助刊刻多部书籍，如《怀白轩诗钞》《变雅堂诗文集》《湖船录》《莲子居词话》《依旧草堂遗稿》《国朝词综续编》《蔗余轩诗钞》《禅林宝训笔说》等。

---

① 朱则杰：《铁花吟社的社诗总集与集会唱和》，《诗书画》2013 年第 2 期。
② 胡凤丹：《退补斋诗存二编》卷四，《续修四库全书》第 1552 册，第 458—459 页。
③ 胡凤丹：《退补斋诗存二编》卷四，《续修四库全书》第 1552 册，第 459 页。
④ 胡凤丹：《退补斋诗存二编》卷四，《续修四库全书》第 1552 册，第 459 页。

《辛巳暮春生日自讼》其四也叙述了诗人修志刻书等事，相关诗句如："吴江时往还，虎邱一再至。客游皖公山，骚坛树一帜。客鄂时最久，联吟月计二。有时招黄鹤，登楼修小志。大别与芳洲，名胜一一志。昨岁游南闽，云天故人谊。旧雨兼新雨，未肯失交臂。足迹半天下，名区不胜记。"① 据注释可知，同治十一年壬申（1872），胡凤丹刻成《黄鹄山志》《大别山志》《鹦鹉洲志》；同治十年辛未（1871）、十一年壬申（1872），刻成《桃花源志》《马嵬志》《青冢志》《漂母祠志》《曹娥江志》；《严濑志》《孤山志》《黄陵庙志》三种待刻。《退补斋文存》《退补斋文存二编》收录了相应的序跋，可据以对照。无论是这些山志、地志，还是地方诗歌总集，足见胡凤丹对文学地理和传统文化的重视程度。

孙衣言所作《胡月樵退补斋诗存序》记载：

> 予始与月樵相见，在咸丰乙卯［五年，1855］之夏。时月樵方以驾部郎居京师，好客，喜造请。士大夫官京朝，往往多月樵相识。月樵日从诸公贵人歌呼饮酒，门外车常满。尤强力喜事，遇事愈剧愈心开。诸贵人或有宾祭期集，即以属月樵，月樵咄嗟立办。予特谓月樵年壮气盛，它日当为能吏有才，而不谓作诗之善如此。盖月樵自与予别，益折节读书。及至武昌，与何伯英、张鹿仙诸君友善。继复识闽林颖叔，乃益颛力为诗，诗遂益工。予益叹月樵善自变化，而前之知月樵，未足以得月樵之深也。②

通过孙衣言的序言，至少可以了解两点：第一，胡凤丹居京师时，"好客，喜造请"，结识众多士大夫。胡凤丹性格好施，藏书、刻书多是自发自费的举动。第二，胡凤丹到武昌之后，与何国琛、

---

① 胡凤丹：《退补斋诗存二编》卷四，《续修四库全书》第 1552 册，第 459 页。
② 孙衣言：《逊学斋文钞》卷八，《续修四库全书》第 1544 册，第 395 页。

张炳垄、林寿图（颖叔其字）等人交往，在创作上进步不断。他的诗歌造诣，得益于频繁结社唱和，刻书亦推进他对诗艺的追求。林寿图《赠胡月樵都转（凤丹），以"既见君子，我心则喜"为韵》八首①，表达了对胡凤丹的拳拳情谊。在胡、林二人的诗集中，彼此唱和的诗作并不丰富；但胡凤丹文集之中，林寿图的评论多达数十条，言语中肯有力。胡凤丹以结社、刻书作为诗歌创作和传播的途径，创造了晚清诗坛的一个唱和高峰，同时又从中获得了自我提升。

---

①　林寿图：《黄鹄山人诗初钞》卷十八，《续修四库全书》第 1548 册，第 247 页。

第 二 章

清代诗社的结社主体

　　结社主体是发起社事的诗人群体，以此划分诗社，清代有遗民诗社、闺秀诗社、八旗诗社和士夫诗社等。遗民诗社的活跃时间主要在清初，往往兼具政治抗争性和文学性，结社环境相对开放。清初社诗总集及社诗作品的数量不多，但诗人群体结社的个案却相当丰富。遗民诗社属于明末结社潮流的余波，其活跃势态也奠定清代集会的规模。随着清朝政权的日益稳固，遗民诗人退出历史舞台，遗民诗社亦最终走向消亡。闺秀结社，和闺秀诗歌及总集的发展方向保持基本一致。女诗人结社，常由男诗人倡导或发起，集会空间倾向于庭园。八旗诗人结社，根植于官学诗课，延续了北方消寒会的传统，并推动着试帖诗的发展。随着晚清政局的变革，八旗诗人的仕途及生存都遭遇困境，社诗作品则有穷而后工的趋势。士夫阶层是北京社事和宣南诗社的主体，也是地方社事的领袖。士夫诗社是当之无愧的主流诗社，其集会唱和的主题与形式等，在清代都具有很强的典型意义。

第一节　遗民诗社：耆老并称与群体身份认同

　　遗民诗社的创作主体是遗民诗人。遗民，又称逸民，易代之际特有的群体，对前朝保留眷恋，抵制新的政权。遗民诗人对抗新朝的方式，包括隐退、举事、殉节以及结社等。元初"月泉吟社"是历史上著名的遗民诗社。该社采取命题征诗的形式，没有集会结党等活动。该社诗人群体远离政治斗争，绝意仕途，回归田园生活，社诗总集《月泉吟社》充满故国之思。清初的遗民诗社，一方面继承"月泉吟社""汐社"等遗世精神，另一方面受到明末党社的影响，参与反清复明运动，强调遗民身份和民族责任。

一　甬上遗民诗社及其诗人并称群体

何宗美先生著作《明末清初文人结社研究续编》，其中《清初甬上遗民结社略考》一篇对明末清初浙江宁波地区的遗民诗社作了考证，列举了十六个诗社[①]。其中，"西湖八子社""南湖九子社""西湖七子社""南湖五子社"等，颇具代表性。西湖即月湖，南湖即日湖，是结社泛游的胜地。全祖望《鲒埼亭集外编》卷四十七《奉答万九沙〈宁志〉纠谬杂目》第二条"南湖、西湖、小湖异同"[②]，对"西湖""南湖""小湖"三个概念进行释义。城中有双湖，开始统称南湖，后来才有西湖之名，划分长春门右一带为南湖。至此，以西湖为月湖，南湖为日湖。南湖之中，采莲桥到捧花桥一带五十八丈为小湖，又称细湖。

全祖望《鲒埼亭集外编》卷六《湖上社老晓山董先生墓版文》记载："有明革命之后，甬上蜚遁之士，甲于天下，皆以蕉萃枯槁之音，追踪'月泉'诸老，而唱酬最著者有四社焉。"[③] 这四个诗社在当时最负盛名，能够反映遗民诗社的基本特征，展现诗人并称群体结社的大致面貌。

一是"西湖八子社"。《湖上社老晓山董先生墓版文》记载："西湖八子为一社，故观察赣庵陆先生宇、故枢部象来毛先生聚奎、

①　何宗美：《明末清初文人结社研究续编》，中华书局 2006 年版，第 342—351 页。

②　朱铸禹：《全祖望集汇校集注》，上海古籍出版社 2000 年版，中册，第 1778—1779 页。

③　朱铸禹：《全祖望集汇校集注》，上海古籍出版社 2000 年版，上册，第 850 页。

故农部天鉴董先生德俪、故侍御衷文纪先生五昌、故枢部昭武李先生文缵、韫公周先生昌时、心石沈先生士颖，而桐城方先生授以寓公豫焉，其为之职志者昭武也。"① 西湖八子指的是陆宇、毛聚奎、董德俪、纪五昌、李文缵、周昌时、沈士颖和方授。陆宇、毛聚奎等都是当时的忠勇义士。全祖望撰有陆宇墓志《明故按察副使监军赣庵陆公墓碑铭》②。黄宗羲《陆周明墓志铭》记载："十年以前，亦尝从事于此，心枯力竭，不胜利害之纠缠，逃之深山以避相寻之急，此事遂止。"③ 这篇墓志写于康熙三年甲辰（1664），黄宗羲与陆宇谋举事的时间大致为顺治十一年甲午（1654）。又，全祖望《方子留湖楼记》记载：

桐城方先生子留者，名授，一字季子，吾鄞西湖寓公也。子留以乙酉之变，弃诸生，剃发狂走方外。其来鄞也以丁亥，旅萧寺，求甬上志节之士而友之，未得，诧曰："是非邹、鲁之邦耶？"或引而见之华公默农，王公石雁，陆公周明、春明兄弟，则大喜。因遍交范公香谷、宗公正庵之徒，曰："是真方君友也。"相与慷慨谋天下事，至其不可意者，高阁其刺不报。

是年冬，"五君子"难作，默农、石雁为之魁，香谷亦几死，子留本参其事，幸得漏网，顾反有度辽将军、西州豪士之恨，遂倾囊尽周诸公之急。寻与周明辈为诗社，因寓其族孙雪樵之湖楼。居久之，或谓之曰："足下有老母，乃远客耶？"子留瞿然遽归，归而江北山寨未靖，子留复豫之，捕入牢狱，以此尽破其家。④

---

① 朱铸禹：《全祖望集汇校集注》，上海古籍出版社 2000 年版，上册，第 850 页。

② 朱铸禹：《全祖望集汇校集注》，上海古籍出版社 2000 年版，上册，第 839—841 页。

③ 黄宗羲：《黄宗羲全集》，浙江古籍出版 2012 年版，第 10 册，第 304 页。

④ 朱铸禹：《全祖望集汇校集注》，上海古籍出版社 2000 年版，中册，第 1123—1124 页。

方授本人及所交往的诗人都是志节之士。除了方授来自安徽桐城，"西湖八子社"的成员都是浙江鄞县人。诗社成立的时间是顺治四年丁亥（1647）冬以后，方授卒年即顺治十年癸巳（1653）之后，社事走向凋零。

二是"南湖九子社"。全祖望记载："南湖九子为一社，故农部青雷徐先生振奇、故太常水功王先生玉书、故舍人梅仙邱先生子章、故评事荔堂林先生时跃、故监军霜皋徐先生凤垣、废翁高先生斗权、故征士蛰庵钱先生光绣、故武部隐学高先生宇泰、杲堂李先生文胤，其后复增以故评事端卿倪先生爰楷、故征士立之周先生元初，其为之职志者隐学也。"① 南湖九子有徐振奇、王玉书、邱子章、林时跃、徐凤垣、高斗权、钱光绣、高宇泰和李邺嗣，又增倪元楷（又作爰楷）、周元初二人。李邺嗣，原名文胤。据何宗美先生考订，该社的成立时间在康熙元年壬寅（1662），至少持续到康熙十七年戊午（1678）、十九年庚申（1680），长达二十年之久②。

三是"西湖七子社"。全祖望又记载："已而西湖七子又为一社，故征士正庵宗先生谊、香谷范先生兆芝、披云陆先生宇燥、晓山董先生剑锷、天益叶先生谦、雪樵陆先生崑，而故锦衣青神余先生本以寓公豫焉，其为之职志者晓山也。"③ 西湖七子为宗谊、范兆芝、陆宇燥、董剑锷、叶谦、陆崑和余本。全祖望撰有《宗征君墓幢铭》《范处士坟版文》《叶处士志》《陆雪樵传》④，分别对应宗谊、范兆芝、叶谦和陆崑。该社与"西湖八子社"几乎同时并存，随着社员前后离世，诗社逐渐消亡。

四是"南湖五子社"。全祖望又记载："最后南湖五子又为一社，故太常林先生时对、周先生立之、高先生斗权、朱先生钺与晓

① 朱铸禹：《全祖望集汇校集注》，上海古籍出版社 2000 年版，上册，第 850 页。
② 何宗美：《明末清初文人结社研究续编》，中华书局 2006 年版，第 347—348 页。
③ 朱铸禹：《全祖望集汇校集注》，上海古籍出版社 2000 年版，上册，第 850 页。
④ 朱铸禹：《全祖望集汇校集注》，上海古籍出版社 2000 年版，第 855、857、859、972 页。

山也。"① 南湖五子为林时对、周元初、高斗权、朱鈚和董剑锷。董剑锷曾入"西湖七子社",周元初、高斗权也是"南湖九子社"的成员。

上述四个诗社,均是诗人并称群体所结,社员分别并称"西湖八子""南湖九子""西湖七子""南湖五子"。诗人群体拥有共同的理想与气节,又是同乡好友,来往密切,唱和频繁,最终形成稳固的同社关系。这种关系一旦确立,社员数量通常不再变更,除非社员亡故或另起诗社。"南湖九子社"增加周元初,"九子"变"十子",邱子章、王玉书相继离世,倪元楷入社,"十子"又改回"九子"。全祖望《续耆旧》还记载了一些以遗民和耆老为主的诗人并称群体,不一定结有诗社,但对清代后来的社事尤其是耆老会深有影响。

鹤山七子包括华夏、王家亮、王家勤、林时跃、徐凤垣、闻"霄虹"和丁泰清。《续耆旧》卷三十三记载:"华先生默农为鹤山之集以讲学,凡七子,曰王丈天裴、石雁兄弟,曰林丈荔堂,曰徐丈霜皋,曰闻丈霄红,曰丁丈在躬。"② 又,乾隆《鄞县志》记载:"凤垣,字掞青。少为诸生,与华夏、王家勤、林时跃诸人为鹤山七子之会,及诸人半以国事死,复与万泰、高斗魁、李邺嗣诸人为寒松斋六子之会。为人和平乐易,而苦节自矢,自同志往还外不妄出门。高宇泰尝曰:'四十年以来能依然处子之耿介者,掞青与霞举耳。'霞举者,林时跃也。"③ 华夏在鹤山书院讲学,因以名之。七子之中,华夏、王家勤殉节以后,林时跃、徐凤垣二人名声最大,林之气节尤高,王家亮仅留下诗歌数首,其余二人没有传世作品。徐凤垣还与万泰、高斗魁、李邺嗣等人并称寒松斋六子。"鹤山七子之会""寒松斋六子之会"的提法,说明这些遗民诗人举行集会活

---

① 朱铸禹:《全祖望集汇校集注》,上海古籍出版社2000年版,上册,第850页。
② 全祖望:《续耆旧》卷三十三,《续修四库全书》第1682册,第604页。
③ 乾隆《鄞县志》卷十六《人物》,《续修四库全书》第706册,第345页。

动，将其归为遗民诗社也未尝不可。何宗美先生曾列举"鷦林六子社"的成员，有梁以樟、万泰、徐凤垣、高斗魁、高斗权和李邺嗣①，诗人构成与寒松斋六子多有重合。

甬上三遗老是林时对、葛世振和林必达。《续耆旧》卷三十六记载："时甬上遗老以林都御史茧庵、葛祭酒确庵与公并称三逸。茧庵年九十一而卒，公年九十三而卒，至是故国之遗老尽矣。公有子及孙，皆为诸生，并先公逝。晚年困悴日甚，而不少屈其志，日手一编，所居不蔽风雨，处之怡然。"②《续耆旧》收录了三位遗民的代表诗作，字里行间皆是亡国之痛。至于他们是否相与结社唱和，则不得而知。

鷦林八子是梁以樟、万泰、林时跃、徐凤垣、高斗权、李邺嗣、高斗魁和沈士颖。梁以樟别号鷦林。《续耆旧》卷三十七记载："梁氏鷦林之集，首万履安，次林荔堂，次徐霜皋，次高辰四，次李邺嗣，次高旦中，次即心石。履安尝手书唱和诗一卷，今不可得。"③相比鷦林六子，鷦林八子增加了林时跃和沈士颖。万泰曾抄录唱和诗一卷。万泰是明末"复社"领袖，与梁以樟等人结社集会，以反清复明为主要目的，诗文创作退居次要位置。林时跃、徐凤垣和高斗权也是"南湖九子社"的成员。

蚕瓮居四子是高斗权、高斗魁、高斗开和高斗弼。《续耆旧》卷四十一记载："都御史高公晚筑蚕瓮居，与家人倡和。有四弟，曰寒碧亭长斗权，曰冬青阁老斗魁，曰蒙庵斗开、石叟斗弼，皆能以志节有声遗民间，而寒碧、冬青尤称硕。往四十年以来，高氏渐以衰替，《寒碧集》不戒于火，《冬青阁集》亦毁。予采诗之后，竭力求二公遗文不可得，而寒碧尤为寥寥，良可慨也。"④ 高氏兄弟志节高尚，相与唱和，高斗权、高斗魁的别集后来被毁。家族衰落，诗文

---

① 何宗美：《明末清初文人结社研究续编》，中华书局 2006 年版，第 346 页。
② 全祖望：《续耆旧》卷三十六，《续修四库全书》第 1682 册，第 614 页。
③ 全祖望：《续耆旧》卷三十七，《续修四库全书》第 1682 册，第 616 页。
④ 全祖望：《续耆旧》卷四十一，《续修四库全书》第 1682 册，第 626 页。

不存，可能也是因为受到遗民身份的牵连。

思旧馆八子是全吾骐、周嗣昇、朱钺、李文缵、林弘珪、骆国挺、闻胤松和李桐。《续耆旧》卷六十一记载："先大父思旧馆之集，惟先生与柳堂先生二集尚无恙外，此则季〔李〕丈礐樵存十五，林丈函石存十一，而骆丈寒厓、闻丈峻伯竟不可得。即先仪部诗亦亡矣，捃摭丛残，为之浩叹。"① 又，卷六十三记载："先宫詹为湖上之集，其中林大参、周副使尤相厚，故皆重之婚姻。先舍人为大参婿，周光禄为宫詹婿，光禄长子为西明先生婿。而先仪部于'思旧社'中与评事最密。三家诗统相传，不替岁时，过从辄想酬和，湖上诸公后人莫如三家，今皆衰不可支矣。"② 这些诗人都是全祖望的长辈，姻亲关系交错。思旧馆八子明确结有"思旧社"，顾名思义即遗民诗社，以诗文唱和活动为主。到全祖望一代，这些诗书世家日渐没落，遗民群体也不复活跃。

西村六子是宗谊、董剑锷、闻性道、张立中、周志嘉和周斯盛。《续耆旧》卷六十六记载："宗、董'七子之社'既散，复有六子之约。二老而外，闻蕊泉、张即园、周殷靖。蕊泉乃即园之舅也。其一为周证山，入仕新朝，而即园以江上大将豫焉，又一奇也。"③ 宗谊、董剑锷"西湖七子社"解散，又结"西村六子社"，同样是遗民诗社。

北郭八子是林奕隆、董剑锷、徐位、陆绪甲、杨渭、傅攀龙、陈峡和叶谦。《续耆旧》卷七十一记载："北郭唱和诸公，雪蛟、晓山二先生为盟长，已见前帙。曰石耕居士徐位，曰燕石居士陆绪甲，曰竹宙翁杨渭，皆不可得。今取傅、陈二先生集，合为一卷。叶天益亦别见。"④ 董剑锷、叶谦也是"西湖七子社"的成员。

西皋六子是毛聚奎、吴岳生、管道复、倪元楷、汪应诏和周维

---

① 全祖望：《续耆旧》卷六十一，《续修四库全书》第 1682 册，第 687 页。
② 全祖望：《续耆旧》卷六十三，《续修四库全书》第 1682 册，第 690 页。
③ 全祖望：《续耆旧》卷六十六，《续修四库全书》第 1682 册，第 703 页。
④ 全祖望：《续耆旧》卷七十一，《续修四库全书》第 1682 册，第 722 页。

祚。《续耆旧》卷七十六记载:"时西皋毛监军象来有诗社来,同人吴于蕃、管圣一、倪端木、汪伯征,皆振奇之士。雪山游其间,大喜,遂入社,曰'此间乐不思蜀也'。雪山之逃禅,本非其志,其自署曰东楚狂客,时人以为实录。"① 雪山即周维祚。毛聚奎曾是"西湖八子社"成员。

此外,东林四先生、榆林四先生、砌里三李等,《续耆旧》也收录了一些唱和诗歌。上述诗人并称群体,绝大多数是鄞县人,可谓钟灵毓秀。集会与结社的概念,原本没有十分清晰的界限,但诗人形成并称群体以后,更加接近同社关系。站在全祖望的视角,这些诗人并称群体的集会唱和,几乎均可称为结社。"西湖""南湖"四诗社的成员,在原诗社解散后,往往又发起新的集会活动,见载史籍。诗人并称群体结社,无论是先有并称之名还是先有结社之实,集会唱和应是文学研究关注的焦点。

二 从抗争到退隐:遗民诗社的归途

清初鄞地诗社错综复杂,诗人先后加入多个诗社,或诗社同时具有多个名称,应予以考察,避免混淆。这批遗民诗社,承明末社事而来,拉开清人结社的序幕,在清代结社史上占有举足轻重的地位。遗民诗社活跃于清初诗坛,随着清朝统治的逐步稳固而销声匿迹。基于特殊的时代背景、结社主体等,遗民诗社的特征十分明显。

第一,追导"月泉""汐社"。全祖望曾为《月泉吟社》作跋,上文也提到甬上蛰遁之士追踪"月泉"诸老。元初"汐社",社员包括谢翱、王英孙、林景熙和方凤等,是与"月泉吟社"相提并论的遗民诗社,虽然没有社诗总集流传下来,但在清代同样备受推重。全祖望《李梅岑小传》记载:"已而鄞高公宇泰仿'汐社'例,举南湖耆旧之会,慎选遗民,稍有可议者辄弗得入,共得九人,故户部徐公振庸最长,太常王公玉书次之,然皆曰:'安得梅岑来社中,

---

① 全祖望:《续耆旧》卷七十六,《续修四库全书》第1683册,第4页。

吾辈当让之为祭酒。'"① 这里高宇泰所举即"南湖九子社",明确提
到模仿"汐社"。"月泉吟社"辑有社诗总集,其集会创作尽收眼
底,但是"汐社"存世资料不多,能够被效法的只有对社员身份的
要求,非遗民不得入社。又,全祖望《陆雪樵传》记载:

> 雪樵名崑,字万原,鄞人观察之族孙也。其父淳古翁善画,
> 能得文章家三昧,而非屑屑绘事者流。雪樵幼而工诗,补诸生。
> 丙戌以后,自以世受国恩,不肯复出试于布政司,淳古翁曰:
> "善。"乃放浪为诗人。

> 时春明方举"汐社"故事于湖上,故锦衣青神余公生生自
> 燕来,黄山宗正庵、蛟川范香谷、同里董晓山、叶天益皆集焉,
> 而雪樵最少。②

陆崑参与陆宇燝(春明其字)所举"西湖七子社",是年纪最
轻的社员。"举'汐社'故事于湖上",一语道出该社的遗民性质。
除了全祖望所记叙的这些诗社,清初其他诗人唱和也有尊崇"汐社"
遗风。

第二,诗社与耆旧会结合。追溯至唐代,白居易等九位诗人并
称"香山九老",并结九老会。明清时期,九老会已相当普遍。"南
湖九子社"成员数量为九人,且年高望重,称之耆老会也未尝不可。
全祖望《续耆旧》卷二十七,周元初《耆旧会初集,喜邱梅仙至》
二首,全诗如下:

> 独住深山鸟雀鸣,湖光面面带层城。
> 昔年流落多吴市,今日同游有步兵。
> 朋旧半交如脱叶,故人乍见似初晴。

---

① 朱铸禹:《全祖望集汇校集注》,上海古籍出版社 2000 年版,中册,第 975 页。
② 朱铸禹:《全祖望集汇校集注》,上海古籍出版社 2000 年版,中册,第 972 页。

欢多聚语能消渴，但觉春风眼底明。（其一）

几度流莺唤岁更，不知春去重过城。
半生余恨归芳草，廿载雄心付墨兵。
过眼山川思险仄，阅人风雨背春晴。
相看倍觉愁无绪，剩有须眉鉴水明。（其二）①

可见，"南湖九子社"成员周元初、邱子章曾参加耆旧会。同社徐凤垣也有《耆旧会初集，喜邱梅仙至，感怀》二首，如下：

鼓角连年海上鸣，轻舠难返阊闾城。
旧交生死都如梦，故国凋残半为兵。
野馆梨花春正放，暮湖僧寺雨初晴。
一尊尚有柴桑老，数过何妨共月明。（其一）

零雨江皋鼟簴鸣，故人怀抱强登城。
归田久忆陶彭泽，散发重逢阮步兵。
柳色渐侵渔浦绿，水光高浴麦天晴。
年来老友俱衰落，坐守孤檠向月明。（其二）②

两组七言律诗显然出自一次集会，都以"城""兵""晴""明"为韵脚，主题均是感怀故国与故人，反清复明思想尽在字里行间。《续耆旧》卷四十九记载："南湖九子者，前武部高先生隐学所为'耆社'也。辛亥［康熙十年，1671］，高先生慎选有道遗民集于南洲延庆十六观，得九人。而前户部徐先生最长，即通介也；其次曰前太常王先生无界，曰前舍人邱先生梅仙，曰前大理寺林先生荔堂，

---

① 全祖望：《续耆旧》卷二十七，《续修四库全书》第1682册，第588—589页。
② 全祖望：《续耆旧》卷三十四，《续修四库全书》第1682册，第610页。

曰前明经徐先生霜皋，曰前征士钱先生蛰庵，曰隐君高先生废翁，曰隐君李先生杲堂；隐学齿本第五，以废翁为其从父，故降焉。已而公议延前监军周先生立之、前大理寺倪先生端卿，四方高士有玉者，别为署寓公云座。王、邱旋下世，惟通介与荔堂最长年。"① 由此可知，"耆社"即"南湖九子社"，或者说，"耆社"在既有九子的基础上，延请周元初、倪元楷并外地寓公入社。根据《续耆旧》该卷所录诗人，可知寓公有李国标、沈麟生、林日宣以及诗僧檗山等。"耆社"与其他耆老会一样，注重齿序座次。又，《续耆旧》卷四十九，倪元楷《'耆社'诸公留宿舍侄半轩》、林日宣《钱蛰庵举耆旧于归来阁，留饮以诗见赠次答》②，都是社诗作品。《续耆旧》卷五十钱光绣《李杲堂再举耆旧会于东斋，次韵》一诗③，再次证明"南湖九子社"成员钱光绣、李邺嗣（杲堂其号）等举行耆旧会。

除了"南湖九子社"，其余诗社也多有耆旧会性质，毕竟《续耆旧》所载诗人，以遗老居多。"南湖五子社"之时，遗老凋零殆尽，林时对、周元初、董剑锷等人已是耄耋之年。上文所列甬上诗社，成员不多，几乎都在十人以内，也奠定了此后耆老会的规模。"耆旧"和"并称"限制了这些诗社的成员数量，关于年龄与声望的要求提高了入社门槛，又因遗民的特殊身份，集会活动甚至带有秘密性质。

第三，政治抗争转向文学创作和学术研究。清初遗民诗社，具有政治性与文学性两个方面。清代诗社不乏具有社会责任感的诗人群体，以及反映社会现实的诗歌作品。其中，遗民群体的抗争性最强，由清初复杂的政治环境所决定。聚焦晚清时期，救国运动兴起，诗社大量涌现，但其颠覆性远不如清初，两者不可同日而语。清初

---

① 全祖望：《续耆旧》卷四十九，《续修四库全书》第 1682 册，第 649 页。
② 全祖望：《续耆旧》卷四十九，《续修四库全书》第 1682 册，第 652、653 页。
③ 全祖望：《续耆旧》卷五十，《续修四库全书》第 1682 册，第 655 页。

诗社的这些思想倾向，通过具体的集会活动一一表现出来。《陆雪樵传》所载"西湖七子社"的集会活动颇为有趣，相关文字如下：

> 观日楼者，春明之居也，雪樵与五人者靡日不至，以大节古谊交相勖。语者，默者，流观典册者，狂饮作白眼者，痛哭呼天不置者，皆见之诗。其时评雪樵之诗者，以为吐弃一切，古穆如彝尊。雪樵之去春明仅一巷，而与正庵为比户，其唱酬为尤多。桐城方子留，畸士也，由春明以交雪樵，相得甚欢，遂居其湖楼中。已而奉其父傪居东皋之殷隘。①

七子集会时百态毕现，有"语者，默者，流观典册者，狂饮作白眼者，痛哭呼天不置者"，读之如临其境。该社的文学性较强，诗歌创作是主要集会活动。遗民诗歌多是充满哀思的亡国之音。《宗征君墓幢铭》记载："湖上之结社也，陆披云、董晓山、叶天益、陆雪樵，皆鄞产，范香谷则定产，而蜀人余生生以寓公亦预焉。七子以扁舟共游湖上，或孺子泣，或放歌相和，或瞠目视，岸上人多怪之。"②"西湖七子"这种泛舟月湖、又歌又泣的举止，是内心极度压抑痛苦的宣泄，与"湖上之七子，苦节为最"的描述相吻合。

经历甲申、乙酉之变，"西湖八子社"的成员奋力投身政治抗争。"南湖九子社""西湖七子社""南湖五子社"的成立时间稍晚，彼时抗清失败的遗民幸免于死，相与结社唱和。康熙年间，军事斗争逐渐冷却，遗民又通过结社集会、设馆讲学和著书立说等方式进行思想传播，所谓身隐心不死。康熙六年丁未（1667），黄宗羲在越中恢复"证人书院之会"，继而在鄞地举行"证人讲社"，门生弟子众多，为浙东学派的兴盛奠定基础。黄宗羲、黄宗炎、黄宗会兄弟并称"浙东三黄"。"证人社"带有学术性和遗民色彩。随着遗民群

---

① 朱铸禹：《全祖望集汇校集注》，上海古籍出版社2000年版，中册，第972页。
② 朱铸禹：《全祖望集汇校集注》，上海古籍出版社2000年版，上册，第856页。

体的日渐式微，从谋划起事转向诗文唱和、学术交流，是大势所趋。明清易代之际社事活跃，但社诗总集反而稀少，正是由政局不稳导致诗人群体缺乏创作和刻书的安定环境。

第四，社规严格。清初甬上遗民诗社，对社员有所要求和选择。《续耆旧》卷五十"钱征君光绣"条记载：

> 先生性颇褊，其所不合，莫之能挽。一生以友朋为性命，极缟纻之胜，顾有为士论所不与者。硖中周孝廉五重，先生素不与谐，诋之为伧父。硖中举兵，五重司其事也，而军败死节。先生以旧憾仍力骂之，于是颇招谤议，谓先生陷五重而杀之。虽同学，林荔堂、高隐学俱疑之，已而知其无是事，始招先生入社。不然，几遭割席矣。①

钱光绣气量狭窄，素与周宗彝（五重其字）不合，并在周宗彝兵败殉节后继续骂他。传言钱光绣杀害周宗彝，林时跃、高宇泰等都怀疑他，确定没有此事才招入诗社。这个诗社指的是"南湖九子社"，即"耆社"。该社"慎选遗民"如此，可见政治态度是首要标准。

又，《续耆旧》卷二十五记载："榆林当明末为诸遗老避迹地，而四先生最高。苟非其所许可者，虽有重名，皆在割席之外，故得与之唱者甚希。四先生者，一曰贞靖周先生，一曰前太常博士王先生，一曰节介陆先生，一曰前监军周先生。所唱和曰《霜声集》，尝有雕本。至其专集，有完、有阙、有绝不可得者。"② 榆林四先生指的是周齐曾、王玉书、陆宇和周元初。榆林唱和刻有总集《霜声集》。在获得四先生许可之前，虽为名士，亦不得同席唱和，社规之严如此。

---

① 全祖望：《续耆旧》卷五十，《续修四库全书》第1682册，第654页。
② 全祖望：《续耆旧》卷二十五，《续修四库全书》第1682册，第581页。

《续耆旧》卷五十八"节孝陆先生崑"条记载："又四年，国亡，其父弃诸生，隐于画。先生忽请于父曰：'吾家明室世臣，儿愿得以白衣养父，可乎？'其父喜曰：'儿能如此，吾复何恨。'由是先生弃举业。族祖春明先生为七子之集，先生故学诗于春明，遂引之入社。"① "西湖七子社"中，叶谦年纪最小，而陆崑尚未加冠。该社并非耆老社，强调志节胜于齿序。陆崑曾受业于"鹤山七子"之一的王家勤。其父、其祖和其师都是遗民，潜移默化之中，陆崑放弃科举是必由之路。

三　遗民诗人结社举隅

清初遗民诗人群体庞大，仅卓尔堪所辑《遗民诗》十二卷，就收录了三百多家遗民诗人，结社经历也异常丰富。除了甬上，各地遗民诗社也层见叠出。遗民诗人成立诗社，相互砥砺志节和寄托情感，是巩固遗民诗人群体的一种方式。这类诗社在历史舞台的出场时间虽短，却展现了惊人的活力。笔者拟列举清初遗民诗人的结社案例，以观察遗民社事的状况与历程。

1. 孙奇逢结社。孙奇逢《夏峰先生集》卷十四《十老会》一诗，引言记载："仇继轩八十一、罗好轩八十、仇馥闻六十八、薛锦轩六十七、杨怀秋六十六、余年六十四。少于余者，魏祯明六十一，张于度六十，刘元朴、王翼明俱五十八。时丁亥寓新安。"② 顺治四年丁亥（1647）六十四岁，孙奇逢在新安结"十老社"；十四年丁酉（1657）七十四岁，结"四老社"；十八年辛丑（1661）七十八岁，替"信社"取名、立约，主张以文会友、以友辅仁。康熙三年甲辰（1664）八十一岁，结"五老社"；十四年乙卯（1675），结"十人社"。这些结社经历，在孙奇逢日记《孙征君日谱录存》中有所记载。入清以来，孙奇逢结社频繁，既有诗社，也有文社，以耆

① 全祖望：《续耆旧》卷五十八，《续修四库全书》第1682册，第677页。
② 孙奇逢：《孙奇逢集》，中州古籍出版社2003年版，中册，第980页。

老会居多。

2. 顾炎武、归庄等结"惊隐诗社",又称"逃社"。"惊隐诗社"成立于顺治五年戊子(1648),康熙二年癸卯(1663)之后停止集会活动。该社成员以遗民为主,顾炎武、归庄、吴宗潜和吴宗泌等人曾参与抗清。周于飞先生博士学位论文《"惊隐诗社"研究》对该社已有详细研究①。何宗美先生《乐志林泉跌荡文酒——惊隐诗社及其文学创作浅析》、李炳华先生《龙沙嘉会结寒盟——记清初江南惊隐诗社》、周雪根先生《清初吴地"惊隐诗社"新考》②,这些期刊论文涉及"惊隐诗社"的社员、集会和创作等,可备参考。

3. 冒襄结社。冒襄《巢民诗集》卷三有《二集,分咏邻亭》《九集已定闰六之朔,余忽晕仆,卧病枕上,漫成十八首,并酬学诗诸子》③,卷五有《四集,分咏水绘庵泛月,得八"庚"》《六集,和其年留别原韵,兼寄阮亭先生(有序)》《八集,戏赠小较书揄波》等④。可见,冒襄曾结社并参与第二、四、六、八次集会,因病无法参与第九次集会。根据诗集的编年排次及"闰六月"的线索,冒襄此次结社应在康熙三年甲辰(1664)。明朝灭亡后,冒襄将水绘园改名水绘庵,是江苏如皋的一个结社中心。

4. 彭士望结社。彭士望《耻躬堂诗钞》卷一《甲申二月自江州归,遂迟牡丹社约,呈杨机部先生、舒鲁直、徐巨源诸同社,分得"麻"字》,后附杨廷麟(机部其字)所作《牡丹社集,怀彭子江洲期逝不至》⑤,由此可知,彭士望曾在顺治元年甲申(1644)结"牡丹社",同社有杨廷麟、舒忠谠(鲁直其字)和徐世溥(巨源其字)

---

① 周于飞:《"惊隐诗社"研究》,博士学位论文,浙江大学,2012 年。
② 何宗美:《乐志林泉跌荡文酒——惊隐诗社及其文学创作浅析》,《南开学报》2003 年第 4 期;李炳华:《龙沙嘉会结寒盟——记清初江南惊隐诗社》,《江苏地方志》2009 年第 1 期;周雪根:《清初吴地"惊隐诗社"新考》,《文艺评论》2011 年第 2 期。
③ 冒襄:《巢民诗集》卷三,《续修四库全书》第 1399 册,第 521 页。
④ 冒襄:《巢民诗集》卷五,《续修四库全书》第 1399 册,第 550—551 页。
⑤ 彭士望:《耻躬堂诗钞》卷一,《四库禁毁书丛刊》集部第 52 册,第 192 页。

等，俱为江右名流。又，根据同卷《东湖社集刘西佩宅，用元韵》二首①，可知彭士望在刘斯玮（西佩其字）处结"东湖社"。"牡丹社集""东湖社集"的说法，可能是点出单次集会的主题或地址，而非诗社的确切名称。

5. 陈瑚结社。陈瑚曾结"莲社"，所辑诗歌总集《顽潭诗话》收录了部分社诗作品，朱则杰先生对此已有考据②。顺治六年己丑（1649），陈瑚讲学澜溪之上，其《确庵文稿》卷一《鲁国图诗》小序说："岁己丑，与同人为'讲经社'。"③ 这类讲经社、讲学社虽非诗社，但主讲人和从游者之间常有诗歌唱和。根据《确庵文稿》卷三下诗歌《重阳后一日，"含绿堂吟社"初集，袁重其索赋》④，陈瑚于顺治十四年丁酉（1657）结"含绿堂吟社"。根据《确庵文稿》卷十六《"湄浦吟社"记》一文⑤，陈瑚于康熙十一年壬子（1672）结"湄浦吟社"，是康熙三年甲辰（1664）"石佛庵诗社"之续。又，《确庵文稿》卷十六《为毛潜在隐居乞言小传》记载："变革以后，杜门却扫，著书自娱。无矫矫之迹，而有渊明、乐天之风。与耆儒故老、黄冠缁衲十数辈，为'佳日社'，又为'尚齿社'，烹葵剪菊、朝夕唱和以为乐。"⑥ 陈瑚曾参与毛晋（潜在其号）所创"佳日社""尚齿社"。《顽潭诗话》卷下《元夕宝晋斋初举"尚齿社"，和陶始春怀古田舍韵》，即第一次集会社诗作品⑦。该社成员主要是遗老和诗僧，具有耆老会性质。此外，陈瑚还参与"印溪诗社"等。

6. 释函可结"冰天诗社"。顺治七年庚寅（1650），函可在沈阳结"冰天诗社"，社员三十三人。函可《千山诗集》卷二十"冰天

① 彭士望：《耻躬堂诗钞》卷一，《四库禁毁书丛刊》集部第 52 册，第 192 页。

② 朱则杰、黄治国：《陈瑚"莲社"与〈顽潭诗话〉》，《浙江大学学报》2013年第 6 期。

③ 陈瑚：《确庵文稿》卷一，《四库禁毁书丛刊》集部第 184 册，第 216 页。

④ 陈瑚：《确庵文稿》卷三下，《四库禁毁书丛刊》集部第 184 册，第 239 页。

⑤ 陈瑚：《确庵文稿》卷十六，《四库禁毁书丛刊》集部第 184 册，第 385 页。

⑥ 陈瑚：《确庵文稿》卷十六，《四库禁毁书丛刊》集部第 184 册，第 394 页。

⑦ 陈瑚、陈陆溥：《顽潭诗话》卷下，《续修四库全书》第 1697 册，第 553 页。

社诗"①，收录了第一次、第二次集会的社诗作品，以及函可招诸公入社诗和诸公答诗。谢国桢先生《明清之际党社运动考》也对该社作过研究②。在社中，函可自称揵撞和尚，左懋泰别号北里先生，其他社员则以涌狂、大铃、正羞、希与、焦冥等署名，隐去真实姓名。函可在南明弘光朝覆灭之后作私史，流放东北，将粤中、江南的结社风气带至东北。

此外，杜濬、雷士俊、陈恭尹、屈大均、方文、李世熊、王猷定和吕留良等遗民在清初也有结社经历。姜垛、范凤翼、顾梦游、黎遂球、卓发之、钱澄之、葛一龙、胡介、戴重、姜垓、刘城、方以智、方其义和沈寿民等在明末也参与社集。范凤翼曾结"山茨社"（"山茨诗社"），社员有顾梦游、汤有光、凌潞庚，崇祯七年甲戌（1634），社事没落。崇祯十四年辛巳（1641），姜垓乞假南游，结"班荆社"，社员有方其义、顾梦游、杨开世和刘中藻等。仅沈寿民《姑山遗集》就收录了《观社序》《益社序》《晋社序》《升社序》《桐溪大社引》等③，明末社事之强盛由此可见。

清代前期遗民诗社的总体特征，和前及甬上遗民诗社所展现的大致相同。第一，延续明末社事的热度，开启有清一代的结社风气，从结社目的和集会活动来看，这些诗社更重视诗文创作。社员具有鲜明的政治态度，但军事斗争并非结社初衷。第二，遗民群体在顺治、康熙年间，随着年龄与资历的增长，热衷于结耆老社。清代诸多耆老会是诗人并称群体结社，密切的关系有助于集会唱和的有序开展。第三，诗僧群体在清初表现活跃，反之，"逃禅"也成为遗民在易代之际的一种选择。第四，清初遗民社诗总集不多，社诗作品往往散见于诗人别集。像《千山诗集》卷二十"冰天社诗"，这种社诗作品独立成卷的情况并不常见。第五，部分遗民转向教育、学

① 释函可：《千山诗集》卷二十，《续修四库全书》第1398册，第155—164页。
② 谢国桢：《明清之际党社运动》，上海书店出版社2004年版，第165—169页。
③ 沈寿民：《姑山遗集》，《四库禁毁书丛刊》集部第119册，第121、122、124、196、202页。

术和思想等领域，"讲社"一度盛行。这种诗社与书院文化有关。

最后，笔者将在此探讨一下明末清初的诗社祭酒设置。全祖望《余生生借鉴楼记》记载："鄞之西湖，以贺秘监尝游息于此，故有小鉴湖之目。借鉴楼者，故锦衣青神余君生生之寓寮也。……其时，鄞之世家子弟丧职者多，乃相与悲歌叱咤，更唱迭和无虚日。傀居湖上，有七子诗社，详见予所作诸公志序中。而生生最长，社中奉为祭酒，尝曰：'吾敢谓此间乐不思蜀耶？'爰署其居曰借鉴楼。"①由于余本（生生其字）年纪最长，"西湖七子社"奉为祭酒。上文曾提到"南湖九子社"，徐振奇最年长，王玉书次之，他们表示，如果李国标入社，当推为祭酒。祭酒原本指的是飨宴时长者酹酒祭神，泛指年长位尊之人，也是官职称谓。全祖望文中的这两处"祭酒"，引申为社长。明末清初，诗社延请或推举祭酒，形成一种文化现象，并影响后来诗社的结社方式，如祭酒担任评定社员诗歌等职能。

明代诗社有设置"祭酒"的传统。例如，明人唐时升《南翔里有八老人为社，赵陆九十四，徐爵九十，陆淙八十五，徐勋、张乐俱八十四，董儒八十三，朱梓八十二，陆球八十一，居止不一二里而耄耋相望，日杯酒谈笑以相娱乐，诚太平之盛事也，诗以纪之》，全诗如下：

> 白鹤村头春日晓，香雾濛濛百花好。
> 苍颜素发八老人，花前置酒相倾倒。
> 笑说邻翁学语时，追谈邑子知名早。
> 不知主客更劝酬，争引曾玄互提抱。
> 今年孟春甲子晴，占云麻麦俱丰成。
> 坐中祭酒九十四，敬酬社翁旨且清。
> 其间迭起拜更祝，但愿脚健双眸明。

---

① 朱铸禹：《全祖望集汇校集注》，上海古籍出版社2000年版，中册，第1122—1123页。

桂林从事八十一，只闻唤弟无呼兄。

南村翳翳桑榆日，出且持杯归散帙。

但课儿孙种黍苗，何知道士餐芝术。

香山居士有遗篇，九十不衰真地仙。

公等康健逢圣世，能无旦暮歌皇天。

愿炊香饭酿秫酒，日奉杖履长周旋。

正嘉遗事多讹谬，欲问銮舆南幸年。①

南翔里八位老人结"八老社"，最长九十四岁，最小八十一岁。第六联"坐中祭酒九十四，敬酬社翁旨且清"，说明赵陆是诗社祭酒，通常由社中年纪最大的诗人担任祭酒。这首诗记叙了"八老社"的集会与社员，描绘了一幅八老结社相娱的融融图画。但明清之际以耆老为主的遗民诗社则不同，结社宗旨、社诗风格等都与歌颂太平盛世的"八老社"迥异。然而，诗社祭酒的标准基本不变，具体职能根据集会需要有所增减。

明末清初，遗民诗社与诗人并称群体、耆老会相结合，社员的政治态度、学术思想及人生选择，参与塑造诗社的面貌与特征。这类诗社，其实是弱势群体寻求身份认同的一种途径。政治孤立无援，经济每况愈下，导致遗民群体处境困窘而亟须通过结社来联合同道，通过彼此唱和来宣泄情绪。部分遗民诗社前期奔走呼号，具有强烈的政治抗争性，后期又隐迹山林，在入世与遁世之间坚守志节。清代特定诗人群体与特定诗社，一般具有较长的发展过程，各有脉络，又相互映照。比如闺秀群体与闺秀诗社，都是闺秀诗史上的重点，并非每个闺秀群体都结社，但社诗完全可以反映闺秀群体的创作情况。遗民诗社随着遗民群体的消失而不复存在，社诗作品及相关资料又不够丰富，具有一定的研究难度。但这类诗社的主题创作与情感表达也无法被复制。除了文学内部，遗民诗社在历史社会、思想

---

① 唐时升：《三易集》卷二，《四库禁毁书丛刊》集部第178册，第40页。

文化等方面还有广阔的研究空间。

第二节　闺秀诗社：社事支流与集体创作趋向

放眼全清社事始末，女诗人所结诗社数量不多，相关社诗总集屈指可数。但不可否认的是，从结社主体出发，这类诗社具有较高的辨识度和研究价值。女诗人的身份，不仅透过个人诗歌创作风格而表露，也透过诗人群体的结社宗旨、集会方式和诗学倾向而呈现。纵观不同诗人群体所结诗社的分布态势与发展程度，闺秀诗社是清代诗社的支流。闺秀社诗总集存世寥寥，但闺秀唱和总集的数量相当可观，也能借以考察清代女诗人结社的面貌和细节。

一　双峰并峙——蕉园诗社和清溪吟社

论及清代女诗人结社，"蕉园诗社""清溪吟社"分别是康熙、乾隆时期的代表，素有盛誉，影响深远。两个诗社的成员及唱和群体，也是清代女诗人研究无法回避的核心人物。"蕉园""清溪"等诗社的诞生，具有多重原因，既基于闺秀文学的发展规律，也得益于闺秀诗集刊行的时代背景，以及知识分子对闺秀集会唱和的开放态度。钟慧玲先生《清代女诗人研究》第三章"清代女诗人的文学活动"、赵厚均先生《明清江南闺秀文学研究》第一章"闺秀结社与文学活动"①，对两个诗社及其成员作了梳理和论述。

一是"蕉园诗社"。这个发生于康熙年间浙江杭州的诗社，是清代女诗人结社的探索之举，在笔者眼中颇具先锋意义。其先锋性、开拓性，体现在它对后世闺秀诗社的导向作用。目前，学界对该社的研究比较充分。例如，吴琳先生博士学位论文《闺阁内外：明末

---

①　钟慧玲：《清代女诗人研究》，台湾里仁书局 2000 年版，第 173—192 页；赵厚均：《明清江南闺秀文学研究》，上海古籍出版社 2020 年版，第 25—70 页。

清初女性文学空间研究》，从杭州"蕉园"这个空间入手，重新阐释蕉园诸子的诗作①。宋清秀先生专著《清代江南女性文学史论》，考证了"蕉园诗社"的成立时间与社员构成。她认为，该社成立于康熙十三年甲寅（1674），而张昊于康熙七年戊申（1668）离世，因此不可能参加诗社活动②。

蕉园诸子的并称之名，随着时间的推移而有所变更。"蕉园五子"包括柴静仪、林以宁、顾姒、钱凤纶和冯娴。清人和当代学者一般以这份名单为准。此外，还有"蕉园七子""蕉园十子"等提法。柴静仪著有《凝香室诗钞》，林以宁著有《凤箫楼诗集》《墨庄诗钞》，钱凤纶著有《古香楼诗》，冯娴著有《和鸣集》《湘灵集》，含有一些集会唱和之作。《两浙輶轩录》《全浙诗话》"柴静仪"条均引《湖墅诗话》所记，谓"蕉园五子"诗有合刻③，很有可能就是钱凤纶《蕉窗夜语记》一文所提到的"蕉园会稿"④。

林以宁《墨庄诗钞》，载有冯娴、柴静仪评语。卷二《哭柴季娴四首》，作于康熙二十九庚午（1690），即柴静仪的卒年。题后冯娴评曰："蕉园之订，昉自丙辰，气谊相投，有如一日。虽一岁中会面无几，而精神结聚，无间同堂，窃以为陈、雷莫过也。季娴仙逝，同人各有挽章。亚清诗苍坚高古，骨秀神清，反复缠绵，不忍卒读。思向之痛，虽有同心吊属之文，瞠乎后矣。冯娴又令识。"⑤ 原诗其一如下：

　　订文十六载，情好无与伦。

---

① 吴琳：《闺阁内外：明末清初女性文学空间研究》，博士学位论文，浙江大学，2016 年。

② 宋清秀：《清代江南女性文学史论》，上海古籍出版社 2015 年版，第 138—147 页。

③ 夏勇：《两浙輶轩录》卷四十，浙江古籍出版社 2012 年版，第 10 册，第 2896页；陶元藻：《全浙诗话》卷五十一，浙江古籍出版社 2017 年版，第 5 册，第 1289 页。

④ 钱凤纶：《古香楼诗·杂著》，康熙刻本，第 11b 页。

⑤ 林以宁：《墨庄诗钞》卷二，康熙刻本，第 15b—16a 页。

西湖花月佳，宴游及良辰。

有时同砚席，芜词和阳春。

逾时不相见，梦魂亦逡巡。

沧桑忽变更，感叹徒酸辛。

俯仰妆阁前，素帷起青燐。

箧中画数卷，向为君所珍。

弥留脱指环，遗言赠同人。

涕泣感君意，生死盟不湮。

画图想音容，金环留手泽。

自顾顽钝姿，岂易传衣钵。

期如羊叔子，再世知陈迹。①

林以宁诗句"订文十六载，情好无与伦"，说明康熙十三年甲寅（1674）便与柴静仪等人相交。冯娴评语"蕉园之订，昉自丙辰"，明确记载康熙十五年丙辰（1676）订盟蕉园，因此，笔者认为这是"蕉园诗社"的起始时间。钱凤纶《寿柴季娴连珠六首（并序）》记载"丙辰秋季，始于愿圃"②，也是指诗社肇端。结交早于结社，在结社之前举行集会唱和活动，实属正常现象，不可混为一谈。林以宁《柴季娴〈北堂诗集〉序》记载："自甲寅之岁，班荆聚首，永日忘餐，承颜接辞，欣时幸会，遂订金兰之契，还成丹雘之盟。"③这里提到康熙十三年开始约定集会，但没有点出"蕉园"或结社。林以宁《墨庄诗钞》、钱凤纶《古香楼诗》不仅收录诗歌，同时也收录词、文赋等，是女诗人中创作水准较高的代表。赵厚均先生整理了《蕉园七子集》，也曾对"蕉园诗社"活动进行考论④。

二是"清溪吟社"。沈善宝《名媛诗话》卷四记载："《吴中十

---

① 林以宁：《墨庄诗钞》卷二，康熙刻本，第 16a 页。
② 钱凤纶：《古香楼诗·杂著》，康熙刻本，第 14a 页。
③ 林以宁：《墨庄文钞》卷一，康熙刻本，第 14b 页。
④ 赵厚均：《蕉园七子集》，浙江古籍出版社 2021 年版，第 1—26 页。

子诗钞》者，张滋兰允滋与张紫蘩芬、陆素窗瑛、李婉兮嬿、席兰枝蕙文、朱翠娟宗淑、江碧岑珠、沈蕙孙纕、尤寄湘澹仙、沈皎如持玉结'清溪吟社'，号'吴中十子'，媲美西泠。集中诗词文赋俱佳，洵可传也。"① 同治《苏州府志》也有相关记载②。乾隆后期，张允滋、张芬、陆瑛、李嬿、席蕙文、朱宗淑、江珠、沈纕、尤澹仙和沈持玉十位女诗人在苏州结"清溪吟社"，又称"林屋吟课"，并纂有社诗总集《吴中女士诗钞》，又名《吴中十子诗钞》《林屋吟榭》，刻于乾隆五十年己酉（1789）。社集内部包含《清溪诗稿》《两面楼诗稿》《赏奇楼蠹余稿》《琴好楼小制》《采香楼诗集》《修竹庐吟稿》《青藜阁集》《翡翠楼集》《晓春阁诗稿》《停云阁诗稿》十部诗集，依次对应十位女诗人，版心分别刻有各自斋名。值得注意的是，《吴中女士诗钞》在《停云阁诗稿》卷后还收录了《爱兰诗钞（二集）》，作者是丹徒王琼（字碧云），最后附有《翡翠林闺秀雅集》《箫谱》。张允滋与其丈夫任兆麟（字文田，号心斋）评选社诗作品。任兆麟还招收包括吴中十子在内的女弟子。稍晚于任兆麟，著名诗人袁枚也招收随园女弟子。至此，女诗人走出闺阁，集会联吟，蔚然成风。

此外，沈起凤辑有《吴中香奁社草》③，收录沈纕《书寄清溪张夫人》、尤澹仙《两面楼诗序》、张芬《赏奇楼诗序》、王悟源《琴好楼诗序》、江珠《青藜阁诗自序》、朱宗淑《题浣纱词卷》和沈持玉《晓春阁诗序》八篇文章，又收录张允滋、张芬、张芳、张蕴、陆瑛、李嬿、席蕙文、尤澹仙、朱宗淑、江珠、沈纕、叶兰、刘芝、周澧兰、沈持玉、徐映玉、张因、钟若玉、周佛珠、孙旭英、赵镂香、凌素、陶庆余、蒋瑶玉、王悟源、张棠、陆贞二十七人诗歌，作者覆盖"清溪吟社"成员。

---

① 沈善宝：《名媛诗话》卷四，《续修四库全书》第 1706 册，第 588 页。
② 同治《苏州府志》卷一百三十三《列女·二十一》，《中国地方志集成·江苏府县志辑》第 4 册，第 414 页。
③ 沈起凤：《吴中香奁社草》，乾隆五十六年辛亥（1791）钞本。

二 集会唱和的闺阁本色

除了"蕉园诗社"和"清溪吟社",清代还有一些闺秀诗社。如黄锡蕃《闽中书画录》卷十三,廖淑筹名下引黄任《十砚轩随笔》语:"吾闽闺秀多能诗,近更有结社联吟者,若廖氏淑筹、郑氏徽柔、庄氏九畹、郑氏翰莼、许氏德瑗及余女淑窕、淑畹,皆戚属,复衡宇相毗。每宴集,各拈韵刻烛,或遣小婢送诗筒,无不立酬者。女士立坛坫,亦一时韵事也。"① 乾隆年间,福建闺秀吟咏之风盛行,廖淑筹与郑徽柔、庄九畹、郑翰莼、许德瑗、黄淑窕、黄淑畹等结社。又如沈善宝《名媛诗话》卷八记载:"己亥秋日,余与太清、屏山、云林、伯芳结'秋红吟社'。"② 道光十九年己亥(1839),沈善宝与顾春(太清其号)、项苹章(一名圳,屏山其字)、许延礽(云林其字)、钱继芬(伯芳其字)等结"秋红吟社"。又,梁章钜《闽川闺秀诗话》卷二"郑镜蓉"条记载:

> 郑镜蓉,字玉台,建安人,荔乡先生之长女,归陈文思,为文安令衣德子妇。早寡,以节终,得旌表。有《垂露斋集》《泡影集》。荔乡先生一门群从,风雅蝉联,膝前九女,皆工吟咏。长即镜蓉;次云荫,字绿苔;三青苹,字花汀;四金銮,字殿仙;五长庚,阙其字;六咏谢,字菱波,又字林风;七玉贺,字春盎;八凤调,字碧笙;九冰纨,字亦未详。九人中惟冰纨未嫁而殇,长庚诗无可考,余则人人有集。荔乡先生守兖州时,退食余闲,日有诗课,拈毫分韵,花萼唱酬,有《垂露斋联吟集》。自古至今,一家闺门中诗事之盛,无有及此者。近人撰《闺秀正始集》,但云先生四女能诗,所登又仅玉台、花汀

---

① 黄锡蕃:《闽中书画录》卷十三,《续修四库全书》第1068册,第423页。
② 沈善宝:《名媛诗话》卷八,《续修四库全书》第1706册,第651页。

两人诗，殆未之详考耳。①

从乾隆四年己未（1739）开始，郑方坤（荔乡其号）先后官登州、沂州、武定州和兖州知府，长达十六年之久。郑氏姐妹在郑方坤的主持下，结诗课的时间大致为乾隆初年，地点是山东，并有社诗总集《垂露斋联吟集》。郑镜蓉、郑云荫、郑青苹、郑金銮、郑咏谢、郑玉贺、郑风调和郑冰纨，在《闽川闺秀诗话》中均有记载。这也是乾隆时期闺秀诗社的又一实例。

以上闺秀、名媛结社或雅集，展示了结社主体即女诗人身份赋予社事的诸多影响，主要表现在结社方式、创作倾向等方面。

一是集会活动。女诗人结社的集会活动形式丰富，别出心裁。如廖淑筹结社，"每宴集，各拈韵刻烛，或遣小婢送诗筒，无不立酬者"，典型的闺秀社集之风致。又如，孙原湘《天真阁集·外集》卷六《蕊宫花史图（并序）》，其序记载：

> 柔兆执徐之岁，百花生日，宛仙夫人招集女史十二人宴于蕴玉楼，谋作雅集图，以传久远。患其时世妆也，爱选古名姬，按月为花史。以江采苹爱梅，梅花属焉；兰有谢庭之说，以属道蕴；梨花本杨基"蛾眉淡扫"之句，以虢国当之；牡丹有一捻红，本以太真得名；榴花属潘夫人，为处环榴台也；西子有采香泾，莲花系之；秋海棠名思妇花，开于巧月，采苏蕙若兰故事牵合之；丽华有嫦娥之称，以之司桂；贾佩兰饮菊酒驻颜，宜令主菊；芙蓉称蜀主，锦城最盛，故属花蕊夫人；惟子月山茶绝少典要，以袁宝儿为司花女属焉；水仙则凌波仙子盈盈微步，其洛神乎！分隶既定，作十二阄，各拈得之。自正月至十二月，为谢翠霞、屈宛仙、言彩凤、鲍遵古、屈宛清、叶苕芳、李餐花、归佩珊、赵若冰、蒋蜀馨、陶菱卿、席佩兰，长幼间

---

① 梁章钜：《闽川闺秀诗话》卷二，《续修四库全书》第1705册，第634—635页。

出，不以齿也。爰命画工以古之装写今之貌，号《蕊宫花史图》。两易寒暑乃成，重集画中人，置酒相祝，命余题诗以纪其事。[1]

"柔兆执徐之岁"指的是嘉庆元年丙辰（1796）。该年花朝，屈秉筠（宛仙其字）与十二位女史在韫玉楼举行集会。以古代名姬为各月花史，在场闺秀拈阄分取，并请画工绘制《蕊宫花史图》，以雅集图像还原雅集场景。当时，许多男性诗人应邀为此图赋诗，包括孙原湘、陈文述、郭麐、彭兆荪等。屈秉筠（1767—1810），赵同钰妻，袁枚随园女弟子，著有《韫玉楼集》。席佩兰，原名蕊珠，自号佩兰，孙原湘妻，也是随园女弟子，深得袁枚赞赏，与屈秉筠时有唱酬，著有《长真阁集》。归懋仪（佩珊其字），李学璜妻，亦学诗于袁枚，著有《绣余续草》等。《名媛诗话》卷九还附录了屈秉筠《〈蕊宫花史图〉记》[2]。《名媛诗话》记载了众多女诗人的生平资料，包括结社、集会、唱酬等文学活动。值得注意的是，这些女诗人当时可能并无结社或并称的想法，只是普通雅集，但在后世文人或诗话作者的传播之下，将举行集会活动默认为结社，以并称的形式深化诗人群体的影响。诗社原本指向有规律的集会或多次集会以及在此基础上所形成的同社关系。但是，许多清代诗社只有一次大规模集会，其声名与影响却不容忽略。笔者认为，判断是否为诗社，应适度放宽标准，避免以现代诗社的定义衡量传统诗社。至于诗社的具体起止时间，则必须有所依据，单纯的交游、唱和阶段，不可等同于结社。韫玉楼雅集图制作历时两年，完成后，屈秉筠再次召集画中人宴饮集会，邀请诸位诗人题诗作赋，堪称盛事。以古代名姬的形象照应与会女史，以古写今，非女诗人社集不能如此。

二是唱和诗歌。女诗人结社，作品风格偏于清新秀丽。林以宁《墨庄诗钞》卷一《秋暮宴集愿圃，同季娴、又令、云仪、启姬分韵》，

---

① 孙原湘：《天真阁集·外集》卷六，《续修四库全书》第 1488 册，第 484 页。
② 沈善宝：《名媛诗话》卷九，《续修四库全书》第 1706 册，第 663—664 页。

如下：

> 早起登临玉露瀼，画楼高处碧云凉。
> 池边野鸟啼寒雨，篱外黄花媚晓妆。
> 斜倚红阑同照影，闲挥绿绮坐焚香。
> 溯洄他日重相访，一篇兼葭秋水长。①

这首诗歌的创作背景是愿圃集会，唱和主体是"蕉园五子"。柴静仪也有相关作品《过愿圃，同冯又令、钱云仪、顾启姬、林亚清作》：

> 雕阑画阁倚层空，翠树红霞入望中。
> 照水双双看舞鹤，衔芦一一数归鸿。
> 帘前夜映梅花月，笔底春生柳絮风。
> 相过名园夸胜景，清尊喜与玉人同。②

《国朝闺阁诗钞》第一册卷八也收录了此诗③。此次愿圃集会，林以宁分得下平声"七阳"韵，柴静仪用的是上平声"一东"韵，都是音节响亮明快的韵部。女诗人结社的场景，主要是闺阁和园林。"画楼""画阁""名园"等意象的出现频率较高。"池边野鸟啼寒雨，篱外黄花媚晓妆""照水双双看舞鹤，衔芦一一数归鸿"等联，写景状物蕴含情思，展现了女诗人敏锐的感受力和细腻的艺术再现，心手相应。冯娴、钱凤纶和顾姒三位诗人在理论上应当也有同题诗作。此外，钱凤纶《偕诸夫人重过愿圃》④，林以宁《重游愿圃四首》⑤，属于第二次愿圃集会的作品。

---

① 林以宁：《墨庄诗钞》卷一，康熙刻本，第 24a 页。
② 赵厚均：《蕉园七子集》，浙江古籍出版社 2021 年版，第 370 页。
③ 蔡殿齐：《国朝闺阁诗钞》，《续修四库全书》第 1626 册，第 449 页。
④ 钱凤纶：《古香楼诗》，康熙刻本，第 25a—25b 页。
⑤ 林以宁：《墨庄诗钞》卷一，康熙刻本，第 27b—28a 页。

《吴中女士诗钞》所收张允滋等人诗歌，通常是写景咏怀、酬唱赠答之作，风格秀美、隽永。女诗人的身份特征，易于影响作品的形制和内蕴。任兆麟所撰《清溪诗稿叙》记载："迩年又与耘芝、蕙孙订道义交，诗筒往还，殆无虚日。因录其所作，请余决择。徐诵之，颇见清超之致，碧岑女史所称为唐人格调也。"① 任兆麟对"清溪吟社"女诗人整体诗风的感受也是清超拔俗。

三　女诗人结社的内外动因

女诗人结社之风，需追溯至明代，但真正具有影响力的闺秀诗社还在清代。"蕉园诗社""清溪吟社"在清代结社史上的地位，不亚于以士人为主导的一般诗社。作为社事支流，闺秀诗社的诞生，依赖于知识阶层的促成与推动，得益于主流诗社的高度发展。仅凭女诗人自身的交游和创作，恐怕无法达到惊动诗坛的效果。清代女诗人结社风行，离不开外界的刺激，也是女诗人群体形成并巩固的结果。

一是士人引导或介入闺秀诗社。"蕉园诗社"诸子的结交、集会，最初也是由于士人的鼓励与引领。《撷芳集》卷二十七冯娴名下载有林以宁所撰《〈和鸣集〉跋》，文中提到：

> 余少也，读书苦无所资，独与伯嫂顾重楣称笔砚友。……岁甲寅，嫂得疾以卒。兄寅三思成其志，始命余为小启，请海内同人为哀挽以吊焉，遂以余名达于闺媛大家。其耳余名而谬称许，许最先者，则又令冯夫人也。……遂因诗启以得见于夫人［冯娴］，夫人忘其卑幼而引与交。月必数会，会必拈韵，分题吟咏至夕，且又各推其姻娅，若柴季娴、李端明、钱云仪、顾启姬。人订金兰，家饶雪絮，联吟卷帙日益月增。所恨吾嫂

① 张允滋：《吴中女士诗钞·清溪诗稿》卷首任兆麟序，乾隆五十四年己酉（1789）刻本，第1b页。

仙游，不获躬逢其盛，可为永叹。①

康熙十三年甲寅（1674），林以宁的长嫂顾长任（重楣其字）因病离世。长兄林以畏（寅三其字）命以宁作小启，请海内同人包括闺秀撰写挽章以凭吊逝者。林以宁之名开始受到称许，因诗启得以结识冯娴，与之频繁举行集会唱和。继而推至冯娴、柴静仪、李淑昭（端明其字）、钱凤纶和顾姒等人。林以畏在促成社集这件事上功不可没。林以宁、钱凤纶等与各自的兄长多有唱和诗作，钱氏《古香楼诗》的评论者正是其弟钱肇修、钱来修。女诗人结集刻书，也需要男性诗人为之作序题跋，并传扬名声。

《吴中女士诗钞》虽是"清溪吟社"成员的诗歌合集，但也包含不少社诗作品。任兆麟序曰："戊申冬，选录《清溪诗稿》竟，携质吾师竹汀钱先生。先生许其诗格清拔，为正一二字，亟寓书仁和汪切庵兵部，编入《撷芳集》矣。清溪曰：'滋素不善诗，实藉同学诸女士之教，其可弗稿汇萃一编以行世乎？且志一时盛事也。'因检篋衍中先后惠示并酬赠之什，于吴中得九媛，各录一卷，请余阅定焉。"② 这段话介绍了该总集的编纂初衷，可能也受到《撷芳集》的启发。确定的是，名媛之间的酬唱在先，继而《吴中女士诗钞》编选成书，最后"吴中十子"之名广泛传播。"清溪吟社"不是女诗人群体聚首商议而结，严格地说，是以结社代指唱和的又一例证。在总集刊行和诗人并称之名形成以后，便以诗社视之。这与清代绝大多数诗社先有社事、后有总集的情况不同。任兆麟在女诗人群体举行集会、编纂总集等方面，给予了巨大的鼓励与帮助。他对各个女诗人的作品进行评点，展现出了较强的主导意识。宏观而言，女诗人结社并刊刻社集，是对士人阶层文学世界的一种模仿。

---

①　汪启淑：《撷芳集》卷二十七，乾隆末汪氏飞鸿堂刻本，第10a页。

②　任兆麟：《吴中女士诗钞》卷首任兆麟序，乾隆五十四年己酉（1789）刻本，第1a页。

鉴于《诗经》当中女子之诗的存在，以及"婉娩听从之德""温柔敦厚之旨"等言论作为道德支持，清代文人对于女诗人结社的态度相对开放。互为共同生活的家庭成员，父亲、兄长或夫君等的支持，对提高女诗人的文学修养具有实质性作用。女诗人的创作能力通过异性诗人的教授而获得，又凭借集会唱和等实践活动积累经验。闺秀诗社的长期举行，立足于女诗人群体对创作的热爱甚至痴迷，也倚仗士人阶层的点拨与提升。女诗人自发的情感表达欲望固然重要，但外界的肯定也是保持创作热情的动因。不可否认的是，女诗人创作、集会与结社在清代仍是新鲜见闻，部分诗人有意拔高。在《吴中女士诗钞》卷首，还有许宝善、潘奕隽的序文，对这部总集亦不吝赞美之词。

袁枚与张允滋也曾有过交集。张允滋《乐安汤夫人招诸女士宴集绣谷，即送袁简斋年丈还金陵》，其一记载："裙屐招邀盛事曾，风流绣谷世犹称。侬家姊妹才华减，百罚深杯恐不胜。"[1] 诗人自注说："余与舍妹月楼俱未赴约。"[2] 可见，张允滋并未参加这次绣谷宴集，但也通过第二首诗"太史才名闺阁谙"等句表达了对袁枚的仰慕。此外，《题袁简斋年丈〈给假归娶图〉》一诗[3]，也证实了允滋与袁枚之间的酬唱往来。二人的交游，以诗笺为主，宴集的机会不多。任兆麟招收女弟子的时间可能早于袁枚，但袁枚在闺秀诗人当中的名声似乎更加显赫。袁枚抬举女诗人的做法，对张允滋的创作及心态有所影响。

王琼与张允滋、张芬等女诗人结交，酬唱赠答之作颇丰。她的诗歌得到几位著名诗人的指点与称赞。曾与袁枚唱和，如《子才先

---

[1]　张允滋：《吴中女士诗钞·清溪诗稿》，乾隆五十四年己酉（1789）刻本，第13a 页。

[2]　张允滋：《吴中女士诗钞·清溪诗稿》，乾隆五十四年己酉（1789）刻本，第13a 页。

[3]　张允滋：《吴中女士诗钞·清溪诗稿》，乾隆五十四年己酉（1789）刻本，第13b 页。

生邀家兄柳村游焦山，即之天台赋呈》等①。《吴中女士诗钞》所收《爱兰诗钞》，卷首附有袁枚《随园诗话》对王琼的评语，言其诗句"颇有天趣"②。《寄呈袁简斋先生书》则交代了一些细节，全文如下：

> 兰窗抒兴，敢谓工诗；绮阁联吟，那堪问世。况兹下里巴人之曲，何足入流水高山之谱也。琼也天资驽钝，腹笥空虚，刻翠剪红，雅无生韵，蛩吟蝉寂，终不成声，岂敢望龙门之一盼、梨板之先登也乎？乃闺阁成名，不少亲师取友之益；而诗篇不朽，尤仗名公大人之知。若昭华之于西河，采于之于西堂，映玉之于松崖，芳佩之于董浦，莫不藉青云而后显，附骥尾而益彰也。琼于先生未有拜谒之缘，竟叨知遇之感。此其爱怜人才之厚意、宏将［奖］后学之深心，不且远过于诸先生乎？且诗话所载，尺牍所存，香生兰蕙之词，韵结琼瑶之句。何先生于南朝金粉刻刻不忘，北部胭脂时时属意也。前日伟堂广文、映荷家兄，曾随兰櫂，探狮岭之梅花；嗣送文旌，对虎邱之明月。今先寄句，以赠玉洞之重游，欲馨微忱，伫瓮城之再至也。③

王琼通过这篇书札表达对袁枚"诗话所载，尺牍所存"的知遇之感。开头按照惯例自谦，进而感谢袁枚的赏识，提到闺秀作诗"尤仗名公大人之知"，是不假的事实。"若昭华之于西河"等句，举徐昭华与毛奇龄、张繁与尤侗、徐映玉与惠栋、方芳佩与杭世骏等例，以说明诗坛宗主在闺秀创作与成名过程中的关键作用。此前，

---

① 王琼：《吴中女士诗钞·爱兰诗钞》，乾隆五十四年己酉（1789）刻本，第16a 页。

② 王琼：《吴中女士诗钞·爱兰诗钞》卷首，乾隆五十四年己酉（1789）刻本，第1a 页。

③ 王琼：《吴中女士诗钞·爱兰诗钞》，乾隆五十四年己酉（1789）刻本，第18a—18b 页。

王琼与袁枚并无会面，止于精神交流。"于南朝金粉刻刻不忘，北部胭脂时时属意"，袁枚时刻关注女诗人群体，善于发掘闺秀诗作的特色，因此在闺阁内外都享有盛誉。王琼信中提到的家兄，是指王豫，字应和（王琼写作"映荷"），号柳村，诸生。王豫辑有《江苏诗征》《群雅集》等，载录江苏文人结社的大量史料。王琼集中还有《兄柳村命和蔡云峰先生咏垂丝海棠，原韵》《扫径，同大兄赋》《偕柳村兄至碧云堂看梅三首》《大兄约焦山看梅未果》等①，兄妹唱和颇多。兄长给王琼创造了一些出游赋诗的机会，达到命题课诗的良好效果。此外，王琼与赵帅也有过唱和②。赵帅任镇江府训导期间，与王豫兄妹交游密切，参见王琼《赵伟堂外翰暮春过草堂》《清明呈伟堂先生》《呈伟堂先生》《伟堂先生有看桃花之约，诗以迟之》《大兄招伟堂先生来看桃花，为风雨作阻，诗以呈之》等③。王琼称赵帅"伟堂先生"以示尊敬，在诗歌创作方面受其指教。

　　丹徒季耀南所撰《爱兰诗钞跋》记载："令兄柳村尝以碧云旧作请正于雷雷峰太史、赵沅苣外翰，又以其近诗请质于江宁蔡芷衫、吴江任文田二先生，均许以可传。"④ 王豫曾以王琼旧作向雷翀霄（雷峰其字）、赵帅二人请正，又以新作求教于蔡元春（芷衫其字）、任兆麟两位先生。一方面，王豫尽力提携其妹，有助于闺秀诗歌扩大传播途径；另一方面，王琼的作品得到多位诗家的认可，足以留名诗史。女诗人创立诗社、举行集会，也同样需要挤进士人阶层的视野与评价体系。女诗人群体孜孜以求的创作态度，加上异性亲友、

---

　　① 王琼：《吴中女士诗钞·爱兰诗钞》，乾隆五十四年己酉（1789）刻本，第5a、7a、14b、15b 页。

　　② 赵帅，字元一，又作沅苣，号伟堂，别号志庵主人，安徽泾县人。乾隆二十七年壬午（1762）举人，授江苏镇江府训导，升直隶安肃知县。著有《伟堂诗钞》《词钞》。

　　③ 王琼：《吴中女士诗钞·爱兰诗钞》，乾隆五十四年己酉（1789）刻本，第3b、6a、15a、15b、16b 页。

　　④ 王琼：《吴中女士诗钞·爱兰诗钞》，乾隆五十四年己酉（1789）刻本，第20a 页。

诗坛大家的鼎力相助，才造就"清溪吟社"及《吴中女士诗钞》的声势和地位。

二是女诗人结社，以亲属关系和同里关系为依托。"蕉园诗社"成员之间存在姻亲关系。林以宁是钱肇修的妻子，即钱凤纶弟妇。冯娴是钱肇修堂叔钱廷枚的妻子，钱凤纶以姆母称之。李淑昭是李渔之女，有妹名李淑慧，字端芳。李淑昭丈夫沈心友是冯娴的友人，为其冯氏《和鸣集》作序。钱凤纶是顾长任的表姐，顾姒是长任之妹。林以宁、钱凤纶分别为顾之琼的儿媳和女儿。另外，柴静仪的姐姐柴贞仪（字如光），钱凤纶的姐姐钱静婉（字淑仪）、姒娌姚令则（字柔嘉），也曾参与唱和。可见，钱凤纶、顾姒、林以宁、柴静仪等人是同辈，冯娴是长辈，而柴静仪儿媳朱柔则等人，则是下一辈了。然而，冯娴比林以宁仅年长十岁左右，在结社的过程中更似姊妹。以亲属关系为基础，女诗人扩大唱和，最终创建诗社。归根结底，还是由于蕉园诸子的丈夫、兄弟等缔结姻亲，彼此过从甚密。闺秀结社对家族或亲属网络的依赖，更甚于其他诗人群体。"蕉园诗社"的集会通常在社员的住宅、别墅或园林举行。林以宁曾提到"夫人第宅去余不数里"[①]，冯娴居处不远。相同地域是结社的前提，才有宴集和出游的可能性。

"清溪吟社"之中，张芬是张允滋从妹，陆瑛与李嬂是姑嫂，张允滋是朱宗淑的表姨母，亲属关系一目了然。张芬，张曾棠女，张蕴妹，吴县县丞夏清和妻。陆瑛，贡生罗康济妻。李嬂，诸生陆昶妻。席蕙文，清溪县知县席绍元之女。江珠，江藩妹，嫁与吾学海，侨居吴县。沈缠，祁门训导沈起凤之女，进士沈清瑞侄女。这些女诗人一般都有家学，基本是苏州人士。王琼诗集选入《吴中女士诗钞》，却不是"吴中十子"之一，可能是由于丹徒人的关系，无法参与日常社集。例如《翡翠林闺秀雅集》一卷，社员同题共赋白莲花，除了"吴中十子"，刘芝（字采之）、周澧兰（字素芳）、王寂

---

① 汪启淑：《撷芳集》卷二十七，乾隆末汪氏飞鸿堂刻本，第10a页。

居（字拈华）、叶兰（字畹芳）和张芳（字浣江）等也参与雅集，
但王琼没有出席。纵使结社主体关系交错，集会唱和方式多变，"同
里"却是社事的共性，诗社成立并开展集会的基础。有的诗社采取
广泛征诗的方式，或举行一次性集会，突破了空间和规模对社事的
限制。但是，相同的地理及文化，决定集会地点，提供创作素材，
有利于诗社的长期、稳定发展。

四　闺秀诗歌总集及结社势态

陈广宏先生《中晚明女性诗歌总集编刊宗旨及选录标准的文化
解读》一文，回顾了历代女性诗文总集编纂的概况，对比之下，明
代尤其是中晚明的女性诗歌总集发生重大转折，而这种转折以特定
的商业出版背景与大众阅读趣味为基础[①]。这篇文章还涉及明末至清
代女性诗歌总集选录及分类标准的变化，如清代完颜恽珠辑《国朝
闺秀正始集》，道光十一年辛卯（1831）红香馆刻本，以"正始"
定名，标榜性情之正，以示女性创作的正统性与合法性。明代，诗
歌总集甚至诗话都设置"闺秀"一类。如顾起纶撰《国雅品》卷首
《国雅凡例》最后一款"论品例"记载："余观《唐六家诗》并
《品汇》，并以宫闺置仙释后，是遵史例也。惟我明《统志》，则列
女在仙释前，少别方内外，于义颇安，是品昉之。"[②] 闺秀诗作很早
就受到关注，但清代堪称闺秀诗歌总集刊刻的全盛时期。

参照编纂体式和内容，清代闺秀诗歌总集主要分为以下几类。

一是按作者选录各家诗歌。如邹斯漪（又作邹漪）辑《诗媛八
名家集》《红蕉集》，王端淑辑《名媛诗纬初编》，刘云份辑《翠楼
集》，范端昂辑《香奁诗泐》《奁制续泐》，佚名辑《历代闺媛诗选》，
汪启淑辑《撷芳集》，沈起凤辑《吴中香奁社草》，胡廷梁辑《广东

---

① 陈广宏：《中晚明女性诗歌总集编刊宗旨及选录标准的文化解读》，《中国典籍
与文化》2007 年第 1 期。

② 顾起纶：《国雅品》卷首《国雅凡例》，万历二年甲戌（1574）刻本，第 3b 页。

古今名媛诗选》，王琼辑《名媛同音集》，袁枚辑《随园女弟子诗选》，蒋机秀辑《国朝名媛诗绣针》，叶腾骧辑《香闺诗随手抄》，许夔臣辑《国朝闺秀香咳集》《国朝闺秀雕华集》，纪巽中等撰《十三名媛诗草》，毛国姬辑《湖南女士诗钞》，完颜恽珠辑《国朝闺秀正始集》《续编》，蔡殿齐辑《国朝闺阁诗钞》，胡履春辑《麦浪园女弟子诗》，周际华辑《各女史诗》，黄秩模辑《国朝闺秀诗柳絮集》，黄潘辑《国朝闺秀摘珠集》，黄瑞辑《三台名媛诗辑》等。

二是按体裁选录各家诗歌。如季娴辑《闺秀集》，王士禄辑《燃脂集》，胡孝思辑《本朝名媛诗钞》，揆叙等辑《历朝闺雅》，范端昂辑《奁诗泐补》《奁泐续补》，钱三锡辑《妆楼摘艳》，周寿昌辑《宫闺文选》，单学传辑《国朝名媛绝句大观》，张晋礼辑《棣华馆诗课》，王谨辑《闺秀诗选》等。

三是诗集合刻。如袁枚辑《袁氏三妹合稿》，任兆麟辑《吴中女士诗钞》，吴骞辑《海昌丽则》，周映清等撰《织云楼诗合刻》，王琼等撰《种竹轩闺秀联珠集》，仲振奎辑《泰州仲氏闺秀诗合刻》，沈慈辑《沈刻四妇人集》，陈文述辑《碧城仙馆女弟子诗》，于尚龄辑《凝香阁合集》，郭润玉辑《湘潭郭氏闺秀集》，张曜孙辑《阳湖张氏四女集》，董兆熊辑《吴江三节妇集》，王维翰辑《彤奁双璧》，左宗棠辑《慈云阁合刻》，杨葆彝辑《毗陵杨氏诗存附编》，戴燮元辑《京江鲍氏三女史诗钞》，冒俊辑《林下雅音集》，孙锡祉辑《菱湖三女史诗合刊》，西泠印社主人辑《西泠三闺秀诗》，郑文同辑《桐城郑氏闺秀诗集》，张佩兰、张贞兰撰《二兰合璧》，英华辑《吕氏三姐妹集》，孙锡祉辑《二谈女史诗词合刊》等。

四是唱和总集。如骆绮兰辑《听秋馆闺中同人集》，王燕生辑《曲江亭闺秀唱和诗集》，朱淑均等撰《分绣联吟阁合稿》等。

以上分类，只是遵照总集本身最突出的编排特征，一些总集内部可能还包含多种分类方式。如《历朝闺雅》按诗歌体裁分卷，卷内以朝代为序，每朝又按宫闱、闺秀、姜婢、尼、女冠、妓和外国等编次。又如《宫闺文选》，在各体诗歌之前，收录赋、骚、诏、敕等各体文章。这些闺秀诗歌总集均成书于清代，但所收作者有时也涉及前代，如《香奁诗泐》《奁制续泐》《历代闺媛诗选》《广东古今名媛诗选》《沈刻四妇人集》《西泠三闺秀诗》等。诗集合刻、唱和总集二类，最有可能是闺秀结社集会所得。

　　闺秀诗集合刻的现象在清代非常普遍。如《吴中女士诗钞》，作者并称"吴中十子"，内部作品之间存在唱和关系，相当于社诗总集。另如《袁氏三妹合稿》《织云楼诗合刻》《种竹轩闺秀联珠集》《泰州仲氏闺秀诗合刻》《碧城仙馆女弟子诗》《凝香阁合集》《湘潭郭氏闺秀集》《阳湖张氏四女集》《慈云阁合刻》《京江鲍氏三女史诗钞》《桐城郑氏闺秀诗集》《二兰合璧》《吕氏三姐妹集》《二谈女史诗词合刊》等，作者群体活跃于同一时代，多少有过交游唱和。作者之间的关系，通常以姊妹、同族或同门居多。例如，《织云楼诗合刻》的创作主体是叶氏家族闺秀①，《慈云阁合刻》是左宗棠家族闺秀②。又如《种竹轩闺秀联珠集》收录王琼《爱兰轩诗选》、王乃德《竹净轩诗选》、王乃容《浣桐阁诗选》和季芳《环翠阁诗选》③。其中，乃德、乃容是王豫的女儿，即王琼的侄女；季芳，季耀南之女，王豫、王琼的外甥女。这些总集的编选者多是家中有学识有身份的读书人，试图以合刻的方式扩大和延续闺秀文学创作的影响。

　　至于闺秀唱和总集，数量相对较少，但在形式上接近社诗总集。换言之，闺秀集会唱和活动，往往被称作结社。如《分绣联吟阁合稿》④，依次收录朱淑均、朱淑仪、谢锦秋和查芝生四人诗歌。朱淑均，字莲卿，查冬荣妻，查芝生母。朱淑仪，字菊卿，查有炳妻，查冬荣弟妇。谢锦秋，字织霞，查冬荣侧室。朱氏二人，既是姐妹，又成妯娌，工诗善绘，另外合著有《爱花吟榭合稿》，未见。王燕生

---

① 周映清等：《织云楼诗合刻》，嘉庆二十二年丁丑（1817）刻本。
② 左宗棠：《慈云阁合刻》，同治十年辛未（1871）刻本。
③ 王琼等：《种竹轩闺秀联珠集》，嘉庆十二年丁卯（1807）刻本。
④ 朱淑均等：《分绣联吟阁合稿》，道光十七年丁酉（1837）刻本。

辑《曲江亭闺秀唱和诗集》①，收录了张因、孔璐华、刘文如、唐庆云、王琼、王乃德、王乃容、季芳、江秀琼、鲍之蕙、王燕生、张少蕴、朱兰等闺秀的唱和诗歌，十三名女诗人来自阮元、王豫两个家族。孔璐华、刘文如、唐庆云是阮元的妻妾，王燕生是阮亨的妻子。王琼、王乃德、王乃容、季芳四人都是王豫的亲眷。这个闺秀群体的文学活动，可称作"曲江亭雅集"或"曲江亭诗社"。阮元《曲江亭记》一文，描绘了曲江亭的地理位置和名字由来②。王豫曾作《曲江亭图》，阮元为之题诗。

此外，清代闺秀作品也编入其他文人唱和总集。如《蟂山联唱集》收录各类题画诗，如《蟂山送别图》《蟂山小筑图》《桴寄轩图》《退一步斋图》等③。其中《蟂山小筑图》，也包括如皋闺秀熊琏（号澹仙）的题辞。黄棓绘制《题蟂山送别图》并叙曰："芝泉先生于七夕来蟂山，梁湘屏明府馆之于文星楼下，与余联榻者兼旬，继为吟社诸君相延，移装碧霞山麓之禅宇，宾朋极盛，觞咏无虚夕。十月既尽，将作崇川游，李子琴生出素绢，属余绘送别图以纪佳会。"④ 凌霄（芝泉其字）曾与梁承纶（湘屏其号）、江懋德等人结社联吟，其《快园诗话》对此次客游蟂山的经历也有所记载。熊琏虽有题图诗歌，但未必参与社集。又，王昶等《檀园修禊诗》收入张玉珍《分得"九"字》，金纫兰《分得"虚"字》《再得"时"字》《再得"春"字》⑤，两位女诗人很有可能现身檀园修禊会。清代总集如《莳兰堂诗社汇选》《鸳水联吟》《听雨楼吟社》《琴筑同声集》《云获落花诗社汇钞》《冰泉唱和集》等，也含有一些女诗人作品。尽管男女作品数量相差悬殊，但总集作者多元化这种趋势在乾隆以后变得明显。《梧笙唱和初集》成书于道光

---

① 王燕生：《曲江亭闺秀唱和诗集》，嘉庆十三年戊辰（1808）刻本。
② 阮元：《研经室集·二集》卷二，中华书局 1993 年版，下册，第 624—625 页。
③ 金铎等：《蟂山联唱集》，嘉庆二十年乙亥（1815）刻本。
④ 金铎等：《蟂山联唱集·题送别图》，嘉庆二十年乙亥（1815）刻本，第 1a 页。
⑤ 王昶等：《檀园修禊诗》，乾隆听吟轩刻本。

年间①，是李星沅、郭润玉夫妇的唱和总集。以男女唱和奠定总集框架，以夫妻情感构建诗歌文本，是这部总集与众不同的地方。集中李星沅的诗风，也大异于他的日常"言志"作品。清末，黄映奎成立"后南园诗社"，并辑有《后南园诗课》②，也采录了不少女士佳句。

这些唱和总集的体例与内容，可侧面反映清代闺秀在结社集会、总集编纂等方面的特征。

第一，相比前代，清代女诗人更具结社唱和的环境和机会。王琼著有《爱兰诗钞》，诗集又选入《吴中女士诗钞》《种竹轩闺秀联珠集》，另撰有《爱兰名媛诗话》，辑有《名媛同音集》。可见，清代闺秀的诗歌创作、诗学观念等以多种途径传播于世。她们通过诗集合刻、诗人并称等方式逐渐由个人走向群体，在一定程度上改变了闺秀文学原本的单弱状态，实现以诗传人的刻书目的。由于诗文创作与编纂等方面经验缺失，话语权不足，女诗人更倾向于借助异性之力，凝聚同性之才。如随园女弟子、碧城仙馆女弟子等名称，以诗坛大家招收女子学诗的方式，赋予闺秀交游唱和的资格和机会。又如蕉园五子、吴中十子、袁氏三妹等并称之名，伴随结社集会的风潮，引导女诗人集体步出闺阁。西泠闺秀雅集、翡翠林闺秀雅集、曲江亭雅集等，在江浙等地形成多个闺秀社集中心，纂有多部闺秀唱和总集，名噪一时。但相对而言，清代女诗人的结社意识较弱，结社周期较短，真正的社诗总集数量不多，总体处于社事的探索阶段。

第二，随着清代总集编刊的盛行，闺秀诗歌唱和总集顺势而来，相互影响。嘉庆、道光年间，阮氏兄弟和王豫致力于刻书，包括经学著作、笔记杂谈、诗文别集等，也不乏清诗总集。阮元辑有《淮海英灵集》《两浙輶轩录》等。王豫辑有《国朝今体诗精选》《群雅

---

① 李星沅、郭润玉：《梧笙唱和初集》，道光十七年丁酉（1837）芋香山馆刻本。

② 梁鼎芬：《后南园诗课》，宣统三年辛亥（1911）羊城刻本。

集》《江苏诗征》《京口三上人诗选》等，与张学仁辑有《京江耆旧集》，与阮亨辑有《淮海英灵续集》。阮亨另辑有《皋亭倡和集》等。王琼等撰《种竹轩闺秀联珠集》，成书于嘉庆十二年丁卯（1807），与《群雅集》同年；王燕生等撰《曲江亭闺秀唱和诗集》，成书于嘉庆十三年戊辰（1808），卷首附王琼序，作者涵盖种竹轩四位闺秀。这两种闺秀诗歌唱和总集的刊刻时间较早，但同样诞生于总集编刊兴盛时，诞生于重视地方文学、闺秀文学的王氏、阮氏家族。这种家族传统和氛围，刺激了女诗人的创作热情及其诗歌唱和总集的编纂与流通。王琼与张允滋、张芬、金逸、骆绮兰（号秋亭）等有所交往。金、骆也是随园女弟子，诗作选入编于嘉庆元年丙辰（1796）的《随园女弟子诗选》。王琼《寄骆秋亭夫人》首句"同是龙门久识名"，自注说"君与余均以诗先后受知于随园太史"①。嘉庆二年丁巳（1797），骆绮兰辑《听秋馆闺中同人集》，收录江珠、毕汾、毕慧、鲍之兰、鲍之蕙、鲍之芬、周澧兰、卢元素、张少蕴、潘耀贞、侯如芝、王琼、王倩、王怀杏、许德馨、秦淑荣、叶毓珍等女诗人作品。从时间看，种竹轩闺秀、曲江亭闺秀的唱和总集之刊成，应该受到《吴中女士诗钞》《随园女弟子诗选》《听秋馆闺中同人集》等书的影响。鲍之兰、鲍之蕙和鲍之芬，也是《京江鲍氏三女史诗钞》的作者。这部合刻包含《起云阁诗钞》《清娱阁诗钞》《三秀斋诗钞》三种，大约成书于嘉庆十六年辛未（1811）。之蕙亦为随园女弟子，也参与曲江亭闺秀雅集。《京江鲍氏课选楼合稿》收录鲍皋之妻陈蕊珠及其女鲍之芬、鲍之蕙、鲍之兰的诗集，在《京江鲍氏三女史诗钞》的基础上又增加《课选楼遗诗》一种。

女诗人及其创作通过诗歌总集的编刊而流芳后代，如金逸卒于乾隆五十九年甲寅（1794），但对王琼却影响至深。闺秀诗歌总集凭借超越个人诗集的容量与力量，较好地展现了女诗人群体的创作面

① 王琼：《吴中女士诗钞·爱兰诗钞》，乾隆五十四年己酉（1789）刻本，第10a 页。

貌。其中，唱和总集的编纂体例与文本内容也能反映闺秀社集的一些特征与趋势。作为主流诗社的枝叶，闺秀诗社本身的发展却是一脉相承的。地域文化是保存、延续和发扬闺秀诗歌唱和传统的重要因素。如苏州、扬州和镇江等地，女诗人交游密切，集会格外频繁。又，海昌（今浙江海宁）在清代也冒出了许多著名的女诗人。自朱妙端（字静庵）以后，海昌名媛诗歌创作极盛，总集则有《海昌丽则》《分绣联吟阁合稿》《海昌闺秀诗》等。一般文人的诗歌唱和总集，远大于社诗总集的数量，唱酬与结社的差别明显。而闺秀诗歌唱和总集，往往被定义成社诗总集，主要是闺秀诗人群体一旦形成，唱和关系就接近同社关系。

第三节　八旗诗社：消寒传统与试帖诗歌创作

　　诗社，作为普遍的文学和社会活动，清代各个阶层文人都有结社事迹。清代还出现了前所未有的结社主体——八旗诗人。这个特殊群体在学习汉族诗文的同时，也接受社集文化的熏陶。站在明代社事的基础上，清代诗人的结社环境更趋成熟，结社宗旨更显明确。八旗诗人置身高度发展的诗坛，或参与汉人诗社，或招同八旗诗人结社，也留下了一些社诗作品，真实反映了这个诗人群体的创作倾向与现实处境。

一　八旗诗社典范——探骊吟社

　　"探骊吟社"是清代同治初年八旗诗人所结诗社。震钧（又名唐晏）《天咫偶闻》卷三记载：

　　且园，在帅府园胡同，宜伯敦茂才所构。有小楼二楹，可望西山。花畦竹径，别饶逸趣。伯敦名晅，满洲人。生有俊才，寄怀山水。性复好事，风雅丛中，时出奇致。同治初，京师士

夫结"探骊吟社"。扶大雅之轮，遵正始之轨，倡而和者，一时
称盛。伯敦乃择其尤者刻之，名《日下联吟集》。①

　　宜垕为"探骊吟社"选刻《日下联吟集》，这段文字之后又录
入宜垕所撰序文和社员名单。清代，八旗诗人编纂社诗总集的现象
并不多见，因此，"探骊吟社"自然成了关注和研究的重点。如李杨
先生《八旗诗歌史》在论述宗室诗人宝廷时涉及该社的成员及诗
作②，万柳先生《清代词社研究》则叙及"探骊吟社"的社集情况
及词作③。笔者拟再从诗社的角度作一些探讨。
　　宜垕所撰序文如下：

　　　太上立德、立功，其次立言。吾侪不得志，不能献可替否，
致君泽民。不得已而发为歌诗，虽不足以当立言之事，然亦未
必非立言之一端也。或陶写性情，以抒抑郁；或有所寄托，以
备采风。要之不失风人之旨，即可当立言之事。扬雄谓诗赋小
道，壮夫不为。吾以为其言不可信也。友人宗子美，与余为总
角交，其人偶傥有奇志。后侍宦入蜀，洎岁癸亥始归京师，复
纳资为戎部吏。居恒郁郁，约同志廿余人，率皆当时俊彦，结
社联吟。越二年，积成巨帙，请人选定，手录若干卷。余适过
其斋，披览竟日，爱不释手。乃携归，捐资矫命，以付剞劂。
嗟乎！使诸君生于百余年前，得遇阮亭、归愚二尚书者，则此
诗久已不胫而走矣，又何待余为之刻耶？垕也无才，人贱言轻，
必有谓我阿其所好者，亦不暇顾也。刻既成，爱志数语，以为
之叙。④

<hr />

① 震钧：《天咫偶闻》卷三，北京古籍出版社1982年版，第56页。
② 李杨：《八旗诗歌史》，博士学位论文，浙江大学，2014年，第300—304页。
③ 万柳：《清代词社研究》，中州古籍出版社2011年版，第220—226页。
④ 简宗杰：《日下联吟集》卷首宜垕序，同治五年丙寅（1866）借绿轩刻本，第
1a—2b页。

这篇序文作于同治五年丙寅（1866）。可见，"探骊吟社"的发起者是宗韶（子美其字）。同治二年癸亥（1863），京师二十余人起结诗社，持续两年，存留作品丰富。宜垕从"风人之旨""立言之事"的角度，肯定了诗赋创作的意义，再引出宗韶结社及总集，给予高度评价，努力促成社集付梓。宜垕自认为人微言轻，料想旁人对他的刻书举动必有非议。由于"探骊吟社"的成员为京师士夫，社会地位较高，所以宜垕是迎合他们的心思，还是纯粹喜爱作品，抑或二者兼而有之，有待进一步考察。

简宗杰正是选诗编次之人。其序记载："丙寅岁，从政农曹，公余无事，志伯时员外、宗子美戎部出《探骊吟社诗》一卷见示，并授以选政。余不敏，何敢言诗？归而读之，如游五都之市，众美毕集，择其尤者得若干首。或规摹古人，或感慨时事；或言情而绮丽，或比物而流连。大都综述性灵，不务繁采，有合于诗人之旨焉。还以质之宝竹坡孝廉，诸君子复谬为许可。陶诗云'奇文共欣赏，疑义相与析'，则以此励性情也可，即以此备乐章也亦可。编既成，宜君伯敦为之付梓，惜未及点窜事实，不识有当于大雅之意否？谨为编次以序。"① 简序明确提到社名为"探骊吟社"，社员包括志润（伯时其字）、宗韶、宝贤（竹坡其号，后更名宝廷）等。此外，又有冯呈霖序曰："友人志伯时、宗子美暨及门宝竹坡，以倜傥之才创风雅之举，约诸同志作诗余吟社，闲尝嘱余甲乙。盖其自视欿然，颇有未慊于心者。昨忽为其友人某某携去，走伻屡索，始知其付之剞劂焉。愕然者久之，不能中止。既而镂板将成，不得已而问序于余，且告之故。"② 该社原本有意请冯呈霖评定甲乙，不料被宜垕捷足先登。

《日下联吟集》的目录记载了各位社员、作品体裁及数量，制成

---

① 简宗杰：《日下联吟集》卷首简宗杰序，同治五年丙寅（1866）借绿轩刻本，第1b—2b页。

② 简宗杰：《日下联吟集》卷首冯呈霖序，同治五年丙寅（1866）借绿轩刻本，第1b—2a页。

表格如下：

卷次	作品体裁	社员	作品数量（首）
卷一	古近体诗	宝贤	23
卷二	古近体诗	志润	22
		俞士彦	19
		宗韶	18
		文海	10
		戬谷	7
卷三	古近体诗	李湘	6
		启名	5
		宝昌	4
		延秀	3
		德准	3
		寿英	2
		豫丰	2
		遐龄	2
		英瑞	2
		文悌	1
		廷彦	1
		荣光	1
		载本	1
		荣祺	1
		文峻	1
		志觐	1
		佑善	1
		贵荣	1
		孙广顺	1
		王裕芬	7
卷四	诗余	志润	7
		宝贤	7
		戬谷	6
		德准	4

卷次	作品体裁	社员	作品数量（首）
		宗 韶	4
		宝 昌	3
		启 名	2
		延 秀	2
		贵 荣	1
		志 觐	1
		寿 英	1
		遐 龄	1
		王裕芬	3

"探骊吟社"包括宝贤、志润、俞士彦、宗韶、文海、戬谷、李湘、启名、宝昌、延秀、德准、寿英、豫丰、遐龄、英瑞、文悌、廷彦、荣光、载本、荣祺、文峻、志觐、佑善、贵荣、孙广顺和方外王裕芬二十六名社员，绝大多数是八旗诗人。笔者在硕士研究生阶段曾专门探讨宝廷所结"消夏""消寒"诗社，与会诗人还有文海、王裕芬、许珏、富寿、志润、志觐、宗韶、善昌、寿富、俞士彦等，时间从光绪九年癸未（1883）持续至十三年丁亥（1887）[1]。其中，宝廷、文海、王裕芬、志润、志觐、宗韶和俞士彦曾是"探骊吟社"的核心成员。宝廷《偶斋诗草·内次集》卷七《痴聋集（丙戌）》，有《同白石宿芷亭观中偶成》四首，其一如下：

> 酒醉喜不眠，挑灯话老屋。
> 今夕同故人，来就故人宿。
> 忆昔我与君，诗酒相征逐。
> 我少君正壮，豪迈越流俗。
> 君今忽白首，人生老何速。

---

① 胡媚媚：《清代诗社研究——以六诗社为中心》，硕士学位论文，浙江大学，2013 年，第 169—186 页。

及今俱未死，骚坛幸重续。

连床夜说诗，居然成鼎足。

莫视事寻常，难得即为福。①

　　第六联诗人自注说："癸亥、甲子间，与芷、白诸君结'探骊吟社'，同人廿余。今年复结'消夏诗社'，故人存者不过数人矣。"光绪十二年丙戌（1886），宝廷再创"消夏诗社"，其情形远不如当年"探骊吟社"。虽然前后参加社集的诗人约有十五名，但单次集会不过数人，难以再现同治初年结社之盛况。

　　至于"探骊诗社"的集会与创作，《日下联吟集》所选宝贤诗歌可作一观。宝贤名下载有小传，同治三年甲子（1864）举人，潇洒脱俗，好酒嗜诗。幼时随其父常禄（字莲溪）隐居西山，在灵光寺读书。十三岁开始学诗，后来得到铁林（号荔崖）、冯呈霖（字云浦）两位先生的指点，诗艺更加长进。各体皆工，兼善词曲、骈文等。社诗总集收录宝贤诗歌最多，有《田家，拟储》《饮酒，拟陶》《拟古从军行》《拟杜工部〈前出塞〉》《续西洲曲，用梁武帝原韵》《古剑篇》《拟春闺曲》《冬猎行》《放言》《秋感》《无题》《燕》《春雨》《秋蝶》《采莲曲》《闺怨》《草》等题，共计二十三首，主要是拟古诗和咏物诗。又收录志润《拟杜工部〈前出塞〉》《巫山高》《秋夕》《捉车行》《杨白花》《冬猎行》《有所思》《咏史小乐府》《击君衣》《枯草》《咏老》《无题》《采莲曲》《小游仙诗》《秋日渔家》等题。《日下联吟集》遵照以诗存人的编纂原则，选取每位社员至少一首作品。虽是社诗选本，若结合现存所有诗题，也能了解该社的创作题材及倾向。很难判断，一个诗题是否对应一次集会，宝贤的作品是否最大限度地展现集会创作，是否全体社员始终参与集会。但可以肯定的是，社员的同题作品，如宝贤和志润都作有《拟杜工部〈前出塞〉》《冬猎行》《采莲曲》等，

---

　　①　宝廷：《偶斋诗草》，上海古籍出版社2012年版，上册，第324页。

肯定出自一次集会。宝贤喜爱登山、游历，对于他的社诗作品也有一定影响。同治七年戊辰（1868），宝贤得中进士，开始官场生涯。晚岁罢官，结社西山，是对"探骊吟社"的延续与追怀。政治抱负落空，生活困顿不堪，八旗诗人在光绪时期的整体境遇大抵如此。

二　法式善消寒会及其结社脉络

光绪九年癸未（1883）冬至到次年春，十年甲申（1884）冬至到次年春，十一年乙酉（1885）冬至到次年春，十二年丙戌（1886）冬至到次年春，宝廷连续四年结"消寒诗社"，留下大量诗歌唱和作品。消寒会的形式，在八旗诗人结社中较常见。斌良《同人为消寒小集，每集各依别号用韵，余奉使未及与，昨在远村司空处见"十三元"韵诸作，勉吟四律以应之，四首存二》，其中"会约消寒需待补，诗盟结社要重论"一联自注说："余与陕廷司马拟新正补结'消寒诗社'。"① 斌良、德厚（远村其号）和倭什纳（陕廷其号）都是满洲旗人。倭什纳是花沙纳（号松岑）之弟。这次消寒集会的时间，可能在道光二十三年癸卯（1843）年底。

法式善《梧门诗话》卷七记载："钱辛楣少詹序曹习庵学士《炙砚集》云：'士伏处乡里，以朋友视昆弟，其亲疏若不侔矣。一旦辞家而仕于朝，与贤士大夫游，或接武于公庭，或相访于寓邸，出或同车，居则促膝。故尝谓朋友之乐，惟京朝官所得为多。习庵先生与其同年为'消寒会'。会旬日一举，必有诗，或分题，或拈韵，始庚寅，讫癸巳，得诗若干篇。观其所游，一时之习尚风雅、遭际太平，流播于后无疑矣。'"② 钱大昕（辛楣其号）为《炙砚集》作序，提到曹仁虎（习庵其号）在京师与同年结"消寒会"，时间从乾隆三十五年庚寅（1770）到三十八年癸巳（1773）。钱大

---

① 斌良：《抱冲斋诗集》卷三十二，《续修四库全书》第 1508 册，第 419 页。
② 法式善：《梧门诗话》卷七，《续修四库全书》第 1705 册，第 113 页。

昕《潜研堂文集》卷四十三《日讲起居注官翰林院侍讲学士曹君墓志铭》记载："在京华与馆阁诸同好及同年友为诗社，率旬日一集，或分题，或联句，或分体，每一篇出，传诵日下，今所传《刻烛》《炙砚》二集是也。"① 曹仁虎所辑《炙砚集》，正是"消寒会"总集。消寒会与诗社相结合，形成消寒诗社，在清代北方尤其是京师地区非常流行。八旗诗人亦不例外，法式善也有举行"消寒会"的经历。

法式善《存素堂诗初集录存》卷十收录六首"消寒会"所作诗歌，题目如下：

> 《立冬日，赵味辛约同吴谷人、鲍雅堂、汪杏江、谢芗泉、张船山、戴金溪（敦元）亦有生斋消寒，即席次味辛韵》
>
> 《偕吴谷人、汪杏江、谢芗泉、赵味辛、张船山、姚春木于鲍雅堂斋中消寒，分赋饮中八仙，拈得汝阳王琎》
>
> 《消寒集吴谷人庶子有正味斋，题〈葛洪移居图〉》
>
> 《消寒集汪杏江芥室，题〈华严世界图〉》
>
> 《吴谷人、汪杏江、鲍雅堂、谢芗泉、赵味辛、张船山、姚春木集诗龛消寒，题〈新篁白石图〉，分用唐宋金元人题图七古诗韵，余拈得元遗题范宽秦川图》
>
> 《腊月十九日，集汪杏江芥室，拜苏公生日，即为消寒会，用东坡八首韵》②

卷十作于嘉庆五年庚申（1800），也是"消寒会"的活动时间。该"消寒会"的成员主要有法式善（号时帆）、赵怀玉（味辛其字）、吴锡麒（谷人其号）、鲍之钟（雅堂其号）、汪学金（杏江其

---

① 钱大昕：《潜研堂集·文集》卷四十三，上海古籍出版社 2009 年版，下册，第 782 页。

② 法式善：《法式善诗文集·存素堂诗初集录存》卷十，人民文学出版社 2015 年版，上册，第 276—281 页。

号，晚号静厓）、谢振定（芗泉其号，又作香泉）、张问陶（船山其号）、戴敦元（金溪其号）和姚椿（春木其字）九人。集会地点包括赵怀玉亦有生斋、鲍之钟斋、吴锡麒有正味斋、汪学金芥室、法式善诗龛等。

赵怀玉《亦有生斋集·诗》卷十八也有相关作品：

> 《立冬日，同人集亦有生斋，为销寒第一集》
> 《销寒第二集，鲍郎中（之钟）席上分赋饮中八仙，得苏晋》
> 《销寒第三集，吴庶子（锡麒）席上，咏张检讨（问陶）所藏方泰交〈葛稚川移家图〉》
> 《〈华严世界图〉歌，为汪庶子（学金）作》
> 《诗龛〈新篁白石图〉歌，用东坡书王定国所藏烟江叠嶂图韵》
> 《东坡生日集芥室，销寒之集于是止矣，因纪以诗》《苏文忠公生日，同人集芥室，用东坡八首韵》①

赵怀玉、法式善二人诗题相近，集会及创作的顺序一致。吴锡麒《有正味斋诗集》卷十四《集亦有生斋，分赋饮中八仙，得李白》《十二月十九日坡公生辰，集汪静厓芥室，同用公集中东坡八首韵》②，也是消寒社诗作品。又，张问陶《船山诗草》卷十五《与鲍雅堂户部，吴谷人、汪静厓两庶子，法时帆侍讲，赵味辛舍人，谢香泉礼部，姚春木上舍，分赋饮中八仙，得李适之》《庚申腊月十二庚申日，题〈葛稚川移居图〉》③，也是社集之作。又，谢振定《知耻斋诗集》卷四《立冬日，集赵味辛亦有生斋中，题〈唐子畏像〉》

---

① 赵怀玉：《亦有生斋集·诗》卷十八，《续修四库全书》第 1469 册，第 469—473 页。

② 吴锡麒：《有正味斋诗集》卷十四，《续修四库全书》第 1468 册，第 507 页。

③ 张问陶：《船山诗草》卷十五，《续修四库全书》第 1486 册，第 408—409 页。

《集汪静厓庶子斋，题〈华严世界图〉》《汪静厓斋中消寒，分赋八仙，得焦遂》《十二月十九日，集汪庶子静厓芥室为东坡生日，座中凡十人，各和东坡八首，共六十韵》①，也是"消寒会"唱和所得。谢振定提到最后一次集会"座中凡十人"，除了上文所举九人，应当还有一名诗人。吴锡麒《有正味斋骈体文》卷十六《游西山记》记载："同游者韩旭亭封君（是升）、鲍雅堂户部（之钟）、赵味辛舍人（怀玉）、法时帆编修（式善）、汪静厓庶子（学金）、谢芗泉礼部（振定）、顾羧庵明经（鹤庆）、郭厚庵明经（堃）、蒋香度明经（棠）、姚春木公子（椿），主人则孙一泉孝廉（仲清），导之行者盈科上人，画者吴（九成），与余凡十四人。时嘉庆庚申九月三日也。"②西山游的成员包括韩是升、鲍之钟、赵怀玉、法式善、汪学金、谢振定、顾鹤庆、郭堃、蒋棠、姚椿、孙仲清、僧盈科、吴九成和吴锡麒，时间在"消寒会"前夕。韩是升《听钟楼诗稿》卷七、郭堃《种蕉馆诗集》卷四③，都有相关诗作。此次游山的诗人群体，几乎覆盖"消寒会"的结社主体。可见，在"消寒诗社"举行之前，诗人之间已有唱和基础。

汪学金《静厓诗续稿》卷二《雅堂斋中分咏饮中八仙，得崔宗之》《题〈葛稚川移家图〉》《时帆属题诗龛〈新篁白石图〉，用韩昌黎桃源图韵》《腊月十九日，同人集芥室为坡仙设供，和集中东坡八首韵，兼寄南中同学诸子》④，可以确定是社诗作品。同卷《船山席上分赋银鱼，得四绝句》《题〈西望瑶池图〉》也很有可能是社诗。理由有三：第一，正式的消寒会一般有九次集会，如宝廷"消寒诗社"，从冬至入"九"，每九日举行一次集会。清代也有超过九

---

①　谢振定：《知耻斋诗集》卷四，道光湘乡谢氏刻本，第23b—26a页。

②　吴锡麒：《有正味斋骈体文》卷十六，《续修四库全书》第1469册，第49—50页。

③　韩是升：《听钟楼诗稿》卷七，《清代诗文集汇编》第389册，第389—390页；郭堃：《种蕉馆诗集》卷四，《清代诗文集汇编》第471册，第102页。

④　汪学金：《静厓诗续稿》卷二，《续修四库全书》第1472册，第314—316页。

次集会的情况，如闲散宗室文昭在雍正元年癸卯（1723）所结"消寒会"，其《紫幢轩诗集·雍正集》卷下《二十七夜，喜戴孝廉素岑（永朴）至茶声馆同举消寒第十集，以竹林七贤名为韵，得"籍"字》《自消寒集以来，大率秉烛邀宾，闻更拈韵，今十一月二十日值予主会，晚雷以诘朝试事，请卜其昼，申刻集茶声馆，次十八夜晚雷廉泉浴罢归饮唱和二首韵》即相关诗作①。但法式善、赵怀玉集中所列社诗，只有六题。第二，结合法式善、赵怀玉、吴锡麒等人的诗歌，该"消寒会"倾向于社员轮流举办，却未见张问陶处社集。因此，笔者推测"分赋银鱼"可能是张问陶做东的一次集会活动。第三，赵怀玉诗集卷十八也有《题仇实父〈西望瑶池图〉》一诗，作于诗龛集会和芥室集会之间，很有可能是"消寒会"作品。而且，该会已有四次题画诗创作的先例。当然，该"消寒会"开始于立冬，结社于年前，实际集会次数不足九次，汪学金、赵怀玉二人或多人唱和，也不一定以社集的名义。

法式善（1753—1813），姓蒙乌吉氏，原名运昌，字开文，号时帆，又号梧门、小西涯居士，蒙古正黄旗人。乾隆四十五年庚子（1780）进士，改翰林院庶吉。五十年乙巳（1785），升左庶子，乾隆赐名法式善，满语有"奋勉"之义。官侍至侍读学士、国子监祭酒。嘉庆四年己未（1799）因案免官，俄起编修。次年升侍讲，年底结"消寒会"。七年壬戌（1802）擢侍讲学士。八年癸亥（1803），因翰林院大考而降赞善。十年乙丑（1805）重官侍讲学士，但在两年后因为修书不谨而贬秩为庶子，遂以病告归。阮元编《梧门先生年谱》载其事迹。法式善著有《存素堂集》《梧门诗话》《八旗诗话》《陶庐杂录》《清秘述闻》等，也是蒙古族中唯一参加编纂《四库全书》的学者。

出于气候原因，消寒会这种形式在北方地区较盛行。乾隆、嘉

---

① 文昭：《紫幢轩诗集·雍正集》卷下，《四库未收书辑刊》第八辑第22册，第237、239页。

庆年间，京城士大夫经常举行"消寒诗社"，八旗诗人不时参与其中。法式善与赵怀玉、吴锡麒、鲍之钟、汪学金、谢振定和张问陶等人的关系非常密切，在结"消寒会"之前已有唱酬。诗社，既建立在特定诗人群体志趣相投的基础上，又推进这个诗人群体的同化过程。晚清，宝廷罢官归隐，退出政治舞台，所结"消寒诗社"的社友以满清宗室居多。而此前的八旗诗人，政治活跃度较高，积极参与汉族诗人结社，不断提高自身的文学修养。结社中心的转移，意味着结社功能的变化，如"宣武门以南"和"西山"这两个结社地点，所代表的结社文化截然不同。北京地区的诗社，多由同年、同僚等构成，介于党社和诗社之间。从政治立场出发，这些结社活动具有笼络同党、开辟仕途的目的。而消寒会的形式，继承了消寒取暖的宴集传统，掩盖了结社的功利性，也促进社事朝规范化的方向发展。它的本质等同于诗社。

法式善也参与八旗诗人百龄结社。百龄曾于乾隆五十九年甲寅（1794）结社颐园，其《守意龛诗集》卷十五收录《季夏颐园雨社分韵（得"是"字）》一诗①。从乾隆四十七年壬寅（1782）到五十九年甲寅（1794），百龄在颐园频繁举行集会，如《三月三日，约祝芷塘、邵香之、秦端崖、漪园、福景堂、梦鉴溪诸前辈小集颐园，芷塘先生以诗见赠，次韵答之》《四月三日，同人再集颐园，叠前韵答芷塘前辈》《二月三日，时泉、树堂、坦园集颐园，因念恭兰岩左迁、瑞芝轩谢世，同社之感不能已于怀也》等②。相与唱和的八旗诗人有图敏（时泉其字）、德昌（树堂其字）、五泰（坦园其字）、恭泰（兰岩其号）、瑞保（芝轩其字）、法式善等。私家园林在结社的过程中发挥重要功能，颐园作为八旗诗人的社集中心，促进固定诗人群体的形成。此外，《守意龛诗集》卷六《朴堂学士招

---

① 百龄：《守意龛诗集》卷十五，《续修四库全书》第 1474 册，第 233 页。
② 百龄：《守意龛诗集》，《续修四库全书》第 1474 册，第 121、122、182 页。

饮，先时有诗社之约，兼订崇效寺看花，即席戏呈一首》①，卷十二
《上元前四日，闻恭兰岩少詹招同法时帆学士、德树堂侍读、徐镜秋
检讨、文芝崖、瑚和庵编修春怡斋作文酒之会，赋此索和》②，卷十
四《法时帆祭酒诗来订文酒之约，赋答》③，卷十九《四月二日，简
穆庵都运并订西湖之约》④，都说明百龄、法式善经常参与"文酒之
会""文酒之约"等社集活动。

三　八旗诗社的集会唱和方式

　　除了八旗诗社代表"探骊诗社"，及法式善、宝廷等各自所结
"消寒诗社"，其他八旗诗人也有不少结社行为。八旗诗人的数量无
法和汉族诗人比肩，但作为特殊的结社主体，又与统治阶级有着
丝缕关系，足以引起研究者的重视。无论是八旗诗人结社，还是
八旗诗人参与汉人结社，都是非母语文化下的诗歌创作。诗社或
诗课，成为语言习得和文化认同的重要途径，有助于多元文化的
构建。

　　上文叙及由于气候、地缘等因素，宝廷、法式善等人结"消寒
诗社"。消寒会或消寒诗在八旗诗人当中素有渊源。国梁《澄悦堂诗
集》卷二"银川集"也有《消寒八咏》组诗，包括围炉、煮茗、爇
香、酌醅、谈棋、啜羹、拈毫、揃烛八个题目⑤；又有《消夏八咏》
组诗，包括挥扇、捉塵、午枕、晚榻、冰果、盆鱼、灌花、听雨八
个题目⑥。这两组诗歌作于银川，时间分别为乾隆二十五年庚辰
（1760）和二十六年辛巳（1761），并非社集分赋，但却能反映八旗
诗人在两个季节赋诗吟咏的传统。又，毓俊《友松吟馆诗钞》卷十

---

① 百龄：《守意龛诗集》卷六，《续修四库全书》第 1474 册，第 148 页。
② 百龄：《守意龛诗集》卷十二，《续修四库全书》第 1474 册，第 211 页。
③ 百龄：《守意龛诗集》卷十四，《续修四库全书》第 1474 册，第 229 页。
④ 百龄：《守意龛诗集》卷十九，《续修四库全书》第 1474 册，第 252 页。
⑤ 国梁：《澄悦堂诗集》卷二，《清代诗文集汇编》第 342 册，第 41—42 页。
⑥ 国梁：《澄悦堂诗集》卷二，《清代诗文集汇编》第 342 册，第 49—50 页。

《上巳日，约潘安涛比部（庆澜）、华堂农部（希祖）、裕堂寺丞（光祖）、王子眉通守（寿朋）、锡鹿贰尹（寿增）、吴纶轩经历（嘉谟）、钱新甫太史（骏祥）、孙振轩比部（宗麟）、广叔含主政（英）、奎聘臣笔政（珍）、启仲恺部郎（元）消寒小集，步子眉原韵》①，作于光绪十七年辛卯（1891），可见清末还流行这种消寒集会。毓俊与以宝廷为中心的诗人群体包括文海、师善、善昌、增杰、康咏等亦有交游。八旗诗人三多②，在光绪十七年辛卯（1891）曾结"香吟社"，有"买春""展春""消夏"三次集会。其《可园诗钞》卷一有《二月廿二日，同人于可园作买春第一集，秦散之（敏树）先生绘图纪事，自题六绝并呈诸社长》《香吟社于湖舫作展春第二集，即席赋呈》《六月十三日，同人饮俞楼作消夏第三集，怀吴中曲园太夫子》③。买春会、展春会等，是消寒会的一种延续，体现了八旗诗人在集会上的丰富形式。

除了消寒传统，八旗诗人结社在集会唱和方面也呈现出了鲜明的特征。

第一，八旗诗人群体与皇室关系密切，社集也是如此。清朝曾举行三次"千叟宴"，时间分别为康熙六十一年壬寅（1722）、乾隆五十年乙巳（1785）和嘉庆元年丙辰（1796），并辑有康熙《御定千叟宴诗》、乾隆《钦定千叟宴诗》和嘉庆《千叟宴诗》。朱则杰先生《清代"千叟宴"与"千叟宴诗"考论》作过相关考证，提到"三种'千叟宴诗'中，有署名的八旗作者就至少已达四千人以上"④，可据以推想全清八旗诗人群体的数量，及其集会唱和的盛况。三次

---

① 毓俊：《友松吟馆诗钞》卷十，《清代诗文集汇编》第768册，第804页。

② 三多（1871—1941），汉姓张，字六桥，别号可园、鹿桥，蒙古人。光绪十七年辛卯（1891）举人，官杭州知府、归化副都统、库伦驻防大臣等。著有《可园诗钞》，辑有《柳营诗传》等。

③ 三多：《可园诗钞》卷一，《清代诗文集汇编》第792册，第591—592页。

④ 朱则杰：《清代"千叟宴"与"千叟宴诗"考论》，《明清文学与文献》第一辑，黑龙江大学出版社2012年版，第287页。

"千叟宴"规模巨大，《清史稿》及各种诗话对此有所记载。除了三部诗歌总集，许多满洲诗人的别集也收录了相关诗歌，展现了盛会的情况。德保《恭和御制千叟宴诗元韵》《蒙恩入千叟宴，恭纪三十二韵》，铁保《乾隆五十年，乾清宫举千叟宴礼恭纪》，百龄《正月六日，诏举千叟宴恭纪》①，都是乾隆"千叟宴"的相关诗作。朱则杰先生认为："三次'千叟宴'及前奏的预宴者，前奏和第一次都分作汉民、旗民两大类，第二次和第三次则都不分。从表面上看，这未尝不能反映从满汉分离到满汉融合的一种发展趋势。但是，仔细观察，这里面只有前奏，汉民人数多于旗民；而第一次，汉民刚好只到旗民的二分之一；特别是第二次、第三次，从《钦定千叟宴诗》《千叟宴诗》内部所收作者也就是预宴者的名单，可以发现绝大多数是旗民，汉民则只占很小的一部分。"② 当时众多汉人北上赴会，有诗为纪。但从趋势上看，"千叟宴"还是偏向于召集满人。且不说满汉关系如何变化，在京满洲诗人具有地缘优势。除了"千叟宴"，统治者所组织的其他集会也不在少数，留下大量"恭和御制诗"。晚清以前，满洲贵族诗人具备举办集会的经济基础，这也是北京社事活跃的一大原因。

第二，西山是八旗诗人北京社集的一个中心。上文已提到宝廷结社西山，法式善等人结伴游西山。关于西山纪游的诗文，在清代八旗诗人当中十分常见。宝廷《偶斋诗草·外集》卷八《西山纪游行》③，以歌行体记叙了同治十一年壬申（1872）作者与志润同游西山，并详细地描写了妙峰山诸胜。纳兰常安《班余剪烛集》卷二《德新斋西山纪游诗序》叙及诗人读书西山的经历，并勾画了西山的秀美

---

① 德保：《乐贤堂诗钞》卷下，《四库未收书辑刊》第十辑第 13 册，第 424 页；铁保：《惟清斋全集·梅庵诗钞》卷一，《续修四库全书》第 1476 册，第 258 页；百龄：《守意龛诗集》卷六，《续修四库全书》第 1474 册，第 144 页。

② 朱则杰：《清代"千叟宴"与"千叟宴诗"考论》，《明清文学与文献》第一辑，黑龙江大学出版社 2012 年版，第 282 页。

③ 宝廷：《偶斋诗草》，上海古籍出版社 2012 年版，下册，第 576—584 页。

景致[①]。又如百龄《守意龛诗集》卷十六《暮春邀同人往游西山，闻坦园意不果行，以诗促之》[②]，同人或同社以西山游作为集会活动。西山在明代尚未成为诗人结社的中心，经由清代诗人的不断探索与开拓，逐渐成为北京诗社的一个中心，八旗诗人也喜欢在此举行社集。

八旗诗人也常在江南的结社胜地举行集会。如乾隆十一年丙寅（1746）闰三月三日，杭州府事满洲诗人鄂敏在西湖主持修禊集会，仿兰亭体赋四言、五言诗歌，刻有总集《西湖修禊诗》[③]。又，柏葰在绍兴兰亭举行修禊，其《薜箖吟馆钞存》卷二《兰亭修禊，社中分题》一诗，记录了当时的集会情形：

兰亭小集宴群英，禊事方欣绿野晴。
春到曲江三月暖，天开午日十分清。
偶因解祓流觞事，且作闲游载酒行。
围柳坐花皆画境，茂林修竹足诗情。
输他弦管多垂幕，如此江山且举觥。
一代高风联少长，千秋妙墨动公卿。

---

① 纳兰常安：《班余剪烛集》卷二，《四库未收书辑刊》第九辑第21册，第546—547页。

② 百龄：《守意龛诗集》卷十六，《续修四库全书》第1474册，第238页。

③ 鄂敏等：《西湖修禊诗》，《杭州文献集成》第1册，第737—758页。收录梁文濂、茅应奎、周京、许大纶、林绪光、郑羽奎、孙陈典、金志章、鲁曾煜、周宣猷、陆培、胡甡、金农、厉鹗、施谦、汪台、梁启心、丁敬、顾正谦、杭世骏、江源、张湄、施念曾、陈兆崙、全祖望、舒瞻、王曾祥、钱载、顾之麟、吕伊、张云锦、陈兆嵋、吴城、施安、陆秩、张熷、徐以震、叶銮、皇甫鲲、孙庭兰、许承祖、杭世瑞、赵一清、徐以泰、吴玉增、刘琦、施廷枢、周宸望、丁健、汪启淑、陆腾、吴璠增、吴中麟、施学廉、徐以坤、孙林、吴玉墀、厉志鼐、释明中、释篆玉、王纬、罗守仁、赵骏烈、徐志震、徐志岩、章继泳、金呟、周逢吉、王大枨、陆铭一、陆铭三、杨景涟、鲍询、许松、江衡、许振、吴亨、陈鸿宝、皇甫鼎、凌世钧、戈守智、释明源的作品，共计八十三人。鄂敏，满洲镶蓝旗人，雍正八年庚戌（1730）进士，改庶吉士，授编修。舒瞻，满洲正白旗人。乾隆四年进士己未（1739），历任浙江桐乡、平湖、山阴知县。王纬，奉天镶黄旗人，举人，海宁知县。

至今绕槛留山色，终古环阶是水声。①

此诗其后三题为《闰端阳》②，可推知创作时间在道光七年丁亥（1827）。此外，卷一《秋柳，用渔洋山人韵（社课）》③，卷二《赋得捷书夜到甘泉宫（社课）》《冰花（社课）》《梅汤（社课）》《和元人斋中杂咏八首，用梅村韵（社课）》《咏菊（社课）》《五味诗（社课）》《藤花（社课）》《碧筒杯（社课）》《赋得二月黄鹂飞上林（社课）》④，都是柏葰结社所得诗作。至于同社其他诗人，则无从考知。八旗诗人在上巳节或兰亭举行集会，都有延续古代雅集之传统的意味。

第三，八旗诗人结社常进行拟古诗、试帖诗创作。"探骊吟社"之社诗总集《日下联吟集》，收录宝廷诗歌包括《田家，拟储》《饮酒，拟陶》《拟古从军行》《拟杜工部〈前出塞〉》《续西洲曲，用梁武帝原韵》《古剑篇》《拟春闺曲》等题。该总集所收其他社员的诗歌没有宝廷这么丰富，但也有不少同题作品。可见，八旗诗人结社，常以拟古诗歌创作为唱和方式，诗课性较明显。模拟古代名篇的作法，是学习诗歌创作技巧的重要途径。除了社诗作品，八旗诗人的日常诗歌创作也有选择拟古体裁的倾向。

试帖诗，又称试律，是科举考试的项目。作为一种诗体，试帖诗创作在八旗诗人之中也颇为流行。题前常冠以"赋得"二字，因此也叫"赋得体"。起源于唐代，受到"帖经""试帖"的影响，后因王安石变法而被取消。清代乾隆时期开始恢复试律以用于考试。试帖诗一般采用五言六韵或八韵，讲求对仗、用典，结构形成八股式。赋得体，既可以是应制之作，也适用于集会分赋。柏葰《赋得捷书夜到甘泉宫》《赋得二月黄鹂飞上林》，正是此体。《春明诗课

①　柏葰：《薛箖吟馆钞存》卷二，《续修四库全书》第 1521 册，第 342—343 页。
②　柏葰：《薛箖吟馆钞存》卷二，《续修四库全书》第 1521 册，第 343 页。
③　柏葰：《薛箖吟馆钞存》卷一，《续修四库全书》第 1521 册，第 329 页。
④　柏葰：《薛箖吟馆钞存》卷二，《续修四库全书》第 1521 册，第 343—347 页。

汇选》①，是帖体诗总集。卷一诗题"日气海边红"取自张九龄《广州津亭晓望》，"落日恐行人"取自贾岛《暮过山村》，"日气含残雨"取自杜审言《夏日过郑七山斋》，"夕阳红半楼"取自鲁交《江楼晴望》，"返照入江翻石壁"取自杜甫《返照》，等等。除了诗人成句，诗题也来自《易经》《淮南子》等典故。此外，端恩《睿亲王端恩诗稿》②，允礼《春和堂诗集》③，阿克敦《德荫堂集》④，百龄《守意龛诗集》⑤，都有丰富的赋得体诗作，但不一定是社诗作品。

延清《锦官堂试帖自识》记载："右已刻诗八十首，内选同者三首，计得七十七首。今又附以会试覆试诗一首，暨历年会课，结青吟社诗四首，绚秋庵诗二首，七曲吟社诗一首，芝兰吟社诗十首，蕉雨山房诗一首，学步仙馆诗一首，共一百首。以上所辑已、未刻各诗，类皆当时应课之作，不及推敲，意多未惬。虽谬承方家激赏，或已灾及梨枣，自问殊觉恧然。年来供职冬曹，仍借笔耕自给，课徒之暇，爰即识力所及，细加删改，甚有仅存原诗十之三四者。如《春明诗课汇选》'绕庭数竹饶新笋'题，则另易一诗以补之。非敢谓昔非今是，聊就近日所诣，自贡其短长，觊得大雅君子进而教之，今日所是安知不为异日所非，则兹刻仍谓之未定稿可也。时光绪乙酉仲冬上澣，延清自识于东华之寓庐。"⑥ 延清曾参与"结青吟社""七曲吟社""芝兰吟社""春明诗课"等。《锦官堂试帖》二卷，基

---

① 《春明诗课汇选》为陈研芗、英绫村选定，作者包括戴元彬、延清、胡俊章、崇光、张宝森、溥良、胡玉瀛、春溥、樊恭煦、阿麟、盛昱、陆钟琦、曾鉌、延茂、许凤文、张云骧、王赓荣、百勒、张□、龚寿昌、顾有梁、溥善、奚锡庆、吴艺畹、袁善、福臣、李桂森、承勋、陈景墀、陈恭洽、晋翼、范树恒、俞寿彭、国炳、李恩寿、翁安孙、钟慧、孙世荣、陈宝琛、吴镜沆、周福清、多祺、赵曾望、王觐光、贵贤、孙钦昂、景星、钟灵、崇恩、刘鸿熙、丁立瀛、延杰、宋兆麟、玉瓒、于兆瀛、葆初和支恒荣五十七人，其中不乏满族诗人。

② 端恩：《睿亲王端恩诗稿不分卷》，《四库未收书辑刊》第十辑第29册。

③ 允礼：《春和堂诗集》，《四库未收书辑刊》第八辑第30册。

④ 阿克敦：《德荫堂集》，《续修四库全书》第1423册。

⑤ 百龄：《守意龛诗集》，《续修四库全书》第1474册。

⑥ 延清：《锦官堂试帖》卷首，《清代诗文集汇编》第765册，第33页。

本都是历年会课作品。《春明诗课汇选》刻于光绪七年辛巳（1881），另有九年癸未（1883）重刻本，其《凡例》第一款记载："都中诗社，以'结青吟社''七曲吟社'为最久，故所录较多。此外如秋芙阁、秋香馆、绿澄堂、惜分阴书屋、吟香阁、半隐堂、师竹馆诸诗课，皆得自友人钞录，故登入较少。"① 秋芙阁等多处书斋都曾举行诗课，足见八旗诗人结社之多、课诗之勤，以及对提高自身文学、文化修养的高度重视。和其他诗人群体一样，八旗诗人结社的主动性和集会的规律性随着社事深入而逐渐增强。

鄂敏主持西湖修禊，汉族诗人居多，百龄则多与满族诗人宴集分赋。至于延清结"春明诗课"，其社员及社诗总集《春明诗课汇选》的选定者，包含汉族和满族诗人。清代八旗诗人结社，形成八旗诗人唱和群体，或融入汉族主流诗人群体，都体现了通过结社来提高诗歌创作能力的诉求。八旗诗人结社，随着政治局势及自身处境的转变，集会唱和的情形也发生了深刻变化，如宝廷前后结"探骊诗社""消寒诗社"所呈现的差异。八旗蒙古诗人法式善的诗集中包含不少社诗作品，结合其他社员的诗作，可基本还原诗社的集会历程。八旗诗人常以试帖创作进行集会分赋，是诗课受到举业影响的结果，也是八旗诗人探索现实出路的尝试。八旗诗人结社作诗，崇尚中正典雅、温柔敦厚的风格，晚清时期又增添几分现实主义色彩。

第四节　士夫诗社：宣南雅集与官儒祭祀活动

清代士大夫，作为诗歌创作的主流群体，通常也是诗社的发起人和组织者，在推动社事发展的进程中发挥了自身阶层的作用。士大夫，简称士夫，是中国古代中上层知识分子和官员的统称。相对于下层知识分子而言，士夫具有一定的声望、地位或官衔。清代是

---

① 陈研荮：《春明诗课汇选》，光绪七年辛巳（1881）刻本，第3a页。

传统诗社的最后时期，随着清末科举制度的废除，士大夫群体不复存在。纵观诗社的源起、兴盛和消亡，都与士大夫阶层息息相关。该阶层构成清代诗社的主要力量，拓展了集会唱和的形式和功能，并赋予诗社以特定的精神文化内涵。

一　宣南诗社初始阶段考证

从结社主体、活动时间、集会方式和后世影响等多个方面考察，"宣南诗社"是清代嘉道时期最为著名的士夫诗社。魏泉先生《士林交游与风气变迁：19 世纪宣南的文人群体研究》一书，对"宣南诗社"进行再研究，提出该社真正活跃于京师的时间是嘉庆十九年甲戌（1814）至道光四年（1824）①，这也是关于"宣南诗社"的确论。值得注意的是，"宣南诗社"的前身是"消寒诗社"，它的存在真实展现了士大夫结社的动态过程。

胡承珙《求是堂文集》卷四《消寒诗社图序》记载："嘉庆十有九年之冬，董琴南编修始约同人为'消寒诗社'。间旬日一集，集必有诗。嗣是岁率举行，或春秋佳日，或长夏无事，亦相与命俦啸侣，陶咏终夕，不独消寒也。尊酒流连，谈噱间作，时复商榷古今上下，其议论足以祛疑蔽而泯异同，不独诗也。然而必曰'消寒诗社'者，不忘所自始也。"② 此"消寒诗社"即"宣南诗社"的组成部分。胡承珙"不独消寒""不独诗"的说法，解构了诗人结社的动机与形式，凸显了"社"的基本功能即交游。自嘉庆十九年甲戌（1814）董国华（琴南其号）举行"消寒会"以来，"宣南诗社"持续多年，分为若干阶段。

一是嘉庆十九年甲戌（1814）至二十年乙亥（1815）"消寒诗社"。

朱珔《小万卷斋诗稿》卷十七、十八收录了该年"消寒会"所作诗歌，全部题目如下：

---

① 魏泉：《士林交游与风气变迁：19 世纪宣南的文人群体研究》，北京大学出版社 2008 年版，第 76—77 页。

② 胡承珙：《求是堂文集》卷四，《续修四库全书》第 1500 册，第 280 页。

《董琴涵花西寓圃消寒第一集，赋明宣德宫中醮坛铜盏歌》

《谢向亭未信斋消寒第二集，题所著〈宜黄竹枝词〉，得绝句十首》

《胡墨庄瘦藤书屋消寒第三集，题〈宋元祐党籍碑〉》

《小万卷斋消寒第四集，赋宝晋斋第二砚歌（并序）》

《前辈陈石士编修（用光）太乙舟消寒第五集，题冷谦〈蓬莱仙奕图〉六首（并序）》

《陶云汀侍御印心书屋消寒第六集，试安化茶，成诗四首，同人和之》

《钱心壶农部（仪吉）衍石斋消寒第七集，观其先世鹤庵先生画松，作长歌（并序）》

《舍人（嵩梁）消寒末集，兼呈在座诸公》①

第一年总共八次消寒集会，主人依次是董国华（琴涵其字）、谢阶树（向亭其号）、胡承珙（墨庄其号）、朱琦（号兰坡、兰友）、陈用光（石士其字）、陶澍（云汀其号）、钱仪吉（心壶其号，字衍石）和吴嵩梁（号兰雪），集会地点分别是花西寓圃、未信斋、瘦藤书屋、小万卷斋、太乙舟、印心书屋、衍石斋和吴嵩梁斋。《小万卷斋诗稿》卷十七《将乞假南还，留别都中同好四首》其四"欲结诗缘与酒缘，消寒有约竟迁延"一联，诗人自注"谢向亭、董琴涵等先约为消寒诗会"②，所约正是这个"消寒诗社"。

胡承珙《求是堂诗集》卷十四"销寒集"也收录了所有社诗作品，诗题如下：

《宣德醮坛铜盏歌，为董琴南（国华）编修赋》

《谢向亭（阶树）编修出示所著〈宜黄竹枝词〉，即题其后》

---

① 朱琦：《小万卷斋诗稿》，《清代诗文集汇编》第494册，第654—660页。

② 朱琦：《小万卷斋诗稿》卷十七，《清代诗文集汇编》第494册，第653页。

《元祐党籍碑》

《宝晋斋第二砚歌，为朱兰坡侍讲赋（并引）》

《冷谦〈蓬莱仙奕图〉》

《安化茶，和陶云汀（澍）前辈四首》

《为钱衎石（仪吉）农部同年题其五世祖鹤庵先生画松》

《为吴兰雪（嵩梁）舍人题文信国寄其先世架阁君手札
（翁覃溪阁学抚本）》

《题兰雪〈庐山纪游诗〉后》

《题兰雪〈游武夷诗〉后，即效其体》

《云汀前辈许惠安化茶不至，用杜工部集王十七侍御许携酒
过草堂诗韵，奉简》①

前面八题与朱琦诗稿所录一致。《求是堂诗集》卷十四，命名为
"销寒集"，原则上都是社诗作品，但最后三题可能是"消寒诗社"
成员之间的唱和，未必是具体集会所得。

陶澍的消寒诗歌，散见于《陶文毅公全集》各卷：

《董琴南太史（国华）招同陈石士前辈（用光）、朱兰友
侍读（琦）、胡墨庄侍御（承珙）、钱衎石户部（仪吉）、谢
向亭太史（阶树）集花西寓圃，为消寒第一集，赋明宣宗醮
坛铜盏歌》②
《题谢艼亭编修〈宜黄竹枝词〉》③
《消寒三集，朱兰友侍读斋中赋宝晋斋第二砚，砚作亚字
形，又名黼黻砚，文伯仁有跋云出狮子林池中》④

---

① 胡承珙：《求是堂文集》卷十四，《续修四库全书》第1500册，第121—124页。
② 陶澍：《陶文毅公全集》卷五十五，《续修四库全书》第1504册，第20页。
③ 陶澍：《陶文毅公全集》卷六十三，《续修四库全书》第1504册，第177页。
④ 陶澍：《陶文毅公全集》卷五十五，《续修四库全书》第1504册，第21页。

《消寒四集，胡墨庄斋中观沈暐本〈元祐党人碑〉》①

《消寒第六会，吴兰雪舍人、陈石士编修、朱兰友侍讲、谢向亭编修、胡墨庄侍御、钱衎石农部同集印心石屋试安化茶，成诗四首》②

《钱衎石仪部属题令祖鹤庵广文画松》③

《吴兰雪舍人（嵩梁）斋中，观翁覃溪先生所补文文山〈与吴架阁书〉（有序）》④

似无第五次集会诗作。钱仪吉《澄观集》卷五也有不少社诗作品：《宣德醮坛铜盏》《元祐党籍碑》《宝晋斋第二砚歌》《冷谦〈蓬莱仙奕图〉》《正月九日，陶云汀斋试安化茶，消寒第六集》《正月十八日，同人过饮寓斋，仪吉奉五世祖鹤庵先生画松乞题，先成是篇》等⑤。

此外，陈用光《太乙舟诗集》卷五《花西寓斋消寒第一集，题明宣宗醮坛铜盏歌》⑥，是第一集作品。又，吴嵩梁《香苏山馆诗集·今体诗钞》卷九《题石士侍御所藏冷待诏谦〈蓬莱仙奕图〉》《钱衎石农部寓斋小集，题鹤庵老人画松》⑦，《香苏山馆诗集·古体诗钞》卷十《陶云汀侍御招集印心书屋，以安化茶属赋》⑧，是第五集、第七集和第六集的诗歌。排除以诗代柬的特殊方式，诗人收录社诗作品，意味着亲自出席集会。然而，诗集经过主观筛选，有时不能反

---

① 陶澍：《陶文毅公全集》卷五十五，《续修四库全书》第1504册，第21页。
② 陶澍：《陶文毅公全集》卷五十三，《续修四库全书》第1503册，第664页。
③ 陶澍：《陶文毅公全集》卷六十三，《续修四库全书》第1504册，第178页。
④ 陶澍：《陶文毅公全集》卷五十五，《续修四库全书》第1504册，第20—21页。
⑤ 钱仪吉：《衎石斋诗·澄观集》卷五，嘉庆、道光钞本，第1b—4a页。
⑥ 陈用光：《太乙舟诗集》卷五，《续修四库全书》第1493册，第127页。
⑦ 吴嵩梁：《香苏山馆诗集·今体诗钞》卷九，《续修四库全书》第1490册，第241、244页。
⑧ 吴嵩梁：《香苏山馆诗集·古体诗钞》卷十，《续修四库全书》第1490册，第62页。

映集会全貌，即存在诗人参与社集却没有留下社诗的情况。该年"消寒诗社"按例轮流做东，每个社员都有一次主持社事的机会。前四次集会在嘉庆十九年甲戌（1814）举行，后四次集会则到了次年。

二是嘉庆二十年乙亥（1815）至二十一年丙子（1816）"消寒诗社"。

黄安涛《诗娱室诗集》卷七收录了该年的消寒作品，诗题如下：

> 《琴南编修寓斋销寒第一集，同朱兰坡侍读（珔）、陈石士编修（用光）、胡墨庄侍御（承珙）、刘芙初编修（嗣绾）、谢向亭编修（阶树）、钱衎石农部（仪吉）赋菩提叶，得五言二十八韵》
> 《销寒第二集，招诸同人集岸舟，拟唐人乐府三首》（《李长吉〈北中寒〉》《鲍德源〈夜寒吟〉》《温飞卿〈塞寒行〉》）
> 《陈石士前辈太乙舟销寒第三集，属赋姚姬传先生所赠高山流水研》
> 《小除夕，谢向亭编修寓斋销寒第四集，寄怀陶云汀漕使（澍）》
> 《胡墨庄侍御寓斋销寒第五集，题陈老莲画鹰》
> 《朱兰坡侍读寓斋销寒第六集，题仇实父〈上林图〉》
> 《芙初编修寓斋销寒第七集，咏席间花果二首》（《水仙》《木瓜》）①

最后三题的集会及创作时间是嘉庆二十一年丙子（1816）。朱珔《小万卷斋诗稿》卷二十也收录了同次消寒会的诗歌：

> 《董琴涵招作消寒第一集，余病不能赴而见猎心喜，书此奉柬》

---

① 黄安涛：《诗娱室诗集》卷七，《清代诗文集汇编》第 521 册，第 435—437 页。

《黄霁青编修（安涛）岸舟消寒第二集，拟唐人乐府三首》（《李贺〈北中寒〉》《鲍溶〈夜寒吟〉》《温庭筠〈塞寒行〉》）

《陈石士前辈太乙舟消寒第三集，赋高山流水砚歌（并序）》

《谢向亭未信斋消寒第四集，寄怀陶云汀漕使》

《墨庄斋中消寒第五集，题陈老莲（洪绶）画鹰》

《小万卷斋消寒第六集，题仇实父〈上林图〉》《再赋席上琴鱼三十二韵》

《刘芙初寓斋消寒第七集，咏座上木瓜二首》①

　　黄安涛（霁青其字，又作际清）和朱琦的诗集收录了该年所有消寒作品，提供了相对完整的结社资料。该年"消寒诗社"共有七次集会，社员有董国华、黄安涛、陈用光、谢阶树、胡承珙、朱琦、刘嗣绾和钱仪吉。衍石斋中并未举行集会，但也有相关诗作：

《咏菩提叶十六韵》

《拟鲍溶〈夜寒吟〉》

《陈石室太乙舟消寒第三集，余以病不克赴，奉简二绝句》

《寄怀陶云汀漕使淮上》②

《陈老莲鹰，为胡墨庄侍御（承珙）赋》

《仇英〈上林图〉，小万卷斋藏》

《芙初斋中，咏木瓜》③

　　胡承珙《求是堂诗集》卷十四"销寒集"也有部分社诗作品：《菩提叶》《拟李长吉〈北中寒〉》《拟温飞卿〈塞寒行〉》《为陈石士（用光）前辈题高山流水砚，云是姚姬传先生所赠物》《寄怀云

①　朱琦：《小万卷斋诗稿》卷二十，《清代诗文集汇编》第 494 册，第 680—685 页。

②　钱仪吉：《衍石斋诗·澄观集》卷六，嘉庆、道光钞本，第 9a—11a 页。

③　钱仪吉：《衍石斋诗·澄观集》卷七，嘉庆、道光钞本，第 2b—3b 页。

汀漕使扬州》《陈章侯画鹰》①。这几题是前五次集会所得。根据胡承珙《琴南编修招作销寒第一集，兰坡侍讲以疾不赴，仍寄一诗，次韵答之》②，可知朱珔因病没有参与首次集会，但在会后补寄诗歌一首，与朱珔所记吻合。黄安涛首集诗歌则列出了全部社员姓名。

刘嗣绾《尚䌹堂诗集》卷四十九也收录了相关诗作：《夜寒曲，黄际清岸舟销寒第二集》《石士前辈销寒第三集，出惜抱翁所贻高山流水砚属赋》《墨庄前辈招同人集寓斋，适石士前辈购得陈老莲画鹰，同人即请为题，余得五古一首》《二月二日，兰坡前辈销寒第六集，出仇实父〈上林图〉为题，余以往年有七古一章，请书绝句一首》《兰坡又请以席中琴鱼为题，余得五古一章》③。以上几题分别是第二集、第三集、第五集和第六集的诗歌。作者将该卷命名为"雪泥集"，小序记载："一天风雪，重到京师，诗社招邀，踪迹颇密，遂名是时诗为'雪泥集'。"④ 该年，刘嗣绾再次来到北京，受到"消寒诗社"的邀请，频繁集会。

此外，陈用光《太乙舟诗集》卷五收录《拟李长吉〈北中寒〉》《拟温飞卿〈塞寒行〉，寄邓嶰云，时守榆林》两首诗歌⑤，应为该年社集之作。

三是嘉庆二十一年丙子（1816）至二十二年丁丑（1817）"消寒诗社"。

朱珔《小万卷斋诗稿》卷二十一收录了完整的社诗作品，诗题如下：

> 《陈石士前辈太乙舟消寒第一集，题兰亭赵藏五字损本残影

① 胡承珙：《求是堂诗集》卷十四，《续修四库全书》第1500册，第124—125页。
② 胡承珙：《求是堂诗集》卷十四，《续修四库全书》第1500册，第124页。
③ 刘嗣绾：《尚䌹堂诗集》卷四十九，《续修四库全书》第1485册，第363—364页。
④ 刘嗣绾：《尚䌹堂诗集》卷四十九，《续修四库全书》第1485册，第363页。
⑤ 陈用光：《太乙舟诗集》卷五，《续修四库全书》第1493册，第133页。

卷，盖翁覃溪鸿胪（方纲）家物也》

《小万卷斋消寒第二集，题家虹桥大令所贻秦二世琅邪台碑拓本》

《董琴涵十二琅玕馆消寒第三集，分题得寒灯二首》

《梁芷林花舫消寒第四集，以十二月十九日为苏文忠公生日设祀，是日立春，成五言三十二韵》

《黄霁青岸舟消寒第五集，赋踏灯词十二首》

《陶云汀印心石屋消寒第六集，题〈漕河祷冰图〉（并序）》

《李兰卿舍人妙吉祥馆消寒第七集，题文信国琴铭拓本（并序）》

《刘芙初寓斋消寒第八集，赋谢文节公琴歌（并序）》①

胡承珙《求是堂诗集》卷十四"消寒集"也有五题：《琅琊台秦二世石刻》《琴南编修席上赋九寒诗各一首》《丙子十二月十九日，同人集梁茞邻（章钜）礼部寓斋为东坡先生生辰设祀》《为云汀前辈题〈漕河祷冰图〉》《文信国琴歌》②。社员包括陈用光、朱珔、董国华、梁章钜（芷林其字，又作茞邻、茝邻）、黄安涛、陶澍、李彦章（兰卿其字）、刘嗣绾、胡承珙和钱仪吉。嘉庆二十一年丙子（1816）六月至十一月，黄安涛出使贵州，十二月回京，开始参加第四次消寒集会。其诗《十二月十九日，李兰卿舍人、梁茞邻仪部（章钜）早晚各邀同人为东坡先生生日设祀，作九言一首以纪嘉会》《都门踏灯词，丁丑正月招同人集寓斋销寒同赋》③，是第四集、第五集之作。东坡生日当天有两场集会，李彦章和梁章钜寓斋各主持一次。

梁章钜《退庵诗存》卷八也有部分消寒作品：《陶云汀给谏（澍）〈漕河祷冰图〉》《十二月十九日，招朱兰坡侍读，陶云汀、胡墨庄

---

① 朱珔：《小万卷斋诗稿》卷二十一，《清代诗文集汇编》第 494 册，第 692—696 页。

② 胡承珙：《求是堂诗集》卷十四，《续修四库全书》第 1500 册，第 125—127 页。

③ 黄安涛：《诗娱室诗集》卷九，《清代诗文集汇编》第 521 册，第 448—449 页。

（承琪）两给事，刘芙初（嗣绾）、董琴南（国华）、黄霁清（安涛）三编修，集小斋作坡公生日》《兰卿借苏斋所藏笠屐像及松屏真迹卷为供，集同人赋诗，复得二首》《朱兰坡侍读（琦）所藏琅琊台秦篆拓本》《苏斋旧藏兰亭五字损本真影卷》《文信国公琴铭拓本》①。卷内诗歌编排次序与实际创作时间有所出入。卷九《董琴南斋中消寒，咏寒云》②，应该也是同年消寒之作。陶澍《陶文毅公全集》卷五十四《〈漕河祷冰图〉八十韵》《朱兰友斋中，同梁茞邻、陈石士、胡墨庄、黄霁青、李兰卿观秦二世泰山残碑拓本》③、卷五十五《丙子十二月十九日，梁茞邻仪部招同黄霁青、朱兰友、刘芙初、陈石士、胡墨庄集斋中，为东坡先生作生日》④，李彦章《榕园诗钞·薇垣集》卷上《十二月十九日，借苏斋笠屐像并偃松屏赞卷，集同人作东坡生日》《茞〔霁〕青编修招集寓斋，分赋帝京踏灯词》⑤，卷中《题陶云汀给谏〈漕河祷冰图〉》《文信国琴铭拓本歌》⑥，都是社诗作品。钱仪吉《秦琅琊台刻石（有引）》《东坡生日，覃溪先生每岁为之祀，今年是日立春值家祭，乃移所奉笠屐图于梁茞邻仪曹斋中，同人瞻礼赋诗》《题陶云汀给谏〈漕河祷冰图〉（有引）》⑦，俱未载明集会次数。此后，钱仪吉南归，停止参与社集。

刘嗣绾《尚絅堂诗集》卷四十九所收诗歌的情况较复杂，诗题如下：

---

① 梁章钜：《退庵诗存》卷八，《续修四库全书》第 1499 册，第 502—506 页。

② 梁章钜：《退庵诗存》卷九，《续修四库全书》第 1499 册，第 512 页。

③ 陶澍：《陶文毅公全集》卷五十四，《续修四库全书》第 1503 册，第 668—670 页。

④ 陶澍：《陶文毅公全集》卷五十五，《续修四库全书》第 1504 册，第 24—25 页。

⑤ 李彦章：《榕园诗钞·薇垣集》卷上，《清代诗文集汇编》第 584 册，第 380 页。

⑥ 李彦章：《榕园诗钞·薇垣集》卷中，《清代诗文集汇编》第 584 册，第 394、395 页。

⑦ 钱仪吉：《衍石斋诗·澄观集》卷七，嘉庆、道光钞本，第 12a—13b 页；《衍石斋诗·澄观集》卷八，嘉庆、道光钞本，第 1a—1b 页。

《汪均之赠余山水横幅，余即名之曰此中有我图，十月九日
消寒第一集，即偕均之、奂之暨石士前辈、琴南、竹友、蔺塘、
彦闻在小玲珑馆赋此》

《竹友招集小玲珑馆作消寒第三会，时寒夜将阑，听丁惠甫
弹塞上鸿曲》

《方彦闻寓斋消寒第五会，椒山先生空谷流泉琴》

《十二琅玕馆消寒第六集，分寒柳》

《香影龛消寒第七集，水仙花》

《丙子十二月十九日，覃溪师属李兰卿以东坡笠屐图像且移
松屏赞真迹于妙吉祥馆，集同人赋此，溯自景祐三年》《同人集
梁茞邻前辈寓斋，为东坡作生日》

《黄际清寓斋消寒第九集，赋得都城踏灯词》

《墨庄前辈消寒第十一集，分得施愚山小像图卷》

《谢文节公号钟琴歌》

《信国公琴歌》①

　　刘嗣绾所与消寒会，部分社集内容与朱珔一致，如董国华十二
琅玕馆消寒、梁章钜花舫消寒、黄安涛岸舟消寒、李彦章妙吉祥馆
消寒等。但是，集会的具体次数不同，如十二琅玕馆消寒，朱珔记
为"第三集"，而刘嗣绾记为"第六集"。陈用光《题芙初编修〈此
中有我图〉（消寒第一集）》②，也注明是第一次集会诗歌。根据刘嗣
绾所载消寒第一集，社员还有汪正鋆（均之其字）、汪正荣（奂之
其字）、陈用光、董国华、戴延介（竹友其号）、顾翰（蔺塘其号）
和方履篯（彦闻其字）等，除了陈、董，其余都是新人。而朱珔所
录社员，与往年诗人唱和群体并无二致。因此，笔者以为，朱珔集

---

① 刘嗣绾：《尚䌹堂诗集》卷四十九，《续修四库全书》第 1485 册，第 365—
367 页。

② 陈用光：《太乙舟诗集》卷二，《续修四库全书》第 1493 册，第 54 页。

中"消寒诗社"的集会及顺序较准确，是完整的一轮社集。刘嗣绾则有可能按照自己出席多个消寒集会的先后进行总的排序。

四是嘉庆二十二年丁丑（1817）至二十三年戊寅（1818）"消寒诗社"。

刘嗣绾《尚䌹堂诗集》卷五十收录了四次集会的诗作：

> 《十月二十四日，黄霁青集同人于寓斋为消寒第一集，往年霁青曾寓纪文达宅，昔文达有九十九砚斋，砚已散失不可考矣，霁青拓其铭得八十余，因仍其名曰九十九砚歌》
>
> 《朱兰坡前辈于十一月十六日为销寒第二集，泰山残碑仅存二十九字，乾隆初碧霞元君宫毁于火，蒋君因培于玉女池得之，胜十字，则二世诏中语也，寓中共阅得诗》
>
> 《李北海岳麓寺三绝碑歌》
>
> 《长生未央瓦砚歌，即题林佶人图后，应茝邻前辈之属》①

朱珔《小万卷斋诗稿》卷二十一收录了五首消寒诗歌：

> 《题黄霁青所藏纪文达公砚铭拓本（并序）》
>
> 《题岱顶重获秦刻残碑拓本，寄家虹桥》
>
> 《为陶云汀题李北海岳麓寺碑（并序）》
>
> 《坡公生日，同人集李兰卿宅设祀，即题所摹雪浪石盆铭笺》
>
> 《为梁芷林题甘泉宫瓦拓片（并序）》②

可知该年消寒集会的主题，即题咏拓本、拓片之类。黄安涛《诗娱室诗集》卷九《题岱顶重获秦石刻残字，兰坡侍读招集小万

---

① 刘嗣绾：《尚䌹堂诗集》卷四十九，《续修四库全书》第1485册，第370—371页。

② 朱珔：《小万卷斋诗稿》卷二十一，《清代诗文集汇编》第494册，第697—700页。

卷斋销寒同作》《云汀给谏招集印心石屋销寒，观李北海岳麓寺碑拓本同作》《兰卿舍人缩摹雪浪石盆铭作笺，十二月十九日为东坡先生设祀，邀同人题咏，即用苏公雪浪石原韵》①，也是同年社集之作。李彦章《榕园诗钞·薇垣集》内部诗歌编年相对杂乱，但《同人枉过，为题雪浪石笺诗并摹石盆原图》②，无疑也是社诗。陶澍《陶文毅公全集》卷五十五《黄霁青斋中同陈石士、朱兰友、梁茞邻、刘芙初、李兰卿敬观纪文达公砚铭拓本，纪之以诗，用昌黎石鼓歌韵》《用东坡韵题雪浪石铭缩临本，应李兰卿》③，明确记载第一次集会的社员有黄安涛、陈用光、朱琦、梁章钜、刘嗣绾、李彦章和陶澍。梁章钜《退庵诗存》卷九《陶云汀斋中消寒，题旧本麓山寺碑》④，吴嵩梁《香苏山馆诗集·今体诗钞》卷九《甘泉宫瓦当拓本，为梁茞邻仪部题》⑤，都是社诗作品。胡承珙也是社员，具体诗题有：

　　《岱顶秦碑残字拓本》
　　《为霁青编修题所藏纪文达公九十九研铭拓本》
　　《李北海麓山寺碑，为云汀前辈题》
　　《为李兰卿舍人题所制缩摹雪浪石盆铭笺》
　　《题云汀前辈〈入蜀〉〈出蜀〉图》
　　《梁茞邻礼部古瓦砚斋，题所藏林吉人甘泉宫瓦拓本》⑥

　　首集和第二集的诗歌顺序有问题，而《题云汀前辈〈入蜀〉

---

① 黄安涛：《诗娱室诗集》卷九，《清代诗文集汇编》第521册，第450—451页。
② 李彦章：《榕园诗钞·薇垣集》卷中，《清代诗文集汇编》第584册，第393页。
③ 陶澍：《陶文毅公全集》卷五十五，《续修四库全书》第1504册，第25—26页。
④ 梁章钜：《退安诗存》卷九，《续修四库全书》第1499册，第512页。
⑤ 吴嵩梁：《香苏山馆诗集·今体诗钞》卷九，《续修四库全书》第1490册，第245页。
⑥ 胡承珙：《求是堂诗集》卷十四，《续修四库全书》第1500册，第127—129页。

〈出蜀〉图》一诗，无法断定是否为消寒社集之作。能确定的消寒集会只有五次：题黄霁青所藏纪文达公砚铭拓本，题岱顶秦刻残碑拓本，题陶澍所藏李北海岳麓寺碑拓本，题李彦章所摹雪浪石盆铭笺，题梁章钜所藏甘泉宫瓦拓片。至于是否为完整的结社信息，则有待进一步的考证。

五是嘉庆二十三年戊寅（1818）"消寒诗社"。

黄安涛《诗娱室诗集》卷十，消寒诗题如下：

> 《石士前辈取苏斋壁间所画〈东坡石铫图〉，式倩朱野云山人摹为小笺，戊寅十一月十九日招同人作销寒会，出笺索题，即用苏集石铫原韵》
>
> 《墨庄前辈寓斋销寒，席间同咏泾县乡味二首》（《琴鱼》《琴笋》）
>
> 《兰坡前辈小万卷室销寒，观明杨文定公书功德宝经墨迹卷》
>
> 《十二月十九日，招同人集寓斋作东坡先生生日，同咏赤壁置酒、李委吹笛故事，得七律一首》①

胡承珙也有同题之作：

> 《石士前辈惠所制缩摹东坡石铫笺（并引）》
>
> 《同人小饮寓斋，出吾乡琴鱼、笋脯饷客，各赋三绝句》
>
> 《题杨文靖宣德二年书功德宝经卷子》
>
> 《霁青编修招同人集寓斋为东坡先生作生日，赋得赤壁置酒、李委吹笛故事》②

朱琦也有三题：《为陈石士前辈题所制缩摹坡公石铫笺，即用公

---

① 黄安涛：《诗娱室诗集》卷十，《清代诗文集汇编》第 521 册，第 459—460 页。
② 胡承珙：《求是堂诗集》卷十四，《续修四库全书》第 1500 册，第 129—130 页。

集周穜惠石铫韵》《胡墨庄斋中食琴鱼、琴笋，各赋一诗》《静斋家兄寄至明杨文定公（溥）书功德宝经卷，因邀同人跋尾》①。刘嗣绾也有两首相关作品，标明集会次数，如下：《墨庄前辈招同人于寓斋作销寒第二集，咏琴鱼》《兰坡前辈寓斋同人销寒第三集，观杨文定公宣德二年书功德宝经一卷》②。陶澍《陶文毅公全集》卷六十《陈石士摹〈东坡石铫图〉，作笺属赋，即用坡老次周穜韵》③、卷六十三《朱兰坡斋中，题明杨文定公（溥）手写功德宝经》④，李彦章《题石士编修所摹石铫笺二首》⑤，也是社诗作品。

六是嘉庆二十四年己卯（1819）"消寒诗社"。

胡承珙《求是堂文集》卷四《消寒诗社图序》后记提到："忆初为此序，时在己卯六月。陶云汀前辈已补授川东道，尚未出都，以溯叙入社之始，故仍以给事署衔。未几而霁青编修亦出为广信太守。至岁暮而承珙复以分巡延建邵道行矣。半载之中，去者三人。"⑥ 此处提到该年陶澍、黄安涛和胡承珙于嘉庆二十四年己卯（1819）下半年相继离都，这也是造成当年社事寥落的原因。刘嗣绾诗歌《十月十九日，苕邻前辈招同人销寒第一集，得医巫闾山石歌》⑦，是该年消寒第一集作品。

梁章钜《退庵诗存》卷九，消寒诗歌如下：

《医无闾山下作》
《黄霁青斋中消寒，题琅琊王德政碑拓本》
《胡墨庄斋中销寒，出赠宣纸、芽茶索诗》

---

① 朱琦：《小万卷斋诗稿》卷二十二，《清代诗文集汇编》第 494 册，第 706—707 页。
② 刘嗣绾：《尚絅堂诗集》卷五十一，《续修四库全书》第 1485 册，第 376 页。
③ 陶澍：《陶文毅公全集》卷六十，《续修四库全书》第 1504 册，第 125 页。
④ 陶澍：《陶文毅公全集》卷六十三，《续修四库全书》第 1504 册，第 179 页。
⑤ 李彦章：《榕园诗钞·薇垣集》卷中，《清代诗文集汇编》第 584 册，第 394 页。
⑥ 胡承珙：《求是堂文集》卷四，《续修四库全书》第 1500 册，第 280 页。
⑦ 刘嗣绾：《尚絅堂诗集》卷五十二，《续修四库全书》第 1485 册，第 380 页。

《朱兰坡斋中消寒，同作窖钱歌》①

朱珔《小万卷斋诗稿》卷二十三相关诗题如下：

《医巫闾山石歌，为梁芷林作》
《同人集寓斋消寒，题王审知德政碑拓本》
《胡墨庄席上以泾邑茶、纸分赠诗社诸君，约共赋，余泾人
也，乐操土风，宜歌咏勤苦，爰推始制成里谣二首》（《焙茶
谣》《捞纸谣》）
《陈石士前辈太乙舟祀坡公，是日大雪》②

"题王审知德政碑拓本"一集，梁章钜写作"黄霁青斋中消
寒"，此处记载有误。首先，嘉庆二十四年己卯（1819）秋，黄安
涛已出守广信；其次，结合朱珔消寒诗歌，可知这次集会在他的寓
斋举行。此外，胡承珙《消寒诗社图序》提到周蔼联（字肖濂）也
是社员③。朱珔《谢文节公桥亭卜卦砚歌，周肖濂观察（蔼联）邀
共赋》④，刘嗣绾《谢文节公桥亭卜卦砚歌》⑤，很有可能也是社诗。
至是，嘉庆"消寒诗社"告一段落。

二　嘉庆"宣南诗社"的序曲与尾声

胡承珙《求是堂文集》卷四《消寒诗社图序》记载："是会也，
始于甲戌之冬，图成于己卯夏。自琴南、霁青暨余外，先后与会者则
有周肖濂观察，陈石士、刘芙初、谢向亭三编修，朱兰坡侍讲，陶云

---

①　梁章钜：《退庵诗存》卷九，《续修四库全书》第 1499 册，第 515—518 页。
②　朱珔：《小万卷斋诗稿》卷二十三，《清代诗文集汇编》第 494 册，第 713—715 页。
③　胡承珙：《求是堂文集》卷四，《续修四库全书》第 1500 册，第 280 页。
④　朱珔：《小万卷斋诗稿》卷二十三，《清代诗文集汇编》第 494 册，第 716 页。
⑤　刘嗣绾：《尚絅堂诗集》卷五十二，《续修四库全书》第 1485 册，第 380 页。

汀给事，梁蔼林仪部，钱衍石农部，吴兰雪、李兰卿两舍人也。"① 从嘉庆十九年甲戌（1814）到二十四年己卯（1819），历时六年，社员包括董国华、黄安涛、胡承珙、周蔼联、陈用光、刘嗣绾、谢阶树、朱琦、陶澍、梁章钜、钱仪吉、吴嵩梁和李彦章，共十三人。周蔼联消寒会诗未见，其他诗人绝大多数有诗集行世。

樊克政先生《关于宣南诗社的命名时间及其他——对〈宣南诗社管见〉一文的几点商榷》②，梳理了"消寒诗社"与"宣南诗社"并见的时间，具有参考价值。朱琦《〈消寒诗社图〉为黄霁青题，时将赴信州太守之任，即以赠别》③，陶澍《题黄霁青太史〈消寒诗社图〉》④，梁章钜《题〈消寒诗社图〉，送黄霁青出守广信》⑤，钱仪吉《题〈消寒诗社图〉六首》⑥，都是题图兼送别诗。嘉庆年间，该社并无"宣南"或"城南"的称法。而吴嵩梁《香苏山馆诗集·古体诗钞》卷十二《题霁青太守〈城南吟社图〉，即送赴任高州》⑦，将"消寒诗社"写作"城南吟社"，以集会地点名之，已是道光三年癸未（1823），即黄安涛出任高州之时。又有《宣南诗社图》，绘于道光四年甲申（1824）。陶澍《陶文毅公全集》卷五十四载有《潘功甫以〈宣南诗社图〉属题，抚今追昔有作》⑧，诗人回顾了该社的创立及发展阶段。"先甲逮后甲，董子复继起"一联，诗人自注说："甲戌冬，董琴涵复举此会。"⑨ 嘉庆十九年甲戌（1814）董国

① 胡承珙：《求是堂文集》卷四，《续修四库全书》第 1500 册，第 280 页。
② 樊克政：《关于宣南诗社的命名时间及其他——对〈宣南诗社管见〉一文的几点商榷》，《华东师范大学学报》1980 年第 4 期。
③ 朱琦：《小万卷斋诗稿》卷二十二，《清代诗文集汇编》第 494 册，第 712 页。
④ 陶澍：《陶文毅公全集》卷六十，《续修四库全书》第 1504 册，第 128 页。
⑤ 梁章钜：《退庵诗存》卷九，《续修四库全书》第 1499 册，第 518 页。
⑥ 钱仪吉：《衍石斋诗·澄观集》卷八，嘉庆、道光钞本，第 8b—9a 页。
⑦ 吴嵩梁：《香苏山馆诗集·古体诗钞》卷十二，《续修四库全书》第 1490 册，第 88 页。
⑧ 陶澍：《陶文毅公全集》卷五十四，《续修四库全书》第 1503 册，第 673 页。
⑨ 陶澍：《陶文毅公全集》卷五十四，《续修四库全书》第 1503 册，第 673 页。

华所举"消寒诗社",无疑是"宣南诗社"的核心组成部分。但在此之前,"消寒会"已有踪迹。

"消寒会"的创立,最早要追溯至嘉庆九年甲子(1804)。"忆昔创此会,其年维甲子。赏菊更忆梅,名以消寒纪。"陶澍注道:"嘉庆九年初举此会,朱兰坡斋中以'赏菊'为题,吴退旃斋中以'忆梅'为题。"① 朱珔《小万卷斋诗稿》卷六收录了相关诗题:

> 《消寒第一集,洪介亭(占铨)、顾南雅(莼)、吴退旃(椿)、夏森圃(修恕)、陶云汀(澍)诸同年至双槐书屋赏菊,得五百字》
>
> 《洪介亭小容斋消寒第二集,时方领禄米,介亭因感赋诗,作歌和之》
>
> 《顾南雅愈愚斋消寒第三集,为题所画菊四首》
>
> 《吴退旃假双槐书屋为消寒第四集,因前赏菊诗,介亭有"巡檐索笑更重来"句,今斋中无梅,属南雅为图补之并系诗,忆及平山旧游,余遂作忆梅歌一首》②

社员有朱珔、洪占铨、顾莼、吴椿、夏修恕和陶澍。陶澍《消寒第一会,朱兰友邀同洪介亭、顾南雅、吴退旃、夏森圃双槐书屋赏菊》③《和洪介亭领禄米诗》④《顾南雅席中,索题墨菊》⑤,也是社诗作品。次年即嘉庆十年乙丑(1805)秋,陶澍回乡服丧,称"诸君亦多风流云散矣"⑥。朱珔在第二年仍结有"消寒会",《小万卷斋诗稿》卷七载有九次集会的消寒诗,题目如下:

---

① 陶澍:《陶文毅公全集》卷五十四,《续修四库全书》第1503册,第673页。
② 朱珔:《小万卷斋诗稿》卷六,《清代诗文集汇编》第494册,第531—533页。
③ 陶澍:《陶文毅公全集》卷五十五,《续修四库全书》第1504册,第6页。
④ 陶澍:《陶文毅公全集》卷五十三,《续修四库全书》第1503册,第649页。
⑤ 陶澍:《陶文毅公全集》卷五十七,《续修四库全书》第1504册,第53页。
⑥ 陶澍:《陶文毅公全集》卷五十四,《续修四库全书》第1503册,第673页。

《偕同年黄艺圃（茂）、洪介亭、顾南雅、张立亭（本枝）、孙少兰（世昌）、李芝龄（宗昉）、卓海帆（秉恬）、家咏斋（士彦）于谢椒石（学崇）宝晋斋举消寒第一集，限韵作杂咏八首》（《风门》《火炕》《纸窗》《毡帘》《围炉》《炙砚》《温酒》《煮冰》）

《双槐书屋消寒第二集，各赋冬月土风，成十六首》

《卓海帆枕善书屋消寒第三集，赋冰床行》

《家咏斋陶嘉月轩消寒第四集，赋石将军教场歌》

《消寒第五集，李芝龄属题赵子固墨兰三首》

《消寒第六集，孙少兰述其祖莱亭先生守台湾得洋山茶植家园，今百余载花弥盛，因征诗以志先泽，用梅圣俞"南国有嘉树，华若赤玉杯"句分韵，得"有"字》

《黄艺圃寓斋消寒第七集，即事成四十韵》

《顾南雅愈愚斋消寒第八集，赋雪中咏物诗四首》（《雪罗汉》《雪美人》《雪狮子》《雪假山》）

《洪介亭小容斋消寒第九集，和吴梅村〈题士女图诗〉十二首》①

社员除了朱珔、洪占铨、顾莼，还有黄茂、张本枝、孙世昌、李宗昉、卓秉恬、朱士彦和谢学崇。此后几年，朱珔鲜有结消寒会的经历。站在陶澍的视角，嘉庆九年甲子（1804）是"宣南诗社"的肇端；但是，对董国华、胡承珙等人而言，嘉庆十九年甲戌（1814）才是诗社真正的开始。

上文提到嘉庆二十四年己卯（1819），"消寒诗社"告一段落。刘嗣绾《尚䌹堂诗集》卷五十二"补萝集"，小序记载："同社移居，寥寥独处，秋风四起，补屋牵萝，因名是时诗为'补萝集'。"②

---

① 朱珔：《小万卷斋诗稿》卷七，《清代诗文集汇编》第494册，第541—547页。

② 刘嗣绾：《尚䌹堂诗集》卷五十二，《续修四库全书》第1485册，第378页。

诗社从己卯年开始走向衰落。刘嗣绾卒于道光元年辛巳（1821）。根据陶澍《潘功甫以〈宣南诗社图〉属题，抚今追昔有作》自注，林则徐、程恩泽两位诗人曾入会，但时间较短暂。后来，潘曾沂、汤储璠和张祥河陆续入社。其实，道光年间该社并没有举行系统的消寒会，即"消寒诗社"突破消寒传统，转为社员间的一般唱和。

黄丽镛先生《宣南诗社管见》一文①，论及宣南诗社的创立时间，引魏应麟《林文忠公年谱》"道光十年，庚寅（1830），公（林则徐）更与龚自珍、潘曾莹、曾沂、黄爵滋、彭蕴章、魏源、张维屏、周作揖等结宣南诗社，互相唱酬"，又引杨国桢《宣南诗社与林则徐》"宣南诗社早在嘉庆九年（1804年）即已成立"，并表达了赞同后者之说的观点。事实上，两种说法都没有问题。嘉庆十九年甲戌（1814）董国华发起"消寒诗社"，于嘉道之际逐渐销声匿迹。道光十年庚寅（1830）林则徐所创诗社，诗人群体已发生巨大改变。两者的结社地点都在宣武门以南，在结社时间上有一定的承接关系，后者可能受到前者的影响。但是，基于结社主体的转换，应该作为两个诗社看待。即使是嘉庆九年甲子（1804）"消寒会"，与十年后的"消寒会"也只有一个共同社员——陶澍。"宣南诗社"并非一个诗社，而是由多个不同主体的诗社组成。这些诗社的结社地点相近，诗人群体的身份相似，因此统称为"宣南诗社"。"宣南诗社"主要是指嘉庆、道光年间活跃于北京宣武门以南的诗社群，其中以董国华于嘉庆十九年甲戌（1814）创立的"消寒诗社"最为著名。"宣南"代表的是当时诗坛的主流创作力量和较高层次的群体交游活动，部分诗人入社也带有一定的功利目的。

三 士夫诗社的集会唱和方式

"宣南诗社"，作为士夫诗社的代表，其结社主体具有较高的身份和文学修养。罢归后，这些诗人往往将京师的结社风气带至乡里，

---

① 黄丽镛：《宣南诗社管见》，《上海师范大学学报》1980 年第 1 期。

成为当地诗社的核心人物。士夫诗社，以同门、同年和同僚关系为基础。陈用光、梁章钜、吴嵩梁、李彦章等是同门，师从翁方纲。陈用光是嘉庆六年辛酉（1801）进士，李宗昉、朱士彦、朱珔、吴椿、顾莼、梁章钜、洪占铨、陶澍、谢学崇、黄茂、张本枝、孙世昌、卓秉恬和夏修恕是嘉庆七年壬戌（1802）进士，胡承珙是嘉庆十年乙丑（1805）进士，谢阶树、董国华、钱仪吉、刘嗣绾是嘉庆十三年戊辰（1808）进士，黄安涛是嘉庆十四年己巳（1809）进士，林则徐、汤储璠、程恩泽、李彦章是嘉庆十六年辛未（1811）进士。董国华"消寒诗社"的成员，主要是嘉庆七年和十三年的进士。朱珔历年结社的对象基本上是自己的同年。

由于结社主体、集会地点的特殊性，士夫诗社在活动形式上呈现出独树一帜的风格。

第一，从消寒会发展到消夏会。消寒会是"宣南诗社"的标志性活动，但胡承珙《消寒诗社图序》也提到"嗣是岁率举行，或春秋佳日，或长夏无事，亦相与命俦啸侣，陶咏终夕，不独消寒也"①，诗社亦举行消夏活动。朱珔《小万卷斋诗稿》卷二十《送黄霁青典试黔中二首》其二云："消寒雅集延消夏，屈指纷纷驾牡多。谁似闲身容我懒，不教远道共君过。简书促速瞻杨柳，樽酒流连忆芰荷。只恐使星烦久驻，三年风雨梦牂牁。"② 可见消寒会延伸到消夏会。黄安涛《诗娱室诗集》卷三《六月二十四日，招陈石士中允，潘芸阁侍读（锡恩），李兰屏吉士（彦彬），兰卿侍读，许青士给谏（乃济），吴兰雪、张诗舲（祥河）二舍人，谢石云明府（宇澄），同集净业湖上之定香楼观荷，抚今忆往，席间得七古一首，乞诸公和之以纪良会，期而未至者朱虹舫学士（方增）、谢向亭庶子、董琴南侍御、钱衍石员外、潘功甫舍人、许玉年孝廉》③，作于道光三年癸未

---

① 胡承珙：《求是堂文集》卷四，《续修四库全书》第 1500 册，第 280 页。
② 朱珔：《小万卷斋诗稿》卷二十，《清代诗文集汇编》第 494 册，第 689 页。
③ 黄安涛：《诗娱室诗集》卷十二，《清代诗文集汇编》第 521 册，第 479 页。

（1823）。这个诗社的集会时间在六月，不拘泥于嘉庆年间"消寒"的名义，集会地点也从各个诗人寓斋转至净业湖。到会者黄安涛、陈用光、潘锡恩、李彦彬、李彦章、许乃济、吴嵩梁、张祥河、谢宇澄等，而朱方增、潘曾沂、谢阶树、董国华、钱仪吉、潘曾沂、许乃谷等未能出席。根据诗人名单，可清晰地看到唱和群体发生了转变。该社并没有形成系统的消夏会，只是在消寒会以外的时间仍举行社集，其他诗社也举行消寒会活动，但很多都是受到京城士夫诗社的影响。这种消寒、消夏集会带有较浓的休闲意味，唱和主题也很能反映士大夫群体的艺术审美。

　　第二，举行上巳修禊集会。刘嗣绾《尚絅堂文集》卷二《庚辰三月三日泛舟二闸修禊序》记载："是集也，彭春农、钟仰山两学士为主人，而朱野云、王楷堂、何仙槎、刘眉生、朱椒堂、穆吟涛、穆〔麟〕见亭、岳〔蔡〕湘岩、岳兼山、周雪樵、周小石同集比部文雨溪之轩。期而未至者，则有陈石士、董琴南。而游戏往来于其间者，则有野云令嗣、大树童子也。遂属野云补图，而余为之序。"① 这次社集举行于嘉庆二十五年庚辰（1820），由彭邦畴、钟昌两位学士主持，朱鹤年、王廷绍、何凌汉、刘斯嵋、朱虹舫、穆馨阿、麟庆、蔡鸿燮、岳端、周仲墀、周曰坚等与会，陈用光、董国华二人未至。绝大部分诗人都是士大夫，而钟昌、穆馨阿、麟庆、岳端又是满族诗人。刘嗣绾《湔裙曲》正是此次集会所得诗歌②。刘嗣绾《尚絅堂文集》卷二收录了不少关于结社雅集的骈文，如《芙蓉山馆九人联句诗序》《陶然亭饯秋诗序》《同人销寒词会序》等③。梁章钜《退庵诗存》卷七《三月三日，程云芬编修（恩泽）招同吴退旃光禄（椿）、黄在庵编修（玉衡）、胡笛农驾部（元熙）、姚雪逸明经（培赏）修禊于城西之龙泉寺》、卷二十一《上巳日笤

---

① 刘嗣绾：《尚絅堂文集》卷二，《续修四库全书》第 1485 册，第 412 页。
② 刘嗣绾：《尚絅堂诗集》卷五十二，《续修四库全书》第 1485 册，第 381 页。
③ 刘嗣绾：《尚絅堂文集》卷二，《续修四库全书》第 1485 册，第 408—412 页。

韩招同小西湖修禊，次其韵》①，两题都是上巳修禊集会，且到会者多京城士夫。上巳修禊是传统雅集活动，历代文人延续兰亭修禊的方式进行宴集和创作，并非士夫诗社独有的特色。但是，士夫诗社的修禊活动可能更显隆重。除了定期举行消寒会等带有地域色彩的集会，如何延续、丰富和提升传统节日集会的内涵，士大夫也发挥了特定的带领作用。

第三，举行先儒祭祀活动。通过前文所列董国华"消寒诗社"的历次集会，可知该社经常为苏东坡生日设祀。嘉庆二十一年丙子至二十四年己卯，连续四年为苏轼作寿，二十一年当天更有两次社集。苏轼生日是年底十二月十九日，公历时间往往要到次年。在"消寒诗社"举行之前，社员陈用光已有设祀的先例。仅《太乙舟诗集》卷四就有四题：《东坡生日，法梧门侍讲过访，因邀同杨蓉裳农部、张船山、吴山尊两前辈，暨从子希祖、希曾，小集太乙舟为东坡寿，山尊未来，船山以所摹宋本东坡象见示，用光欲船山为更摹一幅并摹山谷像见惠，遂作长句一首乞之》《覃溪师招作东坡生日，出所藏宋刊施顾注本诗集、天际乌云帖及吴荷屋前辈所得茶录旧拓本传观，赋长古一篇》《丙寅十二月十九日，小岘先生邀作东坡生日，因得观其八世祖舜峰先生会试硃卷及凯还图画像，丁卯元旦夜作七古一首》《东坡先生生日设祀于蝶寄小舫，邀朱学博存仁、杨孝廉殿春同赋为寿》②。

曹楙坚《昙云阁诗集》卷六《余年六十，诸公以东坡生日召饮，咏我先有诗，即次原韵》，诗中注释云："宽甫侍御拟于是日招同人为寿苏雅集，兼饯颂南给谏，予与子贞心香，俱弗克赴。欐艎，宽甫自颜所居也。翁覃溪阁学每岁祀东坡，名其室曰苏斋。"③ 曹楙坚提到翁方纲（覃溪其号）每年都为苏东坡祭祀。翁方纲的确引发了清代官儒纪念苏轼生日的风潮。从乾隆四十四年己亥（1779）开

---

① 梁章钜：《退庵诗存》卷七，《续修四库全书》第 1499 册，第 499 页；《退庵诗存》卷二十一，《续修四库全书》第 1499 册，第 630 页。

② 陈用光：《太乙舟诗集》卷四，《续修四库全书》第 1493 册，第 88—90 页。

③ 曹楙坚：《昙云阁诗集》卷六，《续修四库全书》第 1514 册，第 504 页。

始，到嘉庆十三年戊辰（1808），苏斋一直是祭祀活动的中心。而嘉庆二十一年丙子（1816），李彦章借翁方纲的东坡笠屐图、偃松屏赞卷于妙吉祥馆举行社集，可从侧面证实此时翁方纲已停止主持祭祀苏轼。翁方纲通过自己的门生李彦章将祭祀活动带到"消寒诗社"，并在宣南师友中形成一股势力。除了苏轼，嘉道时期的士大夫也为郑玄、白居易、欧阳修、黄庭坚、陆游、李东阳、顾炎武、王士禛等先儒生日设祀。顾祠祭祀也是宣南文化的组成部分。道光、咸丰之际，在何绍基、祁寯藻等诗人的推动下，顾祠成为士夫结社的一个中心。清代士夫祭祀的对象由少到多，集会活动日趋丰富，最终形成文学创作传统。这种祭祀活动在官儒中具有强大的基础。如果说关于文学、绘画、音乐等主题的集体创作，是士大夫阶层艺术修养和审美的展示，那么祭祀先儒则是诗人群体抒发共同情怀的方式。这种方式也体现了他们强烈的自我身份认同。而祭祀对象从宋儒扩至汉、唐、明、清的著名学者，可充分显示嘉道诗人群体对经典和学术的推崇。

四　宣南社事与潜园、问梅二社

杭州"潜园吟社"、苏州"问梅诗社"，与"宣南诗社"也展现出了一定关系。黄安涛《诗娱室诗集》卷十一《题琴坞〈潜园吟社图〉，和原韵四首》①，作于道光二年壬午（1822）。朱则杰等先生《"潜园吟社"考》一文②，推断该社的成立时间，大致为嘉庆二十三年戊寅（1818）。"潜园吟社"的创立者屠倬是嘉庆十三年戊辰（1808）进士，与谢阶树、董国华、钱仪吉、刘嗣绾是同年。嘉庆十四年己巳（1809），屠倬身居京城，其双藤书屋曾举行过消寒集会。刘嗣绾《尚䌹堂诗集》卷四十二《琴坞双藤书屋销寒第一集，以诗乞茶菊》《衍石寓斋销寒第二集，分赋得鹿尾》《藕耕湘梦斋销寒第三集，分得食蕨》《雪后稚圭斋即事，销寒第四集》《销寒小集共得

①　黄安涛：《诗娱室诗集》卷十一，《清代诗文集汇编》第 521 册，第 473 页。
②　朱则杰、李杨：《"潜园吟社"考》，《文学遗产》2010 年第 6 期。

八人，皆同年友，琴坞绘图记之，余系以诗》①，是社诗作品。最后
一次消寒会，社员有刘嗣绾、屠倬、钱仪吉、贺长龄（藕耕其字）、
周之琦（稚圭其字），笔者推测还有谢阶树、朱棨（号勋楣）和董
国华。屠倬《是程堂集》卷十《同刘芙初、董琴南、朱勋楣、谢向
亭、周稚圭、贺耦耕、钱衍石集客居所居堂，分赋食品得韭芽》②，
似是第三次集会作品。屠倬回到杭州创立"潜园诗社"，诗人本身的
结社行为在一定程度上受到宣南社事的影响。

至于苏州"问梅诗社"，眭骏先生《问梅诗社述略》已有相关
研究③。"问梅诗社"始于道光三年癸未（1823），社员包括尤兴诗、
黄丕烈、彭希郑、石韫玉、张吉安、蒋寅、潘奕隽、尤崧镇、宋镕、
彭蕴章等。社诗总集《问梅诗社诗钞》收录了三十五次集会的作品，
其中也有消寒会诗歌。具体诗题如下：

> 《十一月十一日"头九"，招宋悦研司寇、张莳塘、尤春
> 樊、彭苇间三友小饮宋廛，以庭前黄梅为题，为消寒第一集》
> （莬夫）
> 《二十日"二九"，携尊广平斋中赋诗，以"欲觉闻晨钟"
> 句为韵，序齿分得"闻"字，为消寒第二集》（春樊）
> 《廿九日"三九"，集静怡书屋赋诗，以"快雪时晴帖"分
> 韵，得"帖"字，为消寒第三集》（苇间）
> 《腊八日"四九"，有微疾，命孙移席广平斋中，以"岁寒
> 三友图"为韵，分得"寒"字，为消寒第四集》（莳塘）
> 《十七日"五九"，会逢春朝，招集爱日堂赋诗，以"春共
> 圣恩长"分韵，得"春"字，为消寒第五集》（悦研）④

---

① 刘嗣绾：《尚䌹堂诗集》卷四十二，《续修四库全书》第 1485 册，第 321—
322 页。
② 屠倬：《是程堂集》卷十，《续修四库全书》第 1517 册，第 356 页。
③ 眭骏：《问梅诗社述略》，《复旦学报》2000 年第 1 期。
④ 尤兴诗等：《问梅诗社诗钞》卷二附录，道光刻本，第 16a—21a 页。

与会诗人有黄丕烈（荛夫其号）、尤兴诗（春樊其号）、彭希郑（苇间其号）、张吉安（莳塘其号）和宋镕（悦研其号）。该"消寒会"有五次集会和五位社员。分韵赋诗，一般也是分赋五字句。时间是道光四年甲申（1824），集会结束时，公历已进入1825年。卷末尤兴诗撰有小记："是会始以'守梅'名，以会友五人适合梅花五瓣。会中，广平又为赋梅，人是之取尔。然逢'九'则一集，仍消寒之故事，自当仍名'消寒会'。其不圆于'九九'而仅'五九'止者，何也？以'头九'至'五九'，五人循环作主，已周遍矣。且竹堂病愈后，'问梅诗社'之集有日矣，而'消寒'可已矣，取不疏不数之意云。"① 从"头九"到"五九"，社中诗人轮流主持一次集会，因此没有按照九次集会的惯例来完成。而且，石韫玉（竹堂其号）病愈后，"问梅诗社"将继续进行，而"消寒会"可就此结束。从这段话来看，该年"消寒会"是"问梅诗社"的一道插曲。道光五年乙酉（1825），"问梅诗社"仍有消寒之集：

> 《十一月二十一日"头九"消寒，集汲雅山馆同赋望雪诗，为诗社第三十二集》
>
> 《嘉平月朔"二九"消寒，集延月舫同赋壁间囊琴，以题为韵，为诗社第三十三集》
>
> 《初十日"三九"消寒，集五柳园敬题海忠介公墨迹，为诗社第三十四集》
>
> 《十九日"四九"消寒，集绣佛龛祀苏文忠公，赋诗寿公，为诗社第三十五集》②

该年消寒会计入"问梅诗社"总集会数。"问梅诗社"在清代历史上有一百多次集会，空前绝后。宦苏的官员如梁章钜、陶澍、

---

① 尤兴诗等：《问梅诗社诗钞》卷二附录，道光刻本，第22a—22b页。

② 尤兴诗等：《问梅诗社诗钞》卷三，道光刻本，第21a—25a页。

林则徐等，曾与该社诸君有过交集。潘曾沂作为吴县人，在道光中后期与"梅社"诸老也有唱和。"问梅诗社"第二十次、第三十五次集会，分别在尤兴诗延月舫和张吉安绣佛龛举行祭祀苏东坡活动，而第二十八次集会则为黄庭坚生日设祀。可见，翁方纲及宣南师友的祀苏仪式在道光初年已传播外地，诗人纷纷效仿。清代，北京"宣南诗社"以诗社群的形式存在，社事活动密集，并对其他诗社的集会方式产生深远影响。

第 三 章

清代诗社的特殊类型

按照结社主体划分，清代诗社有遗民诗社、闺秀诗社、八旗诗社和士夫诗社等，它们各自的结社典型及总体特征在上一章已作论述。本章所说特殊类型，包括消寒会、消夏会和耆老会等。它们的特殊性在于强调集会，本质上仍是诗社。消寒会、消夏会重视节序，起止时间、集会频率等富于规律性，结社主体、集会中心具有一定范围。结消寒会在清代诗人当中蔚然成风，也留下了一些社诗总集。耆老会设置入社门槛，即诗人群体有最低年龄限制。耆老会延续明代此类诗社的发展轨迹，在清代也有活跃的表现，并以社诗作品记录集会情况。

第一节　消寒会与消夏会

消寒会（或作销寒会），又称暖寒会，是冬日宴饮消闲的集会。清代，消寒会常与诗歌创作相结合，形成消寒诗社。从冬至开始，每九天为一"九"，第一个九天称为"一九"或"头九"，第二个九天称为"二九"，依次类推，九九八十一日之后，进入春天。汉族民间有"数九"和绘制九九消寒图的习俗，旗人也有消寒传统，清代北京消寒会尤其兴盛。消寒诗社以诗歌创作为主，但也包含其他消寒活动，在北方贵族和士夫阶层当中较流行。消寒诗社，按照九九消寒的规律，通常每

"九"举行一次集会创作活动，但也根据具体情况而改变集会的时间和次数。消夏会（或作销夏会）不及消寒会普遍，但在明清时期也有丰富的数量。消寒会、消夏会，以诗歌创作为首务，形成规范有序的集会，是清人结社的特殊形式，具有很高的研究价值。

一 消寒社诗总集三种

关于消寒会或消寒诗社，笔者在论述八旗诗社一节时，提到宝廷连续四年结"消寒诗社"，八旗蒙古诗人法式善曾举行消寒社集。著名的"宣南诗社"在嘉庆中后期组织"消寒会"，并将这股风气推至各地。八旗诗社、士夫诗社，之所以包含较多消寒会的经历，是因为这两类结社主体的活动范围以北京为中心，而北京由于气候因素深具结社消寒的必要性。相对而言，清宗室和官儒文士的结社需求和行动能力较强，得益于诗人群体的社会地位、经济状况等。万柳先生《清代词社研究》①，从词社的角度探讨吴中消寒会、孙原湘消寒会、程万颂消寒会和陈作霖消寒会等，对消寒诗社研究也具有参考意义。消寒会诗歌，一般散见于各个社员的诗集之中，部分社诗作品抹去消寒色彩而混迹普通唱和诗歌。纂有社诗总集的消寒诗社不多，但足以引起研究者的重视。试举几例清代消寒会之社诗总集以窥其总貌。

一是曾元基辑《听琴别馆消寒诗钞》。该总集专门收录消寒诗歌，除了社诗作品，还包括卷首《题词》《消寒诗钞目录》《同人姓氏》等内容。历次消寒集会，制成表格如下：

次数	时间	主人	诗题
第一集	十一月二十一日	曾元基	《官梅》
			《剪彩花》
			《龙须友歌》
			《文窗四咏》（《败毡》《蠹简》《暖砚》《寒灯》）

---

① 万柳：《清代词社研究》，中州古籍出版社 2011 年版。

续表

次数	时间	主人	诗题
第二集	十一月三十日	曾元炳	《冬至后三日海棠花开》
			《即景咏雪四首》（《待雪》《听雪》《扫雪》《煮雪》）
			《明妃梦入汉宫》
			《象棋》
			《听琴别馆雅集联句》
第三集	十二月初九日	薛锡滉	《和陶贫士》
			《八公山怀古》
			《腊肉》
			《手炉》
第四集	十二月十八日	曾元燮	《题〈延陵挂剑图〉》
			《拟采石矶题李太白墓》
			《醉司令》
第五集	十二月二十七日	曾元澄	《和东坡〈岁暮寄子由〉三首》（《馈岁》《别岁》《守岁》）
			《祭诗》
			《得金凤》
			《如愿婢歌》
第六集	正月初六日	陈宝昌	《鸿门宴》
			《咏物六首》（《暖锅》《风帘》《门神》《年糕》《春联》《春饼》）
			《传座》
			《堂花》
第七集	正月十五日	艾舟	《烛龙行》
			《宫墙撖笛》
			《狄青元夕张宴夺昆仑关》
第八集	正月二十四日	汤黼	《题〈杜子美浣花醉图〉》
			《百美分咏》
第九集	二月初三日	陈宗敬	《费宫人刺虎行》
			《百春分咏》

　　共九次集会，前四次集会在道光三年癸未（1823），后四次集会在四年甲申（1824）。首集在冬至日，每隔九天举行一次集会，完全

贴合九九消寒会的规律。社员十七人，包括陈宝昌、舒懋熙、陆麟书、艾舟、毛辉凤、艾畅、王有仪、饶鹏程、曾元基、徐腾凤、汤黼、陈宗敬、曾元炳、薛锡淲、陈修和、曾元燮和曾元澄。其中，曾元基、曾元炳、曾元燮和曾元澄分别是第一集、第二集、第四集和第五集的主人，都是曾晖春之子。《听琴别馆消寒诗钞》卷首陈文瑞序言记载："听琴别馆者，刺史曾霁峰先生公余课读所也。传经日暖，频解诗颐，为政风流，兼开文宴。"① 所谓听琴别馆，即曾晖春的书斋。曾晖春（1770—1853），谱名为城，字霁峰，号梅仙，福建闽县人。嘉庆六年辛酉（1801）进士，官至江西义宁（今修水）知州，有善政。道光十五年乙未（1835），五个儿子元基、元炳、元海、元燮、元澄皆登科甲。其中，元炳、元海和元燮又中进士。听琴别馆"消寒会"是以曾氏兄弟为核心的诗社。曾元基记道：

> 元基兄弟侍宦艾城，岁在癸未子月二十一日冬至。纸窗竹屋，风雨潇然，仰看青山，乱呼红友。偶放九九画梅故事，每九日雅集一次。筋政之下，继以篇章，始时适合九人之数。既而旧雨纷来，新诗益富，甚至邮简索寄，逸韵遥赓。虽兴致浅深，不无赢绌，而欢愉骚屑，各畅心声。计得题若干通，存诗若干首，以聚散之无常，惧卷帙之放失，汇成稿本以待枣梨，聊志墨缘并征泥爪云尔。道光甲申二月望日，古闽曾元基识于义宁州廨之听琴别馆。②

这段话描绘了"消寒会"的创立初衷和集会情形。结合上文历次集会诗题列表，可知每次集会设置二至五题，其中《文窗四咏》《即景咏雪四首》《咏物六首》等，以咏物组诗的形式存在，适合社

---

① 曾元基：《听琴别馆消寒诗钞》卷首，道光十五年乙未（1835）桐城官署刻本，第1a页。

② 曾元基：《听琴别馆消寒诗钞》卷首，道光十五年乙未（1835）桐城官署刻本，第4a页。

员分赋。

二是言南金辑《曼陀罗馆消寒集》。该总集卷首附有《联吟姓字谱》①，社员有十一人：翁同书、惠成、程钰、言南金、周镇、章铭、贺绪蕃、张保慈、孙振翮、释如灿、恩锡。其中，惠成和恩锡是八旗诗人。历次集会情况如下表所示：

次数	体裁	时间	诗题	社员
第一集	五律	己未长至	《咏雪》	言南金、章铭、孙振翮、释如灿、恩锡
第二集	七律	腊日	《腊八日即席》	程钰、言南金、孙振翮、释如灿、恩锡
第三集	五古	十二月十七日	《芍陂晚眺》	程钰、言南金、孙振翮、释如灿、恩锡
第四集	七古	十二月二十六日	《游八公山》	言南金、孙振翮、释如灿、恩锡
第五集	五绝	庚申正月初五	《山茶》《水仙》《天竹》《腊梅》	翁同书、言南金、孙振翮、释如灿、恩锡
第六集	六绝	正月十四日	《自鸣钟》《阴晴表》《千里镜》《八音合》	言南金、孙振翮、释如灿、恩锡
第七集	七绝	正月二十三日	《尉武亭》《淮阴庙》《画凉亭》《楚相祠》	言南金、孙振翮、释如灿、恩锡
第八集	词	花朝	《花朝》	翁同书、惠成、言南金、周镇、贺绪蕃、张保慈、孙振翮、恩锡
第九集	排律	二月十一日	《赋得落日照大旗》	翁同书、言南金、贺绪蕃、张保慈、孙振翮、恩锡

该"消寒会"始于咸丰九年己未（1859）冬至，迄于十年庚申（1860）二月十一日。每隔九日举行一次集会，符合九九消寒会的规律。每次集会采用不同的体裁，第八集作词，第九集作试帖诗。

三是秦缃业辑《西泠消寒集》。该总集刻于同治十三年甲戌（1874），与《听琴别馆消寒诗钞》相似，也列出同人姓氏，并按照集会顺序收录诗歌。社员有严以干、王仰曾、江顺诒、白骥良、胡嗣福、梅

---

① 言南金：《曼陀罗馆消寒集》，同治十三年甲戌（1874）刻本，第3a—3b页。

振宗、韩闻南、邓之锳和沈晋蕃。白骥良序言记载："同治辛未，余由闽改官来浙，岁暮闲暇与诸同人结吟社，迭为宾主，相得甚欢。壬申冬复联前约，社中人有因公他往者，亦有后来入社者。良朋契合，觞咏流连，篇什日多，大都一时适性之作，原不足为外人道也。夫人生聚散何常，仕路迁移靡定，古人追述旧游、眷言胜会，今昔有同情焉。于是诸君共议，按各会所作，序齿分年，次第录之，题曰《西泠消寒集》。"① 可见，同治十年辛未（1871），白骥良来浙，便已开始结社，部分社员加入次年"消寒会"。《西泠消寒集》收录了同治十年辛未（1871）、十一年壬申（1872）两年的社诗作品。第一年历次集会诗题如下：

《第一集，长至后一日，饮江氏梦花草堂即事》

《第二集，太虚楼远眺，以"晚来天欲雪，能饮一杯无"分韵》

《第三集，咏物，用渔洋秋柳韵》

《第四集，以书味、画意、诗情、剑气命题，各赋七言律四首》

《第五集，分韵咏雪影，限五言长律二十韵》

《第六集，咏西湖古迹》

《第七集，咏诸葛铜鼓，用昌黎石鼓歌韵，为刘拙庵作》

《第八集，拟古》

《第九集，苏东坡先生生日，用雪斋韵》

《第十集，赋新春迎神曲》②

"长至"即"冬至"。第二年历次集会诗题如下：

---

① 秦缃业：《西泠消寒集》卷首白骥良序，同治十三年甲戌（1874）刻本，第1a页。

② 秦缃业：《西泠消寒集》卷上，同治十三年甲戌（1874）刻本，第1a—20b页。

《第一集，消寒十子歌，仿杜子美〈饮中八仙歌〉体》

《第二集，雪晴孤山看梅，限五言古，以"前村深雪里，昨夜一枝开"分韵》

《第三集，咏古》

《第四集，分韵咏唐花，限五言长律二十韵》

《第五集，咏古乐府，拟杨铁崖、李西涯体》

《第六集，咏物》

《第七集，各赋岁暮书怀，不拘体韵》

《第八集，咏蜡梅》

《第九集，题童松君画梅》①

关于该"消寒会"的始末，江顺诒的序言有所记载：

> 消寒诗会者，同治辛未，余与梅君鹭臣首倡之。壬申，鹭臣远役，白君少溪与余复倡之。癸酉春，余亦远役。少溪遂拟举两年所得之诗，汇抄付梓，乃贫病缠绵，迄半载未蒇事。是冬，少溪又邀李君冰署、钱君子奇复倡是举，未竟而少溪已床褥沉绵，至甲戌人日竟不起矣。三月，余来杭，又闻会中王君勉之亦逝。既皆作诗吊之，因求少溪所辑之《消寒集》者，乃寄存钱、李二君处。爰索回，亟登诸板，以竟少溪未竟之志。因念人生寒暑代谢，友朋之间死生离别原难预定，诚不料十数日间，词人并陨有如是之速也。悲夫！刻竣，识数语于末。②

可见，第一年的"消寒诗会"由江顺诒、梅振宗（鹭臣其字）倡导，第二年由白骥良（少溪其字）、江顺诒倡导。同治十二年癸酉

---

① 秦缃业：《西泠消寒集》卷下，同治十三年甲戌（1874）刻本，第1a—26b页。

② 秦缃业：《西泠消寒集》卷首江顺诒序，同治十三年甲戌（1874）刻本，第2a—2b页。

（1873），白骥良邀请李肇增（冰署其字）、钱国珍（子奇其字）继续结社，江顺诒缺席。《西泠消寒集》附录收入《挽白少溪大令》《挽王兔之大令》①，及《哀六君文（并序）》等悼念诗文②。秦缃业选定《西泠消寒集》，却没有留下消寒作品。该社名为"西泠消寒社"，集会活动延续至光绪初年，且不限于消寒会，也叫"西泠吟社"。

《西泠酬倡集》《二集》《三集》，也是"西泠吟社"的总集，并按作者分类收录唱和作品，包含不少消寒诗歌，对《西泠消寒集》具有补充作用。初集收录了秦缃业、钱国珍、汪昌、胡嗣福、宗山、方观澜、杨昌珠、朱庆铺、王家琳、韩闻南、杨馥、徐福辰、邓之锳、郭钟岳、宗得福、江顺诒、严以干、白骥良、李肇增和王仰曾二十人的结社唱和作品，二集十七人，三集十九人。方鼎锐作序，提到西泠酬倡活动由秦缃业主持坛坫，因此能够"裒然成集，蔚为大观"③。根据钱国珍《甲戌消寒社中同赋岁暮感怀》一诗④，可见同治十三年甲戌（1874），该社仍结消寒会。又，钱国珍《乙亥月当头夕，安吉署中赋寄西泠消寒社中诸友》⑤，江顺诒《消寒吟社举已五年，今冬之任远游者六七人，遂不果举，适钱君子奇以月当头夜怀社中友作见寄，和此志感，即寄李冰叔、杨桂峰温州，杨也村台州，钱子奇湖州，梅鹭臣宁波并省中诸友》⑥，钱国珍《戊寅消寒未得与会，江秋珊寄题，以"一年几见月当头"句各赋辘轳体七律五首，余即效其体，分怀同社五君子》⑦，结合这些诗题，可知光绪

①　秦缃业：《西泠消寒集》，同治十三年甲戌（1874）刻本，第28a—29b页。

②　秦缃业：《西泠消寒集》卷末《附录》，同治十三年甲戌（1874）刻本，第1a—4b页。

③　秦缃业：《西泠酬倡集》卷首方鼎锐序，光绪五年己卯（1879）刻本，第1a页。

④　秦缃业：《西泠酬倡集》卷一，光绪五年己卯（1879）刻本，第17a页。

⑤　秦缃业：《西泠酬倡集》卷一，光绪五年己卯（1879）刻本，第19a页。

⑥　秦缃业：《西泠酬倡集》卷三，光绪五年己卯（1879）刻本，第25a页。

⑦　秦缃业：《西泠酬倡二集》卷三，光绪五年己卯（1879）刻本，第19b页。

元年乙亥（1875）消寒会因为社员外任而无法举行，但在光绪四年戊寅（1878）还有社事活动。任聪颖先生《"西泠吟社"考》①，对"西泠吟社"有过系统的考察和探讨，指出光绪三年丁丑（1877），这个诗人群体在杭州举行多次雅集，有"冶春社""消夏社""延秋社""款冬社"等称法。

此外，费树蔚等撰《癸亥消寒集》（《消寒同人诗稿》），举行消寒会的时间是民国十二年癸亥（1923）至十三年甲子（1924），共八次集会。社员有费树蔚、金天翮、刘堪、李祖年、沈祖绵、尤志逵、黄觉等。虽是民国社事，但和清代消寒会的结社方式类似，创作也是旧体诗词。

二　其他消寒社集三种

除了消寒社诗总集，专门收录消寒作品的清人别集，也为清代消寒会研究提供了丰富的资料。消寒社诗总集，一般包含消寒诗社的集会活动和创作情况，即使经过选诗，也能代表诗社的总体诗风。虽然，消寒别集反映的是个人消寒唱和所得，却能提供清晰的结社线索和完整的集会过程。而消寒词会，在一定程度上遵循九九消寒的模式，在总集编纂方面也与诗会类似。

一是曹仁虎撰《炙砚集》。钱大昕序文记载："《炙砚集》者，习庵先生与其同年友为消寒会，相与酬和之作也。其会旬日而一举，会必有诗，或分题，或拈韵，始庚寅，迄癸巳，得诗若干篇。予受而读之，赋物之作清新而浏亮，咏古之作磊落而激昂，叠韵之作排纂而妥帖。譬之宫商合奏、丝竹齐鸣，泅泅乎有中和之音，而无嫥壹之调。"② 钱大昕提到曹仁虎（习庵其号）的结社对象、集会方式和创作风格等。该"消寒会"的集会活动及具体诗题如下：

---

① 任聪颖：《"西泠吟社"考》，《古代文学理论研究》2014 年第 2 期。
② 曹仁虎：《炙砚集》卷首，清刻本，第 1b 页。

时间	诗题	分题
庚寅	《庚寅消寒第一集，偕同年王少詹（杰）、吴通参（玉纶）、沈编修（士骏）、嵇编修（承谦）、谢编修（启昆）、余检讨（廷灿）、胡侍御（翘元）、邵侍御（庚曾）赋得雪景八首》	《雪屋》《雪林》《雪径》《雪村》《雪岑》《雪溪》《雪桥》《雪篷》
	《消寒第二集，得雪斋十二咏》	《毡帘》《风门》《煤炕》《炭炉》《暖砚》《火碗》《圆案》《矮几》《套杯》《挂瓶》《酒筹》《烟筒》
	《消寒第三集，赋得燕中古迹八首》	《楼桑村》《张桓侯庙》《刘司户祠》《贾阆仙峪》《李宸妃梳妆台》《妙严公主拜砖》《徐武宁将台》《姚广孝影堂》
	《消寒第四集，分赋得腊酒八韵》	
	《消寒第五集，同赋十台诗》	《章华台》《姑苏台》《黄金台》《歌风台》《戏马台》《柏梁台》《通天台》《铜爵台》《凌云台》《凌歊台》
	《消寒第六集，分赋腌菜十六韵》	
辛卯	《辛卯消寒第一集，偕同年吴通参（玉纶）、沈编修（士骏）、嵇编修（承谦）、谢编修（启昆）、刘检讨（校之）、胡侍御（翘元）、邵侍御（庚曾）、储吏部（秘书）赋得雪意二首》	
	《消寒第二集，喜同年金莳亭侍御新至四首》	
	《消寒第三集，遇雪，用东坡聚星堂雪诗韵》	
	《消寒第四集，复遇雪，仍用前韵》	
	《消寒第五集，席上分韵得安石榴十二韵》	
	《消寒第六集，同作雪中八咏》	《听雪》《扫雪》《望雪》《踏雪》《堆雪》《煮雪》《赋雪》《画雪》
壬辰	《壬辰消寒第一集，偕同年吴学士（玉纶）、沈编修（士骏）、嵇编修（承谦）、刘检讨（校之）、胡侍御（翘元）、金侍御（云槐）、邵侍御（庚曾）、储吏部（秘书）以陆鲁望"时候频过小雪天"句为题，分韵得"时"字》	

续表

时间	诗题	分题
	《消寒第二集，遇雪，同人各隶雪事分赋二首，次日沈朗峰足成十二咏见示，如数和之，共得十四首》	
	《消寒第三集，值吴香亭新构引藤书屋落成，分韵得"移"字》	
	《消寒第四集，席上赋得唐花六首》	《梅》《兰》《桃》《海棠》《牡丹》《芍药》
	《消寒第五集，分赋得大观楼，即送金莳亭视漕瓜洲》	
	《消寒第六集，赋得雾凇花二首》	
癸巳	《癸巳消寒第一集，偕同年吴少寇（坛）、吴太常（玉纶）、陆侍读（锡熊）、张编修（焘）、张检讨（校之）、胡侍御（翘元）、邵侍御（庚曾）、邱侍御（日荣）、马侍御（人龙）、冯吏部（应榴）、陈兵部（步瀛）、沈兵部（琳）、阮刑部（葵生）赋得九九消寒图四首》	
	《消寒第二集，席上同赋食品四首》	《鹿尾》《风羊》《铁脚》《银鱼》
	《消寒第三集，赋得幻花十二首》	《烛花》《酒花》《笔花》《墨花》《镜花》《剑花》《雪花》《霜花》《冰花》《浪花》《眼花》《心花》
	《消寒第四集，分赋得纸窗十六韵》	
	《消寒第五集，赋得响壶芦八韵》	
	《消寒第六集，赋瓶菊四首》	

　　乾隆三十五年庚寅（1770）至三十八年癸巳（1773），曹仁虎连续四年结"消寒诗社"，每年举行六次集会。消寒会第一年的成员为曹仁虎、王杰、吴玉纶、沈士骏、嵇承谦、谢启昆、余廷灿、胡翘元和邵庚曾九人；第二年为曹仁虎、吴玉纶、沈士骏、嵇承谦、谢启昆、刘校之、胡翘元、邵庚曾和储秘书九人；第三年为曹仁虎、吴玉纶、沈士骏、嵇承谦、刘校之、胡翘元、金云槐、邵庚曾和储秘书九人；第四年为曹仁虎、吴坛、吴玉纶、陆锡熊、张焘、张校之、胡翘元、邵庚曾、邱日荣、马人龙、冯应榴、陈步瀛、沈琳和

阮葵生十四人。根据《明清进士碑录索引》①，以上绝大多数诗人是乾隆二十六年辛巳（1761）进士。消寒第四年，张焘、邱日荣、阮葵生三人，其实是乾隆二十八年癸未（1763）进士②。至于《刻烛集》，是曹仁虎、王昶、赵文哲、吴省钦、严长明、沈初、陆锡熊、程晋芳、阮葵生、董潮、吴省兰、汪孟鋗等人联句诗集，虽无消寒会作品，却是包括曹仁虎在内的士夫结社联吟的又一例证。在"八旗诗社"一节，笔者在论述法式善结社消寒的部分，已提到《炙砚集》《刻烛集》在当时诗坛的重要地位。两部总集对于北京社事甚至嘉道时期士夫诗社的繁荣都具有先导作用。

二是孙原湘辑《销寒词》。根据该总集目录，共有九次集会，地点和诗题如下：

第一集，吴瘦青拜云阁，《咏红梅》《咏绿梅》
第二集，孙小真礼姜馆，《题姜白石像》
第三集，许小渔云眠山馆，《东坡生日》
第四集，言依山孟晋斋，《题李易安秋词图》
第五集，周山樵墨君堂，《元夕》
第六集，钱南芗函秋阁，《咏唐花》
第七集，孙心青长真阁，《题拜李图》
第八集，张眉卿种玉堂，《柳如是小印》
第九集，同人集燕园，《花朝即事》

附录还包括长真阁联句、拜云阁联句和湖舫联句等活动。"时历三月，会惟九人，凡一十七调，计六十八阕，其中工拙不具论云"③，

---

① 朱保炯、谢沛霖：《明清进士题名碑录索引》，上海古籍出版社1979年版，下册，第2731—2732页。
② 朱保炯、谢沛霖：《明清进士题名碑录索引》，上海古籍出版社1979年版，下册，第2732—2733页。
③ 孙原湘：《销寒词》卷首，嘉庆二十四年己卯（1819）刻本，第2a页。

孙原湘《消寒雅集词序》描绘了该社的基本情形和集会盛况。卷末
许诰《书消寒词后》云："吾友瘦青秀才于戊寅冬起九日大举'消
寒词会'，与者九人。长真先生拈题首唱，诸君子多倚声和之。九日
为期，甚风雪不或阻。余时与时不与，与亦无所作。……忆岁在壬、
癸间，与邵四兰风、袁大兰村同寓宣武城南。二君喜填词，结联吟
之社，从而和者十数人。独余病未能也，而心好之。"① 该"消寒词
社"由吴震（瘦青其号）发起，时间从嘉庆二十三年戊寅（1818）
冬至次年花朝。社员还有孙文枸（小真其字）、许诰（小渔其字）、
言尚炽（依山其字）、周僖（山樵其字）、钱敦礼（南芗其字，又作
南香）、孙原湘（心青其号）、张尔旦（眉卿其字）和李馨。许诰忆
及嘉庆十七年壬申（1812）、十八年癸酉（1813），邵广铨（兰风其
字）、袁通（兰村其号）寓居宣南，二人结社填词，和者众多。这
也是嘉庆宣南社事的一部分。又，《樽酒销寒词》，后附《销寒词续
录》，都是消寒社词总集。前者是嘉庆二十一年丙子（1816），方楷
的祖父方履篯、外祖赵植庭等词人在京师消寒唱和所得，共十三次
集会。社员还有邵广铨、蔡銮扬、蔡鸿燮、顾翰、蒋锡恺、董国华
和董曾臣。后者是嘉庆二十二年丁丑（1817），方楷与刘庠消寒合咏
之作，方楷之子方宾穆辑录成集。袁通曾为《樽酒销寒词》题词，
原文如下：

　　嘉庆丙子冬仲来京师，访兰风于宣武坊南寓馆，出示此册。
异岭共云，争华竞艳，雒诵之下，珍赏不置。因忆甲子、乙丑
之岁，与君同住钱谢庵吏部之绿伽楠精舍，偕蓉裳、春庐、意
园、浣霞、伯夔、小谢辈作消寒之会，弹指一星终矣。今集中
惟君与浣霞尚不废此冷趣，余则一官奔走，旧业久荒。又以匆
促还辕，不获压角词坛，为诸君子裁笺涤砚。风尘困人，一至
是乎？记甲子冬第一集即送君之河间，今能援此例以壮余行否？

---

① 孙原湘：《销寒词》卷末，嘉庆二十四年己卯（1819）刻本，第1a页。

月当头夜，钱唐袁通读并识。①

作者忆及嘉庆九年甲子（1804）、十年乙丑（1805），与邵广铨、钱枚（谢庵其字）、杨芳灿（蓉裳其字）、程同文（春庐其字）、朱渌（意园其字）、蔡銮扬（浣霞其字）、杨夔生（伯夔其字）和钱廷烺（小谢其字）等人结"消寒会"，并辑有总集《燕市联吟集》。袁通在南京又与汪瑚、金德恩等人唱酬，《讨春合唱》是相应的诗余总集。

《销寒词》《樽酒销寒词》等集，以词作为创作体裁，在编纂体例上与消寒社诗总集相似，较注重消寒主题和集会活动。

此外，还有一些消寒集，集会线索模糊，但消寒性也有所展现。如阮恩霖撰《九九消寒吟》，诗人自序记载："壬辰岁，秋成告歉，饭瓶生尘，落叶掩关，壮心都废，拟为消寒之计，得题八十有一，索同人赋诗。汪丈利甫暨从侄午峰先后成咏，仆则催租败兴，旋束高阁。"② 集中收录《寒吟》《寒信》《寒气》《寒色》《寒梦》《寒香》等，诗歌创作含有"消寒"之意。又如丁传瀚撰《九九消寒诗草》内容相近，包含《寒云》《寒月》《寒雨》《寒风》等八十一题。序言记载：

> 庚辰岁冬至节前三日，偕赵君醉侯过奎社晤云君企韩，啜茗清谈乐甚。余曾与亡友王南村先生拟咏九九消寒诗，因国变未能实践。今幸时局粗定，移住瓮城，百无聊赖，又到严寒之际，复拟咏九九消寒诗。其时企老兴致极豪，愿陪余作，赞助其成。于是拈题八十有一，按日而作，至辛巳岁二月十五日"九"尽，而诗亦草草赋就。聊以破寂，并遣其兴云尔。③

---

① 方楷：《樽酒销寒词》卷首袁通序，光绪十一年乙酉（1885）粤东刻本，第1a页。

② 阮恩霖：《九九消寒吟》卷首，光绪二十一年乙未（1895）刻本，第1a页。

③ 丁传瀚：《九九消寒诗草》卷首自序，民国稿本，第1a页。

丁传瀚与赵醉侯、云企韩结社消寒，按日而作，持续九九八十一天。这与传统消寒会"九日一集"的惯例有所不同。阮恩霖"消寒会"举于光绪十八年壬辰（1892），而丁传瀚"消寒会"则在民国二十九年（1940）。可见清末民国时期，"消寒会"及社诗总集的编纂依旧盛行，但在结社方式上发生明显的变化。在此之前，丁传瀚曾与徐兴范、徐履厚、吴子权、王图东结有"月湖五老会"，留下不少唱和诗篇。和消寒会一样，耆老会也是古典诗社类型。丁传瀚等以旧体诗歌创作的方式延续风雅传统，然而，这种盛会在动荡的时代下每每半途而废，有始无终。

三　洪亮吉消寒会的创设和衍生

明代的消寒活动包括绘制《九九消寒图》等，主要是社会民俗层面。以文学创作为核心，定期举行集会活动，则要论清代消寒会。嘉道时期"宣南诗社"，是消寒会达到鼎盛的标志，这种结社状态持续至晚清民国。在此之前，洪亮吉集中已出现大量消寒诗歌，集会地点涉及陕西、贵州、江苏等地，是消寒会摆脱偶发性而形成系统的代表。

一是"官阁消寒会"。洪亮吉《卷施阁诗》卷四"官阁围炉集"收录九次消寒集会的诗歌，题目如下：

> 《消寒一集，登静寄园平台望南山积雪（分赋得"雪"字）》
> 《消寒二集，同人集姚观察颐冠山园，分赋斋中草木》（《水仙》《天竹》《木瓜》《蜡梅》）
> 《消寒三集，吴舍人泰来招集讲院，席上同赋食二首》（《铁雀》《银鱼》）
> 《消寒四集，十二月十九日为东坡先生生日，同人集终南仙馆设祀并题陈洪绶所画笠屐象后》
> 《消寒五集，严侍读长明招集寓斋，分赋岁事四首》（《扫室》《烹茗》《试香》《糊窗》）

《消寒六集，同人集花镜堂，分赋青门上元灯词》

《消寒七集，招同人集朝华阁，分赋〈长庆集·生春诗〉四首》（《小楼》《画廊》《远山》《曲池》）

《消寒八集，同人集小方壶，赋忆梅词》

《消寒第九集，同人出西安城西南访第五桥故址，回途至香积寺小憩，约赋六言二章，分韵得"长""头"二字》①

"官阁消寒会"的时间是乾隆四十七年壬寅（1782）至四十八年癸卯（1783），地点是陕西西安。另有社诗总集《官阁消寒集》同时收录了洪亮吉的消寒诗歌，社员还有严长明、毕沅、吴泰来、王思济、朱璸、吴绍昱和徐坚等。当时，洪亮吉作为陕西巡抚毕沅的幕府参加社集。朱则杰先生《毕沅"官阁消寒会"与严长明〈官阁消寒集〉》一文，对该社的成员、集会和作品等作过考证②。《官阁消寒集》中，严长明记载的历次集会地点与洪亮吉所录不尽相同，具体诗题如下：

《十一月十七日集中丞静寄园，登澄观台望中南积雪，分韵得"明"字》

《二十六日集环香堂，同赋庭中花木四首》

《十二月六日集石供轩，席上同赋食品二首》

《十二月十九日为苏文忠公生辰，中丞集同人设祀终南仙馆，赋诗纪事，即题陈洪绶画像之后》

《二十四日集纸窗竹屋，同赋岁事四律》

《新正三日立春集绚云阁，效香山体分赋〈生春诗〉四首》

《上元日集春祺介雅堂，同赋灯词八首》

① 洪亮吉：《洪亮吉集》，中华书局 2001 年版，第 2 册，第 538—544 页。

② 朱则杰：《毕沅"官阁消寒会"与严长明〈官阁消寒集〉》，《甘肃社会科学》2013 年第 6 期。

《二十一日集小方壶，同赋忆梅诗》

《二月二日集镜舫，席上效〈长庆集〉一字至七字体，口占得"花""月"二首》①

其中，静寄园、环香堂、石供轩、纸窗竹屋、绚云阁、小方壶和镜舫，都是终南仙馆一带的园林楼阁，即毕沅的使署。毕沅《灵岩山人诗集》卷三十《静寄园杂咏十二首》②，对园中景致有过描绘。而《十二月十九日为东坡先生生辰，集同人设祀于终南仙馆，赋诗纪事，敬题文衡山画像之后（并序）》《新春效长庆体赋〈生春诗〉四首》《集石供轩，席上效香山一字至七字体诗，同赋"花""月"二首》《扫室》《试香》《黏窗》《煮茗》《天竹》《水仙》《蜡梅》《木瓜》《铁雀》《银鱼》《登澄观台望终南积雪》《忆梅词》等③，皆是社集之作。对照洪亮吉诗集，《官阁消寒集》第六集、第七集的顺序发生调换。社诗总集的历次集会提供时间依据，更为信实。王昶撰《官阁消寒集序》记载：

乾隆丁酉冬，予为通政司副史，职事清简，暇辄与钱阁学蒋石，朱竹君、翁覃溪、陆耳山三学士，曹中允习庵，程编修鱼门，举消寒文酒之会。会自七八人至二十余人，诗自古今体至联句、诗余。岁率一举，都下指为盛事。辛丑，予居忧归里，习庵寄所刻《消寒联句诗》来，则旧作在焉。予既以不文之词自愧，而又以附名其间为幸。良以予辈遭际升平，故得从容退食，以文墨相娱戏。虽遇沍寒凛冽之时，而酒酣以往，词赋杂出，如融风彩露，熏熏熙熙。后世考诗以论世，当不独为予辈幸，且重为海内幸也。今来西安，道甫侍读复示消寒之

---

① 严长明：《官阁消寒集》，台湾新文丰出版公司《丛书集成续编》第 116 册，第 566—573 页。

② 毕沅：《灵岩山人诗集》卷三十，《续修四库全书》第 1450 册，第 284—285 页。

③ 毕沅：《灵岩山人诗集》，《续修四库全书》第 1450 册，第 299—307 页。

集，则分题斗韵，略如予辈都下所为。盖河间中丞，一时风雅总持；东南宿望，英才半在幕府。而竹屿舍人复主席关中书院，园林钟鼓，相与更唱迭和，故其工若此。夫西安，四方冠盖所冲，节使之署，文武兼资，书疏填委，疑若异于京卿之清简，而乃能从容文酒。诗不拘体，体不拘格，往往驰骋上下，出怪奇以相角胜，殆少陵所云"游泳和气，声韵寖广"者欤？读是诗也，区寓之隆平，政事之易简，宾主之盛而能文，皆于此稔之。斯集虽小，讵可忽诸？今者秋将中矣，或岁晚务闲，从中丞后与诸君子唱于喁喁，继京雒之旧游以续兹集，其事不尤可幸欤？时道甫以序见属，因为道遭际之盛，且寄示习庵于京师。①

王昶的序文，主要表达了三层意思。第一，乾隆四十二年丁酉（1777），王昶与钱载（箨石其号）、朱筠（竹君其字）、翁方纲（覃溪其号）、陆锡熊（耳山其号）、曹仁虎和程晋芳（鱼门其字）等结"消寒会"。四十六年辛丑（1781）前后，曹仁虎刻《消寒联句诗》。集会的创作体裁包括古今体诗、联句和词，而总集最终却只有联句一种形式。此前曹仁虎已辑有联句总集《刻烛集》，第一题《觉生寺大钟联句》②，王昶也是作者之一。吴省钦《白华前稿》也录有此诗③，大概作于乾隆三十年乙酉（1765）。曹仁虎可谓京中诗社的核心诗人。第二，乾隆中后期，京师消寒会流行多年，王昶将此归因于盛世气象，诗人在安定的政治环境下才得以结社消闲。反观之，同时代的消寒诗歌也流露出歌颂太平之音。第三，西安的社事，同京师地区有所差别。《官阁消寒集》规模虽小，但体现了"区寓之隆平，政事之易简，宾主之盛而能文"的特点。总体而

---

① 严长明：《官阁消寒集》，台湾新文丰出版公司《丛书集成续编》第116册，第565页。

② 曹仁虎：《刻烛集》，清刻本，第1a—4a页。

③ 吴省钦：《白华前稿》卷三十六，《续修四库全书》第1448册，第158页。

言，西安的消寒会及社诗总集的编纂受到北京的影响，可视作京洛风雅的延续。

"官阁消寒会"第四次集会，诗题是《十二月十九日为苏文忠公生辰，中丞集同人设祀终南仙馆，赋诗纪事，即题陈洪绶画像之后》①，以祭苏作为活动主题。《卷施阁集文乙集》卷六《十二月十九日终南仙馆同人祀苏文忠公诗序》是相应的序文②。根据王昶《春融堂集》卷十八《苏文忠公生日，秋帆中丞招企晋、东有、友竹、稚存（亮吉）、渊如、敦初、家半庵（开沃）、程彝斋（敦）集终南仙馆作》一题③，可知这次集会的成员有毕沅（秋帆其号）、吴泰来（企晋其字）、严长明（东有其号）、徐坚（友竹其号）、洪亮吉（稚存其字）、孙星衍（渊如其字）、王复（敦初其字）、王开沃（半庵其号）和程敦（彝斋其号）。笔者在士夫诗社一节提到，翁方纲将室名定为苏斋，从乾隆四十四年己亥（1779）开始祭祀苏轼。而毕沅、洪亮吉、王昶与翁方纲有所交往，具体参见翁方纲《复初斋诗集》。依据结社时间先后，毕沅等诗人将结社消寒、官儒祭祀风气，从京师带至西安。《官阁消寒集》只是社诗选集，内容精简，仅收录一轮九次集会的作品，但消寒活动丰富，集会过程完整。祭苏等形式，在一定程度上具有文化传播的意义。

张莉先生《清代寿苏活动的开端》一文④，论及清代最早的寿苏活动即宋荦沧浪亭雅集，也考证了毕沅在西安寿苏的时间。结论部分总说："虽翁氏举此会时间比毕沅略早，但乾隆四十七年在西安节署的寿苏活动参与人数达十四人，其间赋诗唱和、创作序文并将之付梓，声势颇为浩大，甚至可以说超过了早期翁方纲'为东坡寿'

---

①　严长明：《官阁消寒集》，台湾新文丰出版公司《丛书集成续编》第116册，第568页。

②　洪亮吉：《洪亮吉集》，中华书局2001年版，第1册，第342—343页。

③　王昶：《春融堂集》卷十八，上海文化出版社2013年版，上册，第352页。

④　张莉：《清代寿苏活动的开端》，《清代文学研究集刊》第六辑，人民文学出版社2013年版，第60—72页。

的影响。"① 其实，翁方纲是引领官儒祭祀活动的核心人物。翁方纲影响其师友及门生，活动地点从北京扩大至江苏、陕西等，祭祀对象从苏轼推广至其他先儒。客观地说，"官阁消寒会"的寿苏活动是京师消寒会广泛传播的结果。而苏轼生辰纪念活动，常成为消寒会的组成部分，极具标志性。

二是"黔中消寒会"。洪亮吉《卷施阁诗》卷十四"黔中持节集"，是乾隆五十八年癸丑（1793）、五十九年甲寅（1794）的作品，也收录了九次消寒集会的诗歌，题目如下：

> 《初五日，近山堂消寒一集，分体咏秦宫人镜》
>
> 《初十日，漱石山房消寒第二集，题张太守凤枝〈珠还图〉》
>
> 《十五日，藏春坞消寒三集，题范巨卿碑额，即送张州守曾堉南还》
>
> 《二十日，听雨蓬消寒第四集，同咏诸葛灯》
>
> 《二十五日，思补斋消寒第五集，即题徐太守日纪〈阳春有脚图〉》
>
> 《小除日，消寒第六集，招同张太守凤枝、孙刺史文焕、陈大令锡藩、王参军湛恩暨儿子饴孙卷施阁祭诗，即席成六十韵》
>
> 《新正五日，消寒第七集，同人集陈大令锡藩雪溪吟舫，大令以盆栽素心兰见赠，即席赋谢》
>
> 《人日，消寒第八集，同人登黔灵山，复迂道访圣泉归，饮王参军湛恩一角山房，杂成三十二韵》
>
> 《十六日，消寒九集，湛碧亭禅房看雪，至二鼓乃返》②

---

① 张莉：《清代寿苏活动的开端》，《清代文学研究集刊》第六辑，人民文学出版社 2013 年版，第 72 页。

② 洪亮吉：《洪亮吉集》，中华书局 2001 年版，第 2 册，第 770—777 页。

　　除了洪亮吉，社员还有张凤枝、张曾埒、孙文焕、陈锡藩、王湛恩和洪饴孙等。其中，张曾埒在第三次集会以后南归。此次结社，洪亮吉任贵州学政，并且已于乾隆五十五年庚戌（1790）得中进士。"黔中消寒会"距离"官阁消寒会"有十一年，两者都是乾隆时期的消寒诗社，按照九九消寒的模式开展集会。"黔中消寒会"第三集题张凤枝《珠还图》，第五集题徐日纪《阳春有脚图》，以题图诗创作为活动，都是消寒唱和传统。

　　三是嘉庆六年辛酉（1801）"沪渎消寒会"。洪亮吉《更生斋诗》卷四"沪渎消寒集"再次收录"消寒会"九次集会的作品，具体诗题如下：

　　　　《消寒第一会，万大令承纪招集吴舫，听宁福校书弹胡琵琶，为赋长句》

　　　　《消寒第二会，汪庶子学金趣园座上追赋嘉庆戊午四月编辑〈娄东诗派〉成，为诸诗老设供，建水陆道场，用瑜伽荐度法并考生平行诣，分上、中、下三坛，别设闺秀一坛，七日乃竣，分赋得柏梁体一首》

　　　　《消寒第三会，王孝廉履荃、胡明经金诰邀游乐郊园，因出〈娄东十老图〉索题》

　　　　《消寒第四会，汪刺史廷昉座上赋南园古梅歌，梅为前明王文肃公手植，名一只瘦鹤》

　　　　《消寒第五集，田大令钧邀集官廨，即为题〈荆树山房图〉卷子》

　　　　《消寒第六会，汪公子彦国招集复初斋，观王石谷绘山水直幅》

　　　　《消寒第七集，唐明府仲冕招集吴县仓廨，观唐六如画马》

　　　　《消寒第八集，孙兵备星衍邀同人泛舟至永昌镇访孙武大冢，率成四首》

　　　　《消寒第九集，腊八日，李廉使廷敬招同人至虎阜，憩梅花

书屋，看黄梅作》①

社员还有万承纪、汪学金、王履荃、胡金浩、汪廷昉、田钧、汪彦国、唐仲冕、孙星衍和李廷敬等。各次集会的主人和地点都不同，主要活跃于苏淞一带。

四是嘉庆八年癸亥（1803）"消寒会"。洪亮吉《更生斋诗》卷八"北郊种树集"，又载有九次消寒集会的作品，具体题目如下：

《长至后一日，消寒第一集，诸及门饯余洋川书院之生云阁，分赋得山楼，即事四首》

《消寒第二集，陈孝廉懿本招游芜湖城东，沿后湖堤至三昧庵看黄梅作》

《十一月二十一日，消寒第三集，胡户部稷昆仲邀同孙兵备星衍冒雨至小仓山房探梅，并留饮小眠斋，即席赋呈并赠袁公子迟》

《十二月二日，消寒第四集，李兵备廷敬招同人集平远山房，观宋四家墨迹，即席同赋》

《初四日，消寒第五集，李明经筠嘉招同李兵备廷敬，何征君琪，陆孝廉继辂，林镐、储桂荣、褚华、李学璜、鲍熙、改琦、徐棠诸文学并铁舟上人，吾园小集，时余以明日旋里，诸公皆即席赋诗相饯，醉后率答一篇即以留别》

《初七日，消寒第六集，瞿应谦别驾携酒招游虎丘，久憩生公石，时宿雾漫山，饮毕不见一人，怅然而返，分赋得"石"字》

《十七日，消寒第七集，杨上舍槐招同赵兵备翼、庄官允通敏、刘官赞种之、金太守荣、方明府宝昌早饭石竹山房，复至秦园茶话始别，分体得五古一首》

---

① 洪亮吉：《洪亮吉集》，中华书局 2001 年版，第 3 册，第 1298—1304 页。

《腊月十九日，消寒第八集，王司马周南招宋学博保暨令弟理问、斗南文学、简可，陪游独鹤山庄看梅归，饮修竹精舍，即席赋赠，分韵得"庄"字》

《二十一日，自句容沿破冈渎抵绿野村，裴主政畅招同杨文学凤翔暨小阮中翰锜、上舍针集金粟山庄作消寒第九集，并约明日同游茅山，即席分体得长短句一首》①

洪亮吉相与集会唱和的诗人有陈懿本、胡稷、孙星衍、李廷敬、李筠嘉、何琪、陆继辂、林镐、储桂荣、褚华、李学璜、鲍熙、改琦、徐棠、瞿应谦、杨槐、赵翼、庄通敏、刘种之、金榮、方宝昌、王周南、宋保、王理问、王斗南、简可、裴畅、杨凤翔、裴锜、裴针等。此次"消寒会"与往年不同，以洪亮吉为中心，并非固定的诗人群体。消寒第一集在安徽宣城洋川书院生云阁，与会诗人主要是洪亮吉的门生。继而洪亮吉由水程沿江抵达芜湖，应陈懿本之邀前往三昧庵看梅，是为消寒第二集。第三集则在江苏南京小仓山房。十二月，洪亮吉复游上海，在平远山房、吾园等处举行消寒集会。而消寒第六集，洪亮吉回到苏州虎丘。第七集在无锡，第八集在句容，第九集在绿野村。洪亮吉辗转安徽、江苏各地，以沿途所经标记消寒会，历次集会之间相互独立。因此，该年"消寒会"总体人数较多，日期间隔不定。从洪亮吉的角度出发，这些消寒集会具有客游性质。孙星衍曾与之结"官阁消寒会""沪渎消寒会"，相交已久。李廷敬也是"沪渎消寒会"第九集的主人。

四　消寒会的集会唱和方式

根据上文所举消寒社诗总集及洪亮吉所结四次"消寒会"，可考察消寒会的基本结社方式。消寒会具有自身的结社规律，在起止时间、集会次数等方面有迹可循，也存在少于或多于九次集会的情况。

----

① 洪亮吉：《洪亮吉集》，中华书局 2001 年版，第 3 册，第 1402—1413 页。

部分消寒诗社严格按照九九消寒进程举行集会，有的则在九九消寒的基础上稍加变通，也有一些随意性较强的消寒会。笔者将以王相《友声集·白醉题襟集》所载"消寒会"为例，结合上述各种消寒会，分析清代消寒诗社的结社方式。

王相《白醉题襟集》卷一收录《长至日消寒第一会小启》，内容如下：

> 草堂西偏为陬室，曰"白醉闲窗"，适于长至日落成。室四壁以御寒飚，拓六牖而迎朝旭。一椽初就，四序将周。当天时人事之相催，怅秋月春花之屡负。急整词坛之律，壁垒重新；思收岁计之功，桑榆非晚。爰于是日举消寒第一会。红炉绿酒，天边雪意成无；活色生香，窗外梅痕开未。野人之负暄而乐，献也何从；诸君之著手成春，袖之可惜。用疏短引，遍简同人，各具胜情，均摅雅抱。欲其渐入佳境，思发于九九图前；亦足畅叙幽情，神溯夫三三径外。①

道光六年丙戌（1826）冬至，王相的"白醉闲窗"落成，并邀同人举行九九消寒会。王相、卓笔峰、成儁和陆从星分别撰有序文，附于《白醉题襟集》卷首。该"消寒会"订有会约，并以文字的形式记录下来②，前文已引。这份《会约》共有七款，约定集会方式，主要内容是：第一，从冬至开始，每九日举行一次集会。同人若有兴致，可添设一次集会。第二，同人轮流邀请召集，不论先后次序。集会前三日，以诗文相邀，不用书柬等俗例。第三，集会之日，陈列芳尊苦茗、山肴野蔌，以示去华存实、返璞归真，保持文人本色。第四，辰时聚集，按题分卷。早餐后有要事的诗人，可在晚酌结束

① 王相：《白醉题襟集》，王相《友声集》附，《续修四库全书》第1627册，第243页。

② 王相：《白醉题襟集》，王相《友声集》附，《续修四库全书》第1627册，第243—244页。

后补成。第五，六艺之外，不涉及其他事情。谢绝外人打扰，以免破坏兴致。第六，书画也可订入会课。正课结束后，另以书法作品记录社事。第七，远路而无法到场者，可在九日之内将作品寄到，由主人抄录下一次会课的题目和上一次会课诸友之作寄回。如此具体的消寒条约，展现了清代消寒会的规范性，在集会方式上与诗社并无二致。

曾元基《听琴别馆消寒诗钞》、言南金《曼陀罗馆消寒集》等总集所反映的消寒会，都从冬至日开始，每隔九日举行社集。而王相"消寒会"共有十二次集会，在十次集会的基础上增加了"闰二会"和"闰六会"。九次集会本是定数，但是，按照社员的要求而增减集会也属自然现象。根据《友声集·白醉题襟集》所收，除了第四会、第六会和第八会，其余九次集会均有会启。如陆从星所撰《消寒第二会启》记载："寻源而引渔父，名亭而号醉翁。会集消寒，人非趋热。此中有深趣焉，其乐不可极已。日月遄迈，宾主迭居。乐天夸于微之，兰亭防乎金谷。凡我忘言之契，知能不速而来。偶缀小诗，谨驰一价。"① 后附两首小诗。该消寒诗社既有会约，又有会启，在清代较罕见。

清代消寒会的活动，无外乎赋诗、饮酒等。孔尚任《节序同风录》"十一月·冬至"条记载："设筵相庆，谓之'庆长宴'，亦曰'消寒会'，又曰'分冬酒'。"② 冬至日当天作消寒会，是节序传统，以宴饮为主。而清代诗人举行九九消寒会，增加了集会次数和活动形式。孔尚任又提到："贴'九九消寒图'，其图以轻木为匡，背张素纸，面粘黄纸，面上用矾墨勾八十一圈，圈内涂以硝煤，分为九区三层，细画硃线以联络之，曲折而上，作日行之道，自冬至日为始，按圈数九，如交气在子后，即从此日数起，交气在午后，乃从

---

① 王相：《白醉题襟集》，王相《友声集》附，《续修四库全书》第 1627 册，第246 页。

② 孔尚任：《节序同风录》，浙江人民美术出版社 2016 年版，第 117 页。

次日数起。每日早晨，燃着香头，烧一墨圈，露一白圆，九九尽而寒消，以为阳生之象。"① 即使诗人们结消寒会，也没有抛弃绘制《九九消寒图》等习俗，经常以绘图、题图作为集会活动。陆从星作会启，所附诗歌其二曰："雅集招邀共举觞，胸中春已十分藏。消寒图就题襟起，染到梅花九瓣香。"② 可见，民俗与诗社相结合，既丰富了原有的活动形式，又保证了固定的集会时间，推动消寒诗歌的创作。

至于清代消寒会的唱和方式，也和诗社类似，主要有同题、分题、分体、分韵等。

同题共咏，围绕同一诗题进行创作，较为简单。而分题唱和，顺应了诗社集体创作和长期发展的需求。消寒第二会，创作诗歌有：严锷《风帘》《火炕》《唐花》，卓笔峰《风帘》《唐花》，陆从星《风帘》《火炕》，郝玉光《风帘》《唐花》，成儁《火炕》《炙砚》，王相《火炕》《炙砚》《唐花》。风帘、火炕、唐花和炙砚等，属于北方寒冬时节特有的器物，是消寒会常见的吟咏对象。风帘，用于阻挡风流。火炕，是北方居室的取暖设备，在满族十分流行。唐花，又作堂花，是用暖室加温法培养的花卉，供新年装饰用。炙砚，也称暖砚，具有防止墨汁冻结的功用。前文提到曹仁虎所撰《炙砚集》，即消寒诗集。第二会是典型的分题赋诗，每人分得二三题。又如消寒第五会，成儁《辛盘》《爆竹》，郝玉光《春联》《桃符》，严锷《门神》《汤团》，陆从星《牙饧》，王相《名纸》《鸦羽》，所咏之物富有新春气息，也是分题而作。此外，消寒第九会，社员创作"五君咏"，包括朱竹、白竹、紫竹、斑竹和方竹。《白醉题襟集》所收社诗如下：

---

① 孔尚任：《节序同风录》，浙江人民美术出版社 2016 年版，第 118 页。
② 王相：《白醉题襟集》，王相《友声集》附，《续修四库全书》第 1627 册，第 246 页。

卓笔峰《紫竹》《斑竹》《方竹》

成儁《朱竹》《白竹》《斑竹》《方竹》

陆从星《朱竹》《白竹》《斑竹》

王相《朱竹》《白竹》《紫竹》《斑竹》《方竹》

严锷《紫竹》

郝玉光《朱竹》《白竹》《紫竹》《方竹》

蔡瑞芝《朱竹》《方竹》①

　　卓笔峰、成儁、陆从星、王相、严锷、郝玉光和蔡瑞芝七人参加此次集会，诗歌数量不等。消寒第九会，与第二会、第五会一样，也是分题咏物。

　　该"消寒会"也有咏史诗歌。如消寒第四会，诗题有《西王母进嵫山甜雪》《东郭先生履穿》《苏武啮毡》《袁安闭户》《王恭披鹤氅》《王子猷放船》《谢道韫咏絮》《谢庄集衣》《孙康映字》《王维画芭蕉》《裴度平淮西拟凯歌》等，作者有卓笔峰、郝玉光、陆从星、成儁、王相和严锷。又如消寒第七会，诗题有《扬子云草元亭》《诸葛公南阳草庐》《王右军兰亭》《李谪仙桃李园》《裴晋公绿野堂》《邵康节安乐窝》《陆放翁书巢》《桑民怿独坐轩》等，作者有郝玉光、陆从星、成儁、卓笔峰和王相。一般而言，在社员数量充足的前提下，每人分得一题，是较常见的方式。假使社题多于社员，就会出现诗人平均分赋多个诗题，或随机分赋多个诗题，或量力择取若干诗题等情况，王相"消寒会"便是如此。第四会、第七会两次集会，以历史人物为核心拟定诗题，采用分题咏史的唱和方式。

　　至于消寒第一会，卓笔峰分得五绝，严锷分得七律，成儁分得七古，陆从星分得七绝，王相分得五古，王炯分得五律，则是分体

————————

① 王相：《白醉题襟集》，王相《友声集》附，《续修四库全书》第1627册，第263—266页。

唱和。而消寒第三会，共有三题：《赋窗纸上冰花》《梅影》《梅妻》。《赋窗纸上冰花》小序记载："东山严云锄作消寒第三会，同人毕集白醉闲窗，各拟社题，无惬意者。时朝日初上，窗纸上冰结为花，如藻荇纷披、交横水面，群相诧曰'此大好诗题'，遂拈韵分赋，以志一时之兴云。"① 该题收录卓笔峰、王相、陆从星、郝玉光和成傀的诗歌，并没有显示分赋具体韵字，仍属于同题共咏，也不限定体裁和韵脚。"拈韵分赋"只是集会唱和的笼统说法。

从诗题设定看，王相"消寒诗社"既有消寒会的一般特征，又和诗社无异。像第二会、第五会等，所咏之物具有时节性，同时也体现了规范有序的结社方式。前及曾元基"听琴别馆消寒会"，第一集第四题《文窗四咏》包括《败毡》《蠹简》《暖砚》《寒灯》，第二集第二题《即景咏雪四首》包括《待雪》《听雪》《扫雪》《煮雪》，第六集第二题《咏物六首》包括《暖锅》《风帘》《门神》《年糕》《春联》《春饼》，其他诗题如《腊肉》《手炉》《堂花》等，都体现了消寒性或新旧交替的时序感。

言南金"曼陀罗馆消寒会"，每次集会规定具体体裁。第五集创作五言绝句，题为《山茶》《水仙》《天竹》《腊梅》；第六集创作六言绝句，题为《自鸣钟》《阴晴表》《千里镜》《八音合》；第七集创作七言绝句，题为《尉武亭》《淮阴庙》《画凉亭》《楚相祠》。这三次集会，社员的唱和方式仍是同题共咏，原因在于组诗分题较少。一旦分题增多，就有分赋的必要以提高创作效率。不可否认的是，咏物组诗、咏史组诗的出现，展现了消寒会的唱和方式的变化趋势，由"同题"向"分题"过渡的倾向。分题而作的实行及类推，凸显了结社集会的趣味性、会课性，也成为诗社的可循规律。"曼陀罗馆消寒会"历次集会的体裁均不同，除了五绝、六绝和七绝，还有词作、试帖诗等。变换不同的创作体裁，以保证每次集会

---

① 王相：《白醉题襟集》，王相《友声集》附，《续修四库全书》第 1627 册，第 250 页。

的独特性，也是消寒会在唱和方式上的探索。

秦缃业选《西泠消寒集》，所收两年"消寒会"的第二次集会都采取分韵唱和，诗题分别为《第二集，太虚楼远眺，以"晚来天欲雪，能饮一杯无"分韵》和《第二集，雪晴孤山看梅，限五言古，以"前村深雪里，昨夜一枝开"分韵》。用前人成句分韵赋诗，在消寒诗社和普通诗社中都相当常见。又，第一年"消寒会"《第五集，分韵咏雪影，限五言长律二十韵》，也是分韵而作。这个"消寒诗社"也有相关拟古作品，以及相对自由的不拘体韵的诗歌创作。拟古诗，第一年《第八集，拟古》，包括《拟李义山〈烧香曲〉》《拟王仲初〈镜听词〉》《拟张文昌〈吴宫怨〉》《拟温飞卿〈晓仙谣〉》四题；第二年《第五集，咏古乐府，拟杨铁崖、李西涯体》，包括《季札剑》《伍员箫》《张良椎》《祢衡鼓》四题。另外，该社有意识地采取咏物、咏古等题材，如第一年《第三集，咏物，用渔洋秋柳韵》《第六集，咏西湖古迹》《第七集，咏诸葛铜鼓，用昌黎石鼓歌韵，为刘拙庵作》等，第二年《第三集，咏古》《第四集，分韵咏唐花，限五言长律二十韵》《第六集，咏物》《第八集，咏蜡梅》等。第一年第三集包括《寒鸡》《寒鸭》《寒雁》《寒鹰》，第六集包括《西溪访雪》《虎跑品泉》《岳坟奠酒》《天竺礼佛》；第二年第三集包括《西施石》《文君垆》《绿珠楼》《丽华井》，第六集包括《古书》《古画》《古琴》《古剑》。可见，《西泠消寒集》的咏物诗、咏古诗数量丰富，常设有四个分题。第一年"消寒会"诗题《第四集，以书味、画意、诗情、剑气命题，各赋七言律四首》，其实也是组诗形式，分题包括《书味》《画意》《诗情》《剑气》。江顺诒、梅振宗和邓之锈各创作四首，而白骥良只留下《书味》《诗情》两题。

结合多部消寒诗集，可知清代消寒会的结社方式，可概括为下面几点。第一，消寒会的集会时间、次数和间隔，具有规律性。但在许多情况下，又具有较大的变通空间。有时"消寒"只是作为结社的初衷，具体实践中并不遵循九九消寒的轨迹。第二，消寒会的社集次数有限，因而在唱和方式上尽量追求新变。在集会的过程中，采取不同的唱和方式，主要体现在对体裁、题材和韵脚的分配上，即"分体""分题""分韵"三种。这也是普通诗社的基本创作方式。第三，组诗尤其是咏物组诗，在消寒会作品之中十分常见。根据曹仁虎《炙砚集》所载，乾隆三十五年庚寅（1770）"消寒"第一集、第二集、第三集和第五集，三十六年辛卯（1771）"消寒"第六集，三十七年壬辰（1772）"消寒"第四集，三十八年癸巳（1773）"消寒"第二集、第三集，都采用组诗的方式进行创作，同组诗歌有时多达十二首。第四，消寒会所咏对象，通常围绕"消寒"主题。以曹仁虎《炙砚集》为例，其中"雪景"包括《雪屋》《雪林》《雪径》《雪村》《雪岑》《雪溪》《雪桥》《雪篷》，"雪斋"包括《毡帘》《风门》《煤炕》《炭炉》《暖砚》《火碗》《圆案》《矮几》《套杯》《挂瓶》《酒筹》《烟筒》，"唐花"包括《梅》《兰》《桃》《海棠》《牡丹》《芍药》，切合"寒冷"或"消寒"等意思，形成特定的审美趣味。第五，祭祀先儒等集会活动，成为消寒会的鲜明标志，并推动其发展。这点在"士夫诗社"一节，及洪亮吉"官阁消寒会"等处，已得到充分阐释。

最后，笔者试图简要分析消寒会的地域分布。由于统治阶级素有消寒传统，北京作为都城，无疑是清代消寒会最盛行的地方。"听琴别馆消寒会"在江西，"曼陀罗馆消寒会"在安徽，而"西泠消寒会"，顾名思义，活跃于浙江杭州。洪亮吉在陕西、贵州、江苏、上海等多处结"消寒会"，将京中消寒风气带至西北、西南。不同阶层的江苏诗人，积极结社消寒，形成远近闻名的集会中心。有趣的是，气候相对温暖的浙江温州，也曾举行过消寒会，方鼎锐（字子颖）《且园赓唱集》收录了少量消寒诗歌。第一集诗作如下：

《消寒第一集，呈子颖观察》（钱国珍）
《消寒第一集，招吴春波总戎，常仲矗、裕昭甫两太守，黄黼堂、郭外峰两司马，钱子奇大令同食熊掌，翌日，子奇以诗

来谢，复惠熊掌二枚，依韵奉和，兼以志谢》（方鼎锐）

《奉和子颖观察消寒第一集原韵》（戴咸弼）

《奉和子颖观察消寒第一集原韵》（许文琳）①

　　根据方鼎锐诗歌所记，"消寒会"第一集的成员还有钱国珍、吴鸿源（春波其字）、常绂（仲黼其字）、裕彰（昭甫其字）、黄维诰（黼堂其字）和郭钟岳（外峰其字）。方鼎锐作主招饮，社员同食熊掌。戴咸弼（字鳌峰）、许文琳（字瓯卿）二人奉命唱和，应当没有参与社集。在此之前，钱国珍也曾馈赠熊掌给方鼎锐，方诗《辛未仲冬，钱子奇大令（国珍）以熊掌见贻，赋诗志谢》表达了谢意②，常绂、郭钟岳、张之缙、石祖芬、杨铭鼎、戴咸弼、钱国珍和方观法等人均有和诗。"消寒会"第二集，由钱国珍主持，集会地点是华盖山楼。《且园赓唱集》卷二收录了钱国珍《华盖山楼消寒第二集，赋呈子颖观察》③，以及方鼎锐、郭钟岳、张之缙、戴咸弼、方观法的和韵之作。该"消寒会"的时间是同治十年辛未（1871），唱和总集《且园赓唱集》只收录了前两次集会的作品。方鼎锐、钱国珍等，都是温州或附近的官员，其中常绂、裕彰是旗人，他们将消寒会的传统带至南方。毕竟结社环境发生改变，该"消寒会"未能持续举行，但且园唱和还是留下了丰富的诗歌。前文提到方鼎锐曾为《西泠酬倡集》作序。同治十二年癸酉（1873）、十三年甲戌（1874），钱国珍结"西泠吟社"之消寒会，《西泠酬倡集》录其作品。杭州具备开展消寒会的气候因素，著名诗人在此主持坛坫，倡导消寒活动。结社传统和结社环境，关乎社事的长期发展。

----

① 方鼎锐：《且园赓唱集》卷二，同治十三年甲戌（1874）且园刻本，第7a—10a页。

② 方鼎锐：《且园赓唱集》卷二，同治十三年甲戌（1874）且园刻本，第1a页。

③ 方鼎锐：《且园赓唱集》卷二，同治十三年甲戌（1874）且园刻本，第12a页。

五　消夏会、消夏社集及其结社模式

清代，消夏会的普及程度不如消寒会，社诗总集及所得作品的数量也相对较少。笔者硕士学位论文论述宝廷"消夏""消寒"诗社的创作倾向，曾推测："该'消夏诗社'应该经历孟夏（农历四月）、仲夏（农历五月）、季夏（农历六月）三个月，共六次集会。相对应的节气分别是立夏、小满、芒种、夏至、小暑、大暑。也就是说，'消夏诗社'集会可能始于立夏左右，止于立秋之前。"① 宝廷"消夏诗社"的集会活动颇具规律性，且连续三年结社，并与"消寒诗社"交替举行。

清代，既举消寒会，又举消夏会的诗人也有不少。方濬颐《二知轩诗续钞》卷十六《叔起招集同人醄饮于小盘谷，用东坡中隐堂韵同作》，"素心良友共，寒暑肯相违"一联，诗人自注说："今年连举消夏、消寒之会。"② 方濬颐《题襟馆消夏第一集，用刘芙初前辈读邗上题襟集遥寄宾谷先生韵》③，作于同治十年辛未（1871），是该年"消夏会"第一次集会的诗歌。《二知轩文存》卷二十二《且园消夏图记》记载："予曩消夏于题襟馆，招同人起诗社，属汪子研山作图。"④ 汪鋆（研山其字）作《消夏图》。《二知轩诗续钞》卷十二《消寒第一集，次叔平过清燕堂题襟馆有怀蝯叟吴中谦斋皖上用涪翁次晁补之廖正一赠答诗韵》⑤，"消寒会"第一集所作，时间也是同治十年辛未（1871）。

康熙时期，消夏会与消寒会并行。查慎行《敬业堂诗集》卷三十六，收录"消夏会"相关诗歌，题目如下：

---

① 胡媚媚：《清代诗社研究——以六诗社为中心》，硕士学位论文，浙江大学，2013 年，第 179 页。

② 方濬颐：《二知轩诗续钞》卷十六，《续修四库全书》第 1556 册，第 291 页。

③ 方濬颐：《二知轩诗续钞》卷十一，《续修四库全书》第 1556 册，第 203 页。

④ 方濬颐：《二知轩文存》卷二十二，《续修四库全书》第 1556 册，第 617 页。

⑤ 方濬颐：《二知轩诗续钞》卷十二，《续修四库全书》第 1556 册，第 226 页。

《椿树草堂月下分韵，得"侵"字（消夏第一集）》
《长林丰草吾庐图，为林鹿原赋（消夏第二集）》
《李簋斋招集圣安寺纳凉，得"火"字（消夏第三集）》
《分咏京师古迹，得贯休画应梦罗汉像（消夏第四集）》
《分咏诗人居址，得东坡（迎凉第五集）》
《种藤歌，为周桐野前辈赋（迎凉第六集）》①

第五集、第六集称"迎凉"。同卷《德尹请假出都，志别八首》其七，首句"消夏迎凉纪岁华"，诗人自注说："自五月以来，同人为消夏迎凉之会，会必分题。"② 第四集、第五集两题之间有《立秋日，陈南麓都谏招集挂云书屋》一诗③。可见，该会分为"消夏""迎凉"两个阶段，以立秋为界限。查慎行之弟查嗣瑮《查浦诗钞》卷九，也收录了"消夏会"部分诗歌，题目如下：

《题林吉人〈长林丰草吾庐图〉（消夏第二集）》
《李簋斋招集圣安寺纳凉（消夏第三集）》
《夏日咏物，得竹簟（消夏第四集，同年蒋青棠招游张园）》
《廉希宪万柳堂（消夏第五集）》
《牛鸣双村棹歌词（消夏七集，为郭于宫赋）》④

经过对比可知，"迎凉第五集"即"消夏第五集"，查慎行分得东坡居址，而查嗣瑮分得廉希宪万柳堂。《查浦诗钞》多了"消夏

---

① 查慎行：《敬业堂诗集》卷三十六，上海古籍出版社 1986 年版，中册，第 992—1004 页。
② 查慎行：《敬业堂诗集》卷三十六，上海古籍出版社 1986 年版，中册，第 1005 页。
③ 查慎行：《敬业堂诗集》卷三十六，上海古籍出版社 1986 年版，中册，第 999 页。
④ 查嗣瑮：《查浦诗钞》卷九，《四库未收书辑刊》第八辑第 20 册，第 104—105 页。

会"第七集的诗歌。其实,《敬业堂诗集》卷三十六也有《牛鸣双村棹歌,为郭于宫赋四首》①,置于"迎凉"第五集诗题之后,没有注明是否是社诗作品。林佶(吉人其字)也参与其中。乾隆《福州府志》卷六十《人物·文苑》记载:"林佶,字吉人,侗弟,受业于长洲汪编修琬。拔贡入成均,受诗于新城王尚书士祯。时华亭王司农鸿绪总裁《明史》,延佶与鄞县万斯同商订。己卯举于乡,丙戌特旨入直武英殿抄写御集。壬辰钦赐进士,佶名在第一。官内阁中书,分纂《诗经》《子史英华》。各馆泽州陈相国廷敬、昆山徐司寇乾学、商邱宋冢宰荦,咸先后推毂。在日下举销夏之会,一时名贤咸集。"② 这里提到的日下销夏会,很有可能就是查慎行、查嗣瑮、李嶟瑞(簸斋其字)所结"消夏会",时间在康熙后期。《查浦诗钞》卷三《洛中怀古十七首(并序)》小序记载:"戊辰,与都下诸君为九九销寒之集。"③ 康熙二十七年戊辰(1688),查嗣瑮在京中举行"消寒会"。卷六又有"消寒"第一集至第三集的诗歌④,也作于康熙年间。

　　清代,具有消寒会和消夏会两种经历的诗人也不在少数。吴锡麒《有正味斋集》、乐钧《青芝山馆诗集》、程晋芳《勉行堂诗集》、曾燠《赏雨茅屋诗集》、沈学渊《桂留山房诗集》和杨芳灿《芙蓉山馆全集》等,都收录了消寒、消夏两类社集之作。但清人结消寒会的频率和次数明显超过消夏会。以乐钧结社为例,《青芝山馆诗集》所收"消寒"诗歌将近二十题,而"消夏"诗歌只有一题。嘉庆五年庚申(1800),吴锡麒与法式善、赵怀玉、鲍之钟、汪学金、谢振定、张问陶、戴敦元、姚椿九人在京师结"消寒会"。七年壬戌

---

① 查慎行:《敬业堂诗集》卷三十六,上海古籍出版社 1986 年版,中册,第 1000—1001 页。

② 乾隆《福州府志》卷六十《人物·文苑》,《中国地方志集成·福建府县志辑》第 2 册,第 209 页。

③ 查嗣瑮:《查浦诗钞》卷三,《四库未收书辑刊》第八辑第 20 册,第 46 页。

④ 查嗣瑮:《查浦诗钞》卷六,《四库未收书辑刊》第八辑第 20 册,第 72 页。

（1802），吴锡麒在江苏扬州结"消夏会"，其《有正味斋集》收录了相关诗歌，题目如下：

> 《消夏第一集，分韵得"寒"字》
> 《消夏第二集，同咏夏事八首》
> 《消夏第三集，以"掬水月在手"分韵，得"水"字》
> 《消夏第四集，分得咏史乐府四首》①

第二次集会同咏夏事八首，包括《缲丝》《晒药》《造酱》《卖冰》《插秧》《洗竹》《浮瓜》《折荷》。这种唱和方式，类似于消寒会。又，戴敦元《戴简恪公遗集》卷四《夏至日，春云书屋消夏首集，分得"第"字》，其中第五联"至后起九九，略仿消寒例"②，说明该"消夏会"始于夏至日，仿照消寒会起于冬至之例。可见，消寒会在唱和方式、集会方式等方面都对消夏会产生影响。

消夏社诗总集，在编纂体例上也与消寒社集颇为相似，通常以集会为线索，按照作者收录社诗作品。《销夏三会诗》是嘉庆初年，郭麐（字祥伯，号频伽）与黄凯钧（号退庵）、黄若济（字子未）父子等在浙江嘉善唱和所得。吴仰贤《小匏庵诗话》卷六记载：

> 嘉庆初，吴江郭频伽先生侨寓魏塘，与黄退庵父子暨同里诗人樽酒过从，极一时唱酬之乐。有《销夏三会诗》付梓。第一集题为《夏日田园杂兴》，退庵云："午后微微云气生，山翁跂脚梦初成。儿童戏掬盆池水，洒向芭蕉诳雨声。"频伽云："栗里偏多恶少年，传闻间井正骚然。此邦已觉人情好，只向田翁借水钱。（时农人被水者，以桔槔引水入河，就主家借钱，曰

<hr/>

① 吴锡麒：《有正味斋诗集》卷十五，《续修四库全书》第 1468 册，第 512—514 页。

② 戴敦元：《戴简恪公遗集》卷四，《四库未收书辑刊》第十辑第 28 册，第 434 页。

'水钱'。)"汪芝亭继熊云："青裙椎髻陌头行，挈楹提浆饷耦耕。叹息残机犹未了，篱边络纬已先鸣。"黄子未云："昨宵一雨减炎蒸，诗酒商量会友朋。竹下茆堂新结得，免教借屋就山僧。"第二集为《夏日游仙诗》，退庵云："懒骑白凤度层霄，爱坐红莲当小舠。火枣不宜销暑会，海山深处摘冰桃。"频伽云："夜明帘子曲琼钩，蜜色通犀押两头。偶堕乱萤三四点，不知下界有星流。"郭丹叔云："点笔能偷造化功，银河水与墨池通。月中自写山河影，团扇人间画不工。"芝亭云："宵来濯足到明河，朝向扶桑洗发过。忽见群真好仪仗，笑他天上热官多。"第三集题为《夏日闺中词》，退庵云："小姑十四太憨生，手制纱笼一盏青。爱向新凉闲院落，泥他小婢扑流萤。"频伽云："罗绣空庭日影移，闲愁不遣侍儿知。水晶帘底支颐坐，独看荷花夜合时。"丹叔云："帘钩未下月侵床，睡鸭金炉尚有香。笑灭银釭向郎问，今宵凉是昨宵凉？"子未云："十五娉婷不识愁，学梳新髻带娇羞。阿娘生恐晶簪滑，亲替银丝系两头。"①

根据社诗总集《销夏三会诗》，第一会诗题为《夏日田园杂兴》，第二会《夏日游仙诗》，第三会《夏日闺中词》。每次集会，收录黄凯钧、郭麐、郭凤（丹叔其字）、汪继熊（芝亭其字）和黄若济五人诗作，时间是嘉庆九年甲子（1804）夏。郭麐和郭凤是吴江人，黄凯钧、黄若济和汪继熊是嘉善人。《小匏庵诗话》列举三次集会诗题，并引用诗人佳句，展现了该"销夏会"及社诗作品的大致风格。该社三会的唱和方式是同题共咏，第一会模仿"月泉吟社"的诗题设置。其实，社诗总集还收录了"销夏续集"的作品，诗题如下表所示：

---

① 吴仰贤：《小匏庵诗话》卷六，《续修四库全书》第1707册，第50页。

集会	总题	分题	社员
第一会	《销夏第一会，集三分水阁》	《拟白乐天〈采莲曲〉》	黄凯钧
		《拟李义山〈燕台夏歌〉》	郭麐
		《拟〈子夜夏歌〉》	吴鲲［鹍］
		《拟李长吉〈六月乐词〉》	潘眉
		《拟王摩诘〈苦热行〉》	郭凤
		《拟阎友倩〈采莲曲〉》	黄继熊
		《拟沈休文〈夏白纻歌〉》	黄若济
第二会	《销夏第二会，集听松轩》	《承蜩》	黄凯钧
		《合酱》	郭麐
		《踏车》	吴鹍
		《诛蚊》	潘眉
		《憎蝇》	郭凤
		《曝书》	汪继熊
		《卖冰》	黄若济
第三会	《销夏第三会，集三十六鸥亭》	《同赋招凉曲》	全体
第四会	《销夏第四会，集青棠馆》	《同赋新秋即事》	全体
第五会	《销夏第五会，集语鸭亭》	《同咏荷花生日词》	全体
第六会	《销夏第六会，集灵塔庵》	《同赋即事二首》	全体
第七会	《销夏第七会，集瓶山道院，分咏七夕故事》	《安公骑龙》	黄凯钧
		《柳州乞巧》	郭麐
		《王乔驾鹤》	吴鹍
		《郝隆晒腹》	潘眉
		《阮咸标裈》	郭凤
		《太真私誓》	汪继熊
		《麻姑掷米》	黄若济

该"销夏会"举于嘉庆十三年戊辰（1808），共有七次集会。对比嘉庆九年甲子（1804）"销夏会"，此次结社增加吴鹍、潘眉。集会地点有三分水阁、听松轩、三十六鸥亭、青棠馆、语鸭亭、灵塔庵和瓶山道院，室内外相结合。七名诗人很有可能轮流主持社事，共同完成一轮"销夏会"。从"销夏三会"到"销夏七会"，可直观地看到消夏诗社的发展历程。前者采取同题共咏的方式，主题简单

明白，体裁是七言绝句；后者的第三会至第六会仍是同题而作，但第一会、第二会和第七会采取分题而赋的方式，包括咏古、咏物和咏事，唱和方式和创作体裁都更加丰富。第二会，诗人分赋《承蜩》《合酱》《踏车》《诛蚊》《憎蝇》《曝书》《卖冰》，具有浓烈的消夏气息，与消寒会的诗题设置如出一辙。

郭麐《〈续销夏集〉序》记载："《续销夏集》者，魏塘诸子与其流寓往来之人踵前所谓'销夏三会'而作也。其地则青豆之房、水晶之域、荷花柳丝之乡；其时则春余夏首、下九初七，终始乎一时；其体则杂拟新咏、古今五七字皆备；其篇什则校前会损三之一焉。"① 这段文字概括了"销夏续集"及社诗总集的基本情况。两次"销夏会"的变化，反映的是在结社环境、诗人群体相对稳定的前提下，消夏诗社自身酝酿发展，最终形成结社规律的过程。嘉庆时期，是消夏会、消寒会的经验积累阶段，对全清社事也有促进作用。

另外，值得一提的是，郭麐为"销夏三会"作序，曾提及"霁青以读书郊外故不与云"②，黄安涛（霁青其号）也是黄继熊之子。嘉庆十四年己巳（1809），黄安涛进士及第，进入结社唱酬的密集阶段和诗歌创作的黄金时代。嘉庆十九年甲戌（1814）至二十三年戊寅（1818），诗人在北京结"消寒会"，是嘉庆"宣南诗社"的核心成员。至于嘉庆九年甲子（1804）、十三年戊辰（1808）两次"销夏会"，黄安涛未能出席，尚且处于闭门读书的状态。又，从道光十八年戊戌（1838）开始，浙江嘉兴岳鸿庆起结"鸳湖诗社"（"鸳水联吟社"），每年四次集会，分题赋诗，限期收卷，并评定优次。根据现存社诗总集《鸳水联吟》所载，黄安涛是该社第八集成员。

总体而言，清代消夏社诗总集的数量不多。诸多《消夏录》《消夏记》等，都是清人的读书笔记，并非唱和总集。如《唐律消夏录》，编者顾安于乾隆二十一年丙子（1756）夏取唐人诗集"稍

---

① 郭麐：《销夏三会诗·销夏续集》卷首郭麐序，清钞本，第 1a 页。
② 郭麐：《销夏三会诗》卷首郭麐序，清钞本，第 1b 页。

为论次，晰其端绪，探其本根"①，是评点类唐人律诗选集。而唱和总集《销夏倡和诗存》②，作者包括汪远孙、汪鈇、胡敬、汪皋、汪迈孙、陈来泰、赵铭、钱师曾、黄士珣、汪适孙、费丹旭等，主要是胡敬与王氏诗人的唱和之作，围绕"消夏"主题，但不能以结社视之。又如《癸酉消夏诗》③，作者包括潘祖荫、李慈铭、董文灿、严玉森、陈宝、王颂蔚等，也是普通唱和总集，并非消夏会所得。消夏会在清代已然类型化，是蕴含集会规律的诗社，和一般消夏聚会有所区别。消寒会，经历了从冬至消寒到九九消寒的扩大化，成为清代诗社的重要类型。而消夏会未能体现所谓社会民俗现象与文学唱酬活动的紧密结合，难以产生消寒会那样的影响。但是，作为季节性诗社，两者之间具备时间层面的互补和结社模式的互通。这也是笔者同时探讨消寒、消夏诗社的意义所在。

第二节　耆老会

耆老会是清代诗社的一种特殊类型，其结社主体一般是年高德劭者。六十曰耆，七十曰老，耆老指的是六十岁以上的老人。中国古代举行耆老会的渊源已久，唐宋时期已树立耆老会的典范，即"香山九老会"和"洛阳耆英会"。明清两代，尊年尚齿之风方兴未艾，耆老会间见层出。由于统治阶级的倡导和推动，清代官方耆老会盛极一时，乾隆二十六年辛巳（1761）、三十六年辛卯（1771）朝廷两次组织"九老会"，引发了民间举行耆老会的风潮。何宗美先生《文人结社与明代文学的演进》"文人结社与怡老文学"④，叶晔先生《明代中央文官制度与文学》"耆老会与台阁文学的地域下行

---

① 顾安：《唐律消夏录》卷首顾安序，乾隆二十七年壬午（1762）刻本，第4a页。

② 汪远孙等：《销夏倡和诗存》，道光十四年甲午刻本（1834）。

③ 潘祖荫等：《癸酉消夏诗》，同治刻本。

④ 何宗美：《文人结社与明代文学的演进》，人民出版社2011年版，第123—130页。

渗透"①，这些章节都涉及明代耆老会。近年，清代耆老会日益受到
重视，罗时进、朱则杰两位先生都有过相关研究②。笔者拟将勾勒文
学史上最具深远影响的两个耆老会，以社诗总集为文本基础揭示清
代耆老诗社的结社方式包括集会唱和特征，讨论清代诗人并称群体
的结社现象，探究结社与并称对地方文学传统形成的贡献。

一　追蹑唐宋遗踪：香山与洛社

"香山九老会""洛阳耆英会"是历史上著名的耆老会，对后世
社事影响至深。两者的结社方式，奠定了明清耆老会的基本模式，
也刺激了诗社的极大发展。

"香山九老会"是白居易晚年与胡杲、吉皎（一作吉旼）、刘
贞、郑据、卢贞、张浑、李元爽、释如满九人在洛阳所举耆老会，
也称"香山尚齿会"。九名诗人并称"香山九老"，前七名诗人先有
"七老"之称。此外，狄兼谟、卢贞（另一同名诗人）未到七十岁，
参与集会却不在九老之列。该会辑有诗歌总集《香山九老诗》一卷，
今传《四库全书》本附于《高氏三宴诗集》后。《香山九老诗序》
全文如下：

> 会昌五年［乙丑，845］三月二十四日，胡、吉、刘、郑、
> 卢、张等六人皆多年寿，余亦次焉，于东都散居履道坊内合尚
> 齿之会。七老相顾，既醉且欢，静而思之，此会希有，因各赋
> 七言六韵诗一章以记之，或传诸好事者。其年夏，又有二老，
> 年貌绝伦，同归故乡，亦来斯会。续命书姓氏、年齿，写其形
> 貌于图右，与前七老题为《九老图》。仍以一绝赠之云："雪作
> 须眉云作衣，辽东华表暮双归。当时一鹤犹希有，何况今逢两

---

① 叶晔：《明代中央文官制度与文学》，浙江大学出版社2011年版，第314—321页。

② 罗时进：《地域·家族·文学——清代江南诗文研究》，上海古籍出版社2010
年版，第172—183页；朱则杰：《清诗考证续编》，浙江大学出版社2019年版，下册，
第828—889页。

令威。"二老乃洛中遗老，李元爽年一百三十六，禅僧如满归洛，年九十五。时秘书狄兼谟、河南尹卢贞，以老未七十，虽与会而不及列。①

上海书店出版社《丛书集成续编》所收《香山九老会诗》亦载这篇诗序，文字稍有出入。"尚齿之会"即耆老会的别称。根据《香山九老诗爵里纪年》，九老之中，李元爽年纪最长，白居易最小，皆在七十岁以上。诸老以诗歌记录集会，汇成《香山九老诗》。胡杲诗如下：

> 闲居同会在三春，大抵愚年是出群。
> 霜鬓不嫌杯酒兴，白头仍爱玉垆薰。
> 徘徊玩柳心犹健，老大看花意却勤。
> 凿落满斟判酩酊，香囊高挂甚氤氲。
> 搜神得句题红纸，望景长吟对白云。
> 今日交情何不替，齐年同侍圣明君。②

可见，"香山九老会"的活动包括玩柳看花、饮酒赋诗等。白居易是如满的弟子，晚号香山居士，远离尘俗，寄情山水。"香山九老会"也沾染些许佛老气息，诗人群体经常焚香品茗、坐禅清谈。第二年即会昌六年丙寅（846），白居易去世，葬于香山。"香山九老会"绘有《九老图》，它在清代的声名不亚于"兰亭集会"，清人效仿或延续香山故事作耆老会。

"洛阳耆英会"，也称"洛社"，亦是"香山九老会"影响下的产物。邵伯温《邵氏闻见录》卷十记载："元丰五年［壬戌，1082］，

---

① 白居易等：《香山九老诗》卷首，高正臣《高氏三宴诗集》附，《景印文渊阁四库全书》第 1332 册，第 8 页。

② 白居易等：《香山九老诗》，高正臣《高氏三宴诗集》附，《景印文渊阁四库全书》第 1332 册，第 9 页。

文潞公以太尉留守西都，时富韩公以司徒致仕，潞公慕唐白乐天九老会，乃集洛中卿大夫年德高者为耆英会。以洛中风俗尚齿不尚官，就资胜院建大厦，曰'耆英堂'，命闽人郑奂绘像其中。"① 文彦博向往唐代"香山九老会"，因而集合洛阳齿德俱尊的卿大夫作"耆英会"，在资胜院建"耆英堂"，并命人绘像其中。"洛阳耆英会"社员共十三人，按照年龄排序，依次是富弼、文彦博、席汝言、王尚恭、赵丙、刘几、冯行己、楚建中、王慎言、王拱辰、张问、张焘和司马光。司马光未满七十而入会，也是依据"香山九老会"成员狄兼谟的特殊情况。宋代"耆英会"在规模上显然已超越唐代"九老会"。

根据《邵氏闻见录》，文彦博又结有"同甲会"，指的是同龄集会，包括文彦博、司马旦、程珦和席汝言四人，本质上也是耆老会。又，司马光曾举"真率会"，约定"酒不过五行，食不过五味"，既体现了简朴率真的宗旨，也增添了集会活动的乐趣。庞明启先生《论宋代的真率会及其诗词创作》一文，考察了宋代真率会的概况、形式和类别等，可备参考。作者提到："虽然真率会未必皆为耆老会或怡老会，但最初它是老年闲退官员以娱乐为目的而举行的宴饮聚会活动，后世仿慕者也多属于此种性质，所以现存的真率会资料很多是墓志铭、祭文和挽诗一类悼念已故会友之作。"② 司马光留下了一些"真率会"相关诗歌，但似乎不是集会现场所赋。前及《香山九老诗》旨在记录社事，也不是严格意义上的社诗总集。可见，在耆老结社初阶，集会便以消闲娱乐为主，诗歌创作并非重点。这与兰亭修禊相似，于后世而言，活动本身的意义大于存世诗歌的文学价值。

"尚齿会""耆英会""真率会"等，从具体的结社行为演变成特定的诗社类型。宋元诗社的名称及结社方式逐渐变成后世模仿的

---

① 邵伯温：《邵氏闻见录》卷十，上海古籍出版社 2012 年版，第 58 页。
② 庞明启：《论宋代的真率会及其诗词创作》，《宁夏大学学报》2015 年第 3 期。

样本，即所谓"结社传统"的形成过程。清代耆老诗社乃至一般诗社，常以"香山九老会"和"洛阳耆英会"作为先例开展集会活动，多不胜举。如康熙年间，屠彦征等九位诗人仿"香山九老会"结"耆英社"，《周庄镇志》卷二记载："在澄虚道院之西，明长庠生屠彦征宅也。尝与陶唐谏、郑任、方九皋、沈自凤、徐汝璞、管渊、丁社、僧广明九人，仿香山故事结'耆英社'，极一时诗酒之乐。今读其自撰小引及诸老题咏，尚想见杖履风流。"① 后附屠彦征《耆英社集小引》。屠彦征还与郑任、毛莹和徐汝璞结"四老会"，《周庄镇志》记载该会"乃用白香山诗为起句，各赋二绝，莹子锡年为绘《四老图》"②，也可能是受白居易影响。又如夏荃《退庵笔记》卷四《九老会》记载：

> 程大京兆里居时，仿洛社耆英故事联"九老会"。九老者，缪公中林（百朋）、沈公平舆（均）、黄公保堂（鹏）、缪公晓岩（枟）、宫公朴庵（焕文）、刘公竹村（永锡）、团公冠霞（昇）、吴公萃叟（国衡）及公。而九公有《癸巳立春前二日，松承堂小集，作九老歌，用柏梁体》，时乾隆三十八年，公年八十一矣。公又有《壬辰嘉平望后，与沈平舆、黄保堂、缪晓岩集饮书斋》七古，起句云"四人三百十五岁"，则三人者，亦皆七八十许人矣。惜《九老歌》中未注明诸公年齿，为阙典耳。九老中最著者，程、宫、缪、团，余五人，后学多不知其名。③

乾隆三十八年癸巳（1773），程盛修与缪百朋、沈均、黄鹏、缪枟、宫焕文、刘永锡、团昇、吴国衡结"九老会"，也是仿照"洛阳耆英会"而结社的例子。九人作有《九老歌》，遗憾的是没有注

---

① 陶煦：《周庄镇志》卷二，《续修四库全书》第717册，第40页。
② 陶煦：《周庄镇志》卷二，《续修四库全书》第717册，第41页。
③ 夏荃：《退庵笔记》卷四，《四库未收书辑刊》第三辑第28册，第408页。

明齿序，据夏荃所考，应该皆在七八十岁。事必有源，清人举行文学活动多遵从史实依据，山水集会看兰亭，园林集会称西园。同样，香山、洛阳二会及其所树立的结社模式，在清代耆老当中具有至高的典范效应。

《香山九老诗》诗体"七言六韵"也是可循之例。如钱载《萚石斋诗集》卷三十一《敬承会诗》，其序记载："乾隆己丑十一月，上海曹君君锡年百岁，大吏请旌之。于是梧州太守李君方家居，集里中高年亚曹君者十九人，会于敬承之堂。……岁在辛巳，吾郡嘉善尊德堂九老之会，尝仿七老诗体纪之。兹者盛事再逢，仍用七言六韵。"① 乾隆二十六年辛巳（1761）尊德堂"九老会"，三十四年己丑（1769）"敬承会"，都沿用"香山九老会"诗体进行创作。敬承堂主人李宗袁未及六十而入会，也自比狄兼谟、卢贞。不管是招纳低于七十岁或六十岁的诗人入会，还是改变社员数量，均可遵循旧例。沈大成《同里十老会序》记载："昔唐会昌间香山之会，初只七人，白诗所谓'七人五百七十岁'是也。其时又有二老同归故乡，亦来斯会，与前七老为《九老图》。夫在古七者可益为九，则今九者独不可足为十乎？况予尝客于外，偶归故乡者乎，其可援以为故乎？九，盈数也，算至十而一，终则有始，循环无已。诸公之招予也，其犹此意乎？"② "香山九老会"原先只有七人，后增至九人，而该"十老会"本来只有九人，根据"香山"之例而添加一人。

除了形式方面的模仿，清人也希望延续唐宋耆老乐天知命的精神。周萼芳《茸城九老会序》记载："孟子曰：'天下有达尊三：爵一，齿一，德一'。世之兼有三者实难，何也？爵听命于人，齿受命于天，德赋命于我者也。在我者可以自主，在人者不可自必。若齿

---

① 钱载：《萚石斋诗集》卷三十一，《清代诗文集汇编》第 314 册，第 168 页。
② 沈大成：《学福斋集》卷八，《续修四库全书》第 1428 册，第 91 页。

之惟天所命尤其所难得者而竟得之，且得之者不一其人，何其幸
欤！"① 周萼芳认为白居易、文彦博兼具三达，而张鸿等辈"无所为
爵""不敢云德"，但可以效仿唐宋诸贤享乐天年，因而共结耆老
会。"洛社"尚齿不尚官，而周萼芳同样以为天命难得。齿序对耆老
会的重要性，从古至今都在第一位。

二　耆老社诗总集五种

清代耆老会的高度发展，得益于结社传统、结社经验和结社环
境三个方面。结社传统指的是"香山九老会""洛阳耆英会"奠定
的清代耆老会的结社宗旨和基本模式。"香山""洛社"二者并提，
久负盛名，清代耆老会在诗社命名、社约拟定、社图绘制、社集编
纂等多个方面均受其启发和影响。结社经验是指明代耆老会数量丰
富，清代耆老会在此基础上发展而来。这种经验也有可能来自地方
文学传统。结社环境是指清代总集的刊行与流通已成风尚，耆老会
及其社诗总集的编纂等因此具备良好的现实条件。结社传统已作详
细介绍，笔者将介绍清代耆老会及其社诗总集以展现此类诗社的多
样性。

一是"耆年宴集会"及《耆年宴集诗》。康熙三十二年癸酉（1693）
八月，王日藻招集许缵曾、徐乾学、盛符升在秦望山庄作"耆年宴
集会"。《耆年宴集诗》按作者分类，收录四人诗歌。盛符升和徐乾
学是江苏昆山人，王日藻和许缵曾是江南华亭（今上海松江）人。
诗歌总集后附若干首《甲戌上巳遂园宴集诗》，以及《赠言》等②。
次年康熙三十三年甲戌（1694）上巳，耆年十二人宴集遂园，共八

① 周萼芳：《茸城九老会诗存》卷首周萼芳序，道光刻本，第1a页。
② 《赠言》部分的作者有高士奇、尤侗、龚嵘、王世纪、杨自牧、陈白汉、吴开
封、王顼龄、王九龄、王鸿绪、周金然、张集、朱在镐、卢元昌、张彦之、盛符升、
徐乾学、许缵曾、王日藻、周洽、张李定、沈一栴、张姬超、赵炎、许垒、张霭生、
岑巘、陈鹤翔、许钟衡、蒋元烺、徐颋、吴一鹗、徐基、释元龙、孔蕙、张泽谦、蒋
堂徽、徐熙、张姬统、张绅、高朗、瞿炯、张寅、徐赉枬、钱廷芳、袁燨等。

百四十二岁，即席各赋七律二首，以"兰""亭"为韵。此次集会，耆老名单及年龄如下：

> 钱陆灿，年八十四
> 盛符升，年八十
> 尤侗，年七十七
> 黄与坚，年七十五
> 王日藻，年七十二
> 何栋，年七十
> 孙旸，年六十九
> 许缵曾，年六十八
> 徐乾学，年六十四
> 周金然，年六十四
> 徐秉义，年六十二
> 秦松龄，年五十八

除了秦松龄，其他诗人都在六十岁以上。高士奇撰有《耆年宴集诗序》，内容如下：

> 山阴，良会也；梓泽，豪饮也。他如南皮则贵贱之欢可齐，西园则风流之事不一。千载后，犹令人遐想芳躅，播为美谈，然才士名贤、佳时胜地往往而在。惟唐之白太傅，晚年居履道坊，号香山居士，与胡杲、吉旼辈燕集，皆高年不仕者，人慕之，绘为《九老图》。宋之文潞公，致政居洛，与富郑公、司马温公用香山故事置酒赋诗相乐，序齿不序官，谓之"洛阳耆英会"，人又甚慕之。……康熙三十有二年癸酉秋八月，华亭大司农王公招同郡观察使许公、昆山大司寇徐公、侍御史盛公为"耆年会"于其所筑之秦望山庄。其时风清雨霁，秋气澄爽，稽于天道，寒暑相均，取于月数，蟾魄圆皎。况又旨酒清言，宾

主有礼，庖盈而不侈，筵肆而不杂，狎而不黩，酣而不流，有太平君子之光，见可久贤人之德。爰各赋诗言志，一时远迩传说为江左数百年来未有之盛事。冬十一月，观察使许公过草堂，出其《宴集诗》示余。余正襟庄诵，回环再四，顾维数公，或勋猷惠泽敩历中外，或文章经术黼黻升平，或早敦孝养而未展其用，或老方见知而未竟其才。虽曰耆年，其精神蕴负尚足，出而康济天下而知止适情，遂欲冥得丧之机心，穷百年之乐事。香山、洛阳何多让焉！彼山阴、梓泽、南皮、西园，欣于所遇、暂得于己者，岂可同日而语耶？①

"稽于天道，寒暑相均，取于月数，蟾魄圆皎"，袭用唐代欧阳詹《玩月》诗序之句，可知集会的具体时间大概是仲秋前后。"旨酒清言，宾主有礼"等语，则袭用唐代潘炎《萧尚书拜命路尚书就林亭宴集序》成句，借以描绘集会场景。高士奇给予"耆年宴集会"以高度评价，谓其超越以往著名集会。"山阴"是指兰亭之会；"梓泽"即金谷的别称，这里是指石崇金谷之宴；"南皮"是邺下文人南皮之游；"西园"是邺下文人西园之集。这些集会发生于魏晋时期，誉称当时，名垂后世，但也各有侧重，或宴饮或赋诗。"香山九老会"成员高年不仕，"洛阳耆英会"文彦博致政居洛，都是隐逸退休状态。而兰亭、金谷等会，"欣于所遇，暂得于己"，自足而乐。唯独"耆年宴集会"四老，虽为耆年，仍具有"康济天下而知止适情"的精神。该会具备耆老社的雏形，在次年扩大规模，举行上巳大会。

二是"南华九老会"及《南华九老会倡和诗谱》。乾隆十四年己巳（1749），江苏常州庄氏诗人包括庄清度、庄令翼、庄祖诒、庄柽、庄歆、庄学愈、庄柏承、庄大椿和庄柱结"南华九老会"。九老

---

① 王日藻等：《耆年宴集诗》卷首高士奇序，康熙三十二年癸酉（1693）刻本，第1a—2b页。

的年纪皆在六十岁到九十岁。庄柏承的孙子庄宇逵辑有《南华九老会倡和诗谱》一卷。上海图书馆藏有嘉庆刻本，收录了洪亮吉、赵怀玉、杨梦符、左辅、吴士模、张惠言、恽敬和庄宇逵八人的序文①；又有光绪二十年甲午（1894）吴大澂重刻本和民国十二年（1923）排印本。

"南华九老会"也可称为"漆园九老会"。卢文弨《常郡八邑艺文志》卷十二"国朝七言律"，载有庄柽《漆园九老会诗（并序）》一诗，其序如下：

> 清度（省堂）礼部郎中，年九十；令翼（藻庭）福建臬司，年八十四；祖诒（公谋）临洮守，年八十三；柽（书云）黄梅令，年六十八；歆（肇升）密县令，年六十六；学愈（沛苍）开州牧、柏承（南庐）石门令，俱六十三；大椿（书年）射洪令，年六十一；柱（书石）浙江温处道，年六十。凡九人，共六百三十岁。其花甲既周而现仕，及在仕籍而花甲未周者不列。时乾隆十四年己巳花朝日，书云氏倡，征同人和。②

同卷陈龙珠《和庄书云先生漆园宗会诗原韵二首》，其一记载："九老唐时犹异姓，耆英今萃漆园家。抽簪前后归林下，卜宅东西傍水涯。共按宗支敦辈行，互轮甲子数年华。人间此会真难得，纪瑞书屏灿笔花。"③ 陈龙珠称之为"漆园宗会"。"香山九老会"是异性诗人结社，而该"九老会"则由同宗诗人组成。

朱则杰先生《"南华九老会"与其〈倡和诗谱〉》一文，对这部社诗总集的版本和内容作过考订。文中提到："《南华九老会倡

---

①　庄宇逵：《南华九老会倡和诗谱》，嘉庆刻本。

②　卢文弨：《常郡八邑艺文志》卷十二，《续修四库全书》第917册，第816页。

③　卢文弨：《常郡八邑艺文志》卷十二，《续修四库全书》第917册，第817页。

和诗谱》的正文，即收录'南华九老'举会的唱和之作，以及另外同族之'年及六十而未预斯会者'二十一人的'和作'，合计作者刚好三十人，而两组各自按年龄大小排序。所收诗歌，除庄垲、庄柱依次为三首、二首之外，其他每人都是一首。诗歌体裁，全是七言律诗，并且全押'花'字韵（此取末句）。"① 又提到："此外，在《倡和诗谱》初刻本的卷尾，还依次有卢文弨、蒋熊昌、程景传三人的《题南华九老倡和诗后》，庄宇逵的《辑诗谱既竣，复题长句于后》，又庄宇逵（两篇）及其弟庄复旦、庄仲方的《南华九老会倡和诗谱跋》（各项每人另页起）。结合前述序文，可以见出《倡和诗谱》的附件比重似乎比正文还大。这在一般的清代诗歌总集内，可以说也是相当有特色的。"② 朱则杰先生已注意到耆老会之社诗总集的内容构成，是以清代文献的普遍调查与阅览为基础的经验之说。这一点作为耆老会的特征，笔者还会继续探讨。

乾隆四十九年甲辰（1784）春，庄绳祖、庄日荣、庄汝明、庄学和、庄一虬、庄熊芝、庄櫺、庄暎和庄兆钥凡九人试图重举"南华九老会"，最终并未实现。

三是"后八老会"及《后八老会诗》。张世庆（字春农）所作《后八老会诗（并序）》，其序涉及嘉庆、道光年间两个"八老会"的基本情况，全文如下：

> 嘉庆甲戌五月间，顾省庵先生邀请耆英于继志堂，彩觞华宴，为"八老会"。方省吾先生居首，家君与焉。八家子孙林立，有年至五六十及登籍在庠者，皆堂下供使令，甚盛举也。方梅斋作诗咏歌其事，有"寿较香山长一龄"之句，盖以"香

---

① 朱则杰：《"南华九老会"与其〈倡和诗谱〉》，《常州大学学报》2013 年第 3 期。

② 朱则杰：《"南华九老会"与其〈倡和诗谱〉》，《常州大学学报》2013 年第 3 期。

山九老会"诗云"七人五百八十四",时八老计年五百八十五岁。世庆恭赋四言八章,并已附刻《二铭堂纪寿编》,尚有八家子姓亲族汇成《八老会诗集》,未刻。兹道光己酉九月九日,复集同人八老,叙于长巷之真如寺苏东坡祠,以沈苇舟先生八十寿,其高足娄圣农为之举觞称庆。次沈补堂年七十,马彩南七十,张春农六十七,顾葵园六十五,张杏史六十四,娄圣农五十九,方岳言年最少,五十八,共五百三十三岁。圣农之子松堂供使令焉。脍鲈作羹,擘麟为脯。肴蒸贵味,合大鼎而尝胾;凫藻腾欢,非尸饔之窃泊。蔗甘菰脆,笾豆增加;虎斗龙争,尖团并进。珍重顾家之埭,菱镜波澄(顾家埭在安昌市之东,菱最美);传扬长巷之村,花糕字好(补堂云重阳糕以长巷村为佳,须是间买之)。于是畅洛思之壮观,挹杭坞之深秀。群仙导引,恍听箫声,古木参差,静叶笙奏。瓣香一片,幸瞻拜于雪堂;瑶爵千春,并皈依于玉局。斯游之乐,景仰名贤,轶事之传,缅维前轨。窃以曩时高会,曾闻王文倬、娄瑞仪两公以年齿未隆而仅侪与宴。今兹雅集,亦有童菀甫、沈云轩二客,以邻乡访友而合作胜游。虽属萍踪,殊深兰契,凡斯梗概,具有因缘。世庆谨赋一章,用《饮中八仙歌》韵,并仿其体,敬奉大君子采览焉。①

前、后"八老会"分别是:嘉庆十九年甲戌(1814)五月,顾濚(省庵其号)等结"八老会";道光二十九年己酉(1849)九月九日,沈潮(苇舟其号)等结"后八老会"。这篇诗序不仅介绍了两个"八老会"的核心人物,也对"后八老会"的盛况作了描写和渲染。张世庆是"后八老会"的成员,齿序第四。"后八老会"诗人姓名及年龄如下:

---

① 娄树业:《后八老会诗》,道光三十年庚戌(1850)刻本,第1a—3a页。

　　沈潮，八十岁

　　沈豫，七十岁

　　马煜，七十岁

　　张世庆，六十七岁

　　顾丙辉，六十五岁

　　张世光，六十四岁

　　娄树业，五十九岁

　　方镕，五十八岁

　　八老之中，沈潮年纪最高，娄树业、方镕未满六十岁。"后八老会"的缘起是沈潮的弟子娄树业为其师庆祝八十寿辰，集会地点是长巷真如寺苏东坡祠，真如寺又名新寺。沈潮撰《后八老会记》[1]，表达了诸老同乐的愉悦心情，叙及苏公祠内的幽美环境"红树黄花，掩映成趣"，忆及娄树业"执经问业"的求学经历，文末以"道光己酉秋，犹得偕诸同人而共乐于此，则后八老之会苏祠而借东坡诗翁征诗遐迩也，其来有自"作结。《两浙輶轩续录》卷三十八顾文炜名下也有这两个"八老会"的相关记载："陶澍宣曰：君祖省庵老人，讳漾，居县北安昌村。嘉庆甲戌五月，集同里耆年八人，为'八老会'。凡五百八十五岁，省庵年八十四，齿最高。每会，饮酒赋诗，远近和之，传为佳话。有《八老酬唱诗》一卷。方品元诗曰：'会如祁国多三老，寿较香山长一龄。'白香山《九老会诗》'九人五百八十四'也。其卒也，寿逾九十者半。阅数十年，有'后八老会'，常宴集于洛思山苏公祠。省庵有玄孙十四人，来孙二人，两旌五世同堂。君为省庵长孙，幼从莫宝斋、王南陂两先生游，诗亦雅洁。"[2] 两个"八老会"中间隔了数十年，唯一的关系是，张世庆、

<hr />

　　① 娄树业：《后八老会诗》卷首沈潮序，道光三十年庚戌（1850）刻本，第1a—2b页。

　　② 潘衍桐：《两浙輶轩续录》，浙江古籍出版社2014年版，第10册，第2962—2963页。

张世光兄弟二人的父亲曾是"八老会"成员。但是，两社都在浙江绍兴，具有相同的文化底蕴，社事一脉相承。

除了张世庆《后八老会诗》一首，社诗总集《后八老会诗》还收录沈潮、沈豫、顾丙辉、张世光、娄树业古体诗各一首，马煜、张世庆近体诗一首，方镕近体诗四首，及会外诗人的作品①。顾文炜是顾漱的长孙，同嘉庆"八老会"的成员关系密切。至于道光"后八老会"，他与沈豫、马煜皆有亲属关系，顾丙辉是其族弟，张世光是其同学，娄树业是世交兼姻亲。顾文炜生于乾隆五十年乙巳（1785），比丙辉年长两个月，也是六十五岁。集会前一日，沈潮、张世庆过访招邀，可惜文炜当时不在，未能入会。这部社诗总集的篇幅内容不多，但诗歌注释相当丰富，是很有价值的史料。

四是"茸城九老会"及《茸城九老会诗存》。道光二十四年甲辰（1844），周萼芳作《茸城九老会序》，记载"九老会"的形成过程，部分内容如下：

> 于是订同志者七人，首于庚子初春宴集寒斋。既而先后来者又有六人，共一十三人。及今适得九人，亦名"九老会"。会以月计，聚必终日，或分韵或联吟，诗不求工，饮各随量，殆皆自适而非适人之适也。越自始会至今，已五年矣，各有诗章，共得若干首。砚北司马为之序，且属嘉禾陈春峤绘像，系以赞辞，付剞劂氏，梓而存之，亦雪泥鸿爪之意云尔。其在会者，范老少湖、曹老次微、张老匏舟、冯老北垞、吴老韵亭也。黄老砚北、侯老简亭，则其续来者。作始之人，余与远江也。若子耘沈老、昂之凌老、吟耕唐老、敬修姚老，皆先后归道山矣，

---

① 会外诗人有娄咸、方墉、冯守一、沈兆杠、沈兆樟、沈兆相、陈树棠、陆鸣凤、徐椿、沈邦辅、徐元长、陈钟球、潘行健、诸燮理、潘传祖、沈铨、陈克和、俞凤书、周庆榕、陈文治、何鉴、陈金鉴、顾文炜、李芬和沈丙荣等。

故未及绘像云。①

　　道光二十年庚子（1840）初春，七名诗人举行第一次集会。后来又加入六人，总共十三人。二十四年甲辰（1844），与会九人，便以"九老会"名之。每月举行一次集会，"诗不求工，饮各随量"，赋诗、饮酒全无限制，诗人们悠然闲适而自得其乐。创会以来，积累了不少作品，汇成《茸城九老会诗存》，黄仁（砚北其号）作序，陈淦（春峤其字）绘图。这部社诗总集的内容显示道光二十五年乙巳（1845），该"九老会"仍有集会创作活动。根据卷首《茸城九老会年齿录》，可得九老姓名及生辰如下：

　　　　黄仁，乾隆癸巳七月二十七日生
　　　　范蕃，乙未三月十二日生
　　　　张鸿，乙未三月十二日生
　　　　曹垣，乙未十月初八日生
　　　　张铭，丙申十一月初四日生
　　　　周萼芳，丁酉十二月二十六日生
　　　　冯东骥，戊戌六月十九日生
　　　　吴墀，己亥三月十八日生
　　　　侯法地，庚子八月十七日生

　　沈履田（子耘其字）、凌若驹（昂之其字）、唐曦（吟耕其字）和姚培柱（敬修其字）四人先后离世，因此不在九老之列。光绪《重修华亭县志》卷二十四记载："道光庚子，周贡生萼芳偕其友范少湖蕃、张远江鸿、吴韵亭墀、沈子耘履田、冯北垞东骥、曹次微垣、凌昂之若驹、张匏舟铭为'九老会'。而黄砚北仁、唐吟耕曦、

━━━━━━━━━━

①　周萼芳：《茸城九老会诗存》卷首周萼芳序，道光刻本，第1b—2a页。

姚敬修培柱、侯简亭法地先后与焉。诸人年皆六十以上，或逾七十，发不脱，齿不危，手足皆健，精神不衰，又皆能诗。其会也，岁不恒举，举必作终日饮，饮必成诗。阅五年而存者，适得九人，画工为各绘一图，萼芳乃集诸人所为诗并图梓之。（案：黄为娄籍举人，与凌、姚皆居娄境，余皆邑人。）"① 此处九老名单以"沈履田"替换"黄仁"，有误，应以《茸城九老会诗存》所载为准。

《茸城九老会诗存》收录了连续四十五次集会的作品。道光二十年庚子（1840）举行六次集会，二十一年辛丑（1841）八次，二十二年壬寅（1842）七次，二十三年癸卯（1843）八次，二十四年甲辰（1844）八次，二十五年乙巳（1845）八次。前两年的诗题如下：

《道光二十年庚子正月十七日，第一集，在周自香斋》
《二月初十日，第二集，在沈子耘斋》
《四月十八日，第三集，在曹次微斋》
《五月初六日，第四集，在冯北垞斋》
《八月初七日，第五集，在唐吟耕斋》
《九月初十日，第六集，在张远江斋》
《辛丑正月十九日，第七集，在周自香斋》
《闰三月初三日，第八集，在曹次微斋》
《四月初五日，第九集，在范少湖斋》
《四月二十三日，第十集，在唐吟耕斋》
《五月初七日，第十一集，在吴韵亭斋》
《八月十四日，第十二集，在张远江斋》
《九月十九日，第十三集，在张匏舟斋》

---

① 光绪《重修华亭县志》卷二十四，《中国地方志集成·上海府县志辑》第4册，第805页。

《十月初十日，第十四集，在冯北垞斋》①

　　这个诗社各年集会次数不多，但历时较久。从诗会首集到末集，社员构成有所变化，但基本控制在十三人以内，唱和群体相对稳固。而"茸城九老会"真正形成，则在道光二十四年甲辰（1844），即九老并称之名确定。诗题交代了集会的时间、次数和地点，该社以室内宴饮为主，也伴有出游活动，采取轮流做东的方式。

　　五是"衡山九老会"及《衡山九老会诗稿》。光绪二十四年戊戌（1898），黎墉就任湖南衡山县，次年己亥（1899）结"九老会"，并辑有社诗总集《衡山九老会诗稿》。卷首吴獬《衡山黎侯九老会诗序》记载，部分内容如下：

　　　黎侯筑云去年来宰衡山，侯故以循良称，其治务简于政而乐于民，乃以重九之节为"九老会"于城南巾紫峰之亭。欢宴之余，相率作为诗歌，以道其意。然则侯之和易近人、民乐而安之者，读侯与宾从之诗，而其政可知也。抑会中诸老之诗，欢然翕然，无不尽之意，侯之不以己长骄人，其为政能尽人之长，又可知也。自牧令为剧任，勤能长官嫉咏吟如雠，有耽之者或又荒废于职，滁州为特殊矣，犹于累未尽捐。故如黎侯者，此会尤可传也。或曰：香山九老各有诗，今不具可乎？曰：是不足疑。兰亭名士以诗不成罚者，不一二数也。且侯会诸老自以名德，偶然诗不成，岂遂以是不见重于侯乎哉？②

　　《吴獬集》亦载有这篇序文③，稍有改动。吴獬以为，欧阳修滁

---

① 周萼芳：《茸城九老会诗存》，道光刻本，第1a—9b页。
② 吴獬：《衡山九老会诗稿》卷首，光绪刻本，第1a—2a页。
③ 吴獬：《吴獬集·不易心堂文集》，湖南人民出版社2009年版，第89—90页。

州诸记反映了当时政简而民乐的风气，也流露出作者以文章自得的瑕疵。而黎墉却能处理好本职政务和业余爱好的关系，且"不以己长骄人"，充分尊重诸老。吴序也提到"香山九老会""兰亭集会"等，对"衡山九老会"具有一定的指导作用。吴獬还编有《衡山九老纪岁》①，著录"衡山九老会"成员的姓名、籍贯、官爵和年龄等，"在位三老"按官爵高低排次，"在籍六老"按年岁大小排次。九名社员姓名及年龄如下：

> 黎墉，六十一岁
>
> 袁蔚南，六十八岁
>
> 张运秋，六十九岁
>
> 萧仪斌，八十三岁
>
> 许九如，七十八岁
>
> 戴瞀，六十九岁
>
> 曹鹗，六十七岁
>
> 陈治，六十五岁
>
> 李子美，五十七岁

可见，年纪最大的诗人是萧仪斌，八十三岁；年纪最小的是李子美，未及六十岁。《衡山九老会诗稿》还附有《衡山九老图》《衡山城郭图》。九老图是九张诗人画像，彼此独立，各有题词；城郭图则大致描绘了衡山全景包括集会地点巾紫峰。社诗总集卷一，收录了社员所作《九老吟》及其他诗人的相关作品②。卷二包括《赏菊

---

① 吴獬：《衡山九老会诗稿》卷首，光绪刻本，第3a—3b页。

② 会外诗人包括薛典、黎尚雯、胡文炜、释淡云、汤球、徐鸿瀛、刘岳崧、周衍畴、曾纪时、曾治治、袁本苏、曾纪坤、释证禅、刘戣、胡昙、曹安鹏、徐鸿祺、欧阳启运、周士登、庄士源、庄以莅、赵神甫、石忠阶、皮筊、周嘉瑞、曹醉醪、谭森柏、欧阳谦、祝得胜、李子杰、徐丙光和李萃璠等，作品包括次韵《九老吟》、题《九老图》和《九老吟社稿》题词等类型。

诗》《菊宴座上分韵诗》两题，除了社员之间相互唱和，也收录了一些会外诗人的作品，包括吴獬、陆献、薛典、朱焕曾、曾亮章、谢春森、李本诚、廖修荣、喻禹章、周启厚、胡维岳和释唯持等。该"九老会"也称"九老吟社"，集会活动及社诗作品不多，也无结社规律可言。但无论如何，该会是官员倡导地方耆老会的典型，社员及会外诗人的作品也反映了耆老会的结社宗旨。

此外，清代还有丰富的耆老社诗总集，展现了形式各异的耆老会。例如《三老联吟集》①，作为"三老会"的社诗总集，收录了徐燧、张芳龄、李文喆三名诗人的作品，年龄分别是八十六岁、八十三岁和八十岁。清代耆老会及社诗总集的发展，直接影响民国耆老会的结社方式和社诗总集的编纂体例。如民国二十四年（1935），丁传瀚、徐兴范等在江苏镇江结"月湖五老会"，辑有社诗总集《月湖五老吟集》②。徐兴范六十岁，其余四人都是六十六岁，共计三百二十四岁。诗人们受到《香山九老图》的启发而相约结社唱和。社诗总集按照历次集会收录各题。该年重阳节，"月湖五老"合影留念，题诗纪事。以影像记录重要集会，是新技术改变传统诗社的体现，但和绘制社图的初衷并无二致。笔者曾提及丁传瀚等人在民国二十九年（1940）结"消寒会"。消寒会和耆老会都是古典诗社类型，由此可知，诗人致力于旧体诗词创作，具有相对传统的社会文化心态。

三　耆老会的群体规模与社集特征

由于"香山九老会"的示范作用，九老会成为清代耆老会的普遍类型。如前及乾隆十四年己巳（1749）"南华九老会"，道光二十四年甲辰（1844）"茸城九老会"，光绪二十四年戊戌（1898）"衡山九老会"等。《衡山九老会诗稿》吴獬序言也提到香山九老、兰

---

① 徐燧等：《三老联吟集》，道光二十六年丙午（1846）刻本。
② 丁传瀚等：《月湖五老吟集》，民国二十四年（1935）油印本。

亭名士是衡山诸老之表率①。清代另有二老、三老、四老、五老、七老、八老等各种集会，依据与会人数而定名。在清代文学史上，诗社成员通常有三人以上，但有趣的是，仅有两位老人集会唱和的二老会却真实存在。乾隆年间，张守寀与邑人曾结"二老会"，《两浙辀轩续录·补遗》卷二张守寀名下记载："守寀……年八十余，与同邑张检讨为'二老会'。"② 该会与普通唱酬的区别在于创作主体的年龄而已。

一般而言，十老会是人数最多的耆老会③。例如乾隆三十一年丙戌（1766），徐王昱、吴弼、朱龙鉴、沈天德、冯勤忠、朱永均、金铨、吴罂和诸煌九人举"尚齿会"，后加入沈大成，结成"十老会"。沈大成《学福斋集》卷八《同里十老会序》记载："同里十老会者，盖皆城西之年自七十余至几六十者，自丙戌春始于各生之朝为尚齿之会于其居。初则九人，今年春，予归自广陵，亦与焉，于是在会者合予而十。"④ 徐王昱七十二岁，年纪最长，奉为诗社祭酒。和大部分耆老会一样，该"十老会"注重籍里和年齿。清代十老会的流行与明代"小瀛洲十老社""碧山十老社"等先例不无关系。明代嘉靖二十一年壬寅（1542），徐咸、朱朴、钱琦、徐泰、吴昂、陈鉴、陈瀛、刘锐、钟梁和僧永瑛在浙江海盐结"小瀛洲十老社"。社老后人钱孺谷、钟述祖辑有《小瀛洲十老社诗》⑤，并附有《瀛洲社十老小传》。徐咸撰《小瀛洲社会图集》记载了十名诗人的姓名和年齿。清代，海盐一带的诗人对此社十分推崇。又，明代成化十八年壬寅（1482），秦旭、陆勉、高直、陈履、黄禄、杨理、李

---

① 吴獬：《衡山九老会诗稿》卷首，光绪刻本，第 1a—2a 页。

② 潘衍桐：《两浙辀轩续录·补遗》卷二，浙江古籍出版社 2014 年版，第 15 册，第 4387 页。

③ 超过十人的集会，便不能以某老会称之，因此数量不多。"茸城九老会"在道光二十四年甲辰（1844）九人与会的情况下才定名，此前有七人和十三人集会。

④ 沈大成：《学福斋集》卷八，《续修四库全书》第 1428 册，第 91 页。

⑤ 钱孺谷、钟述祖：《小瀛洲十老社诗》，《四库全书存目丛书补编》第 36 册。

庶、陈公懋、施廉和潘绪在江苏无锡结"碧山吟社",社员皆是布衣,并称"碧山十老",沈周作《碧山吟社图》。清代乾隆三十六年辛卯(1771),邹一桂、张泰开、曹之炎、华西植、邹捷、施禹言、顾迁、华希闳、邹云城和顾建元复举"碧山吟社",社员主要是致仕的官员,皆在六十岁以上。"续碧山吟社"沿袭明代耆老会的名称与形式,连社员数量都与之保持一致。

与司马光"真率会"相近,清代真率会在本质上往往也是耆老会。例如康熙年间,张杰与陈焯、潘江、姚文燮在勺园结"真率会",又称"花会"。当时,姚文燮六十三岁,其余三人七十多岁,皆是桐城耆老。徐乾学《桐城张西渠诗集序》有所记载:"龙眠张西渠先生,大司空敦复公之贤兄也。……先生归,日与其友陈涤岑、潘蜀藻、姚羹湖相唱酬。龙眠诗格清高刻露,大江以北推为翘楚。涤岑、蜀藻,予久闻其名,未得相见。羹湖为予总角交。诸公年皆七十余,独羹湖六十三。先生有别业在宅西曰'勺园',与诸公为'真率会'。花时则举行,亦谓之曰'花会',各赋诗以记之。"① 又,乾隆五十五年庚戌(1790)八月,沈叔埏约同里同岁诗人结"逢辰会",即"同甲会",次年花朝前一日,他的连襟续举此会。沈诗《余生丙辰,里中约同甲数人为逢辰会,始庚戌八月,改岁花朝前一日,友婿葛雅宜明经续举此会,适魏松涛明府来预,即席有诗次答一首》即集会唱和之作②,首联"同甲会兼真率会,乐闲居又乐升平",说明该社既有耆老会的性质,又有真率会的特征。清人尤侗曾作《真率会约》,相关说明如下:

> 晋人云:"真率少许,胜人多许。"又云:"率尔自佳。"其标致如此。宋潞公、温公相约为真率会,脱粟一饭,酒数行,过从不间一日。前辈典型,令人仰止。而习俗骄奢,转相夸斗,

① 徐乾学:《憺园文集》卷十九,《续修四库全书》第1412册,第561页。
② 沈叔埏:《颐彩堂诗钞》卷九,《续修四库全书》第1458册,第623页。

可叹也！仆家居多暇，辄与同志仿而行之。大约真率有二意焉：人则宁质以救伪也，物则宁俭以砭奢也。因列条例如左。或曰："既然真率矣，条例之立，不滋繁乎？"曰："仆盖规世之不真率者以进于真率者，又多乎哉？久之则可去也。"①

"真率会"注重"真率"二字。尤侗理解的"真率"，主要是两层意思：人要去伪存真，物要弃奢从俭。尤侗所列会约，没有对具体入会年龄作出规定，这也并非"真率"本义。而清代耆老举行真率会，一方面是受到宋代"真率会"的影响，另一方面是耆年诗人群体更崇尚简朴的生活习惯和结社方式。

清代耆老会主要有以上这些类型及别称。经过不断模仿和长期实践，清代耆老会已臻于成熟，标志即社诗总集的编纂。前及"南华九老会""茸城九老会""衡山九老会"所编定的社集既合规范，又具特色。清代耆老会的结社方式，既包含诗社或诗会的普遍特征，也体现了耆年诗人群体的审美趣味，又显示了有清以来结社环境赋予社事的新变和发展。具体表现在以下四个方面。

第一，即使纂有社诗总集，清代耆老会的重点仍在于集会本身，而非诗歌创作。与前代耆老会相比，编定刊刻社诗总集的情况有所增加；但与同时代其他类型的诗社相比，耆老会的诗歌创作居于次要地位。前及吴獬《衡山黎侯九老会诗序》提到"且侯会诸老自以名德，偶然诗不成，岂遂以是不见重于侯乎哉"②，"衡山九老会"强调年齿、德行甚至官职，赋诗不成也没有关系。"茸城九老会"在创作方面同样较随意自由，"会以月计，聚必终日，或分韵或联吟，诗不求工，饮各随量，殆皆自适而非适人之适也"③。结社主体是退休官员或布衣诗人，决定了耆老会在交游唱和等事情上绝少功利目

---

① 尤侗：《尤侗集》，上海古籍出版社 2015 年版，上册，第 289 页。
② 吴獬：《衡山九老会诗稿》卷首，光绪刻本，第 1b—2a 页。
③ 周葶芳：《茸城九老会诗存》卷首周葶芳序，道光刻本，第 1b 页。

的。相比其他社诗总集，耆老社诗总集卷帙不多，主要原因在于耆老的集会频率和创作能力呈现下降趋势。社诗总集内部，诗歌作品的数量和篇幅往往有限，所占比重较小。如《耆年宴集诗》所录诗歌不甚丰富①，其中《赠言》部分的作者多达四十余人，占据大半篇幅。《南华九老会倡和诗谱》，其序跋、题词等内容多于诗谱本身，随着总集重刊又增加若干篇章。《后八老会诗》之中②，八老的诗作总共只有十一首，而会外诗人多达二十五名，每人至少一首诗作。同样，《衡山九老会诗稿》卷一、卷二，也收录了四十多名会外诗人的作品。清代耆老会常以庆贺某老生辰为缘起，会外诗人到场见证或寄语祝福，可谓锦上添花之举。社诗总集收录相关诗文以示嘉会难逢之意。图像、小传、题词等部分，也充实了社诗总集的内容，以直观而多样的形式还原了社集真实。《茸城九老会诗存》的情况相对特殊，它以九老诗歌为主，是因为"茸城九老会"已形成集会周期与唱和规律，且诗人群体较健康。光绪《重修华亭县志》卷二十四记载该社诸人"发不脱，齿不危，手足皆健，精神不衰，又皆能诗"③。就长达五年的集会时间而言，其创作频率其实也不算很高。

第二，清代耆老会的发展得益于朝廷积极倡导组织，借由自上而下的文学传播机制。乾隆二十六年辛巳（1761），为了庆祝皇太后七旬寿辰，朝廷举办"九老会"，并绘制《香山九老图》。这里的"香山"是指北京香山。根据御制《九老会诗》小序记载，"九老会"由"诸王与在朝文臣""武臣""致仕者"组成，各得九人。还提到："朕成首倡三章，诸臣自纪其事；有不能诗者，命内廷翰林代成。"④

---

① 王日藻等：《耆年宴集诗》，康熙三十二年癸酉（1693）刻本。

② 娄树业：《后八老会诗》，道光三十年庚戌（1850）刻本。

③ 光绪《重修华亭县志》卷二十四，《中国地方志集成·上海府县志辑》第 4 册，第 805 页。

④ 弘历：《清高宗（乾隆）御制诗文全集》，中国人民大学出版社 1993 年版，第 4 册，第 478 页。

可见，诗歌创作并非选取会员的必要条件，而年齿、身份或原有官职等因素却在考虑范围。鉴于赋诗是集会的惯例，统治者仍希望达到以诗纪事的效果。乾隆三十六年辛卯（1771）皇太后八旬寿辰，朝廷举办第二次"九老会"，集会创作方式与此前大同小异。而康熙、乾隆、嘉庆三代"千叟宴"，显然比两次"九老会"更具规模。身在其中的"九老""千叟"，也是倍感荣幸和恩礼深厚。朝廷组织的这些大型集会，不管初衷和目的如何，自上而下刺激了耆老会这类诗社的发展。乾隆以后，各种形式的耆老会层出不穷，老人们也将集会享乐归功于盛世太平。如沈大成"十老会"，序文记载："我十人幸生圣皇熙洽之世，沐浴膏泽，咏歌太平，因得击豕酾酒，为竟日之欢。幸矣乎，康衢之续乎！"[1] 又如"衡山九老会"，袁蔚南《九老吟，同戴广文作》云："今年夏颇忧旱秋颇潦，侯竟开云致雨消伏愆。既沐太后之恩登寿寓，又托贤侯之福庆安全。能使歉岁转丰忧转乐，官斋清静何碍觥筹喧。余与诸老已经祝侯寿，尤愿随侯焚香日祝天。自今九老同以九如祝，祝我太后皇上万斯年。"[2] 作者通过九言诗歌表达对统治阶级和地方官员的感激之情，以及天下长治久安的祝愿。《衡山九老会诗稿》之中亦不乏歌功颂德之语。这种现象，在朝廷或官员倡导的耆老会中尤其明显。

第三，源于尊年尚齿的基本要求，耆老会常在重阳节举行。前及"后八老会"，道光二十九年己酉（1849）九月九日，娄树业选择重阳节提前为先生沈潮祝寿，社员沈豫作有古体诗一首，小序记载："重九日，圣农娄九为其师苇舟宗丈预庆八旬于真如禅寺，时陪坐者张君春农、杏史昆季，马君彩南，顾君葵园，方生岳言，其一豫也，共八人。适童君莪敷、云轩族贤欢然前来，高与斯会，遂纪以诗云。"[3] 社员张世庆作《后八老会诗》，其序有"珍重顾家之垄，

①　沈大成：《学福斋集》卷八，《续修四库全书》第 1428 册，第 91—92 页。
②　吴獬：《衡山九老会诗稿》卷一，光绪刻本，第 10b—11a 页。
③　娄树业：《后八老会诗》，道光三十年庚戌（1850）刻本，第 7a—7b 页。

菱镜波澄；传扬长巷之村，花糕字好"之句①，提到长巷村重阳糕。
又如"衡山九老会"，黎墉"以重九之节为'九老会'于城南巾紫
峰之亭"②。耆老会和重阳节的主体具有一致性，前者稍微倾向于具
有一定文化或声望的老人。传统佳节也常被一般诗社选作集会时间，
只是耆老会与重阳节的关系更加密切。

茹纶常《容斋诗集》卷十九附有吕公溥作《壬寅重九会歌》，
记载了乾隆四十七年壬寅（1782）九月九日"十老会"的情形，诗
云："香山九老人间无，寿皆七十八十余。益以如满并元爽，九老千
载名非诬。耆英会中十二老，八百九十鹤算储。温公无诗独有序，
潞公之命安可虚。唐宋而后续真率，嘉靖司马同司徒。西塘乐聚会
初服，中原奇社声喁喁。"③ 前四联也以"香山九老会"和"洛阳耆
英会"作为耆老会的典范。"嘉靖司马同司徒"是指明代嘉靖年间，
孙应奎、王邦瑞等人结"八耆会"，又名"续真率会"。又，"于今
所增复有九，不才也许相陪趋"一联，诗人自注说："首王汉帜，次
舍侄腾万，次两家兄慰先、馀源，次李元章、孟朴存，次两舍侄中
一、如山，及李丹崖，而溥亦附名于末，共十人。"④ 据吕公溥《寸
田诗草》卷三诗注记载，"壬寅重九会"共计九人，不含"李丹
崖"。《容斋诗集》所附吕诗，应是经过后期修改，暂以"十老会"
称之。"于今所增复有九"的说法，是否包含吕公溥，原本可作两种
理解。吕公溥结耆老会，时值九九重阳节。奇数为阳，偶数为阴，
"九"作为最大的阳数，象征尊贵长久，因此创立九老会，或于九月
九日举行社集，寄托了长寿的寓意。重阳节习俗包括簪菊花、佩茱
萸、饮菊花酒、吃重阳糕等，与诗歌创作共同构成耆老会的集会活
动。"元黓之岁重九日，阶罗松菊兼茱萸。醇醪飞觥献酬错，花插白

---

① 娄树业：《后八老会诗》，道光三十年庚戌（1850）刻本，第2a—2b页。
② 吴獬：《衡山九老会诗稿》卷首，光绪刻本，第1a页。
③ 茹纶常：《容斋诗集》卷十九，《续修四库全书》第1457册，第297—298页。
④ 茹纶常：《容斋诗集》卷十九，《续修四库全书》第1457册，第298页。

鬓争轩渠"①，正展现了重阳的节日氛围和集会的融融之乐。乾隆四十三年戊戌（1778）九月，吕公溥之侄吕嗣靖、吕燕昭曾在春和堂举"横山九老会"，实到八名耆老，除了吕仰曾、李海观，其余诗人生平不详。该"九老会"很有可能也在重阳举行。

第四，年齿的重要性促成耆老会和生日宴的结合。乾隆二十六年辛巳（1761）、三十六年辛卯（1771），朝廷两次组织"九老会"，都以庆祝皇太后寿辰为缘由。"后八老会"的创立也和庆寿相关。前及《同里十老会序》"同里十老会者，盖皆城西之年自七十余至几六十者，自丙戌春始于各生之朝为尚齿之会于其居"②，说的是众诗人轮流在各自的生日举行集会。序文也提到生日的特殊意义及庆祝方式："夫人之生，悬之桑蓬，书之闾史，幼而黄，长而丁。《毛诗》之我辰，《楚辞》之初度，岁一逢之，亲友相庆，人之情也。"③而"十老"的生辰则决定了集会的具体时间："其生朝，则正月为东麓，二月为端揆为立山，四月为又云，五月为族兄，九月为雷照，十月为量玉为东宿及予，十一月为季常。"④沈大成"十老会"的集会多半不是整寿之宴。追本溯源，耆老会讲究年齿、重视诞辰，才会产生轮流作生日宴的方式，突破固有的集会节奏。

四　诗人并称群体的结社传统

根据前文可知，"南华九老会"成员并称"南华九老"，"茸城九老会"成员并称"茸城九老"，"衡山九老会"成员并称"衡山九老"，等等。相对而言，耆老会因结社主体的数量有限且固定，比一般诗社更易促进诗人并称群体的形成。这与唐宋耆老并称的历史渊源有关，也受到清初遗民诗人群体并称的直接影响。明清之际，遗民诗人群体在思想和军事方面异常活跃，随着自身年龄与资历的增

---

① 茹纶常：《容斋诗集》卷十九，《续修四库全书》第 1457 册，第 297—298 页。
② 沈大成：《学福斋集》卷八，《续修四库全书》第 1428 册，第 91 页。
③ 沈大成：《学福斋集》卷八，《续修四库全书》第 1428 册，第 91 页。
④ 沈大成：《学福斋集》卷八，《续修四库全书》第 1428 册，第 92 页。

长又转向结社怡老，全祖望《续耆旧》多有记载。浙江鄞县"西湖八子社""南湖九子社""西湖七子社""南湖五子社"，都是当时著名的遗民诗社，社员并称"西湖八子""南湖九子""西湖七子""南湖五子"。虽然这四个诗社没有列举结社主体的具体年龄及齿序，但诗人群体跨越明清两代，多数已是耆老。又如"鹪林八子"集会，"梁氏鹪林之集，首万履安，次林荔堂，次徐霜皋，次高辰四，次李邺嗣，次高旦中，次即心石"①，其本质也是注重齿序的耆老会。因此，遗民也可称遗老、逸老。按照结社宗旨，清代耆老会可分成两类：一是遗老会、逸老会等，政治上具有遗民色彩；一是怡老会、娱老会等，纯粹以结社相娱。除了清初遗民诗社，其余的耆老会几乎都是后者，并受到前者不同程度的影响。基于政治目的或娱乐功能，两类耆老会的关注点均在诗文之外。

尽管诗人并称群体结社在清以前已有丰富的个案，遗民是清代诗人群体并称和结社的第一拨诗人，他们在推促耆老会发展的同时，也刺激了其他类型的诗人并称群体及诗社的产生。诗人群体以"并称"和"结社"两种方式巩固彼此的联系，提升集体声音在诗坛的辨识度和影响力，在乾隆以后颇具普遍性。张学仁辑《京江七子诗钞》，王鸣盛序记载：

> 予师沈文悫公论诗，以复古为己任，一洗秾艳纤巧、淫哇佪饤之习。至今海内知有诗，公之力也。予向从公游，与兰泉、竹汀辈商榷风雅，一秉公教。公刻《吴中七子诗》，以予齿长列诸首。后予亦有《江左十子》之选，继有《练川十二子》之选，去年有《宛陵三子》之选，俱已流播艺林，可谓彬彬盛矣。迩年，予瞀目重开，窃深自幸，所纂《蚁术编》庶可卒业。昨任子心斋、家柳村携诗见过，则"京江七子"应地山、吴朴庄、鲍野云、张寄槎、顾叕庵、钱鹤山暨柳村也。予受而读之，乃

---

① 全祖望：《续耆旧》卷三十七，《续修四库全书》第 1682 册，第 616 页。

知鹤山即予同年生紫芝子。夫予不见紫芝三十余年，今乃见其子鹤山之诗，磊落英多，与才士驰骋坛坫间，予友可谓有子矣。嗟乎！风雅一脉，断而复续。诸子年正少，其继文悫所刻《七子》而兴起者，不将在是集乎？①

"京江七子"包括应让（原名谦）、吴朴（朴庄其字）、鲍文逵、张学仁、顾鹤庆、钱之鼎和王豫七名江苏镇江诗人。沈德潜（文悫其谥号）曾刻《吴中七子诗》，"吴中七子"包括王鸣盛、吴泰来、王昶、黄文莲、赵文哲、钱大昕和曹仁虎。而曹仁虎、王昶、赵文哲等曾在京师结社，并辑有《刻烛集》。此后，王鸣盛又编有《江左十子诗钞》《练川十二家诗》等②，分别是"江左十子""练川十二子"的诗选。其所选"宛陵三子"之诗歌总集，笔者未能得见。另，王昶、许宝善选《同音集》③，所收作者覆盖"京江七子"，内容增加石钧（字远梅）《清素堂诗集》一种，卷首亦附有王鸣盛的这篇序文。王序提到的诗人并称群体，大都在乾隆年间江苏一带。其中，既有举足轻重的诗家，也有后起之辈，如"江左十子"均受业于王鸣盛，声名不著。沈德潜刻《七子诗选》④，也注意到"七子"的齿序问题。同里诗人合刻之盛，可见一斑。相比清初遗民诗人，这个时期的并称群体重视诗歌创作，试图通过诗歌总集的编纂及刊行以垂名后世。这种方式较之于全祖望《续耆旧》的简单著录，提供了翔实的研究资料。

"京江七子"先结诗社，再有并称之名，又通过诗歌总集的刊刻与传播扩大声名。张学仁序文记载："甲寅春，朴庄招地山馆其家，

---

① 张学仁：《京江七子诗钞》卷首王鸣盛序，道光九年己丑（1829）刻本，第1a—1b 页。

② 王鸣盛：《江左十子诗钞》，乾隆二十九年甲申（1764）刻本；《练川十二家诗》，乾隆嘉定刻本。

③ 王昶、许宝善：《同音集》卷首王鸣盛序，乾隆刻本，第 1a—1b 页。

④ 沈德潜：《七子诗选》，乾隆十八年癸酉（1753）刻本。

柳村复常来论诗，遂邀野云、弢庵、鹤山暨予结课赋诗，'七子'之名自兹始。吴门石远梅来订交，请序于王西庄光禄，为梓《京江七子诗》，名益著。尝忆花月之交，朴庄携酒于黄鹤、招隐山中，分题角胜，达旦不倦。每一篇出，诸子辄互攻其短，不作一标榜语。至立身行己之大，尤正色力争，不肯依违。其间，朴庄卒觞咏如故。"①"京江七子"之名，始于乾隆五十九年甲寅（1794）吴朴结课赋诗，又因石钧刊刻总集而越发显著。结社及创作对诗人并称群体的形成具有关键作用，重视诗名也标志着文人活动的核心回到文学创作。"盖其时同游者若冯右宜、李东岩、戴廉石、姚静山、杨时庵辈，未尝不相与往来，而有约必集，有集必作诗，惟七子为最密"②，"京江七子社"每次集会一定作诗，和清初遗民诗社截然不同。而同游者的存在，也说明诗人并称群体虽具有封闭性，但不完全排斥其他诗人。"京江七子社"因诸子离乡远游而中断，时隔十多年，社员宦成名立，诗学益进，归里后重举社事，因此"集中会课诗，癸酉、甲戌间为最盛"③。道光九年己丑（1829）所刻《京江七子诗钞》，是张学仁重新删订而成，也增收了嘉庆十八年癸酉（1813）、十九年甲戌（1814）的诗作。因此，卷首王鸣盛和鲍之钟的序文都被称作"原序"。早年石钧所刻《京江七子诗》，很有可能就是《同音集》。"京江七子社"最盛的两年，和整个清代的结社高峰是一致的。

张学仁提到念及少年"豪谈纵饮，山水友朋之乐"④，诸子以次归里，复兴风雅；王鸣盛得知钱之鼎是钱为光之子，不禁感叹"风

---

① 张学仁：《京江七子诗钞》卷首张学仁序，道光九年己丑（1829）刻本，第1a—1b 页。

② 张学仁：《京江七子诗钞》卷首张学仁序，道光九年己丑（1829）刻本，第1b 页。

③ 张学仁：《京江七子诗钞》卷首张学仁序，道光九年己丑（1829）刻本，第2a 页。

④ 张学仁：《京江七子诗钞》卷首张学仁序，道光九年己丑（1829）刻本，第1b 页。

雅一脉，断而复续"，而七子不乏"得江山灵秀者"①；鲍之钟说在清初何㴞之后，镇江诗坛沉寂长达五六十年，其父鲍皋一度振兴风雅，七子相继而起。这些诗人谈论的都是地方诗学的传承问题，通过名家提唱或集体结社得以实现。显然，"京江七子"之名的确定对当地诗坛具有非同凡响的意义，"故乡诗人近日最盛""一邑之中竟得七子之多耶"都指向诗人并称及结社带来的文学效应②。

又如民国二十一年（1932）刻《京江后七子诗钞》，是晚清时期七名镇江诗人的诗歌总集。编者周伯义在光绪七年辛巳（1881）序道："期踵其盛，而义乃于前辈适得七人，业师张孝叔夫子，杨君子坚，张明经猗谷，朱茂才月樵，施布衣云樵，赵小坡、张易庵两先生，以为'中七子'。于同时又适得七人，杨子子安、刘子伯纯暨弟稼门、张子孟能、解子铁如、夏子剑门、严子云阶，以为'后七子'，而'后七子'之目遂大著。"③"京江中七子""后七子"之名都是周伯义所定，"中七子"的诗集由于各种原因而无法获见全部。刘炳勋、刘炳奎的诗作合成一种《二征君诗钞》收入《京江后七子诗钞》之中，因知"京江后七子"实际上有八名诗人。周伯义序文讲述了这部总集的刊刻过程：

> 惟"后七子"皆与义交相唱和，义得见其全。义尝谋之伯纯、剑门，订约将刻之。而前年铁如作古，以诗稿嘱予。今年春，伯纯濒危，与剑门申前约。前月，剑门濒危，又以诗稿寄予，申伯纯前约。义今年丧妻，内外事丛集，然年老矣，不敢缓，亟践前约。七人中，子安最长，亦健，但不欲劳之。云阶

---

① 张学仁：《京江七子诗钞》卷首王鸣盛序，道光九年己丑（1829）刻本，第1b页。

② 张学仁：《京江七子诗钞》卷首鲍之钟序，道光九年己丑（1829）刻本，第1a—1b页。

③ 周伯义：《京江后七子诗钞》卷首，民国二十一年（1932）京江解氏刻本，第1a—1b页。

与予同庚，最少，远在江北。孟能寓雉皋，更远。惟稼门得与
商榷，又相去十余里，不能时晤。乃妄为弃取，各选成若干首，
付之手民。①

严允升（云阶其字）与周伯义同岁，生于道光三年癸未（1823），
在"后七子"之中年纪最小。这篇序文撰于光绪七年辛巳（1881），
当时周伯义五十九岁。可见，"后七子"具有一定的耆老性质，但似
乎没有结成诗社的说法。"京江后七子"并称是诗人群体继"京江
七子""中七子"而来，以相同地域文化为前提，有意扬扢地方风
雅的举动。虽多是耆老，却充分发挥了诗人并称、诗集合刻等文学
传播方式及途径，成就当地传统诗坛的最后一抹光彩。

另如《依园七子诗选》《河间七子诗钞》《越中七子诗钞》《龙
溪二子诗钞》《粤东三子诗钞》《樨湖十子诗钞》等②，都是清代诗
人并称群体的诗歌总集。与《京江后七子诗钞》类似，这些总集采
取合刻的方式，并非严格的社诗总集，但诗人群体常因并称关系被
视作同社。例如《中国文学大辞典》相关条目著录"依园七子"曾
在康熙年间结社③，但"依园七子"相与交游唱和，并无结社的确
切记载④。"越中七子"也因并称和总集的缘故被认作结社，陶元藻
《全浙诗话》卷四十九童钰名下记载他是"越中七子社"成员："与

---

① 周伯义：《京江后七子诗钞》卷首，民国二十一年（1932）京江解氏刻本，第
1b 页。

② 边连宝等：《河间七子诗钞》，民国石印本；沈翼天等：《越中七子诗钞》，乾
隆五十四年己酉（1789）息游阁刻本；郑开禧：《龙溪二子诗钞》，道光十三年癸巳
（1833）刻本；黄玉阶：《粤东三子诗钞》，道光二十二年壬寅（1842）刻本；张凯嵩：
《樨湖十子诗钞》，同治七年戊辰（1868）刻本。

③ 钱仲联等：《中国文学大辞典》，上海辞书出版社 2000 年版（2007 年 6 月补
订），下册，第 1423 页。

④ 徐行、曾灿：《依园七子诗选》卷首徐行序，康熙十九年庚申（1680）刻本，
第 1b—2a 页。其序记载："依园者何？顾子逸圃读书之所也。……其最契者，则金子
亦陶、潘子双南、曹子德培、黄子宪尹、金子篆文、蔡子右宣，相与倡和之时多。
今秋，余旅寓金阊，偕曾子止山共访依园主人，因得遍读七子之诗。"

同郡刘文蔚、沈翼天、姚大源、刘鸣玉、茅逸、陈芝图结社联吟，称'越中七子'。"① 不管结社与否，诗人并称的形成与诗歌总集的编纂，已展现了群体内部的紧密关系，以及共同的文学追求和强烈的自觉意识。这份共识便是跨越个人诗名而聚焦于地方文学及文化的建构。

清代耆老会的结社主体，除了平均年龄较高，与一般诗人并称群体无异，也极其重视地域文学传统。前文所举道光年间"茸城九老会"，其社诗总集《茸城九老会诗存》卷首黄仁序文记载：

> 吴学博《怡园诗钞》，载其先人若山公《安乐村老友会诗》一卷，时在乾隆丙戌，迄今垂七十九年。其间，高年硕德，岂无慕洛下之遗风、隆肆筵而雅集者？乃驹光易迈、鸿爪无痕，欲指其一二不可得。而香山二韵唱和诗，独脍炙人口，犹想见皤皤黄发，对酒联吟，时生气勃出纸上，岂非地以人传，而人又以诗传与？此吾友周子自香《九老诗存》所为刻也。②

这里提到"地以人传""人以诗传"的概念，探讨地方、诗人和文学之间的关系，即社诗总集的纂刻意义。除了"香山""洛社"这种普遍层面的范例，茸城也有诗人并称及结社集会的深厚传统。乾隆三十一年丙戌（1766），当地已有"茸城老友会"，即沈大成"十老会"的前身。三十三年戊子（1768），"老友会"达到十四人③。吴兆龙之孙吴祖德记载："是会始于乾隆丙戌岁，初止九人，先伯祖靖斋公与焉。越一岁，先大父拙斋公亦

---

① 陶元藻：《全浙诗话》卷四十九，浙江古籍出版社 2017 年版，第 5 册，第 1255 页。

② 周尊芳：《茸城九老会诗存》卷首黄仁序，道光刻本，第 1a 页。

③ 社员姓氏按齿序排列如下：徐王昱、吴弼、朱龙鉴、沈天德、沈大成、赵骏烈、唐用烜、吴兆龙、冯勤忠、朱永均、金铨、姜尔耀、吴巠、诸煌。根据沈大成《同里十老会序》，赵骏烈、唐用烜、吴兆龙和姜尔耀不在"十老"之列。

与焉，是时增至十四人，《录》中所列是也。后续有与斯会者，未及补注，故今亦阙。"① 至于道光"茸城九老会"，它的规模与乾隆"茸城老友会"不相上下。周萼芳序文记载："于是订同志者七人，首于庚子初春宴集寒斋。既而先后来者又有六人，共一十三人。及今适得九人，亦名'九老会'。"② "茸城九老会"于道光二十年庚子（1840）到二十五年乙巳（1845），每年都举行五次以上集会，反映了该耆老诗人群体在文学创作和风雅延续等方面的高度自觉。

宏观而言，清代诗人并称群体包括耆老，所结诗社的内在紧密程度较高。首先，社员构成主要是同里甚至同宗，具有相同的地理环境和文化传统。如"南华九老会"由九名庄氏诗人组成，是宗族结社的典型。与会诗人不仅籍里相近，生平经历也较相似。而普通诗社的唱和主体虽有一致的结社宗旨，但趋同性和稳定性不及耆老会。其次，规定社员数量，即使人数在集会过程中发生变化，也控制在一定范围之内。如"茸城九老会"在九到十三人浮动，最后两年保持九人不变。诗人并称群体结社，基于"并称"与"结社"的合力，以及社诗总集或诗歌合集的刊行，不仅在当时的诗坛产生深刻影响，更有启发社事和凝聚社员的作用。前后"京江七子"、前后"茸城九老会"这样的系列诗社，在清代并非偶发现象。庄绳祖等九人准备重举"南华九老会"，沈潮等八人结"后八老会"，都有赖于结社先例的存在及并称传统的彰显。由于诗歌创作在集会活动中的重要性降低，耆老会的并称之名通常随着集会的结束而减弱，认可度远不如"京江七子""依园七子"等，更何谈形成自己的诗歌风格甚至流派。尽管如此，清代耆老会在遗民诗社转型的过程中发挥了不容忽视的作用，促进诗人并称群体的定型和地域文学传统的延续，足以引起重视。纵观古代诗社的发展史，清代耆老会是对唐宋

---

① 吴祖德：《茸城九老会诗序题词》卷首，吴祖德《三种》本，嘉庆二十四年己卯（1819）刻本，第1b页。

② 周萼芳：《茸城九老会诗存》卷首周萼芳序，道光刻本，第1b页。

社事的回应，包括集会活动、创作形式等各个方面。耆老会也反映了统治阶级的道德形态和休致官员的生活方式，兼具社会文化层面的研究价值，有待进一步探讨。罗时进先生强调清代诗人群体相关研究成果是全清诗编纂工作的基础①，尚有总集存世的诗人并称群体或诗社更是清诗整理或研究的焦点。这种群体性趋同化创作帮助清人实现社交需求和情感互动，并为构建异于其他朝代的诗学审美提供文本支撑。

---

① 罗时进:《再论〈全清诗〉编纂的重要性与可行性》,《苏州大学学报》2021年第 2 期。

第 四 章

清代诗社的地域分布

清代诗社的社诗总集及结社方式，具有显著的地域特征。广东诗社的发展，关乎清代岭南诗派的复兴。相对而言，广东诗社的集会唱和方式，以及社诗总集的编纂体例、创作内容等，都体现了鲜明的地方特色。由遗民诗社或闺秀诗社的几个集会中心可知，浙江引领结社风气之先。浙江各地诗社的发展程度较高，不同阶段均有著名诗人提倡，社事此起彼伏。地方诗歌总集的刊刻带动地方诗社的发展，江苏诗人结社因此具备良好的人文基础。苏州沧浪亭、扬州红桥等，在清代都有系列社事，对全国产生深广的影响。园林为当地诗社提供结社环境和创作素材。此外，其他结社中心也有不少社事，共同构成清代诗社的总体面貌。

第一节　粤社及岭南诗派复兴

岭南诗派，是指广东诗歌流派，也涉及广西、海南等地的诗人。自明初孙蒉以来，岭南诗派创立，并在明清两代得到充分发展。而诗社，以诗人群体为中心，以诗歌创作为课业，推动了诗歌流派和地方文学的发展进程。广东也是清人结社的活跃地带。笔者曾考证道光年间谭莹所结"西园吟社"①，提出结社是谭莹自觉推动岭南诗

---

① 胡媚媚：《清代诗社研究——以六诗社为中心》，硕士学位论文，浙江大学，2013 年，第 157—168 页。

派发展的行为。葛征奇辑《南园前五先生诗》①，陈文藻等辑《南园后五先生诗》②，今人合编有整理本③。"南园五子""后五子"，是明代岭南诗家的代表人物。他们通过举行"南园诗社"以开启和振兴岭南诗风，为清代广东社事的全面发展奠定基础。广东地区的诗社注重结社传统，甚至沿用旧社名称秉承前贤遗风。而社诗总集的刊行，配合集会唱和活动，创造了地方社事的繁荣气象。

一　粤社诗歌总集典范

清代，岭南诗人群体继起，诗歌流派并兴。粤中结社唱酬之风长盛不衰，诗社数量丰富且独树一帜，具有强烈的地域意识。社诗总集的编纂，吸取以往经验，更臻完备。除了载录诗歌作品，社诗总集的编纂体例也反映诗社的集会唱和方式，其选诗标准也体现结社宗旨和诗学思想。笔者拟略举广东诗社及其相关总集，作为社事梗概。

一是"常荫轩诗社"与《常荫轩诗社萃雅》。嘉庆年间，潘正衡（字钧石）结社，名曰"常荫轩诗社"，并辑有社诗总集。刘彬华作序，如下：

> 粤诗社始自"南园"，继以"越山""浮邱""诃林"，唱和寖广，今则无所谓社也。有嗜风雅者为之主，或集名流于园林，或拈题而悬之通衢，能诗者争投以诗，悉自糊名，诗既萃，乃就博雅者品题而甲乙之。甲乙竟，乃求其姓字而榜之，谓之列最；冠军前茅，赠以物，有差，谓之谢教；冠军复踵而行之，谓之继兴。广州一大都会，诗人之薮，无论诸名山川，瑰伟奇秀，怵心刿目，即如一石一泉，与夫寂历荒凉之境，罔非古仙

---

① 葛征奇：《南园前五先生诗》，《四库全书存目丛书》集部第 375 册。
② 陈文藻等：《南园后五先生诗》，《四库全书存目丛书补编》第 30 册。
③ 孙蕡等：《南园前五先生诗》，中山大学出版社 1990 年版。

灵、寓贤、佳丽遗迹所存，并足供人啸咏？故此风尤盛。吾邑潘钧石茂才尝赋诗"冠军当继兴"，爰以广州古迹命题，篇什纷投，毅堂观察第其甲乙，列最、谢教一如故事，且择尤雅者付之梓。夫黎美周以"牡丹"抡元，邝湛若以"鹦鹉"驰誉，非不尽态极妍而无关名胜。岭以南，石之奇古，莫如五羊；泉之清幽，莫如九龙。寺曰六榕，则虞苑之邻也；坟曰百花，则素馨田之亚也。是皆古仙灵、寓贤、佳丽遗迹所存，足以供人啸咏者。而兹编之诗，高华沈郁，异曲同工，又弗可以不传？剞劂将竣，钧石属余序，余谓粤中诗教于今为极盛，兹亦其一斑也夫！①

这篇序文回顾了明代广东诗社之盛，如"南园""越山""浮邱""诃林"等，并阐明了当下流行的结社方式，包括命题、征诗、甲乙、列最、谢教、继兴等步骤。嘉庆年间，潘正衡以广州古迹命题，收到大量诗歌，请潘有为（毅堂其字）评定甲乙，并择取佳作而结集付梓。明末，黎遂球凭借《黄牡丹》夺冠，邝湛若因为《赤鹦鹉》得名，两位广东诗人有黎牡丹、邝鹦鹉之称。咏物绝妙，却与名胜无关。而潘正衡"常荫轩诗社"，包含《五羊石》《九龙泉》《六榕寺》《百花坟》四题，都是古人遗迹。社集所收诗人有潘有为、张维屏、刘华东、吕坚、赵允菁、吴奎光、吴绳显、吴梯、吴维彰、孟佐舜、冯赓飏、何凌秋、潘正亨、陈华泽、冯斯佐、李直亭、李鳞、劳廷珠、陈芝、蔡廷榕、廖仁茂、赵允育、周学修、漆璘和潘正衡等。以诗歌创作为本，每个作者名下收录一至四题不等，其中张维屏、吴梯、吴绳显、吴维彰等不止入选一次。《常荫轩诗社萃雅》所选诗歌包含较多夹批，末尾附有评语，属于诗歌、评论结合的社诗总集。张维屏《花甲闲谈》卷五"乡园旧雨"

① 潘正衡：《常荫轩诗社萃雅》卷首刘彬华序，嘉庆十八年癸酉（1813）古藤书屋刻本，第1a—3a页。

收录了潘正亨、刘彬华、刘华东、漆璘等人的作品①，交游唱和颇多。

二是"西园吟社"与《西园吟社诗》。道光四年甲申（1824），邱肇广结"西园吟社"，并辑有社诗总集。该社盛极一时，史料多有记载。吴仰贤《小匏庵诗话》卷七记载："粤东诗社最盛，与会者往往千余人。予所见仅'西园吟社'刊本一集，为题二，曰《唐荔园》，曰《擘荔亭》，诗各体俱备，主评选者为四明童萼君先生槐。"② 又，阮元《研经室集·续集》卷六《唐荔园》"喜从新构得陈迹，社诗千首题园门。"作者自注说："近日民间诗社有《唐荔园》诗，累至千余首。"③ 又，童槐《今白华堂诗录》卷三《唐荔园和韵》《偕同人游唐荔园》等④，也作于道光四年左右。童槐《西园吟社诗序》记载：

> 南宋时，浦江吴渭立"月泉吟社"，得诗一卷，著录《钦定四库全书》集部中。此开社选诗之权舆也。其在粤东，自前明黎美周先生咏扬州黄牡丹归，南园诸老有寄花信之事，而校诗之会弥盛。仪征阮宫保师帅粤之七年，余来游幕府，始至即闻省中诸社名。时师方开学海堂以造士，经义、文笔咸所鏉揽，近远观听，陶化染学，益进而上，固宜敩敩有大雅风矣。既而游览荔湾，得《西园吟社诗》，知南海邱氏实主斯社。其为题二：曰《唐荔园》，阮公子赐卿所名而记之者也；曰《擘荔亭》，园中之亭，以杜工部诗命名者也。初，康熙戊戌，沈氏为"白燕堂社"，尝以"荔枝湾"命题。湾之由来，皆目为南汉昌华宫故址。邱君于此构园，复得唐迹以唱于社，盖非复白燕堂

① 张维屏：《花甲闲谈》卷五，《四库未收书辑刊》第十辑第 3 册，第 312—322 页。

② 吴仰贤：《小匏庵诗话》卷七，《续修四库全书》第 1707 册，第 58 页。

③ 阮元：《研经室集·续集》卷六，中华书局 1993 年版，下册，第 1098 页。

④ 童槐：《今白华堂诗录》卷三，《续修四库全书》第 1498 册，第 315—316 页。

意也。……李西涯谓东南士人皆重诗会，余生平足迹所至，未睹如粤东之盛者。①

童槐提到，《月泉吟社诗》开创社诗选集编纂的先河，也回顾了广东的一些诗会活动。根据《西园吟社诗》的诗歌内容，的确只有《唐荔园》《擘荔亭》二题，上有眉批。《西园吟社诗》卷首列举近百名诗人②，包括花号、姓名、字号和爵里等信息，

三是"容山鹏贤诗社"与《容山鹏贤诗社汇草》。咸丰十一年辛酉（1861）正月十五，陈寿清（字似珊）结"鹏贤诗社"，拟题赋诗，请潘楷评定甲乙。社诗总集《容山鹏贤诗社汇草》有光绪二十七年辛丑（1901）重刻本。潘楷撰《容山陈氏诗社序》，部分内容如下：

> 我朝二百余年，文教覃敷，岭海文社之盛，固已甲于天下，而诗社之盛，实与文社相表里。溯自曲江崛兴，南园前后五子、岭南大家继之，彬彬乎上薄风骚、下铄唐宋，迄今士、农、工、商、闺秀、方外莫不娴吟咏、耽风以雅。故诗社标题一出，远近争以篇什投寄，不旬日间动辄以万计，斯岂特离明气运之昌欤？良由雅化涵濡之久也。余自筮仕以后，不与斯会者垂四十

---

① 邱肇广：《西园吟社诗》卷首童槐序，道光四年甲申（1824）刻本，第1a—2a页。

② 廖赤麟、左兆祥、冯天衢、何惠群、居溥、潘灿儒、周昭、项漾洲、谭莹、李"云峰"、赵均、冯询、黄"桂航"、麦照、杨"星石"、张虞衡、范濬、刘天惠、丁廷枢、赖洪禧、黄亨、何佑、李应中、杜湘洢、何士元、杨尚群、梁开泰、梁信芳、陈"静川"、蔡廷楠、冯宇池、冯文俊、庞拱辰、苏应亨、杜沛、关炳垣、黄鹤龄、何清辉、梅梦雄、杨"星泉"、张思植、刘斐成、何大邦、黄见刚、潘壮荣、梁国瑞、陈饶俊、梅璇枢、徐仁广、曾仰之、谢念功、易尚忠、梁东池、梁前训、汤培思、萧良翰、黄钰、刘鹏高、徐良琛、何蓉镜、赵昌、叶梦鲲、苏瑞隆、刘策勋、石由庚、陈执礼、张绳前、麦衡、罗大经、杨彬侯、张先甲、许翔、罗冠元、陈鸾墀、叶选青、麦"时斋"、陈拾芥、苏青简、黄乔松、孙基、李凤修、植子奇、梁大江、李梁、黄开鼎、林盈科、周富文、高廷庸、陈凤墀、严扬、范协一、安子吟、周蔚岚、黄玉成等。

年，每念江乡乐事，往往形之梦寐。迩来家居，奉母之外，偶一抒怀，亦不过蜩鸣蛤吠而已，何敢复言风雅？庚申岁暮，忽有扣门请见者，乃容奇故人陈玉珊铨部少君似珊也，具道其族内群季将以明春元夕广开吟坛，拟题赋诗，属余往操选政，第其甲乙。……遂不揣谫劣，欣然买舟过从，竭十余昼夜之力，阅卷三千有奇，计什已逾二万，见其机杼各出、珠玉纷罗，不禁有美不胜收之叹。①

清代，岭南诗社、文社并兴。作者也提到，岭南诗歌起于唐代张九龄，明代南园前后五子和清代岭南大家继之。岭南社事由来已久，鹏贤主人亦崇尚风雅而结社。社诗总集的序文之后附有潘楷拟作。《容山鹏贤诗社汇草名次列》设置两百名次，其中部分名次下面没有对应的社员姓氏，实际不足两百人。正文选录一百余人包括陈寿清的作品。"阅卷三千有奇，计什已逾二万"，也描绘了当时诗社之盛。

四是"南园寄社"与《南园寄社诗草》。同治八年己巳（1869）八月，广东番禺冯询（字子良）作序，全文如下：

有明一代，以社盛，以社衰。社以诗盛，以诗衰。名公钜卿、山人墨客，始而互相标榜，继而互相倾轧。七子提倡坛坫，诗社日兴，诗学亦日坏，至钟、谭遂为亡国之音。此朱竹垞先生之论也。虽然，竹垞先生极诋明季诗学之衰，而独推重吾粤"南园五先生"，谓能自树立，不囿风气，则诗社不又赖吾粤为维持哉？我朝文教覃敷，诗学超越前古。国初"岭南三大家"屈、梁、陈，名噪海内，咏古诸题，三集互见，盖当时诗社作也。继起而特出者，黎二樵先生"桐心竹诗社"，

---

① 陈寿清：《容山鹏贤诗社汇草》卷首潘楷序，光绪二十七年辛丑（1901）广东省城十七甫翰章印务局排印本，第1a—2a页。

首冠一军，至今称盛。自是，吾粤诗社大小不一，总以南园为宗。盖曲江后，南园接统绪矣。道光初年，南园诗社大开，每会诗逾万卷，送钜公评阅，冠军者，社长以诗帜鼓乐，送润笔诸珍品无算，事载《楚庭耆旧集》。时予年正弱冠，与诸同学校猎其间，屡居前列，甚盛事也。自予出山后，故乡烽火频年，不复闻有谈南园诗事者。予不猎于诗社，遂四十年矣。同治己巳，同邑许和轩词丈随其令兄星台观察游宦江右。观察固风雅，幕中亲友多才，和轩集同乡诸君子命题联吟，名曰"南园寄社"，示不忘乡学渊源也。以诗卷属予甲乙，汇前列，将付梓，复属予一言。予于社中诸君为同乡，而皆十年以长，不获辞。统读社卷，清润匀圆，可树南园一帜矣。予既重诸君子学有本原，客中犹眷眷乡先贤不置，有足嘉者。又念予老矣，故园吟侣云散风流，抚是卷，不禁动思乡怀旧之感，更安能已于言哉？是为序。①

这篇序文介绍了"南园寄社"的基本情况，也回顾了明清岭南诗社的发展历史。清代广东一带的诗社，始于"岭南三大家"即屈大均、梁佩兰和陈恭尹，三人结社唱和的诗歌在各自的诗集中都有保留。清代中期，黎简（二樵其号）"桐心竹诗社"最为突出。陈永正先生《岭南诗歌研究》一书也曾涉及该社②。黎简与张如芝、谢兰生、罗天池并称"粤东四大家"。唐代张九龄（广东曲江人）以后，岭南风雅中衰，而南园前后十先生以结社的方式改变了这种局面。因此，岭南诗社都以"南园"为宗。道光初年，南园诗社盛行，活动形式丰富，后因战事而有所停顿。同治八年己巳（1869），广东诗人许应铣（和轩其字）在江西结社，同乡诸君与会，取名

---

①　许应铣：《南园寄社诗草》卷首冯询序，同治八年己巳（1869）刻本，第1a—3b页。

②　陈永正：《岭南诗歌研究》，中山大学出版社2008年版，第72—73页。

"南园寄社"。该社辑有社诗总集《南园寄社诗草》，请冯询评定甲乙并撰序。"南园寄社"属于广东诗人群体在外地结社，却仍以乡学为本原。社集收录了许应铣、许炳杰、黄焌光、许炳泉、黎原超、蔡召镛、吴邦瑞、吴邦祺、冯永年和邹绍峄十人的诗作。许应铣又辑有《寄南园二子诗钞》①，是黎原超、冯永年二人的诗歌总集。

五是"香山榄溪菊会"与《香山榄溪菊会诗集》。同治十三年甲戌（1874），"香山榄溪菊会"举行，谭宗濬评定名次，辑有社诗总集②。《香山小榄乡菊花会诗名次列》包含一百零一名诗人。前四名是黄绍昌、李长荣、李镛和冯培光，都是当时比较活跃的诗家，积极组织诗社集会活动。其中，李长荣又辑有多种诗歌总集，如《庚申修禊集》《柳堂师友诗录》《寿苏集初编》等③。在此之前，香山还有三次"菊会"，分别举于乾隆四十七年壬寅（1782）、五十六年辛亥（1791）和嘉庆十九年甲戌（1814）。此次菊花会设有《登风度楼怀张文献公》《菊酒》《菊糕》《菊灯》《菊枕》等题。

六是"后南园诗课"与《后南园诗课》。宣统初年，黄映奎（字日坡）等开创"南园诗社"（或作"后南园诗社""后南园诗课"），辑有相关社诗总集④。宣统三年辛亥（1911），梁鼎芬（号节庵）作序如下：

> 后南园诗社，泰泉诗孙黄日坡与同人所开，事雅而意美。第一次请姚嶙雪十九丈评定，至为公允，社论尊之，此次以属鼎芬。名章隽句，纷纭络绎，深恐过眼不能追寻，因仿昔人摘句图例，录为一册，同社传观。（"又次取""备取"亦有佳者，

---

① 许应铣：《寄南园二子诗钞》，同治十三年甲戌（1874）刻本。

② 谭宗濬：《香山榄溪菊会诗集》，清西湖街藏珍阁刻本。

③ 李长荣、谭寿衢：《庚申修禊集》，咸丰十年庚申（1860）省城龙藏街萃文堂刻本。李长荣：《柳堂师友诗录》，同治二年癸亥（1863）羊城西湖街富文斋刻本；《寿苏集初编》，光绪元年乙亥（1875）羊城西湖街富文斋刻本。

④ 梁鼎芬：《后南园诗课》，宣统三年辛亥（1911）羊城刻本。

不但前列也。）窃惟诗于风教关系不细，思往伤今，意中所有。诸君抗心古人、蒿目当世，可谓有哀窈窕、思贤才之怀矣。所愿研精典册，发写襟情，于北宋王（禹偁）、欧阳（修）、梅（尧臣）、王（安石）、苏（轼）、黄（庭坚）、韩（驹）、王（令）、陈（师道）诸家诗集（有不易得者，求之《宋诗钞》），其所性近，实致苦功，既可收敛神思，必能挽回风气。浅论如此，大雅之诃，吾不能免矣。①

黄映奎是明代著名学者黄佐（泰泉其号）的后人。"南园后五子"均师事黄佐，并受其诗风的影响。显然，黄映奎"南园诗社"也是有意追步明代南园社事。前文在探讨"诗歌创作与选评结合"问题时，笔者提过《后南园诗课》。第一课请姚筠（巘雪其字）评定；第二课则请梁鼎芬担任裁判，仿照摘句图的形式，采其佳句，录为《后南园诗课》。这部社集的体例较特殊，内部分为"上取""中取""次取""又次取""备取"五等。"上取""中取"每个诗题各选五名，"次取"各选二十五名，"又次取"各选五十名。可见集会结束后，梁鼎芬"评定甲乙"的工作十分具体、细致。"后南园诗社"很有可能是清代最后一个南园系列诗社，足见明代"南园诗社"影响之深远。

二　"南园""西园"诗社系列

在明代"南园诗社"的影响下，清代广东地区出现了南园系列诗社，旨在继承明代社事的风雅传统，可称为南园诗社群。上文所举"南园寄社"，虽然集会地点不在广东，但从结社宗旨、诗学渊源等角度出发，它和"南园诗社"一脉相承。"后南园诗课"的诗人群体"抗心古人、蒿目当世"，以发起同名诗课的方式追贤思古。社名相同，意味着结社精神相通，诗学思想相近。

① 梁鼎芬：《后南园诗课》卷首，宣统三年辛亥（1911）羊城刻本，第2a—2b页。

诗歌总集《南园花信诗》，黎遂球撰序，部分内容如下：

> 　　南园为国初五先生觞咏处，其后以祀宋大忠三公。项直指葛公来按粤，鸠工饰之。遂球因与吾师陈秋涛宗伯公邀诸公复为"南园诗社"。遂球北行逾岁，还至扬州，憩郑子超宗影园，为"黄牡丹会"，谬辱扬州诸名公，有夜珠明月之赏。偶以所赋十律归，质之同社，于是陈宗伯师听然为和如数，题曰《南园花信》。既而粤诗人和章日众，爰录诸公之成十首者。宗伯师先成，为首；次则方伯曾先生息庵，侍御高先生见庵，家明府叔洞石，广文谢子伯子，同人区子叔永、苏子裕宗、梁子渐子，附以遂球原诗，凡九人，为一卷，付之剞劂，且报超宗。①

道光《广东通志》卷一百九十八《艺文略·十》"《南园花信集》一卷附一卷"亦载有这篇序文②，文字稍有出入。明末崇祯十六年癸未（1643），郑元勋（超宗其字）影园作"黄牡丹会"。黎遂球赋成律诗十首，被钱谦益评为第一，声名大噪。在此之前，黎遂球曾结"南园诗社"。自扬州归粤后，同社陈子壮、曾道唯、高赍明、黎邦瑊、谢长文、区怀年、苏兴裔和梁祐逵，争和黄牡丹诗。《南园花信诗》冠以"南园"二字，亦可看作"南园诗社"的总集。"南园无牡丹而有牡丹，黄牡丹无南园而有南园，影园无粤社诗而有粤社诗，均快事也"③，说的是南园社和影园会之间的联系。亦吾庐辑《黄牡丹状元故事》④，包括《影园花榜》《南园花信》《花榜丛

---

　　① 黎遂球：《南园花信诗》卷首黎遂球序，陈文藻《南园后五先生诗》附，《四库全书存目丛书补编》第38册，第617页。

　　② 道光《广东通志》卷一百九十八《艺文略·十》，《续修四库全书》第673册，第331页。

　　③ 黎遂球：《南园花信诗》黎遂球序，陈文藻《南园后五先生诗》附，《四库全书存目丛书补编》第38册，第617页。

　　④ 亦吾庐：《黄牡丹状元故事》，同治二年癸亥（1863）拜鹃草堂影钞本。

谈》《传赞附录》四个部分，收录了影园"黄牡丹会"的入榜诗歌，也反映了该会在广州"南园诗社"的余响。而陈子壮、黎遂球所创"南园诗社"，也开启清代南园结社之风。该社共有十二名成员，除了上述九人，还有区怀瑞、黄圣年和陈子升。

冯询《子良诗存》卷十一《补录水仙花诗》，题注记载："此诗与第一卷《玉山楼望春》，同为少时'西园诗社'作也。吾粤自前明以来叠开诗社。道光初年，'南园''西园'两社最盛，诗至万卷，送巨公甲乙，予《玉山楼》作拔置冠军，此作取列第三名，距今三十年矣。同社诸公风流云散，故园韵事老更难忘，偶忆及之，补录于此。"① 这里提到道光初年"南园诗社"，正是冯询年少时所猎之社。前及冯询所撰"南园寄社"序文"道光初年，南园诗社大开，每会诗逾万卷，送钜公评阅，冠军者，社长以诗帜鼓乐，送润笔诸珍品无算，事载《楚庭耆旧集》"②，描述了当年南园社事之盛。伍崇曜辑《楚庭耆旧遗诗》③，包括《前集》《后集》《续集》，广东诗人名下记载了不少关于粤社的资料。而伍崇曜所撰《月泉吟社跋》也提到道光诗社："以余所及见，道光癸未、甲申'西园''南园'两诗社。'西园'第一集，题《红梅驿探梅》，徐太守铁孙擅场；第二集，题《水仙花》，徐茂才梦秋擅场。'南园'第一集，题《羊城灯市》，叶广文星曹擅场；第二集，题《菩提纱》，铁孙擅场。'西园'第三集，题《玉山楼春望》，冯司马子良擅场，而倡之者则钟孝廉凤石先生也。"④ 道光三年癸未（1823）"西园诗社"，有《红梅驿探梅》《水仙花》《玉山楼春望》三题；四年甲申（1824）"南园诗社"，有《羊城灯市》《菩提纱》两题。《楚庭耆旧遗诗后集》卷

---

① 冯询：《子良诗存》卷十一，《续修四库全书》第 1526 册，第 184 页。

② 许应铦：《南园寄社诗草》卷首冯询序，同治八年己巳（1869）刻本，第 2a 页。

③ 伍崇曜：《楚庭耆旧遗诗》，道光二十三年癸卯（1843）至三十年庚戌（1850）南海伍氏刻本。

④ 吴渭：《月泉吟社》卷末伍崇曜跋，道光、光绪南海伍氏粤雅堂刻本，第 2a 页。

十五徐良琛名下记载"癸未冬，'西园诗社'第二集，题《水仙花》，限'蒸'韵"①，所述情况相同。根据徐荣《怀古田舍诗节钞》卷一《玉山楼春望（甲申）》②，以及冯询《子良诗存》卷一《玉楼山春望》③，创作时间都在道光四年，可见"西园诗社"第三次集会已延至次年。伍崇曜《月泉吟社跋》，按照发生的时间先后记录社集及社题。

这个"西园诗社"和谭莹"西园吟社"④，不是同一诗社。《广州府志》卷一百六十二《杂录·三》，具体记载如下：

> 长白诚斋榷使达三，性耽风雅。莅任时，与谢里甫太史兰生为莫逆交。时城西人士喜联诗社，榷使欣然代为提唱，厚赍金币焉。其第一集，题《红梅驿探梅》，汉军徐铁孙荣擅场，句云："无雪月时香亦冷，最风尘处品逾尊。"第二集，题《水仙花》，南海徐梦秋良琛擅场，句云："天风约鬓愁无语，湘水煎裙冻有棱。我正含情拥瑶瑟，曲终人远唤难应。"第三集，题《玉山楼春望》，番禺冯子良询擅场，句云："云霞今古浮双阙，花月东西隔一濠。"皆杰作也。时又有"南园诗社"，题限《菩提纱》，亦汉军徐荣擅场，诗云："夙生根蒂旧无遮，入手玻璃一片斜。已堕绮罗休问劫，幸留风骨莫争华。浣经功德池中水，笼称庄严座上花。拈向黄梅求妙偈，不应还道本非纱。"尤为一时传诵。同时又有结"西园吟社"者，为汉军徐铁孙荣、南海熊笛江景星、顺德梁子春梅、南海徐梦秋良琛、南海谭玉生莹、番禺郑棉舟棻、顺德邓心莲泰诸人。文酒流连，

---

①　伍崇曜：《楚庭耆旧遗诗后集》卷十五，道光二十三年癸卯（1843）南海伍氏刻本，第1b页。

②　徐荣：《怀古田舍诗节钞》卷一，《续修四库全书》第1518册，第75页。

③　冯询：《子良诗存》卷一，《续修四库全书》第1526册，第13页。

④　胡媚媚：《清代诗社研究——以六诗社为中心》，硕士学位论文，浙江大学，2013年，第157—168页。

殆极一时之盛。①

根据笔者所考，"西园吟社"始于道光五年乙酉（1825），总共六次集会，除了徐荣（铁孙其字）、熊景星（笛江其号）、梁梅（子春其号）、徐良琛（梦秋其号）、谭莹（玉生其号）、郑菜（棉舟其号，又作棉洲）和邓泰（心莲其字）七人，还有招子庸、吴兰修、崔"心斋"、侯康、潘正亨、仪克中、黄子高、黄乔松、陈"任斋"、冯询等。此前道光三年癸未（1823）"西园诗社"也有徐荣、徐良琛和冯询，"南园诗社"也有徐荣。

"南园诗社"是受前代社事影响而袭用旧名，而"西园诗社""西园吟社"则因为城西人士结社而取名。道光四年甲申（1824），邱肇广亦结"西园吟社"，并辑有《西园吟社诗》，也有谭莹、冯询和徐良琛等诗人。道光三年、四年和五年，广州西园都有社集活动，主人和诗题各不相同，规模大小也有差异，但存在部分共同社员。顺治年间，屈大均与同里诸子结"西园诗社"②，抒发故国之思，也是清代较早的西园系列诗社。早在北宋，苏轼、黄庭坚、秦观、晁补之等就在王诜的府第西园举行集会，史称"西园雅集"，可能对粤社也有一定影响。道光时期"南园""西园"系列诗社，继承广东地区的结社传统，又将岭南诗派推向新的发展。地方诗歌总集如《楚庭耆旧遗诗》，也收录不少"西园吟社"成员，一方面反映了编者选人选诗的主观标准，另一方面也足以代表嘉道时期广东诗人群体的创作风貌。

三　粤社的结社方式及地域标签

前文所举"粤社诗歌总集"，不管是社诗总集本身，包括编纂体

---

① 光绪《广州府志》卷一百六十二《杂录·三》，《中国地方志集成·广东府县志辑》第 3 册，第 823—824 页。

② 屈大均：《广东新语》卷十二，中华书局 1985 年版，下册，第 357 页。

例、诗歌作品等，还是社集所反映的集会唱和方式，都具有非常鲜明的特征，与其他社诗总集大不相同。笔者从社诗总集出发，论述广东诗社的结社模式，同时也梳理广东诗社的发展脉络，探析以诗社及诗人群体为基础的诗歌派系。

第一，广东诗社活动丰富，名目众多。前及潘正衡"常荫轩诗社"，刘彬华序道："有嗜风雅者为之主，或集名流于园林，或拈题而悬之通衢，能诗者争投以诗，悉自糊名，诗既萃，乃就博雅者品题而甲乙之。甲乙竟，乃求其姓字而榜之，谓之列最；冠军前茅，赠以物，有差，谓之谢教；冠军复踵而行之，谓之继兴。"这里提到广东诗社的两种结社方式，一是园林集会，二是拈题征诗。经过诗歌评选之后，则有"列最""谢教""继兴"等活动。列最，即排列榜单名次；谢教，即赏赐冠军前茅；继兴，即冠军接续实行。"常荫轩诗社"也有列最、谢教等，并且选刻社诗总集。《西园吟社诗》附有一百多名诗人的名单，《容山鹏贤诗社汇草》列举二百名诗人，《香山榄溪菊会诗集》列举一百零一名诗人，这些都是"列最"在社诗总集内的反映。而《后南园诗课》，将诗句分为若干等级，也算是"列最"的变相表现。排列诗人名次的前提是同题共咏，而"后南园诗课"包括《过学海堂，有怀阮文达公》《珠江夜月》两题，只能按题选取佳句。影园"黄牡丹会"也有"谢教"一事，"第一以黄金二觥镌'黄牡丹状元'字赠之，折卷遂球第一人选，女乐歌吹迎于红桥，一时传为盛事"①，冠军黎遂球可谓名利双收。道光初年"南园诗社"，冯询所谓"冠军者，社长以诗帜鼓乐，送润笔诸珍品无算"，也是结合"列最"和"谢教"的事例。其他地方的诗社也有"评定甲乙"的活动，通常是选诗的不同说法，或针对诗作本身而言，广东诗社则尤其注重诗人排名的先后次序。结社，以诗歌创作为基础，结合集会、宴饮、交游等，比起个人创作和普通唱

---

① 彭蕴璨：《历代画史汇传》卷十一，《续修四库全书》子部第 1083 册，第 241 页。

酬，已具备明显的社会活动性质。而"列最"等形式，则有利于广纳社员，也增添了结社的趣味性、竞技性。

又，杭世骏《道古堂集外诗》有《榄溪麦氏以〈昌华苑怀古〉题开社，得诗千首，而顺潘守戎（宪勋）独冠一军，其润笔则《东坡全集》，而以银杯、线纱、荐茗、纸笔副之，亦数十年来一盛事也，守戎招同人集镜岩山房赋诗以纪，予亦有作三首（全集录二）》①。乾隆十二年丁卯（1747），香山小榄麦氏举办诗社，以"昌华苑怀古"为题征诗，潘宪勋作品在千首诗歌中脱颖而出，获得的润笔是《东坡全集》，配以银杯、线纱、荐茗和纸笔等，可称一时胜事。该社命题征诗，亦有"谢教"，是典型的岭南诗社。而潘宪勋又招集同人在镜岩山房赋诗纪事，也有"继兴"的意味。

第二，广东社诗总集注重诗歌评论。这一点和注重诗人名次有关。诗歌评论反映编者的诗学取向，是选人选诗的依据。《常荫轩诗社萃雅》集内，张维屏四题后附有短评"绮思风疏，珠光泉冽，想见超心炼冶，得此炉火纯青"②，诗中则有"曼倩""诙谐""积健为雄"等语。又评刘华东诗曰"登峰华顶，凿险羊肠，奇思逼似李昌谷"③。《西园吟社诗》多处附有眉批，如"作豪杰语，似太白"④，"以下神来之笔，淋漓尽致"⑤。《容山鹏贤诗社汇草》评第一名冯亮甫诗歌《读史有怀郭汾阳》，有"揭起大旨，用意不凡""随手拈来，皆成妙谛"等语⑥。《南园寄社诗草》亦有眉批，冯询评许应铦《草毯》尾联"方信草茅眠处稳，雨风暖寒四时亲"曰

①　杭世骏：《道古堂集外诗》，《续修四库全书》第 1427 册，第 253 页。

②　潘正衡：《常荫轩诗社萃雅》，嘉庆十八年癸酉（1813）古藤书屋刻本，第 2a 页。

③　潘正衡：《常荫轩诗社萃雅》，嘉庆十八年癸酉（1813）古藤书屋刻本，第 3b 页。

④　邱肇广：《西园吟社诗》卷一，道光四年甲申（1824）刻本，第 2a 页。

⑤　邱肇广：《西园吟社诗》卷一，道光四年甲申（1824）刻本，第 3a 页。

⑥　陈寿清：《容山鹏贤诗社汇草》，光绪二十七年辛丑（1901）广东省城十七甫翰章印务局排印本，第 7a 页。

"有寄托，便有情致"①。

《香山榄溪菊会诗集》对所录诗人的评价颇为中肯，第二名李长荣评语记载："切定'风度楼'着想一切，曲江祠堂、文献故宅等题，俱移用不得。诗格亦苍健雄深，非精于声律者不能有此境界。七绝轻秀，品格在南湖、白石之间。"②诗评讲究题意、格调、源流等，对于读者了解同社诗人群体的创作手法之差异有所帮助。放眼清代各地社诗总集，粤社诗歌总集显然更加流行诗歌和评论相结合的形式。

第三，广东社事以诗会居多，经常采取征诗的方式。"常荫轩诗社"设置四题，采取征诗的方式收集诗作，类似于"月泉吟社"。该社甚至没有集会作为依托。"容山鹏贤诗社"也是命题征诗。这些百人以上的大社，举行集会的可能性降低，更倾向于选择征收诗歌以汇合成集。光绪《香山县志》卷二十二记载："榄乡人善作盆菊……盛开时，集乡人所植各种，设赏格、评高下，曰'菊试'。联二三知己倾樽篱下、索句花前，曰'菊社'。至于'菊会'，起止凡三日夜，张灯彩作梨园乐，花路、花桥、花楼络绎数里，各族祠宇、门庭、斋舍悉选花之佳者布列点缀，间以名人字画及古玩器，开筵迎客，幽香满座，四方来观者千万人。虽农夫牧竖，从芳馥中行，亦旋改其面目。邑令彭竹林诗所谓'榄市花期韵欲仙'是也。会无常期，自乾隆壬寅为初会、辛亥为第二会，嘉庆甲戌为第三会，时和年丰，又值是岁花事倍胜，则为之。"③此处引出"菊试""菊社""菊会"三个不同的概念。同治十三年甲戌（1874）第四次"菊会"，命题征诗，刻有社诗总集《香山榄溪菊会诗集》，属于大型诗会活动，本质上是结社行为，无异于"菊社"。又，乾隆二年丁巳（1737），冯

---

① 许应铣：《南园寄社诗草》，同治八年己巳（1869）刻本，第1a页。

② 谭宗濬：《香山榄溪菊会诗集》，清西湖街藏珍阁刻本，第4b页。

③ 光绪《香山县志》卷二十二《杂记》，《中国地方志集成·广东府县志辑》第32册，第487页。

公亮等七十余人在广东结"素兰社",刻有社集《莳兰堂诗社汇选》①,围绕"素心兰"进行创作,体裁不限。《素兰社刻序》:"于是大开社会,榜其题于通津。诸子云合景附,雕奇汇藻,唱予和汝,咸极其致。或诗或赋,短咏长吟,一时人物之盛。计其卷帙,共得一千一百有零,几于汗牛充栋,亦可谓不负此花间关到粤矣。"②"素兰社"同样也是征诗式的诗会。广东诗人的征诗活动,不只限于诗社。例如徐清等辑《哀蝉集》③,是悼亡作品总集,牌记镌有"顺德龙江周莲峰征诗"等字,卷首附有《征诗启》。

　　清代,"诗社"和"集会"的差别较模糊。在掌握诸多诗社类型之后,笔者以为,没有必要严格区分两个概念。若以集会次数、诗人数量等定义"诗社",尽管具备现代意义,但已经偏离结社集会的历史真实。"社""会"二字,原本相通。

　　又,刘嘉谟辑《春秋佳日诗钞》④,包括《登高诗》《题图诗》《修禊诗》《濠梁修禊诗》《送春四咏》等。道光二十五年乙巳(1845)九月九日,刘嘉谟招同张维屏、陈其锟、黄培芳、鲍俊、朱潮、邓德齐、庞文纲、刘光熊、侯植芳、鲍梁、郑秉枢、黄锡祥集秀山红棉寺登高唱和,刻成《登高诗》。道光二十六年丙午(1846)三月三日,刘嘉谟招同梁信芳、黄培芳、张维屏、刘安泰、刘光熊、陈廷辅、鲍俊、朱潮、谭莹、庞文纲、杨荣、刘庚、释余删、释纯谦集海幢寺松雪堂修禊,共会十五人,得诗三十三首,刻成《修禊诗》。李长荣《和黄香石舍人海幢修禊韵》⑤,提到自己当时修禊柳堂,异地同情。道光二十年庚子(1840)上巳后三日,刘廷桢和黄霈霖、袁昊、陈

---

① 冯公亮:《莳兰堂诗社汇选》,乾隆三年戊午(1738)刻本。

② 冯公亮:《莳兰堂诗社汇选》卷首冯公亮序,乾隆三年戊午(1738)刻本,第3a页。

③ 徐清等:《哀蝉集》,咸丰十一年辛酉(1861)养晦斋刻本。

④ 刘嘉谟:《春秋佳日诗钞》,道光二十六年丙午(1846)兰言书室刻本。

⑤ 刘嘉谟:《春秋佳日诗钞·修禊诗》,道光二十六年丙午(1846)兰言书室刻本,第21a页。

恺、刘嘉谟、刘扬光、刘进等人在港口濠梁别墅修禊，"饮酒赋诗，极一时之雅会；赏心乐事，接千载之芳踪"①。这些诗会非常接近结社行为，所得唱和诗歌也展现了广东诗人的传统集会风貌。

又，李长荣、谭寿衢辑《庚申修禊集》②，包括《柳堂春禊诗》《长寿春禊诗》《杏庄春禊诗》《诃林春禊诗》《赏雨楼春禊诗》《柳堂秋禊诗》《杏庄秋禊诗》《罗园秋禊诗》《长寿秋禊诗》九个部分，都是咸丰十年庚申（1860）修禊会唱和所得诗歌。同年各次集会，制成表格如下：

集会	时间	地点	主人	会员
上巳	三月三日	柳堂	李长荣	李长荣、樊封、邓大林、谭莹、徐灏、倪鸿、陈起荣
展上巳	三月十三日	柳堂	谭寿衢	谭寿衢、邓大林、谭莹、徐灏、李长荣、倪鸿、陈起荣
上巳	三月三日	长寿寺	罗天池	罗天池、颜薰、梁玉森、陈澧、陈良玉、吕洪、陈葆常、居廉
闰上巳	闰三月三日	杏林庄	邓大林	邓大林、李长荣、樊封、黎"健斋"、徐灏、颜薰、潘恕、倪鸿、谭寿衢、谢"梧珊"、何桂林、屈坚
预作闰上巳	闰三月一日	诃林	倪鸿、晬昌	倪鸿、晬昌、颜薰、陈良玉、郑献甫、汪瑔、李长荣、王家齐
展闰上巳	闰三月二十三日	诃林	李长荣、潘恕	李长荣、潘恕、罗天池、邓大林、郑绩、颜薰、谭寿衢、观中、彰华、平矩、福基
展闰上巳	闰三月十三日	赏雨楼	谭寿衢	谭寿衢、罗天池、游显廷、王家齐、邓大林、谭莹、郑绩、颜薰、陈良玉、潘恕、吕洪、梁玉森、何桂林
预秋禊	七月十三日	柳堂	李长荣	李长荣、苏六朋、邓大林
秋禊	七月十四日	杏林庄	李长荣	李长荣、梁民宪、萧谏、倪鸿
秋禊	七月十四日	罗园	李长荣	李长荣、倪鸿、颜薰、何桂林、梁民宪、罗"抃山"
秋禊	八月三日	长寿寺	谭寿衢	谭寿衢、梁民宪、邓大林、谭莹、郑绩、颜薰、潘恕、成果

---

① 刘嘉谟：《春秋佳日诗钞·濠梁修禊诗》刘廷桢序，道光二十六年丙午（1846）兰言书室刻本，第1a页。

② 李长荣、谭寿衢：《庚申修禊集》，咸丰十年庚申（1860）省城龙藏街萃文堂刻本。

　　总共十一次集会，包括九次正式集会和两次预备集会，可见当年广州修禊集会的活跃程度。李长荣、谭寿衢和邓大林是主要倡导者，而柳堂、杏庄则是热门的集会地点。历次集会成员数量不同，但基本属于同一个诗人群体。又，邓大林辑有《杏庄题咏、杏林庄修禊集、杏林庄杏花诗》①。其中，《杏林庄修禊集》含有三次集会，时间分别是咸丰三年癸丑（1853）三月三日，咸丰十年庚申（1860）闰三月三日、七月十四日。后两次集会与《庚申修禊集》所载一致。在诗人群体相对稳定的前提下，修禊集会属于社事范畴。广东诗人还有"珠江修禊"活动，如谭莹《"西园吟社"第三集，珠江秋禊》②，极具代表性。

　　第四，广东诗社的吟咏对象，显示了地方特色。潘正衡"常荫轩诗社"以广州古迹命题，包含《五羊石》《九龙泉》《六榕寺》《百花坟》。此四处古迹，在其他诗人集中也多有描写。邱肇广"西园吟社"，分赋《唐荔园》《擘荔亭》二题。邱氏构园的地方——荔枝湾，是南汉昌华宫故址，也是广东诗人集会去处，曾留下不少佳篇杰作。"后南园诗课"的题目即《过学海堂，有怀阮文达公》《珠江夜月》，也涉及当地著名景物。此外，广东诗社爱好咏物。清初"南园诗社"之黄牡丹，"素兰社"之素心兰，"桐心竹诗社"之桐心竹，道光"西园诗社"之水仙花，"香山榄溪菊会"之咏菊四题（菊酒、菊糕、菊灯、菊枕），所咏对象以花木居多。红棉、荔枝等作为当地物产，也是历代广东诗人及诗社极力赞美的对象。又如广东番禺诗人许应镠辑《清华唱和集》③，共赋吴中薇院绿牡丹。这部诗歌总集没有提到结社，唱和地点在苏州正谊书院，也不以广东诗人为主，但唱和方式却和粤社相似。许应镠所作七律八首有眉批。

　　岭南诗社的发展过程，即岭南诗派的发展过程。一般而言，元

---

　　① 邓大林：《杏庄题咏、杏林庄修禊集、杏林庄杏花诗》，道光、咸丰羊城学院前艺芳斋刻本。

　　② 谭莹：《乐志堂诗集》卷一，《续修四库全书》第1528册，第417页。

　　③ 许应镠：《清华唱和集》，光绪九年癸未（1883）刻本。

末明初"南园诗社"创立，象征着岭南诗派兴起；嘉靖"南园诗社"，则推动岭南诗派的发展。清初"岭南三大家"结社，重振岭南诗风，独树一帜。南园前后五子和"岭南三大家"诗名较著，诗人并称群体结社更易得到诗坛的关注，成为后世推崇和效仿的对象。道光时期是清代岭南社事的繁荣阶段，"南园""西园"系列诗社层见叠出。而岭南诗歌总集的刊刻之风，也促进了诗社及社诗总集的诞生。道光十二年壬辰（1832）刻《榄山花溪诗钞初集》，苏鸿所作序文也勾勒了岭南诗社的发展史：

> 古无诗社之名，《诗》称"以社以方"，不过报赛田事而已。后世宾朋聚会，谓之结社。远公与十八贤同修"净土社"，白太傅与九老同修"香山社"，其即诗人结社之滥觞与。欧阳永叔诗云"唱高谁敢投诗社"，东坡诗云"诗社何妨载酒从"，则诗社之由来远矣。岭南诗社始于前明"南园五先生"，说者谓轶视"吴中四杰"，变椎结为章甫，辟荒秽于炎州，功不在陆贾、终军下也。厥后"越山诗社"继之，"浮邱诗社"又继之，"诃林诗社"又继之，要皆负其绝力雄才追踪前哲、取资良友，与抗风轩后先辉映者，然未闻有社诗合刻也。香山小榄乡，诗人之渊薮也。缙绅先生喜占形胜、持风雅，不问家人生产，惟赋诗、修岁时之会。如前明何相公、李尚书、伍观察之"文虹社"，国初南塘渔父之"湖心社"，以迄乾隆间何明经之"阶云社"，其较著者也。其余纷纷继起，莫可胜纪。粤东诗社之盛，以小榄为最，然亦未闻有社诗合刻也。社诗合刻，自今日之花溪始，花溪亦昔之吟眺地也。何文学秩堂先生，地拓半弓、窗开四面，招集名流十有八人，作忘年之交，为文字之饮，业八年于兹矣。道光辛卯、壬辰两载，余忝主榄山讲席，功课之暇，日夕过从，与诸君子相得甚欢。故有会必召余，余亦未尝以事免。余素艰于诗、啬于饮，三爵之后辄曳白而去。然喜随诸君子游者，则以诸君子之诗若为雅健，若为豪纵，若为清新，若

为绮丽，或捻须而就，或叉手而成，各抒其性情之所近，固有以砥砺我也。积累既富，裒然成集，因余以质凌药洲先生，约而精之，得诗三百首，欲付剞劂，属余为序。①

作者指出诗社的源起和岭南诗社的滥觞。岭南诗社始于"南园"，影响深远。其后，"越山诗社""浮邱诗社""诃林诗社"相继兴起，都没有社诗合刻。香山小榄乡，是广东社事最盛的地方，有过"文虹社""湖心社""阶云社"等，也没有社诗合刻。前及"香山榄溪菊会"及《香山榄溪菊会诗集》，已是同治时期。而乾隆、嘉庆年间的三次"菊会"，应是没有留下社集。苏鸿认为，社诗合刻从《榄山花溪诗钞初集》开始。道光年间，何大猷（秩堂其号）招集名流结社唱和，长达八年。道光十一年辛卯（1831）、十二年壬辰（1832），苏鸿也参加集会，并帮助选刻社集。《榄山花溪诗钞初集》收录了张万龄、邓炽林、何祐庭、何家瑚、李东海、何纲、何大猷、麦兴仁、何永贞、何凤书、何时秋、何贵荣、何瑞龄、黎楫、李元抡、何如林、孔传任、成斋、李家修和何若霖二十人的诗歌。榄山"花溪诗社"和吴中"清溪吟社"情况类似，相应的《榄山花溪诗钞初集》和《吴中女士诗钞》都属于诗集合刻，并非严格意义的社诗总集。然而，各个社员的诗集含有共同唱和之作，能够反映集会情形，因以社诗总集视之。各种形式的社诗总集或诗歌总集，刺激诗人结社的积极性，共同营造广东社事的活跃氛围。道光以后，广东社事走向高潮，又因时局变动经历停滞和转机，其发展脉络和岭南诗歌及流派保持一致。

第二节　浙社及诗家名流提唱

清代，浙江诗社云集，是著名的集会唱和中心。如康熙年间

---

① 凌扬藻、苏鸿：《榄山花溪诗钞初集》卷首苏鸿序，道光十二年壬辰（1832）刻本，第1a—2b页。

"蕉园诗社"，集会地点在杭州蕉园，对后世闺秀诗社影响至深。与结社相应，浙江的刻书事业也非常兴盛。浙江永康诗人胡凤丹刻有《皖江同声集》《鄂渚同声集》《榕城同声集》等社诗总集，尽管所结诗社不在浙江，诗集但也属于浙刻。杭州、绍兴、宁波等处都有各自的集会传统和文学脉络，因此，当地主流诗社的思想宗旨、表现形式等各不相同。笔者将以代表诗家所倡诗社为例，探析浙江诗社的总貌及特征。

一　厉鹗、杭世骏与杭州诗社

诗社的兴起主要在明代，杭州也是如此。厉鹗《樊榭山房集·续集》卷四《春夜访巨公于云林宿面壁轩》，诗注记载："明嘉靖间，西湖有诗社八：曰紫阳社，曰湖心社，曰玉岑社，曰玉岩社，曰南屏社，曰紫云社，曰洞霄社，曰飞来社。社友祝九山时泰、高颖湖应冕、王十岳寅、刘望湖子伯、方十洲九叙、童南衡汉臣、沈青门仕分主之。"① 清代，杭州诗社进入更加繁盛的时期，也以明代社事为基础。吴庆坻《蕉廊脞录》卷三"杭州诸诗社"条记载：

> 吾杭自明季张右民与龙门诸子创"登楼社"，而"西湖八社""西泠十子"继之。其后有"孤山五老会"，则汪然明、李太虚、冯云将、张卿子、顾林调也；"北门四子"，则陆荩思、王仲昭、陆升黉、王丹麓也；"鹫山盟十六子"，则徐元文、毛驰黄诸人也；"南屏吟社"，则杭、厉诸人也；"湖南诗社"，会者凡二十人，兹为最盛。嘉道间，屠琴坞、应叔雅、马秋药、陈树堂、张仲雅诸人有"潜园吟社"，而汪氏"东轩吟社"创于海宁吴子律，小米舍人继之，前后百集。舍人刊社诗为《清尊集》。戴简恪寓杭州天后宫，有"秋鸿馆诗社"，亦骖靳焉。

---

① 厉鹗：《樊榭山房集·续集》卷四，上海古籍出版社 2012 年版，下册，第 1235 页。

"潜园""东轩"皆有图。《东轩吟社图》，费晓楼画，今尚存；汪氏《潜园图》，则不可得见。咸同以后，雅集无闻。光绪戊寅，族伯父筠轩先生创"铁华吟社"，首尾九年。先生殁，而湖山啸咏风流阒寂矣。①

文中"潜园吟社""东轩吟社""秋鸿馆诗社""铁华吟社"等，都是盛极一时的杭州诗社，当今学者多有研究②。其中，"潜园""东轩""铁华"等吟社又有相应的社诗总集。厉鹗、杭世骏等诗人结"南屏吟社"，积极投身集会唱和，推动当时及后来的社事发展。

厉鹗（1692—1752），字太鸿，又字雄飞，号樊榭、南湖花隐、西溪渔者，浙江钱塘（今杭州）人。康熙五十九年庚子（1720）举人，乾隆元年丙辰（1736）举博学鸿词科，报罢。著有《樊榭山房集》《宋诗纪事》《南宋院画录》《玉台书史》等。杭世骏（1696—1772），字大宗，号堇浦，别号智光居士、秦亭老民、春水老人、阿骏，浙江仁和（今杭州）人。雍正二年甲辰（1724）举人，乾隆元年丙辰（1736）举博学鸿词科，授翰林院编修，充武英殿纂修。乾隆八年癸亥（1743）因上疏陈言而遭到革职，十六年辛未（1751）官复原职。晚年主讲广州粤秀和扬州安定书院。著有《道古堂集》《榕城诗话》等。杭世骏与厉鹗齐名，并称"杭厉"，是浙派诗歌的代表人物。

厉鹗结社频繁，足迹不限杭州。根据《樊榭山房集·诗词集》卷八《予赁居南湖上八年矣，其主将鬻它氏，复谋栖止，瑞石山下

① 吴庆坻：《蕉廊脞录》卷三，中华书局1990年版，第96页。
② 参见郑幸《南屏诗社考》，《厦门教育学院学报》2007年第2期；刘正平《南屏诗社考论》，《北京大学学报》2013年第3期；朱则杰、李杨《"潜园吟社"考》，《文学遗产》2010年第6期；朱则杰、周于飞《〈清尊集〉与"东轩吟社"》，《浙江大学学报》2010年第5期；朱则杰《铁花吟社的社诗总集与集会唱和》，《诗书画》2013年第2期。

有屋数楹，东扶导予相度，颇爱其有林壑之趣，以价贵未遂也，因用癸卯赠东扶移居韵寄之，并邀"城南吟社"诸君共和焉》①，乾隆三年戊午（1738），厉鹗结"城南吟社"。"城南"可能只是结社地点，并非正式社名。又，杭世骏罢归后，乾隆九年甲子（1744）结"南屏诗社"，厉鹗、金志章、张炳、翟灏、方塘、汪启淑和郑江等均入社。又，《樊榭山房集·续集》卷五《寄和"东湖吟社"斗蟋蟀，用韩、孟斗鸡联句韵》、卷七《奉答"当湖吟社"诸君折梅赠行之作》②，分别作于乾隆十年乙丑（1745）和十四年己巳（1749），可见厉鹗曾与"东湖吟社"诸君唱和往来。据朱则杰先生考证，"东湖吟社"即"洛如诗会"的后续诗社——"续洛如吟社"③，地址在浙江平湖，即当湖④。又，根据《樊榭山房集·续集》卷七《赋得未到晓钟犹是春（韩江雅集）》《夏日田园杂兴（韩江雅集）》⑤，可知乾隆十四年己巳（1749），厉鹗结有"韩江吟社"（也称"邗江吟社"）。该社是马曰琯、马曰璐所倡，杭世骏、吴锡麒、全祖望等诗人也曾入社。"南屏诗社"成员是厉鹗平日交游唱和的主要对象。而"东湖吟社""韩江吟社"对他来说，则是作客。除了这些社诗作品，厉鹗集中一些唱酬诗歌也有可能是结社所得。作为浙派诗人，厉鹗的创作及风格充分地表现了幽美的湖光山色，即杭州的结社环境。

此外，厉鹗曾结有"消寒会"，时间是乾隆十一年丙寅（1746）。

---

①　厉鹗：《樊榭山房集·诗词集》卷八，上海古籍出版社 2012 年版，中册，第655 页。

②　厉鹗：《樊榭山房集·续集》卷五，上海古籍出版社 2012 年版，下册，第1343 页；《樊榭山房集·续集》卷七，上海古籍出版社 2012 年版，下册，第 1596 页。

③　朱则杰：《"洛如诗会"考辨》，《文学遗产》2012 年第 5 期。

④　陶元藻《全浙诗话》卷五十三 "上绪" 条记载："《桂堂诗话》：释上绪，字亦谐，号近溪。天骨苍秀，陶汰独深，里中诗人若徐山人逢吉、金布衣农、符户部曾、厉孝廉鹗皆与酬和，沈嘉辙、陈撰两上舍往来尤密。闲游当湖，入'洛如诗社'。"

⑤　厉鹗：《樊榭山房集·续集》卷七，上海古籍出版社 2012 年版，下册，第 1569、1572 页。

《樊榭山房集·续集》卷六《杭堇浦招集寄巢，戏赋冬闺，用鱼玄机和光威裒联句韵（销寒第一会）》《汪秀峰自松江载书归，招同人小集分韵（销寒第二会）》《十二月八日，敦复招集瓶花斋，食腊八粥联句（销寒第三会）》①，是集会所得诗歌。"消寒"第三会，联句作者有周京、金志章、厉鹗、梁启心、丁敬、杭世骏、全祖望、顾之麟、吴城、丁健和汪启淑，基本上都是"南屏诗社"的成员。又，杭世骏《道古堂全集·诗集》卷十五《十月十二日集瓶花斋，对菊食蟹联句》②，联句作者有周京、朱樟、金志章、戴廷熺、厉鹗、汪台、梁启心、丁敬、张湄、全祖望、施安、江汝器和吴城十三人，很有可能也是"南屏诗社"的集会活动。考察诗社成员，除了史料记载，也不可忽视唱和诗歌的作者。

　　乾隆年间，厉鹗、杭世骏举行西湖修禊，闻名遐迩。厉诗《闰三月三日，同人集湖上续修禊，效兰亭诗体二首》③，杭诗《闰三月三日，修禊事于湖上，效兰亭体赋四言、五言》④，属于同次集会作品，时间是乾隆十一年丙寅（1746）闰三月初三。周京《闰上巳湖上续修禊，仿兰亭会体》，诗后附《湖上展修禊事序》⑤，可见周京也曾与会。翟灏《金江声观察、杭堇浦翰林招入"南屏诗社"，四韵代答》，其后十五题为《闰三月三日，群公约修禊事湖上，雨阻不赴，效赋四言》⑥，可知"南屏诗社"成员翟灏缺席此会。又，谭莹《闰上巳花田修禊序》一文，是指咸丰十年庚申（1860）花田修禊，正文提到："昔厉樊榭征君续集有《闰三月三日，湖上续修禊》之

---

　　① 厉鹗：《樊榭山房集·续集》卷六，上海古籍出版社 2012 年版，下册，第 1395—1399 页。

　　② 杭世骏：《道古堂诗集》卷十五，《续修四库全书》第 1427 册，第 118 页。

　　③ 厉鹗：《樊榭山房集·续集》卷五，上海古籍出版社 2012 年版，下册，第 1361 页。

　　④ 杭世骏：《道古堂诗集》卷十二，《续修四库全书》第 1427 册，第 95—96 页。

　　⑤ 周京：《无悔斋集》卷十三，《四库全书存目丛书》集部第 277 册，第 231 页。

　　⑥ 翟灏：《无不宜斋未定稿》卷三，《清代诗文集汇编》第 341 册，第 417、420 页。

诗焉。诚以蓝尾春光，已越九分之九；艳阳天气，又经三月之三。百年良不易逢，此日尤为可惜。谩相将以勺药，谁分别离；志荣辱于牡丹，果占亨泰。所以农山制曲，却赓文水之词；祭酒征诗，仍效兰亭之体矣。"① 可见，这次西湖修禊对百年后的岭南社事也有影响。谭莹举行花田修禊，甚至道光初年珠江修禊，都是看作对兰亭修禊、西湖修禊的一种响应。前文提到杭州府事满洲诗人鄂敏主持该年闰上巳西湖修禊，刻有总集《西湖修禊诗》，收录八十三名诗人的作品。厉鹗、杭世骏等当地诗坛名流，是该会的主力，并借此发挥了自己的创作才能。

顾光《同岑诗选序》记载："诗社之作，极于宋明，少者数十人，多者数百人。然友不择人，人不择诗，聚蚊之讥或不免焉。吾杭诗国八社以来，代有名人。近六十年，樊榭厉先生以精深华妙之旨唱导后进，而青湖朱先生继之。先生有人伦之鉴，游其门者皆敦行能文、尚友择交。研经之暇，与其二子以其余力前于后喝，各言其情，非比竹之响而出虚成菌，可传于后世，于戏，何其盛哉！今年春，青浦司寇述庵王先生见而喜之，选其尤者十二人，凡七百余首，都为一集，曰《同岑诗选》。"② 顾光提到厉鹗（樊榭其号）是数十年来杭州诗社的倡导者。朱彭（青湖其字）作为后继者，也与诸友结社赋诗，王昶刻有《同岑诗选》。又，王昶序文记载："乾隆戊辰［十三年，1748］，予始识钱唐厉征君太鸿于吴门。又十年，游武林，复见杭太史大宗。两先生皆待以国士，且得尽读其诗文。盖越中数十年来，未有匹者。及后官京师、历四方，所交钱唐士大夫甚众，考其所作，卒无出两先生之右。因以思诗文，湖山之精气，造物不轻以予人，故名家之间出为不易也。"③ 王昶给予厉鹗、杭世骏二人以高度评价，即代表杭州诗坛的最高创作水平，并惊叹于朱

---

① 谭莹：《乐志堂文集》卷六，《续修四库全书》第 1528 册，第 163 页。

② 王昶、顾光：《同岑诗选》卷首顾光序，嘉庆五年庚申（1800）刻本，第 1a—1b 页。

③ 王昶、顾光：《同岑诗选》卷首王昶序，嘉庆五年庚申（1800）刻本，第 1a 页。

彭高足李方湛（字光甫）的诗作，以为"可作两先生之继"。杭州人文蔚起，不似吴中诗社一度零落，也有杭、厉的功劳。

邵晋涵《槐塘遗集序》记载："晋涵始就傅，即闻杭州西湖吟社之盛，厉征君樊榭、杭编修堇浦实为职志。比来杭州，则樊榭征君已殁，堇浦编修教授四方，旋亦逝世。诸老零落殆尽，独于征君槐塘先生过从最久。先生尝问业于樊榭征君，早岁与堇浦编修齐名，所称'松里五子'之一也。"① 汪沆（槐塘其号）师从厉鹗，与杭世骏齐名。乾隆四十五年庚子（1780），胡涛结"古欢吟会"，汪沆与之，社诗作品有浙派之风。屠倬《是程堂集》卷六《雪香移居，赋赠五首》其五，末四联云："起就壁上读，吟声协宫商。诸君倘有作，会继厉与杭。"② 又，《是程堂二集》卷二《题〈潜园吟社图〉四首》其三，前四联云："作诗无性情，不如不作诗。奈何强涂饰，羊质而虎皮。西泠风雅弊，杭厉一振之。近今少衰歇，此道人久疑。"③ 厉鹗、杭世骏一改西泠诗风，具有重要的文学地位。嘉道之际，屠倬在杭州结"潜园吟社"，也可说是对杭厉唱和的继承。

关于杭州诗社的情况，笔者将以屠倬《是程堂倡和投赠集》为例，简而述之。《是程堂倡和投赠集》是屠倬所编诗歌总集，其中《僧寮吟课》《销夏汇存》《潜园吟社集》等都是社诗总集。屠倬结社之频繁，可见一斑。一是"僧寮吟课"。屠倬《僧寮吟课序》记载："癸亥［嘉庆八年，1803］春，征君朱青湖先生枉过，与诸子列坐树下，茗饮剧谈，顾视乔柯，太息曰：曩与方雪瓢、单华藏诸友人尝婆娑吟啸其下，方、单皆有诗咏之，忽忽已四五十年矣。此桓宣武所以有'树犹如此'之叹也。即索纸洒笔为七古一章，座中诸子即席和之。于是相约为吟课，迭为主宾，置酒赋诗，惟征君实主坛坫焉。盖生平文酒之乐，未有如此时者。秋七月，中丞阮云台

---

① 邵晋涵：《南江文钞》卷六，《续修四库全书》第 1463 册，第 443 页。
② 屠倬：《是程堂集》卷六，《续修四库全书》第 1517 册，第 323 页。
③ 屠倬：《是程堂二集》卷二，《续修四库全书》第 1517 册，第 418 页。

先生入觐，余与闲泉、蒋村送之吴门，始中辍；八月，征君遽归道山，吟课遂罢。盖仅五集，得诗凡若干首。"① 序文交代了诗课从创立到结束的过程。屠倬还提到自己曾学诗法于朱彭，学画于奚冈。朱、奚都是浙派的代表人物。根据社诗总集所录，"僧寮吟课"成员有朱彭、胡敬、查初揆、朱人凤、蒋炯、胡元呆、殳春源和屠倬八人。集会持续时间不足半年，诗题有《拂尘庵古朴行》《赛涛曲》《奚丈铁生〈云林图〉，旧为蒋塘先生作也，琴坞于市上得之，携归书农孝廉，同人为作还画诗》《题陈道山〈钟山图〉》等。二是"销夏会"。屠倬《销夏汇存序》记载："是会也，凡八集，集必以夜，避骄阳也。主之者许周生□部也。客陆续至，茶瓜酒肴，酬酢谈谑，饮酺烛跋，风露洒然，虽当酷暑而烦襟顿释矣。案陈唐人诗，随手翻阅，人各一帙，得某作即效某体，不预拟题也。酒阑辄二鼓，而三鼓必散，中间拈毫选韵，才一时许。"② "销夏会"成员有许宗彦、胡敬、许乃济、姚樟、许乃普和屠倬六人。总集内主要是联句诗歌和分题拟古诗歌。许宗彦《鉴止水斋集》卷四《待雨》至《拟孟冬野闻砧》诸题③，都是同社作品，创作时间是嘉庆十二年丁卯（1807）。三是"日下题襟"。虽非结社，作为屠倬的集会经历，也值得一提。诗人序道："余自戊辰通籍后，假旋数月，至冬复入都。明岁散馆，改外，需次铨部。余一年至庚午夏，遂捧檄去，中间为时甚暂，以散吏守阙，杜门却轨。自分不足，比数与馆阁诸公之末，乃辱平素知，爱师若友，不以风尘下走相待，凡昌黎所谓文字之饮者，座中未尝无倬也。"④ 屠倬日下唱和，大致在嘉庆十四年己巳

① 屠倬：《是程堂倡和投赠集》卷三屠倬序，道光五年乙酉（1825）刻本，第1a页。

② 屠倬：《是程堂倡和投赠集》卷四屠倬序，道光五年乙酉（1825）刻本，第1a页。

③ 许宗彦：《鉴止水斋集》卷四，《续修四库全书》第1492册，第341—345页。

④ 屠倬：《是程堂倡和投赠集》卷九屠倬序，道光五年乙酉（1825）刻本，第1a页。

（1809）、十五年庚午（1810）。集会之时"拈毫斗韵，酣嬉淋漓，抵掌谈谑，意气自若"①，气氛相当融洽。相与唱和的有刘嗣绾、沈钦韩、陈榕、屠倬、顾莼、马履泰、乐钧、董国华、钱仪吉、法式善、秦瀛、陈用光、吴嵩梁、黄安涛、陈希曾、汪梅鼎、朱棨、谢阶树、周之琦、洪占铨、贺长龄等。这些诗人多是京中名士，构成道光年间"宣南诗社"的来源，对北京甚至全国社事产生巨大的影响。四是"潜园吟社"。起始时间是嘉庆二十三年戊寅（1818）夏，社员有马履泰、潘眉、钱师曾、锁成、姚樟、屠倬、殳春源、马庆孙、马怡孙、王积顺、黄若济、陈裴之等。学界已有考证②，笔者在此不作赘述。

二　商盘与绍兴龙山诗巢

东晋兰亭集会，衣冠文物蔚然。后人景慕不已，以此为宗。元代至正二十年庚子（1360），刘仁本在零咏亭集四十二名瓯越人士修禊赋诗，曰"续兰亭会"。清代，效仿兰亭会而作的诗社也不在少数。具体集会如上巳修禊、展上巳修禊等，都是兰亭遗风的延续。绍兴，自古便是觞咏胜地，非常重视文学传承。笔者研究过的"泊鸥吟社"③，是嘉道年间的绍兴诗社，成员有岑振祖、邬鹤征、茹蕊、纪勤丽、王衍梅、周师濂、杜煦、杨棨、商嘉言、何一坤等。"鸥社"诗人群体的诗巢祭祀活动颇具特色。岑振祖《延绿斋诗存》卷十、邬鹤征《吟秋楼诗钞·二集》卷二、周师濂《竹生吟馆诗草》卷八④，都有同题诗歌《诗巢怀古》。邬诗云："卧龙形胜抱长

---

① 屠倬：《是程堂倡和投赠集》卷九屠倬序，道光五年乙酉（1825）刻本，第1a页。

② 朱则杰、李杨：《"潜园吟社"考》，《文学遗产》2010年第6期。

③ 胡媚媚：《清代诗社研究——以六诗社为中心》，硕士学位论文，浙江大学，2013年，第139—156页。

④ 岑振祖：《延绿斋诗存》卷十，《清代诗文集汇编》第439册，第386页；邬鹤征：《吟秋楼诗钞·二集》卷二，道光二十九年己酉（1849）刻本，第16a页；周师濂：《竹生吟馆诗草》卷八，道光九年己丑（1829）刻本，第5a页。

冈，半亩青山一草堂。唐宋元明六君子，日星河岳大文章。相传异代名争附，得拜诸公我亦狂。"① "六君子"是指贺知章、秦系、方干、陆游、杨维桢和徐渭。

关于绍兴龙山诗巢，陈锦《会稽郡龙山诗巢祀位记》载有详细内容，部分文字如下：

> 郡城仓帝祠，故龙山书院也。实郡廨西园遗址，元杨铁崖先生仿放翁书巢为吟社，号诗巢。后人即其地祀之，而上溯有唐，讫明代，奉贺秘监、方雄飞、秦公绪、陆务观、徐青藤五先生与铁崖为"六君子"。旧矣！时代迁流，沧桑迭见，前辈宗芥帆公起而新之，推广祀位为三楹。中楹上祀六君子，肖其象，次列先贤黄太冲以下二十二人，渐增至二十九人；左楹上祀"西园十子"，次列吟会诸贤二十有四；右楹列明以来至今乾隆盛时诸巨公以次，题名几及四百人，皆越风诗集中有名先辈。②

杨维桢在陆游藏书处结吟社，称为"诗巢"。清代，诗巢既指绍兴诗人集会唱和的中心，也是他们祭祀乡贤的地方。"倡诗巢"也有结社的意思。历史上，龙山诗巢几经翻修，增祀越风诗人。陈锦文末附有具体诗巢祀位：

> 中楹上列初祀六君子
> 　　次列袝祀二十六子
> 　　次列已祀而今补列者二十七人
> 　　　未祀而今补祀者十人
> 左楹上列祀西园十子

①　邬鹤征：《吟秋楼诗钞·二集》卷二，道光二十九年己酉（1849）刻本，第16a—16b 页。

②　陈锦：《勤余文牍·续编》卷一，《续修四库全书》第 1548 册，第 665 页。

次列祀吟会诸贤二十四子

右楹上列越风诗人题名四百三人

次列未祀而今题名者十八人①

　　李慈铭《越缦堂文集》卷十二《越中先贤祠目序例（光绪十一年十一月）》记载："吾越郡城龙山西麓旧有诗巢，传为东维遗址。国朝康熙初，先天山府君与郡中名士重建诗巢于偏门之壶觞村，称'诗巢二十子'。其地湖山秀绝，亭槛映带，蔚然花竹，传为画图，日久渐圮。乾隆中，商先生宝意等复建于龙山之麓，结社唱和，称'西园十子'，而追奉贺季真、秦公绪、方雄飞、陆务观及廉夫、文长，于中庵肖像祀之。其左龛则祀康熙初二十子，自后右龛即祀西园十子及道光中'泊鸥社'诸子。岁月滋多，不免屦杂。粤匪之乱，遂为废墟。"②李慈铭提到，康熙初年，李登瀛（天山其字）等人并称"诗巢二十子"；乾隆年间，商盘等人结"西园十子社"。商盘，字苍雨，号宝意，浙江会稽（今绍兴）人。雍正八年庚戌（1730）进士，选翰林院庶吉士，散馆授编修，官至云南云江知府。著有《质园诗集》。王昶撰有《云南沅江府知府商君墓志铭》③，根据文中"雍正八年，年二十，成进士"和"卒于云南，距生于康熙五十年某月某日年五十有六"，可推知商盘生于康熙五十年辛卯（1711），卒于乾隆三十二年丁亥（1767）。然而，蒋士铨所撰《宝意先生传》，附刻《质园诗集》卷首，载有"康熙辛巳十月二十又四日，公生于八士桥"和"雍正元年设特科，公年才二十有三"等语④，可知商盘的生年应在康熙四十年辛巳（1701）。《质园诗集》是商盘生前所刻，蒋氏所记明显更加可信。其卒年没有疑问。

---

① 陈锦：《勤余文牍·续编》卷一，《续修四库全书》第 1548 册，第 665 页。

② 李慈铭：《越缦堂诗文集》，上海古籍出版社 2012 年版，中册，第 1024 页。

③ 王昶：《春融堂集》卷五十六，上海文化出版社 2013 年版，下册，第 959 页。

④ 商盘：《质园诗集》卷首蒋士铨序，《四库全书存目丛书补编》第 9 册，第 401 页。

范学亮先生《"西园十子"树坛坫——商盘与"西园诗社"》①，文章最后一段总结了三层意思："西园诗社"之名，可能来自宋代元祐元年丙寅（1086）驸马王诜西园集会；"西园十子"并称的形式，很有可能是学习明末清初"西泠十子"；柴绍炳、毛先舒订有《西泠诗选》，但"西园十子"没有诗歌总集问世。事实上，这个"西园诗社"刻有诗歌总集《西园诗选》，其序也交代了社名由来和结社宗旨。田易序文记载：

> 山阴刘子来岳与其弟岩雨、伊重，并以年少负才，工于诗文，一时有"三刘"之目。尝联同郡十子酬倡赠答，动多振绝，其大致要能溯源汉魏而博采兼取，沿流遂及两宋，观《西园诗选》可见矣。"西园"之命名，盖取自子建"清夜"之篇。邺下多才，公宴为盛。逮至雅集绘图，而苏、黄之风韵弘长百世矣。然则诸君子命名之意，其即诸君子著诗之旨乎？世有诋薄宋人诗为无足尚者，则亦未识昆仑派矣。十子者，章本成密林、李国梁巩基、董相周望、周长发兰坡、商琏又南、刘世贵芸文、商盘苍雨，合之来岳昆季。而十子之会成，其诗集次第付梓，而来岳、岩雨、伊重之集适工先竣，索余序之。②

"西园十子"包括章本成（密林其号）、李国梁（巩基其字）、董相（周望其字）、周长发（兰坡其字）、商琏（又南其号）、刘世贵（芸文其字）、商盘、刘大申（来岳其字）、刘大临（岩雨其字）和刘大任（伊重其字）。根据阮元《两浙輶轩录》卷二十八著录③，"岩雨""伊重"分别作刘大观、刘文蔚，两名诗人可能改过名字。

---

① 范学亮：《"西园十子"树坛坫——商盘与"西园诗社"》，《唐山学院学报》2014 年第 4 期。

② 刘大申等：《西园诗选》卷首田易序，清刻本，第 1a—1b 页。

③ 夏勇：《两浙輶轩录》卷二十八，浙江古籍出版社 2012 年版，第 7 册，第 1944—1945 页。

根据刘正谊《宛委山人诗集》卷十三《新春，偕儿（大申、大观、文蔚、文坛）、婿冯伟光（弘烈）、俞镜绣（涟）、薛天行（用健）、陶思孝（章尧）宴集长婿张克明（友德）无波舫斋中，即席唱和》《怀（大申、文蔚）两儿粤东》二诗①，四子之名一目了然。曹植《公宴》诗有"清夜游西园"等句，田易猜测"西园十子"之名可能取自曹诗，且受到苏轼、黄庭坚等西园集会的影响。笔者却以为"西园"是指结社地址而已。《西园诗选》是刘氏三兄弟诗歌合刻，含有《柳村集》《藕山集》《石帆集》三种。"西园十子"各诗集陆续付梓，而刘氏兄弟之集较先竣工。田易还提到"今合郡人士而得十子，十子联社而刘氏以兄弟居其三，不可谓非才之卓绝者矣"②，可见"西园十子"确有结社联吟。而田易早年也曾与刘正谊（号宛委山人）结社唱和，"余与来岳尊甫宛委先生倡诗巢于镜曲，嘤鸣之好，历三十年而弥盛"③。刘氏兄弟之举，可谓继承前辈传统。

关于"西园十子"结社的时间，是否如李慈铭所说在乾隆中，有待商榷。《两浙輶轩续录·补遗》卷四岑振祖名下所附诗话记载："溯吾越自明季王季重、李毅斋两先生开'枫社'于萝纹坂，国初'蓬莱社'继之，雍正间'西园十子'继之。十子者，周长发、章本成、刘世贵、刘大申、李国梁、刘大观、董相、刘文蔚、商连、商盘诸先生也。'鸥社'自乾、嘉迄道光，为时最久，继起者亦最多。"④ 这里明确提到"西园十子"结社于雍正年间。又，《宝意先生传》记道："年十九，补庠生，与同学结社，著《小山丛桂集》。"⑤可知商盘曾与同学结社，时间在康熙五十八己亥（1719）十九岁以

---

① 刘正谊：《宛委山人诗集》卷十三，《清代诗文集汇编》第 224 册，第 683、685 页。

② 刘大申等：《西园诗选》卷首田易序，清刻本，第 1b 页。

③ 刘大申等：《西园诗选》卷首田易序，清刻本，第 1b 页。

④ 夏勇、熊湘：《两浙輶轩续录·补遗》卷四，浙江古籍出版社 2014 年版，第 16 册，第 4496 页。

⑤ 商盘：《质园诗集》卷首蒋士铨序，《四库全书存目丛书补编》第 9 册，第 401 页。

后。又，刘正谊《宛委山人诗集》卷二《蓬莱阁稿》有《余合同郡十二子买别业宛委山，人各一庐，榜其别号，当令节佳时，群集酬倡，以继元世卧龙山上诗巢，春日，宋郡侯及司马别驾山会两明府置酒，大会诸同学于诗巢中，即席纪事》①，同郡"十二子"是商和、施敞、钱为弸、厉煌、何嘉珝、王鹤龄、徐之炽、田易、朱悦仁、王佺龄、鲁士和刘正谊。卷首陈元龙作序记载："康熙庚辰，内弟宋静溪出守越州，得刘子戒谋，乃大喜，目为国士。时与检韵赋诗，今集中所载《蓬莱阁稿》是也。"②可见，《蓬莱阁稿》创作于康熙三十九年庚辰（1700）左右，即宋定业（静溪其字）、刘正谊相唱和的时间。而"龙山诗巢十二子"结社集会，可能还会更早一些。根据田易序文"历三十年而弥盛"等说法，"西园十子"结社，约比刘正谊"倡诗巢于镜曲"迟三十年，即雍正八年庚戌（1730）之前。因此，这个"西园诗社"大致活跃于康熙末年至雍正初年，不可能迟至乾隆时期。

陈文述《顾竹峤诗叙》记载："为才人之诗者，则有武进黄仲则，阳湖赵瓯北、洪稚存，湘潭张紫岘，会稽商宝意，大兴舒铁云，嘉兴王仲瞿，扬州汪剑潭、竹素、竹海父子，遂宁张问陶，金匮杨蓉裳、荔裳兄弟，金华周箌云，丹徒严丽生，常熟孙子潇，吴江赵艮夫。"③商盘自有才名，陈文述将他作为才人诗家的代表。《四库全书总目》卷一百八十五集部别集类存目之十二《质园诗集》提要，称"盘与钱塘厉鹗名价相埒，才情富赡，生平篇什甚多"④。商盘交游颇广，同毕沅、程晋芳、陈兆崙、彭启丰、王昶、王鸣盛、

---

① 刘正谊：《宛委山人诗集》卷二，《清代诗文集汇编》第 224 册，第 602—603 页。

② 刘正谊：《宛委山人诗集》卷首陈元龙序，《清代诗文集汇编》第 224 册，第 587 页。

③ 陈文述：《颐道堂文钞》卷一，《续修四库全书》第 1505 册，第 553 页。

④ 永瑢等：《四库全书总目》卷一百八十五，中华书局 1965 年版，下册，第 1681 页。

王文治、吴省钦、袁枚和厉鹗等都有过唱和。周长发《赐书堂诗钞》卷首，袁枚作《西使集序》记载"龙山高会，诮元子之声雌；邺下清流，恨仲宣之体弱"①，龙山诗巢集会也得到袁枚的推崇。

从"龙山诗巢十二子"到"西园十子"，绍兴的结社传统一脉相承。当时，"诗巢十二子"没有李登瀛。刘正谊《宛委山人诗集》卷八有《余与同学葺古诗巢卧龙山，追祀乡先生五人，唐贺季真、方雄飞，宋陆放翁，元杨廉夫，有明徐文长，乃作五君咏》②，龙山诗巢经过修葺后，刘正谊和李登瀛之间开始密切往来。李登瀛也加入诗巢集会，见卷十《九日，李天山（登瀛）、王素堂（鹤龄）、施莲溪（敞）、朱查轩（悦仁）、余玉京（懋杞）、章药夫（大来）诗巢宴集，即席分赋》等题③。"诗巢十二子"和"西园十子"交集颇多，已知刘氏兄弟是刘正谊的儿子。又，根据《宛委山人诗集》卷三《哭商廿八表兄介庐》、卷十四《与商苍雨约登西山，值雨不果往》④，可知刘正谊是商和（介庐其号）的表弟，也与商盘唱和。周长发《赐书堂诗钞》卷一《王丈素堂出示〈竹中巢前后诗集〉，即书卷尾，用东坡柳湖诗韵》⑤，周长发为王鹤龄（素堂其号）《竹中巢诗草》题诗，也是两代诗人之间的联系。《两浙輶轩续录》卷二十八商嘉言名下所附诗话记载："国初，稽、阴旧家多才子者，首举祁、商。祁族遭难遽衰，而商氏世传风雅，如质园先生尤著。质园提唱坛坫，选《越风》，从而为诗者，多邑中才彦，乡郦至今称盛事。久之，乃有其从孙莃亭君承其家学，才气沉雄，西园遗韵，独标后劲，洵质园之良嗣也。越中近学诗古者，如陈石生、杜稼轩、

---

① 周长发：《赐书堂诗钞》卷首袁枚序，《四库全书存目丛书》集部第 274 册，第 696 页。

② 刘正谊：《宛委山人诗集》卷八，《清代诗文集汇编》第 224 册，第 647 页。

③ 刘正谊：《宛委山人诗集》卷十，《清代诗文集汇编》第 224 册，第 664 页。

④ 刘正谊：《宛委山人诗集》卷三，《清代诗文集汇编》第 224 册，第 611 页；《宛委山人诗集》卷十四，《清代诗文集汇编》第 224 册，第 693 页。

⑤ 周长发：《赐书堂诗钞》卷一，《四库全书存目丛书》集部第 274 册，第 708 页。

钱剑生辈，往往出君门下，多有成就。"① 嘉道"泊鸥吟社"成员商嘉言（莽亭其号）是商盘的从孙。商盘居乡里的时间不多，但结社西园、提唱坛坫等举动，对越中诗坛影响深远。

三　朱彝尊与嘉兴鸳湖联唱

清初，朱彝尊撰有《鸳鸯湖棹歌》一百首②，后人多有续作或和诗。乾隆四十年乙未（1775）曝书亭刻本《鸳鸯湖棹歌》③，除了朱彝尊原诗，还收录谭吉聪、陆以诚、张燕昌等人的续和之作。此外，朱麟应《耘业斋续鸳鸯湖棹歌》、程龙光《和朱竹垞太史鸳鸯湖棹歌一百首用原韵》等④，都是同类诗集。朱彝尊的创作开启了嘉兴鸳鸯湖联吟唱和的风气。朱彝尊（1629—1709），字锡鬯，号竹垞、小长芦钓鱼师、金风亭长等，浙江秀水（今嘉兴）人。早年潜心研究经学和文史。康熙十八年己未（1679）举博学鸿词科，授翰林院检讨。二十二年癸亥（1683），入值南书房。三十一年壬申（1692），罢官归里。著有《曝书亭集》《日下旧闻》《经义考》等。

陆以湉《冷庐杂识》卷一"鸳鸯湖棹歌"条记载："吾乡自竹垞太史赋《鸳鸯湖棹歌》后，继作者数十家，虽品格各殊，而风致皆可玩味。道光辛丑〔二十一年，1841〕，南海罗萝村学使文俊试禾郡士，复以命题，所取佳作，亦有足步武前贤者。"⑤ 这次诗会的创作主体来自嘉兴，因以朱彝尊诗歌命题。又，卷六"鸳水联吟"条记载如下：

---

① 夏勇、熊湘：《两浙𬭤轩续录》卷二十八，浙江古籍出版社 2014 年版，第 8 册，第 2064 页。

② 朱彝尊：《鸳鸯湖棹歌》，浙江古籍出版社 2012 年版。

③ 朱彝尊等：《鸳鸯湖棹歌》，乾隆四十年乙未（1775）曝书亭刻本。

④ 朱麟应：《耘业斋续鸳鸯湖棹歌》，上海书店出版社《丛书集成续编》第 62 册；程龙光：《和朱竹垞太史鸳鸯湖棹歌一百首用原韵》，同治十二年癸酉（1873）紫薇馆刻本。

⑤ 陆以湉：《冷庐杂识》卷一，中华书局 1984 年版，第 39 页。

道光戊戌秋，嘉兴岳余三茂才鸿庆与其友数辈结“鸳湖诗社”，每岁四集，分题后限期收卷，乞名流评定甲乙，前五名皆有酬赠。事历三秋，编成十集，择其尤者付梓，名曰《鸳水联吟》。摘录绝句数首，以当尝鼎一脔。《子夜冬歌》云：“窗前种天竹，欢来发几枝。采之当红豆，一粒一相思。”（海盐黄韵珊宪清。）“寄郎尺素书，呵冻字不成。更有模糊处，泪与墨交并。”（嘉善黄□□松孙。）“忆郎去远道，独自高楼凭。郎意飞作雪，妾心结成冰。”（秀水孙啸岩瀜。）《十国春秋吴越杂事》诗云：“褒功恩礼冠当时，试读煌煌铁券辞。孤负江东明大义，不曾一讨五经儿。”（秀水于秋淦源。）“一字褒讥属史官，横征事合子虚看。庐陵千古如椽笔，尚觉文章公道难。”（孙瀜。）《夏日圃居杂兴》云：“紫茄白苋影参差，一径浓阴月上时。竹榻夜凉诗梦醒，莎鸡啼出豆花篱。”（平湖贾□□敦艮。）《送燕》云：“玉娘湖畔草萋萋，王谢亭台路已迷。惟有雕梁旧时月，随君直度海云西。”（海盐吴彦宜廷燮。）①

陆以湉提到，道光十八年戊戌（1838），嘉兴岳鸿庆（余三其字）曾结“鸳湖诗社”。诗社历经三年，每年四次集会，分题赋诗，限期收卷，并且请名流评定甲乙。该社辑有社诗总集《鸳水联吟》②。集内收录了二十次集会的诗作，涉及一百多名诗人，有严炳、钱人瑞、孙瀜、秦廷槱、周文鼎、吴廷燮、胡锡祉、于源、岳鸿庆、张保衡、胡锡祺等。王志刚先生对该社作过专门研究③，称其社员有一百七十三名之多。翁广平撰序，部分内容如下：

鸳湖称诗者于国初为最盛，朱、李其尤著也。厥后风雅代

① 陆以湉：《冷庐杂识》卷六，中华书局1984年版，第347页。“嘉善黄□□松孙”，整理本作“平湖黄松孙”，据《续修四库全书》本改。

② 岳鸿庆等：《鸳水联吟》，道光二十一年辛丑（1841）刻本。

③ 王志刚：《鸳水联吟社研究》，硕士学位论文，苏州大学，2013年。

存，倡酬不废，循先哲之遗轨，追正始之元音，玉敦珠盘，骚
坛迭长，盖彬彬乎轶出于他郡矣。兹《鸳水联吟》者，为岳君
余三与其友数辈于休暇之候结为诗课，积久篇什衰然，遂以名
集，付剞氏。次儿雏卖艺禾中，与诸君有夙昔之雅，归手是卷，
白诸君意，欲余一言，弁诸简首。……其余体物诸作，各有胜
处，大抵撷山水之腴，得风露之英。食之者馥口弥日，不谓老
齿又得此一番大嚼也。饫心饱腹，尚何言哉！抑余又有进者，
百物以理为宿，百嗜以淡为宗，是又屏肴馔而进乎黍稷矣。《田
家四咏》诸作，其朴实处近之已。鸳湖擅烟水之胜，余三与其
友于春秋佳日挈鹭提鹃、推襟送抱，摘舴艋入荻芦深处，其足以
涮尘涤虑，而况有唱酬之乐哉！不知朱、李当年有是焉否也。是
卷自弟一集至弟三，所谓一脔也，可以概其珍已。遂书以归之。①

　　朱彝尊、李良年相互唱和，合称"朱李"。李良年（1635—1694），
字符曾，一字武曾，号秋锦，浙江秀水（今嘉兴）人。康熙十八年
己未（1679），举博学鸿词科，不遇。良年与兄绳远、弟符，并称
"三李"。《四库全书总目》卷一百八十三集部三十六《秋锦山房集》
提要称"其诗清峭洒落，亦颇得江山之助"②。翁广平以朱、李二人
作为清初嘉兴诗人的代表，而"鸳湖诗社"则是继承了当地的风雅
传统。广平次子翁雏也是"鸳湖诗社"成员。翁广平又以食物作比
喻，旨在说明社诗总集内容丰富，既有"愤动之笔"，又有"婉转
绮靡之情"等。而体物诸作"撷山水之腴，得风露之英"，以及
《田家四咏》等诗风格朴实恬淡，在笔者看来，也和朱、李具有相
似性。
　　不只是鸳鸯湖联吟，其他嘉兴诗人群体也受到朱彝尊的影响。

---

　　①　岳鸿庆等：《鸳水联吟》卷首翁广平序，道光二十一年辛丑（1841）刻本，第
1a—2b 页。
　　②　永瑢等：《四库全书总目》卷一百八十三，中华书局 1965 年版，下册，第 1660 页。

吴仰贤《小匏庵诗话》卷七记载："梅里一区，经竹垞翁提唱宗风，后进之士闻风兴起。在乾嘉时，如杨子让明经谦、文璞茂才蟠，父子济美，著述衰然。李奉墀孝廉超孙、芎沚明经富孙、庆伯明经遇孙，为秋锦先生五世孙，群彦翩翩，一时有'小三李'之目。复得丁小鹤明经子复、张尧民孝廉昌衢，羽翼接武，踔厉文坛，亦文人鼎盛时也。"① 在朱彝尊、李良年之后，或父子唱和，或兄弟并称，嘉兴诗坛人才辈出。

除了杭州、绍兴和嘉兴，宁波、台州、温州和金华等地都存在不少诗社，并有诗家名流提唱或主持社事，值得关注。尤其是浙江鄞县，是清初遗民诗社最活跃的地方，全祖望《湖上社老晓山董先生墓版文》所记载的并称群体"西湖八子""南湖九子""西湖七子""南湖五子"都有结社活动。而全祖望本人，也在乾隆七年壬戌（1742）结"真率社"。其《句余土音序》含有相关记载："数年以来，前辈凋落，珠盘之役，将以歇绝。予自京师归，连遭茶苦，未能为诗，除服而后，稍理旧业，与诸人有'真率'之约，杯盘随意，浃月数举，而有感于乡先辈之遗事，多标其节目以为题，虽未能该备，然颇有补志乘之所未及者，其敢谓得与于斯文，亦聊以志枌榆之掌故尔。会予有索食之行，未能久豫此会，同社诸公，因哀集四月以来之作，令予弁首，予为述旧闻以贻之，而题之曰《土音》，以志其为里社之言也。"② 这些诗社共同展现了浙东社事的发展势态，也为嘉道时期的结社高潮奠定基础。

第三节　吴社及结社环境生成

江苏，是清代诗社数量最多、社事发展程度最高的区域。王文

---

① 吴仰贤：《小匏庵诗话》卷七，《续修四库全书》第 1707 册，第 61 页。
② 朱铸禹：《全祖望集汇校集注》，上海古籍出版社 2000 年版，下册，第 2314—2315 页。

荣先生博士学位论文《明清江南文人结社研究》①，主要针对明清时期江苏及上海地区的诗社，具有重要的学术价值。吴中诗社，其实也有沉寂黯淡的一段时期。王昶《同岑诗选序》记载："方予弱冠，在吴门与曹来殷、赵升之、张策时、朱吉人、钱晓征及家凤喈等十余人常集吴君企晋璜川书屋，斗酒赋诗，以相娱戏。时沈文悫公方以侍郎告归，是以有《吴中七子》之刻。迄于今，不及五十年，太鸿、大宗久逝，而璜川书屋诸君自予与晓征詹事之外，余皆零落几尽。吴中诗酒之社，亦罕有继声者。"② 乾隆初年，王昶与曹仁虎、赵文哲、张熙纯、朱方霭、钱大昕和王鸣盛在吴泰来璜川书屋集会唱和。沈德潜又辑有《七子诗选》，"吴中七子"诗名大振。此后至嘉庆初，吴中诗社一度衰落。到了嘉庆中后期，江苏再次成为结社的中心。苏州、扬州、常州等地，由于经济富庶、文教昌盛而成为社集胜地。

一　沧浪社群

沧浪亭是苏州名亭，王士禛《西堂全集序》曾叙及沧浪亭的历史："吴郡名胜，有沧浪亭焉。《图经》以为吴越时广陵王之池馆也。宋庆历间，苏校理子美得之，始构亭北碕，自为之记，以为崇阜广水不类乎城中。欧阳子为赋诗曰：'清风明月本无价，可惜只卖四万钱。'于是沧浪亭之胜甲吴中矣。夫沧浪衣带水，视三江五湖，不啻蹄涔，吴中号多名山水，卒亡有出其右者，岂非以人重欤？"③清代，沧浪亭成为绝佳的集会地点，诗人常以"沧浪"命名诗社，形成沧浪系列诗社。

根据《社事始末》记载④，顺治初年，杜登春与宋实颖、徐乾

---

① 王文荣：《明清江南文人结社研究》，博士学位论文，苏州大学，2009 年。

② 王昶、顾光：《同岑诗选》卷首王昶序，嘉庆五年庚申（1800）刻本，第 1b 页。

③ 王士禛：《王士禛全集》，齐鲁书社 2007 年版，第 3 册，第 1778 页。

④ 杜登春：《社事始末》，《丛书集成初编》第 764 册，第 13—14 页。

学、徐元文等人在沧浪亭结社，称"沧浪会"（又作"沧浪合局"）。社员多为"几社"成员。后"沧浪会"内部发生纷争，分为"慎交社"和"同声社"，势如水火。吴伟业曾试图消除两社矛盾，却以失败告终。顾师轼《吴梅村先生年谱》卷四顺治"十年癸巳四十五岁"条记载："十年上巳，吴中两社并兴，'慎交'则广平兄弟执牛耳，'同声'则素文、韩倬、宫声诸公为之领袖，大会于虎丘，奉梅村先生为宗主。梅翁赋《禊饮社集》四首，同人传诵。次日复有两社合盟之举。山塘画舫鳞集，冠盖如云，亦一时盛举。拔其尤者集半塘寺订盟。四月，复会于鸳湖。从中传达者研德、子俶，两人专为和合之局。是秋九月，梅翁应召入都，实非本愿，而士论多窃议之，未能谅其心也。"① 随着吴伟业入都，"慎交""同声"回到对立状态，最终未能实现两社合盟。

宋荦《沧浪小志》是一部关于沧浪亭的志书，包括上卷和下卷，上卷是前代诗文、传志、笔记等，下卷则是宋荦及其友人的诗文创作。作者本人撰有《重修沧浪亭记》，以及《沧浪亭，用欧阳公韵》《春日雨中，同靳熊封儿至过沧浪亭二首》《春晚过沧浪亭四绝句》《初冬过沧浪亭，寄尤悔庵》《雨后由沧浪亭过南禅寺，慨然有作》《盘山青沟拙道人远道见访，留住沧浪亭二首》等题②。尽管没有具体的诗社名称，但宋荦与诸名流在沧浪亭举行集会唱和，声势盛大。朱彝尊《九月八日，沧浪亭怀古二十四韵》《九日，宋中丞招集沧浪亭观韩（滉）〈五牛图〉，复成二十四韵》二诗③，创作时间是康熙三十五年丙子（1696），《沧浪小志》录其第一首。可见该年九月

① 吴伟业：《吴梅村全集》附录二，上海古籍出版社1990年版，下册，第1463页。

② 宋荦：《沧浪小志》卷下，《四库全书存目丛书》史部第245册，第201—215页。尤侗、陈廷敬、王士祯、朱彝尊、范承勋、邵长蘅、顾贞观、朱载震、顾图河、梅庚、洪昇、殷誉庆、汪绎、王戬、王原、王式丹、吴暻、刘石龄、吴士玉、吴陈琰、曹鋡、李必恒、王毂、宋至、宋韦金和潘耒等人有和作。

③ 朱彝尊：《曝书亭全集·曝书亭集》卷十七，吉林文史出版社2009年版，第225页。

九日，宋荦招集诸友在此唱和。陈廷敬《沧浪亭，次欧阳公韵》《长水道中重题沧浪亭，怀宋牧仲中丞》①，王士禛《沧浪亭诗二首，寄牧仲中丞》②，潘耒《沧浪亭赋》③，都是相关诗文作品。

道光七年丁亥（1827），陶澍重修沧浪亭，并举"沧浪五老会"。陶澍《陶文毅公全集》卷五十四《沧浪五老图咏》诗序记载："沧浪亭既成，与苏城诸老觞于亭上，林木掩映，水石回环，好事者遂摹绘为《五老图》。"④ "沧浪五老"是潘奕隽、韩崶、石韫玉、吴云和陶澍。潘奕隽《为陶云汀中丞题〈沧浪五老图〉》⑤，石韫玉《五老图卷，为陶云汀中丞题，中丞尝作五老之会，因绘为图，图中潘丈奕隽、吴太守云、韩司寇崶皆在宾席，仆亦附焉》⑥，都记载了此次集会的情况。又，道光八年戊子（1828）、九年己丑（1829），陶澍与同年顾莼、朱珔、朱士彦、吴廷琛、梁章钜、卓秉恬在沧浪亭举行集会，称"沧浪七友会"。陶澍《题沧浪七友图（顾南雅、朱兰坡、朱咏斋、吴棣华、梁茝邻、卓海帆及余，凡七人，刻石沧浪亭内）》⑦，梁章钜《题小沧浪七友图后》⑧，都是相关的题图诗创作。又，梁章钜《小沧浪七友杯》一文记载：

> 余初意欲仿制官僚杯，以孙雨人之言而止。而温州银工极欲献技，且言白质黑章，亦所优为。恭儿为请曰："何不姑试之？仿其意制为小沧浪七友杯，亦传家之一器也。"余诺之。盖余为苏藩时，与陶云汀中丞师有"小沧浪七友"之集，皆壬戌同岁生，既合绘成长卷，又勒石于沧浪亭。诸同年皆张之以诗，

---

① 陈廷敬：《午亭文编》卷七，《景印文渊阁四库全书》第1316册，第94页。

② 王士禛：《王士禛全集》，齐鲁书社2007年版，第3册，第1336页。

③ 潘耒：《遂初堂集·文集》卷一，《续修四库全书》第1417册，第389—390页。

④ 陶澍：《陶文毅公全集》卷五十四，《续修四库全书》第1503册，第677页。

⑤ 潘奕隽：《三松堂续集》卷六，《续修四库全书》第1461册，第208页。

⑥ 石韫玉：《独学庐全稿》，《续修四库全书》第1467册，第39页。

⑦ 陶澍：《陶文毅公全集》卷六十，《续修四库全书》第1504册，第140页。

⑧ 梁章钜：《退庵诗存》卷十五，《续修四库全书》第1499册，第572页。

其事益喧播人口，为江南佳话，且寿诸贞珉矣。今若铸成银杯，则金石之缘，更当传之不朽。因与恭儿商量铸式。宫僚杯系海棠样，兹改为六角杏杯，间用乌丝花草，仍以酒户之大小为序，各镌名于杯底。首安化陶文毅公（澍），元和吴棣华（廷琛）次之，泾县朱兰坡（琦）次之，余又次之，宝应朱文定公（士彦）次之，吴县顾南雅（莼）次之，华阳卓海帆（秉恬）殿焉。小沧浪者，江苏抚署东偏之池馆也。七友画卷藏余家，七友图石在沧浪亭五百名贤祠之左庑壁。此集在道光戊子、己丑间，迄今已二十年，存者惟兰坡、海帆及余三人而已，焉可以不记。①

道光末年，梁章钜请人打造小沧浪七友杯，刻七人之名于杯底。当时所绘《沧浪七友图》画卷藏于梁章钜家。

翁心存《知止斋诗集》卷九《酬季思前辈，五叠前韵》，其二诗云："銮坡退食高春后，龙树开筵落照前。若仿小沧浪韵事，画图不数竹林贤。"② 末句诗人自注说："前年，陶云汀前辈集壬戌同年作《小沧浪七友图》。近日，先生亦集壬戌同年十人于龙树寺，补图纪之。"道光十年庚寅（1830），龚守正（季思其字）在北京龙树寺举行集会，与会诗人也都是嘉庆七年壬戌（1802）进士。可见，"小沧浪七友"之名已传播至京城。又，《知止斋诗集》卷十六《壬戌同年雅集图》一诗③，是翁心存为卓秉恬《同年雅集图》所作。图中诗人有谢学崇、朱鸿、沈维矫、吴廷琛、梁章钜、陶澍、朱琦、吴椿、申启贤、龚守正、孙世昌、李宗昉、顾莼、卓秉恬和朱士彦，共十五人。"当时七友屡图画"一句，作者自注说："壬戌诸公在吴门有《沧浪七友图》，在京师又有《小沧浪七友图》。"④ 此处注释明

---

① 梁章钜：《浪迹续谈》卷四，上海古籍出版社 2012 年版，第 214—215 页。
② 翁心存：《知止斋诗集》卷九，《续修四库全书》第 1519 册，第 126 页。
③ 翁心存：《知止斋诗集》卷十六，《续修四库全书》第 1519 册，第 220 页。
④ 翁心存：《知止斋诗集》卷十六，《续修四库全书》第 1519 册，第 220 页。

显有误，根据前引梁章钜《小沧浪七友杯》，可知"小沧浪七友"即"沧浪七友"，是同一个诗人群体。这次"同年雅集"成员包含"沧浪七友"，无一例外都是同年进士，关系密切。又，梁章钜《为李芝龄总宪题壬戌同年雅集卷，次陶宫保韵》，作于道光十六年丙申（1836），"沧浪鱼鸟最相亲"句，作者自注说："余在吴门作《小沧浪雅集图》，实为同年绘事之唱。"① 可见，"同年雅集"应该受到"沧浪七友会"的影响。

"问梅诗社"也曾在沧浪亭举行集会。朱珔《十一月廿九日，初入"问梅诗社"，分韵得"舒"字》，诗序记载："吴门诗社之兴，盖五载矣，至此已六十集。轮值张莳塘大令（吉安）借前辈石竹堂廉访（韫玉）五柳园会饮。韩桂舲司寇（崶）以次日即腊而少陵诗有'岸容待腊将舒柳'句，因称为'待腊会'，即用七字分韵。"② 道光七年丁亥（1827），朱珔加入"问梅诗社"。其诗稿卷三十一《四月八日，约社友集沧浪亭补修禊，竹堂前辈诗先成，即次其韵》一诗③，即"问梅诗社"沧浪亭补禊所得。在入社之前，朱珔已有诸多关于沧浪亭的诗作，如《次海帆九月二日偕云汀中游沧浪亭韵二首》《重九日，赴陶云汀中丞之招，偕卓海帆、梁芷林两同年，潘吾亭廉访，文绮园榷使（祥），宴集沧浪亭，次海帆韵，呈云汀暨坐上诸公二首》《展重阳日，云汀中丞枉过，复登沧浪亭，三叠前韵》《芷林邀游沧浪亭，憩南禅寺，次元作韵二首》等④。可见，"沧浪五老"和"沧浪七友"的定名并非偶然，而是以固定诗人群体的长期集会为基础。道光初年"沧浪亭"唱和的创作主体，以陶澍、卓秉恬、梁章钜等同年进士为核心，在官场和诗坛都具有一定的地位，在苏州和北京也都产生不小的影响。

---

① 梁章钜：《退庵诗存》卷二十五，《续修四库全书》第 1499 册，第 666 页。
② 朱珔：《小万卷斋诗稿》卷三十，《清代诗文集汇编》第 494 册，第 796 页。
③ 朱珔：《小万卷斋诗稿》卷三十一，《清代诗文集汇编》第 494 册，第 806 页。
④ 朱珔：《小万卷斋诗稿》卷三十一，《清代诗文集汇编》第 494 册，第 793—795 页。

沧浪亭在清代是一座官署园林，官员寓居期间也留下不少唱和诗篇。道光三年癸未（1823），王赓言（字篑山）在苏州紫阳书院聚集诸生结课赋诗，也称"吴会联吟社"，万台（字浣云）辑有《吴会联吟集》。集中收录了王赓言《权陈臬篆，寓居沧浪亭，用榕皋年丈沧浪亭即事韵》《叠沧浪亭前韵，呈榕皋年伯》，潘奕隽《篑山观察来权臬篆，驻节沧浪亭，用拙集韵赋诗见示，仍依韵奉和》等①。又如潘钟瑞辑《沧浪唱和诗》②，未必具有结社行为，但也为沧浪亭增光添彩。相与唱和的潘钟瑞、尤树滋、袁学澜、秦云、陆懋修、刘履芬、盛大琨和尤嘉桢等，多数是苏州诗人。

北宋苏舜钦修筑沧浪亭，感于屈原《渔父》"沧浪之水清兮，可以濯我缨；沧浪之水浊兮，可以濯我足"，取以名之。沧浪亭环境清幽，是历代诗人歌咏的对象。经过道光初年诗坛名家提唱，沧浪亭成为标志性的结社中心，不断激发后代社事。

诗社及集会的发生，与水域紧密相关。"流觞曲水"四字，便可说明修禊与山水的天然联系，杭州西湖修禊、扬州红桥修禊等皆是如此。从宏观角度看，"沧浪合局""沧浪五老会""沧浪七友会""问梅诗社"等，都在太湖流域一带，属于"环太湖诗社群"。各阶段的诗社前后相继，踵事增华，创造了江苏社事的鼎盛之态。

二　红桥禊事

扬州，作为江苏的又一结社中心，自有渊源和传统。王士禛红桥（虹桥）修禊，是清代最著名的集会之一，地址在冶春诗社。王士禛《居易录》卷四记载："尝与林茂之、孙豹人、张祖望（纲孙）辈修禊红桥，予首倡冶春诗二十余首，一时名士皆属和。予既去扬州，过红桥，多见忆者，遂为广陵故事。"③ 又，边中宝《题冶春诗

---

① 万台：《吴会联吟集》，道光四年甲申（1824）刻本，第 1a—5a 页。
② 潘钟瑞：《沧浪唱和诗》，清稿本。
③ 王士禛：《王士禛全集》，齐鲁书社 2007 年版，第 5 册，第 3752 页。

社图》，其序记载："冶春诗社者，阮亭先生司李扬州时，修禊故地也。康熙甲辰［三年，1664］上巳，先生于小秦淮西岸，北控虹桥之区，与诸名士赋诗饮酒，极目骋怀。首唱冶春诗廿四章，群贤和之。一时佳话流传，直追永和故事。"① 边中宝将红桥修禊与兰亭修禊并提，王士禛的诗坛盟主地位可谓极高，影响力非同一般。

孔尚任《湖海集》卷十二《答卓子任》记载："红桥乃邗上一徒杠，自阮亭先生宴集之后，遂成胜地。固知平山当日，亦一荒冈，得六一筑堂而始传。后人踵迹来游，终不能出古人之上，何以附古人而成名耶？傍花村野老之居，从无名流过赏，我辈雅集觞咏，特为开辟，将与平山、红桥鼎峙扬州，况又有足下扛鼎之诗乎？"② 孔尚任本人曾于康熙二十七年戊辰（1688）修禊红桥，并撰有《三月三日，泛舟红桥修禊》③，以及《红桥修禊序（戊辰）》④。朱则杰先生在《孔尚任扬州大型集会考论》一文也提到该会⑤。此外，孔尚任《清明红桥竹枝词二十首》⑥，也展现了红桥一带的风土人情。又，乾隆二十二年丁丑（1757），卢见曾（号雅雨）也举行"红桥修禊"，作《红桥修禊》诗，部分诗序如下：

> 扬州红桥，自渔洋先生冶春唱和以后，修禊遂为故事。然其时，平山堂废，保障湖淤，篇章虽盛，游览者不能无遗憾焉。乾隆十六年辛未，圣驾南巡，始修平山堂御苑，而浚湖以通于蜀冈。岁次丁丑，再举巡狩之典，又浚迎恩河潴水，以入于湖。⑦

① 边中宝：《竹岩诗草》卷下，《四库未收书辑刊》第十辑第 18 册，第 708 页。蒋寅先生考证，王士禛红桥修禊的具体日期并非三月三日上巳，而是三月九日清明。参见蒋寅《王渔洋事迹征略》，中国社会科学出版社 2014 年版，第 111 页。

② 徐振贵：《孔尚任全集辑校注评》，齐鲁书社 2004 年版，第 2 册，第 1215 页。

③ 徐振贵：《孔尚任全集辑校注评》，齐鲁书社 2004 年版，第 2 册，第 864 页。

④ 徐振贵：《孔尚任全集辑校注评》，齐鲁书社 2004 年版，第 2 册，第 1150 页。

⑤ 朱则杰：《孔尚任扬州大型集会考论》，《淮阴师范学院学报》2013 年第 6 期。

⑥ 徐振贵：《孔尚任全集辑校注评》，齐鲁书社 2004 年版，第 2 册，第 865—868 页。

⑦ 卢见曾：《雅雨堂诗集》卷下，《续修四库全书》第 1423 册，第 437 页。

　　此次修禊会，海内闻名，诗人纷纷提笔相和。金兆燕《丁丑夏，自都门南归，舟过邗江，独游湖上，见壁间雅雨都转春日修禊唱和诗，漫步原韵，即用奉呈四首》《又次卢雅雨都转红桥修禊韵四首》，彭启丰《红桥修禊诗，和卢雅雨榷使韵》，沈德潜《和卢雅雨运使红桥修禊诗》，吴省钦《次韵卢运使丁丑红桥修禊》，袁枚《奉和扬州卢雅雨观察红桥修禊之作》①，都是相关和诗。而乾隆四十年乙未（1775）三月，金兆燕自己也在红桥举行送春会，其《棕亭诗钞》卷十二载有诗歌《乙未三月晦日，招集同人于冶春诗社送春，分得柏梁体》②。王昶《蒲褐山房诗话》陶元藻名下记载："乾隆丁丑，余在广陵时，卢运使见曾大会吴、越名士于红桥，凡六十三人，篁村与焉。有诗云：'谁识二分明月好，一分应独照红桥。'为时称诵。故余赠以诗云：'胜游共听歌三叠，清咏先传月二分。'"③ 当时参加卢见曾"虹桥修禊"的诗人多达六十三人，陶元藻（篁村其号）亦在其中。除了修禊会，卢见曾也在红桥举行其他活动。

　　马曰琯、马曰璐所结"韩江吟社"（"邗江吟社"），是王士禛红桥集会的延续。沈德潜《清诗别裁集》卷三十马曰琯名下小传记载："维扬，肥腻地也，嶰谷嗜好殊俗，富藏书，有希见者，不惜千金购之，玲珑山馆中四部略备，与天一阁、传是楼诸家若相等也。喜宾客，四方有文行者，每加礼焉。结诗文社，《韩江雅集》诸刻，可续王新城红桥修禊风，嶰谷没，风流渐消歇矣。过其地者，每想见其为人。"④ 又，李元度《国朝先正事略》卷四十二《马秋玉先生事略》记载："四方名士过邗上者，觞咏无虚日。时卢雅雨都转提唱风

　　① 金兆燕：《棕亭诗钞》卷七，《续修四库全书》第1442册，第157页；彭启丰：《芝庭诗稿》卷十一，《四库未收书辑刊》第九辑第23册，第712页；沈德潜：《沈德潜诗文集·归愚诗钞余集》卷二，人民文学出版社2011年版，第2册，第455页；吴省钦：《白华前稿》卷二十九，《续修四库全书》第1448册，第95页；王英志：《袁枚全集新编》，浙江古籍出版社2015年版，第2册，第266页。
　　② 金兆燕：《棕亭诗钞》卷十二，《续修四库全书》第1442册，第208页。
　　③ 王昶：《蒲褐山房诗话新编》，人民文学出版社2011年版，第67页。
　　④ 沈德潜：《清诗别裁集》卷三十，上海古籍出版社2013年版，下册，第1276页。

雅，全谢山、符幼鲁、陈楞山、厉樊榭、金寿门、陶篁村、陈授衣诸君来游，皆主马氏，结邗江吟社，与昔之圭塘、玉山埒。高宗南巡，幸其园，赐御制诗，海内荣之。"① 马曰琯和卢见曾也有交集。马曰琯的卒年在乾隆二十年乙亥（1755），因此"韩江吟社"的创立时间应早于卢见曾"红桥修禊"。根据社诗总集《韩江雅集》内部作品编年②，可知唱和时间范围在乾隆八年癸亥（1743）到十三年戊辰（1748）。根据全祖望《鲒埼亭诗集》卷五《韩江诗社，浙中四寓公豫焉，樊榭、董浦、薏田与予也，然前后多参错，予不到韩江二年矣，今夏之初，馆于巘谷畲经堂中，同人喜予之至而惜三子之不偕，即席奉答》③，可知厉鹗、杭世骏、姚世钰和全祖望的入社时间有所不同。前及厉鹗《赋得未到晓钟犹是春》《夏日田园杂兴》④，都注明是"韩江雅集"诗题，作于乾隆十四年己巳（1749）。杭世骏《道古堂诗集》卷二十二、二十三和二十四，分别是《韩江集（上）》《韩江集（下）》《韩江续集》，这段时间作者身在扬州。根据卷二十二《清明日，卢运使（见曾）招游湖上二首》《卢运使招集瑞芍亭即事》⑤，可知杭世骏在扬州也与卢见曾交游。卷二十三载有《立冬前一日，雨中集街南书屋，追悼马员外（曰琯）》一诗⑥，在马曰琯逝世之后，杭世骏仍有韩江唱和活动。"韩江吟社"也泛指在扬州发生的唱和活动。袁枚《小仓山房诗集》卷三十六也有《邗

---

① 李元度：《国朝先正事略》卷四十一，岳麓书社 2008 年版，第 2 册，第 1206 页。

② 全祖望等：《韩江雅集》，乾隆写刻本。收录胡期恒、唐建中、程梦星、马曰琯、汪玉枢、厉鹗、方士庶、王藻、方士廉、马曰璐、陈章、闵华、陆钟辉、全祖望、张四科、杨述曾、高翔、洪振珂、陆锡畴、黄裕、郑江、张世进、赵昱、丁敬、杭世骏、赵信、赵一清、戴文灯、陈祖范、查祥、姚世钰、张熷、刘师恕、王文充、程士械、团昇、方世举、鲍鉁、释明中、邵泰和楼锜等人诗作。

③ 朱铸禹：《全祖望集汇校集注》，上海古籍出版社 2000 年版，下册，第 2157 页。

④ 厉鹗：《樊榭山房集·续集》卷七，上海古籍出版社 2012 年版，下册，第 1569、1572 页。

⑤ 杭世骏：《道古堂诗集》卷二十二，《续修四库全书》第 1427 册，第 179、182 页。

⑥ 杭世骏：《道古堂诗集》卷二十三，《续修四库全书》第 1427 册，第 190 页。

江雅集诗》①，作于乾隆六十年乙卯（1795），距离马氏"韩江吟社"已有几十年。总而言之，马氏兄弟是"韩江吟社"的倡导者，此后韩江唱和未曾消歇，只是集会的诗人群体因时代转变而产生新旧更替。

又，嘉庆六年辛酉（1801），曾燠也举行"虹桥修禊"。乐钧《三月三日，虹桥修禊，宾谷都转用前韵示同座诸公，次韵奉呈》②，便是集会所得诗歌。王芑孙《题襟馆记》记载："自宾谷出为两淮转运使，而天下称诗之士，皆至于扬州。"③ 又，方濬颐《仪董轩记》记载："扬州题襟馆之名，震于大江南北。"④ 曾燠题襟馆，和马氏小玲珑山馆一样，是扬州著名的社集之所。方濬颐又在题襟馆外修建仪董轩，所倡"消夏""消寒"吟社在此举行，也是继承曾燠题襟馆消寒集会活动。吴锡麒《有正味斋诗集·续集》卷五至卷八，都以"韩江酬唱集"命名⑤，而《有正味斋骈体文》卷五收录《题襟馆消寒联句诗序》一文⑥，所序《题襟馆消寒联句诗》即曾燠题襟馆"消寒会"唱和所得。

道光十五年乙未（1835），李彦章主持"小红桥修禊"。刘毓崧《吴让之先生小红桥唱和诗册跋》记载如下：

> 道光乙未，李兰卿都转官常镇通海道，榷署在扬，与绅士寓公唱和几无虚月。是年上巳日，小红桥修禊会者十六人，同集载酒堂，以所题楹帖中"昼了公事，夜接诗人；禅智寻碑，

---

① 王英志：《袁枚全集新编》，浙江古籍出版社 2015 年版，第 4 册，第 934 页。

② 乐钧：《青芝山馆诗集》卷十二，《续修四库全书》第 1490 册，第 530 页。

③ 王芑孙：《渊雅堂全集·愓甫未定稿》卷六，《续修四库全书》第 1481 册，第 39 页。

④ 方濬颐：《二知轩文存》卷二十，《续修四库全书》第 1556 册，第 587 页。

⑤ 吴锡麒：《有正味斋诗集·续集》，《续修四库全书》第 1468 册，第 565—591 页。

⑥ 吴锡麒：《有正味斋骈体文》卷五，《续修四库全书》第 1468 册，第 640—641 页。

红桥修禊"十六字分韵。秦敦夫先生（恩复）分得"红"字，程定甫先生（赞清）分得"事"字，谢椒石先生（学崇）分得"智"字，徐松泉先生（培深）分得（修）字，张剑泉先生（铭）分得"公"字，黄春谷先生（承吉）分得"昼"字，阮梅叔先生（亨）分得"寻"字，秦玉笙先生（巘）分得"夜"字，丁小砚先生（元模）分得"诗"字，阮受卿先生（祜）分得"人"字，梅蕴生先生（植之）分得"接"字，吴让之先生（廷飏）分得"桥"字，潘小江先生（宗艺）分得"禅"字，罗蔼人先生（景恬）分得"禊"字，兰卿先生分得"碑"字，先君子分得"了"字。各赋五古一首，又各和王渔洋冶春词原韵二十首。是册为让之先生自书所作"桥"字韵修禊诗并和冶春词，款署定甫先生，盖即修禊之岁属书也。同治乙丑，通州姜君璜溪得诸市中，持以相示，上溯乙未已三十年。让之先生以书法名海内，作诗书册时年三十七，今已六十七矣。当时宾主唱和十六人中，存者不过数人。广陵名胜之区，经兵燹之后，十不存一。回忆畴昔耆宿文宴之盛，邈若山河，三复之余，不禁感慨系之矣。①

当时参加集会的有秦恩复、程赞清、谢学崇、徐培深、张铭、黄承吉、阮亨、秦巘、丁元模、阮祜、梅植之、吴廷飏、潘宗艺、罗景恬、李彦章和刘文淇，共十六人。刘毓崧《虹桥秋禊图序》一文，又记载了红桥的由来和历次红桥修禊的概况：

扬州虹桥，旧为胜地，初建时本系用板，而周以朱栏，名为红桥。新城王文简公尝修禊于此，其后改建以石，取垂虹饮涧之象，易红为虹。卢雅雨、朱子颖、曾宾谷诸先生相继修禊于此，就中惟宾谷先生曾行秋禊，其余则止行春禊。然皆

---

① 刘毓崧：《通义堂文集》卷七，《续修四库全书》第1546册，第425—426页。

在扬州全盛之年，文采飞腾，湖山辉映，可谓极清游之乐事，备酬唱之大观矣。道光乙未、丙申之间，李兰卿先生亦修禊于此，虽园囿已多凋散，而坛坫犹有主持，尚可想像前此之流风余韵也。①

卢见曾、朱孝纯、曾燠等相继在红桥举行修禊集会，曾燠举行过秋禊，其余则只是举行春禊而已。这些禊事都在乾嘉时期，即扬州全盛的年代。到了道光十五年乙未（1835）、十六年丙申（1836），李彦章主持"红桥修禊"之际，风貌已不如从前。刘毓崧又提到："至于今日荐遭寇乱，遗迹荡然，回首当年，曷胜感慨。昔李氏格非尝曰：园囿之兴废，洛阳盛衰之候也。余亦曰：园囿之兴废，扬州盛衰之候也。且扬州园囿之兴废，视虹桥喧寂为转移，而虹桥喧寂之端倪，视修禊盛衰为趋向。"② 这正是笔者想要表达的观点：修禊的盛衰，决定红桥的喧寂，进而决定园囿的兴废。而园囿的兴废，又意味着扬州的盛衰。可见禊事对于红桥甚至扬州诗坛的重要性。禊事，作为社事的组成部分，既是诗歌创作活动，又具有悠久的历史和丰富的文化内涵。修禊在扬州的兴盛，一方面有赖于充满诗情画意的自然环境，另一方面也得益于地方主流诗人的结社意识和惯性。

《山心室倡和甲乙集》是程梦星和黄裕、杨濂、程梦钧、盛唐、唐毓蓟、余昊、程名世、程志乾、许建华、汪惟豫、洪其籍等人唱和所得诗歌总集。姚世钰序道："扬州，比屋豪奢大都，迷惑没溺于声色货利之区，而不知反有贤者，倜然弃俗尚而娱雅道，时用一觞一咏牵拂相招，于是《广陵倡和》《韩江雅集》方次第开雕。频年已来，诗会称盛矣。而太史香溪先生复以余闲偕其亲戚故旧赓续谐叶，如云召龙，如霜感钟，古体今情同工异曲，时未再期，积诗盈

---

① 刘毓崧：《通义堂文集》卷七，《续修四库全书》第1546册，第427页。
② 刘毓崧：《通义堂文集》卷七，《续修四库全书》第1546册，第427—428页。

卷，亦云盛矣。"① 序文撰于乾隆十年乙丑（1745），《广陵倡和》《韩江雅集》俱已付梓。总集刊刻在一定程度上也刺激了当地唱和活动的普及和深入。

三　园林兴废和社集盛衰

诗人之间的唱和交流，能够跨越时间和空间的限制，异时异地而作。然而，集会则必须同时同地进行，严重依赖空间环境。除了苏州沧浪亭和扬州红桥，江苏还有众多园林亭台，举行大小集会无数。集会地点，既是诗人群体的聚会空间和创作对象，又能引发诗兴，保证集会唱和的顺利开展。

康熙年间，金侃、潘镠、曹基、黄玢、金贲、蔡元翼和顾嗣协并称"依园七子"，因集会之地而得名。《依园七子诗选》徐行序记载："依园者何？顾子逸圃读书之所也。园介阛阓间而萧闲淡远，无尘嚣湫隘之累。高柳荫门，疏篱绕径，有长林丰草之思焉。顾子既雅抱微尚，不慕荣利，枕经藉史，日焚香啸歌其中。一时名流胜侣及四方之士假道吴门者，无不愿交顾子，户屦恒满。顾子必为之设茗布席，上下千古，酬对终日，了无倦意。暇则拉二三知己以诗文相淬砺。"② 依园坐落于街市却"萧闲淡远"，顾嗣协"不慕荣利"但广交文士，展现了避世而不绝世的态度。徐行又感叹说"大雅不作，诗道榛芜，身都通显者辄高自矜许，而穷巷绳枢之子往往卑靡龊龊，鲜克树立"，而七子都是有学问、有性情、有志节的诗人，"既无纨袴裘马之习，复不作山林寒瘦之态"③。可见，"依园七子"不汲汲于富贵，也不戚戚于贫贱，在进退之间找到了人生的平衡点。

---

① 程梦星等：《山心室倡和甲乙集》卷首姚世钰序，乾隆十年乙丑（1745）刻本，第 1a 页。

② 徐行、曾灿：《依园七子诗选》卷首徐行序，康熙十九年庚申（1680）刻本，第 1a—1b 页。

③ 徐行、曾灿：《依园七子诗选》卷首徐行序，康熙十九年庚申（1680）刻本，第 3a—3b 页。

王鸣盛《游檀园记》记载："去青溪桥数武为廖氏檀园。檀虽小而势夭矫，园虽小而水一池、竹千竿，有桥有亭，则宛然我乡长蘅李氏别业也。园中有听吟轩、怡云馆、百花庄、味莼居、壶中天、艺菊斋、寻香径、绿云坞、桂香阁、罨画楼诸胜，四时花开不绝。主人旧居松郡菖湖，壮游时祷于通潞城巅文昌祠，得签云：'白石溪边自结庐，风泉满院称幽居。鸟啼深树锄灵药，花落闲窗看道书。'今果卜筑于此，廊庑窈窕，林木槎枒，知居处亦有定数云。"① 檀园的主人是廖景文，字觐扬，号古檀，江苏娄县（今上海松江）人。乾隆十二年丁卯（1747）举人。卜居青浦，筑小檀园，流连其中。乾隆四十四年己亥（1779），廖景文在檀园举行修禊②，辑有《檀园修禊诗》。此次集会以《兰亭集序》一文分韵赋诗。此后又举行檀园展禊，以同样的方式进行唱和，而诗人群体和上次修禊有所变动。与会诗人，王昶《湖海诗传》多有收录，如卷三十九"周厚堉"《小檀园续修禊，得"贤"字》③，即檀园展禊所得。檀园景致清幽，适合读书、吟咏。

"问梅诗社"常在苏州园林举行集会。彭蕴章《松风阁诗钞》卷三《吴兼山司马（嵊）招同诗社诸先生集逸园》诗云：

> 问梅诗社开吴趋，良朋胜地相招呼。
> 园林昔传静宁慕，今见重葺虞山吴。
> 虞山门阀承忠荩，司马声华重时俊。
> 辟疆邱墟绣野歇，楼台新辟元卿径。

---

① 王昶等：《檀园修禊诗》卷首王鸣盛序，乾隆听吟轩刻本，第1a页。

② 与会诗人还有王昶、吴烈、王鼎、汪大经、徐大容、周厚堉、林光昱、谢超彦、陈泽泰、陈清照、姜绍渠、沈求立、宫履基、吴钧、孙树勋、王宝序、施凤起、方枝映、张宝镕、唐昆、乔钟沂、朱志朝、潘畴克、王鸿逵、萧际韶、朱光曜、赵礼、释传衡、刘敏、吴蔚光、薛鼎铭、金砺用、邵圯、唐景、陆惇宗、邱思燕、唐以恶、杨惟亿、汪璟、顾岳、林培由、朱春生、林钟卜、林钟岱、吴大勋、沈树声、张孝泉、陈廷庆、程梦元、沈崇勋、朱孔殷、张继晑、瞿秉虔、汪熙、庄师洛和张梦喈等。

③ 王昶：《湖海诗传》卷三十九，《续修四库全书》第1626册，第341页。

荷池渌波半亩宽，池边孤亭石磴盘。

数株垂柳映帘幕，两三吟客凭阑干。

主人酒半发清兴，石笛一声六月寒。

神仙合住华阳洞，惭余未断长安梦。

秋风秣马别吟坛，千里思君明月共。①

　　作者写到逸园的景色，有荷池、孤亭和垂柳等。"两三吟客凭阑干"，诗客吟咏其中的画面也颇有意境。又，《松风阁诗钞》卷六《四月望后一日，邀桂舲、竹堂、棣花、春帆诸先生集䓫溪网师园，为诗社百二十三集》②，"问梅诗社"第一百二十三次集会，彭蕴章和韩崶（桂舲其字）、吴廷琛（棣花其号）、石韫玉（竹堂其号）、尤兴诗（春帆其号，又作春樊）在网师园举行。而五柳园，则是"问梅诗社"前期集会选取较多的园林。社诗总集《问梅诗社诗钞》之中，收录了尤兴诗《三月二十八日，邀春樊、莪夫、苇间雅集五柳园食莼，为"问梅诗社"第四集》③，黄丕烈《四月八日，将邀同社诸君子为西山之游，因雨未果，遂赴五柳园中小饮，为诗社第五集，以"赏雨茅屋"分韵，阄得"赏"字》④，石韫玉《九日集五柳园，为诗社第九集》《三月晦日，五柳园赏牡丹，为"问梅诗社"第十三集》《夏至后三日，集五柳园，为诗社第十七集》《祀灶后一日，集五柳园赋诗，次榕皋丈岁除旧句韵，为诗社第二十一集》《三月十三日集五柳园，饮牡丹花下赋诗，为"问梅诗社"第二十四集》《七月二十二日，集五柳园，以新得曝书亭遗砚赋诗，为诗社第二十九集》《初十日"三九"，消寒集五柳园，敬题海忠介公墨迹，为诗社第三十四集（墨迹藏徐师竹孝廉家)》⑤，等等。可见，"问梅

---

① 彭蕴章：《松风阁诗钞》卷三，《续修四库全书》第1518册，第357页。
② 彭蕴章：《松风阁诗钞》卷六，《续修四库全书》第1518册，第376页。
③ 尤兴诗等：《问梅诗社诗钞》卷一，道光刻本，第7b页。
④ 尤兴诗等：《问梅诗社诗钞》卷一，道光刻本，第8b页。
⑤ 尤兴诗等：《问梅诗社诗钞》，道光刻本。

诗社"第四、五、九、十三、十七、二十一、二十四、二十九和三十四次集会，都在五柳园举行。石韫玉《城南老屋记》记载：

> 又五年，岁在壬申，始归孥于先世之旧居。所居之南，有水一池，池上有五柳树，皆合抱参天，遂名之曰"五柳园"。柳在池北者四，池南者一，绿阴如幄覆池上，池水常绿。西碛黄山人贻余大石，上有"涤山潭"三篆字，遂以名吾潭。柳阴筑屋三楹，面水，曰"花间草堂"。其西乃何氏赉砚斋，彼名之以荣君贶，余不可无其实而有其名，易其名曰"花韵庵"。其东南有屋三间，临水，曰"微波榭"。榭之西有庐若舫，环植梅树，颜曰"旧时月色"。后有小阁，象柂楼，曰"瑶华阁"。阁外玉兰一树，高与阁齐，花时如雪积檐端，阁因树以为名。舫之北，叠石为洞门，曰"归云洞"。洞外石中有泉，曰"在山泉"。洞内构屋三间，曰"卧云精舍"。由此绕出花韵庵之左，东北有斗室，曰"梦蝶斋"。园东因何氏语古斋旧基，改筑楼五楹，落成于鞠有黄华之候，名之曰"晚香楼"。楼北曰"鹤寿山堂"，则余先世云留书屋故地矣。①

园中有涤山潭、花间草堂、花韵庵、微波榭等诸多景致。"问梅诗社"在此集会，即石韫玉做主。"问梅诗社"经久不衰，集会多达百次以上，经常举行游园、宴饮等活动，和苏州当地园林丰富也有莫大关系。

江苏太仓"南园"，也是典型的江南园林兼社集之地。与该园相关的两个诗社是：道光十七年丁酉（1837）秋季，徐元润、沈端、盛大士等人结"南园秋社"；光绪三十四年戊申（1908）夏季至宣统元年己酉（1909）秋季，"南园赓社"接续前社进行唱和，成员有徐敦穆、缪朝荃、刘炳照、吴清庠、沈焜、汪元文、潘履祥、闻

---

① 石韫玉：《独学庐三稿》卷一，《续修四库全书》第 1466 册，第 553 页。

福圻、闻锡奎和钱溯耆十人。南园原是明人王锡爵的别墅，常有名流觞咏于此。朱则杰先生《"南园秋社"与"南园赓社"》一文①，对发生于南园的两个诗社作过研究。

南园原是明人王锡爵的别墅，常有名流觞咏于此。王宝仁《南园秋社诗跋》记载如下：

> 近则渐就荒芜，而文肃手植之鹤梅、华亭尚书之"话雨"遗墨、先司农麓台公之画壁，至今尚在。曾有客作牵萝之计，未竟所事。余昔与友人过此，辄为心愧。秋士家居时，钱方伯伯瑜、陆大令子范寄赀佐葺，遂得招携故侣，徜徉歌啸其中。夫以先人钓游之地，子孙弗能自理，而徒藉诸君子留心旧迹、从事修除，得不愧益加愧乎？此则余之所感视秋士而尤深者也。②

道光年间，南园几近荒废，但王锡爵手植的鹤梅、董其昌的题字和王原祁的画壁却保存下来。徐元润（秋士其号）对南园加以修葺，并在此结社。跋文提到，由于钱、陆二人"寄赀佐葺"，徐元润得以在园中"招携故侣，徜徉歌啸"。显然，此次结社得益于结社空间的完善。相较于一般的文学创作，结社唱和对物质的要求更高。"秋社三老"选择集会之地的缘由主要在于地理和文化，南园是故里胜迹。明人留下的景观增加了南园的看点，而结社所得诗作也将园林传统延续下去。清代诗人之间相互交游，并和前人隔代对话，都有赖于这座园林所提供的天然屏障。南园的兴废，正与当地社事和文学的盛衰步调相一致。

刘炳照序《南园赓社诗存》："南园风雅，有'秋社三老'继起，坠绪复振。予生也晚，不获揽绣雪堂、香涛阁诸胜，及王文肃

① 朱则杰：《"南园秋社"与"南园赓社"》，《江南大学学报》2015年第3期。
② 王宝仁：《旧香居文稿》，道光二十一年辛丑（1841）六安学舍刻本，第33a—33b页。

公手植鹤梅、华亭尚书'话雨'题字、麓台司农山水画壁遗迹。仅于披读'南园秋社'诗集，想像及之。钱君听邠，文字神交，邮示与兰、菊二老追和'秋社'叠韵诗，再接再厉，可称后劲。予亦贾勇，唱酬赠答，积久成帙，共得若干首。视沈、盛、徐三先生原作，有过之无不及也。前、后'三老'，天然对待，彼苍若有意生此诗人，为南园生色。爰命钞胥最录清本，题曰《南园赓社诗存》，授诸剞劂氏，以谂来者。"① 清代光绪、宣统之际，南园的绣雪堂、香涛阁以及鹤梅、题字和画壁已经不存，诗人们只能通过阅读《南园秋社诗》加以想象和构建。因此，"南园赓社"没有实际集会于南园，社员追和"秋社"作品而积诗成帙。从"秋社"到"赓社"，南园走过七十余年而不复原貌，但历经时间的洗礼和积淀而成为苏州的文化符号。"南园赓社"的起结初衷是"慨念名区，追惟旧德"②，以园林结社赋诗的形式接续当地几近断裂的文化传统。这种文化传统不止道光时期"秋社三老"在南园唱和所建立的文学传统，还要追溯至王锡爵、董其昌、王原祁等人建立的艺术传统，涵盖建筑、书法和绘画等。走出南园，放眼而望，弇山园也是太仓园林传统不可缺失的一环，王世贞的造园艺术亦堪称旧德。晚清沿用"南园"旧名而踵事增华的做法，展现了诗人群体对当地历史文化的强烈认同及其所引发的结社动机。因此，诗人结社也摆脱了具体集会空间的限制，凭借"神交""邮示"而实现自由的精神交流。台榭兴废和坛坫盛衰并非同步，园林的符号化和精神化让残园在诗中得到完整呈现。

园林的兴废，在一定程度上能够反映诗文创作的盛衰。江南园林不计其数，其中不乏凭借集会而闻名的亭台楼榭。吴地，历来是钟灵毓秀之区，振兴文教的同时，不废诗词。吴中诗人寓居京师之时，往往成为社事的发起人和倡导者，通过唱酬活动而彼此订交，

---

① 钱溯耆：《南园赓社诗存》卷首刘炳照序，宣统元年己酉（1909）听邠馆刻本，第1a页。

② 钱溯耆：《南园赓社诗存》卷首刘炳照序，宣统元年己酉（1909）听邠馆刻本，第1b页。

返乡后又延续京中联吟之习。除了结社的环境和背景，崇雅的生活理念和充裕的闲暇时间，也是江南文人结社风气不减的原因。此外，诗歌总集包括社诗总集的刊刻，有利于唱和作品的保存，也提高了诗人的创作积极性。前文曾提到，阮元辑有《淮海英灵集》《两浙辑轩录》等，王豫辑有《国朝今体诗精选》《群雅集》《江苏诗征》《京口三上人诗选》《京江耆旧集》《淮海英灵续集》等。嘉道时期，阮氏兄弟和王豫的刻书行为，直接刺激诗人结社及社诗总集的编纂。因此，江苏诗社之盛，有其多层原因。概而言之，吴地在自然资源、物质生产等方面占据一定优势，得以保持文化的高度和结社的热度。如苏州消寒会有声有势，首先是受到北京消寒集会的影响，其次是当地气候允许，也汇合了南北诗人的交通之便即所谓地利，又具备集会所需的资金来源。诗社，作为文学创作和社会活动的结合体，既是精神文明的高度体现，也十分依赖经济基础。

第四节　其他结社中心及日本同人集会

除了广东、浙江和江苏，北京也是诗社并起的文化中心。笔者在"士夫诗社"和"消寒会"等部分已涉及诸多北京诗社，此处不再设置章节。其他地方的诗社，不仅展现了各自的地域性，在结社方式上有时也标新立异。前及光绪年间"翠屏诗社"，是云南官府创设的具有会课性质的诗社。每月会课一次，由官府拟定诗题，公布于府署大堂，诸生自行抄回完成。社诗总集《翠屏诗社稿》卷首所附《诗社牌示》明确提到举行诗课的初衷，即提高诸生诗歌创作的整体水平。"至于韵语，则合格者甚少，良由无人提倡风雅之故也"等语①，说明当地的诗歌发展相对落后，原因在于缺乏提倡风雅的诗

---

① 冯誉骢：《翠屏诗社稿》，光绪二十四年戊戌（1898）云南东川府署刻本，第1a页。

人，因此官府采取月课的方式，循序渐进，以达到加强诗歌创作能力的效果。"翠屏诗社"和江南等地的诗社差异显著。笔者将以具体诗社为例，简析地方诗社的面貌和源流。

一是湖南长沙"碧湖吟社"等。《碧湖吟社展重阳会诗》是"碧湖吟社"的社诗总集，收录展重阳会所得诗歌。郭嵩焘跋语记载：

> 丙戌夏，笠云、寄禅两僧开"碧湖吟社"，王壬秋孝廉两集诸名彦觞于湖上。会暑甚，嵩焘病不赴也。始以九月十九日续为展重阳会。会者二十余人，人各一诗，而嵩焘为之倡，次韵者文道希孝廉。熊鹤村光禄不赴会，亦补次韵。王壬秋社约以次韵非古，禁之。嵩焘于此宽其例，意得佳诗而已，无禁约也。一日之会，老弱扶携，即景撼怀，存此以冀诗社之日昌。即两僧之诗，神趣志量，亦非仅如贯休、齐己辈，生挽近衰敝之世，为靡靡之音，微取一时诗名已也。光绪十有二年丙戌秋九月，玉池老人郭嵩焘谨识。①

光绪十二年丙戌（1886）夏，芳圃（笠云其字）、敬安（寄禅其字）两名僧人创立"碧湖吟社"，王闿运（壬秋其字）主持社集。同年九月十九日，郭嵩焘举行展重阳会。《碧湖吟社展重阳会诗》按体裁收录诗歌，"五古"作者有李桢、易钟岐、黄式沅、胡棣华和左干青，"七古"有郭嵩焘、熊兆松、文廷式、涂景涛、陈三立、朱振铺、罗正钧、曾广镕、郭立敷、郭本谋、释芳圃和释增老，"五律"有王楷、李长檀、龚尚毅、郭立锁和释敬安，"七律"有曾广钧、陈海鹏、周黼麟、胡元达、戴式洵、饶智元、李绳甲、郭立辉和郭汉超，共计三十一人。李桢序记载"是日会者二十三人"②，所以应有

---

① 郭嵩焘：《碧湖吟社展重阳会诗》，光绪十二年丙戌（1886）刻本，第14a—14b页。

② 郭嵩焘：《碧湖吟社展重阳会诗》卷首李桢序，光绪十二年丙戌（1886）刻本，第1b页。

八名诗人包括熊兆松（鹤村其号），只是提交诗作却未曾赴会。郭嵩焘《养知书屋诗集》卷十五《次韵王壬秋碧浪湖看月遇雨小［晓］步还城行》《碧浪湖为展重九会》①，分别是首次集会和展重阳会的诗作。同卷又有《陈伯严、涂次蘅邀陪碧浪湖修禊，分韵得"条"字》《六月三日，王壬秋集饮碧浪湖》二题②，说明光绪十三年丁亥（1887），"碧湖吟社"仍有集会。释敬安《八指头陀诗集》卷二《六月十五，碧浪湖看月遇雨，用王壬秋社长韵》《九月十九，玉池老人招集碧浪湖展重阳因赋》，卷三《丁亥三日，陈伯严、涂稚衡禊集碧湖》③，也都是社诗作品。释敬安集中含有多处关于"碧湖吟社"的记载。《续集》卷七《涂茨衡太守由奉省罢官还湘，为庵男韵诗，见怀次韵奉寄》，诗序如下：

> 忆光绪丙戌六月十五，王壬秋先生集诸名士开"碧湖诗社"，独遗王雁峰山长。因有诗见嘲云："长沙近事君知否，碧浪湖边多鲫鱼。"是年十月初九，郭筠仙侍郎于兹作展重阳会，余为代邀雁老赴会，而城南杜仲丹、熊鹤村各以事不至。侍郎赋七古一章，中有句云："王郎妙语谁能识，碧湖便可名金鲫。城南诗老掉头去，钓竿鱼尾不相值。"又赠熊鹤村云："我亦鲫鱼甘受饵，君如鸥鸟独辞温。"明年上巳，公与陈伯严约余同友人修禊湖亭，分韵赋诗，遂题"鲫鱼第三集"于卷端。今名士鲫鱼，半随物化。读侍郎诗，不觉感慨系之。④

此处"是年十月初九"的记载有误，应作"九月十九"。根据前及郭嵩焘跋语"王壬秋孝廉两集诸名彦觞于湖上"，可知展重阳会

---

① 郭嵩焘：《郭嵩焘全集》，岳麓书社 2018 年版，第 14 册，第 205、207 页。
② 郭嵩焘：《郭嵩焘全集》，岳麓书社 2018 年版，第 14 册，第 208 页。
③ 释敬安：《八指头陀诗集》卷二，《续修四库全书》第 1575 册，第 363 页；《八指头陀诗集》卷三，《续修四库全书》第 1575 册，第 366 页。
④ 释敬安：《八指头陀诗续集》卷七，《续修四库全书》第 1575 册，第 473 页。

是"碧湖吟社"第三次集会。此处却将丁亥上巳修禊当作"鲫鱼第三集"。释敬安所引郭诗"我亦鲫鱼甘受饵，君如鸥鸟独辞温"，原题是《笠云、寄禅开"碧湖吟社"，为作展重九之会，邀熊鹤村不至，叠前韵枉诗，次韵奉答》①。王闿运《湘绮楼全集·诗集》卷十二《北湖夜集道俗十九人看月遇雨，晓步还城作，呈同学》《三日，北湖禊集廿八人，分韵得"司"字》②，分别是第一集和第三集的作品，可知丁亥上巳修禊有二十八名诗人。

《碧湖吟社展重阳会诗》李桢序道："湘楚，骚国也。兵兴后，侈谭勋伐，薄文章为无用，流风寖以不振。岁壬申，展禊絜园，耆宿多在会，诗歌、图画联为巨轴，犹极一时之盛。越十年，辛巳，禊颐园，往时耆英半就委化，虽有诗，不甚传。又六年至今，始复为此会，侍郎文学魁一世，偕王雁峰院长并为诗导后进，将以扬厉风雅，御兰芬于绝代，岂徒为乐一时而已哉？越日，会者皆以诗献，侍郎甲乙之而命桢叙其首。"③ 在"碧湖吟社"展重阳会之前，曾有两次盛会。一是同治十一年壬申（1872）絜园展禊。《养知书屋诗集》卷十一《絜园展禊，分韵得"山"字》④，《养知书屋文集》卷二十五《〈絜园展禊图〉记》⑤，都是相关诗文作品。根据郭崑焘《云卧山庄诗集》卷六《三月二十三日，与笠臣奉邀杨海琴观察（翰）、孙阆青刺史（第培）、李次青廉访（元度）、何镜海观察（应祺）暨研生、南屏、瞑庵、史亭、家伯兄絜园展禊，以"此地有崇山峻岭茂林修竹"为韵，分得"岭"字》⑥，可知参加展禊的诗人有

① 郭嵩焘：《郭嵩焘全集》，岳麓书社 2018 年版，第 14 册，第 207 页。

② 王闿运：《湘绮楼全集·诗集》卷十二，《续修四库全书》第 1569 册，第 166、170 页。

③ 郭嵩焘：《碧湖吟社展重阳会诗》卷首李桢序，光绪十二年丙戌（1886）刻本，第 1b—2a 页。

④ 郭嵩焘：《郭嵩焘全集》，岳麓书社 2018 年版，第 14 册，第 152—153 页。

⑤ 郭嵩焘：《郭嵩焘全集》，岳麓书社 2018 年版，第 15 册，第 652—653 页。

⑥ 郭崑焘：《郭崑焘集 郭嵩焘集》，岳麓书社 2011 年版，第 126 页；另见郭崑焘《云卧山庄诗集》卷六，《续修四库全书》第 1552 册，第 92 页。

张自牧、杨翰、李元度、何应祺、罗汝怀、吴敏树、朱克敬、刘沛、郭嵩焘和郭崑焘十人。该会以兰亭名句分韵赋诗，并绘图纪之。二是光绪七年辛巳（1881）颐园修禊。郭嵩焘《养知书屋诗集》卷十三《意城招同诸君颐园修禊》①，郭崑焘《云卧山庄诗集》卷八《辛巳三月三日，颐园修禊》②，是集会之作。根据郭嵩焘诗歌自注，可知与会诗人有郭崑焘、熊兆松、袁祖绥、傅寿彤、罗"瀛桥"、任鹤年、李桢及作者本人。嵩焘诗注还提到光绪六年庚辰（1880）葵园修禊；崑焘诗注提及光绪二年丙子（1876），自己曾修禊杭州皋园。从同治末年到光绪年间，郭氏兄弟及湖南长沙诗人频繁集会。晚清时期，湘人在政治和文学两个方面都很活跃。

光绪十七年辛卯（1891），易顺鼎等人在湖南长沙结"湘社"，辑有《湘社集》③。社员有郑襄、袁绪钦、何维棣、易顺鼎、程颂芳、吴式钊、王景岐、姚肇椿、周家濂、程颂万、易顺豫和王景崧等。其中，二易、二程、二王都是兄弟。易顺鼎交代了结社的因由和集会的情景，相关记载如下：

> 今岁辛卯，重客长沙。去壬午秋，又十稔矣。是行也，送弟叔由，鼓箧校经。已亦裹粮，将游衡岳。宁乡周公子，好文喜客，留居蜕园。时湘中故人，有宁乡程氏昆季海年、子大，道州何五，长沙袁三。先过资水，得王君景岐、景崧。后饮长沙县学，又识姚君肇椿。其他朋好，亦尚有人。朝夕过从，惟斯数子。今雨旧雨，大山小山。时或星晚露初，人则云间日下。掎裳连襟，刻烛题笺。婉娈琴歌，流连酒赋。娥魄将堕，犹跳听诗之鱼；羲晖甫升，已喧吠客之犬。或一篇初出，赓和沓来；或半字为安，推敲忘倦。笼灯立待，仆足告疲；给札督钞，胥

---

① 郭嵩焘：《郭嵩焘全集》，岳麓书社 2018 年版，第 14 册，第 179 页。
② 郭崑焘：《郭崑焘集　郭嵩焘集》，岳麓书社 2011 年版，第 185 页。
③ 易顺鼎、程颂万：《湘社集》，光绪十七年辛卯（1891）长沙刻本。

腕欲脱。弦外之赏，既无愧于牙期；梦中之路，始不迷于敏惠。
湘社名集，由此兴焉。①

　　程颂万序前记载："大凡《湘社集》四卷，为古今体诗一百九
十一篇，为词一百一十三阕，为断句一百连，为序集八篇，最四万
八千一百余言，作者十有二人。起光绪辛卯春二月乙未朔，越夏四
月甲午朔，杀青斯竟。"② 这就是《湘社集》的基本情况。除了总
集，程颂万《楚望阁诗集》也包括不少关于"湘社"的信息。卷四
《代湘君述，贻哭庵，并呈两王先生及同志》③，多处提到社员。卷
五《俟园月夕，同仲蕃登楼连句》④，是程颂万、王景崧（仲蕃其
字）二人的联句诗；卷六《中实夫湘社，偕王伯璋、叔由送至三叉
矶，录别连句，次十五咸全韵》，则是易顺鼎（中实其字）、程颂
万、王景羲（伯璋其字）、易顺豫（叔由其字）四人的联句之作。
易顺鼎《琴志楼诗集》卷九也有《三叉矶录别联句，次十五咸全
韵》⑤，内容完全相同。《楚望阁诗集》卷八《湘社杂和李义山诗（并
叙)》⑥，包括《锦瑟一首，次韵》《碧城三首，次韵》《无题四首，
次韵》《戏赠三首，次韵》，都是"湘社"作品。诗序提到"学杜诗
当从义山入"⑦，稍见该社的诗学倾向。易顺鼎《盾墨拾余》不仅含
有"湘社"资料，卷十三还收录了王闿运、释芳圃、黄式沅、释敬
安等人的诗歌。可见，"碧湖吟社"和"湘社"在时间上前后相继，

① 易顺鼎、程颂万：《湘社集》卷四，光绪十七年辛卯（1891）长沙刻本，第
1a—1b 页。

② 易顺鼎、程颂万：《湘社集》卷四，光绪十七年辛卯（1891）长沙刻本，第
12b—13a 页。

③ 程颂万：《程颂万诗词集》，湖南人民出版社 2009 年版，第 276—277 页。

④ 程颂万：《程颂万诗词集》，湖南人民出版社 2009 年版，第 302—303 页。

⑤ 易顺鼎：《琴志楼诗集》卷九，上海古籍出版社 2004 年版，上册，第 481—
482 页。

⑥ 程颂万：《程颂万诗词集》，湖南人民出版社 2009 年版，第 328—330 页。

⑦ 程颂万：《程颂万诗词集》，湖南人民出版社 2009 年版，第 328 页。

诗人群体亦有交集。"湘社"既有诗歌又有词作,创作数量和类型丰富。而且,易氏、程氏和王氏兄弟都是极具影响力的湖南诗人,交游及唱和的范围广泛。该社具有很高的研究价值。

程颂万《石巢诗集》卷九,名曰"闲山社诗",是"闲山社"诗歌总集。结社时间是宣统二年庚戌(1910),社员为程颂万、梁鼎芬、顾印愚、杨覲圭和李孺。晚清湖湘诗人结社之频繁,可见一斑。

二是安徽宣城"宛上同人诗会"等。强溱《宛上同人集序》记载:

> 丙戌间,宛陵茂宰阮侯亭以诗倡,约郡同寮与梁虚舟、王廉普两大令,周伯恬、沈小宛两学博,汪子经明经联为诗会。予亦与于会焉。是冬凡八集,每集可得数十首,侯亭一一录之。越岁,邮筒络绎,诗益富,亦益胜,积久遂成帙,悉付小宛审订决择以就刊。既而小宛奉其太夫人讳以归,未几虚舟逝,小宛亦相继而逝。向所集诸君诗定本,小宛持去,今不可得矣。回忆予主"消寒"第一局,以诗代简约集,侯亭酬予诗有"杀鸡为黍自隗始,执耳登坛让卫尊"句,自注谓"虚舟年最长,小宛推为坛坫主盟,故云"。然弹指以往,才如夙昔,何图数年之间,两人遂成故物。当其文酒相从,忽忽不自知其乐;及时移事易,不禁思之于无穷也。侯亭怃然久之,因遍索同人全稿,拟广罗都为一集。①

道光六年丙戌(1826),阮文藻(侯亭其字)在安徽宣城约集同寮及梁中孚(虚舟其字)、王成璐(廉普其字)、周仪暐(伯恬其字)、沈钦韩(小宛其号)、汪汝式(子经其字)、强溱等结诗会。

---

① 阮文藻:《宛上同人集》卷首强溱序,道光十三年癸巳(1833)刻本,第1a—1b页。

《宛上同人集》包括金德荣《桐轩集》、周仪暐《惟雒斋集》、阮文藻《听松涛馆集》、汪汝式《信芳阁集》、强溱《佩雅堂集》、赵仁基《九叠山房集》、王成璐《佩湘集》、甘煦《月波楼集》、钱符祚《识密斋集》和庄缙度《迦龄集》十种。其中金德荣、赵仁基、甘煦、钱符祚和庄缙度五人，并不参与"宛上同人诗会"，属于"官于斯土与客于宛上"，由于"其诗卓然成家"而选入集中。梁中孚、沈钦韩二人诗集未得，没有入编。强溱又提到"盖自谢宣城迄李供奉、崔侍御、宇文太守而后，此邦诗人之聚，未有若斯之盛也"①，谢朓、李白、崔成甫和宇文太守（名未详）之后，宣城诗人集会以阮文藻同人诗会为最盛。《宛上同人集》的命名模仿冒襄《同人集》②，取"同声相应"之义。但两者的体例不同，冒氏《同人集》按文体分卷，而《宛上同人集》则是诗集合刻的方式。《宛上同人集》内部，各集卷端都附有强溱所撰序文，具有提要功能。宣城本地诗人的唱和相对默默无闻，而"宛上同人诗会"由于阮文藻、强溱等官员积极提倡，又有社诗合刻面世，因此得以延续宛陵风雅，地位自是不同。

雍正三年乙巳（1725），方学成曾在安徽歙县参加社集。其《檀园雅音自序》记载如下：

> 在昔万历丙辰，唐模许君茂先集三吴名士，社集檀干。时潘耆景升在焉，计得人五十有九，拟题七十有七，诗百五十六首。美人王玉、邓凤俱能诗。郑千里为之绘图。虽其时诗承王、李后尘，风气未变，然而文字、红裙，照映千古，亦一时之胜矣。我朝则许力臣、师六二太史，以同怀兄弟入直承明，文章鸿博绝丽，为世宗仰。逮及闺阁，如徐夫人《绿净轩集》，复流传海内，可称极盛。乃始寓广陵，晚登朝右，不获归老故山、

---

① 阮文藻：《宛上同人集》卷首强溱序，道光十三年癸巳（1833）刻本，第2a页。

② 冒襄：《同人集》，咸丰九年己未（1859）冒氏水绘庵刻本。

振兴风雅，深为惋惜。今则吾友许子玉载，以少孤力学，屡困场屋，同其叔氏眉庵、履凝与弟在鲁诸子，于其家之檀园，文行镞砺，自相师友，声称籍籍，播于遐迩。自是，游屐之过歙者，无不就檀园通款洽焉。余以华南鄙人，于雍正乙巳春，假馆于此，二三学侣，足用为伴。迄今两载，余既重接主人之贤，又时遇良友至止。或月夕花晨，或晦明风雨，凭高远引，以至一草一木，皆分题角韵，不一而足。集成，总名曰《檀园雅音》。虽人才之盛多，文章之钜丽，视前万历社集及太史公兄弟，不敢漫拟。然而贵交游，不事结纳；尚切磋，不争异同。务道德而屏纷华，友多闻而来直谅。即间寓吟咏，必原本古人，归于雅饬。是则余与檀园诸贤暨四方诸君子所为，硁硁自矢、臭味相合者也。先刻诗五卷，嘱同志传和，共续胜事。若其他往来留赠之作甚夥，另有别录，此不具论。①

　　檀干园位于安徽歙县唐模，是著名的徽派园林。社集兴盛的地方，往往有其历史渊源。明代万历四十四年丙辰（1616），许"茂先"招集三吴名士，在檀干园举行社集。社员五十九人，潘之恒也在其中，而女诗人王玉、邓凤都有诗歌。进入清朝，当地诗人许承宣（力臣其字）、许承家（师六其字）两兄弟同入翰林院，文章被世人推崇。至于闺秀诗人，歙县许迎年之妻徐德音撰有《绿净轩集》，闻名海内。夫妻二人寓居江苏扬州，不获还乡。雍正初年，许起昆（玉载其字）和许昌禔（眉庵其号）、许禩（履凝其字）、许起易（在鲁其字）等人在檀干园举行诗会，方学成亦参与唱和。

　　诗歌总集《檀园雅音》还收录了赵泉、黄硺、曹蓼瑞、许效文、吴默、王来庭、周衍、许起鼎、郑群、江其京、陈期逊、陈光晟、王湄、张学浩等人作品。根据《檀园品梅小纪》可知，檀干园有和

----

① 方学成：《松华馆合集·檀园雅音》卷首自序，乾隆松华堂刻本，第1a—1b页。

古堂，南有荷池，西南有梅须阁，东南有碧琅亭，北有虬影轩。亭西南临池，池西即梅须阁。园林的构造布局跃然纸上，作者对各处命名的由来都有所交代。方学成作有《品梅歌》，众诗人也曾宴集梅须阁，限韵分赋红梅绿蒂、鸳鸯梅、映水梅、绿萼梅等多个品种。另有《题檀干图》，分赋春台晓霁、南屏叠翠、松壑风涛、沙堤烟雨、双溪汇涨、石冈秋月、枫亭晚照、前峰积雪和横塘梅影九题。方学成评语说："图为吴田生笔，凡图中景，皆园所能有，苍深隐秀，致为精绝。诸什又皆格高韵胜，体备众妙，特钞入压卷。"[1] 虽然《檀干图》未能传世，但后人可凭借园景题咏对檀园有所了解。檀园原是模拟西湖景致而修筑，故有檀园九景。咸丰、同治年间，浙江海盐"小桃源吟社"曾"编十景而拈题，饯三春而分韵"[2]，《小桃源室十景诗》包括沈山塔影、汪堰渔火、梅园夜读、仙坛晚钟、鸬湖新月、虎坟残雪、祝桥垂钓、文溪唤渡、蕉窗听雨和竹院烹茶等四时风光，显然也是仿照西湖十景而取名。诗人结社檀干园或小桃源室具有一定的避世之意，檀园主人科考失利，小桃源则是乱世避难的场所。集会场地看似封闭，但唱和诗歌在题材上却有向外拓展的倾向。园林是人工建筑与自然山水的并存体，蕴含着既相对又互补的冲突美学。园林及其建筑容易遭到摧毁，而文本不仅具有场景写实的功能，又提供了广阔的想象空间。不同方位的景点，在变化的季节、天气、光线之中，意境纷呈，成为文学滤镜下的焦点。

　　三是上海"竹冈吟社"。前文叙及"竹冈吟社"的社诗总集《竹冈吟社诗钞》，采取同题咏物的唱和方式。清代上海诗人结社并不鲜见，"茸城九老会"便是一例。该会从道光二十年庚子（1840）持续至二十五年乙巳（1845），集会多达四十五次，在清代耆老诗社当中可谓空前绝后。道光三十年庚戌（1850）、咸丰元年辛亥

---

[1]　方学成：《松华馆合集·檀园雅音》卷二，乾隆松华堂刻本，第3b—4a页。

[2]　徐元章：《小桃源室联吟诗存》，同治五年丙寅（1866）徐氏刻本，第1a页。

（1851）之际，"竹冈吟社"也受到"茸城九老会"的影响。吴墀跋云：

> 自道光庚子，茸城始有"九老会"，至今历十三载，而闻风而鼓兴者众矣。诗不求工，但言性情，而传为美谈，几遍海宇，其间重游泮水者几人？砚北黄司马甫庆杖朝，与潘相国再赴鹿鸣，尤称盛事。今春，旧友澹如王君以已刊《俞塘联吟集》、待镌《竹冈吟社诗钞》见示。展读之，工诗、工书、工画者，皆珍重一时，泖申江之俊杰，足以鸣国家之盛。而洛甫叶翁以耋耄邀恩，特赐蕊榜，益增梓里光。其诗记载往时文献，更可为稗官一助云。①

"竹冈吟社"成员有张伟、王式金、黄家锟、黄步瀛、诸士瓒和张舒文等。该社也具有耆老性质，如王式金诗云："尘市之中访逸人，清谈气味得其真。萧萧白发交弥旧，片片丹枫序又新。书以一瓻容借我，祭因八蜡看迎神。重开吟社三冈上，倡和优游及小春。"②而吴墀所说"工诗、工书、工画"，也反映在社诗作品里。"竹冈吟社"的总体诗风较萧散清逸，与社员身份相符。

到了民国，铅字印刷的运用和出版事业的发展，带来上海社事的繁荣。上海诗人黄协埙所辑总集《同声集》《梅村雅集图题咏》，及其个人诗集《鹤窠村人诗稿》③，都含有丰富的社集信息。

四是日本同人集会。晚清，同时期日本诗人社集也十分活跃。一方面，日本诗人之间原本就有唱和活动，另一方面也受到中国诗

---

①　张伟等：《竹冈吟社诗钞》卷首吴墀序，咸丰二年壬子（1852）刻本，第1a—1b页。

②　张伟等：《竹冈吟社诗钞》卷首吴墀序，咸丰二年壬子（1852）刻本，第13a页。

③　黄协埙：《同声集》，民国八年（1919）国学研究社排印本；《梅村雅集图题咏》，民国五年（1916）排印本；《鹤窠村人诗稿》，民国十九年（1930）排印本。

人带来的影响。日本诗人河田小桃、由良久香所辑《海外同人集》①，是诗文总集。桥本宁《墨江修禊诗序》记载如下：

> 清国上海姚君子梁，从黎公使于我邦者，有年于此矣。今兹癸未四月四日，会湖山、春涛已下诸名士于墨堤千岁楼，以修禊事。盖以当阴历三月三日故也。游之明日，君撰记文一篇，又录诸子唱和诗若干首，以为一卷，题曰《墨水修禊集》，征余序。余曰：墨水为地，左餐富岳之秀，右掬筑波之翠，茂林修竹翳焉，清流激湍泻焉，风景绝佳，不啻会稽山阴，而宾主才情文雅，亦不减江左名流，宜乎姚君镌是编以志韵事也。昔者司马氏失其鹿，胡羯特之于前，氐羌角之于后，金瓯破碎百有余年矣。当时士子闻歌对酒，往往有风景不殊之叹。今也中外同文、东西一家，姚君与诸人共际太平之世，有丝竹之悦耳，而无锋镝之骇目，一觞一咏，以联异地苔岑之雅，其乐果如何哉？逸少曰："虽世殊事异，所以兴怀，其致一也。"然则是编与王序并传无疑，而后之览者亦将有感焉。是为序。②

光绪九年癸未（1883）四月四日，姚文栋（子梁其字）等在日本墨江举行修禊集会，当作三月三日上巳修禊。《墨江修禊诗》即其诗歌总集。卷首周其照序记载了集会的盛况："又于去春小集墨江，与东国诗人湖山辈寻修禊之故事，开宾筵于上游。一百五日之韶光，

---

① 河田小桃：《海外同人集》，光绪刻本。卷上收录了星野恒、川口鬐、宫原确《跋〈日本志稿〉》，藤野正启、小山朝宏、杉村武敏、小牧昌业、秋叶斐、星野世恒《题长风破浪图卷》，桥本维孝《读海外奇书室记》，土屋宏《广海东文选楼说》；卷下则收录了丸山钻、斋藤笃信、村上信忠、蒲生重章、川口鬐《送姚君志梁省亲归图序》，丸山钻《送姚君志梁西使欧洲序》，森立之《〈经籍访古志〉例言并跋尾（节录）》，稻垣天真《重钞〈论语〉皇侃疏真本书后》，片山潜《上姚使君书》。《补遗》则收录了养鸬澈定《跋〈塞外金石志〉》，小仓规矩《题长风破浪图卷》，桥本宁《墨江修禊诗序》，蒲生重章《观成蹊馆试女生徒记》。最后附《归省赠言》《墨江修禊诗》。

② 河田小桃：《海外同人集·补遗》，光绪刻本，第2b—3a页。

良辰未过；二十四番之花信，春事方浓。于是斗豪情而彩笔花飞，挥妙腕而金壶墨尽。鞭丝帽影，争看陌上之春；宝马香车，伫听霓裳之曲。"①集内收录森大来、永坂周二、小野长愿、桥本宁、姚文栋、森鲁直和关根柔七人的诗作。除了姚文栋，其余都是日本诗人，具有较高的汉学修养。森大来《姚子梁先生招同诸名流修禊于墨水酒楼，兼补祝湖山翁七十寿六首（效王渔洋水绘园修禊诗体）》，姚文栋《墨江之饮槐南，仿渔洋水绘园诗，成七古六章，予因用红桥冶春之例，别赋十二绝句，盖以借抒胸臆，非欲效颦西家也》，关根柔《次姚君效红桥冶春词韵，博一粲，并索同游诸子之和》②，都是效仿王渔洋修禊诗而作。康熙四年乙巳（1665）上巳，冒襄招同王士禛、邵潜、陈维崧在水绘园修禊，同游各有诗作，王士禛《上巳，辟疆招同邵潜夫、陈其年修禊水绘园八首》即是③。而《冶春词》则是康熙三年甲辰（1664）"红桥修禊"所得。可见，清初禊事的影响持续至清末，甚至享誉海外。

又，蒲生重章《送姚君志梁省亲归图序》记载："清国姚君子梁来我邦，与'丽泽社'诸子为文章道义之交，三年于兹矣。"④姚文栋（1852—1929），字子梁，一字东木，上海人。光绪七年辛巳（1881），姚文栋受命担任清政府驻日公使黎庶昌的随员。出使期间，姚文栋主要从事日本地理研究，同时广泛结交日本友人，相与切磋汉学。著有《日本志稿》《琉球地理志》《日本地理兵要》《海外同人集》等。

又，陈鸿诰（字曼寿）辑有《日本同人诗选》，卷首土屋弘跋云："海外人士来游我邦，选诸家诗，古未尝有之也。有之，自陈曼寿明经所编《日本同人诗选》始焉。《诗选》为卷四，为人六十有

---

① 河田小桃：《海外同人集·墨江修禊诗》卷首周其照序，光绪刻本，第1a—1b页。

② 河田小桃：《海外同人集·墨江修禊诗》，光绪刻本，第1a、4b、7b页。

③ 王士禛：《渔洋精华录集注》，齐鲁书社1992年版，上册，第354页。

④ 河田小桃：《海外同人集》卷下，光绪刻本，第4b页。

二，为诗五百九十九。此特陈君获之于其所交者，海内之诗固不止于此，而有可观如是，昭代文运之盛于斯略见。今校刻布诸世，庶足以振耀国华并征怀柔之续也欤？"① 这部诗歌总集所录六十二家作者，基本上都是陈鸿诰所交往的日本诗人。其《凡例》第三款记载："赠答倡和诸什，半属酬应，似可不列于选。是编择其佳者，不忍割爱，以见一时诗简来往之盛。"② 总集内选入部分赠答唱和之作。通过这些作品，能够看到陈鸿诰在日本频繁发起集会。卷三冈本迪《赴"城南诗社"作，分〈赤壁赋〉中"尺"字为韵》，诗云：

> 南郊有诗社，盛会丁此夕。
> 一座尽名流，半世妙年客。
> 词锋各争劲，气岸高百尺。
> 老夫独微吟，何敢交长戟。
> 天末残霞沉，一轮大月白。
> 孤鹤横江过，千载今犹昔。
> 赤壁前后游，万口长啧啧。
> 二赋异凡响，贵抵连城璧。
> 后人慕流风，大笔莫能敌。
> 呜呼自今后，谁作文章伯。
> 得似岷峨仙，江山永留迹。③

　　诗社位于南郊，故称"城南诗社"。日本同人结社集会，以《赤壁赋》分韵，可见他们对苏文的喜爱。《诗选》最后一页是出版信息，于明治十六年（1883）三月由土屋弘出版，是第一部由中国诗人辑录的日本诗人作品选集。《日本同人诗选》具有较高的研究价

---

① 陈鸿诰：《日本同人诗选》土屋弘跋，光绪九年癸未（1883）刻本，第1a页。
② 陈鸿诰：《日本同人诗选》卷首《凡例》，光绪九年癸未（1883）刻本，第1b页。
③ 陈鸿诰：《日本同人诗选》卷三，光绪九年癸未（1883）刻本，第1b—2a页。

值，集中诗家之多、诗歌之丰，也可反映当时日本汉学的兴盛和同人社集的流行。

此外，福建、山东等地也有不少社事。明初，"闽中十子"林鸿、郑定、王褒、唐泰、高棅、王恭、陈亮、王偁、周玄和黄玄结社唱和，开启闽中诗派的发展。清代，无论是福建诗人结社于外地，还是外地官员在福建开展集体唱和活动，在一定程度上都能促进闽诗的创作和传播。前及王凯泰辑《三山同声集》《续编》①，是同治十二年癸酉（1873）王凯泰和同人在福建闽中唱和所得。卷四收录"致用堂同学诸子"作品，包括吴种、黄元晟、林应霖、陈熊、马清枢、张鉴如、梁尧辰、叶滋瀜、叶大庄、赵廷禧、陈箴、许莘、董敬安、杨治济、姜友梅、马琇莲、陈式遵、周兆凤、林铖、宋详、刘勷、郑起凤、郭云珂、梁济谦、薛如芬、刘汝瑚、魏起、陈莼、曾镛、杨鸿祺、刘三才、林寿祺、张亨嘉、叶筠轩和梁开硕三十五人，都是福建本土诗人，基本可以代表同治末年福建诗人群体。嘉道年间，福建诗人梁章钜也曾积极结社。在北京是"宣南诗社"的骨干，在苏州是"问梅诗社"的客人，在福建又是"三山诗社"的一员。梁章钜的足迹和影响都不局限于闽中，作为翁方纲的得意弟子，前后积极倡导风雅的态度一脉相承。阮元辑《山左诗课》②，和《三山同声集》相似，都有反映当地书院诸生的唱和情况。阮元序记载：

> 山左钟海岳灵秀，经术实学之外，以诗名家者，代不乏人。康熙间，宋、赵、高、王诸君子辈出，闻风而起者不胜指计。近年声华少歇，非才不及古，由哀集无人耳。今年，元奉命视学兹土，有辌轩陈诗之责，因录诸生课作，积成卷帙，使互相观摩，以追先哲。诸生他日卓然成家，此种应试之作，或在芟

---

① 王凯泰：《三山同声集》《续编》，同治俭明简斋刻本。
② 阮元：《山左诗课》，乾隆五十八年癸丑（1793）录书阁刻本。

除之数，今姑存之，以志少年结习可也。①

宋、赵、高、王，指宋琬、赵执信、高珩和王士禛四人，都是清初大家。这些诗人尤其是王士禛，对整个清代的诗坛及社事影响深刻。然而，乾隆年间，由于缺乏裒集之人，山东诗坛相对沉寂。阮元汇集诸生课作，编成《山左诗课》。诗课成员有尹济源、马中骥、范李、萧与澄、姚廷训、耿玉函、孙开寅、王祖昌、居永安、孟云峰、耿维新、高宴谋、高中谋、王鹿苹、马麟书、孟俊、李桂林、孔昭麟、孔昭赤等。"山左诗课"是真正的诗课，编纂总集的目的在于"互相观摩，以追先哲"，所收诗歌都是日常习作。诸生之间相互唱和是必然的，但是否存在结社，则不得而知。因此，后人衡量地方诗社的盛衰，不全以数量多寡、规模大小而论，主持坛坫的领袖也是关键。名家及其诗作，仍是诗社最具价值的部分。

---

① 阮元：《山左诗课》卷首阮元序，乾隆五十八年癸丑（1793）录书阁刻本，第1a页。

第 五 章

清代诗社的诗歌创作

清代诗社的诗歌创作，是诗社研究的重点之一。由于社诗总集或社诗作品等文本的存在，清代诗社才具备文学研究的价值。对绝大多数诗社而言，创作是集会过程的主要活动。唱和形式是诗人群体同场创作的重要方面，具体包括分题、分体、分韵等，作品数量根据与会诗人而定。联句诗呈现的是集体合作方式，而诗钟则将创作和游戏相结合，并设置时间、体格等。清代咏物类诗社，其社诗创作往往具有单一咏物倾向。清初王士禛秋柳唱和，对这种创作倾向具有引导作用。社诗评论，体现了诗社乃至当时诗坛的审美取向，有助于读者把握社诗作品的风格特征。诗评也反映了甲乙制度和品评功能在社中的落实。

第一节　清代诗社的唱和形式

清代诗社研究，最终的落脚点是诗歌创作研究。不同于个人创作，诗社唱和属于集体创作，立意、取材等有其倾向。诗社要求唱和形式灵活多变，以满足集体创作的要求。清代诗社，或采取同题共咏的形式，或以命题征诗作为结社手段。然而，更多的诗社选择分题、分体、分韵等方式进行唱和，在同社的前提下尽可能展现社诗作品的差异。而诗题的衍生变化，也给集会唱和过程增添乐趣。

这些唱和形式经过历代诗人的创作实践而定型，并非诗社独有，也见于普通唱酬活动。但相对而言，诗社更善于利用分赋的特点，配合集会活动以完成社事。

一 分题

分题，即诗人分赋不同的题材。广义的"分题"，等同于分赋，包括分体、分韵等。笔者这里所探讨的是具体唱和形式，即分赋不同的事物，与同题共咏相对。分题咏史、咏事和咏物，在清代诗社中都相当常见。有些诗社，表面上具有分题的趋向，实质上仍是同题而作。例如"红犀馆诗课"，第一集有《月痕》《露气》《水影》《烟声》四题；第二集有《冰苔》《霜叶》《风籁》《雪枝》，又有《帘押》《帐钩》《灯屏》《镜褛》。第三集至第八集都有类似的题目设置，以组诗的形式咏虚物、咏实物、咏史、咏古等。但诗课成员并非分而咏之，而是倾向于共同创作所有分题。第一集，姚燮、王荔兰、郭传璞、姚景皋和王荔蕙五人都作有《月痕》等四首。另有一些社员只留下部分诗题，可能是由于选择性地创作，或选择性地编入总集。总体而言，"红犀馆诗课"采取了同题共咏的形式，而非分题。

程梦星诗会所得唱和诗集《山心室倡和甲乙集》，是典型的分题唱和形式。第一次集会，总题《春日分和温飞卿乐府》之下，设有九个分题：

《程梦星得〈春江花月夜词〉》
《黄裕得〈春野行〉》
《杨濂得〈汉皇迎春词〉》
《程梦钧得〈惜春词〉》
《盛唐得〈嘲春风〉》
《唐毓蓟得〈春洲曲〉》
《余昊得〈春愁曲〉》

《程名世得〈春晓曲〉》

《程志乾得〈阳春曲〉》①

第二次集会，总题是《秋日杂咏》，也有九个分题：

《程梦星得秋灯》

《黄裕得秋笛》

《杨濂得秋衾》

《程梦钧得秋扇》

《许建华得秋琴》

《盛唐得秋窗》

《余昊得秋衫》

《程名世得秋簟》

《程志乾得秋艇》②

第三次集会则是《分赋山阳古迹，送杨莲溪之淮阴》，分题有：

《汪惟豫得刘伶台》

《洪其籍得步陟亭》

《程梦星得漂母祠》

《黄裕得杜康桥》

《杨濂得甘罗城》

《程梦钧得赵眅楼》

《许建华得公路浦》

《唐毓蓟得枚皋里》

---

① 程梦星：《山心室倡和甲乙集》，乾隆十年乙丑（1745）刻本，第1a—3a页。

② 程梦星：《山心室倡和甲乙集》，乾隆十年乙丑（1745）刻本，第3a—5a页。

《余昊得子胥庙》①

　　以上三次集会的诗人群体稍有变动，但都是九人。另有几次集会也采取分题赋诗的方式。例如，"秋夜舟中听徐锦堂弹琴分赋"一会，程梦星得潇湘水云，黄裕得渔歌，杨濂得碧天秋思，许建华得秋江夜泊，唐毓蓟得樵歌，余昊得塞上鸿，程名世得石上流泉，程志乾得乌夜啼；"小漪南分咏"一会，程梦星得柳汀，黄裕得菱歌，杨濂得蓼岸，程梦钧得萍池，唐毓蓟得稻畦，余昊得莲浦，程名世得蒲涧；"畅余轩分咏秋花"一会，程梦星得胭脂花，黄裕得夜合花，杨濂得玉簪花，程梦钧得女葳花，许建华得凤仙花，盛唐得牵牛花，余昊得洗手花，程名世得日及花，程志乾得拒霜花；"南村分咏"一会，程梦星得小桐庐，黄裕得卸帆楼，杨濂得君子林，许建华得青畲书屋，余昊得鸥滩，程名世得庚辛槛。综合上述诗题，可知分赋的对象包括古题、时物、古迹、歌曲、景致、花卉、园林等，涵盖诗人日常生活的诸多方面。程梦星诗会的唱和内容及方式都十分丰富，也将分题赋诗的方式运用得淋漓尽致。

　　清代消寒会，也常采取分题的方式。《炙砚集》是曹仁虎结"消寒诗社"所得，包含四年共二十四次集会的社诗作品。虽是诗人别集，但也反映了从同题到分题唱和的趋势。乾隆三十五年庚寅（1770）第一次集会，诗题是《庚寅消寒第一集，偕同年王少詹（杰）、吴通参（玉纶）、沈编修（士骏）、嵇编修（承谦）、谢编修（启昆）、余检讨（廷灿）、胡侍御（翘元）、邵侍御（庚曾）赋得雪景八首》；第二次集会，诗题是《消寒第二集，得寒斋十二咏》。同年第三集、第五集，都有类似创作。又，乾隆三十六年辛卯（1771）《消寒第六集，同作雪中八咏》，三十七年壬辰（1772）《消寒第四集，席上赋得唐花六首》，三十八年癸巳（1773）《消寒第二集，席上同赋食品四首》《消寒第三集，赋得幻花十二首》等，也

---

① 程梦星：《山心室倡和甲乙集》，乾隆十年乙丑（1745）刻本，第 5a—7b 页。

是同题而赋。"雪景""寒斋""唐花"等，都和消寒主题相关。这个"消寒诗社"最后三次集会《消寒第四集，分赋得纸窗十六韵》《消寒第五集，赋得响壶芦八韵》《消寒第六集，赋得瓶菊四首》，则是采取分题赋诗的方式。曹仁虎分得"纸窗""响壶芦""瓶菊"。其实，对该社而言，同题共咏和分题而咏并无二致，在创作内容、数量等方面相差无几。消寒会的创作对象，既有消寒器物，也有风花雪月、琴棋书画、笔墨纸砚等传统主题。

又如王相"消寒诗社"第二会，六名诗人分赋《风帘》《火炕》《唐花》《炙砚》，各人创作两到三题。第四会的创作主题是历史典故，诗题分配具体如下：

> 卓笔峰《西王母进嵊山甜雪》《裴度平淮西拟凯歌》
> 郝玉光《东郭先生履穿》
> 陆从星《苏武啮毡》《孙康映字》
> 成儁《袁安闭户》《王子猷放船》《王维画芭蕉》
> 王相《王恭披鹤氅》《谢庄集衣》
> 严锷《谢道韫咏絮》①

第七会分咏历史古迹，第九会分咏五种竹子。笔者在"消寒会"一章已有论及，此处不再赘述。这些消寒会倾向于选择分题的方式，主要由集会规模决定。它们不同于大型集会，诗人群体通常控制在十人左右，因此在诗题上做足变化，以迎合花式创作的需要。《是程堂倡和投赠集》卷四《消夏汇存》②，既有分韵诗、赋得体和联句诗，也有诸多拟古诗。仅许宗彦一人便撰有六题：

---

① 王相：《白醉题襟集》卷二，王相《友声集》附，《续修四库全书》第 1627 册，第 252—254 页。

② 屠倬：《是程堂倡和投赠集》卷四，道光五年乙酉（1825）刻本，第 1a—11b 页。

《拟李供奉〈金陵凤皇台置酒〉》

《拟骆丞〈军中行路难〉》

《拟李义山〈镜槛〉》

《拟李长吉〈恼公〉，次原韵》

《拟王右丞〈饭覆釜山僧〉》

《拟孟东野〈闻砧〉》

许乃济《拟韩吏部〈短灯檠歌〉》《拟储光羲〈田家即事〉》《拟孟东野〈闻砧〉》，屠倬《拟杜工部〈王兵马使二角鹰〉》《拟刘文房〈从军行〉》《拟元微之〈种竹〉》，胡敬《拟杨司业〈赠邻家老将〉》《拟王仲初〈镜听词〉》《拟白香山〈感鹤〉》，姚樟《拟吴子华〈个人〉，次原韵》《拟白香山〈放鱼〉》，许乃普《拟韦庄〈渔塘〉》，都是"消夏会"诗歌，很有可能是几次集会积累所得。可见，消夏会也在频繁选择分题创作。

道光年间"红梨社"之社诗总集《红梨社诗钞》①，以各次集会分卷，唱和方式丰富，多次采取分题唱和的方式。第一会分赋古代地方风俗，第四会分赋书画，第七会分赋蔬果，第九会分赋饮中八仙，第十会分赋十位医者，第十一会分拟《选》诗，第十二会分赋里中故迹，第十四会分赋残年新乐府。具体诗题如下：

集会	诗题	分题	社员
第一会	《庚寅二月十二日，集绿意庵，分赋古方俗》	《停针》	周梦台
		《抛堶》	唐寿尊
		《习射》	冯泰
		《扑蝶》	陈希恕
		《拾翠》	张星
		《流觞》	张沅
		《淘井》	仲湘

① 陈希恕：《红梨社诗钞》，道光十年庚寅（1830）刻本。

集会	诗题	分题	社员
		《斗草》	沈彪
		《插柳》	贾洪
		《蹴球》	张镆
		《踏青》	史致充
		《挑菜》	金钟秀
		《祈蚕》	沈汉金
		《禁烟》	沈曰寿
		《上冢》	沈曰富
		《湔裙》	沈曰康
		《卖饧》	陈应元
第四会	《闰四月八日，集古鲸琴馆，分咏诸家所藏书画》	《六世祖闇昭先生画松》	周梦台
		《周子佩行书》	金作霖
		《杨易亭致汤文正手牍》	陈希恕
		《杨大瓢真书》	翁雏
		《黄端木自写寻亲图》	张沅
		《戴南枝隶书》	仲湘
		《黄忠端画竹石》	沈焕
		《万年少画佛像》	贾洪
		《倪文贞画周子亮寿诗》	金钟秀
		《徐俟斋画芝》	沈曰寿
第七会	《七月五日，集惜笋庵，分咏蔬果》	《南瓜》	周梦台
		《芡》	陈希恕
		《百合》	张衍
		《山药》	张星
		《芋》	张沅
		《茄》	仲湘
		《萝卜》	沈焕
		《慈姑》	张镆
		《扁豆》	金钟秀
		《姜》	沈曰富
		《菱》	陈应元

续表

集会	诗题	分题	社员
第九会	《八月十五日，集琯朗阁，分咏饮中八仙》	《张旭》	杨澥
		《崔宗之》	赵懿
		《苏晋》	张开福
		《汝阳王琎》	张衔
		《李白》	张星
		《李适之》	仲湘
		《贺知章》	张镆
		《焦遂》	张钧
第十会	《九月十九日，集崇百药斋，赋十医诗》	《费长房》	周梦台
		《葛洪》	陈希恕
		《孙思邈》	吴山嘉
		《扁鹊》	张沅
		《淳于意》	仲湘
		《陶弘景》	金钟秀
		《董奉》	沈曰寿
		《华佗》	沈曰富
		《张机》	沈曰康
		《韩康》	陈应元
第十一会	《十月八日，集观自得斋，分拟〈选〉诗》	《卢子谅〈诗兴〉》	周梦台
		《谢灵运〈斋中读书〉》	
		《鲍明远〈行药至城东桥〉》	陈希恕
		《谢元晖〈观朝雨〉》	
		《魏文帝〈芙蓉池〉》	张沅
		《王康琚〈反招隐〉》	
		《曹颜远〈思友人〉》	仲湘
		《陶渊明〈咏贫士〉》	
		《谢灵运〈南楼中望所迟客〉》	张镆
		《沈休文〈咏湖中雁〉》	
		《谢叔源〈游西池〉》	金钟秀
		《谢惠连〈捣衣〉》	

集会	诗题	分题	社员
		《陆士衡〈园葵〉》	沈曰富
		《谢元晖〈同谢谘议铜雀台诗〉》	
第十二会	《十月二十八日，集玉海书堂，分咏里中故迹》	《蛰庵》	叶树枚
		《九娘坟》	蒋宝龄
		《海忠介公祠》	周梦台
		《晚香亭》	张开福
		《思子亭》	金作霖
		《归家院》	陈希恕
		《张孝子坊》	张衔
		《木兰洲》	张星
		《洞真宫》	张沅
		《沈万三窑》	仲湘
		《望鬼楼》	沈焕
		《汤洽君墓》	张镆
		《终慕桥》	金钟秀
		《贮真斋》	张钧
		《阿撒都刺圆墓》	沈曰寿
		《香木城》	沈曰富
		《圆明寺》	沈曰康
第十四会	《十二月初八日，集止宿庵，分赋残年新乐府》	《担年饭》	叶树枚
		《叫火烛》	蒋宝龄
		《送历本》	周梦台
		《开租欠》	吴鸣锵
		《化香米》	陈希恕
		《买挂锭》	张衔
		《换门神》	张星
		《跳灶王》	张沅
		《拜利市》	仲湘
		《担埃尘》	沈焕
		《卖画张》	张镆
		《写春联》	金钟秀

续表

集会	诗题	分题	社员
		《当糙米》	沈曰富
		《打南货》	陈应元

第十一会，部分社员分得两题。此外，第八会《八月二日，集停云楼，茗饮即事》和第十三会《十一月十二日，集款冬花屋，分赋寒闺词》，社员进行填词活动，由于各人词牌大都不同，也算分赋。同题共咏的方式，既可以制造声势，也便于评定甲乙。分题则满足了长期集体创作的需要。即使小题千变万化，但始终围绕共同的主题，这一点和诗社"同声相应，同气相求"的基本内核是一致的。

二　分体

分体，是指诗人采用不同的诗歌体裁进行创作。诗体包括古诗、绝句、律诗、排律、乐府诗等，而这些体裁又有五言和七言之分。有时，社集也进行四言、九言诗歌的创作。如乾隆十一年丙寅（1746）闰上巳西湖修禊，诗人仿兰亭体赋四言、五言诗歌。前及厉鹗《闰三月三日，同人集湖上续修禊，效兰亭诗体二首》①，杭世骏《闰三月三日，修禊事于湖上，效兰亭体赋四言、五言》②，即此次集会所得，也收入《西湖修禊诗》。如宣南"消寒诗社"，黄安涛《十二月十九日，李兰卿舍人、梁芷邻仪部（章钜）早晚各邀同人为东坡先生生日设祀，作九言一首以纪嘉会》③，即九言诗。又如"衡山九老会"，袁蔚南《九老吟，同戴广文作》一诗④，也是九言。相对分题和分韵而言，分体的使用率不高。题材和韵脚的选择范围较大，而体裁毕竟有限。

---

①　厉鹗：《樊榭山房集·续集》卷五，上海古籍出版社 2012 年版，下册，第 1361 页。

②　杭世骏：《道古堂诗集》卷十二，《续修四库全书》第 1427 册，第 95—96 页。

③　黄安涛：《诗娱室诗集》卷九，《清代诗文集汇编》第 521 册，第 448 页。

④　吴獬：《衡山九老会诗稿》卷一，光绪刻本，第 9b—11a 页。

"碧湖吟社"展重阳一会，就是典型的分体唱和。所有与会诗人都围绕相同的主题即此次秋宴，但创作体裁各有不同。"五古"作者五人，"七古"十二人，"五律"五人，"七律"九人。由于集会人数较多，体裁重复使用的情况不可避免，而分韵的话则可以做到一人一韵。王相"消寒诗社"第一会，也采取分体的方式：

卓笔峰《长至日集白醉闲窗，分体得五绝》

严锷《前题，分体得七律》

成儁《前题，分体得七古》

陆从星《前题，分体得七绝》

王相《前题，分体得五古，效曹子建〈赠白马王篇〉体，以"白醉闲窗"四字为韵四首》

王炯《诸前辈命学赋五律》①

体裁不同，诗歌数量也不同，卓笔峰作有五言绝句四首，严锷作有七言律诗两首，成儁作有七言古诗一首，陆从星作有七言绝句两首，王相作有五言古诗四首，王炯作有五言律诗一首。这个"消寒诗社"共有十二次集会，唯有第一会是分体而作，可见这种唱和方式相对鲜见。该社成员数量不多，因此适合采用分体的形式。

胡凤丹"鄂渚同声社"第二阶段，始自同治九年庚午（1870），辑有社诗总集《鄂渚同声集二编》②，其诗作呈现出"同题同体"和"同题分体"两种趋向。如卷一诗题《饯春（限"枪"字韵）》，收录何国琛、彭崧毓、张炳堃、陈潏、胡凤丹、彭汝琮、量云、车元春和丁守存九名诗人的七律，作品数量不等，在同题的情况下又要求体裁相同，且限定韵脚，规定相对严格。卷十二《庚午小春，晚

---

① 王相：《白醉题襟集》卷一，王相《友声集》附，《续修四库全书》第1627册，第244—245页。

② 胡凤丹：《鄂渚同声集二编》，同治九年庚午（1870）退补斋刻本。

步长春园访菊（限"辞"字）》《赏菊（限"斯"字）》《招饮志谢
（限"磨"字）》等，也是同题同体又同韵。卷四拟古组诗《拟李白
〈玉阶怨〉》《拟刘长卿〈弹琴〉》《拟李端〈拜新月〉》《拟贾岛〈寻
隐者不遇〉》，卷六咏物组诗《蝉》《萤》《蜗》《蛾》，卷九《枥下
骥》《架上鹰》《匣中剑》《涧底松》，卷十三《天边云》《水中月》
《镜里花》《身外影》，卷十五《效江文通拟杂体》诸题，卷十九《望
雪》《欲雪》，都是典型的"同题同体"唱和，但不限韵。而卷二
《鄂城怀古》，卷三《乐大司徒玉卣诗》，卷四咏物组诗《蒲扇》《葛
巾》《蓑衣》《箬笠》，卷七《题紫藤仙馆图》，卷十组诗《海查客》
《嫦娥药》《霓裳曲》《水调歌》，卷十一《催菊》等，题下皆有"不
拘体韵"四字，对体裁和韵脚都不作限定。给予诗人体裁选择的自
由，并不完全等于分体赋诗。"分体"要求尽量展现体裁的多样化。
"鄂渚同声社"具有课诗的功能，组织社员进行各种体裁的诗歌创作。
历次集会设定不同的题目，配以相应的体裁，然而同一诗题之下，则
倾向于保持体裁一致。尽管如此，"不拘体韵"已比较接近分体。

　　洪亮吉《更生斋诗》卷四《消寒第二会，汪庶子学金趣园座上
追赋嘉庆戊午四月编辑〈娄东诗派〉成，为诸诗老设供，建水陆道
场，用瑜伽荐度法并考生平行诣，分上、中、下三坛，别设闺秀一
坛，七日乃竣，分赋得柏梁体一首》①，是嘉庆六年辛酉（1801）
"沪渎消寒会"第二次集会所得。汪学金《静厓诗续稿》卷三，也
有同题诗歌《春浮子编辑〈娄东诗派〉成，为诸诗老设供后圃，建
水陆道场七昼夜，用瑜伽荐度法，并考生平行诣，分为上、中、下
三坛，别设闺雅一坛，将以消绮业、结胜因。愿此文字功德，回向
三宝，普度一切有情。时嘉庆戊午四月既望也。越辛酉长至后，更
生居士自晋陵过访，稔其事，曰是不可以无诗，首倡柏梁体一首。
余不获辞，乃偕同塾诸子追赋焉》②。柏梁体，又称柏梁台体，七言

① 洪亮吉：《洪亮吉集》，中华书局 2001 年版，第 3 册，第 1299 页。
② 汪学金：《静厓诗续稿》卷三，《续修四库全书》第 1472 册，第 329 页。

诗的一种，句句用韵。据说汉武帝和群臣在柏梁台联句，共赋《柏梁台诗》。柏梁体也常用于社集唱和。"衡山九老会"，戴暬作有《九老吟（仿柏梁体）》，袁蔚南、许九如、曹鹗和陈治等诗老均有同体次韵之作。张运秋也撰有依韵诗歌，但并非柏梁体。李子美《九老吟一章》①，也是柏梁体诗，但用韵和戴诗不同。又，夏荃《退庵笔记》卷四记载程盛修等人结"九老会"，明确提到"九公有《癸巳立春前二日，松承堂小集，作九老歌，用柏梁体》"②，也是九老会用柏梁体进行创作的一例。《惇叙殿柏梁体联句》③，是乾隆十一年丙寅（1746）八月二十七日集会唱和所得。乾隆皇帝效仿汉武帝柏梁之宴，集王公宗室于瀛台之惇叙殿，当时入座六十二人，可谓盛会。这种诗体，往往用于诗社联吟或集会唱和，普通唱酬则不多见。

三　分韵

分韵是非常普遍的唱和方式，无论是结社集会还是日常交游，均可分韵而作。对比分题、分体，分韵赋诗操作简单，通常能够满足任何人数的社集。

"红梨社"第三会，诗题是《四月十四日立夏节，集西云楼饯春，以韩诗"升堂坐阶新雨足，芭蕉叶大栀子肥"分韵》④，即以韩愈《山石》诗句分韵。周梦台得"升"字，冯泰得"足"字，金作霖得"叶"字，陈希恕得"大"字，翁雒得"阶"字，张沅得"堂"字，仲湘得"栀"字，沈焕得"子"字，贾洪得"坐"字，金钟秀得"雨"字，沈曰寿得"新"字，沈曰富得"肥"字，沈曰康得"蕉"字，陈应元得"芭"字。十四名诗人，正好对应七言诗歌一联。又，"红梨社"第六会，诗题是《六月七日，苕藻湖观荷，

---

① 吴獬：《衡山九老会诗稿》卷一，光绪刻本，第8a—8b页。
② 夏荃：《退庵笔记》卷四，《四库未收书辑刊》第三辑第28册，第408页。
③ 弘历等：《惇叙殿柏梁体联句》，清钞本。
④ 陈希恕：《红梨社诗钞》第三会，道光十年庚寅（1830）刻本，第1a页。

以白石词"水佩风裳无数"句分韵》①。杨瀣得"水"字，张开福得"数"字，张沅得"裳"字，仲湘得"风"字，张镇得"无"字，金钟秀得"佩"字，这是以词句分韵的情况。"红梨社"两次集会的人数和字数完全吻合，应是有意为之。同样，"红犀馆诗课"第九集《庚申十一月十七日游西沪海山，以摩诘诗"高情浪海岳，浮生寄天地"十字拈阄分韵，各得五古一章》，十名社员共分十字。除了诗词，也有以文句分韵的例子。根据郭嵩焘《三月二十三日，与笠臣奉邀杨海琴观察（翰）、孙阆青刺史（第培）、李次青廉访（元度）、何镜海观察（应祺）暨研生、南屏、瞑庵、史亭、家伯兄絜园展禊，以"此地有崇山峻岭茂林修竹"为韵，分得"岭"字》②，可知"碧湖吟社"曾以兰亭序文分韵，社集人数亦和韵字相同。廖景文"檀园修禊"，与会者多达五十余人。既是模仿兰亭集会，又以兰亭序文分韵，王昶分得"以"字，吴烈分得"情"字，王鼎分得"畅"字，汪大经分得"文"字，徐大容分得"况"字，周厚堉分得"幽"字，等等，不胜枚举。

前及《山心室倡和甲乙集》，也有两次集会采取分韵唱和。如《上巳雨后泛舟筱园，分用六朝人三日诗韵》，七名诗人分韵情况如下：

《程梦星得沈隐侯三日率尔成章韵》
《黄裕得谢法曹三日曲水集韵》
《杨濂得颜光禄三日曲阿后湖韵》
《程梦钧得鲍参军三日韵》
《盛唐得刘秘书三日华光殿曲水宴韵》
《余昊得江令君三日宣游堂曲韵》

---

① 陈希恕：《红梨社诗钞》第六会，道光十年庚寅（1830）刻本，第1a页。
② 郭嵩焘：《郭嵩焘集　郭崙焘集》，岳麓书社2011年版，第126页；另见郭嵩焘《云卧山庄诗集》卷六，《续修四库全书》第1552册，第92页。

《程志乾得庾度支三日兰亭曲水宴集》

又，《八月十六日夜登平山堂，分和宋人平山堂诗韵》也有七个分题：

《程梦星得苏栾城韵》
《黄裕得欧阳文忠韵》
《杨濂得王临川韵》
《余昊得晁无咎韵》
《程名世得王逢原韵》
《程志乾得刘原父韵》
《释行吉得苏东坡韵》

两次集会都以前人诗韵分赋，而非具体韵字。这样的社集也是受到前人唱和及诗歌的影响，具有继承风雅的意思。

又如"小桃源吟社"饯春会，《小桃源室联吟诗存》收录陆齐寿《四月五日至小桃源室，适同人作饯春会，遂与斯席，以"孔北海'座上客常满，樽中酒不空'"为韵，分得"孔"字》①。至于其他十二名诗人，高宸分得"北"字，高文鋆分得"不"字，潘大同分得"满"字，郑鋡分得"海"字，郑铃分得"樽"字，黄绪昌分得"中"字，朱丙寿分得"酒"字，徐文潮分得"上"字，徐元湝分得"客"字，徐师谦分得"常"字，徐森分得"空"字，徐元章分得"座"字。社诗总集收录了饯春会所有诗歌，分附诗人名下。"座上客常满，樽中酒不空"是孔融诗句，语出《后汉书·孔融传》。此次集会把"孔北海"三字也纳入备选韵脚，可见分韵唱和的变通性较强。而孔诗也高度契合宴会的氛围。除了饯春会，该社其他集会也有分韵的情况，如高宸《新秋徐筱谱归自石泉，同人复

---

① 徐元章：《小桃源室联吟诗存》，同治五年丙寅（1866）徐氏刻本，第1a页。

集小桃源室感赋，分韵得"鹜"字》，朱丙寿《新秋徐筱谱归自石泉，同人复集小桃源室感赋，即席分韵，得"风"字》，徐文潮《筱谱弟归自石泉，同人复集小桃源室感赋，分韵得"月"字》，徐师谦《新秋筱谱叔归自石泉，同人复集小桃源室感赋，分韵得"碧"字》等①，都是同次集会所得。

陆羲宾春星草堂也曾多次举行社集，并分韵赋诗。陈瑚《顽潭诗话》卷下《春星草堂雅集诗》，下列陆世仪（号桴亭）、王育（号石隐）、曹秉钧（号雪堂）、陈瑚（号确庵）、江士韶（号药园）和陆羲宾（字鸿逸）六人的题诗②，时间是顺治七年庚寅（1650）。卷下《又雅集诗》，也是春星草堂集会所得。康熙七年戊申（1668）仲春，陈瑚、王育、陆世仪、盛敬（号寒溪）、顾士琏（号樊村）和郁法（号存斋）在陆羲宾春星草堂看梅，分韵而咏，具体诗题如下：

> 陈瑚《春星草堂看梅，分得"来"字》
> 王育《戊申二月六日，同人集素老道兄春星草堂看梅，主宾七人，因用高季迪"月明林下美人来"句各拈一字为韵，育得"林"字，请正》
> 陆世仪《戊申春仲，同石隐、存斋、樊村、寒溪、确庵集鸿逸道兄村园看梅，得"人"字，赋呈教正》
> 盛敬《春仲，同诸公过鸿逸长兄春星草堂看梅，分得"月"字，赋呈郢正》
> 顾士琏《戊申仲春上浣之六日，予同确庵、桴亭、石隐、存斋、寒溪看梅于鸿逸乡园，酒醉赋诗，以高季迪"月明林下美人来"为韵，分得"美"字……呈鸿逸长兄正》

---

① 徐元章：《小桃源室联吟诗存》，同治五年丙寅（1866）徐氏刻本，第5a、16a、24a、30a页。

② 陈瑚：《顽潭诗话》卷下，《续修四库全书》第1697册，第539—540页。

郁法《春星草堂观梅之作，呈鸿老道兄正，分得"下"字》①

此会以高启诗句"月明林下美人来"分韵，主人可能分得"明"字，也可能没有参与创作。王育当时分得"林"字，但是"吟兴未已"②，便取剩下的六字各作一首，赋有《七言绝（"月"字）》《五言律（"明"字）》《五言绝（"下"字）》《七言古（"美"字）》《五言古（"人"字）》《调寄满庭芳（"来"字）》③。诗社分韵，创作体裁往往视诗韵而定。康熙十年辛亥（1671）孟夏，王育等人在春星草堂聚饮，相关诗题如下：

王育《辛亥孟夏，同昆山归玄恭、李萼青暨存斋、菊斋、寒溪、桴亭过鸿逸道兄春星草堂，饮梅树下，分得"寒"字》

陆世仪《辛亥孟夏，同昆山归玄恭、李萼青暨诸老友集鸿逸草堂，饮梅树下，分得"高"字》

盛敬《清和二日，集春星草堂，分得"元"字，似鸿逸长兄博粲》

宋龙《初夏，同人集鸿逸道兄春星草堂，即席得"斋"字》

李梅《分得"存"字》

朱日章《清和节，鸿翁先生招同社集春星草堂，分得"三江"韵，赋呈郢正》

吴隆《初夏，集鸿翁老伯春星草堂，分得"支"韵》④

"孟夏""初夏""清和"，都是指农历四月。王育诗提到，与会诗人有归庄（玄恭其字）、李"萼青"、郁法、宋龙（菊斋其号）、盛敬和陆世仪等。李梅《分得"存"字》，诗云："芳筵今日喜开

---

① 陈瑚：《顽潭诗话》卷下，《续修四库全书》第1697册，第540—543页。
② 陈瑚：《顽潭诗话》卷下，《续修四库全书》第1697册，第541页。
③ 陈瑚：《顽潭诗话》卷下，《续修四库全书》第1697册，第541页。
④ 陈瑚：《顽潭诗话》卷下，《续修四库全书》第1697册，第541—544页。

尊，堂满名贤风雅存。疑是龟蒙同泛宅，谁知元亮独成村。青梅树下微微醉，罂粟花前细细论。莫道灌园称野老，舍饴指日弄诸孙。"① 根据"青梅树下微微醉"等语，笔者将其归为此次集会之作。诗前标注"白庵李梅"②，可知白庵是其别号。又，张宗芝等辑《以介编》，内有作者"鹿城李尊青（名国梅）"③，可知李"尊青"原名。《顽潭诗话》卷上《北村自寿》及李国梅小序④，载其别号"北村"。李国梅和归庄都是昆山人，鹿城系昆山别称。李梅既有诗作留存，而李国梅也属于确定的与会者，且姓名接近，因此笔者推测，两者很有可能是同一人，字尊青，号白庵、北村。《顽潭诗话》卷上《村居诗》一组诗歌，是李"尊青"所作，陈瑚序道："丙戌之春，予遁迹蔚村，得接吾尊青李子。李子居澜漕之上，结茅三楹，朴而不斫，花卉一栏，修竹数竿，萧然有远古风味。"⑤ 其中，《白庵吟》一诗记载："自幼爱繁华，性不甘拘束。近吾学老农，渐得返太朴。淡饭一两盂，布袍一两幅。生事日已微，田园每不熟。倦倚北窗枕，醉濯寒流足。遥念古人心，可以媚幽独。"⑥ "白庵"即作者居所。据此可知，笔者推测无误。诗人改名或姓名记载有差，实属常见。此次春星草堂集会，还有朱日章、吴隆等人，以平声字拈韵，即以律诗创作为主。

　　除了社诗总集，诗社的分韵作品也散见于诗人别集，只有结合这些诗歌才能看到集会唱和的全貌。方文《方嵞山诗集·嵞山续集·北游草》中，《六月望日，陈阶六黄门社集分韵》诗序记载："同集者关中韩圣秋，闽中许天玉，粤东程周量，湖南赵友沂，浙东倪玉纯、

---

① 陈瑚：《顽潭诗话》卷下，《续修四库全书》第 1697 册，第 544 页。
② 陈瑚：《顽潭诗话》卷下，《续修四库全书》第 1697 册，第 544 页。
③ 张宗芝等：《以介编》，台湾新文丰出版公司《丛书集成续编》第 217 册，第 556 页。
④ 陈瑚：《顽潭诗话》卷上，《续修四库全书》第 1697 册，第 529 页。
⑤ 陈瑚：《顽潭诗话》卷上，《续修四库全书》第 1697 册，第 534 页。
⑥ 陈瑚：《顽潭诗话》卷上，《续修四库全书》第 1697 册，第 535 页。

陈胤倩，云间张友鸿、吴六益、朱韶九，淮上靳茶坡，广陵吴园次、刘玉少，金陵白仲调，宛城徐次李。"① 可知顺治十五年戊戌（1658），方文、陈台孙、韩诗、许秘、程可则、赵而忭、倪昶龄、陈祚明、张一鹄、吴懋谦、朱轩、靳应昇、吴绮、刘梁嵩、白梦鼐、徐去泰十六人举行社集，唱和形式是分韵。陈祚明《六月望日，偕韩圣秋、方尔止、靳茶坡、许天玉、白仲调、徐次履、吴六益、张友鸿、程周量、吴兰次、赵友沂、刘六皆、朱绍九集陈阶六给谏双槐轩，分韵同赋二首，得"十五删""十五咸"》②，吴懋谦《陈阶六黄门分韵，韩圣秋、许天玉、程周量、赵友沂、倪玉纯、陈胤倩、靳茶坡、刘玉少、白仲调、园次》③，都是同次集会所得。又，方文《丘季贞西轩社集，分韵》一诗，小序说："同集者刘阮仙学士、姜真源御史、姚山期、鲁仲展、张祖望、何蕤音、诸骏男、宋份臣、张伯玉、胡天放、张虞山、阎再彭、程维东、娄东。"④ 顺治十五年戊戌（1658），方文又与邱象随、刘肇国、姜图南、姚佺、鲁"仲展"、张丹、何元英、诸九鼎、宋曹、张玓若、胡从中、张养重、阎修龄、程涞、程淞等结社，也是十六人，同样采取分韵唱和。又，《方盫山诗集·盫山续集·徐杭游草》中，《丘季贞社集西轩，分韵》作于顺治十六年己亥（1659），小序说："同集者潘江如、张伯玉、靳茶坡、张虞山、程娄东、赵天醉、范眉生、倪天章。"⑤ 除了方文、邱象随，与会诗人还有潘陆、张玓若、靳应昇、张养重、程淞、赵时朗和倪之煌，九人分韵而作。方文参加的这三次集会，由陈台孙或邱象随组织，都在顺治年间。根据李庚元先生《望社姓氏考》一

---

① 方文：《方盫山诗集·盫山续集·北游草》，黄山书社 2010 年版，下册，第 468 页。

② 陈祚明：《稽留山人集》卷三，《四库全书存目丛书》集部第 233 册，第 485 页。

③ 吴懋谦：《苎庵二集》卷八，《四库全书存目丛书》集部第 207 册，第 778 页。

④ 方文：《方盫山诗集·盫山续集·北游草》，黄山书社 2010 年版，下册，第 471 页。

⑤ 方文：《方盫山诗集·盫山续集·徐杭游草》，黄山书社 2010 年版，下册，第 497 页。

文①，可知张玓若、胡从中、陈台孙、程涞、张养重、程淞、倪之煌、邱象随等，都是"望社"成员。"望社"是靳应昇、阎修龄在淮安所创诗社，一般在每月望日举行社集，《六月望日，陈阶六黄门社集分韵》应是社诗无疑。方文可能属于临时社员。"望社"的集会规模如此，也较多采取分韵的唱和形式。

四 联句

联句，是指两人或多人共同创作，联结成篇。不论汉武帝《柏梁台诗》的真伪问题，联句起源甚早，唐代已十分流行。后人作柏梁体，或依照用韵特点，或采用联句方式，各有侧重。联句的唱和形式运用于诗社，有助于增加集会乐趣，巩固社员之间的联系。联句诗的作者通常将其收入各自集中，因此这些诗歌的传播途径较广。相对而言，联句多是酬酢游戏之作，难成佳构。

社诗合刻《凝香阁合集》，包括冯兰贞《吟翠轩稿》、陈芳藻《挹秀山庄稿》和于晓霞《小琼华仙馆稿》三种②，卷上是诗稿，卷下是词草。卷上末附联句诗歌《得月楼眺月》，一人一句、一人两句和一人三句的情况都有出现，变化多端。由于作者都是女诗人，创作笔法相似，因此这首联句诗的整体风格相对浑融。

《山心室倡和甲乙集》后附《城南联句诗》，包括《上巳后二日，灯下集字》《茗实斋试茶，用轩辕弥明石鼎联句韵》《五觊楼对雪，限"觊"字》《雪后听五琅王吉途鼓琴，限"古"字》《泛舟小潀南观荷，排律三十韵，限"南"字》等③，都是程梦星和诸友合作的诗歌。前文论及《山心室倡和甲乙集》采用分体和分韵两种唱和形式，又辑有联句诗，可见程梦星结社对于创作的重视，尝试多种唱和方式。程梦星序道："非敢妄希曲水，逸少与兴公列坐，成

---

① 参见李元庚《望社姓氏考》，《国粹学报》1910 年第 71 期。
② 于尚龄：《凝香阁合集》，道光十三年癸巳（1833）刻本。
③ 程梦星：《城南联句诗》，程梦星《山心室倡和甲乙集》附，乾隆十年乙丑（1745）刻本，第 1a—3b 页。

篇者二十六人；岂能谬效城南，昌黎共东野齐驱，联句者一千余字。安排笔研，无过老屋三间；携载壶觞，每就幽居五亩。阅兹两载，凡得百章。"① 集会之频繁，诗作之丰富，皆反映于社诗总集。唐代韩愈、孟郊二人《城南联句》对清代社集及联句创作也有影响。又，莫春晖《竹逸山房集》卷首《洗浊坛诗社序》记载："月夜分题，文就三冬足用；花朝联句，诗工五字长城。"② 除了同题、分韵等唱和形式，"洗浊坛诗社"也进行联句。如《赋新秋，即景联句》《七夕即事联句》《月照青铜（联句）》《即景联句》《即事联句》《秋夜联句》③，都是相关作品。该社具有佛禅性质，成员包括容轩、豁然、登瀛、彩霓、登鳌、拙荣、碧云、明月等。和程梦星结社相似，"洗浊坛诗社"践行多种唱和方式，并将"联句"作为重点之一。

曹仁虎辑《刻烛集》是结社所得联句诗歌总集④，包含联句十八题，共二十七首。具体诗题如下：

> 《觉生寺大钟联句》
> 《忆竹联句》
> 《忆桂联句》
> 《食蟹联句》
> 《永乐庵访菊联句》
> 《蒲萄联句》
> 《嘉靖宫扇联句》
> 《斗鹌鹑联句》
> 《九月十三日集陶然亭作展重阳会，即送董东亭归海盐联句》
> 《同人集绿卿书屋，赋得京师食品联句十首》

---

① 程梦星：《山心室倡和甲乙集》卷首程梦星序，乾隆十年乙丑（1745）刻本，第 1a—1b 页。

② 莫春晖：《竹逸山房集》卷首莫春晖序，清稿本，第 1b 页。

③ 莫春晖：《竹逸山房集》，清稿本，第 1a—13b 页。

④ 曹仁虎：《刻烛集》，清刻本。

《十二月十日集楷素轩，观盆中芍药联句》

《祀灶联句》

《闰花朝小集联句》

《杏酪联句》

《集陆耳山新居联句》

《毡车联句》

《冰床联句》

《集程鱼门拜书亭，观藏墨联句》

　　《刻烛集》只有联句一种唱和方式，且诗歌篇幅大都不短，较为罕见。联句诗通常标注单句或一联的作者，一目了然。比如第一次集会《觉生寺大钟联句》，作者有曹仁虎、王昶、赵文哲、吴省钦、严长明、沈初和陆锡熊七人。朱则杰先生曾对吴省钦"城南联句会"与曹仁虎《刻烛集》作过考证①，并分析了各人集中收录相关联句诗的情况。通过"城南""联句"两个关键词，可知该会有意追步韩、孟唱和。沈初参与联句的一些诗作，也收入其《兰韵堂诗集》卷五"城南联句集"，如《杏酪联句》《集葴园拜书亭，观藏墨联句》《冰床联句》《集绿卿书屋，赋京师食品联句》《毡车联句》《祀灶联句》《闰花朝小集联句》《忆竹联句》《忆桂联句》《觉生寺大钟联句》等。卷首"岁甲申、乙酉间，江左诗人有联句之会，余亦与焉"②，指出唱和时间在乾隆二十九年（1764）、三十年（1765），而乙酉年确有闰花朝。

　　清代消寒会，经常进行联句诗创作，极具特色。王昶《官阁消寒集序》记载："乾隆丁酉冬，予为通政司副史，职事清简，暇辄与钱阁学箨石，朱竹君、翁覃溪、陆耳山三学士，曹中允习庵，程编

---

　　①　朱则杰：《吴省钦"城南联句会"与曹仁虎〈刻烛集〉》，《明清文学与文献》第三辑，黑龙江大学出版社 2014 年版，第 139—154 页。

　　②　沈初：《兰韵堂诗集》卷五，乾隆五十九年甲寅（1794）至嘉庆二十五年庚辰（1820）递刻本，第 1a 页。

修鱼门，举消寒文酒之会。会自七八人至二十余人，诗自古今体至
联句、诗余。岁率一举，都下指为盛事。辛丑，予居忧归里，习庵
寄所刻《消寒联句诗》来，则旧作在焉。"①曹仁虎所辑《消寒联句
诗》也是一例，笔者尚未得见。又，孙原湘辑《销寒词》②，附有
《长真阁联句》《拜云阁联句》《湖舫联句》等，可备一观。又，袁
学澜撰《雪坞消寒诗集》，其中《冬日田家杂兴，同王子彦、朱云
兰联句》③，作于道光十年庚寅（1830），也是消寒会所得。又，嘉
庆二十一年丙子（1816），赵怀玉和庄炘、崔龙见、龚际美、樊雄楚
结"五老会"。赵怀玉《"五老会"第二集，咏腊八粥》"篇章近取
瓶花斋"句，自注说："厉太鸿集有《瓶花斋咏腊八粥联句》。"④厉
鹗《十二月八日，敦复招集瓶花斋，食腊八粥联句（销寒第三
会）》⑤，作于乾隆十一年丙寅（1746），可见瓶花斋联句是厉鹗所举
"消寒会"的活动。杭世骏《十二月八日集瓶花斋，主人以腊八粥
供客联句》⑥，汪启淑《吴瓯亭招集瓶花斋，食腊八粥联句》⑦，都属
于同次集会作品，内容和厉鹗诗集所收一致。除了厉鹗、杭世骏和
汪启淑，与会诗人还有周京、金志章、梁启心、丁敬、全祖望、顾
之麟、吴城、丁健，都是"南屏诗社"的成员。瓶花斋是吴城室名，
其父吴焯也曾在此结交名士，海内闻名。瓶花斋作为著名的集会地
点，其唱和活动影响了嘉庆年间赵怀玉所结耆老会。

　　光绪十年甲申（1884），宝廷第三次结"消寒诗社"，其《偶斋
诗草·内次集》卷六《冬至夜，复与镜寰、寿富饮酒联句》⑧，是相

---

①　严长明：《官阁消寒集》，台湾新文丰出版公司《丛书集成续编》第116册，第565页。
②　孙原湘：《销寒词》，嘉庆二十四年己卯（1819）刻本。
③　袁学澜：《雪坞消寒诗集》，清刻本，第10a页。
④　赵怀玉：《亦有生斋集·诗》卷三十二，《续修四库全书》第1469册，第644页。
⑤　厉鹗：《樊榭山房集·续集》卷六，上海古籍出版社1992年版，下册，第1399页。
⑥　杭世骏：《道古堂诗集》卷十五，《续修四库全书》第1427册，第115页。
⑦　汪启淑：《讱庵诗存》卷二，《续修四库全书》第1446册，第248页。
⑧　宝廷：《偶斋诗草》，上海古籍出版社2012年版，上册，第296页。

关作品。《偶斋诗草·外次集》卷六《冬至，与镜寰、芷亭、静山饮酒联句》也是社诗①，其后一题《又联句》如下：

> 去年消寒集众宾，今年消寒才五人。
> 樽中酒少客亦减，闲居愈久家更贫。（偶）
> 承君约我会短至，以烛继昼再谋醉。
> 与君父子同消寒，半窗新月生诗思。（镜）
> 灯光冷缩花难开，酸斋薄酒罗盘杯。
> 难得甘旨尽孝养，承欢幸有吟诗才。（富）
> 我生早被耽诗误，名士习深老难悟。
> 试看当代众公卿，岂屑呕心索诗句。（偶）
> 君今引我为同群，应知我与尘俗分。
> 自有苍生无限雨，在山愿作清闲云。（镜）
> 泥炉炭炽如春暖，且把闲情付酒碗。
> 良时难得莫轻辜，珍重今宵更乍短。（富）②

　　作者只有三人，即宝廷（号偶斋）、文海（字镜寰）和富寿。这首诗歌不同于一般的联句作品。第一，与吴省钦"城南联句会"相比，唱和诗人较少，作品篇幅较短。第二，人均创作两联，已符合七绝或七古的规格。在四句之内，作者的表达相对自然、完整。第三，诗人之间的创作彼此独立。首二联，宝廷提到"消寒诗社"今非昔比，以及家境每况愈下。文海"承君约我会短至""与君父子同消寒"等句，交代了此次消寒集会的缘起。而宝廷次子富寿则叙及自己陪伴父亲唱和等。三人都从自身角度出发，是诗社内部交流式的联句。这样的唱和方式，具有记录社事的功能，却不是围绕共同的主题进行创作，须分开解读。观察这首诗歌的题目和用韵，

---

① 宝廷：《偶斋诗草》，上海古籍出版社 2012 年版，下册，第 803 页。
② 宝廷：《偶斋诗草》，上海古籍出版社 2012 年版，下册，第 803—804 页。

可知其徒有联句的形式，而不具联句的根本。

至于联句诗歌本身，在积帙成卷的情况下其实不乏佳作，毕竟集会也是诗人竞技以展现个人创作才能的机会。"城南联句会"专事联句，对作品优劣的要求更高。《刻烛集》所收《忆桂联句》如下：

> 问讯南州桂（赵文哲），丹丛取次熏（沈初）。
> 气乘秋正满（陆锡熊），阴与月平分（严长明）。
> 直干陵松盖（曹仁虎），盘根驳藓纹（程晋芳）。
> 冷含虚院露（吴省钦），高卧小山云（文哲）。
> 影识前身现（初），香参逆鼻闻（锡熊）。
> 有华宁不实（长明），无隐亦何云（仁虎）。
> 偃蹇怀芳躅（晋芳），淹留愧俗氛（省钦）。
> 植根迁未易（文哲），攀树望徒勤（初）。
> 偶尔陈盆盎（锡熊），犹然阻屐裙（长明）。
> 画栏空细雨（仁虎），荒圃几斜曛（晋芳）。
> 岁宴谁华予（省钦），人闲最忆君（文哲）。
> 苍苍留古貌（初），落落吐奇芬（锡熊）。
> 好服真仙诀（长明），凭招隐士群（仁虎）。
> 故林眇天末（晋芳），惆怅倚微醺（省钦）。①

共二十四句，七名诗人各作四句。两联一转，层层递进，起句直入主题，尾联含蓄隽永。整体看来，《忆桂联句》的结构和意境较完整，实属佳篇。在桂木和桂香的描写之间，"冷含虚院露，高卧小山云"两句，对仗工整，过渡自然。"画栏空细雨，荒圃几斜曛"等环境描写，对烘托桂树的形象亦有帮助。联句创作的过程中，重要的是诗人群体对主题的把握，如何起、承、转、合，共同完成诗篇。因此，相互配合是联句诗创作的关键。

---

① 曹仁虎：《刻烛集》，清刻本，第4b—5a页。

分题、分体、分韵和联句等唱和形式，古已有之。清代社集，也以这些唱和方式为基础，或侧重于一种，或兼顾多种。具体创作方式的选择，通常和诗社本身的宗旨有关。如定期举行集会的诗课，倾向于尝试各种唱和方式，以达到课诗的目的。消寒会、耆老会等，社员数量适中，便于各种分赋方式包括联句的开展。相比同时限定题材、体裁和用韵的情况，分赋具有一定的灵活性和自由度，既能约束创作，也留有发挥诗才的空间。

五 诗钟

特定的唱和方式促进创作体裁的产生，如柏梁体、联句诗等；也可形成相应的诗社类型，如诗钟社（或作钟社）。诗钟作为诗歌体裁，是指七言对偶句，即两句格律诗。诗钟作为创作游戏，起源于福建，限时赋诗，香尽钟鸣。诗钟包括合咏、分咏、笼纱和嵌字等数种体格。"著涒吟社"①，辑有《著涒吟社诗词钞》，涵括诗钟作品总集《著涒吟社诗钟集》。诗课题目有《春、分，鹤顶格》《汉书、蚕，分咏体》《夕阳、王荆公，分咏体》《皇帝、内经，双钩体》《桃、叶，蜂腰格》《寿星、帘钩，分咏体》《铁路、梨花，分咏体》《荷叶饼、麻雀牌，分咏体》《端、午，燕颔格》《冷布、新嫁娘，分咏体》等，体格不一。黄乃江先生也曾探讨过诗钟和科举的关系，以及对台湾古典诗社的影响②。

诗钟，又名九宫格、无情搭。关于诗钟体格，金武祥随笔《诗钟》也有相关记载："近时诗钟之戏，以绝不相类之题，成七言偶语一联，谓之'分咏格'。又有限二字，分置两句，在第一字为'凤顶'，第二字为'凫颈'，或曰'燕颔'，第三字为'鸢肩'，第四字

---

① 参见朱则杰《"著涒吟社"考》，《社会科学战线》2016 年第 2 期；王雪松、耿传友《清末著涒吟社考论》，《中国文学研究》2020 年第 3 期。

② 参见黄乃江《诗钟与击钵吟之辨》，《台湾研究集刊》2005 年第 3 期；《诗钟与科举之关系及其对清代台湾文学的影响》，《社会科学》2008 年第 7 期；《诗钟与台湾古典诗社的三次发展高潮》，《台湾研究集刊》2013 年第 1 期。

为'蜂腰',第五字为'鹤膝',第六字为'鹭胫',第七字为'雁足',或曰'鱼尾'。在武昌时,文酒之会极盛,杨叔峤、陈伯严、梁星海、邹沅帆、汪穰卿、屠敬山皆治具招饮。谭仲修、方子听、杨醒吾、何诗孙先后来集者数十人,竞为诗钟,凡数百联,典雅工丽,尤极自然,惜未汇录。"① 晚清,杨锐、陈三立、梁鼎芳、邹代钧、汪康年、屠寄等诗人频频举行集会,谭献、方濬益、杨守敬、何维朴及金武祥皆与会,竞相创作诗钟。又,《〈诗畸〉二条》记载:"灌阳唐薇卿中丞刻《诗畸》八卷,即近时诗钟之戏,皆零句无片段,较之长篇斗韵者,难易迥殊。故朋簪觞咏,每乐为之。卷中列嵌字格、分咏格、合咏格、笼纱格。"② 唐景崧(薇卿其字)刻有《诗畸》,即诗钟作品集。诗钟创作相对简易,适合酒朋诗友之会。金武祥《粟香随笔》也曾多处引用诗钟作品,对嵌字格、分咏格、合咏格等均有释义。作者所说"近时"二字,透露了诗钟的兴起时间。

清末民国是诗钟社活跃的时期。吕景端辑有《鲸华社钟选存》,该社起于光绪二十七年辛丑(1901)四月,迄于二十九年癸卯(1903)十月,总共四十次集会。寒山诗社编有《寒山社诗钟选甲集》《乙集》《丙集》③。《甲集·例言》第二款涉及诗钟之体:"诗钟之体,为类至繁。不揣浅陋,分而二之:曰'建除体'(亦曰'嵌字'),凡对嵌、魁斗、辘轳、蝉联、鼎峙、双钩、杂俎、碎锦皆属焉;曰'赋物体',凡分咏、合咏、晦明、笼纱皆属焉。社中所作,建除体为最多,逐字对嵌,周而复始,即名一唱以至七唱。"④

---

① 金武祥:《粟香五笔》卷一,《续修四库全书》第1184册,第162页。

② 金武祥:《粟香五笔》卷四,《续修四库全书》第1184册,第215页。

③ 寒山诗社:《寒山社诗钟选甲集》,《清末民国旧体诗词结社文献汇编》第13册;《寒山社诗钟选乙集》《寒山社诗钟选丙集》,《清末民国旧体诗词结社文献汇编》第14册。

④ 寒山诗社:《寒山社诗钟选甲集》,《清末民国旧体诗词结社文献汇编》第13册,第255页。

《丙集·凡例》第五款记载："诗钟体制，初无定格，本集仍分建除、分咏、合咏、鸿爪、笼纱、晦明、魁斗、蝉联、碎锦、双钩诸格，以次录入。其中建除最多，鸿爪次之。盖命题积久而易同，用思因难以见巧云尔。"① "寒山社"诗钟创作的规范性较强。又，顾准曾编有《潇鸣社诗钟选甲集》，樊增祥序文提到其社约与"寒山社"不同："'寒山'每月四集，拈题琢句，随誊随阅随宣，与考场相似。'潇鸣'每月一课，每课两题，社友在家撰句写送；值课一人，司发誊汇卷之事，别请主文者阅之。此事例之不同也。"② "寒山""潇鸣"分别是北京、上海的诗社。又，樊增祥等撰《稊园二百次大会诗选》，附有《稊园诗钟社二百次大会招客启》，此会也以诗钟作为唱和方式。《招客启》还将"稊园"与"寒山"并提，认为两者"同源而异流"③。杨铁夫等撰有《聊社诗钟》④，"聊社"则是广东诗社。晚清诗人易顺鼎有"钟王"之称，"寒山社""潇鸣社"都有其身影，相应的社诗总集也收录他的诗钟作品。易顺鼎本人辑有《湘社集》《吴社诗钟》等，也收录不少诗钟之作。

张景延等辑有《衡门社诗选》，萧惠清所撰序文记载：

> 有清光绪癸卯［二十九年，1903］，汴中诗友结"秋心社"。丙午［光绪三十二年，1906］，改"梁社"。甲寅［民国三年，1914］，改课诗钟。己未［民国八年，1919］，易名"衡门诗钟社"。嗣以时局章皇，社随停顿。己巳［民国十八年，1929］春，惠清与蒋君恢吾、李君秋川复开"衡门诗社"，效

① 寒山诗社：《寒山社诗钟选丙集》，《清末民国旧体诗词结社文献汇编》第 14 册，第 453 页。

② 顾准曾：《潇鸣社诗钟选甲集》，《清末民国旧体诗词结社文献汇编》第 26 册，第 331 页。

③ 樊增祥等：《稊园二百次大会诗选》，《清末民国旧体诗词结社文献汇编》第 12 册，第 91 页。

④ 杨铁夫等：《聊社诗钟》，《清末民国旧体诗词结社文献汇编》第 10 册。

元代至元时浦江吴渭、谢翱诸公之"月泉吟社"，以《春日田园杂兴》为题，就社友之在汴垣及作客四方者寄简征诗，得数十首。从此按月开课，轮次分题，远近吟朋相将入社，可谓一时之盛矣。①

民国初年，河南开封曾有"衡门诗钟社"，属于"衡门诗社"前身。广东"聊社"在叙述结社缘起之时，提及当地结社传统，"南园""越山""浮邱""诃林"等社都是先声。而"月泉吟社"是全国各地诗社效仿的对象，整个清代甚至民国社事都受其影响。"衡门诗社"沿用"月泉吟社"的诗题，同样采取广泛征诗的方式。诗钟的发源地在福建，已成为共识。"衡门诗钟社"亦有社诗总集《衡门社诗钟选》，萧惠清序文提到：

> 有明末造，闽中文士创为诗钟之体，另辟蹊径，格局翻新。洎清代林少穆、沈幼丹两先生，极力振兴，虽戎马倥偬中，莫之或废。一时风行海内，钟社迭兴焉。岁甲寅［民国三年，1914］，汴中"梁社"友人陆君春霆建议改课诗钟，众论韪之。爰仿闽例，每课社友各拟两题，拈阄定之，即日完卷、分评。开榜后，小酌清谈，或飞花数筹，或抚琴寄意，兴高采烈，可谓极一时之盛矣。②

据萧氏所述，诗钟是明末闽中文士所创，在晚清时期得到发展。"仿闽例"三字，足见福建诗钟的旗帜性作用。林则徐（少穆其字）、沈葆桢（幼丹其字）也都是福建侯官（今福州）人。清末民国是古典诗社向现代诗社转型的时期，也是印刷技术更新换代的阶

---

① 张景延等：《衡门社诗选》，《清末民国旧体诗词结社文献汇编》第 23 册，第 225 页。
② 萧惠清等：《衡门社诗钟选第一集》，《清末民国旧体诗词结社文献汇编》第 24 册，第 9 页。

段，钟社的飞速发展有其客观原因。正统的唱和方式逐渐式微，而五花八门的诗钟体，给集会创作带来新意，风行一时。

总体而言，清末民国的钟社遍布全国，不限于福建。北京、上海等地区的钟社数量丰富，蔚为可观。吴慧慧先生硕士学位论文《"梁社"研究》提到：

> 清末民初，全国各地成立的诗钟社不计其数。有北京的"榆社""惠园诗社""陶情社""著涒吟社""寒山诗钟社""秭园诗社""灯社"；江苏的"鲸华社""吴社"；上海的"洁园社"；福建的"冷红吟局""剑社""补余吟社""石社""谈何容易社""武安吟社"；山东的"湘烟阁诗社"；浙江的"陶情社"，等等。而伴随诗钟社的成立，也有不少诗钟社的诗钟选集问世。①

此外，论文又提到诗钟总集和诗话的一些代表。结社风气的转变和诗钟创作的盛行，正是促使"梁社"改课诗钟的时代背景。

李嘉乐《仿潜斋诗钞》卷八《诗社即事，柬袁子久中翰（保龄）》，诗序记载如下：

> 社中法限二字，作七言诗一联。字嵌每句之首曰"凤顶"，嵌第二字曰"燕颔"，第三字曰"鸢肩"，四曰"蜂腰"，五曰"鹤膝"，六曰"凫胫"，七曰"雁足"。又，一嵌于上句首、一嵌下句末，曰"魁斗"；或嵌上句末、下句首，曰"蝉联"。限四字，折开嵌用，不论对仗曰"碎流"，论对仗曰"碎联"。四字分嵌两句首尾曰"双钩"。二字错落对之，如此置上句第三字、彼置下句第四之类，曰"鹿卢"；或置上句第四、下句第三之类，曰"卷帘"。又有分咏、合咏、骈体诸目，则拈题

---

① 吴慧慧：《"梁社"研究》，硕士学位论文，浙江大学，2015 年，第 20 页。

而不限字。合咏间亦限之。构思时以寸香系缕上，缀以钱，下承盂。火焚缕断，钱落盂响，虽佳卷亦不录。名曰"诗钟"，都中盛行之。①

此诗作于同治十一年壬申（1872），"诗钟"在当时已风靡于北方相。李嘉乐所记诗钟作法，和金武祥随笔所载大同小异。李诗四首，其一、其二如下：

> 一寸香然刻烛同，青钱戛击钵声终。
> 催诗略仿前人例，得句如成大将功。
> 意在陶情何计拙，词因斗捷转能工。
> 漫将雅集矜佳话，洛社相期继古风。（其一）

> 尖叉恶韵总谐声，新什翻从竞病成。
> 禁体森严缘断句，奇文变化自生情。
> 喧传日下人争问，好到天然我亦惊。
> 倾倒骚坛执牛耳，也如李白慕袁宏。（其二）②

诗钟集会唱和情形在这两首诗歌中有所展现。限时创作，且形式多样，诗钟因此具有很高的趣味性、娱乐性，响应者众多。该社成员有李嘉乐（字宪之）、周"子兰"、萧德麟（号仁庵）、吴"玉甫"、吴云鬶（号幼岑）、曹"子干"、邬纯嘏（号小山，又作筱珊）、黄殿荃（字香谷）、张仁黼（字少玉）、袁保龄（字子久），以及高丽使臣朴凤彬（字绮园），使臣应是临时会员。根据袁保龄《雪鸿吟社诗钟》自序③，可知社员还有张鸿远（号致夫）、徐锡龄

---

① 李嘉乐：《仿潜斋诗钞》卷八，《续修四库全书》第 1559 册，第 647—648 页。
② 李嘉乐：《仿潜斋诗钞》卷八，《续修四库全书》第 1559 册，第 648 页。
③ 袁保龄：《雪鸿吟社诗钟》，宣统三年（1911）清芬阁排印本。

（字小亭）、吕钟三（字喧樵）和高其操（字守吾）等。《仿潜斋诗钞》同卷还有《诗社分咏二绝句》（《夹竹桃》《叩头虫》）①，作于同治十二年癸酉（1873），可见该社并非只作诗钟。诗钟又叫"两句诗"或"十四字诗"，击钵催诗，也非常考验作者的临场发挥能力。黄乃江先生《台湾诗钟研究》，曾指出"钟"起于"钵"："诗钟与击钵吟不但同源，而且诗钟从词宗设置、命题、计时、纳资、构思到收卷、誊录、校阅、标取、唱卷、赏贺等一系列活动程式和创作机制，都是从击钵吟中搬用过来的。"②诗钟既有渊源，也有自身的发展方向。诗钟社对集会形式和创作方法作出规定及修改，以适应具体人数和活动，是诗人在结社过程中主动性和自觉性逐渐增强的体现。

第二节　清代诗社的咏物主题

诗社的命名以及创作倾向能够反映结社宗旨。而诗社的创作对象往往错综复杂，不一而足。以诗歌题材视之，清代诗社则有咏物一类，相应的社诗总集也以同题共咏为标志。这类诗社及诗会之所以数量众多，主要是基于清代的诗坛风向和咏物诗的高度发展。一些诗社以咏物为结社缘起，一些诗社以吟咏对象为名称，都具有鲜明的特征。笔者将以社诗总集或唱和总集为例，探析清代诗社集会的咏物主题。

一　寄托草木以结社唱酬

（一）菊社与梅社

作为《敬修堂丛书》第九种，《菊社吟草》是"菊社"的诗歌

---

① 李嘉乐：《仿潜斋诗钞》卷八，《续修四库全书》第 1559 册，第 649 页。

② 黄乃江：《台湾诗钟研究》，复旦大学出版社 2009 年版，第 229 页。

总集。卷首有承越《蕉溪菊社小引》。部分文字如下：

> 兰陵古郡，蕉里名区，一水襟前，群峰屏后。地占湖山之
> 秀，人联诗酒之缘。话三径之新霜，清游有目；怀卅年之旧雨，
> 好梦如云。遂令莲社重开，差喜菊觞再订。过重阳之风信，秋
> 数从头；消十月之霜华，春来有脚。广陵客到，种诩无双；吴
> 下船归，枝分第一。……于是延花作主，折简邀宾，逸兴云飞，
> 豪情秋爽，开清樽于北海，结旧契于东篱。蟹螯雌黄，订餐英
> 之雅会；蚁浮浅碧，看照酒之芳枝。乃复即席拈题，分笺斗韵。
> 挟秋霜于字里，都成霏玉清言；濡香露于毫端，争羡穿珠好句。
> 座无俗客，其人皆庾鲍之才；诗杂仙心，结想在羲皇以上。①

根据社诗作品，可知社中诗人有承泰宇、承傅尊、徐祖望、承
谟、沈庭燮、沈廷桢、承风衔、承钟岳、是鉴、徐祖年、奚凤辉等，
时间是同治八年己巳（1869）。《菊社吟草》是一部纯粹的咏菊诗歌
总集，收录《种菊》《访菊》《买菊》《担菊》《载菊》《供菊》《看
菊》《醉菊》《拜菊》《采菊》《簪菊》《枕菊》《餐菊》《饯菊》《忆
菊》《梦菊》等，都是七言律诗。"香山榄溪菊会"设有《菊酒》《菊
糕》《菊灯》《菊枕》等题，蕉溪"菊社"的命题则更加丰富。这样
的唱和方式，既不脱离集会主题，又易分出作品高下，在清代咏物
类诗社之中非常具有代表性。普通诗社常以菊花为题展开创作，重
阳集会也多有赏菊活动，更何况直接以菊花命名的诗社。

俞樾《丁松生〈菊边吟〉序》一文，涉及作者早年所结"兰陵
菊社"及丁丙（松生其号）《菊边吟》的内容。全文如下：

> 余年十四侍先大夫读书于南兰陵。主人江樵邻明经风雅好
> 客，每至秋日，陈菊花数百盆，与客饮酒赋诗，有《兰陵菊社诗》，

---

① 承越：《菊社吟草》，同治八年己巳（1869）刻本，第 1a—2a 页。

颇行于时。其诗初惟《访菊》《种菊》诸题，后乃推及于菊之名类、菊之故事，又因菊而推之于松、于竹、于兰、于芙蓉。其后又用香山劝饮之体，曰"何处难忘菊"，曰"不如来赏菊"，而意境益无涯涘矣。余时年幼，亦间有所作，然皆不存于集。今诗集第一卷第一篇曰"兰陵菊社歌"，犹记曩时事也。岁月如流，忽忽六十余年，社中之人无一在者，即其时印存之诗本，亦无片纸之留遗，而余亦老矣。乃又得读丁君松生之《菊边吟》，其诗一百篇，每篇五言四韵，始于《种菊》《分菊》，终于《收菊》《存菊》。其中，或以色别，或以种别，或以时、或以地、或以人事而别，不喧杂主宾，不攻袭旁侧，而菊之中无不访、菊之外无所溢，诗格亦清老，无一凡俗语。使"兰陵菊社"诸君见此，宜何如欣赏哉！丁君为杭郡老名士，比年以来常示维摩之疾，其子和甫孝廉掷杯珓祷于神，得句云："天朗气清行乐处，携壶闲向菊边吟。"君为此吟署曰"菊边"，用神语也。其首篇《种菊》曰："莫言鞠则穷，乾坤含芬芳。"末篇《存菊》曰："伴他后雕松，三径常存存。"君之福寿正未可量，神固知之而豫以告也。惟余衰且老，读君此吟，使我回忆儿时之味，不禁感慨系之矣。①

道光十五年甲午（1834），俞樾随其先父寓居南兰陵（今江苏常州）。十五年乙未（1835），主人汪翔麟（樵邻其号）结有"兰陵菊社"，俞樾也曾与会。汪翔麟一开始作有《访菊》《种菊》等题，继而推至菊之名类、菊之故事，又扩至松、竹、兰和芙蓉，都是草木主题。白居易作有《劝酒》十四首，以"何处难忘酒""不如来饮酒"命篇。汪翔麟运用劝饮之体于咏菊，有"何处难忘菊"和"不如来赏菊"，意境深远无穷。咏物诗题本身具有很强的可变性，还能类推至其他对象，甚至在体裁方面呈现花样。"兰陵菊社"的诗作没有得到保存，但仍能从俞樾《兰陵菊社歌》领略当时社集的一

---

① 俞樾：《春在堂杂文·六编》卷八，《续修四库全书》第 1551 册，第 140 页。

些风采①。丁丙《菊边吟》虽是别集，但在咏菊题材上已臻极致。集中诗歌一百篇，既围绕咏菊主题，又注重分门别类，格调清老，语言脱俗。经由清代诗人的演绎和发挥，咏菊旧题仍能翻出新意。

相比《菊社吟草》的唱和方式，程思乐所编《菊花分韵诗》则以"分韵"为特点。卷首席邕《菊花诗序》记载："今前川老先生逢我朝景运休明之会，司理太湖，秉心雅正，敷政廉平。公余之暇，辄赋诗见志，而尤爱梅、菊两葩。咏梅至三百首，和者得二百余首，已付诸剞劂，邮传江左矣。而咏菊亦得三十首，和者又至二百余首，汇萃成册，问序于余。"②程思乐《菊花三十首》，题下小序记载："乙卯秋，卧云司马招饮赏菊，满座花光灿烂，甚觉幽雅宜人。因于席间评及菊花之格，傲霜耐久，其高致足与梅花抗衡。且云：君既于梅有倡和诗集，何独于菊而遗之乎？余感此言，爰赋三十首就正，并索和焉。"③可见，程思乐也曾出席德福（卧云其号）赏菊会，此前撰有《梅花三百首》④。集内第一部分《菊花三十首》，分赋平水韵平声部三十韵，是为原唱，后附自题诗及他人题辞。第二部分《菊花集句六十首》，即联句诗歌。如第一首的作者是德福、顾畴、席邕和金玉，第二首的作者是席邕、程思乐、德福、施鸿达，不一一列举。第三部分是《和韵菊花诗》，"和一东"收录德福、沈琭、施鸿达、席邕、王世栋、沈荣铨、戴溶、顾畴、吴廷保、劳宝信、邓景福、王宗焕、陆在元、姚璋等人的和诗，又有"和二冬""和三江"等。《菊花分韵诗》最大的特点就是分韵赋诗，又分韵和诗。梅花、菊花都是传统吟咏题材，深受历代诗人喜爱。程思乐自题诗云：

> 我爱梅花又菊花，幽香冷艳洵堪夸。

---

① 俞樾：《春在堂诗编》卷一，《续修四库全书》第 1551 册，第 322 页。
② 程思乐：《菊花分韵诗》卷首席邕序，嘉庆元年丙辰（1796）对山堂刻本，第 2b—3a 页。
③ 程思乐：《菊花分韵诗》，嘉庆元年丙辰（1796）对山堂刻本，第 1a 页。
④ 程思乐：《梅花三百首》，乾隆五十九年甲寅（1794）对山堂刻本。

吟怀别有深情在，一是仙家一隐家。

梅寄林家菊寄陶，两家风味总孤高。
二公去后谁知己，今日骚坛又我曹。①

《菊花分韵诗》不是严格意义上的社诗总集，但诗人群体较固定，并合作集句诗歌，关系密切。这种分韵唱和的方式，在清代集会中也比较特殊。程思乐还辑有《倡和新月诗》②，包括德福原唱十二首，补咏三首，以及程思乐、陆在元、张琴、张珏、程守烈、程守愚、王宗焕、施鸿达、王汝藩、严汝瑗、金樟、倪树枚、李理、陈上仁等人的和诗，也有《新月集句六十首》。这部总集和《菊花分韵诗》相似，基本上都是分韵唱和的形式。其中陆在元所作，既是次韵诗歌，又按月分韵，以正月到十二月为题，"巧于制胜一法，自应独步一时"③。菊花诗以程思乐为原唱，新月诗以德福为原唱，但两者都建立在德福集会的基础上。德福的交游对象固然广泛，但也有核心的唱和群体。

席夔等撰《浣香亭澹香吟集》，也和《梅花分韵诗》相似。彭启丰《澹香吟序》记载："兹有浣香主人者，居洞庭之东，家有名园，园有玉韵楼，楼前古梅数十本。花时清香万斛，主人俯仰其间，乐可知也。会有震泽崔青岩、体〔休〕宁汪宣纶，拈成七言律各三十首，主人赓而和之。其斗韵清妍，笔花飞动，如蚕之吐丝，相引于无穷，如虫之鸣秋，更唱而迭和。诚一时之胜也。乃荟萃而梓之，而属予为之序。"④ 汪鸣珂（宣纶其字）《春雨楼诗集》收录

---

① 程思乐：《菊花分韵诗》，嘉庆元年丙辰（1796）对山堂刻本，第7a页。
② 程思乐：《倡和新月诗》，乾隆五十九年甲寅（1794）对山堂刻本。
③ 程思乐：《倡和新月诗》陆在元诗，乾隆五十九年甲寅（1794）对山堂刻本，第4b页。
④ 席夔等：《浣香亭澹香吟集》卷首彭启丰序，乾隆三十七年壬辰（1772）刻本，第1a—1b页。

《梅花诗》三十首，按照上、下平韵创作七言律诗。席夔诗兴萌动，赋就和诗三十首，目的在于"纳凉消暑，陶写性灵"①，不计工拙。崔之崧（青岩其字）亦次韵和之。《浣香亭澹香吟集》将原韵、和诗都收录其中。尽管席夔并无结社，但这部诗歌总集也是寓意于草木、寄情于自然的代表。《菊花分韵诗》以诗会为依托，而《浣香亭澹香吟集》只有三名作者，但两者的唱和方式却趋于一致。同样在乾隆年间，张镛等撰有《冷香吟唱和稿合钞》②，也是咏梅诗歌总集。作者十三人，原唱与和诗都有九首，是否存在集会则不得而知。咏梅是清人唱和及诗社唱和的一个主题。

（二）许应鑅"绿牡丹会"

许应鑅等撰《清华唱和集》，是绿牡丹唱和诗集③。许应鑅作有八首，诗题是《癸未暮春，衙斋旧植牡丹忽放绿萼，花叶一色，洵异种也。阚仲韩司马首唱古今体诗，吴中旧雨暨诸僚寀和者相属，余劳形案牍，研田久芜，特以萼绿华实主羊权，不可不纪其事。用删除绮语，摅写老怀，勉成八章，匪敢角胜骚坛，聊志一时韵事云尔》④。诗末汪祖望注云：

> 置身题巅，堂皇高唱，俯视繁丝焦竹，皆作苍蝇之声。全诗无一句非牡丹，亦无一意非绿字。他作拈得绿字，遗却牡丹；说到牡丹，又非绿字。即有一二联兼到者，亦于绿字中以牡丹凑合而成。此则独于牡丹上烘出绿字，故能涵盖群芳，天然浑脱。因思岭南诗派，番禺最盛。前明黎美周先生于扬州影园诗

---

① 席夔等：《浣香亭澹香吟集》卷首席夔序，乾隆三十七年壬辰（1772）刻本，第1b页。

② 张镛等：《冷香吟唱和稿合钞》，张镛《思诚堂文钞》附，乾隆刻本。

③ 《清华唱和集》还收录阚凤楼、汪祖亮、顾文彬、俞樾、朱福清、龚寿图、秦云、潘钟瑞、杨兆鋆、沈秉成、郑文焯、吴文桂、汪芑、王豫卿、蒋一桂、查亮采、俞佳鑢、廖椿龄、金治常、王绶章、陈翰芬、廖长庆、吴增仅、汪鸣凤、许崇恩、郜云鹄、朱之榛、潘祖同、沈宝恒、吴炳祥、王成瑞、潘曾玮、戴青、严永华等人作品。

④ 许应鑅等：《清华唱和集》，光绪九年癸未（1883）刻本，第1a页。

社，即席成《黄牡丹诗》十首，群称"牡丹状元"。公令伯宾
衢方伯官农部时，集名流赋墨牡丹，都中传诵。以较《莲须阁
诗》，如骖之靳。宾衢公貌黑而癯，群谓借花写照，遂以"黑牡
丹状元"呼之。今方伯诗雍容华贵，风度端凝，足与前贤后先
辉映，同时作者咸自以为弗及。是岭南又添一牡丹状元已。十
读三复，谨志师承。①

文中提到"黄牡丹状元"黎遂球和"黑牡丹状元"许祥光（宾
衢其字）。光绪九年癸未（1883）四月绿牡丹会，许应鑅诗作最佳，
"绿牡丹状元"当之无愧。许诗"无一句非牡丹，亦无一意非绿
字"，时刻关切主题。早在同治八年己巳（1869），许应铣随其兄应
鑅游宦江西，招集广东诗人结"南园寄社"，并辑有《南园寄社诗
草》。而绿牡丹诗会则在苏州许应鑅官署。自黎遂球以后，广东诗人
举行诗会的热情高涨不减。前及乾隆二年丁巳（1737）广东"素兰
社"，辑有社诗总集《莳兰堂诗社汇选》②，即以素心兰作为主题。
这些社集单设一个主题进行唱和，且焦点都在珍稀花卉。
许应鑅既是诗魁，绿牡丹诗必有佳处，试录四首如下：

> 花城阛阓擅高阳，欧碧新封异姓王。
> 平子绮思青玉案，益公风度翠罗裳。
> 自饶富艳心仍澹，看到孙曾鬓已苍。
> 特地东皇膺宠眷，清华极品冠群芳。（其一）

> 琼葩移自蕊珠宫，章达通明夜奏功。
> 百五韶华青暧䨏，秋千院落碧玲珑。
> 重苔细镂琅玕玉，叠叶深攒翡翠栊。

---

① 许应鑅等：《清华唱和集》，光绪九年癸未（1883）刻本，第3b—4a页。
② 冯公亮：《莳兰堂诗社汇选》，乾隆三年戊午（1738）刻本。

独占乾坤清秀气，飞来仙种属天工。（其二）

浓非泼墨澹非烟，草未成茵柳未眠。

绀宇月沉香入定，翠帷风静梦初圆。

螺丸凤癖真名士，蚁酒朝酣亦醉仙。

肯与荼华竞标榜，天葩原不受人怜。（其三）

看花人共聚瑶台，翠幰雕轮日往回。

低衬蘼芜如近侍，前驱桃李尽舆儓。

盘开碧朵神仙幻，座列黄裳宰相才。

只道洛阳春似海，荼梅未许占春魁。（其四）

李鸿裔评许诗曰"识见既高，曲径自别"①。又评论第一首诗开口典切；第三联"看到孙曾"的意思众所周知（孙曾泛指后代），"鬓已苍"三字绾合雅切；尾联则不粘不脱，是总起语，亦是点睛之笔。第二首诗"秋千院落碧玲珑"等句描绘绿牡丹，惟妙惟肖。第三首诗起句飘忽，点出"绿"字，又不离"牡丹"；第二联写入神韵，不输于陆龟蒙《咏白莲》佳句"无情有恨何人见，月晓风清欲堕时"；结语有气骨。李鸿裔认为第四首诗"气概非凡，自是金华殿中人语"②。许应鑅笔下的绿牡丹雍容华贵，风姿绰约，自是魁作。

（三）朱铭"四白斋唱和"

同治十二年癸酉（1873），朱铭所辑《四白斋唱和集》自序记载了四白斋唱和的经过：

癸丑［咸丰三年，1853］春，扬城不守，余奉母携家避乱

---

① 许应鑅等：《清华唱和集》，光绪九年癸未（1883）刻本，第1a页。

② 许应鑅等：《清华唱和集》，光绪九年癸未（1883）刻本，第2a页。

于海陵。迨寇退归来，"四白"悉成灰烬。呜呼！先人之感慨
"四白"，与手植"四白"之遗，今俱不复见矣。于是营筑三
椽，补种"四白"，招集同人唱和于其间。一时胜友如云，浑忘
乱后，高朋满座，复睹升平，敢效抛砖以引玉，不谓探骊而得
珠。或和体，或和韵，或三四章，或一二首，谨以先后送到次序
随时登录。因索观络绎，不暇钞胥，用付手民，公诸同好，愿海
内方家弗以雕虫见哂，而能垂鉴"四白"之苦心，则幸甚。①

先人所感慨的"四白"是指"家徒白屋，恒守白丁，惯以白眼
看人，不觉白头垂老"②，手植"四白"是指白梅、白莲、白菊和白
蓼，两者交相辉映。《四白斋唱和集》包含《白梅》等四题，朱铭
各赋七言律诗一首，其他诗人撰有和韵或和体之作③。"四白"寓意
深刻，也寄托了诗人在动乱年代洁身自好的操守。朱铭原唱如下：

　　　　蓼绿仙人绝世姿，品高端不借胭脂。
　　　　孤撑玉骨春初转，冷抱冰心蝶未知。
　　　　清梦嫩寒云淡泊，暗香疏影月参差。
　　　　铅华一洗巡檐笑，大雅襟怀水部诗。（《白梅》）

　　　　不染淤泥性自然，凌波净植缟衣仙。
　　　　一池素影亭亭月，十里清香淡淡烟。
　　　　出浴鹭惊残暑雨，纳凉人爱嫩晴天。

---

① 朱铭：《四白斋唱和集》卷首朱铭序，同治十三年甲戌（1874）刻本，第2a—2b页。

② 朱铭：《四白斋唱和集》卷首朱铭序，同治十三年甲戌（1874）刻本，第2a页。

③ 唱和诗人有朱铭、王菼、张德坚、徐穆、汪国凤、钱国珍、韩仪亮、郝耀奎、薛超、闵廷德、叶桂森、诸广洪、鸦鸿谟、王钰、韩懿德、叶麌芬、吴敦复、徐春龄、顾福谦、陈锡爵、王镇基、毛浩、魏辰朗、马源、尹宝兴、王宏坚、张藻、汪召棠、朱罗和释隐禅等。

六郎傅粉终须逊，且作香山雅社联。（《白莲》）

嫣红姹紫斗芬芳，谁识孤标不受妆。
老圃讶铺千镂玉，疏篱忽见一枝霜。
繁华世界无颜色，冷淡场中有异香。
知己若逢陶靖节，凭他秋月照柴桑。（《白菊》）

平生不肯尚浮华，密密疏疏野趣赊。
几点新霜摇蟹舍，半滩明月落渔家。
分来水国文章秀，脱却春风锦绣夸。
相对寒芦头尽白，好随秋雨隐蒹葭。（《白蓼》）

朱铭创作这组咏物诗，一方面"志在仰承'四白'之遗感，宣扬阐发以尽孝思"①，另一方面也是借以表达自己淡泊孤高的心性。《四白斋唱和集》后附《平山堂唱和集》，朱铭撰有《甲戌孟春下浣，平山堂落成，雪航开士邀同汪子仪礼部，陈雨芹、赵月舫孝廉，汪蜕园明经，王小汀处士山堂雅集，诗以纪游》②，"我来思曩昔，旧侣叹影孤"一句，作者自注说："道光乙巳，秦玉笙孝廉嵝招同阮梅叔师亨、邵子显广文廷烈、符南樵孝廉葆森、顾湘舟明经沅、孟玉生处士毓森平山唱和，有诗付梓。今同社诸子悉归道山，余独浮世。"③ 可知，道光二十五年乙巳（1845），秦嵝招集阮亨、邵廷烈、符葆森、顾沅、孟毓森等在平山结社唱和；同治十三年甲戌（1874），平山堂落成，释雪航邀同朱铭、汪国凤、陈浩恩、赵深培、汪召棠、王炎等集会唱和。根据《平山堂唱和集》所录，钱国珍、徐穆、金

---

① 朱铭：《四白斋唱和集》卷首阮福序，同治十三年甲戌（1874）刻本，第1b页。
② 朱铭：《平山堂唱和集》，朱铭《四白斋唱和集》附，同治十三年甲戌（1874）刻本，第1a页。
③ 朱铭：《平山堂唱和集》，朱铭《四白斋唱和集》附，同治十三年甲戌（1874）刻本，第1b页。

堉和朱罗四人未曾与会，却有和诗。平山堂是扬州的集会中心，方濬颐曾于同治九年庚午（1870）对它进行重建。根据朱铭辑《虹桥秋禊图题词》①，诗人曾于道光二十五年乙巳（1845）作《虹桥秋禊图》，并征诗索题。可见道光年间，朱铭也曾主持坛坫。咸丰、同治之际，家园遭到战乱的破坏，社事日渐消歇。四白斋唱和、平山堂唱和，都由朱铭发起，试图再现昔日盛会。

二　秋柳唱和的文学效应

顺治十四年丁酉（1657），王士祯在济南大明湖上赋得《秋柳》四首，海内和者数百家，形成"秋柳唱和"现象，有时也称"秋柳社"。由于王士祯的诗坛盟主地位，此次集会备受瞩目，唱和篇章非同凡响。整个清代，相应的同题次韵之作不计其数，例如金銮坡辑《西湖秋柳诗集》等②，即王士祯《秋柳》的和诗总集，极具典型性。"秋柳唱和"引领咏物诗歌创作的潮流，催生其他咏物主题。清代诗社的创作也受到不同程度的影响，或沿用原题，或袭用原韵，咏物唱和活动蔚然成风。

"秋柳唱和"的时间在清初，具有开创意义。王之佐辑有《白燕倡和集》，顾名思义，以"白燕"作为唱和主题。卷首周楚《题词》记载："兰亭旧会，鸿轩尚有遗徽；吴下名流，鹄峙无非隽器。敲残铜钵，送遍云蓝。乐天之诗卷贮筒，音书远达；元亮之莲花结社，朝夕行吟。贤士、大夫，闺中、方外，厘为六卷，体以七言。"③《白燕倡和集》收录王之佐的原唱，以及凌云鹤、沈璟、周鹏飞、陆璿等数十人的和作，都是七言律诗。《例言》第六款记载："汇刻依沈石田征君《落花诗集》、汪尧峰太史《杨柳枝词》例，以得诗先

---

① 朱铭：《虹桥秋禊图题词》，光绪三年丁丑（1877）刻本。

② 金銮坡：《西湖秋柳诗集》，道光十二年壬辰（1832）刻本。

③ 王之佐：《白燕倡和集》卷首《题词》，嘉庆二十年乙亥（1815）王氏青来草堂刻本，第1b页。

后为次，不以爵齿序。闺秀、方外，另分两卷。"① 《白燕倡和集》
的编纂体例，依照沈周（石田其字）辑《落花诗集》和汪琬（尧峰
其字）辑《姑苏杨柳枝词》，两者的特点是同声同调。而《白燕倡
和集》所收诗歌均是同题同体作品，取"同调不孤"的意思。吴玉
树序文回顾了唱和诗歌的发展源流："秦汉间唱和歌章，虽未尽泯，
顾或同调而异声，或拟情寓意之各殊。至唐贾舍人《早朝》诗，一
唱百和，同调同声由此而盛。后遂有贯首依叶之例，亦何严欤？自
宋而元而明，唱和歌章不胜枚举。国朝王阮亭尚书《秋柳》四章，
和者尤富于前朝。"② 清代唱和诗歌宗尚王士祯《秋柳》，诗人们遥
相唱和，不绝于耳。《白燕倡和集》的原唱也是七言律诗四首，和诗
俱系一体，在体裁上也受到《秋柳》诗的影响。

又，咏物诗歌总集《虞美人花倡和诗》，卷首序言记载：

　　昔人作诗，皆有和者。有唐韦舍人《早朝》诗，岑、高、
杜诸公皆和。至若元微之、白乐天二人，每拈一题，必互相酬
和，积成卷帙。皮袭美、陆龟蒙亦然，此昔之最著者也。若一
题而和之甚众者，莫如本朝王渔洋《秋柳》诗四章。三年之间，
从而和者遍大江南北，后遂有"秋柳社"，岂所谓顺风而呼者
耶？今年春暮，山村周子咏虞美人诗一章，清词丽句，足供寻
玩。未浃月，从而和者，得七十余首，亦足称韵事矣。或曰：
王渔洋位至司寇，声势赫然，为一时风雅领袖。今周子不求闻
达，遇物赋诗，自适己志，而以王渔洋比之，得毋拟不于伦？
余曰：否。……王渔洋贵显一时，偶有感赋，馆阁钜公、海内名
士翕然和之，固足以挦华摘藻，前辉后光。今周子混迹阛阓，寄
情吟咏，老而弥笃，偶拈一题，能使人口耳邮传、色飞神舞，则

_____

①　王之佐：《白燕倡和集》卷首《例言》，嘉庆二十年乙亥（1815）王氏青来草
堂刻本，第1b页。
②　王之佐：《白燕倡和集》卷首吴玉树序，嘉庆二十年乙亥（1815）王氏青来草
堂刻本，第1a页。

虽欲上追盛唐诸大家，亦非所难，何有于区区渔洋哉？①

《虞美人花倡和诗》是乾隆四十二年丁酉（1777）周"山村"等唱和所得，集内诗人皆非名流。序作者将《虞美人诗》与《秋柳》相提并论，两者和诗丰富，且都是咏物题材，具有一定的可比性。有人提出王士祯和周"山村"的声名相差较大，拟于不伦。但序作者则认为周"山村"在唱和活动的号召力等方面甚至不输盛唐大家。无论如何，王士祯"秋柳唱和"的影响广泛而深远，持续刺激清代集会唱和活动的产生，是不争的事实。诗歌唱和由来已久，其中咏物主题仍以《秋柳》为最著。"秋柳唱和"突破以往的唱和活动的范围，创造一题多和的巅峰，独领诗坛风骚。

又，《松陵唱和钞》也多有咏物之作②，唱和主体包括周允中、姚梓生、陈懋学、姚瀛、朱逢泰、朱尔澄、叶兆泰、倪天钧等诗人，即所谓"二姚，二朱，陈、叶诸君"③。从集名来看，《松陵唱和钞》是效仿皮日休、陆龟蒙诗歌唱和总集《松陵集》。同时，"松陵"二字，也指集会的发生地江苏吴江（今苏州）。集中"秋柳""秋梧""秋荷""秋草"四题，是陈懋学和朱尔澄二人的唱和诗歌。陈懋学四首如下：

> 魂销灞岸怅年华，记否毵毵惹落花。
> 折尽长条仍系马，漾来疏影尚栖鸦。
> 雨侵客舍歌声咽，风紧江桥酒斾斜。
> 五树漫寻陶令宅，十分秋意共兼葭。（《秋柳》）

---

① 周"山村"等：《虞美人花倡和诗》卷首序，乾隆四十二年丁酉（1777）刻本，第1a—2b页。
② 周允中等：《松陵唱和钞》，乾隆五十三年戊申（1788）刻本。
③ 周允中等：《松陵唱和钞》卷首周允中序，乾隆五十三年戊申（1788）刻本，第3a页。

萧飒西风一夜愁，云林林外绿云收。

全消残暑供吟爽，早薄层阴入画幽。

影到书窗疏见月，声传客枕病惊秋。

枝头好结离离实，鸣凤飞来尚可留。（《秋梧》）

秋池凄冷病鸳鸯，少有风情比六郎。

香逐晚风飘坠粉，影留新月照残妆。

盘倾应惜珠成颗，心苦犹怜子满房。

谁向隔江歌水调，赠欢恐易搅柔肠。（《秋荷》）

婵娟别去谢芬菲，早见霜花静夜飞。

啼鸩一声芳信断，野烟十里翠痕微。

感深河畔人应老，梦到池塘景已非。

底事王孙游未倦，腐萤点点扑寒衣。（《秋草》）①

　　体裁都是七言律诗，所咏之物皆具秋意。在"秋柳"的基础上，又展开"秋梧""秋荷""秋草"等题的唱和。《松陵唱和钞》集中咏物诗歌所占比重不小，具体诗题有《金丝桃》《萱花》《香祖居宴集观荷》《式玉堂宴集观荷》《白荷花》《秋兰》《七夕香祖居咏并蒂兰》《秋海棠》《玉簪花》《豆花》《蓼花》《苹花》等②。王士禛"秋柳唱和""冶春唱和"等活动所积累的咏物写景之作，对康熙、乾隆时期的集会创作具有导向功能。

　　《松陵唱和钞》卷首序文曾叙及不少社集活动，也值得注意。周允中序道："吾乡前辈，风雅递兴，在前代靡论已。国初自雪滩、稼

---

　　①　周允中等：《松陵唱和钞》卷一，乾隆五十三年戊申（1788）刻本，第17b—19a 页。

　　②　周允中等：《松陵唱和钞》卷一，乾隆五十三年戊申（1788）刻本，第7b—16a 页。

堂、虹亭、汉槎诸先生掉鞅词坛，风流弗替。"① 清初，顾有孝（雪滩其号）、潘耒（稼堂其号）、徐釚（虹亭其号）和吴兆骞（汉槎其字）是著名的吴江诗人。周允中又提到父辈结社联吟的情况："予童时知偕先君子倡和者，则有张石里，叶分干，李玉洲，吴夜琴、竹轩，沈笠岑，家恒斋诸先辈，而董纳夫来自茗水，沈归愚师、顾花桥来自郡城，一时鸿篇钜制，照耀于珠盘玉敦间。洎先君子暮齿，又偕吴月仙［轩］，沈餐琅、笠岑、勉庭，许恬斋，家就庵数公举'岁寒会'，诗不求多，意取真率。未几而老成凋谢，风规已邈不可返矣。"② 张尚瑗、叶舒璐、李重华、吴"夜琴"、吴觐文、沈良友、周龙藻、董熿、沈德潜、顾诒禄等，相互唱和。又，吴惠、沈凤举、沈良友、沈"勉庭"、许硕辅、周松等晚年时结"岁寒会"，时间大概在康熙、雍正之际，具有真率会、耆老会的性质。关于该会，《国朝松陵诗征》卷十五孙元名下也有相关记载："也山与沈餐琅、顾玉洲辈结'岁寒诗会'，一时传为盛事。"③ 又，《江苏诗征》卷一百许硕辅名下诗话说："恬斋生平澹泊寡营，惟以友朋酬倡为事。晚年与同里沈餐琅、吴月轩、沈勉庭、顾玉洲诸前辈联'岁寒吟社'，人称'十逸'。"④ 所收《岁寒初集即事》即社诗作品⑤。罗时进先生《地域·家族·文学——清代江南诗文研究》中编内《清代江南"九老会"文学活动探论》一文认为，根据《江苏诗征》的记载及《岁寒初集即事》"首集恰九老，风流企

---

① 周允中等：《松陵唱和钞》卷首周允中序，乾隆五十三年戊申（1788）刻本，第 1a 页。

② 周允中等：《松陵唱和钞》卷首周允中序，乾隆五十三年戊申（1788）刻本，第 1a—2a 页。

③ 袁景辂：《国朝松陵诗征》卷十五，乾隆三十二年丁亥（1767）爱吟斋刻本，第 8a 页。

④ 王豫：《江苏诗征》卷一百，道光元年辛巳（1821）焦山海西庵诗征阁刻本，第 18b 页。

⑤ 王豫：《江苏诗征》卷一百，道光元年辛巳（1821）焦山海西庵诗征阁刻本，第 18b 页。

前辈"等句，推定"岁寒吟社"是"仿'九老会'的形式而建立的"①。周允中又讲述自己结社的经历："余幼嗜诗，未尝学问，既得归愚师指授，始稍稍有见。同余请业者，沈朴堂、柳堤、金听涛、二雅、陈易门、芝房、徐逊堂，王青滩数君子，邀联'春江吟社'，间月一集，合拟数题。脱稿后，各录分送，互相丹黄，有疑必析，数年中知获益于切磨者不尠也。"② 周允中早年曾和同门沈梦祥（朴堂其号）、沈乐（柳堤其号）、金士松（听涛其号）、金学诗（二雅其号）、陈毓升（易门其号）、陈毓咸（芝房其号）、徐作梅（逊堂其号）、王逸虬（青滩其字）等结"春江吟社"。陈毓升、陈毓咸等也是乾隆二十八年癸未（1763）所创"竹溪诗社"的成员③。"春江""竹溪"二社都和沈德潜关系密切。通过周允中所说"以四十年来所禀受于师门、习闻诸前哲者，举而语诸君"④，可见"松陵唱和"亦秉承其师及先哲的遗风。尽管沈德潜《清诗别裁集》未收《秋柳》四首，但王士禛"秋柳唱和"所引发的咏物系列创作却不容忽视。

又，茹纶常《容斋诗集》卷十五《秋柳四首》，作于乾隆四十一年丙申（1776），诗序记载："渔洋《秋柳》诗，当时和者已数百家，陈伯玑以为如初写《黄庭》，诸名士作皆不及。沈归愚以为公少年英雄欺人语，何所见之相悬耶？然要其风致绵邈，本自绝人。余往时每欲追和而逡巡未果。丙申秋，新安吕寸田以和作见寄，高格深情，可称后劲。因见猎心喜，不揣固陋，率尔次韵，固知无当于风雅也。"⑤ 吕公溥（寸田其号）寄来《秋柳》和诗，

---

① 罗时进：《地域·家族·文学——清代江南诗文研究》，上海古籍出版社 2010 年版，第 175—176 页。

② 周允中等：《松陵唱和钞》卷首周允中序，乾隆五十三年戊申（1788）刻本，第 2a—2b 页。

③ 孙玉婷：《竹溪诗社研究》，硕士学位论文，苏州大学，2013 年。

④ 周允中等：《松陵唱和钞》卷首周允中序，乾隆五十三年戊申（1788）刻本，第 3b—4a 页。

⑤ 茹纶常：《容斋诗集》卷十五，《续修四库全书》第 1457 册，第 260—261 页。

茹纶常即次韵而作。同卷又有《后秋柳四首》，诗序记载："丙申秋，余既和寸田《秋柳》诗，山阴宋雪君继和焉。先是，寸田之友代州冯葵乡暨余故人嘉善朱饱雨，皆有是作。后寸田复以《和葵乡〈后秋柳诗四首〉》见示，因亦如数和之。于戏！秋气悲哉，树犹如此。关河摇落，不无感旧之思；岁月峥嵘，大有怀人之叹。虽仍用渔洋原韵，已不独为秋柳写照已。"① 当时，宋"雪君"、冯"葵乡"、朱锦昌（饱雨其字）等人都有和诗。而吕公溥和茹纶常又创作了四首，其意不止咏物，更在怀人。同卷《续秋柳四首》，诗序记载："寸田之将归新安也，复以《续秋柳诗》见寄。盖以答余前、后和诗之意，且以留别，气体高华，风情掩抑。雒诵之下，既念聚会之艰，益感别离之易。因再步前韵，勉成四首，虽数见不鲜，去题愈远，然揆之古人折柳之义，或亦有合焉耳。时丙申重阳前六日也。"② 第三次创作，由于吕公溥将回新安，所以茹诗含有送别之意。乾隆四十二年丁酉（1777），茹纶常创立"友声诗社"，笔者曾有相关个案研究③。乾隆四十七年壬寅（1782）九月九日，吕公溥等结"十老会"。茹、吕"秋柳唱和"只有聚会，不成诗社，但却是王士禛"秋柳唱和"之继声。往来之密、诗作之丰，颇值得关注。

　　柏葰《薜篆吟馆钞存》卷一《秋柳，用渔洋山人韵（社课）》④，是诗社以《秋柳》作为课题，次韵王士禛的例子。卷五《定郡王用渔洋秋柳韵，赋秋海棠四律属和》《定郡王以前韵赋菊花属和》《定郡王以前韵赋梅花属和》⑤，虽非社诗，却是同类咏物之作。又，梁章钜《浪迹三谈》卷四《和卓海帆相国诗》："余与海帆别十四年

---

① 茹纶常：《容斋诗集》卷十五，《续修四库全书》第 1457 册，第 261 页。

② 茹纶常：《容斋诗集》卷十五，《续修四库全书》第 1457 册，第 261—262 页。

③ 胡媚媚：《清代诗社研究——以六诗社为中心》，硕士学位论文，浙江大学，2013 年，第 107—122 页。

④ 柏葰：《薜篆吟馆钞存》卷一，《续修四库全书》第 1521 册，第 329 页。

⑤ 柏葰：《薜篆吟馆钞存》卷五，《续修四库全书》第 1521 册，第 415—416 页。

矣，海帆来信甚勤，每信必有诗索和，老懒都无以应。近复缄寄新作菊花、梅花、秋海棠、水仙四种诗，皆用渔洋《秋柳》韵，与馆阁诸公酬唱者，洋洋洒洒九百言，心甚慕之。惟老境颓唐，吟肠枯涩，随大兵，当大役，实所不能，闲作小诗，以塞雅意，真《左氏传》所谓‘御靡旌摩垒而还’也。"① 卓秉恬（海帆其号）与馆阁诗人唱和，作《菊花》《梅花》《秋海棠》《水仙》四诗，都用王士祯《秋柳》韵。王士祯《带经堂诗话》卷八"自述类·下"第十则记载："余少在济南明湖水面亭赋《秋柳》四章，一时和者甚众；后三年官扬州，则江南北和者前此已十数家，闺秀亦多和作。南城陈伯玑（允衡）曰：元倡如初写《黄庭》，恰到好处；诸名士和作皆不能及。"② 按语有云：

> 钝庵《说铃》：王十一感秋柳，赋诗四章，其三云"东风作絮糁春衣"云云，严给事沆称此诗风调凄清，如朔鸿关笛，易引羁愁。读之良然。近《别裁集》谓《秋柳》诗乃公少年英雄欺人语，为所欺者强为注释，究之不切秋，并不切柳，问其何以胜人，曰佳处正在不切也。为之粲然。窃谓四诗佳处全在情味胜人，不独如给事所指一首也，若斤斤绳墨以求之，恐非作者本意矣。③

《秋柳》一组诗歌，既不切"秋"，也不切"柳"，佳处正在不切题旨，情味胜人。无论如何，《秋柳》的作法不同于传统咏物。而后世以王士祯原韵所作诗歌，大都是咏物题材，如菊花、梅花、秋海棠和水仙等。"秋柳唱和"所产生的文学效应，主要在两个方面，一是集会唱和的典范及模式，一是咏物主题的复现与拓展。

---

① 梁章钜：《浪迹三谈》卷四，上海古籍出版社 2012 年版，第 320 页。
② 王士祯：《带经堂诗话》卷八，人民文学出版社 1963 年版，上册，第 185 页。
③ 王士祯：《带经堂诗话》卷八，人民文学出版社 1963 年版，上册，第 186 页。

第三节　清代诗社的社作批评

　　社诗总集及其诗歌创作，是清代诗社研究的核心，也是社事研究转向文学研究的关键。部分社诗总集对社作评定甲乙且载有批语，这类社集尽管数量不多，但具有十分重要的研究价值。批语或评点作为文本的附属，显示的是社集编纂的基本取向，也是结社宗旨和诗学观念的直接体现。诗社的结社宗旨即诗人群体的思想及审美，而诗学观念则反映结社主体的创作宗尚，既包括格律、声调等具体技法，也涉及流派、风格等不同倾向。

一　诗选合刻及批评意识

　　社诗合刻总集，有时也包含文学批评兼诗人介绍。例如林滋秀辑《兰社诗略》①，是六名闽浙诗人的社诗合刻，即这种情况。集中收录黄汉章诗一百一十八首，鲍台诗六十五首，黄铨诗三十一首，华文漪诗九十三首，林滋秀诗九十三首，谢淞诗一百一十首。林滋秀所撰序文记载：

　　　　而此《兰社诗略》者，盖习慨夫百年电火，羲驭仓皇，两界河山，邮筒绵杳。云间日下，陆、荀既矫矫无俦；地角天涯，苏、李各遥遥相望。星离雨散，凌壮气于当筵；水远山长，托退惊于鼓瑟。其人也，抗志希古，高怀切今，遭际虽殊，性情宛合。……故其为诗也，正奇异阵，浓淡殊观。或老树着花，或流风回雪。或层云野鹊，积健为雄；或古木寒鸦，因穷入瘦。或金戈铁骑，訇砰钜鹿之围；或锦瑟牙箫，尔汝流莺之队。第求其妙，讵屑为优孟衣冠；各抒所能，总不失庐山面目。……

---

① 林滋秀：《兰社诗略》，道光元年辛巳（1821）四十二树书屋刻本。

以故拔尤汇梓，不辨苔岑；从略雕梨，因名兰社。且夫兰善气迎人，幽香入操，庭芝可爱，沅芷相思。十步而袭芳菲，二人而兼臭味。虽怜伍草兰亭，离修禊之群；一遇纫秋兰畹，结同心之契。①

这段序文提到"兰社"及《兰社诗略》的缘起。诗社成员的遭际各不相同，但性情志趣相投，因此结成同社。"故其为诗也"等语，是说各人诗风迥异，浓淡相宜。全书由吴翌凤（字伊仲，号枚庵）评定，社员名下附有小传，兼有诗评。黄汉章名下记载：

时年七十五，字传书，号卓人，福建侯官岁贡生。著《紫云楼诗钞》六十卷，计万余首。卓人励学敦行，少即工诗，宗法少陵，各体皆臻佳诣，尤长五律，人以为"五字长城"于今再见。常授徒省垣，及门多通籍，而卓人顾久踬名场，不为介意，日闭户著书。所选有《闽海律赋》《同音排律》《雅南》行于世。②

黄汉章诗学杜甫，精于各种体裁，尤其是五言律诗。而鲍台小传则体现诗人不同的诗学倾向："时年五十六，字朝金，号石芝，浙江平阳岁贡生。著《一粟轩吟草》。石芝天性孝友，事亲备极色养。每岁笔耕，所得分赡弟侄，常不名一钱。为文属词比采，兼迦陵、园次之长。诗才隽妙，涉笔成趣，跌宕风流。相其气韵，可谓得青莲之逸。"③ 可见，鲍台在文词方面，兼具陈维崧（迦陵其号）、吴

---

① 林滋秀：《兰社诗略》卷首林滋秀序，道光元年辛巳（1821）四十二树书屋刻本，第1b—3a页。
② 林滋秀：《兰社诗略》卷一，道光元年辛巳（1821）四十二树书屋刻本，第1a页。
③ 林滋秀：《兰社诗略》卷二，道光元年辛巳（1821）四十二树书屋刻本，第1a页。

绮（园次其字）的长处；在诗歌方面则有李白的飘逸神韵。总集所录《饮酒》一诗，首四联云："万古此一日，一日此一时。斜阳落未落，恋此芳树枝。清风不可名，吹我葛巾欹。翩翩双蝴蝶，交交两黄鹂。"① 鲍诗确有几分李白的风采。黄铨诗文不肯轻易示人，自以为诗学杜甫，但在别人看来，他的诗风比较接近韦应物、柳宗元。相关记载称："时年四十七，字朝衡，一字南村，福建罗源举人。性恬淡，好读书，不善酬应。有《南村诗文存》，常不轻示人，有见之者谓近韦、柳，而南村自以为素诵习少陵也。"② 至于华文漪、林滋秀和谢淞三人，各有小传③，依次如下：

> 时年四十六，字维淇，号蓁园，浙江平阳拔贡生。著有《逢原斋诗文稿》。蓁园年十二补博士弟子，少工举业。辛酉拔萃，后益肆力于古。于诗穷源溯流，深得作者门径。凡所吟著，专主正声，兼求醇味。其持论甚当，同辈咸推服之。文则宗法欧、曾，渊茂峭洁，洵方望溪先生之嗣音也。

> 时年四十二，字兰友，号纫秋，福建福鼎举人。著《快轩诗存》。纫秋幼负神童之目，年十六登贤书。入都后，馆恒山梁氏家六载，殚见洽闻，才思益进。为文最工骈体，有《双桂堂文集》如干卷。诗取裁唐、宋，巧力两到，七言古尤气势雄阔，盖神似昌黎而能别开生面者。

> 时年二十五，初名在师，更今名，字吴卿，别字杏根，福

---

① 林滋秀：《兰社诗略》卷二，道光元年辛巳（1821）四十二树书屋刻本，第1a页。

② 林滋秀：《兰社诗略》卷三，道光元年辛巳（1821）四十二树书屋刻本，第1a页。

③ 林滋秀：《兰社诗略》卷六，道光元年辛巳（1821）四十二树书屋刻本，第1a页。

建闽县书生。著《杏梦楼诗钞》。父错山，横州刺史。自其从曾祖古梅学士后，代有闻人。杏根出自清门，夙具慧业。少孤而贫，常负笈游学，往来吴越、荆楚间，烟雨孤篷，啸歌弗辍。其诗一往情深，词旨尔雅，格调高超。今甫逾冠，此事已精工如是，他日所至，又谁能测之。

鲍台和华文漪是浙江平阳人，其余三人则在福建。华文漪在诗歌方面"穷源溯流，深得作者门径"；林滋秀的诗歌取法唐、宋，七言古诗气势雄阔，既得韩愈神韵，又有新的气象和格局；谢淞年纪最轻，作诗已趋精通，颇有造诣。

嘉庆二十四年己卯（1819），林滋秀主讲浙东罗阳书院，道光元年辛巳（1821）刻《兰社诗略》。林滋秀和华文漪虽结为诗友，但只有神交，从未晤面。道光五年乙酉（1825）九月，华文漪去世，林滋秀《哭华菉园文》有"二十年兰社，第有神交；一百里蒲门，从无面晤"之句，并于次年丙戌（1826）刻其遗稿《逢原斋诗抄》。可见，"兰社"是诗人结社却不集会的典型例证。林滋秀性爱兰，字兰友，早岁撰有《兰花赋》，所结诗社取名"兰社"，意在臭味相投、同心相契。《兰社诗略》属于合刻，六种诗选之间彼此独立，也很难说同社在诗法、诗风等方面有什么共同点。吴翌凤的品评都中正客观，概括出了诗人创作的总貌。

孙诒让《温州经籍志》卷三十一"鲍台《一粟轩诗文集》"，录有道光十二年壬辰（1832）林滋秀所撰序文，部分文字记载如下：

> 文字之缘，有默相维持不谋而合者。余于石芝先生，素无倾盖之欢、抚尘之好，自从桃湖见其诗，推为逸品，致书于华友菉园，道钦慕意，先生自此乐以所作相质，邮筒往来无虚月。道光元年，合刻"兰社"诗，因得领全咏之胜，瑶台控鹤，飘飘然有凌云气，非学青莲而神似者不能为，击节

叹赏久之。①

　　林滋秀和鲍台之间也是邮筒往来，"兰社"与诗社的传统定义不符。但诗人群体具有纸上唱和之实，在地域上也相对较近。林氏亦评价鲍诗深得李白气韵，与吴翌凤所说一致。《温州经籍志》同卷华文漪《逄原斋诗钞》，孙诒让按语称其诗"清瘦不俗"②，华氏论清人诗，取宋琬、施润章、王士禛、朱彝尊及福建诗人黄任，贬斥袁枚为野调。这和上文所说"专主正声，兼求醇味"的诗学主张相合。

　　于尚龄辑《凝香阁合集》，是闺秀社诗合集。此集虽无评定之人，但载有编者和其他诗家的评语。卷首史麟书序记载："馨畦诗温丽靖深，味之弥有余旨，而词笔幽隽，使漱玉无能专美于前。瑞芝诗则宗大历十家，参之剑南体格，词兼南、北宋，其小令又步武南唐。绮如能述馨畦夫人之家法，而风华蕴藉迨有过焉。"③ 冯兰贞（馨畦其字）、陈芳藻（瑞芝其字）和于晓霞（绮如其字）三人，宗尚不一，各有气派。又，社诗合刻《吴中女士诗钞》，张允滋选录，任兆麟阅定。所收十种诗集，卷首附有任兆麟总序。其中，张允滋《清溪诗稿》、张芬《两面楼诗稿》、朱宗淑《修竹庐吟稿》、尤澹仙《晓春阁诗稿》及王琼《爱兰诗钞》，又有任兆麟的序文或题词，也涉及各人诗歌之品评。

二　甲乙制度与品评功能

　　诗社"评定甲乙"的过程，元初"月泉吟社"便已有之。该社采用征诗的方式，收到二千七百三十五张诗卷，因此邀请方凤、谢翱和吴思齐评定甲乙，选取二百八十人。社诗总集《月泉吟社》载

---

① 孙诒让：《温州经籍志》卷三十一，中华书局 2011 年版，第 4 册，第 1583—1584 页。

② 孙诒让：《温州经籍志》卷三十一，中华书局 2011 年版，第 4 册，第 1588 页。

③ 于尚龄：《凝香阁合集》卷首史麟书序，道光十三年癸巳（1833）刻本，第 1b 页。

录前六十人，诗七十四首。卷首"诗评"是吴渭围绕诗社选题《春日田园杂兴》所进行的总论，涉及诗歌创作的情、景关系，诗人名下又各有具体评语。此前，笔者也曾提到"月泉吟社"的创作、选评、奖赏等步骤，树立了结社的固定模式，也奠定了社诗总集的基本形态。

吴翌凤《灯窗丛录》卷一，继"月泉吟社"故事而提起明末影园诗会："明广陵郑元勋超宗家有影园。崇祯庚辰，园中黄牡丹忽放一枝，乃大会词人赋诗，且征诗江楚间，得百余章。超宗悉糊名易书，送海虞某钜公评定甲乙，南海黎遂球美周居第一。超宗镌金斝，遣僮致之曰贺者。牡丹状元风流盛事，不减月泉。黎后死赣州之难。"① 吴翌凤将"黄牡丹会"和"月泉吟社"并提。两者的活动形式，如广泛征诗、糊名易书、评定甲乙等过程高度相似。受到"牡丹状元"的影响，清代广东诗人相当热衷于举办此类诗会。如袁枚《随园诗话》卷八第三十一则记载："怀远云：'雍正间，广东有诗会。好事者张饮分题，聘名流品题甲乙，首选者赠绫绢，其次赠笔墨。亦佳话也。'"② 又，光绪《广州府志》记载："乾隆丁卯［十二年，1747］，粤中小榄麦氏子开诗会，赋《昌华苑》，得卷数千，甲乙于粤秀山长闽进士郭植。顺德潘华苍冠首，麦氏赍以《东坡集》，银鼎副之。华苍集同人于镜岩山房，各赋读《东坡集》诗，出银鼎浮白之。可继黎太仆'牡丹状元'，称一时胜事也。"③ 前文论述"谢教"问题已提及此会，杭世骏也曾在潘宪勋（华苍其字）镜岩山房赋诗纪事。而麦氏诗会，可视作"黄牡丹会"的继声，评定甲乙的诗人是郭植。江苏扬州也有后续社事，如黄文旸《陈渔秋招致同人赋诗，糊名易书，评定甲乙，予三膺首选，而〈苹花词〉

---

① 吴翌凤：《灯窗丛录》卷一，《续修四库全书》第 1139 册，第 578 页。

② 王英志：《袁枚全集新编》，浙江古籍出版社 2015 年版，第 8 册，第 281 页。

③ 光绪《广州府志》卷一百六十二《杂录·三》，《中国地方志集成·广东府县志辑》第 3 册，第 818 页。

一阕，尤为诸君激赏，主人有佳茗、名笺之赠，作一律纪盛》①，尾联"影园销歇斯文在，又说苹花有状头"，诗人自注说："郑超宗影园开黄牡丹，广征一时名士之诗，以黎遂球为第一，谓之'牡丹状元'，此吾乡旧事也。"② 此诗作于嘉庆初年。陈"渔秋"招集同人赋诗，"糊名易书，评定甲乙"等步骤和"黄牡丹会"一样，而黄文旸亦有"苹花状元"之名。

评定甲乙，往往和诗歌品评相结合。具有一定规模的诗会，更倾向于采取征诗、选诗，以及划分优劣等级。《香山榄溪菊会诗集》选录一百零一名诗人，评语主要针对所录诗作，前文也曾列举一二。笔者摘录部分评语如下：

> 骈体序藻采华赡，诗则骨秀气苍，于瑰玮典丽之中，仍有浑灏流行之致。昔宋孙邻几评杜陵诗，譬之凿太虚而噭万籁，俪匄陈而界云汉。吾于斯篇亦云然。末首感喟淋漓，则又吊古况今之微旨也。七绝鲜秀。（第一名黄绍昌）
>
> 切定"风度楼"着想一切，曲江祠堂、文献故宅等题，俱移用不得。诗格亦苍健雄深，非精于声律者不能有此境界。七绝轻秀，品格在南湖、白石之间。（第二名李长荣）
>
> 拗体源出杜陵，音节态度不懈而及于古，知其寝馈于陈芳国主者深矣。（第三名李镛）
>
> 吐馨振逸，烂如披锦，圆若缀珠，何减康乐公"初日芙蓉"耶！（第四名冯培光）
>
> 繁文绮合，缛旨星稠，结句异想天开，真令人百思不到。七绝亦有佳致。（第五名文雪门）
>
> 前半格律严整，后路宕开发议，仍复一笔挽住。虽轩豁出

辙，而终入笼内，斯为节制之师。(第六名叶官桃)①

　　集内诗歌包括七言律诗《登风度楼怀张文献公》和七言绝句《菊酒》《菊糕》《菊灯》《菊枕》四题。选诗以创作优劣为原则，收录第一名黄绍昌七律四首和七绝四题，而第三名李镛，则只有七律一首和七绝一题。黄绍昌在当时有"菊花状元"之称。谭宗濬给予黄诗以高度评价，以杜甫相比拟。而李长荣，七律紧扣主题，"苍健雄深"，七绝"轻秀"，两者诗风迥异，可见作者精于各体。李镛的长处在于音节态度，而冯培光风格藻丽、辞采华美，有谢灵运的风致。至于文雪门，结句独特，题旨不落窠臼。谭宗濬评价叶官桃引用《文心雕龙》之语"轩翥出辙，而终入笼内"，谓其诗法富于变化，但终有法度。这些诗评，从声律、格调、辞藻、源流、态度、意旨等方面入手，立足于具体诗作，剖析其独到之处，即超出诗会一般作品的原因。这些诗歌评论，有助于读者赏鉴社诗作品；对作者而言，则是自我提升的机会和空间。谭宗濬对于两种诗歌体裁采取不同的评判标准，可能带有个人色彩，但不失公允，名次和评语也能大体反映诗人们的创作技巧和能力。谭莹是道光、咸丰时期广州社事的倡导者和实践者，谭宗濬是谭莹之子，少承家学，在诗坛具有一定的话语权。而黄绍昌《登风度楼怀张文献公》一题，附有骈体序文，洋洋洒洒，长达六百八十二字，具有"藻采华赡"等艺术特点。序文和本诗交相辉映，彼此生色。黄绍昌之所以夺得第一，可能也有这篇骈体序的作用。

　　和"黄牡丹会"类似，"绿牡丹会"也有诗歌评论。前文已提到许应鑅是公认的诗魁，汪祖望所注"全诗无一句非牡丹，亦无一意非绿字""独于牡丹上烘出绿字，故能涵盖群芳，天然浑脱"等语，就许诗进行评论，使其妙处得以彰显。而许应鑅的另一徒弟查亮采也撰有相关诗评，对其绿牡丹诗推崇备至，全文如下：

---

　　①　谭宗濬：《香山榄溪菊会诗集》，清西湖街藏珍阁刻本，第3b—6a页。

　　诗家炼句、炼字，不如炼意。意何以炼？在"安顿章法、惨淡经营"处耳。沈确士先生云："一首有一首章法；一题数首，又合数首为章法。有起结，有伦序，有关照，阙一首不可，增一首不可，乃见体裁。不然，意议、词采，彼此互犯，索其旨归，一章可尽，虽多亦奚以为？"方伯尝以此诏亮等学诗，亮心佩焉，弗敢忘，而鸳鸯学绣，苦乏金针。及读方伯绿牡丹诗八章，首总起，次写花貌，次花品，递至看花、赏花、画花、咏花后总结，心和律细，虽咏物小题，而贯穿百花、出入咫尺，神明于规矩之中，写照在丹青之外。所谓"涵绵邈于尺素，吐滂沛乎寸心"者耶！确士曰："有第一等襟抱，第一等学识，方有第一等真诗。如太空之中，不着一点；如星宿之海，万源涌出。"不信然欤？回视拙诗，真如井蛙、夏虫，不可同日语矣。幸佩师承，服膺有自，谨缀数语，以当书绅。①

　　炼意在"安顿章法、惨淡经营"等语，原是王士祯提出的观点。查亮采又引沈德潜的诗论说明"一题数首"的作法。而许应鑅平日也以这些理论告诸门生，并体现在自己的创作实践中。其绿牡丹诗即典范之作，八首各有题旨和功能，第一首诗歌总起，第二、第三首分别写花貌和花品，又围绕看花、赏花、画花、咏花各作一首，逐渐展开，最后一首总结。沈德潜曾说"有第一等襟抱，第一等学识，方有第一等真诗"，查亮采认为其师兼具襟抱和学识，因此能够写出此等好诗。汪祖望、查亮采二人的诗作，也收录在总集之中。对比之下，许诗的结构、章法、技巧显然更胜一筹。除了两名门生的评语，还有李鸿裔的眉批于细处着眼，条分缕析，前文也有述及。许应鑅第八首诗云："关心视绿竟如丹，才拟欧苏下笔难。棠棣树坊留翰藻，竹林环座簇檀栾。颦眉欲学千花笑，老眼还期百岁看。边画韩诗并双绝，青词深恐玷骚坛。"李鸿裔评说："自写襟怀，妙不

---

　　① 　许应鑅：《清华唱和集》，光绪刻本，第4a—4b页。

脱题意。第六句与首章六句遥遥相应。'边画'收第六首，'韩诗'收第七首，心律极细，非率尔操觚。五、六洗尽铅华，所谓'删除绮语'也。"① 第八首"老眼还期百岁看"和第一首"看到孙曾鬓已苍"遥相呼应。已知第六首画花，第七首咏花，最后一诗便以"边画韩诗"等语作结。许应鑅诗题有"用删除绮语，摅写老怀，勉成八章，匪敢角胜骚坛，聊志一时韵事云尔"之句，咏物诗本以"模写物态"见长，而作者意在抒情写怀，去华存朴，殊别于一般作法。第七首"境阅繁华忘富贵，色含苍黛见丰姿"，正是"独抒老怀"；而第八首"颦眉欲学千花笑，老眼还期百岁看"两句，则是"删除绮语"所在。社诗总集《清华唱和集》，唯独魁作附有诗评，而阆凤楼、汪祖亮、顾文彬、俞樾、朱福清、龚寿图等只录原诗。

咸丰十一年辛酉（1861），陈寿清等人结"鹏贤诗社"，又请潘楷评定甲乙。社诗总集《容山鹏贤诗社汇草》重刻于光绪二十七年辛丑（1901），内容详尽完备。正文选录大约一百名社员的诗作，往往有序。第一名冯亮甫作有《读史有怀郭汾阳，七律同用"东"韵，有序》《过容山锦城冈刘兰雪故居，七律同用"庚"韵，有序》《鱼灯，七截四首不拘韵，有序》三题②。社员的诗题、体裁和用韵大致相同，但作品数量有所差别。各个诗人相关评论如下：

> "汾阳"序胸罗全史，笔扫千人，诗能独开生面。"刘媛"序居然名贵，诗造晚唐。《鱼灯》序烂若朝霞，诗亦不俗。全才也，以之弁冕群英，洵为不愧。（第一名冯亮甫）
>
> 律诗胸罗锦段，纬以深情，能使郭公、媛活现纸上，自是写生妙手。序文皆先揭诗意，感喟良深。截诗亦清娇拔俗。（第二名苏械）

---

① 许应鑅：《清华唱和集》，光绪刻本，第3a页。
② 陈寿清：《容山鹏贤诗社汇草》，光绪二十七年辛丑（1901）广东省城十七甫翰章印务局排印本，第7a—8b页。

首二律识超语警，次二律矜才绝艳。七截十首借题发挥，妙合无间，不特心肝欲呕，实则声泪俱下。（第三名黎如玮）

三序皆手盥蔷薇、心清茉莉。律诗浑雅，句琢琼瑶，深情若揭。截诗随手写来，自饶丰韵。（第四名叶菁）

首律寄意深远，次律潇洒出尘。截诗无一俗句，末作尤见胸次空灵。（第五名李长荣）

序文简贵，诗笔雄豪，八律尤为字字谛当，超神炼冶。（第六名谢鸿钧）

合观诸作，善于用典，不为典拘，固由才赡，亦征笔灵。（第七名许应骙）

竟体芬芳，读之令人意消。连日校阅，正在目迷五色，得此精神顿发。（第八名何惠祁）

序文隶事精工，参以情韵，逼肖庾子山。二律皆能自出新意，不肯拾人余唾。七截寄托遥深，语皆脱俗。（第九名冯培光）

三序皆苍秀，首序尤为特识至论，不但文情绚烂已也。首律即序意而伸言之，精深博大，次律才孝并表，情意缠绵。七绝磊落不羁，喜无纤俗语。（第十名陈祐）

以上这些诗评，主要从诗序、律诗和截句三种体裁入手，分析作者的创作风格和能力。序文作为诗歌的组成部分，其重要性不言而喻。"鹏贤诗社"不同于此前所举个案，其审美倾向相对明显，趋于一致。情韵深远、言语脱俗的诗作，更能得到好评。《读史有怀郭汾阳》《过容山锦城冈刘兰雪故居》两题，都是七言律诗，一是咏史，一是咏古迹，对作者的才学有一定要求，因此有"胸罗全史，笔扫千人""识超语警""矜才绝艳"等评语。此外，总集内还有丰富的眉批，层层分析社诗的写作技巧。

又，《常荫轩诗社萃雅》，首先收录潘有为《五羊石（得"仙"字）》《九龙泉（得"帘"字）》《六榕寺（得"苏"字）》《百花坟（得"情"字）》四题，诗后附有四人评语。具体如下：

生气远出，不着死灰，华茂精深，必传之作。（曾燠）

四咏骨苍韵腴，笼罩群言，脱尽推敲之迹，洵知画角描头，老手不屑也。（李威）

思咏风泉，韵谐金石，既端庄而流丽，复沈郁以缠绵。诗以穷而后工，未可概论。律缘老而益细，于兹信然。（刘彬华）

逐字俱从心窝里雕镂而出，读来却一气浑成。炼诗笔如仙子炼丹，到者地位，真是炉火纯青。（谢兰生）①

至于同社其他诗人，评语较短。例如，评张维屏曰"绮思风疏，珠光泉冽，想见超心炼冶，得此炉火纯青"，评刘华东曰"登峰华顶，凿险羊肠，奇思逼近李昌谷"，评吕坚曰"不蹈寻常蹊径，刊落皮毛，自见稜稜肌骨"，评赵允菁曰"极开展，亦极团炼，其高视阔步处，直似鹰隼盘空"，评吴奎光曰"洗尽纤埃，寒光逼人，不异星芒有角"，评吴绳显曰"平远山如蕴籍人，诗品似之"，评吴梯曰"涤去纤浓，笔情秀逸"，评张南山曰"洗练中有沉郁气"②，等等，置于诗末。社诗总集所收二十六名诗人，皆有相关评论，主要功能是概括整体诗风。具体作品又含有夹批，引导读者走入佳境。潘正衡本人的诗歌评论，则附于总集最后：

风骨凝秀，词条粲葩，君家多才，何止如晋代二潘竞爽。（刘彬华）

松风水月清华，仙露明珠朗润。（李仲昭）

撷怀古之幽情，得风人之微旨。四首工力悉敌，炼不伤雅，巧不入纤，允推名作。（邱先德）

风调谐畅中仍有论断，似此方足撷怀旧蓄念、发思古幽情。

---

① 潘正衡：《常荫轩诗社萃雅》，嘉庆十八年癸酉（1813）古藤书屋刻本，第2b—3b页。

② 潘正衡：《常荫轩诗社萃雅》，嘉庆十八年癸酉（1813）古藤书屋刻本，第2a—11b页。

（谢兰生）①

这类咏古迹的诗题，大抵要"摅怀古之幽情，得风人之微旨"，才是上乘之作。潘正衡《百花坟（得"情"字）》，诗云："痴抱人寰不死情，纷红骇绿写春声。强扶馁骨犹争艳，消受香光浪得名。袂冷醉沉金缕曲，梦圆围住锦官城。王孙一去风流谢，惆怅诔茅吊落英。"② 开头写景，结尾抒怀，作者通过凭今吊古的方式引发惆怅情绪，读者如身临其境。潘有为、潘正衡二人的作品，得到同社及社外诗人的普遍认可。

有些诗社具有评定甲乙的过程，却无诗歌评论。如"红犀馆诗社"，董沛《红犀馆诗课序》"社之例，一月一举，杂拟古今体诗，糊名易书，而先生判其甲乙焉"③，请姚燮鉴定社诗作品。社诗总集《红犀馆诗课》历次集会，收录诗人作品可能存在先后次序，但没有任何诗评作为依据。岳鸿庆"鸳湖诗社"、黄映奎"后南园诗课"也是如此。部分社集的诗评只以眉批的形式出现，如《西园吟社诗》《南园寄社诗草》等。但是，在绝大多数情况下，甲乙制度与品评功能结合而行。清代社诗的评阅工作交由名流或长者，他们具有一定的声望，能够指导社事顺利进展，偶尔也加入集会或创作。而诗歌评论，包含社诗作品的评判标准、诗人群体的审美倾向等信息，最终指向文学研究。

三 诗话及外部评价体系

基于社诗作品的流布，不少社外诗人也乐于表达自己的态度。他们的评价，可能围绕结社的诗人群体，可能关注集会的诗歌创作，

---

① 潘正衡：《常荫轩诗社萃雅》，嘉庆十八年癸酉（1813）古藤书屋刻本，第26a—26b页。

② 潘正衡：《常荫轩诗社萃雅》，嘉庆十八年癸酉（1813）古藤书屋刻本，第26a页。

③ 姚燮：《红犀馆诗课》卷首，同治四年乙丑（1865）刻本，第1a页。

具有很高的研究价值。进入诗歌批评体系的诗社，在当时已具备一定的影响。社外视域的文学批评，各有文本载体和表达方式，记录集会唱和活动，是全面认识诗社的一种途径。宏观而言，批评话语在社事经典化的途中承担媒介功能，以多元视角观察社集，以构建自身的诗学理论。社诗总集是诗社研究的根本，至于社刻不行于世的情况，社外诗人的著录及评论，则益显珍贵。

前及"西园吟社"，吴仰贤《小匏庵诗话》卷七载其诗题有二，社诗总集《西园吟社诗》各体皆备，主评选者是童槐。又列举代表作品："集中《唐荔园》诗，推张绳前作为绝唱，曰：'千年胜迹赖寻搜，不负珠江载酒游。从此荔园添故事，曹舒州后阮扬州。'此不过切合当日情事耳。《擘荔亭》诗，则推徐仁广作，曰：'万树炙江天，孤亭一角偏。偶移青翰舫，来揖绛襦仙。佳节当重五，清尊醉十千。不须勤秉烛，自有夜珠悬。'又，徐良琛作曰：'半醉凭栏拍掌呼，欲挥如意击珊瑚。酣来唤起鹅潭月，映彻仙人白玉肤。'"[①]张绳前、徐仁广和徐良琛都是"西园吟社"的成员，但《西园吟社诗》并未显示他们的诗歌属于首推之作。吴仰贤见过社集刊本，《小匏庵诗话》所记可能包含作者的主观爱好。而"此不过切合当日情事"，又似有轻视之意。

袁枚《随园诗话》卷三第六十一则记载："马氏玲珑山馆，一时名士如厉太鸿、陈授衣、汪玉枢、闵莲峰诸人，争为诗会，分咏一题，衷然成集。陈《田家乐》云：'儿童下学恼比邻，抛堕池塘日几巡。折得松梢当旗纛，又来呵殿学官人。'闵云：'黄叶溪头村路长，挫针负局客郎当。草花插鬓偎篱望，知是谁家新嫁娘？'秋玉云：'两两车乘觳觫轻，田家最要一冬晴。秋田晒罢村醪熟，翻爱糟床滴雨声。'汪《养蚕》云：'小姑畏人房阃潜，采桑那惜春葱纤。半夜沙沙食叶急，听作雨声愁雨湿。'陈云：'蚕娘养蚕如养儿，性知畏寒饥有时。篱根卖炭闻荡桨，屋后邻园桑剪响。'皆可诵也。余

---

① 吴仰贤：《小匏庵诗话》卷七，《续修四库全书》第 1707 册，第 58—59 页。

题甚多，不及备载。至今未三十年，诸诗人零落殆尽，而商人亦无能知风雅者。莲峰年八十三岁，傫然尚存，闻其饥寒垂毙矣！"① 此次玲珑山馆诗会，成员有马曰琯（秋玉其字）、厉鹗（太鸿其字）、陈章（授衣其字）、汪玉枢、闵华（莲峰其字）及袁枚等，可视作"韩江吟社"之集。三十年后，同社零落，闵华的生存状况也十分堪怜，其《澄秋阁集》也未见有《田家乐》一诗。因此，袁枚以诗话的形式将作品记录下来，保存了诗社的创作面貌。袁枚提到商人不懂风雅，而汪玉枢既是盐商，又能作诗。平心而论，《随园诗话》所录汪氏《养蚕》，语言通俗，但诗意过渡并不自然流畅，只能说是"可诵"。经过时间的淘洗，诗会作品容易流失，而亲历者以局外眼光及时记载，可谓幸事。

又，《随园诗话》卷十第六十七则又提到：

> 桂林向有诗会。李松圃比部、马嵘山中翰、浦柳愚山长、朱心池明府、朱兰雪布衣，时时分题吟咏。余到后，得与文酒之会，同访名山古刹。临行时，五人买舟相送，依依不舍，见赠篇什，不能尽录。仅记心池云："五十年前跨鹤行，重来无复旧同群。一囊新句千丝雪，万叠青山两屐云。好古不求唐后碣，论文谁撼岳家军？灵皋健笔渔洋句，才力输公尚十分。""卅载心惊绝代才，何缘杖履得追陪。文章真处性情见，谈笑深时风雨来。一棹方回仙掌外，片帆又挂楚江隈。湘灵也解延名士，九面奇峰次第开。"柳愚云："筋力登临老尚优，每逢佳处辄勾留。谁能鹤发六千里，来证鸿泥五十秋？旧事略知余白足，（僧明远，能谈金中丞遗事。）残碑尽拓付苍头。闻公欲挂湘帆去，又向衡山作胜游。"兰雪云："六朝偶恋烟花迹，一代先收翰墨勋。"②

---

① 王英志：《袁枚全集新编》，浙江古籍出版社2015年版，第8册，第100页。
② 王英志：《袁枚全集新编》，浙江古籍出版社2015年版，第9册，第383页。

　　桂林诗会的成员有李秉礼（松圃其字）、马俊良（嵊山其字）、浦铣（柳愚其号）、朱锦（心池其字）和朱"兰雪"。袁枚在广西期间，时常加入集会唱和。后来，又举行送别一会，袁枚录有朱锦、浦铣和朱"兰雪"三人的诗句。在袁枚到来之前，桂林已有诗会；在临别之际，袁枚则是送行的对象。因此，袁枚既以社外视角记录创作，又曾亲身经历集会，情真意切。广西一带的社事，若非有心记载，必将湮没无闻。袁枚足迹所到，笔触所及，风流得以延续。就诗话而言，所载原诗或佳句，体现的是作者的态度。

　　林昌彝《射鹰楼诗话》卷十七记载："昆明戴袭孟侍御炯孙深于诗，为滇南风雅之冠，诗境苍深雄健，如老将临敌，纵横挥霍而纪律森然。其《与杨毅山、欧阳米楼比部及诸人复理吟秋诗社》云：'风雅久陵替，古义如缀旒。因缘文字交，乃为声利尤。戴赘此羔雁，投卷皆公侯。恃以赝多取，肯复思千秋。诗教一已衰，渐恐人心偷。我欲雪斯语，愿言篾同俦。'"[1] 戴炯孙（袭孟其字，号云帆）和杨本程（毅山其号）、欧阳丰（米楼其号）等复举"吟秋吟社"。根据陆应毂《甲午季秋，云帆水部以诗简同社诸友及余，复续"吟秋社"，和成四章》[2]，续"吟秋诗社"的时间在道光十四年甲午（1834），陆氏也是社员。陆诗其二云："去年八月初，相邀赋新诗。唱酬两欣欣，不知日已驰。西风卷落叶，飘飘忽分飞。感兹岁华流，永怀逝川悲。努力当盛壮，不朽以为期。"[3] 可见，"吟秋诗社"的创立时间在道光十三年癸巳（1833）八月，《"吟秋社"第三集即事》极有可能就是社诗作品[4]。陆应毂结社之时，未满三十岁，已得中进士，颇有壮志。《射鹰楼诗话》认为戴炯孙"诗境苍深雄健"，便以他的诗简为例。虽是滇南风雅，但"吟秋诗社"的声名并不显著，幸得林昌彝为之传扬。根据戴诗结语，可知续举诗社的

<hr />

① 　林昌彝：《射鹰楼诗话》卷十七，上海古籍出版社1988年版，第402页。
② 　陆应毂：《抱真书屋诗钞》卷三，《续修四库全书》第1532册，第132页。
③ 　陆应毂：《抱真书屋诗钞》卷三，《续修四库全书》第1532册，第132页。
④ 　陆应毂：《抱真书屋诗钞》卷三，《续修四库全书》第1532册，第131页。

初衷在于蹈袭风雅、振兴诗教。陆应穀"尔我既同心，是非愿相共"等句，也给予恳切的回应。

又，《射鹰楼诗话》卷二十记载："《对岳楼诗录》二卷，曲阜孔绣山舍人宪彝著。（道光丁酉乡榜，今官内阁中书。）舍人尝谓：'诗有真性情，则体例俱在，才与气辅之而已。'此舍人自道得力也。舍人弱冠即能诗，津门梅树君学博建'梅花诗社'，名流毕集，互角旗鼓，舍人以弱龄独整一队。既游江淮，交游益广，同时诗人如潘四农之严谨，龚定庵之高旷，张亨甫之豪雄，莫不推襟送抱，相见恨晚。舍人诗才华骏越，韵致缠绵，龚定庵谓其诗位置在随州、樊川之间，非溢语也。"① 孔宪彝（绣山其号）曾于道光初年结"梅花诗社"。该社由梅成栋（树君其字）所创，王崇绶辑有《沽上梅花诗社存稿》，今人有整理本②。华长卿《送树君师之大名》"梅花起诗社，坛坫群推崇"③，说的便是梅成栋的盟主地位。道光六年丙戌（1826）冬，"梅花诗社"第一集，得十九人。从道光七年丁亥（1827）到十五年乙未（1835），九年之间，入社者多达四十余人。《梅庄诗钞》卷五《三月十九日，同温东川（予巽）、嵇云裳（文锦）、邱小迟（家灿）、李采仙（云楣）、钱冬士（步文）、丁柘塘（晏）、高寄泉（继珩）、李晴湖（复淳）、徐浣云（文焕）、孔绣山（宪彝）剧饮，次日登车就道，车中得七绝十章（戊戌）》，第十首写孔宪彝，诗云："衮衮诗才妙绝伦，攒眉耻效捧心颦。相如尽有耽吟癖，不是梅花社里人。"④ 可见，到道光十八年戊戌（1838），"梅花社"仍是孔宪彝的标签，他所交游的诗人中也不乏社员。此后，孔宪彝在北京还举行了丰富的社集活动。道光二十年庚子（1840），孔宪彝

---

① 林昌彝：《射鹰楼诗话》卷二十，上海古籍出版社 1988 年版，第 469 页。

② 孙爱霞：《沽上梅花诗社存稿》，天津古籍出版社 2019 年版。该社成员有梅成栋、张世光、唐溦、贺兆魁、金淳、陆凤钧、沈湘、姚承恩、翁绍海、徐杨、高继珩、李云楣、钱步文、范圻、凌泰磐、吴之彦、李云槿、姜钟喆等。

③ 华长卿：《梅庄诗钞》卷四，《续修四库全书》第 1533 册，第 597 页。

④ 华长卿：《梅庄诗钞》卷五，《续修四库全书》第 1533 册，第 603—604 页。

在尺五庄作饯春会，辑有《尺五庄饯春诗荟》①。出于仰慕韩愈，孔宪彝名其室曰"韩斋"，招同诗友在此集会，绘有《韩斋雅集图》，王拯作图记②。道光二十八年戊申（1848）十二月，孔宪彝和梅曾亮、何绍基、孔庆镠等在韩斋就有唱和活动。又，根据叶名澧《四月三日，同孔绣山舍人展禊慈仁寺，与会者三十人，期而未至者七人》③，可知咸丰六年丙辰（1856），叶名澧和孔宪彝在北京慈仁寺举行展禊会，冯志沂撰有《慈仁寺展禊诗汇叙》④。朱琦《四月三日，叶润臣、孔绣山招集同人于慈仁寺为展禊之会，是日先致祭顾先生祠，然后与会》即集会所得⑤，张祥河也有相关诗作《孔绣山、叶润臣招集慈仁寺，并谒顾亭林先生祠，翌日画〈双松图〉付寺僧有作》⑥。未能出席的诗人也有作品，如龙启瑞《四月三日，叶润臣阁长（名澧）、孔绣山舍人（宪彝）招集诸同人于慈仁寺展禊赋诗，仆以有事不至，赋呈一首》⑦，王拯（原名锡振）《润臣、绣山招陪诸公展禊慈仁古寺，适以是日当直未赴》⑧。从尺五庄饯春会到慈仁寺展禊会，孔宪彝都编有相应的唱酬总集，交游愈广，诗艺益进。龚自珍评价其古体浑厚，诗学韩愈、李贺；近体风旨清深，在刘长卿、杜牧之间。时人边浴礼则认为他风格空灵、情感真挚，神似白

---

① 孔宪彝：《尺五庄饯春诗荟》，道光二十九年己酉（1849）刻本。

② 王拯：《龙壁山房文集》卷五，《续修四库全书》第 1545 册，第 195 页。

③ 叶名澧：《敦夙好斋诗全集·续编》卷四，《续修四库全书》第 1536 册，第 482—483 页。与会者有陶梁、张祥河、吴国俊、何兆瀛、汪曮、杨传第、冯承熙、刘瀚清、鲁一同、丁寿祺、尹耕云、符葆森、蒋超伯、卞宝第、吴庆增、毕廷杰、蔡寿祺、倪文蔚、徐志导、朱琦、刘存仁、林寿图、陈重、祁世长、郑晓如、孔宪彝、孔宪毂、陈昌纶、王树桐和叶名澧。未至者有司马钟、宗稷辰、刘倬、汪滋树、丁寿昌、龙启瑞和王锡振。

④ 冯志沂：《适适斋文集》卷二，《续修四库全书》第 1553 册，第 242 页。

⑤ 朱琦：《怡志堂诗初编》卷八，《续修四库全书》第 1530 册，第 193 页。

⑥ 张祥河：《小重山房诗词全集·怡园集》，《续修四库全书》第 1513 册，第 571 页。

⑦ 龙启瑞：《浣月山房诗集》卷三，《续修四库全书》第 1542 册，第 51 页。

⑧ 王拯：《龙壁山房诗草》卷八，《续修四库全书》第 1545 册，第 59 页。

居易和苏轼。

又，林昌彝《射鹰楼诗话》卷六提到厉鹗的结社经历："乃于南湖结文酒之社，与诸名辈唱和。所至争设坛坫，皆以先生为主盟，一时往来，通缟纻而联车笠，韩江之雅集，沽上之题襟，而总持风雅，实先生为之倡率也。时宗中晚，以清和为声响，以恬淡为神味，征典之作，规矩谨严，则竹垞老人之亚也。集中绝句，可以继响渔洋。"① 厉鹗作为诗坛领袖，结有"南湖诗社""韩江吟社"等，甚至在天津水西庄也有唱和活动。林昌彝继而列举厉鹗五言佳句如"寒田吹穬稗，清渚乱鸥凫""背窗栖鸟影，灭烛听松风""藤花当户落，荷叶并桥齐""沙碧鸟双下，树凉蝉独嘶""野水中开阁，交芦外倚舟""木落残僧定，山寒归鸟稀"，等等；七言如"水减旧痕鱼上后，霜传新信雁来初""山遮坏塔可十里，树袅孤烟自一村""荷边鱼在幽中戏，桥上人从画里行""袅袅凉风帆影转，层层僧舍竹光斜""小艇浮分山影去，生衣凉约树声来""秋来南国宜高卧，月傍东城得早看"，等等。全是对仗工整的写景诗联，不一定属于社诗作品，但足以代表浙派清和、恬淡的风格。朱彝尊、王士祯、厉鹗等诗坛巨匠，都以集会之作影响海内，从而赢得持久的名声。而同社或社外诗人也能够精准地把握这些社长的主要创作特征。

清代闺秀诗人拥有一定的社交空间和创作机会，相关诗话也多有记载。主流诗家对闺秀诗作予以不少关注和肯定。陶元藻《全浙诗话》卷五十二"周菊香"条，引《游瓯纪闻》记载："予寓瓯，有女状元周菊香者，善诗文，尤妙解音律，结十番社诗社于城西。一题出，唱和者多至数百人，皆闺中杰也。因摘其佳句录之。《咏莲居寺竹》云：'春苞和露坼，秋影带烟浮。'《山行》云：'野烧留樵路，村楼隔爨烟。'《山花》云：'红堕无人处，青成有脚春。'《野望》云：'断雁续残影，孤云界远山。'《霜闺》云：'冰冻有时敲玉筯，薄寒无计下金钗。'《村居》云：'山花无语随春老，明月多情

---

① 林昌彝：《射鹰楼诗话》卷六，上海古籍出版社 1988 年版，第 123 页。

照客眠。'《静香斋闲咏》云：'纨扇因风轻蛱蝶，疏帘有月淡梅花。'诗思隽永，直不减班香薛艳矣。"① 温州妇女结社，诗歌工丽隽永，不亚于班婕妤、薛涛等古代女诗人。清代妓女之中也不乏结社能诗者。雷瑨《青楼诗话》记载："曹华卿（秀林），明湖'瓶花诗社'吟妓也。有代某寄人二绝极佳。诗云：'钿雀银蝉玉蕊冠，妆成不出怕人看。如何最是堪怜处，独立空廊小袜寒。'又云：'酒阑歌散太无聊，算定花时访翠翘。再若相逢说相忆，自从去岁到令朝。'末语尤非思索可到，是深于情者。"② 曹华卿的这些诗作思妙情深，体现了才妓的日常情调和细腻文笔。潘江《木厓集》卷二十六《元日赠歌妓云轻》四首，其二、其三和《青楼诗话》所引大致相同，因此曹氏可能是代潘江而作，时间在康熙初年。又，凌霄《快园诗话》卷八记载："秦淮妓王翘云光艳动人，余会诗招之来，王不能古体。是日，近体为《送春》，王诗曰：'催归声里放将离，欲问东君何所之。决志不留亏尔忍，断肠相送笑侬痴。绿窗风雨心担久，红豆帘栊梦醒迟。岁岁香车南浦外，小魂销尽有谁知。'众送春诗成，互录以示翘云，令定甲乙。王首爱余'奢念妄思三月闰'及'余花虽艳为谁容'之句，次则李瘦人'似燕自来还自去，笑余能送不能留''老眼已无分手泪，香闺应有断肠人'之句。时李年将八十，喜遇知音，手舞足蹈，翘云避之。余秋农戏咏其事曰：'酒人临水开诗社，织女穿花避寿星。'"③ 凌霄和李茨（瘦人其号）、余曼（秋农其字）等在南京开诗社，饮酒赋诗，请妓女王翘云评定甲乙。翘云不会作古体，也算不上诗社成员，即使是评定甲乙的工作，也只是助兴罢了。其裁夺未必公允，但却是独特的女诗人视角，甚至被李茨视作知音。

---

① 陶元藻：《全浙诗话》卷五十二，浙江古籍出版社 2017 年版，第 5 册，第 1318—1319 页。

② 雷瑨：《青楼诗话》卷上，《清代闺秀诗话丛刊》本，凤凰出版社 2010 年版，第 2 册，第 1381 页。

③ 凌霄：《快园诗话》卷八，《续修四库全书》第 1705 册，第 305 页。

　　无论是亲历者、见证者或评定者，在选诗评诗阶段都有自己的标准，符合他们各自的身份特征。不同于社诗总集的编刊体例，社诗摘句也有很强的参考价值。前及陈文述辑《碧城仙馆女弟子诗》①，是王兰修、辛丝、张襄、汪琴云、吴规臣、吴藻、陈滋曾、钱守璞、于月卿和史静十名女学生的诗歌总集，追步任兆麟所辑《吴中十子诗钞》。此外，陈文述撰《碧城仙馆摘句图》，又名《诗品外编》，由其妻妾管筠、薛纤阿、文静玉共同编纂而成。文氏序道："余主人子妇孝慧宜人，尚在海内闺秀中诗家宗匠也。因得晨夕奉教，问诗法。仲姬云姬夫人以《碧城摘句图》属为续录，用摩缽夫人前例也。因得尽读未刊诸作，摘录五、七言凡三卷，各为之品第。"② 这些女诗人能够分别作品优劣，比起初学诗者又高出一筹，反映了晚清时期女诗人已从集会创作进入文学批评领域。

---

① 陈文述：《碧城仙馆女弟子诗》，民国四年（1915）吴氏西泠印社排印本。
② 陈文述：《碧城仙馆摘句图》卷首文静玉序，道光二十四年甲辰（1844）三鹭阁刻本，第5a页。

第 六 章

清代诗社的文化阐释

诗社已成为清代诗歌创作的重要机制，集会唱和形式的多样性也在一定程度上刺激了诗歌创作的新变。除了文学，诗社也和艺术、文化等形式相关联，并承担一定的社会功能。艺术性、宗教性诗社的存在，结合之前提到的政治性、文学性诗社，足见清代诗社多元化的类别和功能。社约、会约通常置于社诗总集卷首，是一般唱和总集所没有的标志性文字。清代诗社的规约是结社宗旨的体现，在很大程度上延续了宋代真率会约的精神。诗社图像的绘制及题图诗创作，也是记录集会场景、还原结社真实的线索。除了诗人群体所构建的结社环境，清代诗社还受到朝廷政策的影响，如清初禁社之令在一段时间内阻碍社事发展。书院及官学促进了课诗类诗社的发展，表现出了对文章和诗歌的共同关注。清代社事，一方面遵循诗社及诗歌发展的固有规律，另一方面也受到政治、文化环境的不断刺激，呈现出了前所未有的活跃之态。

第一节　文学、艺术和信仰

以结社主体划分，清代诗社有遗民诗社、闺秀诗社、八旗诗社和士夫诗社等，前文已论及。诗歌创作在各类诗社中的重要程度不同。纯粹的文学社重视唱和所得，对社诗进行誊录、评阅和选定，成书过程可能经历波折，最终目的都是作品存世。同社轮流做主，各司其职。而耆老会重视集会本身，志在记录胜事。诗人群体平均年龄较高，直接影响集会频率、创作数量、唱和形式等。清初遗民诗社也具有耆老性质，结社的初衷在于相同的政治态度，而非文学观念之类。由于复杂的背景环境，遗民诗人在思想上具有抗争性，而乾隆以后的耆老却是政治的歌颂者。社诗作品体现文学性，而集会唱和活动则具有促进交游、加强联络的功能。试帖诗创作，服务于科举考试，具有实际功用。以创作对象划分，清代有词社、文社、画社等，有时也作诗。总体而言，清代诗人结社，根据结社宗旨呈现出文学性、政治性、艺术性、宗教性等。探讨艺术社、宗教社，对挖掘诗社的特质也具有参考价值。

一　文学社与艺术社、宗教社

清代文社的结社方式与诗社有诸多共同点。《湖舫会课》姚景夔跋记载："此集为同治丁卯岁先君子宰仁和时，所约一时江浙知名之士举行'湖舫小课'，每集必设宴湖舫，敦请薛慰农山长主持坛坫，颇极文酒之乐。社凡八集，得文若干篇，均经山长评定甲乙后付梓。"① 同治六年丁卯（1867），姚景夔之父姚燮在浙江杭州结文社"湖舫小课"，薛时雨主持坛坫并评定文章甲乙，辑有《湖舫会课》。这篇跋文还提到姚燮在浙江鄞县也曾招集四明文士和幕中文友举行"求正鹄斋文社"，请宁波知府边宝诚（字仲思）主持社事，可惜社稿散佚不存。文社集会也有宴饮、游湖等活动，评选文章也有自己的原则和标准。文社和诗社的差别主要是创作体裁，至于社集的程序及方式则大同小异。值得注意的是，清代文社以时文创作为主，兼及试帖诗，具有应付科举考试的功能。而试帖诗社毕竟少数，绝大部分诗社属于纯文学社，以诗会友，而非通往仕途的手段和策略。又，彭銮序《薇省同声集》说："省中文雅知名士，不翅四君。即

---

① 薛时雨：《湖舫会课》卷首姚景夔序，光绪二十年甲午（1894）刻本，第1a页。

四君之所成就及所期许，亦不翅此选声订均之末技。独念掖垣载笔垂二十年，与诸君子视草看花，无三日不聚，暇则命驾，互相过酒垆僧寺，载酒分题，其乐何极！丁亥［光绪十三年，1887］秋，相约尽和白石自制曲。畴丈一夕得五六解，佑遐性懒，词不时成，罚以酒，又不能饮，突梯滑稽，每乱觞政。同人无如何而乐即在其中。"① 省中四君，是指端木埰（字子畴）、许玉瑑（字鹤巢）、王鹏运（佑遐其字）及彭銮。彭序称这部词总集是"选声订均之末技"，不足以代表四名诗人的创作成就，词社及词作一向难登大雅之堂，清末仍是如此。除了体裁，词社分题唱和的形式基本和诗社无异，但集会活动明显更具娱乐性，这点和倚声的源流也不无关系。

清代，南京莫愁湖一带也有不少社事。《莫愁湖风雅集》姚鼐序记载：

乾隆癸丑，郡守李松云先生始修华严庵，楼下绘为莫愁像，湖中多植荷花，且设画舫，游人鼓棹于其间。而轮奂既彰，轩槛临湖，湖光如镜，春风漾波，秋月照影，较玄武、乌龙潭为尤丽。遥对清凉山，翠微、石头皆在烟云杳霭间。当时名公巨卿、骚人墨客，莫不竞为题咏，而太守《棹歌》最佳，士林传诵。历年以来，诗章题于壁者不可胜计，或为风雨摧残，或为游人窃去。庵僧恒峰惧其零落，亟命弟子将所存诗幅录而弆之，朝夕流览，久而成帙，随其先后录之，别无编次，题曰《莫愁湖风雅集》。②

这部总集本身并非结社所得，但集中诗歌对莫愁湖社事多有展现。乾隆五十八年癸丑（1793），江宁知府李尧栋（松云其字）捐

---

① 彭銮：《薇省同声集》卷首彭銮序，光绪十六年庚寅（1890）刻本，第1b页。
② 释恒峰：《莫愁湖风雅集》卷首姚鼐序，嘉庆二十年乙亥（1815）胜棋楼刻本，第1a—1b页。

倅整修华严庵，营建郁金堂、湖心亭、赏荷亭等，"多植荷花，且设画舫"，莫愁湖遂有"金陵第一名胜"之称。李尧栋作有《莫愁湖棹歌》，和诗纷至。释恒峰将这些唱和诗歌汇存成册，刊成《莫愁湖风雅集》。袁枚作有《和松云太守莫愁湖诗二十首》①，蔚为可观。而嘉庆十六年辛未（1811）五月七日，莫愁湖曾有"画社"，或称"诗画会""金陵画社"，是画社和诗会的结合，相当独特。马士图（号楸村）《莫愁湖丹青引（用少陵丹青引原韵）》，诗序记载："辛未五月七日，张白眉、朱羽士岳云、金仙峦、何春圃招集胜棋楼结'画社'，凡三十三人。归赋长句，以纪胜地盛筵并胜友姓字云。"②社员有马士图、张乃耆（白眉其号）、朱福田（岳云其号）、金坡（仙銮其号，一作仙峦）、何林（春圃其号）等。集中相关诗题如下：

> 《重光协洽天中节后二日，坡与何春圃纵谈丹青，有求广教之意，因扳张白眉、朱岳云羽士以画会名公于莫愁湖，对名区、集益友，得意濡毫，雅韵欲绝，遂援画笔走书七古一章，以纪一时之胜云》（金坡）
>
> 《辛未五月七日，同张五寿民、金大仙銮、岳云道士邀集诸君子于莫愁湖楼作画赋诗，勉成二十八字》（何林）
>
> 《辛未夏五，邀同人作画于莫愁湖上，书以纪胜》（张乃耆）
>
> 《辛未五月七日，张白眉、何春圃、金仙峦、朱岳云招同人集莫愁湖上为"诗画会"，填〈买陂塘〉一解，以纪盛事》（周介福）
>
> 《湖上题画竹》（马士图）
>
> 《辛未重五后二日，张五寿民、金大仙銮、何大春圃、朱岳

---

① 释恒峰：《莫愁湖风雅集》卷一，嘉庆二十年乙亥（1815）胜棋楼刻本，第1b页。

② 释恒峰：《莫愁湖风雅集》卷二，嘉庆二十年乙亥（1815）胜棋楼刻本，第22a页。

云羽士招诸同人会诗画于莫愁湖楼，得四十字以记之》（唐洁）

《辛未夏五，同寿民、仙銮、春圃三君集诸居士会画于莫愁湖上，口占一截》（朱福田）

《莫愁湖集画诗》（韩炎）①

除了上面提到的五名社员，该"诗画会"还有周介福、唐洁和韩炎三人，全部能诗善画，无一例外。韩炎诗序记载："辛未五月七日，张五寿民、朱岳云道士邀同胡兰川先生、唐丈雪江，凡二十余人，会画于湖上，释鹰巢作记，余得诗若干首，同纪其盛。"② 胡钟（兰川其字）、释定志（鹰巢其号）二人也是丹青能手。至于集会的具体人数，韩炎和马士图所记不同。马诗注释提供了关于当时集会的丰富资料。"与可子瞻骑龙去，萧萧清影人间存"一联，诗人自注说："崔春泉、周月溪、释竹居及予先写竹。"③ 又，"卖画归来辞好官，风流曾识谪仙面"，自注说："胡晚晴先生作山水，昔官遵义府，即唐时夜郎地，曾捐俸修怀白堂。"④ "砚北劲敌三少年，笑比蜀魏吴争战"，是指"朱赤城、方龙眠、岳云皆作山水"⑤。"有客欲和吹紫玉，惊残香梦南朝空"，作者注云："巢县唐丈雪江，同里汪云根、春泉皆作人物，杭州章髯渠宾画蟹成，吹洞箫。"⑥ 此后六联，转到仄声"二十三漾"韵，注释记载：

---

① 释恒峰：《莫愁湖风雅集》卷二，嘉庆二十年乙亥（1815）胜棋楼刻本，第23a—25a 页。

② 释恒峰：《莫愁湖风雅集》卷二，嘉庆二十年乙亥（1815）胜棋楼刻本，第25a 页。

③ 释恒峰：《莫愁湖风雅集》卷二，嘉庆二十年乙亥（1815）胜棋楼刻本，第22a 页。

④ 释恒峰：《莫愁湖风雅集》卷二，嘉庆二十年乙亥（1815）胜棋楼刻本，第22a 页。

⑤ 释恒峰：《莫愁湖风雅集》卷二，嘉庆二十年乙亥（1815）胜棋楼刻本，第22b 页。

⑥ 释恒峰：《莫愁湖风雅集》卷二，嘉庆二十年乙亥（1815）胜棋楼刻本，第22b 页。

蔡孝廉琴叔，韩奕山，刘素园，吴兰坪，曹羲池，卞云士、珊青，周竹恬，朱鲁南，司马秀谷，雪江丈，月溪，白眉，仙銮，春圃，羽士沈兰臯、许淡居，释膺［鹰］巢、雪蕉，各作墨卉，或着色花鸟虫鱼。①

“诗成歌发天欲暮，卢家月色来亲人”，诗人自注说：“姚献林，车秋舲，陈菊农，鲁南，白眉，渠宾，释松亭、恒峰，互相弹琴、赋诗、度曲。”② 结合这些注释，可知社员在集会上各有活动，具体如下表所示：

集会活动		具体社员
绘画	竹	崔溥、周宝俣、释文一、马士图
	山水	胡钟、朱霞、方山、朱福田
	人物	唐洁、汪本源、汪本豫
	蟹	章瑞
	墨卉 花鸟虫鱼	蔡之铭、韩炎、刘芳、吴藻、曹森、卞文焕、卞煦、周介福、朱沂、司马钟、唐洁、周宝俣、张乃耆、金坡、何林、沈春林［一作春龄］、许仁年、释定志、释雪蕉
弹琴、赋诗、度曲		姚森、车持谦、陈昌绪、朱沂、张乃耆、章瑞、释弥朗、释恒峰

除去重复的社员，共得三十四人。而马士图诗序，以及甘焕元撰《莫愁湖志》所附《画社同人录》③，都作“三十三人”，没有录入“汪本豫”。《画社同人录》还录有“因雨阻未入社者”六十余人④。这些画家有名有姓，在艺术领域各有所长，多居江宁和上元（都在江苏南京），构成嘉庆时期金陵画坛的创作整体。“金陵画社”包含不少道士、僧人，未入社者还有女画家骆绮兰等。除了诗词、

① 释恒峰：《莫愁湖风雅集》卷二，嘉庆二十年乙亥（1815）胜棋楼刻本，第22b页。

② 释恒峰：《莫愁湖风雅集》卷二，嘉庆二十年乙亥（1815）胜棋楼刻本，第23a页。

③ 吴小铁：《南京莫愁湖志》，中央文献出版社2005年版，第130—131页。

④ 吴小铁：《南京莫愁湖志》，中央文献出版社2005年版，第131—133页。

绘画，社员在书法、篆刻、音乐等方面都有一定造诣。而集会当日，杭州章瑞吹奏洞箫，"画社"可谓集诗词、绘画和音乐于同时，风雅至极。而根据韩炎《莫愁湖集画诗》自注，社员的集会活动更加具体，如下表所示：

集会活动			创作主体
绘画	山水		胡钟、方山、朱霞
		烟岚	朱福田
	人物		崔溥
	花鸟虫鱼	浔阳送客图	汪本源
		梅	释雪蕉
		墨兰	周介福、释文一、许仁年
		竹	周宝侯、马士图
		菊	沈春林
		牡丹	朱沂
		桃花双燕	何林
		鸟	张乃耆
		蟹	章瑞
音乐	吹箫		章瑞
	弄笛		沈春林
	弹琴		姚森
	度曲		朱沂、汪本豫
文学	五律		唐洁
书法兼绘画			卞云焕、胡钟

绘画花鸟虫鱼一类，既有分工，也有配合。吹箫、弄笛、弹琴和度曲，各有其人，各擅胜场。而文学现场创作只有唐洁，但社中能诗者不少。《莫愁湖风雅集》所录马士图、金坡、何林、张乃耆、周介福、唐洁、朱福田和韩炎的作品，应是会后补作，具有纪胜的功能。其中，周介福填《买陂塘》一解。兼通绘画和音律的有章瑞、沈春林、朱沂、汪本豫、张乃耆等。韩诗所注现场个别社员的工作，和马士图所记不同。但也可理解成部分社员兼顾多项活动，譬如崔

溥先写竹后作人物；释文一先画竹后绘兰；唐洁既绘画又作诗。当然，也可能存在诗人记忆错误的情况。根据金坡诗"不才附骥写莲花，鲁班门前弄大斧"①，可知金坡当时正在画莲。释恒峰是《莫愁湖风雅集》的辑录者，也是"画社"集会的亲历者。韩炎自注说："是日风雨，恒峰师众接应极劳，附此谢之。"② 若非天气原因，与会者可能更多。当时金陵艺术领域的发展程度，可见一斑。

这种诗画结合的"诗画会"，在清代还有其他例子。秦祖永《桐阴论画三编》卷上"王灏（逸品）"记载："王春明灏擅长墨竹，清超雅秀。余家藏有数帧，笔意劲逸，点叶浓处、淡处，均生气奕奕，扫尽停匀平实之病。夫墨竹以气势魄力离奇超妙为大家，春明神韵幽秀，允堪寿世。"③ 小传说："春明，金匮拔贡生，官庐江训导。诗清刚俊爽，书法出入唐、宋，兼写芦雁。年七十归里，尝于重九日宴集蓉湖第一楼，作'诗画会'，远近至者五十余人。"④ 可见，清末无锡蓉湖曾有"诗画会"，会者众多。早在明末，归昌世、许梦龙、沈宏先、张樻、桂琳、沈柽、张宿、徐开晋、顾宏、许璟、龚定、姚曦和潘澄［一作徵］十三人就已结有"画社"。冯金伯《国朝画识》卷三潘澄名下记载："潘澄，字弱水，画师黄大痴、沈石田。酒酣放笔，高岩古干，盘郁淋漓，见者挢舌。崇祯末，与归文休昌世、许沧溟梦龙、沈开之宏先、张士美樻、桂孟华琳、沈子柳柽、张炳南宿、徐孟硕开晋、顾伯厚宏、许瑞玉璟、龚慧生定、姚元晖曦十三人结'画社'，各肖其像，题曰《玉山高隐》。然负气谊，不以画求利。"⑤ 彭蕴璨《历代画史汇传》卷十七也有相关记载⑥，卷三十四

---

① 释恒峰：《莫愁湖风雅集》卷二，嘉庆二十年乙亥（1815）胜棋楼刻本，第23b页。

② 释恒峰：《莫愁湖风雅集》卷二，嘉庆二十年乙亥（1815）胜棋楼刻本，第27a页。

③ 秦祖永：《桐阴论画三编》卷上，《续修四库全书》第1085册，第380页。

④ 秦祖永：《桐阴论画三编》卷上，《续修四库全书》第1085册，第380页。

⑤ 冯金伯：《国朝画识》卷三，《续修四库全书》第1081册，第530页。

⑥ 彭蕴璨：《历代画史汇传》卷十七，《续修四库全书》第1083册，第310页。

又记载："丁景鸿，字弋云，号鹫峰，仁和人。戊子举乡荐。山水浑厚，宗大痴、北苑。结'诗画社'于雨峰三笠间，时有契友十六子，互相酬唱为乐。"① 清初，丁景鸿与友人在杭州结"诗画社"，时称"鹫峰十六子"。

清代也有纯粹的画社。张鸣珂《寒松阁谈艺琐录》卷一记载："冯小亭丈培元，仁和人，道光甲辰［二十四年，1844］探花。下笔千言，文思敏捷。未第时，应书院课，日可得七八卷。兼通六法，工画梅，疏枝冷蕊，得冬心、董浦遗意。官京师，与秦谊亭诸君结'画社'。"② 冯培元善于画梅，有浙派金农（冬心其号）、杭世骏（董浦其号）之风。在京师曾和秦炳文（谊亭其号）等人结"画社"。又，卷三记载："癸酉［同治十二年，1873］夏日，予客江南提督李质堂军门朝斌戎幕，时松江衙署未成，而尚驻节吴中也。因与同人结'修梅阁书画社'。德清俞曲园先生作润目小引。"③ 张鸣珂本人在同治年间曾结"修梅阁书画社"。俞樾（曲园其号）所作《润目》包含二十人，即刘履芬、黎庶昌、胡寅、戴兆登、李锡光、金肇鼎、夏凤翔、戴兆春、张鸣珂、倪士伟、潘钟瑞、陶寿桐、陆凤墀、夏曾传、周作镕、魏彦、倪昌勋、朱福清、吴恒和王廷训，都是文苑艺林的名家。

华希闵《砚香草堂书画会记》记载："吾邑湖山泉园之胜甲天下，名卿硕儒林立辈出，下及书画艺事，皆精诣独造，代有名人。……比日，金坛王吏部虚舟、蒋布衣拙存，以书法名海内，周布衣东溪，绘画名家，各侨寓吾邑。邑后生好事者，争师三先生。三先生随其资力，指授以法，犹惧其怠也。思有以程策之，朱君御龙首会群贤于所居之砚香草堂，□延二三耆宿，为三先生畏友者，作诸生矜式。虚舟既即席为规条，疏其姓名、年齿于卷，而属余记之。"④ 雍正年

---

①　彭蕴璨：《历代画史汇传》卷三十四，《续修四库全书》第 1083 册，第 549 页。
②　张鸣珂：《寒松阁谈艺琐录》卷一，凤凰出版社 2010 年版，第 59 页。
③　张鸣珂：《寒松阁谈艺琐录》卷三，凤凰出版社 2010 年版，第 95 页。
④　华希闵：《延绿阁集》卷八，《四库未收书辑刊》第九辑第 17 册，第 689 页。

间，王澍（虚舟其号）、蒋衡（拙存其字）和周之祯（东溪其号）在砚香草堂举"书画会"。江苏、浙江和北京等地，是清代艺术家荟萃的中心。江浙素有文化渊源和艺术流派，其山水园林也为创作提供了灵感。

在这类诗画社中，诗歌创作居于次要地位，配合集会或绘画而作。"金陵画社"的唱和诗歌便是如此，没有其他主题。《莫愁湖风雅集》所录马士图《丹青引》主要是记人，而韩炎《集画诗》则在于论画。这个"画社"的结社方式，和传统诗文社不同，不用限题、分题等，创作氛围较自由。而"群贤三绝画书诗""诗中有画画中诗"①，是画家及作品的佳境。"金陵画社"的艺术创作，借助自然空间的优势，同时又给地方文化增添色彩。这样的社集场景，湖光山色，诗情画意，令人无限神往。

除了艺术性诗社，清代还有宗教性质的诗社。嘉庆九年甲子（1804）七月中旬，莫春晖撰《洗浊坛诗社序》，全文记载如下：

> 诗以言志，文可生情。当美景良辰，不妨嘲风咏月；即轻云细雨，亦可写意书怀。竹逸居中，青铜镜里，石既奇而藓活，鼎复古而香浓。无意听自鸣之钟，有心击荷蒉之磬。悠扬经韵，讽诵道德之篇；甘冽井华，饮啜瑶池之液。清宵鹤唳，鸾驾来自蓬壶；永昼云飞，仙翁授我玉笈。道侣衣冠楚，杏坛文质彬。二杰增华，光亭裕岭；双霓竞丽，霞彩云涛。悟彻禅机，佛子容轩入定；参穿儒理，龙门指日登鳌。登瀛洲，济济多士；织云锦，叠叠回文。养拙为荣，堪树骚坛之帜；修粗克守，许升夫子之堂。凤具慧根，须结菩提之果；晚成大器，宜开智慧之花。月夜分题，文就三冬足用；花朝联句，诗工五字长城。《三教指归》，一经传业；九家分派，合善同堂。此坛中之胜概也。

---

① 释恒峰：《莫愁湖风雅集》卷二，嘉庆二十年乙亥（1815）胜棋楼刻本，第23b 页。

仆一介庸愚，三吴闲客。久居荆棘，每怀卓尔离群；蝶梦庄周，不意豁然觉悟。云无心以出岫，芒鞋踏破吴山；鸟倦飞而知还，桂棹拨开楚水。良朋款接，得瞻洗浊之坛；吾人啸歌，许副吟哦之列。飞觞刻烛，已拚捻断白髭须；次韵联吟，只恐笑穿红颊齿。然而时聆训诲，得开茅塞心胸；日近慈颜，稍醒愚顽梦寐。新开诗社，身既承恩；勤习云章，子勿自适。凡兹异数，岂曰偶然？薰沐斋心，得厕足诸生之末；研求意匠，数裁诗列圣之前。老犹幸焉，喜可知矣。是为序。①

　　莫春晖，字广元，号葵斋，别号豁然居士，安徽黟县人，移居吴门。工画，山水疏老苍秀，娄东王愫（字存素，号林屋）曾授以南宗正派。终因林屋早逝而未能窥见六法堂奥。通医学，常以医药济人。莫春晖自称佛门弟子，所结"洗浊坛诗社"，具有佛教性质。这篇序文是作者"沐手敬书"，可见其虔诚程度。序文主要讲述两个部分，一是坛中胜概，二是社集情形。社员还有明月、容轩、登瀛、彩霓、登鳌、拙荣、碧云和光亭等。"二杰增华，光亭裕岭；双霓竞丽，霞彩云涛"等句，包藏主要社员的别号，但姓字、生平不详，可能是禅僧或修佛之人。通过莫春晖的自我描述，可知他一介平民，生活境况不佳。"月夜分题""花朝联句"，说明洗浊坛向有集会唱和活动。除了结社地点，该社的诗歌创作也颇具禅意。试录容轩的社诗作品一组如下：

> 堤上秋光好，飘飘烟雾新。
> 风吹绿线乱，雨湿翠条匀。
> 露重腰肢弹，枝疏眉黛攀。
> 当年张绪态，潇洒出清尘。（《秋柳》）

---

① 莫春晖：《竹逸山房集》卷首莫春晖序，清稿本，第1a—2a页。

含秽趋高洁，抟丸已抱真。

餐风鸣翠柳，吸露撇红尘。

断续长亭外，萧森古渡滨。

眇躬全五德，造化悟超伦。（《秋蝉》）

长空悬宝鉴，万里仰冰轮。

光照虚窗静，影澄秋水沦。

明河看有浪，苍海耀无垠。

欲识山川秀，还清玉宇尘。（《秋月》)

无心飞出岫，似縠布清新。

巧夺机丝细，萦回水浪皴。

朝光迎晓日，晚霁现冰轮。

飘缈空中幻，祥开五色臻。（《秋云》)①

　　五言律诗四首，皆用平声"十一真"韵。围绕"秋"字咏物写景，格高调逸。通过莫序"悟彻禅机，佛子容轩入定；参穿儒理，龙门指日登鳌"，可知容轩参禅入定，而登鳌则援佛道以证儒理。容轩所咏对象高洁脱俗，末句往往导入禅理，似是有意模仿王维诗歌。纵观"洗浊坛诗社"作品，社员诗风格外整齐，佛教对诗歌的影响明显而深刻。

　　清代诗僧结社也十分常见。如潘一桂辑《枫叶社诗》，是明清之际的社诗总集。吴有涯序道：

　　　　予不能诗而好苦吟，性情所发，求自悦也。以言乎诗，圣人采之成经，予何能窥？我吴初有安期、木公两君子，力追大雅，有功圣人。予与君晦复闭门唱和，不欲示世。同事有俊民、

---

① 莫春晖：《竹逸山房集》卷首莫春晖序，清稿本，第8b—9a页。

安仁、弱翁、无可、君嗣、将子、介白、君硕、无殊、开士、石房、仙臣、声摩，相与涤腐起靡，空诸作者。自数子出，风献益呈矣。先是，有缁流竹心、启元、佛生、慧持、纯素、师星结社分咏。庚午 [崇祯三年，1630] 秋，合相敦厉，分韵索诗，有"枫叶社"数题汇刻，姑以识。崇祯初年间风气如斯，后有采俗者，当更兴焉。"枫落吴江"之句，或不可寂寞也。①

"枫叶社"成员共二十余人②。根据吴序所言，"枫叶社"是两个诗人群体共同唱和的产物，一是以吴有涯、沈自炳为代表的诗人群体，一是诗僧群体。前者"闭门唱和，不欲示世"，后者离尘脱俗，在行为方式及精神境界拥有契合的部分。社名取自"枫落吴江冷"，表明了社集的发生时间和地点。社题有《秋日社集寥寥阁》《采莼》《山夜忧》《水际》《雨中闻初雁》《观稼》《秋冷》《倦夜》《枫叶》《停帆》等。寥寥阁是俞南史的室名。诗僧群体的创作，使得"枫叶社"沾染些许淡泊、孤寂的风格。明末社会动荡不安，这些诗人表现出隐居山林的倾向。其中也不乏有志之士，吴有涯、沈自炳、沈自然、潘一桂、徐白等在崇祯初年倡导"复社"，进行复古运动，相对活跃。沈自然和潘一桂、史玄、徐白、俞南史，有"松陵五才子"之称，是当时吴江诗人中的佼佼者。明清之际的诗社往往具有遗民性质，包括诗僧结社。顺治七年庚寅（1650）释函可所结"冰天诗社"，即著名的遗民诗社。由于净土宗在明代的流行，晚明学佛之社频现，并影响清初。东晋慧远在庐山招贤士同修净土，共结"莲社"，又称"白社""白莲社""净社"。因此，后世主张

---

① 潘一桂：《枫叶社诗》卷首吴有涯序，清钞本，第1a页。
② 社员包括史玄（弱翁）、吴有涯（茂中）、汤三俊（俊民）、沈自炳（君晦）、潘一桂（木公）、邹鹭涛（声摩）、释德淳（纯素）、蒋自进（开士）、释实印（慧持）、释际瞻（师星）、释通达（启元）、黄流（仙臣）、释照觉（佛生）、周永年（安期）、俞南史（无殊）、释广缘（竹心）、徐白（介白）、钱可（无可）、沈自然（君硕）、周永言（安仁）、吴家驹（龙媒）、张起（将子）、沈自藉（君嗣）等。

学佛之社，也常称"莲社"。当然，"莲社"也指修行场所或寺院。清代许多莲社都有诗歌创作，具有一定的文学价值。

清代诗社邀请僧人入社，也是社员构成多元化的一种途径。嘉道时期浙江绍兴"泊鸥吟社"，社中便有释与宏（号卍香）、释汉兆（号妙香）二僧。他们各自的诗集中都有相关社诗作品，如《十一月三日，岑镜西招同姚香林，王新圃，王芝亭，杨吉园，周又溪、藕船、小梅，赵省园，邬雪舫，诸丹萝，李青厓及余，集"泊鸥吟社"，即事十四韵》《九峰招同"泊鸥吟社"十六人至云门纳凉，得"老"字》《六月十九日，省园招"鸥社"诸君集秀皋斋，次韵镜西韵》①；《次岑镜西先生花朝后一日雨中偕"泊鸥吟社"二十五人泛舟赴小云栖探梅舟中先得二首韵》《"泊鸥吟社"第八会，诗为茹韵香学博作》《己卯闰四月十有七日，"泊鸥吟社"诗侣雨中宴集妙香丈室，诗以志喜》《东华吟馆探春宴，步李青莲将进酒韵（"鸥社"十四集）》《田园杂兴（"鸥社"十五集）》《四月十九浣花日，尺庄先生不到（"鸥社"十七集）》②。两名僧人都是"泊鸥吟社"的固定社员，并非临时与会。这些诗作也很能反映诗僧在社中的创作面貌。有趣的是，释汉兆曾缺席两次集会，并作有《赵省园先生于二月十九散日招"泊鸥吟社"诸同人宴集秀皋草堂，余因践云门不果，赋此致谢》《岑镜西先生以书招余入诗社，余因开念佛堂不果》③，分别是因为"践云门"和"开念佛堂"，诗僧日常活动由此可见。

前及光绪年间湖南长沙"碧湖吟社"，由释芳圃（字笠云）、释敬安（字寄禅）创立，王闿运举行第一次集会。郭嵩焘又主持展重阳会，两名僧人及释增老（字东林）也在其中。芳圃、增老分别作

---

① 释与宏：《懒云楼诗草》卷二，道光七年丁亥（1827）刻本，第14a页；《懒云楼诗草》卷二，道光七年丁亥（1827）刻本，第17a页；《懒云楼诗草》卷四，道光七年丁亥（1827）刻本，第12a页。

② 释汉兆：《妙香诗草》卷七，道光三年癸未（1823）刻本，第7a、9a、11b、23a、23b、25a页。

③ 释汉兆：《妙香诗草》卷七，道光三年癸未（1823）刻本，第8b、18b页。

有七古一首，敬安作有五律。摘录芳圃七古如下：

> 微阴晓出城北郭，官程五里平如削。
> 惆怅前游风景非，山光凝烟水波涠。
> 湘皋一雨秋意遥，林亭如拭净尘嚣。
> 吾曹行乐亦际此，冷风疏柳风萧萧。
> 重阳一过已十日，挈榼招呼群彦集。
> 序无少长杂庄谑，啸作龙吟饮鲸吸。
> 春秋佳会不可期，一年三过三赋诗。
> 烟云过眼杳无迹，速为作图觅画师。①

　　长沙僧人开创诗社也不止"碧湖吟社"一例，释本照也曾在开福寺举行"湘春诗社"。光绪《湘潭县志》卷八列传二百五十一记载："释本照，号竹轩，王氏子。生时母乳辄呕，捣米汁以食之，髫龀不茹荤腥，父母知其有凤根。入等觉寺为僧，然不事经论，惟嗜为诗，与刘元熙游，诗益进。主南岳上封寺，数岁归，布政使朱公请主开福，集诗人开'湘春吟社'。先是，长沙僧寄尘名最高，数十年诗僧无及者。邓显鹤论湖外诸僧，始谓寄尘书工而诗不及本照，论者以为然。"② 释本照的诗歌曾得到邓显鹤的认可。

　　放生是指释放被羁禁的生物，由于佛家的倡导和鼓吹而得到广泛推行。清代僧侣也常作放生社或放生会，受到明末放生思想及活动的影响③。这种习俗和诗社相结合，就形成了具有宗教性质的文学社。阮元《两浙辀轩录》卷十二收录梁文濂《同人于放生池开诗社》，诗云："联袂游行趁曙晖，西泠桥外入沙飞。老鸦栖到树头秃，秋蝶生逢花影稀。客思苦因诗有垒，鱼情乐为钓无矶。山僧解事如

---

① 郭嵩焘：《碧湖吟社展重阳会诗》，光绪十二年丙戌（1886）刻本，第9a页。
② 光绪《湘潭县志》卷八，《续修四库全书》第712册，第751页。
③ 参见张伟《明末江南地区佛教放生社研究》，硕士学位论文，上海师范大学，2021年。

齐己，许我重来叩竹扉。"① 诗人曾在西泠桥放生池开诗社。又，
《净慈寺志》卷二十六，梁文濂《游圣因寺放生池及南屏诸胜，和
雪崖韵》诗云："不问山隈问水隈，扁舟容与见云开。死生公案空留
石，是否神仙但画灰。荷沼艳牵双蝶下，松峦烟里一钟来。秋初伏
末余清润，芥子堂坳免覆杯。"② 诗人在放生池边有不少唱和活动。
又，吴锡麒《吾杭小云栖作"放生会"，来索予诗，因用坡公岐亭
韵以寄之》一诗③，也说明嘉庆年间杭州诗人放生活动频繁。张应
昌辑《国朝诗铎》卷二十四"戒杀"类，也收录不少放生相关作
品，如韩崶《沧浪亭放生歌，为潘功甫作》，吴焘《放生招同志，
用东坡岐亭诗韵》，陈文述《放雀行，用坡公岐亭诗韵（家人为放
生小会作)》等④。根据石韫玉《潘公辅舍人在沧浪亭作"放生会"，
是日雨甚，余未至，作此奉简》⑤，可知道光八年戊子（1828），潘
奕隽在沧浪亭作"放生会"，可能是"沧浪会"的具体活动之一。

明末清初，放生社就已十分盛行。毛师柱《九月朔赴隆福放生
莲社，柬示渠公》诗云："白社招寻十八贤（是日与会恰十八人)，
鸟飞鱼跃静中天。是心乐处惟为善，尽日闲来不问禅。霜径乱堆千
树叶，烟汀斜倒半池莲。柴桑住近东林寺，携酒频应笑老颠。"⑥ 作
于崇祯十三年庚辰（1640），此次"放生会"有十八人。又，尤侗
《艮斋杂说》卷五记载："京师城外万柳堂，为廉希宪燕游之地，尝
与卢疏斋、赵松雪饮酒赋诗，令歌儿解语花唱《小圣乐》词。松雪
诗'主人自有沧洲趣，游女仍歌白雪词'是也。近益都冯相国买为
别墅结'放生社'，每月招宾客雅集，分韵赋诗，予亦与焉，仿佛廉
公故事。亡何，益都告老，予亦请急归，此园不知何属。杨柳依依，

---

① 夏勇：《两浙輶轩录》卷十二，浙江古籍出版社2012年版，第3册，第897页。
② 释际祥：《净慈寺志》卷二十六，杭州出版社2006年版，下册，第568页。
③ 吴锡麒：《有正味斋诗续集》卷八，《续修四库全书》第1468册，第594页。
④ 张应昌：《清诗铎》卷二十四，中华书局1960年版，下册，第913—914页。
⑤ 石韫玉：《独学庐全稿》，《续修四库全书》第1467册，第38页。
⑥ 毛师柱：《端峰诗续选》卷三，《四库未收书辑刊》第八辑第22册，第722页。

至今犹在梦寐中也。"① 康熙年间，冯溥在万柳堂结"放生社"，尤侗也参加集会。又，《西堂杂组·三集》卷七《卢师庵大悲殿募疏》记载："蔀溪有卢师庵，惠思上人主之。昔年先君子与里中诸友结'放生社'于此，故予往往从之游。距舍下不百步许，甚熟也。"② 尤侗曾随其父在苏州卢师庵结"放生社"。尤侗的父亲仁爱及物，每月放生大量生灵，尤侗在这方面深受影响。《西堂杂组·二集》卷八收录《卢师庵放生疏》一文③。《西堂诗集·看云草堂集》卷二又有《卢师庵放生词十二首》④，作于顺治十七年庚子（1660）。其一云："放生去，蔀水小曹溪。惠子坐观濠上乐，渔人舟入武陵迷。春色画桥西。"⑤ 放生社本是宗教慈善活动，在清代文人阶层及民众当中也相当普遍；集会目的和功能相对单一，文学创作的必要性也不高。

二 诗人群体和集会场景的艺术再现

诗社的艺术性还表现在社图的绘制和题咏等方面。社图所展现的诗人群体及其集会场景，是不同于社诗创作的另一种呈现。社图的面世及流通，也是诗社扩大影响的渠道之一。例如"潜园吟社""东轩吟社"，之所以能够成为清代杭州社事的代表，也有社图的功劳。追溯社图或会图制作的历史，不得不提北宋"西园雅集"，李公麟作有《西园雅集图》以记录胜事。尽管这幅画作没有保存下来，但根据米芾《西园雅集图记》可知，画中人物即与会诗人包括苏轼、王诜、蔡肇、李之仪、苏辙、黄庭坚、李公麟、晁补之、张耒、郑嘉会、秦观、陈景元、米芾、王钦臣、释圆通和刘泾，凡十六人，此外还有在场侍奉的女奴、童仆等。这些诗人们形容姿态各异，超尘脱俗。后代如马远、赵孟頫、唐寅、仇英等都有同题作品，蕴含

① 尤侗：《艮斋杂说》卷五，《续修四库全书》第 1136 册，第 390 页。
② 尤侗：《尤侗集》，上海古籍出版社 2015 年版，上册，第 402 页。
③ 尤侗：《尤侗集》，上海古籍出版社 2015 年版，上册，第 275—276 页。
④ 尤侗：《尤侗集》，上海古籍出版社 2015 年版，中册，第 592—593 页。
⑤ 尤侗：《尤侗集》，上海古籍出版社 2015 年版，中册，第 592 页。

了画家对"西园雅集"不同的理解和想象。清代社图绘制常受到《西园雅集图》的影响，也为诗社研究提供线索。

嘉道时期屠倬结"潜园吟社"，其社诗总集《潜园吟社集》收录大量关于《潜园吟社图》的题咏诗歌①。陈来泰诗云："图中十二人，一一可覆按。"② 可见，《潜园吟社图》绘有社员十二人。潘眉题图诗记载："班剑趋陈孙（树斋军门及古云龚伯间来同集），灵光仰秦马（小岘、秋药两先生）。齐名重三许（青士、玉年、滇生），耆硕见二雅（应叔雅、张仲雅）。陈郎极超迈，英鸷未可惹（小云）。彭君自吴来（甘亭），朱郑溯淮下（铁门、瘦山）。"③ 彭兆荪（甘亭其号）、朱春生（铁门其号）和郑璜（瘦山其号）三人来自外地。因此，笔者推测图中十二人很有可能是：陈大用（树斋其号）、孙均（古云其字）、秦瀛（小岘其号）、马履泰（秋药其号）、许乃济（青士其号）、许乃毂（玉年其字）、许乃普（滇生其字）、应澧（叔雅其字）、张云璈（仲雅其字）、陈裴之（小云其号），以及潘眉、屠倬。又，范崇阶诗云："八社湖山迹久湮，归来不负故园春。周旋松菊都无恙，整□骚坛又一新。唐宋之间分此席，风尘以外得斯人。庞眉都入香山社，画上屏风更逼真。"④ 作者自注说："应叔雅广文年八十五，秦小岘侍郎年七十八，马秋药太常年七十六，陈树斋军门年七十三，张仲雅明府年七十二，皆先后尝入诗会。余谓合作一图，当不愧'香山''洛下'也。"⑤ 由此可知，应澧、秦瀛、马履泰、陈大用和张云璈年纪较大，是社中五老。此外，吴振棫

---

①　作者有章煦、马履泰、应澧、张云璈、郭麐、顾日新、钱师曾、吴嵰、潘眉、郑璜、周三燮、陈来泰、郭凤、潘恭常、邹鹤征、朱绶、吴衡照、杨铸、孙颖元、孙熙元、吴清鹏、范崇阶、陈文述、陈裴之、严达、屠倬、胡敬、黄安涛、归懋仪、陆费恩洪、汪远孙、杨文荪、孙蒙、张敦瞿、姚若和魏谦升三十六人，包括部分社外诗人。

②　屠倬：《是程堂倡和投赠集》卷二十，道光五年乙酉（1825）刻本，第19a页。

③　屠倬：《是程堂倡和投赠集》卷二十，道光五年乙酉（1825）刻本，第17a页。

④　屠倬：《是程堂倡和投赠集》卷二十，道光五年乙酉（1825）刻本，第22b页。

⑤　屠倬：《是程堂倡和投赠集》卷二十，道光五年乙酉（1825）刻本，第22b页。

《琴坞〈潜园吟社图〉》，曾燠《题琴坞〈潜园吟社图〉》①，也都是相关题画作品。道光初年，潜园已售予他人，但吴振棫还见过《潜园吟社图》。吴庆坻《蕉廊脞录》卷三"杭州诸诗社"条记载"《潜园图》则不可得见"②，说明清末民初此图已亡佚不存。

与"潜园吟社"齐名的"东轩吟社"活跃于道光年间，汪远孙辑有社诗总集《清尊集》③，费丹旭绘有《东轩吟社图》。汪曾唯（字子用）辑有《东轩吟社画像》④，包括像、记、小传、题词和跋语等。今人毛小庆先生所点校《费丹旭集》，也附有影印本《东轩吟社画像》⑤。《东轩吟社图记》由黄士珣所撰，小传的作者是诸可宝。潘衍桐辑《两浙𬬭轩续录》，汪阜、钱师曾、诸嘉乐、庄仲方、赵钺、黄士珣、汪秉健、汪鈇、姚伊宪等人名下均引《东轩吟社图》小传的记载，作为诗人生平大略，无疑是"东轩吟社"成员。题词作者有张珍臬、钱杜、胡敬、杨文荪、刘喜海、陆费瑔、顾文彬、蒋照、王柏心、张应昌、王诒寿、薛时雨、程恭寿、洪昌燕、吴振棫和查培初十六人。《东轩吟社图记》记载了社图的布局和内容，相关文字如下：

　　灌木依岩，略彴横水，随负花童子度而来者，汪剑秋鈇也。一童子扫花径，穿岩背出老树下，倚石阑执葵扇者，秀水庄芝阶仲方。背侍女郎，指荷池与语者，黄芗泉士珣。池旁石壁插天，曲阑尽处，童子涤砚，坐石上填词者，项莲生鸿祚。水槛半露，二人对坐其中，女郎执拂侍者，为余杭严鸥盟杰及小米，小米执卷，若问难状。小阁相连，据案作吟社图者，晓楼自貌

---

①　吴振棫：《花宜馆诗钞》卷四，《续修四库全书》第 1521 册，第 40 页；曾燠：《赏雨茅屋诗集》卷十八，《续修四库全书》第 1484 册，第 182 页。

②　吴庆坻：《蕉廊脞录》卷三，中华书局 1990 年版，第 96 页。

③　汪远孙：《清尊集》，道光十九年己亥（1839）振绮堂刻本。

④　汪曾唯：《东轩吟社画像》，光绪二年丙子（1876）汪氏振绮堂刻本。

⑤　费丹旭：《费丹旭集》，浙江人民美术出版社 2016 年版，第 113—194 页。

也；其倚案观者，高爽泉垲；以手指图，若有所商榷者，诸秋士嘉乐。阁前柳阴覆地，置壶焉，坐盘石上观童子拾矢者，吴仲云振械；持扇联坐者，夏松如之盛。童子捧壶，坐梧桐下浮大白者，汪觉所阜。据石几捻吟髭者，胡书农敬；其弟子邹粟园志初，执诗笺立于后。展笺洛诵者，赵雩门钺；童子捧杖，坐而听者，龚闇斋丽正。小童递诗筒至，二人对展诗卷者，左为阳湖赵季由学辙，右为归安张仲甫应昌。古松蟠挐，下荫怪石，坐而琴者，武进汤雨生贻汾；并坐者，陈扶雅善；侧听者，钱蕙窗师曾；倚松根抚膝而坐者，汪又村适孙。松旁有石壁焉，童子捧砚，执笔就题者，嘉兴张叔未廷济也。茂林修竹，别成境界，二人自水石间来，持白团扇者，汪少洪迈孙；奚童捧诗卷于旁者，汪小逸秉健。飞流急湍，石梁间之，童子烹茶侍坐而执拂谈经者，南屏释了义，旁坐则子律遗貌也。①

　　除了侍者，图中有汪鈇、庄仲方、黄士珣、项鸿祚、严杰、汪远孙、费丹旭、高垲、诸嘉乐、吴振械、夏之盛、汪阜、胡敬、邹志初、赵钺、龚丽正、赵学辙、张应昌、汤贻汾、陈善、钱师曾、汪适孙、张廷济、汪迈孙、汪秉健、释了义和吴衡照，凡二十七人。汪远孙、汪适孙和汪迈孙是兄弟。这些虽非全体成员，但都是社中骨干。集会之时，或赋诗填词，或抚琴作画，或饮酒品茗，极具林下风味。灌木、略彴、花径、老树、石阑、荷池、石壁、水槛、小阁、柳阴、梧桐、石几、古松、怪石、茂林、修竹、飞流、石梁等，勾勒出园林的优美景致。费丹旭善画人物，又注重人物与环境之间的关系，以灵活的取景技巧表现文人雅集活动的丰富层次。《东轩吟社画像》卷首收录了十三叶人像写真，对社员的神态和动作也有细部描摹。绘画和文学创作一样，是生活真实和艺术虚构的结合体。

---

　　① 汪曾唯：《东轩吟社画像·记》，光绪二年丙子（1876）汪氏振绮堂刻本，第1a—2a 页。

费氏塑造的园林全景，既表达了对前人雅集的神往之感，也包含了对园林传统的认识和想象。"东轩吟社"的具体集会地点包括静寄东轩、半潭秋水一房山、水北楼等，胡敬诗云"看山看水懒出郭，借君园林卧游足"①，可以想见汪氏园林之规模。透过《清尊集》所收设祀纪念厉鹗的作品，以及"白头诸老吟怀健，杭厉而还有替人"等题词②，可知这个诗人群体尊崇浙派诗人杭世骏、厉鹗并效法二人结社。因此，"东轩吟社"分别从远近呼应园林集会和地方结社两种传统。

《东轩吟社图记》和米芾《西园雅集图记》具有异曲同工之妙。吴振棫《养吉斋余录》卷九记载："汪小米中翰，嘉庆丙子举人。累世清门，藏书富有。性淡雅，劬于著述。而尤笃贫交，里人争贤之。尝结吟社凡十年，得一百集，择存所为酬唱诗若干首为《清尊集》。又属费晓楼丹旭貌社中人，仿《西园雅集》之意，为《东轩吟社图》，余亦厕焉。今相去三十余年，复更丧乱，社中人十九宿草矣。既恸人琴，又悲桑海，前尘如梦，能无怆然。"③ 可见，《东轩吟社图》确是效仿《西园雅集图》而作。又，胡敬《题〈清尊集〉，用剑秋韵》四首，其一首联"劳将东里老迁儒，写入西园雅集图"④，也将《东轩吟社图》比作《西园雅集图》。除了社图，社事本身也经常相提并论。例如，张应昌《费晓楼〈依旧草堂诗词遗集〉，汪子用避兵携藏之，今将代梓属题，率成四绝句》，其三记载："东轩雅集比西园，诸老须眉照眼前。家法丹青贻令子，海壖大小李名传。"⑤ 又，王柏心题词有云："汪子示我吟社图，君家世父联文儒。东轩会比西园集，主客图中如相呼。词客翩翩萃吴越，主人逸

①　汪远孙：《清尊集》卷一，道光十九年己亥（1839）振绮堂刻本，第1a页。
②　汪曾唯：《东轩吟社画像·题词》，光绪二年丙子（1876）汪氏振绮堂刻本，第1a页。
③　吴振棫：《养吉斋丛录》，中华书局2005年版，第443页。
④　胡敬：《崇雅堂诗钞》卷十，《续修四库全书》第1494册，第248页。
⑤　张应昌：《彝寿轩诗钞》卷十二，《续修四库全书》第1517册，第200页。

气更飚发。境幽不异竹溪游，吟就何烦金谷罚。坛坫当年冠武林，谁知回首迹销沈。"① 这首诗也收在王柏心《百柱堂全集》卷二十二，第四句作"主客图中如可呼"，题为《汪子用大令属题其世父小米先生〈东轩吟社图〉》②，撰于同治二年癸亥（1863）。又，洪昌燕题词如下：

> 吾杭文物雄乾嘉，堂崇小山斋瓶花。
> 琴台诗翰亦照耀，风雅籍甚追西崖。
> 东轩吟社稍后起，驿傍皇华指珂里。
> 藏书万轴富家传，坛坫峥嵘一时起。
> 主人谢官百事无，笺注暇日吟朋俱。
> 豪情北海徒尊酒，雅集西园更画图。
> 图中主宾二十七，美擅东南各无匹。
> 一星终后吟事阑，墓草虽陈兰玉茁。
> 无端烽火逼宣城，大好湖山惨劫经。
> 缃缥摧残六丁泣，顾厨画恐亦通灵。
> 烬余一卷行滕胜，示我长安索题咏。
> 裙屐迟陪老宿游，丹青犹识风流盛。
> 西泠旧事忍重论，集检清尊画并珍。
> 故家乔木人增感，何况摩挲手泽人。③

诗中也将"东轩吟社"和"西园雅集"故事相比。咸丰庚申十年（1860），太平军由安徽宁国攻入浙江杭州，湖山和书籍等惨遭兵

---

① 汪曾唯：《东轩吟社画像·题词》，光绪二年丙子（1876）汪氏振绮堂刻本，第5a页。
② 王柏心：《百柱堂全集》卷二十二，崇文书局2008年版，第3册，第596—597页。
③ 汪曾唯：《东轩吟社画像·题词》，光绪二年丙子（1876）汪氏振绮堂刻本，第7a—7b页。

火之灾，而《东轩吟社图》幸免一劫。汪曾唯请洪昌燕为其题咏。编纂社诗总集和绘制社图，都是记录社事的重要手段。洪昌燕《为汪子用（曾唯）题〈东轩吟社图〉》一诗①，作于同治六年丁卯（1867），即所谓题词。

　　汪曾唯广泛征集社图题词，相当于《东轩吟社图》的流传过程。吴振棫题词记载："十年谈宴托清尊，写作长图付子孙。坐觉世缘催露电，旧传诗价重瑶琨。从官地远逃兵劫，感旧篇成渍涕痕。莫傍黄垆寻往迹，画中人只两人存。"② 吴氏《花宜馆诗钞·续存》也收录此诗，题目作《东轩吟社旧图，为汪子用作》③，创作时间是同治七年戊辰（1868）。诗人自注提到图中二十七人，当时只剩张应昌和作者二人在世。汪曾唯作为汪迈孙之子、汪远孙之侄，是《东轩吟社图》的收藏者。他任职楚北，将《东轩吟社图》随身携带，使其免于杭州兵燹的损害。程恭寿题词也记载了战事对地方文献的毁灭性破坏，其一云："江乡烽火幸销沈，梦断京华老病侵。历劫湖山容似旧，故家文献杳难寻。凄凉四壁名园胜，惨澹千篇往哲心。剩有吟朋图画在，多君携向五云深。"④ 张应昌题词四首如下：

　　　　雅集图传卅五年，余生重展涕潸然。
　　　　岂惟宿草晨星感，各各家园堕劫烟。（其一）

　　　　家园逆旅任蒿蓬，痛哭图书一炬空。
　　　　册府墨林销灭尽，此图何幸返轩东。（其二）

---

① 洪昌燕：《务时敏斋存稿》卷十，《清代诗文集汇编》第 670 册，第 735 页。

② 汪曾唯：《东轩吟社画像·题词》，光绪二年丙子（1876）汪氏振绮堂刻本，第 7b 页。

③ 吴振棫：《花宜馆诗钞·续存》，《续修四库全书》第 1521 册，第 164 页。

④ 汪曾唯：《东轩吟社画像·题词》，光绪二年丙子（1876）汪氏振绮堂刻本，第 6b—7a 页。

　　　　轩东画里未衰时，小友而今短鬓稀。

　　　　顾影龙钟惭老丑，登临著作事都非。（其三）

　　　　心灰著作倦登临，惟有良朋乐事寻。

　　　　旧侣数人存者仅，可能樽酒续题襟。（其四）①

　　最后一首，作者自注说："图中今存者，吴仲云督部、汪小逸大令、邹粟园广文及余四人而已。吴、汪远客，邹在任，已病废。"②可知张诗的创作时间，应早于吴振棫题词。《彝寿轩诗钞》卷十二《汪三子用（曾唯）以乱后所存"东轩吟社"图卷见示，感题四绝句》，将"旧侣数人存者仅"改作"旧侣三人存者仅"，诗注亦有更正："图中今存者，吴仲云督部、汪小逸大令及余三人而已。吴、汪客于晋、粤，皆未归。"③ 按照诗集内部作品编年顺序，这首诗作于同治五年丙寅（1866），可见邹志初去世在此前夕。咸丰、同治年间，社图犹存，而社友相继凋零。在诗社结束数十年后，社图题咏真实地展现了集会往事及社员现状。

　　社图得到汪曾唯的妥善保管，在《东轩吟社画像》成书前后，都有诗人得见真迹。张鸣珂《寒松阁谈艺琐录》卷一记载："费余伯以耕，乌程人，晓楼丈长子也。丈画名满东南，山水人物，兼工传神。客振绮堂时，为汪小米先生作《东轩吟社图》，高尺有咫，长三丈余，图中诗友二十七人，丈亦预焉。布置树石，点缀琴尊，极惨淡经营之致。庚申劫后，为子用大令所藏。戊辰同入都门，得以寓目。余伯承其家学，画仕女颇幽静。"④ 此条主要讲费以耕，兼及

<hr />

　　① 汪曾唯：《东轩吟社画像·题词》，光绪二年丙子（1876）汪氏振绮堂刻本，第5b页。

　　② 汪曾唯：《东轩吟社画像·题词》，光绪二年丙子（1876）汪氏振绮堂刻本，第5b页。

　　③ 张应昌：《彝寿轩诗钞》卷十二，《续修四库全书》第1517册，第200页。

　　④ 张鸣珂：《寒松阁谈艺琐录》卷一，凤凰出版社2010年版，第67页。

费丹旭。同治戊辰七年（1868），汪曾唯携画入都，张鸣珂曾在北京见过《东轩吟社图》。吴庆坻《蕉廊脞录》卷七"东轩吟社图"记载："道光间，海昌吴子律衡照创吟社于杭州，始道光甲申，讫癸巳，凡十年，为集百，入社者七十余人。时振绮堂汪氏擅池馆之胜，藏书甲一郡。汪氏有静寄东轩，社集在东轩为多，费山人晓楼为作《东轩吟社图》。庚辛之乱，汪子用丈曾唯携之武昌，未遭兵火。图作于道光壬辰。先大父居忧里中，亦与盘敦之会，图中状貌与《花宜馆辑诗图》同，盖同出山人手也。光绪丁丑，余游武昌，子用丈出以见示。越三十年，由京师还，丈亦谢病归，再见之。辛亥避地上海，三见之，则图已归颂阁、社耆兄弟收藏矣。"① "东轩吟社"起于道光四年甲申（1824），迄于十三年癸巳（1833），而社图作于道光十一年壬辰（1831）。光绪三年丁丑（1877），吴庆坻在湖北武昌见过汪曾唯所藏《东轩吟社图》；三十年后，汪曾唯已离世，吴庆坻回乡，再次得见社图；宣统三年辛亥（1911）第三次见图，收藏者已是汪氏第三代，即汪诒年（颂阁其字）、汪洛年（社耆其字）兄弟。程颂万《题汪小米先生〈东轩吟社图〉，鸥客所惠印本》诗云："藏卷东轩鼓吹间，灵缣摹副不加删。停琴柳糁风前槛，折屐松镂雪后关。文苑百年传浙派，画禅三竺觅僧还。相逢钝叟真吾友，学海寻源更学山。"② 鸥客即汪洛年别号。此诗作于宣统二年庚戌（1910），可知当时汪洛年制作《东轩吟社图》副本，并赠予程颂万。又，陈衍《穰卿属题〈东轩吟社图〉》诗云："人间结社无时无，其流传者诗与图。太鸿大宗派云祖，叔未叔美皆吴趋。晓楼写生工雪肤，华清出浴红罗襦。十洲子畏惊且呼，东轩长老非小苏。龙眠西园宁所摹，楮墨生色西子湖。我有闺中主客图，大家贞节轮与扶。婉侳无非相于喁，新雕注本走五都。小米先生惜已殂，不然乞叙为楬橥。湖西陈迹堪嗟吁。"③ 这

---

① 吴庆坻：《蕉廊脞录》卷七，中华书局 1990 年版，第 211 页。

② 程颂万：《石巢诗集》卷九，《续修四库全书》第 1577 册，第 306 页。

③ 陈衍：《陈石遗集·石遗室诗集》卷五，福建人民出版社 2001 年版，上册，第 176 页。

首诗也作于宣统二年，汪康年（穰卿其字）请陈衍题画。康年、诒年和洛年，都是汪曾本之子，即汪曾唯的侄辈。他们对《东轩吟社图》在清末民国的传播亦有贡献。

三　题图诗创作与梁章钜结社轨迹

参照《潜园吟社图》《东轩吟社图》，社图通常是集会图、联吟图，含有诗人画像。例如"小桃源吟社"，陆齐寿作有《题小桃源室联吟图》，诗云："小筑傍鸼湖，花明木又腴。月泉原有社，雅集合成图。地僻尘难入，吟狂兴不孤。我同刘子骥，还许文津无。"①社员严大经也作有两首七律，其二云："南村许我一枝栖，从此君平信觉迷。案有莳花炉有烬，诗为供养酒为题。韵多窘客拈来幻，棋为饶人不厌低。孤鹤亦知归去也，恐留形迹在山西。"② 社图虽未得见，但集会情景栩栩如生，社员进行插花、焚香、饮酒、赋诗、弈棋等活动。送别图、话别图也是特殊的一类社图。送行本身就是一次集会。《蟂山联唱集》显示诗人们共同题咏《蟂山送别图》《蟂山小筑图》《桴寄轩图》《退一步斋图》《倚楼图》等，其中也有不少集会场景图。黄棓《题蟂山送别图》，是为送别社员凌霄而作③。吴绍祖题诗也交代了诗社的一些情况，四首如下：

> 已唱骊歌复挽留，情殷不忍送行舟。
> 早知此去难为别，翻悔盟心结鹭鸥。（其一）

> 此地行旌驻几旬，客窗文酒尚留宾。

---

① 徐元章：《小桃源室联吟诗存》，同治五年丙寅（1866）徐氏刻本，第1b页。
② 徐元章：《小桃源室联吟诗存》，同治五年丙寅（1866）徐氏刻本，第8a—8b页。
③ 题图诗作者有洪允恭、吴云、梁承纶、沈大棻、吴寿民、詹寿堂、石渠、吴绍祖、缪玉成、江桐、程亮、江懋德、洪以烺、李镕、邱溶、吴晖吉、方培、孟培松、石熙准、吴绥祖、沈裕福、范景瑷等。

方知北海豪情在，爱向他乡作主人。（其二）

盛筵处处有新篇，群结骚坛翰墨缘。
从此海邦添韵事，蠙山吟社一时传。（其三）

琴书检点付收藏，依旧空空客邸囊。
我愧守株难负笈，黯然携手上河梁。（其四）①

梁章钜《退庵诗存》也含有不少送别图题诗。卷九《题〈万柳堂话别图〉，送陶云汀观察川东》②，作于嘉庆二十四年己卯（1819）。当时，"消寒诗社"（或"宣南诗社"）成员陶澍（云汀其号）将赴川东，其他诗人题图送之。胡承珙《题〈万柳堂话别图〉，送云汀给事之川东兵备道》③，也是相关作品。清代，万柳堂是集会胜地，诗人绘图作记。赵雅丽先生《晚清京师南城政治文化研究》第二章"京师南城的区域文化环境"也曾论及宣南万柳堂的社集活动④。乐钧《〈万柳堂修禊图〉一百韵，为槐亭题》，诗序记载："元廉希宪万柳堂在京师右安门外，与草桥相近。今所图乃国朝大学士益都冯溥别业，亦名万柳堂，在广渠门内。康熙时，开博学鸿词科，待诏者尝宴集于此。后归仓场侍郎石文桂，旋施为寺，圣祖赐额曰'拈花禅寺'。乾隆壬申，辽东李鹗青招诗人修禊寺中，槐亭与焉。宁邸秋明主人闻之，携酒肴歌吹来会，共二十有二人，并有赋咏。洵升平之盛事、贤王之谦节也。槐亭汇录诗文成卷，属石星源写图合装。后四十年辛亥三月出以示余索题。"⑤ 早在乾隆十七年壬申（1752），李锴（鹗青其号）于万柳堂举行修禊会，乐毓秀（槐亭其号）编纂

① 金铎等：《蠙山联唱集·题送别图》，嘉庆二十年乙亥（1815）刻本，第3b页。
② 梁章钜：《退庵诗存》卷九，《续修四库全书》第1499册，第517页。
③ 胡承珙：《求是堂诗集》卷十六，《续修四库全书》第1500册，第144—145页。
④ 赵雅丽：《晚清京师南城政治文化研究》，凤凰出版社2011年版，第43页。
⑤ 乐钧：《青芝山馆诗集》卷二，《续修四库全书》第1490册，第434—435页。

诗文总集，石海（星源其字）绘制《万柳堂修禊图》。京师有两个万柳堂，但《话别图》和《修禊图》所绘是同一处。至于话别图，梁章钜《京居十日，叠前韵，复得四首》，其二"宣南画册期重续，珍此飞鸿踏雪如"一联，诗人自注说："壬午岁，出守荆州，时京中同好各有赠言，曾绘成宣南话别图册。今岁赠诗愈多，拟觅名手作宣南话别第二图也。"① 可见道光二年壬辰（1822），"宣南诗社"成员也为梁章钜送行，作《宣南话别图》。《和答海帆潞河舟中题〈沧浪话别图〉，寄怀原韵》两首，其二有："西窗何时复剪烛，倡酬重藉刀礲诸。会当更觅丹青手，写寄沧浪忆别图。"② 前文曾叙及道光八年戊子（1828）、九年己丑（1829），梁章钜和陶澍、顾莼、朱珔、朱士彦、吴廷琛、卓秉恬结"沧浪七友会"，《沧浪话别图》即诗社送别之图。又，梁章钜《送陈芝楣都转赴粤，即题其沧浪话别卷》，陶澍《题〈沧浪话别图〉，送陈芝楣都转之官粤东》③，属于同一批作品，陈銮（芝楣其字）也属于沧浪亭诗人唱和群体。道光十年庚寅（1830），陈銮即将前往广东，同人纷纷题咏《沧浪话别图》。林则徐也作有《题陈芝楣都转（銮）〈沧浪话别图〉》④。又有《题怡悦亭中丞（怡良）沧浪话别图卷》，"同心又种双甘棠，招携重来有诗谶"一联，诗人自注说："芝楣题此图句云'同心胜侣相招携'，又云'盼君旌幢重莅止'。"⑤ 可见，怡良《沧浪话别图》和陈銮所题，是同一画卷。

　　除了万柳堂、沧浪亭，梁章钜还有其他话别图题诗。梁章钜《归帆杂咏二十八首》，其三诗云："吴门耆旧尽诗翁，送别情深句愈工。一棹烟波数巡酒，不知身在画图中。"诗末注释记载："石琢

① 梁章钜：《退庵诗存》卷十一，《续修四库全书》第 1499 册，第 536—537 页。
② 梁章钜：《退庵诗存》卷十四，《续修四库全书》第 1499 册，第 564 页。
③ 梁章钜：《退庵诗存》卷十八，《续修四库全书》第 1499 册，第 603 页；陶澍：《陶文毅公全集》卷五十八，《续修四库全书》第 1504 册，第 75 页。
④ 林则徐：《云左山房诗钞》卷三，《续修四库全书》第 1512 册，第 307 页。
⑤ 林则徐：《云左山房诗钞》卷五，《续修四库全书》第 1512 册，第 321 页。

堂廉访、韩桂舲尚书、尤春樊舍人、汪阆原观察、彭咏莪舍人暨朱兰坡、吴棣华两同年合制葑江话别画册赠行，并饮饯于葑门舟次。"① 道光十二年壬辰（1832），梁章钜自苏州回闽，苏州诗人群体为他制作葑江话别画册。道光十五年乙未（1835），梁章钜北上，福建"三山诗社"同人又绘图送别。《退庵诗存》卷二十四《"三山诗社"同人排日饮饯赋诗，绘成榕阴话别册赠行，舟次题册后寄谢》，诗云："偷闲急退忽三年，博得新诗里巷传。来往正欣兰话洽，分离偏值荔香鲜。人当老境难为别，诗有真情语自妍。直到洪江挥手后，回头多少地行仙。"诗末注释记载："时冯笏轩、郭莲渚、曾霁峰、吴鲁庭、陈星垣诸君皆送至洪江，舟次而别。"② 冯缙（笏轩其字）、郭仁图（莲渚其字）、曾晖春（霁峰其字）、吴赞韶（鲁庭其字）和陈玉宇（星垣其字）等都是"三山诗社"的成员。可见，梁章钜在北京、苏州、福州等地都有结社行为，临别之际，社友多绘图赠行。即使社图不得一见，这些题图诗也展现了作者的结社经历，以及同社之间的真挚情感。

　　除了送别图，梁章钜所参加的"消寒诗社"和沧浪亭唱酬活动等，都有正式的社图。《退庵诗存》卷九《题〈消寒诗社图〉，送黄霁青出守广信》，诗云：

> 人海各殊尚，图中方洒然。
> 名场星小聚，诗梦月同圆。
> 此会谅非偶，吾侪何者传。
> 西昆诗派旧，著意轶前贤。
>
> 乐事谁能并，通才匪自今。
> 拥麾兼舞彩，循吏本儒林。

---

① 梁章钜：《退庵诗存》卷二十，《续修四库全书》第 1499 册，第 618 页。
② 梁章钜：《退庵诗存》卷二十四，《续修四库全书》第 1499 册，第 653 页。

北地泥成爪，西江水似心。

一杯亭上望，为我寄新吟。①

前文也曾提到嘉庆末年，同社朱珔、陶澍、钱仪吉都作有题图诗，且"消寒诗社"是"宣南诗社"的组成部分。胡承珙《消寒诗社图序》也记载了该社的详细情况。道光初年，潘曾沂请人绘制《宣南诗社图》。梁章钜《潘功甫舍人（曾沂）属题"宣南诗会"画卷》一诗记载："醉后披图意气生，当年诗垒控长城。抟沙易动伤春感，照屋犹存落月明。胜践几人还入画，宦情笑我似悬旌。期君编就西昆集，好续骚坛执耳盟。"②《宣南诗社图》和《消寒诗社图》在内容、形态等方面有何差别，已不得而知。《沧浪主客图》的由来及主体，也通过诗歌而有所记载。梁章钜《沧浪主客图诗》，其序如下：

余于道光丁亥春仲，自山左移藩来吴。抚吴者为安化陶云汀宫保，偶以公余葺城南沧浪亭，为宾僚觞咏地。时泾县朱兰坡侍讲主正谊讲席，华阳卓海帆京兆主云间讲席。次年，元和吴棣华廉访、吴江程竹广鸿胪先后自京师归，游迹多以亭为主。无何，海帆先以需次去。又二年，宫保晋督两江，移节金陵。惟余尚与兰坡、竹广、棣华诸君徘徊茂林清流之间，每感胜集之不易得，而聚散之靡有恒也，思合作一图以纪之。时余之莅吴四年矣，其甫至也，宫保暨余同修此亭，宜为主者也。而棣华、竹广皆郡人，兰坡、海帆所居皆与亭一水隔，是皆宜为主者也。然海帆别此亭去最早，宫保继之；竹广居吴江，远郡城四十里，不能时至亭，兰坡本寓公，余以官系，其去留迟速皆非所自操，棣华亦如泰山之云将出雨天下，是则宜为此亭主者，又皆此亭客也。惟念通籍垂三十年，同榜二百数十人中，离合

---

① 梁章钜：《退庵诗存》卷九，《续修四库全书》第 1499 册，第 518 页。

② 梁章钜：《退庵诗存》卷十一，《续修四库全书》第 1499 册，第 534 页。

踪迹无岁无之，独此六人者久与此亭习，互为主客。人以亭重乎，抑亭以人重乎？是不可以无述也。先是，宫保绘《七友图》，有宝应朱咏斋总宪、吴县顾南雅学士。南雅官京师，未尝见亭之成，咏斋只一至亭，而竹广之归在《七友图》既成后，故兹舍二君而及之，并系以诗云。①

《沧浪主客图》的绘制时间是道光十一年辛卯（1831），晚于《沧浪七友图》。图中包括陶澍、梁章钜、朱珔、卓秉恬、吴廷琛和程邦宪六人，和"沧浪七友"稍有不同。但两者都有陶澍、梁章钜、朱珔、卓秉恬和吴廷琛，基本可以算作一个诗人群体。《退庵诗存》卷二十五《为李芝龄总宪题壬戌同年雅集卷，次陶宫保韵》，诗中注释记载："余在吴门作《小沧浪雅集图》，实为同年绘事之唱。"② 这里的《小沧浪雅集图》很有可能就是《沧浪主客图》或《沧浪七友图》。

早在嘉庆十五年庚午（1810），梁章钜在家乡和郭仁图、龚以镗、冯元镇、林轩开、林庆章、冯光祚、魏龄、何恒镗、高立诚、叶申蔚、梁云镶、叶申芗十三人集会唱和，形成固定的唱和群体，并会有《庚午雅集图》。《退庵诗存》卷十六《书重摹庚午雅集图后》，小序记载："图作于嘉庆庚午，时方与里中诸君子日寻文酒之欢。自郭莲渚（仁图）比部，龚楞香（以镗）吏部，冯节楼（元镇）别驾，林蓼怀（轩开）、研樵（庆章）二进士，冯恪甫（光祚）、魏香士（龄）、何石农（恒镗）三孝廉，高甫申（立诚）、叶文石（申蔚）及余弟桂岩（云镶）三明经，叶小庚（申芗）庶常与余，凡十三人，合貌为图，余以文纪之，装成长卷，旧藏小庚处。其明年，小庚宦滇，不得见此图者且二十年。今冬，小庚由京旋里，道出吴门，急索卷展观，则历历如昨日事。因重摹一本，而以原物

---

① 梁章钜：《退庵诗存》卷十九，《续修四库全书》第1499册，第607—608页。
② 梁章钜：《退庵诗存》卷二十五，《续修四库全书》第1499册，第666页。

归小庚，俾两家各珍护之。新图就遂，纪以诗，并征名流题咏，以张其事云。"① 道光九年己丑（1829），梁章钜重新摹写《庚午雅集图》。距离集会已过去二十年，除了林庆章、叶申芗、郭仁图和梁章钜，其余九人皆已离世。林则徐《题梁芷林方伯（章钜）〈藤花书屋图〉》一诗，便有"即看庚午雅集图，一十三人亡者九"之句②。梁章钜以此图"征名流题咏"，可见其对家山故园的浓厚情感。郭仁图后来与之共结"三山诗社"，在榕城诗坛也较活跃。而"三山诗社"的另一成员冯缙曾有《癸未道山雅集图》，梁章钜题诗写道："山川如故鬓毛改，前尘赖有画图在。携图上山索我歌，离多会少如君何。焉得年年作重九，如此画图如此酒。底须更论诗好丑，同向青天一搔首。"③ 光阴流逝，画像及题图诗却能记录集会往事，也让后代读者如临其境。仅梁章钜一人，其结社之频、题诗之多，已然令人咋舌，何况整个清代的社图及题图诗创作。

第二节　诗社规约及结社宗旨

在诗社创立之初，社长或同社制定规则以约束集体行为，有口头和文字两种形式。文字形式的诗社规约，常附于社诗总集的卷首，称作社约或社规等。这些规约涉及集会、创作等各个方面，有时也交代诗社的基本信息，具有一定的程式和章法，但并非千篇一律。部分社诗总集的《凡例》，也包含社事规范，既有约束诗人群体的成分，还对社诗总集的编纂体例作出规定。李玉栓先生《中国古代的社、结社与文人结社》一文④，对"社"义作出考释。"社"原有祭祀场所的含义，后来也指集会场所。集会场所，是诗人结社的关键

---

① 梁章钜：《退庵诗存》卷十六，《续修四库全书》第 1499 册，第 584 页。
② 林则徐：《云左山房诗钞》卷三，《续修四库全书》第 1512 册，第 306 页。
③ 梁章钜：《退庵诗存》卷二十，《续修四库全书》第 1499 册，第 623 页。
④ 李玉栓：《中国古代的社、结社与文人结社》，《社会科学》2012 年第 3 期。

要素，是诗社作为实体而存在的基础。不举行集会的纸上诗社较罕见。随着社事的发展和普及，"社"的概念在明清乃至近代趋于抽象，反映诗人群体在精神层面的高度统一，包括政治思想、文学主张、生活理念等。"社"的意义，反映在具体结社过程中，即所谓组织性，而组织性包含在社规、社约之中。因此，规约是社集自觉性和组织性的体现，也是诗社区别于普通唱酬的重点。诗人群体对规约的尊重和践行，展现了受儒家思想影响的士人内部秩序及相应的人生态度、道德规范。

一　真率会约的发展与演变

尤侗"真率会"作有《真率会约》，其内容之具体细致程度绝无仅有，在清代结社集会史上具有一定的示范作用。众所周知，尚齿会起于唐代白居易，宋代司马光继之，曾招集诸公于南园作"真率会"，都具有耆老性质。胡仔《苕溪渔隐丛话·后集》卷二十二记载宋代真率会约，条列如下：

> 一［一］序齿不序官；
>
> 一［二］为具务简素；
>
> 一［三］朝夕食不过五味；
>
> 一［四］菜果脯醢之类，各不过三十器；
>
> 一［五］酒巡无算，深浅自斟，主人不劝，客亦不辞，逐巡无下酒时，作菜羹不禁；
>
> 一［六］召客共作一简，客注可否于字下，不别作简，或因事分简者听；
>
> 一［七］会中早赴不待促；
>
> 一［八］违约者每事罚一巨觥。①

---

① 胡仔：《苕溪渔隐丛话·后集》卷二十二，人民文学出版社1962年版，第154页。

以上八款会约将"真率会"的器具、食物等都作了规定，注重年齿而非官职，追求简素而非奢华，崇尚自由的集会氛围如"酒巡无算，深浅自斟"等，又严格约束会员行为如"违约者每事罚一巨觥"。会约简洁明白，可行性很强。尤侗《西堂杂俎·二集》卷八所收《真率会约》，对"会之人""会之期""会之地""会之具""会之事""会之礼"六个方面作出规定，记载如下：

一〔一〕会之人。陶公所谓"素心人"也。呜呼，难哉！六逸、七贤、八达、九老，皆偶然有，不以数拘。如以数，八人足矣。苟无其人，宁从阙、勿备员也。若主人有父子兄弟或不速客，不甚败意者，暂陪弗禁。但不得邀贵人，嫌热也；不得挟伎人，嫌狎也。犯者罚。会中二席，会外不过一席，过者罚。

一〔二〕会之期。浃旬一举，而不刻日，良辰美景，唯便之从。越宿单简一约，辰集酉散，不卜其夜。月出，少留可也。失期者罚。风雨则更之。期而不至者罚。果有大事及病乃免。

一〔三〕会之地。友取同里，乐数晨夕，且可徒行也。暑宜长林，寒宜密室。春秋之际，花月为佳，有固欣然，无亦可已。或杖藜野寺，看竹邻家，载酒移床，更自不恶。至如上巳踏青，端阳竞渡，中秋玩月，九日登高，兴会所至，驾言出游。或各挂杖头，以供舟车之役。然偶一举而已，数见不鲜，吾亦无取焉。

一〔四〕会之具。坡公每食，一爵一肉，有客则三之。其言曰："安分以养福，宽胃以养气，省费以养财。"有味哉！今量增为四簋：素一，腥三。酒五行，中饭加羹汤一，过此者罚。奉第一戒，杀生者罚。薄晚小饮，设果一盘、杂蔬九合，加小点一，过此者罚。酒无算爵，随量而止，筋政无苛，及乱者罚。器用磁漆，毋用金玉、犀象，用者罚。从者勿过二，犒以汤饼。无舆人，或有，亦弗犒也。

一〔五〕会之事。饮食之外，或赋诗，或读书，或作字，或琴或棋，各从所好，独不许赌牌。赌牌三费：费时、费心、费财。戒之哉！犯者罚。数人之聚，言语易多，或谈史，或谈经，或谈禅，或谈山水，固自佳尔。坡公强闲人说鬼，谐谑轩渠，亦无不可。独不许谈者三耳：一不谈长安缙绅，二不谈阿堵，三不谈帷簿事。犯者罚。

一［六］会之礼。阮公曰："礼岂为我辈设?"足恭，吾耻之，见只一揖。夏之日，不衣冠则拱。不看席，不告茶，不举杯箸。后至不迎，先归不送。虽迎送，不远。客或静坐，或高卧，或更衣小便，主不陪。主无文，仆亦朴。不扇、不帚、不巾帨，无责焉。虚文者罚。①

关于"真率会"的成员，尤侗以陶渊明所说"素心人"作为标准。至于人数方面，最好不要超过八名，宁缺毋滥。"贵人""伎人"不得入会，以追求清静、庄重的集会氛围。尤侗也很注重集会时间，失期者和期而不至者都要受到惩罚。既是集体活动，必然要讲究信用。集会地点和一般诗社大同小异，以室内为主，传统节日也组织踏青、竞渡、玩月和登高等活动。而"真率会"的特点在于"会之具"，注重饮食的数量、器具等，崇尚简素。饮食以外，除了明言禁止赌牌，其他文艺活动皆可自由选择。清淡的内容，禁止谈论官长、金钱和家庭生活，其他话题也相对开放。集会的礼仪，摒弃繁文缛节，趋于简便。"真率会"通过集会展现文人的生活方式和价值观念，具有理想主义的色彩，一般诗社则以集会作为文学创作的途径，两者的目的不同，具体活动及细节便有分歧。尤侗还撰有《籚贰约》，也是从苏轼"一爵一肉，有客则三之"的饮食习惯中得到启发。具体规约如下：

凡二籚，一鱼一肉，或参鸡鸭。加一汤，虾蛤之类，可以

---

① 尤侗：《尤侗集》，上海古籍出版社 2015 年版，上册，第 289—290 页。

下饭。他如燕窝、海参，难得之物，不必设也。

更坐蔬果九碟，杂以小鲜。再加汤点，可以说饼。酒无算爵，及量而止。

席不过二，客不过八。过从不拘日期，尺素一邀，辰集酉散，不卜其夜。

酒杯食器，皆以陶瓦，勿用金银、犀玉之物。

从者一人，给以腐饭。或用便舆，犒以酒钱。①

显然，这份《篝贰约》和《真率会约》具有共同之处。例如"尺素一邀，辰集酉散，不卜其夜"，关于集会时间的设置大致相同。酒杯食器不用"金银、犀玉之物"，也和"真率会"一样追求简朴，可见尤侗在日常生活中也是如此践行。

又，《珠里小志》卷十七记载："陆孝廉孟闻（庆绍）甲申之春迁居珠里，于里中创'寅社'。其约云：'会之人，不以数拘。无甚败意者入社弗禁，但不得邀贵人、随僮仆，犯者罚。会之期，旬日一举，辰集酉散，不卜其夜，风雨不阻，失期者罚。会之地，春秋在圆津庵，夏日在明远禅寺，冬则在会者之室。遇良辰美景，唯便之从，违者罚。会之具，素一，腥一，或加羹汤一，过此者罚。日长加小点一，夜用酒无过量，乱者罚。会之事，时艺一，诗一，间日策论、律赋各一。谈经谭史外，不谈仕宦及阿堵、闺门，犯者罚。会之礼，不迎不送。'一时同社三十余人，陆祖修昆弟、王会图诸公皆与焉。"② 顺治元年甲申（1644），陆庆绍创立"寅社"，陆祖修、陆祖宣兄弟和王会图等人都有参加。陆祖修、陆祖宣、王会图和唐士恂四人有"东瑚四子"之称。这份"寅社"《社约》和《真率会约》的内容颇为相近。尤侗《篝贰约》收录在《艮斋倦稿·文集》卷十"癸酉杂文"，其创作时间是康熙三十二癸酉（1693），《真率

---

① 尤侗：《尤侗集》，上海古籍出版社 2015 年版，下册，第 1282 页。
② 周郁滨：《珠里小志》卷十七，上海社会科学院出版社 2005 年版，第 219 页。

会约》也应作于康熙年间。因此，尤侗《真率会约》很有可能模仿"寅社"之社约而作，内容更加丰富、具体。但是，基于社事本身的性质，两者在拟定规约的过程中也各有侧重。"寅社"社约也有"会之人"等六款，集会的人员、时间、地点、饮食和礼仪，也都遵从简单随意的原则。然而，在"会之事"方面，"寅社"规定"时艺一，诗一，间日策论、律赋各一"，创作体裁有时文、诗歌、策论和律赋，是非常正式的诗文社。而"真率会"通常具有耆老会的性质，且尤侗撰写会约之时正是晚年，符合笔者此前所论耆老会重视齿序胜于诗艺等特点。《真率会约》最末引客语："是约也，吾子行之，甚善。然独为君子矣！盍刻以告诸乡先生？俾就其居之近者、交之素者，人自为会，而会可广也。推之岁时伏腊，亲友过从，一依此例行之，而会可忘也。又推之四方宾客往来吴门者，先以子说告焉，庶不致简慢获戾。且有传为美谈，递相则效者。胥天下之人，化而真率。其约不可久哉！"①《会约》的刊刻及流传，对于推广率真的行为方式、改善浮华的社会风气具有重要意义。

二　结社宗旨与传统诗人的道德约束

诗社的结社宗旨，体现在诗社名称、创作内容等方面。而社规、社约，作为诗人群体共同遵守的制度或章程，具有约束性，也是结社宗旨的重要体现。"社约"一词，具有两重含义，征求社友或规范社事。如《枫叶社初约》记载："夫烟墨宣心，翰舣寄素，道固渊永，旨亦条微，乃四始六义之风湮，竞作几者，争趋琐语。既秉比兴，复失风骚，何异啜糟粕而嗤苍梧之醇、击瓦缶而昧流郑之乐也。吾邑菰芦相望，代有名贤，贞业遥嘉，义教响贲，风流未坠，实右斯人。用是近集高彦，鼓邕徽猷，缔芳青简，写情篇什，唱咏正始之音，宣泄江山之气，庶使夫怀如惭、滥竽自耻耳。每季社题，谨

---

① 尤侗：《尤侗集》，上海古籍出版社 2015 年版，上册，第 290 页。

登别幅。同社俞南史、史玄、蒋自进谨启。"① 这份社约相当于社启、社引，并非为了规范集会行为而作。

"听雨楼吟社"的社规，以《凡例》形式附于卷首，内容详尽。社诗总集《听雨楼吟社》的编者王培荀自称"秉性迂拙，一切丝竹、博戏、射鹄诸事均所不谙，公余还读我书"②。虽非诗社的发起人，却是社规的拟定者，"幕友多风雅士，约两山长及书院弟子好吟咏者结为诗社，乃条列社规于左"③。具体内容如下：

[一] 旭阳地僻事简，要有政在，高谈雅咏究非当务之急。或月半，或两月，簿书余暇，风日清美，择城内寺观之高爽者，可以远眺望、骋雅怀。不废公，亦不营私，从容染翰，一乐也。

[二] 古人裙屐风流，一觞一咏，亦足以畅叙幽情。盛衣冠、烦礼数，殊不相宜。初会不能不以礼见，自后野服而至，长揖就坐，效前贤真率之会。

[三] 文宴固须杯盘第陈珍错，讲滋味非吾辈咬菜根本色，且素性尚俭恶侈，随分具酌，足以接欢，知诸君不为饮食来也。

[四] 拇战欢哗，甚为不雅。与诸君聚虽不敢追慕雅集，亦期远俗。笔墨之余，惟尚清谈，不理觞政。

[五] 刻烛击钵，捷才难得。会时诗题非一，不必操笔立就，以三叉七步苦人也。推敲尽善，异时汇交，巧迟终胜拙速。

[六] 古宾射、乡饮，通上下之情、习礼乐之节，虽高如灭明，亦至偃室，窃慕此义久矣。蜀中不容杂宾出入，若同是学忠人，谈文艺、讲风化均有裨益，至公事则概不必道。

[七] 侄绍德、孙肇元去岁年均十五，迟士之子志年十六，

①　潘一桂：《枫叶社诗》卷首，清钞本，第1a页。
②　王培荀：《听雨楼吟社》卷首《凡例》，道光二十九年己酉（1849）刻本，第1a页。
③　王培荀：《听雨楼吟社》卷首《凡例》，道光二十九年己酉（1849）刻本，第1a页。

初学为诗，亦令入会，使有所观摩，庶得进步。古选诗多列闺媛、方外，至青衣亦所不遗。盖自《三百篇》，作者不一人、不一格，有诗即录，原不必拘。兹刻虽不与会而有依题作者，间付一二。①

"听雨楼吟社"成员有王侃、许崇基、周如玺、廖朝翼、张轩鹏、丁光陆、王培荀、刘德刚、黄洁、杨联拔、郝元琛、吴迈、张凤仪、周永勋、汪涵、谭文藻、蒲载皋、王志、廖兴哲、王绍德、王肇元等。此外，方外云空，闺秀王蓉，青衣张益、钟福，也提交了作品。社诗总集还附有吴家骥、余长川、黄文斗三人的和作，即所谓"虽不与会而有依题作者"。其中，王志是王侃之子，王绍德、王肇元分别是王培荀的侄子和孙子，三人年纪尚轻，正在学诗阶段，而入社是观摩、练习作诗的机会。王蓉是王侃之女。除了许崇基、周如玺和王培荀，大部分社员都是四川荣县人。社规第一款交代了"听雨楼吟社"的集会时间和地点，以文不废政为前提；第二款指出该社有意效仿真率会的形式，在衣冠和礼数方面都从简；第三款提到文宴的饮食也崇尚简朴之风；第四款明言禁止酒令等游戏，创作之余只是清谈；第五款则围绕集会创作，不同于现场限时创作的方式，该社给予作者充足的构思时间；第六款提到蜀中同人谈文艺、讲风化均有裨益，而公事一概不论；第七款说明了部分创作主体及选诗原则，在社诗总集中也有反映。总体而言，"听雨楼吟社"在集会方面主张简约，在饮食方面坚持简素，始终以诗歌创作为首务，辅以清谈，追慕高雅，远离低俗。社诗题目的设置多咏史题材，所作古朴浑雅。由社规便可看到，该社具有崇雅尚简的基本宗旨和格调。再看集会情形，"斯时也，玉堂挥翰之手摩空，腕走龙蛇（谓东崖先生）；花县制锦之才掷地，声谐金石（谓海云先生）。莲幕皆人

---

① 王培荀：《听雨楼吟社》卷首《凡例》，道光二十九年己酉（1849）刻本，第1a—2a 页。

同庾杲（谓迟士、鸿轩、宝传诸公），广文亦名亚丁仪（谓梓园先生）。萃公门之桃李，争吐芬芳（多两书院弟子）；秀瑶砌之芝兰，咸同臭味（公侄及孙皆与会）。而且教不遗于方外，绮语有白足高僧（谓云空）；艺可呈于樽前，丽词有青衣小史（谓钟福）。岂独李氏芳园，偕青莲而喝月；石家金谷，酌白坠以罚人也哉?"① 社员们舞文弄墨、争奇吐艳，极尽集会之乐趣，堪比桃李园春宴、石崇金谷宴。清代诗社的会约经常模仿宋代真率会。"问梅诗社"也是如此，尤兴诗《探梅结社纪事》后五联云："敢请结诗社，勖与前贤徒。循环月一举，不数而不疏。会约尚真率，风流绵绪余。彭子志复古，同心亦如予。从兹三老友，岁寒盟勿渝。"② "问梅诗社"初创之时，规定每月举行一次集会，也崇尚真率的原则。这首纪事诗，其实也含有以诗订社的意味。

民国时期《"南雅诗社"社约》，还在延续真率之义。社约也以条例形式存在，并涉及社集编纂等内容，具体如下：

一［一］洛下、香山，承平韵事；七子、五子，标榜颓风。兹之社集，时殊事异。嘤鸣求友，抒写性情。月泉、汐社，或其庶几。

一［二］雅集清吟，以简率淡泊为宜。故礼节拘牵，厨传繁猥，一概屏弃。不惟明志，抑贵率真。

一［三］社集之期，多则嫌烦，少亦寡欢，以半月一次为宜。（诗题及限韵与否，均临时酌定。）

一［四］佳节良辰，多有感发，自不宜旷废。此外，常会之地址、日期，均于前期酌定之。

一［五］能事促迫，达人所讥。首集之诗，限于次期交社

---

① 王培荀：《听雨楼吟社》卷首刘德刚序，道光二十九年己酉（1849）刻本，第3a—3b 页。

② 尤兴诗等：《问梅诗社诗钞》卷一，道光刻本，第1b 页。

（社址暂定由氏涵翠楼）。若夫八叉而成、一挥而就者，听。

一［六］集会地址，住宅固佳。若须借赁，要以清雅为宜。

一［七］每三期即汇齐吟稿，公同评定，陆续付刊。

一［八］社外友人，如有佳作，亦可收录。①

《社约》指出，"南雅诗社"的时代背景不同于"洛下耆英会""香山九老会"，以"嘤鸣求友，抒写性情"为宗旨，比较接近"月泉吟社""汐社"等。该社也崇尚简率淡泊的集会氛围，不拘礼节。社集频率不密不疏，半月举行一次集会，临时设置诗题及用韵，相对随意。"南雅诗社"给予社员充裕的创作时间，也尊重一气呵成的创作习惯。《社约》第二款表明该社具有真率会作风，而创作时间自由，集会空间清雅，也是追求真率的倾向。至于同社友人之间的交往，更以率真为原则。"南园诗社"创立于民国二十一年（1932），由云龙期望通过结社以抒性情、征得失，恢复风雅传统。这也是以"月泉""汐社"等遗民诗社自比的原因。至于真率会的内涵和形式，备受历代诗人青睐，应用于诗社集会和实际生活，民国古典诗社亦有所因袭。

陈瑚世称安道先生，所结"莲社"之约法，也有模仿"真率会"的成分。陈陆溥撰《安道公年谱》，卷上顺治"四年丁亥"条"约村人为改过迁善之学"下记载："公学问深造，与同志为天人性命之学，又与村中诸友指陈切近工夫。用《吕氏乡约》、朱子《白鹿洞规》、温公'真率会'遗意，著《莲社约法》五章。'会约'有五：父子有亲，君臣有义，夫妇有别，长幼有序，朋友有信。'会戒'有四：不谈非礼，不发人隐私，不谋利欲事，不作无益。'会人'有二：同属之亲，同志之友。'会期'有四：论道之举，景物之举，燕享之举，过从之举。'会品'有三：便设，特设，

---

① 由云龙：《南雅诗社吟稿》，《清末民国旧体诗词结社文献汇编》第 8 册，第 61—62 页。

非常设。"①"会约"是基本原则，强调伦理和道义；"会戒"规定禁止之事；"会人""会期"分别规定集会的人员组成和举行时期；"会品"则分为三等。《莲社约法》并非模仿司马光"真率会"的内核及形式，只是沿用其会约的撰写方式。由于陈瑚在"改过迁善之学""性命之学"等方面有研究，因此"莲社"也以儒家思想作为处世准则。

清初"洛如诗会"，陆载崑撰有《约言五则》，具体如下：

> [一] 丙戌春，读书西皋，与群从昆弟相约为"洛如之会"。虽云求友，实以亲师。推都讲者，家陆堂叔，前辈则古民、梓园诸先生咸与。期于陶铸性情，非敢创竖旗鼓也。知我者幸勿罪我。

> [二] 面会诗以唐人试帖为宗，遵毛西河先生教也。次题则古体，律、绝以次递更。与其闭门觅句，学后山之苦心，何若对客挥毫，分少游之乐境。

> [三] 前五日具束，兼致遥题，巳刻毕集，例不再邀。存古人真率之意，肴不期丰；当幽情畅叙之时，酒宜索醉。

> [四] 每月正集之外，写情赋物，有唱必酬。或四方名流至止，促席题襟之句，间亦采入。

> [五] 诗追正始，不尚牛鬼蛇神；友贵心知，无论白头倾盖。法嗣宗之口不臧否，戒季野之皮里春秋。敬告同人务遵斯约。②

"洛如诗会"的结社目的在于"陶铸性情"，而非"创竖旗鼓"。根据会约第三款，可知它在饮食方面崇尚简约，有意模仿古人真率作风。该社集会以唐人试帖为宗，和一般诗社很不相同。前文曾论

---

① 陈陆溥：《安道公年谱》卷上，《北京图书馆藏珍本年谱丛刊》第71册，第318页。

② 朱彝尊：《洛如诗钞》卷首，《四库全书存目丛书补编》第42册，第653页。

及八旗诗社倾向于创作试帖诗，但赋得体在普通诗人当中并非主流。鉴于试帖诗和科举的关系，将其列入创作体裁的诗社可能具有功利性。但是，以结社宗旨观之，"洛如诗会"是相对纯粹的文学社，求友亲师，写情赋物。朱则杰先生《"洛如诗会"考辨》一文所说"试帖诗在清代，起先仅用于某些特殊考试，至乾隆二十二年丁丑（1757）才正式列入科举项目"①，即真相所在。"洛如诗会"存续于康熙年间，不可能以试帖诗作为获取仕进的手段。会约第五款禁止会员臧否事物，或外无臧否而内有褒贬，要求同人以心相交。而"诗追正始"四字，也能反映社员的诗学取径。在阅读社诗作品之前，《约言五则》已展现出"洛如诗会"诗人群体的思想宗旨及行为规范。

部分社诗总集的《凡例》，既规定社集刊刻的内容及形式，也涉及结社集会活动，兼具社规的功能。《正白旗官学日余吟社诗存》卷首《凡例》共有四款，第一款"是课令各馆大学生得暇闲吟，不妨正业，十日一课，每月三课，故名曰'日余吟社'"②，说明了集会的频率和社名的由来。其余三款《凡例》是："一［二］原作有不惬处，间为润色，亦有节取他作合为完璧者。其零金碎玉，随录于后。一［三］是刻为鼓励学生起见，不敢苛求，故选刻从宽。一［四］是课自光绪己丑秋月起，至乙未冬月止，积六年之久，共得诗百九十四首。后有作者，下任管学官必为续刻。"③"日余吟社"的关键词是"正白旗"和"官学"，其成员主要是八旗官学子弟，在科举正业之余结社，进行试帖诗创作。从这个诗社的《凡例》也能看出它的性质及宗旨。又，《长溪社诗存》卷首《例言》也对"长溪吟社"及社诗总集作了说明，具体如下：

---

① 朱则杰：《"洛如诗会"考辨》，《文学遗产》2012 年第 5 期。
② 陆钟琦：《正白旗官学日余吟社诗存》卷首《凡例》，光绪二十三年丁酉（1897）刻本，第 1a 页。
③ 陆钟琦：《正白旗官学日余吟社诗存》卷首《凡例》，光绪二十三年丁酉（1897）刻本，第 1a 页。

一［一］"长溪吟社"起于乾隆甲寅、乙卯，而先祖与诸前辈联吟则自丁亥年始。兹集则在甲寅以前倡和者并列之。

一［二］集中诸前辈，先官长，次外邑，再次同邑，其姓氏前后悉以年齿为序。

一［三］诸前辈治绩、文苑、行谊载邑志者，节录之；其未入邑志以俟后日采入者，字号、科名、著作一例节录。

一［四］诸前辈即景抒情，得意之作，互相录存，以资吟咏。先祖辑同社诗，故有非倡和之什而亦附存者，集中间录之。

一［五］前辈未入吟社而先祖与之往还、录其诗者，集中一体列之，以志景仰。

一［六］先祖与诸前辈酬唱，诗词俱载《长溪草堂集》中。兹谨录二卷，列于集末。当日倡和之盛概，可想见云。

一［七］此集存诗词，非存文也。然文之有涉于诗词者，附录之，以识诗词之缘起。①

以上《凡例》是潘允喆之孙潘逵吉所撰。"长溪吟社"起于乾隆五十九年甲寅（1794）、六十年乙卯（1795），早在乾隆三十二年丁亥（1767）以前，潘允喆就有联吟唱和活动。《凡例》第二款说明这个诗社也比较重视官职、齿序等。除了正式社员的唱和之作，社员的非唱和作品以及非社员的诗歌，也有录存。"长溪吟社"赋诗填词，兼有诗社和词社的功能。社诗总集的《凡例》和普通总集不同，除了介绍编纂体例，前者还涉及诗社的缘起和概况。任安上作为"长溪吟社"的成员之一，其曾孙任元潗辑有《借舫居仅存集》，包括《诗钞仅存》《词钞仅存》《文钞仅存》《同社仅存》等。《借舫居同社仅存》即任安上（字澧塘，又作李唐）和诸友唱和所得。任元潗撰《例言》记载：

---

① 潘允喆：《长溪社诗存》卷首《凡例》，光绪十二年丙戌（1886）春晖堂刻本，第1a页。

　　一〔一〕卷首传记如《花鸟词引》《双溪乐府序言》，已由先伯映白公刊立各种卷首。兹先曾祖著作既不获觐，而同社记述则固尚有存者，读之亦足以想像当年梗概。谨仍列于卷首，示不忘本。

　　一〔二〕集中评语，周藕塘、储纪堂两前辈为最多。间有加评语者，仍另注某君，字样悉照纪堂手钞原本。

　　一〔三〕此集大半系嘉庆庚午、辛未年间先曾祖与同社倡和之作也，或此倡彼和，或此和彼倡。凡纪堂所录存者，兹皆按名汇辑，附刊于后，以公同好。

　　一〔四〕附刊诸君姓氏，悉遵纪堂手钞原本前后次序，概不紊乱。

　　一〔五〕附刊诗词，间有非先曾祖所倡和者，亦附存一二，未敢割爱。

　　一〔六〕潘迁云前辈倡和诸作，纪堂手钞原本录存者殊多，惟已由后裔列入《长溪草堂》，兹不复赘。

　　一〔七〕集中间有一二脱漏处，及字在疑似之间，无从访求他本较对更正，读者谅之。①

　　借舫居同社唱和的时间，主要集中在嘉庆十五年庚午（1810）、十六年辛未（1811），晚于"长溪吟社"。社员有任安上、苏榛、吴骞、储成章、朱麟征、申泽溥、潘兆雄、周迪、储征甲、吴衡章、万应馨、汤溶、史炳、徐腾蛟、朱珩、朱琏、徐柽和马廷华等。潘允喆（迁云其字）也在社员之列，但由于《长溪草堂集》的刊刻，《借舫居仅存集》便不再赘录其作品。除了万应馨、汤溶、史炳、朱珩和朱琏，其他诗人都是"长溪吟社"的成员，《长溪社诗存》均有收录。《借舫居仅存集》之中，载有周迪（藕塘其号）、储征甲（纪

---

　　①　任元潜：《借舫居诗钞仅存》卷首《例言》，光绪十五年己丑（1889）刻本，第1a—2a页。

堂其号）等人的评语。任元瀍编纂此集，主要依据储征甲手抄原本选录。任元瀍跋云："曾大父李唐公先泽所存断简零纨，元瀍已遍处访求，搜辑付梓矣。惟纪堂前辈手抄卷内，同社诸公与曾大父酬倡者不少。除迁云潘公诸作已刊入《长溪草堂》，毋庸再录，其余均未问世。"① 显然，编者尚未注意到《长溪社诗存》的存在。"长溪吟社"和"借舫居吟社"，诗人群体部分重合，唱和时间先后交替，两者关系密切。嘉庆二十一年丙子（1816），潘允喆、任安上等人还结有"南兴九老会"。《长溪社诗存》《借舫居仅存集》之《凡例》，虽是针对总集而言，但也透露了背后诗社的诸多情况，如起始时间、创作体裁、同人次序、骨干社员等。

诗规、社约，是结社集会之规范准则，应当树立于诗社创立之前，贯穿于集会过程之中。然而，以文本形式附于社诗总集，显然作于社事完结之后，具有概括诗社的宗旨及特征的作用。社规所反映的结社自觉在清末民国诗坛更加显著。例如，《潇鸣社诗钟选甲集》是"潇鸣社"的社诗总集，其《例言》如下：

一 [一] 本社定例，每月一课，延请先进名流命题校艺。自开社以迄于今，为课五十有奇。兹先将前两年课艺，自第一课起，至第二十四课止，全行选刻，颜曰"甲集"，余俟续出。

一 [二] 本集选例，系由社中公推九人，各就原取之作，悉心甄择，汇为一编。用积分法，以多数入选者为合格，藉期公允，其余佳构概从割爱。

一 [三] 社课每次分咏、建除，各具一题，是为常课；其他诸体，间亦为之。兹集首列分咏体，建除次之，诸体殿后，差称完备。

一 [四] 本集虽限前二十四课，而主课及社友姓氏则全行

① 任元瀍：《借舫居同社仅存》卷首《目录》，光绪十五年己丑（1889）刻本，第2a页。

编列，冠诸简首，用广苔岑之谊，其先后均以沈约韵字为次。

一〔五〕入社诸公，由社友展转绍介，调查匪易，间有大名、籍贯未能稔知者，暂付阙如；他日访得，再于乙集补登。

一〔六〕本集校雠，已易数手。但扫叶之难，讹误终恐不免，尚冀大雅加以匡教。①

"潇鸣社"创立于民国二年（1913）。《例言》主要包括"本社定例"和"本集选例"两部分，既包含诗社的规约，又体现社诗总集的编纂体例。其中，第一款、第三款都具有社规性质。该社每月举行一次集会，创作分咏体、建除体等，是典型的钟社。《甲集》收入前两年共二十四次诗课所得，其余作品则有待《乙集》选录；而姓名、籍贯不详的社员，也有待《乙集》补登。从这两点看，"潇鸣社"在结社及社诗总集的编纂方面具有强烈的自觉。集会创作有序开展，而社集的选编也循序渐进。其选诗过程也有一定的规则。先由社中公推九人，各就原作取诗，再用所谓"积分法"，筛选多数入选者而编成总集。清末民国的诗社，在创社、征友、选诗、编集等方面具有自己的模式，已相当成熟。又如"观澜诗社"《社约八则》，收录在《观澜诗社酬唱初集》，具体内容如下：

〔一〕诗言志，可以群。同人请事此旨缔结诗社。

〔二〕观澜亭，蓝山第一名胜。嘉会于斯，江山得助，观澜义有足取，因名其社。

〔三〕嘤鸣求友，通声气也。社友不拘名位，不限籍，不论年，随时加盟。

〔四〕元首、股肱之喻，小道莫外。置社长一、副社长一，主持开社、镌诗及他社政。置社主事二，分掌招要、编印、笔

---

① 顾准曾：《潇鸣社诗钟选甲集》，《清末民国旧体诗词结社文献汇编》第26册，第341—342页。

札、度支及他社务。选贤与能，责在社友。

[五]及期会盟，常也，亦可非常，两义兼摄，足伸雅怀。国历每月第一日曜日，著为社期，遇他可觞可咏之节序、可歌可愕之事物，开非常社。顾韵事不必一格，或一室晤言，或飞笺征诗。若社题与体与韵，一任两社长专擅其场，倘社友遐心，所寄勿閟尔音，供其采撷。

[六]春秋佳日，乐有素心，式宴联吟，主宾尽美。社友一人或几人，可预柬两社长邀社何地雅集，及其诗题体韵，吟鞭所指，众意攸同。

[七]片云催诗，天其有意。每社尽，十五日内成诗报社，如期印布，快兹先睹。后至诗篇，次期补印。积若干社，衷然成帙，以验同调。

[八]酿金裕社，何伤大雅，姑定人输国币一圆年金，非所泥也。若慨助兼金，以壮诗盟，益乐承受。①

第一款讲结社宗旨，即"诗可以群"，缔结诗社可以加强诗人群体之间的联系。第二款讲集会地点和社名由来。第三款要求社友"声气相通"，随时可以入社，不限籍贯、年龄等。第四款规定社长、副社长和社主事的职责。第五款指定常规社期，也说明非常规社集的必要性，而集会方式则包括"一室晤言"和"飞笺征诗"等。第六款讲社友可以建议集会地点及诗题体韵。第七款讲创作期限和社诗刊印。第八款讲诗社的运转采取集资的方式。这份《社约》内容详细，涵盖诗社的各个方面，具有指导作用。"观澜诗社"的入社要求相对宽松，体现了开放、平等的结社精神。诗社约定日期举行集会，也为重要的节序或事物另开诗社，而社员具有共同商定结社方式的资格，充分展示了自由、民主的氛围。这些都是诗社规约的契

---

① 钟伯毅等：《观澜诗社酬唱初集》，《清末民国旧体诗词结社文献汇编》第26册，第512—515页。

约性的体现。《观澜诗社酬唱初集》还收录了《缘起》《观澜诗社征求社友小启》①，进一步展示了该社的宗旨，即追慕古风、抒写幽情等。

部分社引、社序、社启，有时也包含社事规范，决定诗社的性质，引导集会的发展方向。李伍汉《要结诗社小引》记载："岁序递迁，交情素阔，风雅一道，不讲之日久矣。某不自揣，欲邀徐枚翁、车上翁、水梁语公、前坪雪公、净土松公六人，联一吟社。藉半儒半僧之侣，赓亦风亦雅之章。或一人首倡而群相属和，或三两偶聚而传题补吟，或步原韵，或各出体裁，不必整齐一律，总以陶写一己之性情，而发挥当前之境趣耳。当风和日煦之际，相约雅聚，或烹清泉以沦茗，斟醴酒以荐蔬。淡交可久，古道攸存，敢告群公，愿赐俞允。"② 这篇小引规定了诗社的唱和方式"不必整齐一律"，以陶写性情、发挥境趣为宗旨，开展烹茶、饮酒等具体活动。又，石韫玉《雪鸿诗社引》记载："今幸而诸子皆无恙，无离群索居之慨。爰选春秋佳日，以诗会于碧桃书塾，不立坛坫，不程甲乙，蕲畅吾友朋性命之乐焉尔。设更数年、数十年之后，或直庐囊笔，或开府建牙，或键户著书，或入山修道，回思此会也，不犹雪中之鸿爪矣乎？"③ 社引规定"不立坛坫，不程甲乙"，只是为了获得性命之乐。胡凤丹《忘年会序》记载："壬申五月，渔叟七十寿辰，先一月约同人为不老、还少、忘年会，以相娱乐。顾所谓不老会者，年约七十以上耆老，余当拭目俟之。而所谓还少会，率皆英俊少年，余当望风而却。惟忘年会，约五六十岁上下者，余亦滥厕其间。"④ 同治十一年壬申（1872），彭崧毓（渔叟其字）于七十寿辰前一月结"不老会""还少会""忘年会"，各会诗人群体的年龄段不同。

---

① 钟伯毅等：《观澜诗社酬唱初集》，《清末民国旧体诗词结社文献汇编》第26册，第511、537页。

② 李伍汉：《壑云篇文集》卷三，《四库禁毁书丛刊》集部第187册，第468页。

③ 石韫玉：《独学庐初稿·文》卷三，《续修四库全书》第1466册，第367页。

④ 胡凤丹：《退补斋文存》卷五，《续修四库全书》第1552册，第337页。

其中，"不老会"和"忘年会"具有耆老会性质。胡凤丹这篇序文也提到两人之间的交往，达到忘年、忘迹、忘嫌的境界，绝无拘束，这也是"忘年会"的宗旨所在。又如，吴绮《林蕙堂全集》卷二收录《吴门诗会启》《征广陵诗会启》《珠江诗会启》《澄江诗会启》等①，都是诗会启文，涉及集会的环境、渊源、缘起、宗旨、目的等，也起到引导会员的作用。

郭善邻《春山先生文集》卷四载有《回澜社题辞》一文②，也附于唐鉴《学案小识》卷九《商邱郭先生》之中③。虽非条列式社规，但论及当时不良的结社风气，又有自我规范的功能。部分文字如下：

> 近年以来，士知结社者众矣。然其交也不择人，而聚也不择地。雕章绘句，希世取宠，修不诚之辞，而为饱食终日之计。结社愈多，而士风愈下。每一念之，深用疚心。故尝过不自揆，思与二三同人，订为岁时相聚之期，以各讲其所闻。而又念讲学之事，名体甚重，未易当也。于是乎酿金若干，因岁储粮，以为将来购求经籍之费。事不至骇俗，而心则主于劝善，庶几古人以文会友之道。凡入吾会者，必在家有子弟之行，读书怀经国之志。而悖德悖义、富贵利达之徒，不与也。则有蓝田吕氏《乡约》之意焉。删繁缛之文，而情志相孚；除虚浮之言，而肝膈可通。而习于威仪、巧为辞说，致饰于外务以悦人之徒，不与也。则有文潞公"率真会"之风焉。园蔬可供，何必珍错之为美；醴酒不设，自有道义之醉心。而干索酒食、津津于齿颊之间者，不与也。则有绳［渑］池张先生"脱粟会"之意

---

① 吴绮：《林蕙堂全集》卷二，《景印文渊阁四库全书》第1314册，第229—236页。

② 郭善邻：《春山先生文集》卷四，《四库未收书辑刊》第九辑第26册，第360—361页。

③ 唐鉴：《学案小识》卷九，《续修四库全书》第539册，第531—534页。

焉。且会无长期，而人无定额，盖善与善缘，人虽多而不厌；类与类合，风愈行则愈广。吾同人诚能自勉于善，而天下之善者，虽不入吾会，皆吾类也。吾同人诚能自攻其恶，而天下之不为恶者，皆吾类，又何必其尽在吾会也。则又有古君子与人为善、大道为公之意焉。昔陈大邱与荀征君父子会颍川，不过一聚之顷耳，而遂为颍之山川，添胜迹于后代。今吾同人，亦既有会矣，庸讵知后之人，不有闻风兴怀而慨慕于斯者耶？愿与诸君共勉之。①

　　作者指出当时士人结社的弊端，即交不择人、聚不择地，且修辞不诚，又带有世俗功利目的。郭善邻和同人订"回澜社"，试图通过讲学达到古人以文会友的境地。该社规定入会要求，主要是针对社员的本性、品质、作风等。第一，要求入会者必须"在家有子弟之行，读书怀经国之志"，具有一定的品行和志向，而违背德义、追求富贵利达的人不予入会。这点具有吕大钧《吕氏乡约》的内涵。《乡约》包括德业相劝、过失相规、礼俗相交、患难相恤、罚式、聚会和主事七个方面。"回澜社"也要求社员德行高尚。第二，要求入会者删除繁缛之文、虚浮之言，拒绝巧言令色之徒。这点继承了文彦博"真率会"的遗风。前及《莲社约法》，也受到《吕氏乡约》和"真率会"的影响，还有朱熹《白鹿洞规》。无论是规约的形式，或者集会的格调，都反映出"回澜社"追慕古风古道的愿望。第三，诗社只供园蔬、不设醴酒，坚持朴素的饮食观念，排斥注重物质享受之人。明代理学家张信民反对奢靡，曾建立"脱粟会"，制定《脱粟会语》，"回澜社"提倡节俭的理念与之相近。郭善邻鼓励同人自勉于善、自攻其恶，逐渐推广于天下甚至后人。如此严格的规范和约束，并不常见。除了针砭时弊，郭善邻还提出切实可行的措施，

① 郭善邻：《春山先生文集》卷四，《四库未收书辑刊》第九辑第26册，第360—361页。

设置入社门槛，尝试以同社的力量改变整个环境，具有积极意义。

又如孙奇逢《孙征君日谱录存》卷十六"顺治十八年辛丑七十八岁"条"四月·二十四日"《信社题辞》记载："'以文会友，以友辅仁'，此孔子会约也。又曰'朋友信之'。盖必主于信，而后文章在是，性道亦在是，则信，天下万世取友之极则也。世之季也，友道凌夷，凶终隙末，总成于不相信耳。遂至感慨于'一人知己足不恨'。管、鲍之后，不复有管、鲍。噫！友道至是，尚忍言哉！新乡尚生威如，读书《孟》《庄》，志在求友以辅仁也。因与尚儿、淦孙暨马、耿诸子结为文社，来请社名，并社中条约。予名曰'信社'，且以喜闻过、戒胜心、真实求信相勉，勿徒袭取会文故事也。社中细碎之约，是在诸子酌而定之，务使有常而已。"① 尚重（威如其字）和孙尚、孙淦、马光裕、耿极等结文社。孙奇逢以"信社"名之，又以"喜闻过、戒胜心、真实求信"等语勉励诸子。又，徐旭旦《世经堂会业约》记载："古之学者，体用一原，所以性道、文章，未尝判为二事。自科举兴，而体用稍分矣。虽竭毕生攻苦之力揣摩成熟，只是为文章用，语以性道则群起而疑之。讵知性道、文章犹根本、枝叶，根本不培，则枝叶不茂。前辈冯少墟云：'以理学发挥于词章，便是好举业；以举业体验诸身心，便是真理学。'旨哉！何其言简而意尽也。然则今日论学，正不必烦多其辞，只是于举业上加一行字。然非藉同人切磋砥砺之益，恐不能相与有成。曾子曰：'君子以文会友，以友辅仁。'今世经堂会业，即吾人之所攻苦揣摩者，验之于心，体之于身，性道、文章合而为一，则修其辞为有德之言，见诸用为有本之学，不亦伟乎？后列会约数则，因以就正请益焉。"② 七款会约的展开，也以性道、文章为根本。《世经堂会业约》的内容，和耿介《辅仁会约》相似度很高③，但集会地

---

① 孙奇逢：《孙征君日谱录存》卷十六，《续修四库全书》第 559 册，第 4 页。
② 徐旭旦：《世经堂初集》卷十九，《清代诗文集汇编》第 197 册，第 762 页。
③ 耿介：《敬恕堂文集》卷三，中州古籍出版社 2005 年版，第 140—141 页。

点不同，前者在世经堂，后者在嵩阳书院。根据会约的撰写时间，可知前者模仿后者而作。而且"辅仁会"的名称取自曾子之语，更显自然合理。《辅仁会约》第二条"会中宜崇简约，日用饮食围坐，止四簋，不用酒，恐乱精神"①，也效仿真率风度。虽是文社，但在社约的生成方面同样具有参考价值。清代，各式社约篇幅不一，风格各异，但都投射出了结社主体的思想观念、精神追求和道德约束。

第三节　结社的政治文化环境

相较明代诗社，清代诗社在数量、结社主体、集会形式等方面都有不同程度的突破。这种突破建立在社事和文学共同发展的基础上。明末党社影响易代之际的政治格局及遗民诗社，而清代诗人的结社环境也受到政治的影响，统治阶级制定了一些阻碍社事发展的政策。但是，由于清代诗歌及诗学的高度发展，诗歌流派及地方文学独树一帜又彼此融通，结社集会也进入成熟状态。书院文化也是不容忽视的背景，清代书院诗课在结社主体、集会场所等方面具有天然优势。部分诗课本质上是规律性较强的诗社，讲授、学习、评议、考核等课诗程式也相应地引入社事，具有很高的研究价值。笔者拟从结社背景和文化环境入手，探讨清代社事繁盛的表现形式及外部原因。

一　政策与社坛

明清之际诗社先后继起，往往具有政治抗争性。朱彝尊《静志居诗话》卷二十一"孙淳"条记载：

> 诗流结社，自宋、元以来，代有之。迨明庆、历间，白门

---

① 耿介：《敬恕堂文集》卷三，中州古籍出版社 2005 年版，第 140—141 页。

再会，称极盛矣。至于文社，始天启甲子，合吴郡、金沙、携李仅十有一人，张溥天如、张采来章、杨廷枢维斗、杨彝子常、顾梦麟麟士、朱隗云子、王启荣惠常、周铨简臣、周钟介生、吴昌时来之、钱栴彦林，分主五经文字之选，而效奔走以襄厥事者，嘉兴府学生孙淳孟朴也，是曰"应社"。当其始，取友尚隘，而来之、彦林谋推大之，讫于四海，于是有"广应社"。贵池刘城伯宗、吴应箕次尾，泾县万应隆道吉，芜湖沈士柱崑铜，宣城沈寿民眉生，咸来会，声气之孚，先自"应社"始也。崇祯之初，嘉鱼熊开元宰吴江，进诸生而讲艺，于时孟朴里居，结吴翻扶九、吴允夏去盈、沈应瑞圣符等肇举"复社"。于时云间有"几社"，浙西有"闻社"，江北有"南社"，江西有"则社"，又有历亭"席社"，崑阳"云簪社"，而吴门别有"羽朋社""匡社"，武林有"读书社"，山左有"大社"，佥会于吴，统合于"复社"。"复社"始于戊辰，成于己巳。①

这段文字讲述"复社"由"几社""闻社""南社""则社""席社""云簪社""羽朋社""匡社""读书社""大社"等统合而成，始于崇祯元年戊辰（1628），成于二年己巳（1629）。诗人群体以结诗文社的名义，施行复古之举。顺治年间，清朝统治阶级也采取了一些压制盟社的措施，以巩固政权。

王士禛《分甘余话》卷二记载："顺治末，社事甚盛。京师衣冠人士辐辏之地，往来投刺无不称社盟者。后杨给事自西（雍建）疏言之，部议有禁，遂止不行。二十年来，京师通谒，无不用'年家眷'三字。即医卜星相亦然。有无名子戏为口号曰：'也不论医官道官，也不论两广四川，但通名，一概年家眷。'亦可一笑也。余所见不随俗者，惟龚尚书芝麓（鼎孳）、劳中丞介岩（之辨）二

---

① 朱彝尊：《静志居诗话》卷二十一，人民文学出版社 2006 年版，下册，第 649 页。

公而已。"① 清初诗社林立，京中士人往来都称社盟者，后因杨雍建上疏请禁社盟，改用"年家眷"以相通谒。只有龚鼎孳、劳之辨二人例外。又，王应奎《柳南续笔》卷二"刺称同学"一则记载："自前明崇祯初，至本朝顺治末，东南社事甚盛，士人往来投刺无不称社盟者。后忽改称同学，其名较雅，而实自黄太冲始之。太冲《题张鲁山后贫交行》云：'谁向中流问一壶，少陵有意属吾徒。社盟谁变称同学，惭愧弇州记不觚。'自注云：'同学之称，余与沈眉生、陆文虎始也。'眉生名寿民，宣城人，文虎名符，余姚人，皆知名士。"② 王应奎提到士人之间互称"同学"，始自黄宗羲、沈寿民和陆符。《柳南续笔》卷三"虎丘社稷"记载："顺治癸巳〔十年，1653〕重三日，吴门宋既庭、章素文复举社事，飞笺订客，大会虎丘，而延太仓吴祭酒莅盟焉。时远近赴者几至二千人，觚舻相接，飞觞赋诗，歌舞达旦。翌日，各挟一小册，汇书籍贯、姓名、年庚而散。"③ 这就是前文所提到的吴伟业"虎丘大会"，是宋实颖（既庭其字）"慎交社"和章在兹（素文其字）"同声社"合并而成，而它们也是由"沧浪会"分裂而得。改朝换代之际，由于政治思想和文学主张容易发生分歧，诗社之间的裂变、整合显得格外频繁。清朝政府干预结社集会，虽不能从根本上禁止文人结社，但改变了同社之间的称呼。

　　关于杨雍建上疏一事，蒋良骐《东华录》卷八也有记载："顺治十七年正月，礼部议覆给事中姚延启，请照例再行严禁大小官员私交私燕及庆贺馈送。允之。给事中杨雍建言：'今之妄立社名纠集盟誓者，所在多有，而江南之苏州、松江，浙江之杭、嘉、湖为尤甚。其始由于好名，因之植党。请饬学臣严禁，不得妄立社名，投刺往来，亦不许用"同社""同盟"字样。'得旨：严行禁止。"④

① 王士禛：《王士禛全集》，齐鲁书社 2007 年版，第 6 册，第 4990 页。
② 王应奎：《柳南续笔》卷二，上海古籍出版社 2012 年版，第 114 页。
③ 王应奎：《柳南续笔》卷三，上海古籍出版社 2012 年版，第 123 页。
④ 蒋良骐：《东华录》卷八，齐鲁书社 2005 年版，第 120 页。

杨雍建《严禁社盟疏》分析了明季党社的弊病：

> 臣闻朋党之害，每始于草野而渐中于朝宁，盖在野既多类聚之私，而服官必有党援之弊。如明季仕途，分门立户，意见横生，其时社事孔炽，士子若狂，如"复社"之类，凡一盟会，动辄数千人，标榜为高，无不通名当事。而缙绅大夫各欲下交多人，广树声援，朝野之间，人皆自为，于是排挤报复之端起，而国事遂不可问矣。我皇上鉴前之弊，特谕臣子当砥砺品行，奉法尽职，不可因事疑揣，致开党与之渐，如明末群臣背公行私，党同伐异。大哉王言，所以扩公忠之益，塞比私之路，大小臣工，孰敢不洗涤肺肠，恪修职业，以仰副睿怀者。臣窃以为拔本塞源之道，在于严禁社盟。苟社盟之陋习未除，则党与未可得而化也。臣闻社盟之习，所在多有，而江南之苏、松，浙江之杭、嘉、湖为尤甚。盖其念始于好名，而其实因之植党，于是家称社长，人号盟翁，质鬼神以定交，假诗文而要誉，刻姓氏则盈千累百，订宴会则浃日连旬。大抵涉笔成文，便争夸乎坛坫，其或片言未合，思构衅于戈矛，彼此之见既分，朋比之念愈切，相习成风，渐不可长。又有不肖之徒，饰其虚声，结交有司，把持衙门，关说公事，此士风所以日坏，而人心由之不正也。①

无论是诗文创作还是集会宴饮，朋党结社的陋习日渐明显，甚至从民间扩至朝廷。杨雍建也提出了改革措施："请敕该部再为申严行该学道实心奉行，约束士子，不得妄立社名。其投刺往来，亦不许仍用社盟字样，违者治罪。倘学臣奉行不力，听科道纠参，一并处治，则陋习除而朋党之根立破，朝廷大公至正之意于此共见矣。"② 这篇疏文的上奏时间是顺治十七年庚子（1660），对康熙年间的诗人

---

① 杨雍建：《杨黄门奏疏》，《四库全书存目丛书》史部第 67 册，第 227—228 页。
② 杨雍建：《杨黄门奏疏》，《四库全书存目丛书》史部第 67 册，第 228 页。

结社也有一定影响。根据王士禛所记，至少二十年来，士人都不用"同社""同盟"互称。杨雍建所谓社盟陋习，主要是针对明末"复社"，士大夫阶层因党社之争而相互倾轧，不问国事。早在崇祯十年（1637）三月，陆文声疏陈风俗之弊，称张溥、张采"倡复社以乱天下"。提学御史倪元珙极言"复社"无罪。温体仁当国，借端发难，大开告讦之门。周之夔也趁机攻击"复社"。弹劾案发生后，"复社"更名"大社"，但声势愈盛。崇祯九年丙子（1636）、十年丁丑（1637），社员大会于秦淮。地方官员及诸生都对"复社"成员礼遇有加，投刺曰"盟兄社弟"。胡介祉作有《复社行》，声援"复社"。其诗如下：

> 社事安可无？所以励文行。
> 岂独研词章，实藉通性命。
> 鞶帨宁取华，缟纻聊相赠。
> 结好在素心，亦不资馈问。
> 倘复伸齐盟，善交期久敬。
> 煌煌陈誓词，和平达神听。
> 乘车或戴笠，贵贱终合并。
> 自古已有然，于今孰为政。
> 不意明末年，世衰风转盛。
> 娄东二张天下才，主持复社何雄哉。
> 高名必为世所忌，党人狱起惊风雷。
> 清流白马祸不止，汉家宗社成飞灰。
> 怀宗本非亡国主，禁网欲设俄仍开。
> 始知悉被权奸误，君不负士士乃以此为身媒。
> 戴书厨，捻素珠，念天如，浮夸诡异胡为乎？
> 国家三年大比士，九州之秀来留都。
> 复社既更为大社，奔走海内群然趋。
> 市人侧立道旁避，张拱阔步皆吾徒。

仆御欣欣有得色，呼伶挟妓随所须。

达官到门部民见，盟兄社弟投刺俱。

御史噪胄学，职方击通衢。

衡文使者奉荐剡，声传响应捷鼓桴。

一时附会半缘此，此中要亦分贤愚。

清者自清浊者浊，吁嗟社事安可无。①

　　胡介祉认为"复社"兼具"研词章"和"通性命"的功能，而卷入党争的原因主要是二张才高名重，被权奸忌惮。最后作者也表达了"清者自清浊者浊"的态度，并发出"社事安可无"的感叹。而杨雍建严禁社盟，目的是维护清朝统治，和胡介祉的观点及立场完全不同。禁社之举在革除时弊、淳化士风的同时，也在一定程度上抑制了结社交游行为。但是，这样的政策促使政治社向文学社转变，对于诗文创作而言未必是害事。

　　康熙末年，其实仍有不少诗社及社诗总集。例如"鸳湖花社"，姚廷瓒、于东昶和陆奎勋等人辑有《鸳湖花社诗》，创作时间在康熙五十七年戊戌（1718）。陆琰卓序记载："茸城姚子述缃，具视草判花之才，而不汲汲于用世。侨居当湖，偕里中诸子结为'花社'，衔觞赋诗，倡予和汝，歌声若出金石。余虽不及参末坐，而读其诗，皆夷犹淡荡，超然自得。"② 朱彝尊所辑《洛如诗钞》③，是"洛如诗会"的社诗总集，集会时间在康熙四十五年丙戌（1706）至四十七年戊子（1708）。"花社"成员陆奎勋、刘红也曾参与该诗会。尽管"洛如诗会"未以"诗社"自称，但不可否认的是，嘉兴诗社在朱彝尊的推动下，留下了丰富的社诗作品。清初嘉兴已有"景山

---

① 胡介祉：《茨村咏史新乐府》卷上，《四库未收书辑刊》第八辑第 26 册，第 347 页。

② 姚廷瓒等：《鸳湖花社诗》卷首陆琰卓序，康熙六十年辛丑（1721）刻本，第 1a—1b 页。

③ 朱彝尊：《洛如诗钞》，《四库全书存目丛书补编》第 42 册。

社"，应在禁止社盟之前。《两浙輶轩录》卷二史翼经名下记载："《梅里诗辑》：国初士人承明季余习，文社四起。吾里有'景山社'，实始'苹园八子'之会，远近翕然附之。八子者，吴给谏准庵、郭大尹龙威、李学博梦白、金文学枚叔、崔文学止庵、孔文学昭素，其二子则史伯子、仲子也。《吹箎集》才藻不及伯子，而蕴藉胜之。"① 史宣纶、史翼经所撰《苹园二史诗集》卷首李维钧序②，也曾提到该社。根据冒襄《同人集》目录，明末诗人唱和确实常以"社兄""盟兄"互称，如卷五何楷《吴门与诸子夜集，赋呈辟疆社兄》、彭孙贻《寄和辟疆盟兄〈朴巢诗〉二十韵（小引）》等③。顺治十六年己亥（1659），戴本孝《巢民老伯召偕陈其年暨同社诸子分韵，"七虞"》一诗④，仍有"同社"字样。而禁社令后，《同人集》很少见到结社活动，一般都称宴集、唱和。根据方拱乾《癸卯十月喜晤辟疆年世兄》《甲辰秋夜集阮亭使君抱琴堂，听辟疆年世兄歌儿曲》⑤，可知诗人以"年世兄"称呼冒襄，类似于王士禛所谓"年家眷"。

俞正燮《癸巳存稿》卷八"释社"条记载：

> 《日知录》谓社是盗贼之称，明学士称同社，不知其意。其论甚快。今案：社，歇后语也。祭社会饮，谓之社会。同社者，同会也。古有莲社。《直斋书录解题》有孙觉《春秋经社要义》六卷。《宋史·孙觉传》云："胡瑗弟子千数，别其老成者为经社。"吴自牧《梦粱录》云："文士有西湖诗社，武士有射弓蹋弩社。"又有诸集社名目。元有白莲社、月泉诗社。明复社多八

---

① 夏勇：《两浙輶轩录》卷二，浙江古籍出版社 2012 年版，第 1 册，第 149 页。
② 李维钧：《梅会诗人遗集·苹园二史诗集》卷首李维钧序，康熙六十一年壬寅（1722）刻本，第 1a 页。
③ 冒襄：《同人集》，《四库全书存目丛书》集部第 385 册，第 194—195 页。
④ 冒襄：《同人集》，《四库全书存目丛书》集部第 385 册，第 238 页。
⑤ 冒襄：《同人集》，《四库全书存目丛书》集部第 385 册，第 239 页。

股语录，几社多奇士伟人。我朝顺治九年，礼部颁天下学校卧碑，第八条云："禁立盟结社。"十七年正月，又以给事中杨雍建言禁妄立社名，及投刺称同社同盟，则以八股牟利，假借社名也。十六年例则士习不端、结社订盟者，黜革。康熙二十五年，查革社学。雍正三年，定例拿究。皆非社而冒称社俗之弊。士通文，曰词坛，曰吟坛，亦社坛也。若在官者，养则有社仓，教则有社学。明《重修会典》卷七十六《学校一·事例》云："洪武八年，诏有司立社学。十六年，诏有司不得干与民间社学。正统元年，诏社学俊秀向学者许补儒学生员。"《春明梦余录》"府学"云："万历初，改提督学校官。敕谕：凡提督去处，即令有司每乡每里俱立社学，年一考校，仍免为师之人徭役。"《明史·选举志》云："社学自洪武八年，延师以教民间子弟，兼读《御制大诰》及本朝律令。正统时，许补儒学生员。弘治十七年，令各府州县建立社学，选择明师，民间幼童十五以下者送入读书，讲习冠婚丧祭之礼，寝不举行。"我朝顺治九年、雍正元年、乾隆二年，皆官立社学，则实社中之学也。学生有五等：学生亦曰廪生，一也；增广生，二也；附学生，三也；青衣附学生，四也；社学俊秀生，五也。今学政宽，无青衣、俊秀，未入学者皆结衔俊秀，凡社学皆称义学。①

除了顺治十七年庚子（1660）杨雍建上言禁社，顺治九年壬辰（1652）礼部颁天下学校卧碑有"禁立盟结社"的内容，顺治十六年己亥（1659）也有黜革结社订盟者的规定。康熙二十五年丙寅（1686）"查革社学"，雍正三年乙巳（1725）"定例拿究"，都假借社俗之弊以否定社事。可见，清初朝廷对吟坛及社坛的管制十分严密。但康熙时期主要是整顿改革"社学"，并非直接针对社盟。明清

① 俞正燮：《俞正燮全集·癸巳存稿》卷八，黄山书社 2005 年版，第 2 册，第 331—332 页。

官府建立社学，已是教育领域的概念，在此不作探讨。

光绪三十四年戊申（1908），《大清光绪新法令》"结社集会律"记载：

> 中国古昔虽无政治结社集会之名，而往往有政治结社集会之实。周末百家竞胜，各聚朋徒，儒、兵、名、法诸家，虽有道德功利之异，而同声相应，隐与政治结社无殊。其后寓论政于讲学，善则为河汾之辨治、闽洛之谈经，足以培养人才、扶持国是；不善则为南宋之三学、晚明之诸社，驯至激发横议、牵制朝廷。是以经训不禁乡校之游，而王制惟严莠言之辟。臣等仰体圣谟，参酌中外，谨拟成《结社集会律》三十五条。除各省会党显干例禁，均属秘密结社，仍照刑律严行惩办外，其余各种结社集会，凡与政治及公事无关者，皆可照常设立，毋庸呈报。其关系政治者，非呈报有案不得设立；关系公事者，虽不必一一呈报，而官吏谕令呈报者，亦当遵照办理。如果恪守本律，办理合法，即不在禁止之列。若其宗旨不正，违犯规则，或有滋生事端、妨害风俗之虞者，均责成该管衙门认真稽察，轻则解散，重则罚惩。①

前文曾提到，中国古代"政治结社集会"，通常借助诗文创作的名义纠集朋党，比如明末诸社等。因此，清末《结社集会律》也指出古代无政治结社集会之名。清代严禁政治社盟，同时也打击了文学社。而《结社集会律》三十五条，充分肯定了公民具有结社集会的权利和自由。关系政治及公事的结社集会，也享有一定的自由，前提是"恪守本律，办理合法"。《结社集会律》的颁布及修订，无法保证民主自由原则的普遍贯彻。然而，即使停留在社会律法层面，

---

① 上海商务印书馆编译所：《大清新法令（1901—1911）》卷三，商务印书馆2011年版，第40页。

较清代前叶的结社环境已有很大突破。宣统、民国年间，诗文社的数量及活跃程度有增无减，也可视作预备立宪及《结社集会律》制定的直接结果。光绪三十三年丁未（1907），赵炳麟曾上奏："开会结社未可一概禁止。臣考我朝名臣，远如汤斌，近如曾国藩，亦皆立会讲学，蔚为良辅。日本大隈重信，持其所学教授生徒，聚八千余人，在早稻田研究政治，日本国家大受其益。宋明末造严禁讲学，卒以钩党亡其国。方今时局艰难，正赖京外士民同德同心，讲求政学，若不分别办理，一概禁止，实非治平之道。"① 赵炳麟认为宋明末世严禁讲学，间接导致亡国。清末官员的开明言论，对于解除社禁、筹备立宪实有裨益。可见，在政局不稳的时代，结社集会容易受到政策的影响。

结社环境影响诗社的总体数量、结社宗旨和集会频率等。而社诗总集及创作的现实主义手法，也反映了清代各个阶段的政治和社会环境。至于晚明诸社的评价，后人的看法各有立足点。明末清初诗人吕留良以自身结社经历表达对社事的态度，较为客观。其《吕晚村先生文集》卷五《东皋遗选序》，相关记载如下：

> 自万历中，卿大夫以门户声气为事，天下化之，士争为社，而以"复社"为东林之宗子，咸以其社属焉。自江淮讫于浙，一大渊薮也。浙之社不一，皆郡邑自为，其合十余郡为征会者，莫盛吾兄季臣与诸子所主之"澄社"。己卯以后，季臣应征辟，诣京师，不复征会四方。予时年十三，因与从子约同里孙爽子度、王晔浩如者十余子为征书。壬午冬，浩如乃以雯若来会，予之交雯若始此。凡社必选刻文字以为囮媒，自周钟、张溥、吴应箕、杨廷枢、钱禧、周立勋、陈子龙、徐孚远之属，皆以选文行天下，选与社例相为表里。雯若于是与同社

---

① 朱寿鹏：《东华续录》卷二百十三，《续修四库全书》第 385 册，第 672—673 页。

有《壬午行书临云》之选，选自此始也。始之社也，以气节，以文字，以门第世讲，互为标榜，然犹修名检，畏清议，案验皂白，故社多而不分。及是则士习益浮薄倾险，一社之中，旋自搏轧，镞头相当，曲直无所坐。于是郡邑必有数社，每社又必有异同，细如丝发之不可理，磨牙吮血，至使兄弟姻戚不复相顾，涂遇宴会引避不揖拜者，咸起于争牛耳、夺选席。贩夫牧猪，皆结伴刊文，清昼争道而不避，社与选至是一变而大乱。①

吕留良和陆文霜（雯若其字）的交往，始于崇祯十五年壬午（1642）。吕留良提到"复社"成员周钟、张溥、吴应箕、杨廷枢、钱禧、周立勋、陈子龙、徐孚远等，"皆以选文行天下"。可见文社、文选两者之间的密切关系。陆文霜和同社之人也选有《壬午行书临云》。从诗文行世的角度出发，结社意义重大。虽然结社之始以气节、文字、门第世讲等相标榜，但很注重声名和法度。而后来士习日下，同社之内争夺盟主地位，无视人情和礼法。因此，社事及选本丧失原有的价值。顺治年间，吕留良也有结社活动，并从事诗文评选工作，对八股取士的利弊也很有见地。清朝政府于顺治十七年庚子（1660）下令禁止文人结社，此后吕留良也一度停止举行社集和选刊文章。

二　书院与诗课

前及梁章钜《沧浪主客图诗》诗序记载了沧浪唱和的缘起，提到"泾县朱兰坡侍讲主正谊讲席，华阳卓海帆京兆主云间讲席"②，当时朱琦在正谊书院讲学，卓秉恬则主讲云间书院。书院会讲成为文人交游结社的一个契机。徐雁平先生《清代世家与文学传承》第

---

① 吕留良：《吕留良全集》，中华书局 2015 年版，第 1 册，第 160—161 页。
② 梁章钜：《退庵诗存》卷十九，《续修四库全书》第 1499 册，第 607 页。

一章"家族性书塾、书院与文社"①，研究过家族性书院和文社的关系。清代诗课的普及，也和书院文化不无关系。书院是集会地点，而书院诸生往往是结社主体。前及道光六年丙戌（1826）冬，张世光（字杏史）、翁绍海（字寄塘）二人寓居津门，结社于问津书院之双槐轩，当时的书院主讲是徐杨绪（字小梅），梅成栋（字树君）被推为诗社祭酒。启社正当梅花开时，故名"梅花社"。这就是结社书院的典型例子。光绪《重修天津府志》卷四十三《人物·三》记载："梅成栋，字树君，号吟斋。父履端，字雅村，事节母孝。成栋嘉庆五年举乡，与庆云崔旭同出张问陶门，有一日得两诗人之庆。晚岁家居，创辅仁书院，立'莲花诗社'，辑《津门诗钞》十八卷。道光十五年大荒，请上官设四粥厂，补永平府训导，从游者室至不能容。年六十九卒官，士民巷哭罢市。著有《欲起竹间楼诗集》十卷，《古文》三卷，《吟斋笔存》四卷，《管见编》四卷，《儒释合谈》一卷。"② 梅成栋晚年创立辅仁书院，又结"莲花诗社"。诗歌总集《津门诗钞》③，也包含同社诗人如李云楣的作品。书院作为集会场所，也具有"社"的含义。萧公权先生《中国乡村——论19世纪的帝国控制》"书院、社学与义学"一节提到："对学生进行实际教育、由清政府建立或经过其批准的各种学校，可以分为两大类：'官学'（官办学校）和'学校'（非官办学校）。前者包括为皇族子弟、八旗子弟和拥有世袭头衔之家庭子弟等等所办的特殊学校；后者包括书院（学院）、义学（慈善学校）和社学（乡村或社区学校）。"④ 书院和社学等都属于非官学。

---

① 徐雁平：《清代世家与文学传承》，生活·读书·新知三联书店 2012 年版，第 23—49 页。

② 光绪《重修天津府志》卷四十三《人物·三》，《中国地方志集成·天津府县志辑》第 2 册，第 338 页。

③ 梅成栋：《津门诗钞》，天津古籍出版社 1993 年版。

④ 萧公权：《中国乡村——论19世纪的帝国控制》，台湾联经出版事业股份有限公司 2014 年版，第 276—277 页。

国子监作为官学，它的考课方式对书院也有一定影响。《钦定国子监志》记载："国子监贡监生分六堂肄业。每月望日，堂上官轮课，是曰大课。课以四书艺一篇，五言八韵诗一首。委员司巡场、监试、供给、收卷诸务。大昕齐集，薄暮交卷。优通者列一等，奖赏有差。其次为二等，惟第一名有赏。又次为三等，俱无赏。最劣者为附三等，是月不入监期积算，亦不与膏火。三考附三等者斥退。其等第甲乙，绳愆厅出榜晓示，传谕诸生。发试卷于堂上传阅，堂上官面加训示。阅毕，贮于博士厅。每月上旬助教分课，既望学正、学录分课，是曰堂课。发题如大课。及期，内班诸生晨集面试，即日交卷，评定甲乙，移博士厅，呈堂上官，旷者记过。外班诸生则于望日面领课题，三日内交卷。三月不应大课、不应堂课者除名。"① 国子监的考试分为大课和堂课。考试的时间、内容、等级和奖赏，都有规定。评定甲乙、取定等第，都是学校考试的必要步骤，书院会课对此也有所借鉴。

清代众书院都举行诗课、文课，以督促诸生学业。梁绍壬《两般秋雨盦随笔》卷一"学海堂"记载："阮芸台宫保到处好提唱风雅。道光四年［甲申，1824］，于广东观音山建学海堂，仿浙江诂经精舍例也。其地梅花夹路，修竹绕廊，中建厅事三楹，后有小亭邃室，高依翠岫，平挹珠江，颇极潇洒之致。每月集书院生童于此，课诗古文词焉。宫保自撰楹帖云：'公羊传经，司马记史；白虎德论，雕龙文心。'极古香古艳之致。"② 学海堂是阮元（芸台其号）所建，是广东最著名的书院之一。福州鳌峰书院也曾举行诗赋课，且有女诗人代笔的故事。梁章钜《闽川闺秀诗话》卷三梁韵书名下记载："吾乡鳌峰书院有诗赋课。一日以《荔支香》命题，蓉函偶为群从捉刀，挥笔成之。时陈恭甫编修主讲席，得一卷，为之拍案

① 文庆、李宗昉等：《钦定国子监志》，北京古籍出版社 2000 年版，上册，第189 页。

② 梁绍壬：《两般秋雨盦随笔》卷一，上海古籍出版社 2012 年版，第 22 页。

叫绝，持以谂余。余早知出蓉函手，以实告之。编修曰：'后幅波澜老成，未经前人拈出，此必传之篇。吾乡才士虽多，恐皆为之阁笔矣。'"① 闽人谢章铤《赌棋山庄文又续集》卷一《春晖阁初草序》也载有此事："吾闽故有鳌峰书院，老人既归闽，每院中课诗，宛若姑姊妹莫不代人求捉刀。一日，院长陈恭甫太史告人曰：'吾昨与课卷得《荔枝香》七言古，吾意非诸生笔。'及遣人密访，果出梁蓉函闺秀。噫！可谓聪明不钟于男子矣。"② 除了正谊书院、云间书院，紫阳书院也有讲学和会课，是吴中及他省人才聚集的地方。学海堂的模仿对象浙江诂经精舍，亦是如此。俞樾《春在堂杂文》卷一《紫阳课艺序》记载："同治四年，余浮海南归，适吴下紫阳书院主讲乏人，当事者遂以余承其乏。借讲席之清闲，养山林之疏懒，皋比虚拥，两易暑寒。至六年之冬，吾浙马穀山中丞以余粗通古训，延主诂经精舍，遂辞苏而就浙。顾念吴中为人文渊薮，虽遭兵乱，不乏好学能文之士。省会旧有紫阳、正谊两书院，今正谊改课经解、诗赋，而以制艺课士者，独紫阳耳。聚吴中群彦而课之于此，凡他省之来游于吴者，亦得与焉。虽登贤书、贡成均者，莫不抽豪授简于斯堂，宜乎文之彬彬称盛矣。"③ 俞樾提到正谊书院改课经解、诗赋，只有紫阳书院仍以时文课士。书院举行会课的目的，主要是培养人才，即所谓"登贤书、贡成均者"。因此，书院会课以文课居多，而诗课的创作内容一般是试帖诗。

路德《陈复生〈步桱华馆试帖〉序》记载："庚子［道光二十年，1840］元日，得复生明府书云：'秋闱分校毕，归宜阳课书院诸生，诗多不谐声律，因出《桱华馆全帙》，命之肄习。长至后，案牍稍稀，日拟《桱华馆诗》十余首，不匝月而竣，题曰《步桱华馆试帖》，敢就质，并乞弁言。'余开编读之，如游宴春园，繁花竞开、

---

① 梁章钜：《闽川闺秀诗话》卷三，《清代闺秀诗话丛刊》本，凤凰出版社 2010 年版，第 1 册，第 230 页。

② 谢章铤：《谢章铤集》，吉林文史出版社 2009 年版，第 111 页。

③ 俞樾：《春在堂杂文》卷一，《续修四库全书》第 1550 册，第 172 页。

万蝶齐舞，其才情富艳，出入于义山、飞卿之间。集中如《今月古月》《春从何处来》《盈科后进》诸作，既多绮抱，复叙妙思，令读者爽然自失，悔其见不到此，视鄙人鄙制，后波凌前波矣。"① 陈复生主讲陕西宜阳书院，以试帖诗课诸生，自己也撰有《步栞华馆试帖》，而路德也曾作有几千首试律。可见书院课诗，强调实用功能。又，《栞华馆文集》卷二《关中书院课士诗赋序》记载：

> 前督粮道尹公始创立诗赋课，课关中书院士子，数年以来渐有起色，而能者仍鲜。今观察永清刘公知士子之少切劘也，谋所以训迪之，而患其不能周遍。时余已自关中移讲宏道，因邮寄课卷，致书于余，令宏道士子偕作，合两书院诗赋，择其佳者改而梓之，以为多士劝。余不敢辞，爰汰其疵累，补其空疏，各系以评论，量加注释，词取典赡而杜其钞袭，意取清新而禁其纤靡，音取寥亮而斥其蛙咬，以确当为真，以浮泛为伪。自知管中之窥莫睹全豹，但欲使学者披览是编，识其门径，由试律而溯唐诗，由唐诗而溯曹、刘、鲍、谢，由律赋而溯徐、庾，由徐、庾而溯扬、马、班、张，又上而溯屈、宋，又上而溯《三百》，则诗、赋之道且汇而为一，风、雅、颂之情皆可得而见也。佗日持衡取士，必能览别真伪，不以鱼目溷珠。观察今日之举，其有造于士林也，匪浅鲜矣。或谓沿流溯源，其势多逆，何如顺而导之之为得乎？此其说固然，然此法也，可施之于童蒙，若以教弱冠以后之人，则捍格而不入。今之业诗赋者，皆弱冠以后者也，使之沿流以溯源，不犹愈于泳沫者哉？计自戊戌三月至十一月，凡得诗赋若干首，汇为一编，题之曰《关中书院诗赋课》。是编也，合两书院之作而统以关中者，凡宏道士子，皆关中人也。②

---

① 路德：《栞华馆文集》卷一，《续修四库全书》第 1509 册，第 311 页。
② 路德：《栞华馆文集》卷二，《续修四库全书》第 1509 册，第 354—355 页。

　　路德所选《关中书院诗赋课》，是关中、宏道两个书院的士子创作所得，包括试律和律赋，还附有评论和注释。这种总集的选诗标准及编纂过程，和社诗总集相似。路德《关中书院课日缴卷限期谕》记载："书院一月三课，每课一文一诗，缴卷限期，向无一定。窃思肄习诗文，本欲磨砺成材，功归实用。历来书院月课，尽一日一夜工夫，至次日清晨，始行缴卷。"①"磨砺成材，功归实用"，便是书院课士的目的和宗旨。明清之际学者李颙所撰《关中书院会约》，包括《儒行》《会约》《学程》，对书院课程具有指导性作用。李颙和孙奇逢、黄宗羲并称三大儒，都曾在书院讲学，并带动结社活动。试帖诗创作具有一定的优劣标准。桑调元《弢甫集》卷五《大梁试帖序》记载："至试帖，必无不合格者，谓之破题。颔颈腹尾，分赋合赋，要以兼综变化为能。不兼综则题意割裂，中无变化则板耦如泥塑，且滋合十之病。落韵或颂飏归美，或善祷摅忠爱之忱，或负其异于众，或自鸣不遇以寓悲惋。试帖多讳忌，无讽刺，或激昂所至，亦不自禁。古人最重干请，试帖未免有情，惟克占地步，斯可矣。若就题单阐一义作结，或补题所缺，或以背为向，要无泛设。其冲澹夷犹，独写远致，则自得之妙也。其法多与今八比合。"②作者概括了试帖诗创作的技巧，接近于时文，而不同于近体诗。

　　书院作为社集之地，有其历史渊源。南宋淳熙八年辛丑（1181），朱熹和吕祖谦讲学于月泉书院。元初，吴渭、方凤、谢翱、吴思齐等遗民结"月泉吟社"，征诗浙东西。明代东林书院举行集会，以讲学为主，东林党人吴桂森在《白鹿洞规》的基础上制定《会约仪式》③，和社集制定规约的方式类似。受到明末党社的影响，清初社事也是讲学和诗文创作相结合。刘宗周《会约书后》记载："吾乡自阳明先生倡道龙山时，则有钱、王诸君子并起为之羽翼，嗣此流

---

　　① 路德：《柽华馆杂录》，《续修四库全书》第 1509 册，第 600 页。

　　② 桑调元：《桑调元集》，浙江古籍出版社 2016 年版，第 2 册，第 210 页。

　　③ 高廷珍等：《东林书院志》卷二，《四库全书存目丛书》史部第 246 册，第 764—765 页。

风不绝者百年。至海门、石篑两先生，复沿其绪论，为学者师。迨二先生没，主盟无人，此道不绝如线，而陶先生有弟石梁子，于时称二难，士心属望之久矣。顷者，辞济阳之檄，息机林下，余偶过之，谋所以寿斯道者，石梁子不鄙余，而欣然许诺，因进余于先生之祠，商订旧闻，二三子从焉，于是有上巳之会。既退，石梁子首发圣人非人之论，为多士告，一时闻之，无不汗下者。余因命门人某，次第其仪节，以示可久，遂题其社，曰'证人'，而稍述所闻以约之，从石梁子志也。"[1] 从王守仁（阳明其号）到其弟子钱德洪、王畿，再到周汝登（海门其号）及其弟子陶望龄（石篑其号），都在绍兴从事讲学教育工作。崇祯四年辛未（1631）三月三日，陶望龄的弟弟陶奭龄（石梁其号）举行上巳之会。刘宗周题其社曰"证人"，还撰有《证人会约》，包括《学檄》《会仪》《约言》《约诫》等。其中，《会仪》又包括会期、会礼、会讲、会费、会录、会戒和会友等。"证人社"讲学之地，便是蕺山书院。陈锦《越郡蕺山证人讲社祔祀弟子记》，也引用了刘宗周这段文字[2]。康熙初年，黄宗羲在绍兴恢复"证人书院之会"，又在宁波创社"证人讲社"，继承讲学事业。陈锦又有《会稽郡龙山诗巢祀位记》一文[3]，也提到"龙山诗巢"和龙山书院的关系。

课诗总集和社诗总集的界限，有时并不清晰。前及《三山同声集》，王凯泰撰《例言》第四款记载："戊辰、己巳间，余任粤藩，创建孝廉书院，名曰'应元'。辛未，梁殿撰适在院中，殿撰于庚午之秋。钟云卿都转月课甫经肄业，余旋移节来闽校试武闱。是榜亦得大魁，士林传播，亦谓辛未文武两元皆出余门，殊恧然矣。闽中新立致用堂，与课者孝廉居多。乡试才十余人，本科获隽七人（陈琇莹、林贺峒、刘梦蟾、杨治济、陈熊、叶大庄、黄元晟）。其言八

---

①　刘宗周：《刘宗周全集》，浙江古籍出版社 2012 年版，第 3 册，第 448 页。
②　陈锦：《勤余文牍·续编》卷一，《续修四库全书》第 1548 册，第 664 页。
③　陈锦：《勤余文牍·续编》卷一，《续修四库全书》第 1548 册，第 665 页。

人者，以拟中副车（姜启钧）并计之。附识于此，纪实也。"① 这部诗歌总集的作者，除了福建致用书院诸生，还有本省绅士及幕友等。这样的唱和活动，以王凯泰为焦点，以致用堂为中心，突破了课诗的局限，真正达到同声相应的局面。致用书院专为研究经史而设，王凯泰还撰有章程作为课程守则，详见《致用堂志略》②。而《正白旗官学日余吟社诗存》，既是官学课诗所得，又是社诗总集。作者皆是正白旗诗人，创作体裁均为试帖诗。陆钟琦序言记载了创设"日余吟社"的由来："视事厥初，诸生有志。八比之作，多中规绳；五言之诗，未谐竞病。顾念制科所尚，试律宜工，肇自有唐，著为甲令。未吟安于一字，讵斗捷于三条？乃以日余，因之授简。既缘情以立制，亦观善而相摩，群绣虎以争妍，匹囊萤而非旷。此'日余吟社'之所由创设也。"③《凡例》四款交代了诗课及总集的基本情况。这个八旗子弟官学以时文为正业，而诗歌创作属于业余课程，选诗标准也从宽。光绪十五年己丑（1889）到二十一年乙未（1895），十日一课，每月三课，得诗近两百首。可见，"日余吟社"是官学会课之外所结诗社。清代部分诗社以诗课命名，但并非书院课程，而是诗人集体课诗活动，在会课时间方面也遵循一定规律。例如"红犀馆诗课"，在结社之初商定举行二十四次集会，一月一集，虽因战乱而不得始终，但其糊名易书、评判甲乙等具体流程，说明该社非常强调诗艺，希望通过结社提高诗人群体的创作水平。该社兼顾多种题材，限定体裁或用韵的情况也较少，更不是以试帖诗作为单一选择。

---

① 王凯泰：《三山同声集》卷首《例言》，同治俭明简斋刻本，第 1b 页。

② 王凯泰：《致用堂志略》，同治十二年癸酉（1873）刻本。

③ 陆钟琦：《正白旗官学日余吟社诗存》卷首陆钟琦序，光绪二十三年丁酉（1897）刻本，第 1a 页。

参考文献*

（清）阿克敦撰：《德荫堂集》，《续修四库全书》第 1423 册，影印嘉庆二十一年丙子（1816）那彦成刻本。

（唐）白居易等撰：《香山九老诗》，《景印文渊阁四库全书》第 1332 册。

（清）百龄撰：《守意龛诗集》，《续修四库全书》第 1474 册，影印道光二十六年丙午（1846）读书乐室刻本。

（清）柏葰撰：《薜箖吟馆钞存》，《续修四库全书》第 1521 册，影印同治三年甲子（1864）钟濂写刻本。

（清）宝廷撰，聂世美校点：《偶斋诗草》，上海古籍出版社 2012 年版。

（清）毕沅撰：《灵岩山人诗集》，《续修四库全书》第 1450 册，影印嘉庆四年己未（1799）毕氏经训堂刻本。

（清）边连宝等撰：《河间七子诗钞》，民国石印本。

（清）边中宝撰：《竹岩诗草》，《四库未收书辑刊》第十辑第 18 册，影印乾隆四十年乙未（1775）刻本。

（清）斌良撰：《抱冲斋诗集》，《续修四库全书》第 1508 册，影印光绪五年己卯（1879）崇福湖南刻本。

（清）蔡殿齐辑：《国朝闺阁诗钞》，《续修四库全书》第 1626 册，影印道光嫏嬛别馆刻本。

---

* （1）工具书，非直接引用不列；（2）学位论文、期刊论文见研究综述，不列；（3）《中国丛书综录》所著录的常见大型丛书，版本不细列；（4）影印本所用底本提法，一般据影印本原书著录；（5）个别线装古籍，加注收藏单位；（6）版本选择，主要以取用方便为原则。

（清）曹楙坚撰：《昙云阁诗集》，《续修四库全书》第 1514 册，影印光绪三年丁丑（1877）曼陀罗馆刻本。

（清）曹仁虎辑：《刻烛集》，清刻本。

（清）曹仁虎撰：《炙砚集》，清刻本。

（清）岑振祖撰：《延绿斋诗存》，《清代诗文集汇编》第 439 册，影印嘉庆二十五年庚辰（1820）刻本。

（清）查慎行撰，周劭标点：《敬业堂诗集》，上海古籍出版社 1986 年版。

（清）查嗣瑮撰：《查浦诗钞》，《四库未收书辑刊》第八辑第 20 册，影印清刻本。

陈广宏：《竟陵派研究》，复旦大学出版社 2006 年版。

（清）陈和志修，倪师孟、沈彤纂：《（乾隆）震泽县志》，《中国地方志集成·江苏府县志辑》第 23 册，影印光绪十九年癸巳（1893）吴郡徐元圃刻本。

（清）陈鸿诰辑：《日本同人诗选》，光绪九年癸未（1883）刻本。

（清）陈瑚辑，陈陆溥订：《顽潭诗话》，《续修四库全书》第 1697 册，影印民国六年（1917）昆山赵氏峭帆楼刻《峭帆楼丛书》本。

（清）陈瑚辑：《隐湖倡和诗》，清末叶氏五百经幢馆钞本。

（清）陈瑚撰：《确庵文稿》，《四库禁毁书丛刊》集部第 184 册，影印康熙毛氏汲古阁刻本。

（清）陈嘉榆等修，王闿运等纂：《（光绪）湘潭县志》，《续修四库全书》第 712 册，影印光绪十五年己丑（1889）刻本。

（清）陈锦撰：《勤余文牍》《续编》，《续修四库全书》第 1548 册，影印光绪四年戊寅（1878）刻本。

（清）陈陆溥撰：《安道公年谱》，《北京图书馆藏珍本年谱丛刊》第 71 册，影印光绪刻本。

（清）陈寿清辑：《容山鹏贤诗社汇草》，光绪二十七年辛丑（1901）广东省城十七甫翰章印务局排印本。

（清）陈廷敬撰：《午亭文编》，《景印文渊阁四库全书》第 1316 册。

（清）陈文述辑：《碧城仙馆女弟子诗》，民国四年（1915）吴氏西
冷印社排印本。

（清）陈文述撰：《碧城仙馆摘句图》，道光二十四年甲辰（1844）
三鸾阁刻本。

（清）陈文述撰：《颐道堂文钞》，《续修四库全书》第 1504—1506
册，影印嘉庆十二年丁卯（1807）刻道光增修本。

（清）陈文藻辑：《南园后五先生诗》，《四库全书存目丛书补编》第
30 册，影印同治九年庚午（1870）南海陈氏重刻本。

（清）陈希恕辑：《红梨社诗钞》，道光十一年辛卯（1831）刻本。

（清）陈研芗、英续村辑：《春明诗课汇选》，光绪七年辛巳（1881）
刻本。

（清）陈衍撰，陈步编：《陈石遗集》，福建人民出版社 2001 年版。

陈永正：《岭南诗歌研究》，中山大学出版社 2008 年版。

（清）陈用光撰：《太乙舟诗集》，《续修四库全书》第 1493 册，影
印咸丰四年甲寅（1854）孝友堂刻本。

（清）陈祚明撰：《稽留山人集》，《四库全书存目丛书》集部第 233
册，影印雍正刻本。

（清）承越辑：《菊社吟草》，同治八年己巳（1869）刻本。

（清）程龙光撰：《和朱竹垞太史鸳鸯湖棹歌一百首用原韵》，同治
十二年癸酉（1873）紫薇馆刻本。

（清）程梦星辑：《城南联句诗》，程梦星《山心室倡和甲乙集》附，
乾隆十年乙丑（1745）刻本。

（清）程梦星辑：《山心室倡和甲乙集》，乾隆十年乙丑（1745）刻本。

（清）程思乐辑：《倡和新月诗》，乾隆五十九年甲寅（1794）对山
堂刻本。

（清）程思乐辑：《菊花分韵诗》，嘉庆元年丙辰（1796）对山堂刻本。

（清）程思乐撰：《梅花三百首》，乾隆五十九年甲寅（1794）对山
堂刻本。

（清）程颂万撰，徐哲兮校点：《程颂万诗词集》，湖南人民出版社

2009 年版。

（清）程颂万撰：《石巢诗集》，《续修四库全书》第 1577 册，影印民国十二年（1923）武昌刻《十发居士全集》本。

（清）戴敦元撰：《戴简恪公遗集》，《四库未收书辑刊》第十辑第 28 册，影印同治六年丁卯（1867）戴寿祺钞本。

（清）戴璐撰，石继昌标校：《藤阴杂记》，北京古籍出版社 1982 年版。

（清）戴肇辰、苏佩训修，史澄、李光廷纂：《（光绪）广州府志》，《中国地方志集成·广东府县志辑》第 1—3 册，影印光绪五年己卯（1879）刻本。

（清）德保撰：《乐贤堂诗钞》，《四库未收书辑刊》第十辑第 13 册，影印乾隆五十六年辛亥（1791）英和刻本。

（清）邓大林辑：《杏庄题咏、杏林庄修禊集、杏林庄杏花诗》，道光、咸丰羊城学院前艺芳斋刻本。

（清）邓庆寀辑：《闽中荔支通谱》，《四库全书存目丛书》子部第 81 册，影印崇祯刻本。

丁传瀚等撰：《月湖五老吟集》，民国二十四年（1935）油印本。

丁传瀚撰：《九九消寒诗草》，民国稿本。

（清）丁芸辑：《同声集》，乾隆五十七年壬子（1792）刻本。

（清）董沛撰：《六一山房诗集》，《续修四库全书》第 1558 册，影印同治十三年甲戌（1874）刻增修本。

（清）董镛、那兴阿撰：《汀雪联吟初集》，清末嗜此味斋钞本。

（清）杜登春撰：《社事始末》，《丛书集成初编》第 764 册。

（清）端恩撰：《睿亲王端恩诗稿不分卷》，《四库未收书辑刊》第十辑第 29 册，影印清钞本。

（清）法式善撰，张寅彭主编，刘青山点校：《法式善诗文集》，人民文学出版社 2015 年版。

（清）法式善撰：《梧门诗话》，《续修四库全书》第 1705 册，影印稿本。

（清）樊增祥等撰：《稊园二百次大会诗选》，《清末民国旧体诗词结社文献汇编》第 12 册，影印民国十二年（1923）排印本。

（清）方鼎锐辑：《且园赓唱集》，同治十三年甲戌（1874）且园
　　刻本。

（清）方濬颐辑：《岭南倡和诗》，同治三年（1864）羊城刻本。

（清）方濬颐撰：《二知轩诗续钞》，《续修四库全书》第 1556 册，
　　影印同治刻本。

（清）方濬颐撰：《二知轩文存》，《续修四库全书》第 1556—1557
　　册，影印光绪四年戊寅（1878）刻本。

（清）方楷辑：《樽酒消寒词》，光绪十一年乙酉（1885）粤东刻本。

（清）方文撰，胡金望、张则桐校点：《方嵞山诗集》，黄山书社 2010
　　年版。

（清）方学成辑：《檀园雅音》，方学成《松华馆合集》附，乾隆松
　　华堂刻本。

（清）费丹旭撰，毛小庆点校：《费丹旭集》，浙江人民美术出版社
　　2016 年版。

（清）冯公亮辑：《莳兰堂诗社汇选》，乾隆三年戊午（1738）刻本。

（清）冯金伯、黄协埙辑：《海曲诗钞》，民国七年（1918）国光书
　　局排印本。

（清）冯金伯撰：《国朝画识》，《续修四库全书》第 1081 册，影印
　　道光十一年辛卯（1831）刻本。

（清）冯询撰：《子良诗存》，《续修四库全书》第 1526 册，影印清
　　刻本。

（清）冯誉骢辑：《翠屏诗社稿》，光绪二十四年戊戌（1898）云南
　　东川府署刻本。

（清）冯志沂撰：《适适斋文集》，《续修四库全书》第 1553 册，影
　　印同治九年庚午（1870）董文涣刻本。

（清）高廷珍等撰：《东林书院志》，《四库全书存目丛书》史部第
　　246—247 册，影印雍正十一年癸丑（1733）刻本。

（清）葛征奇辑：《南园前五先生诗》，《四库全书存目丛书》集部第

375 册，影印同治九年庚午（1870）南海陈氏樵山草堂重刻本。

（清）耿介撰，梁玉玮、孙红强、陈亚校点：《敬恕堂文集》，中州古籍出版社 2005 年版。

（清）顾安辑：《唐律消夏录》，乾隆二十七年壬午（1762）刻本。

（清）顾起纶撰：《国雅品》，万历二年甲戌（1574）刻本。

（清）顾师轼撰：《吴梅村先生年谱》，《北京图书馆藏珍本年谱丛刊》第 69 册，影印光绪二十三年丁酉（1897）刻本。

（清）顾准曾辑：《潇鸣社诗钟选甲集》，《清末民国旧体诗词结社文献汇编》第 26 册，影印民国六年（1917）排印本。

（清）郭崑焘、郭嵩焘撰，王建、陈瑞芳、邓李志点校：《郭崑焘集、郭嵩焘集》，岳麓书社 2011 年版。

（清）郭崑焘撰：《云卧山庄诗集》，《续修四库全书》第 1552 册，影印光绪十一年乙酉（1885）郭氏岵瞻堂刻本。

（清）郭堃撰：《种蕉馆诗集》，《清代诗文集汇编》第 471 册，影印嘉庆十四年己巳（1809）刻本。

（清）郭麐辑：《销夏三会诗》，清钞本。

（清）郭善邻撰：《春山先生文集》，《四库未收书辑刊》第九辑第 26 册，影印乾隆五十六年辛亥（1791）胡世铨刻本。

（清）郭嵩焘辑：《碧湖吟社展重阳会诗》，光绪十二年丙戌（1886）刻本。

（清）郭嵩焘撰，梁小进主编：《郭嵩焘全集》，岳麓书社 2018 年版。

郭则沄辑：《蛰园击钵吟》，《清末民国旧体诗词结社文献汇编》第 24 册，影印民国二十二年（1933）排印本。

（清）国梁撰：《澄悦堂诗集》，《清代诗文集汇编》第 342 册，影印嘉庆十五年庚午（1810）刻本。

（清）韩是升撰：《听钟楼诗稿》，《清代诗文集汇编》第 389 册，影印嘉庆刻本。

寒山诗社辑：《寒山社诗钟选甲集》，《清末民国旧体诗词结社文献汇编》第 13 册，影印民国三年（1914）正蒙印书局排印本。

寒山诗社辑：《寒山社诗钟选丙集》，《清末民国旧体诗词结社文献
　　汇编》第 14 册，影印民国八年（1919）同益书局排印本。

寒山诗社辑：《寒山社诗钟选乙集》，《清末民国旧体诗词结社文献
　　汇编》第 14 册，影印民国三年（1914）正蒙印书局铅印本。

（清）杭世骏撰：《道古堂文集》《诗集》《集外文》《集外诗》，《续
　　修四库全书》第 1426—1427 册，影印乾隆四十一年丙申（1776）
　　刻光绪十四年戊子（1888）汪曾唯增修本。

何宗美：《明末清初文人结社研究续编》，中华书局 2006 年版。

何宗美：《文人结社与明代文学的演进》，人民出版社 2011 年版。

［日］河田小桃、由良久香辑：《海外同人集》，光绪刻本。

（清）弘历等撰：《惇叙殿柏梁体联句》，清钞本。

（清）弘历撰：《清高宗（乾隆）御制诗文全集》，中国人民大学出
　　版社 1993 年版，影印光绪补刻本。

（清）洪昌燕撰：《务时敏斋存稿》，《清代诗文集汇编》第 670 册，
　　影印光绪二十年甲午（1894）钱塘洪氏刻本。

洪克夷：《姚燮评传》，浙江古籍出版社 1987 年版。

（清）洪亮吉撰，刘德权点校：《洪亮吉集》，中华书局 2001 年版。

（清）胡承珙撰：《求是堂诗集》，《续修四库全书》第 1500 册，影
　　印道光十三年癸巳（1833）刻本。

（清）胡承珙撰：《求是堂文集》，《续修四库全书》第 1500 册，影
　　印道光十七年丁酉（1837）刻本。

（清）胡凤丹辑：《鄂渚同声集初编》《二编》《三编》，同治九年庚
　　午（1870）退补斋刻本。

（清）胡凤丹辑：《榕城同声集》，光绪六年庚辰（1880）刻本。

（清）胡凤丹辑：《皖江同声集》，同治九年庚午（1870）退补斋刻本。

（清）胡凤丹撰：《退补斋诗存》《二编》，《续修四库全书》第 1552
　　册，影印同治十二年癸酉（1873）退补斋鄂州刻本。

（清）胡凤丹撰：《退补斋文存》《二编》，《续修四库全书》第 1552
　　册，影印同治十二年癸酉（1873）退补斋鄂州刻本。

（清）胡介祉撰：《茨村咏史新乐府》，《四库未收书辑刊》第八辑第26册，影印诸暨郭云学种花庄刻本。

（清）胡敬撰：《崇雅堂诗钞》《崇雅堂骈体文钞》，《续修四库全书》第1494册，影印道光二十六年丙午（1846）刻本。

（清）胡榘修，方万里、罗濬撰：《（宝庆）四明志》，《中国方志丛书》华中地方第五百七十四号，台湾成文出版社1983年版，影印咸丰四年甲寅（1854）甬上烟屿楼徐氏刻本。

胡媚媚：《清代诗社初探》，香港汇智出版有限公司2019年版。

（宋）胡仔纂集，廖德明校点：《苕溪渔隐丛话后集》，人民文学出版社1962年版。

（清）胡宗廉等撰：《显考月樵府君行述》，光绪十六年庚寅（1890）刻本。

（清）华长卿撰：《梅庄诗钞》，《续修四库全书》第1533册，影印同治九年庚午（1870）华鼎元都门刻本。

（清）华希闵撰：《延绿阁集》，《四库未收书辑刊》第九辑第17册，影印雍正刻本。

（清）黄安涛撰：《诗娱室诗集》，《清代诗文集汇编》第521册，影印道光十四年甲午（1834）嘉善黄氏刻本。

黄乃江：《台湾诗钟研究》，复旦大学出版社2009年版。

（清）黄文旸撰：《扫垢山房诗钞》，《续修四库全书》第1459册，影印嘉庆七年壬戌（1802）孔宪曾刻本。

（清）黄锡蕃撰：《闽中书画录》，《续修四库全书》第1068册，影印民国二十三年（1934）《合众图书馆丛书》本。

（清）黄协埙辑：《梅村雅集图题咏》，民国五年（1916）排印本。

（清）黄协埙辑：《同声集》，民国八年（1919）国学研究社排印本。

（清）黄协埙辑：《鹤窠村人诗稿》，民国十九年（1930）排印本。

（清）黄玉阶辑：《粤东三子诗钞》，道光二十二年壬寅（1842）刻本。

（清）黄宗羲撰，吴光主编：《黄宗羲全集》，浙江古籍出版社2012年版。

（清）蒋良骐撰，鲍思陶、西原点校：《东华录》，齐鲁书社2005年版。

蒋寅：《王渔洋事迹征略》，中国社会科学出版社 2014 年版。

（清）金铎等撰：《蟠山联唱集》，嘉庆二十年乙亥（1815）刻本。

（清）金銮坡辑：《西湖秋柳诗集》，道光十二年壬辰（1832）刻本。

（清）金武祥撰：《粟香五笔》，《续修四库全书》第 1184 册，影印光绪刻本。

（清）金兆燕撰：《棕亭诗钞》，《续修四库全书》第 1442 册，影印道光十六年丙申（1836）赠云轩刻本。

（清）孔尚任撰，徐振贵主编：《孔尚任全集辑校注评》，齐鲁书社 2004 年版。

（清）孔尚任撰：《节序同风录》，浙江人民美术出版社 2016 年版。

（清）孔宪彝辑：《尺五庄饯春诗荟》，道光二十九年己酉（1849）刻本。

（清）乐钧撰：《青芝山馆集》，《续修四库全书》第 1490 册，影印嘉庆二十二年丁丑（1817）刻后印本。

（清）雷瑨撰：《青楼诗话》，《清代闺秀诗话丛刊》，凤凰出版社 2010 年版。

（明）黎遂球辑：《南园花信诗》，陈文藻《南园后五先生诗》附，《四库全书存目丛书补编》第 38 册，影印同治九年庚午（1870）南海陈氏重刻本。

（清）李苞撰：《敏斋诗草》，《续修四库全书》第 1475 册，影印嘉庆二十二年丁丑（1817）刻本。

（清）李长荣、谭寿衢辑：《庚申修禊集》，咸丰十年庚申（1860）省城龙藏街萃文堂刻本。

（清）李长荣辑：《柳堂师友诗录》，同治二年癸亥（1863）羊城西湖街富文斋刻本。

（清）李长荣辑：《寿苏集初编》，光绪元年乙亥（1875）羊城西湖街富文斋刻本。

（清）李慈铭撰，刘再华校点：《越缦堂诗文集》，上海古籍出版社 2012 年版。

（清）李嘉乐撰：《仿潜斋诗钞》，《续修四库全书》第 1559 册，影印光绪十五年己丑（1889）刻本。

（清）李明皖、谭钧培修，冯桂芬纂：《（同治）苏州府志》，《中国地方志集成·江苏府县志辑》第 7—10 册，影印光绪八年壬午（1882）江苏书局刻本。

（清）李树瀛辑：《同声诗钞》，同治五年丙寅（1866）兴国学署刻本。

（清）李维钧辑：《梅会诗人遗集》，康熙六十一年壬寅（1722）刻本。

（清）李伍汉撰：《壑云篇文集》，《四库禁毁书丛刊》集部第 187 册，影印康熙懒云堂刻本。

（清）李星沅、郭润玉撰：《梧笙唱和初集》，道光十七年丁酉（1837）芋香山馆刻本。

（清）李彦章撰：《榕园诗钞》，《清代诗文集汇编》第 584 册，道光刻《榕园全集》本。

（清）李元度纂，易孟醇校点：《国朝先正事略》，岳麓书社 2008 年版。

（清）厉鹗撰，董兆熊注，陈九思标校：《樊榭山房集》，上海古籍出版社 2012 年版。

（清）梁鼎芬辑：《后南园诗课》，宣统三年辛亥（1911）羊城刻本。

（清）梁绍壬撰，庄葳校点：《两般秋雨盦随笔》，上海古籍出版社 2012 年版。

（明）梁云构撰：《豹陵集》，《四库未收书辑刊》第七辑第 17 册，影印顺治十八年辛丑（1661）梁羽明刻本。

（清）梁章钜撰，吴蒙校点：《浪迹丛谈、续谈、三谈》，上海古籍出版社 2012 年版。

（清）梁章钜撰：《闽川闺秀诗话》，《续修四库全书》第 1705 册，影印道光二十九年己酉（1849）刻本。

（清）梁章钜撰：《退庵诗存》，《续修四库全书》第 1499 册，影印道光刻本。

（清）林昌彝撰，王镇远、林虞生标点：《射鹰楼诗话》，上海古籍出版社 1988 年版。

（清）林寿图撰：《黄鹄山人诗初钞》，《续修四库全书》第 1548 册，
　　影印光绪六年庚辰（1880）刻本。

（清）林以宁撰：《墨庄诗钞》《文钞》，康熙刻本。

（清）林则徐撰：《云左山房诗钞》，《续修四库全书》第 1512 册，
　　影印光绪十二年丙戌（1886）刻本。

（清）林滋秀辑：《兰社诗略》，道光元年辛巳（1821）四十二树书
　　屋刻本。

（清）凌霄撰：《快园诗话》，《续修四库全书》第 1705 册，影印嘉
　　庆二十五年庚辰（1820）刻本。

（清）凌扬藻、苏鸿辑：《榄山花溪诗钞初集》，道光十二年壬辰（1832）
　　刻本。

（清）刘大申等撰：《西园诗选》，清刻本。

（清）刘嘉谟辑：《春秋佳日诗钞》，道光二十六年丙午（1846）兰
　　言书室刻本。

（清）刘嗣绾撰：《尚絅堂诗集》，《续修四库全书》第 1485 册，影
　　印道光六年丙戌（1826）大树园刻本。

（清）刘毓崧撰：《通义堂文集》，《续修四库全书》第 1546 册，影
　　印民国吴兴刘氏刻《求恕斋丛书》本。

（清）刘榛撰：《虚直堂文集》，《四库未收书辑刊》第七辑第 25 册，
　　影印康熙刻补修本。

（清）刘正谊撰：《宛委山人诗集》，《清代诗文集汇编》第 224 册，
　　影印康熙至乾隆递刻本。

（明）刘宗周撰，吴光主编：《刘宗周全集》，浙江古籍出版社 2012
　　年版。

（清）龙启瑞撰：《浣月山房诗集》，《续修四库全书》第 1542 册，
　　影印光绪四年戊寅（1878）龙继栋京师刻本。

（清）娄树业辑：《后八老会诗》，道光三十年庚戌（1850）刻本。

（清）卢见曾撰：《雅雨堂诗集》，《续修四库全书》第 1423 册，影

印道光二十年庚子（1840）卢枢清雅堂刻本。

（清）卢文弨辑，庄翊昆等校补：《常郡八邑艺文志》，《续修四库全书》第917册，影印光绪十六年庚寅（1890）刻本。

（清）陆世仪撰：《桴亭先生诗集》，《续修四库全书》第1398册，影印光绪二十五年己亥（1899）唐受祺刻《陆桴亭先生遗书》本。

（清）陆以湉撰，崔凡之点校：《冷庐杂识》，中华书局1984年版。

（清）陆应毂撰：《抱真书屋诗钞》，《续修四库全书》第1532册，影印民国三年（1914）刻《云南丛书》本。

（清）陆钟琦辑：《正白旗官学日余吟社诗存》，光绪二十三年丁酉（1897）刻本。

（清）路德撰：《柽华馆全集》，《续修四库全书》第1509册，影印光绪七年辛巳（1881）解梁刻本。

（清）吕留良撰，俞国林编：《吕留良全集》，中华书局2015年版。

罗时进：《地域·家族·文学——清代江南诗文研究》，上海古籍出版社2010年版。

（清）马其昶撰，彭君华校点：《桐城耆旧传》，黄山书社2013年版。

（清）毛师柱撰：《端峰诗续选》，《四库未收书辑刊》第八辑第22册，影印康熙三十三年甲戌（1694）毛煜刻本。

（清）冒襄辑：《同人集》，咸丰九年己未（1859）冒氏水绘庵刻本。

（清）冒襄撰：《巢民诗集》，《续修四库全书》第1399册，影印康熙刻本。

（清）梅成栋撰，卞僧慧、濮文起校点：《津门诗钞》，天津古籍出版社1993年版。

（清）闵华撰：《澄秋阁集》，《四库未收书辑刊》第十辑第21册，影印乾隆十七年壬申（1752）刻本。

（清）莫春晖辑：《竹逸山房集》，清稿本。

（清）纳兰常安撰：《班余剪烛集》，《四库未收书辑刊》第九辑第21册，影印乾隆五年庚申（1740）自刻本。

南江涛选编：《清末民国旧体诗词结社文献汇编》，国家图书馆出版社 2013 年版。

欧阳光：《宋元诗社研究丛稿》，广东高等教育出版社 2011 年版。

（清）潘耒撰：《遂初堂集》，《续修四库全书》第 1417—1418 册，影印康熙刻本。

（清）潘衍桐辑，夏勇、熊湘整理：《两浙辀轩续录》，浙江古籍出版社 2014 年版。

（清）潘一桂辑：《枫叶社诗》，清钞本。

（清）潘奕隽撰：《三松堂续集》，《续修四库全书》第 1461 册，影印嘉庆刻本。

（清）潘允喆辑：《长溪社诗存》，光绪十二年丙戌（1886）春晖堂刻本。

（清）潘正衡辑：《常荫轩诗社萃雅》，嘉庆十八年癸酉（1813）古藤书屋刻本。

（清）潘钟瑞辑：《沧浪唱和诗》，清稿本。

（清）潘祖荫辑：《癸酉消夏诗》，同治刻本。

（清）彭銮辑：《薇省同声集》，光绪十六年庚寅（1890）刻本。

（清）彭启丰撰：《芝庭诗稿》，《四库未收书辑刊》第九辑第 23 册，影印乾隆刻增修本。

（清）彭润章等修，叶廉锷等纂：《（光绪）平湖县志》，《中国地方志集成·浙江府县志辑》第 20 册，影印光绪十二年丙戌（1886）刻本。

（清）彭士望撰：《耻躬堂诗钞》，《四库禁毁书丛刊》集部第 52 册，影印咸丰二年壬子（1852）刻本。

（清）彭蕴璨撰：《历代画史汇传》，《续修四库全书》第 1083—1084 册，影印道光五年乙酉（1825）吴门尚志堂彭氏刻本。

（清）彭蕴章撰：《松风阁诗钞》，《续修四库全书》第 1518 册，影印同治刻《彭文敬公全集》本。

（清）钱澄之撰：《田间诗文集》，《续修四库全书》第 1401 册，影印康熙刻本。

（清）钱大昕撰，吕友仁校点：《潜研堂集》，上海古籍出版社 2009 年版。

（清）钱凤纶等撰，赵厚均辑校：《蕉园七子集》，浙江古籍出版社 2021 年版。

（清）钱凤纶撰：《古香楼诗》，康熙刻本。

（清）钱国祥辑：《闽中唱和集》，清稿本。

（清）钱谦益撰，钱曾笺注，钱仲联标校：《牧斋初学集》，上海古籍出版社 2009 年版。

（清）钱谦益撰：《列朝诗集小传》，上海古籍出版社 2008 年版。

（明）钱孺谷、钟述祖辑：《小瀛洲十老社诗》，《四库全书存目丛书补编》第 36 册，影印顺治刻本。

（清）钱溯耆辑：《南园赓社诗存》，宣统元年己酉（1909）听邨馆刻本。

（清）钱维乔修，钱大昕纂：《（乾隆）鄞县志》，《续修四库全书》第 706 册，影印乾隆五十三年戊申（1788）刻本。

（清）钱仪吉撰：《衍石斋诗·澄观集》，嘉庆、道光钞本。

（清）钱载撰：《萚石斋诗集》，《清代诗文集汇编》第 314 册，影印乾隆刻本。

钱仲联、傅璇琮、王运熙、章培恒、陈伯海、鲍克怡总主编：《中国文学大辞典》，上海辞书出版社 2000 年版。

（清）秦缃业辑：《西泠酬倡集》《二集》，光绪五年己卯（1879）刻本。

（清）秦缃业辑：《西泠消寒集》，同治十三年甲戌（1874）刻本。

（清）秦祖永撰：《桐阴论画三编》，《续修四库全书》第 1085 册，影印光绪八年壬午（1882）刻朱墨套印本。

（清）邱肇广辑：《西园吟社诗》，道光四年甲申（1824）刻本。

（清）屈大均撰：《广东新语》，中华书局 1985 年版。

（清）全祖望等撰：《韩江雅集》，乾隆写刻本。

（清）全祖望辑：《续耆旧》，《续修四库全书》第 1682—1683 册，影印清槎湖草堂钞本。

（清）全祖望撰，朱铸禹汇校集注：《全祖望集汇校集注》，上海古籍出版社 2000 年版。

（清）任安上撰：《借舫居诗钞仅存》，光绪十五年己丑（1889）刻本。

（清）任元潘辑：《借舫居同社仅存》，光绪十五年己丑（1889）刻本。

（清）茹纶常撰：《容斋诗集》，《续修四库全书》第 1457 册，影印乾隆三十五年庚寅（1770）刻，乾隆五十二年丁未（1787），嘉庆四年己未（1799）、十三年戊辰（1808）增修本。

（清）阮恩霖撰：《九九消寒吟》，光绪二十一年乙未（1895）刻本。

（清）阮文藻辑：《宛上同人集》，道光十三年癸巳（1833）刻本。

（清）阮元、杨秉初辑，夏勇等整理：《两浙輶轩录》，浙江古籍出版社 2012 年版。

（清）阮元辑：《山左诗课》，乾隆五十八年癸丑（1793）录书阁刻本。

（清）阮元修，陈昌齐等纂：《（道光）广东通志》，《续修四库全书》第 669—675 册，影印民国二十三年（1934）商务印书馆影印道光二年壬午（1822）刻本。

（清）阮元撰：《研经室集》，中华书局 1993 年版。

（清）三多撰：《可园诗钞》，《清代诗文集汇编》第 792 册，影印光绪石印本。

（清）桑调元撰，林旭文校注：《桑调元集》，浙江古籍出版社 2016 年版。

（清）商盘撰：《质园诗集》，《四库全书存目丛书补编》第 9 册，影印乾隆刻本。

上海商务印书馆编译所编纂：《大清新法令（1901—1911）》，商务印书馆 2011 年版。

（宋）邵伯温撰，王根林校点：《邵氏闻见录》，上海古籍出版社 2012 年版。

（清）邵晋涵撰：《南江文钞》，《续修四库全书》第 1463 册，影印道光十二年壬辰（1832）胡敬刻本。

（清）沈初撰：《兰韵堂诗集》，乾隆五十九年甲寅（1794）至嘉庆二十五年庚辰（1820）递刻本。

（清）沈大成撰：《学福斋集》，《续修四库全书》第 1428 册，影印
　　乾隆三十九年甲午（1774）刻本。

（清）沈德潜等辑：《清诗别裁集》，上海古籍出版社 2013 年版。

（清）沈德潜辑：《七子诗选》，乾隆十八年癸酉（1753）刻本。

（清）沈德潜撰，潘务正、李言校点：《沈德潜诗文集》，人民文学
　　出版社 2011 年版。

（清）沈家本等修，徐宗亮等纂：《（光绪）重修天津府志》，《中国
　　地方志集成·天津府县志辑》第 1—2 册，影印光绪二十一年乙未
　　（1895）修二十五年己亥（1899）刻本。

（清）沈起凤辑：《吴中香奁社草》，乾隆五十六年辛亥（1791）钞本。

（清）沈善宝撰：《名媛诗话》，《续修四库全书》第 1706 册，影印
　　光绪鸿雪楼刻本。

（明）沈寿民撰：《姑山遗集》，《四库禁毁书丛刊》集部第 119 册，
　　影印康熙有本堂刻本。

（清）沈叔埏撰：《颐彩堂诗钞》，《续修四库全书》第 1458 册，影
　　印道光二十八年戊申（1848）沈维鐈刻本。

（清）沈翼天等撰：《越中七子诗钞》，乾隆五十四年己酉（1789）息
　　游阁刻本。

（清）石韫玉撰：《独学庐全稿》，《续修四库全书》第 1466—1467
　　册，影印清写刻本。

（清）释函可撰：《千山诗集》，《续修四库全书》第 1398 册，影印
　　康熙四十二年癸未（1703）刻本。

（清）释汉兆撰：《妙香诗草》，道光三年癸未（1823）刻本。

（清）释恒峰辑：《莫愁湖风雅集》，嘉庆二十年乙亥（1815）胜棋
　　楼刻本。

（清）释际祥撰：《净慈寺志》，杭州出版社 2006 年版。

（清）释敬安撰：《八指头陀诗集》《续集》，《续修四库全书》第
　　1575 册，影印民国八年（1919）北京法源寺刻本。

（清）释与宏撰：《懒云楼诗草》，道光七年丁亥（1827）刻本。

（清）宋荦撰：《沧浪小志》，《四库全书存目丛书》史部第 245 册，
　　影印康熙刻本。

宋清秀：《清代江南女性文学史论》，上海古籍出版社 2015 年版。

孙爱霞整理：《沽上梅花诗社存稿》，天津古籍出版社 2019 年版。

（明）孙蕡等撰：《南园前五先生诗》，中山大学出版社 1990 年版。

（清）孙奇逢撰，张显清主编：《孙奇逢集》，中州古籍出版社 2003
　　年版。

（清）孙奇逢撰：《孙征君日谱录存》，《续修四库全书》第 559 册，
　　影印光绪十一年乙酉（1885）刻本。

（清）孙奇逢撰：《夏峰先生集》，《续修四库全书》第 1391—1392 册，
　　影印道光二十五年乙巳（1845）大梁书院刻本。

（清）孙士毅撰：《百一山房诗集》，《续修四库全书》第 1433 册，
　　影印嘉庆二十一年丙子（1816）孙钧刻本。

（清）孙衣言撰：《逊学斋文钞》，《续修四库全书》第 1544 册，影
　　印同治十二年癸酉（1873）刻增修本。

（清）孙诒让：《温州经籍志》，中华书局 2011 年版。

（清）孙原湘辑：《销寒词》，嘉庆二十四年己卯（1819）刻本。

（清）孙原湘撰：《天真阁集》，《续修四库全书》第 1487—1488 册，
　　影印嘉庆五年庚申（1800）刻增修本。

（清）谭莹撰：《乐志堂诗集》，《续修四库全书》第 1528 册，影印
　　咸丰九年己未（1859）吏隐园刻本。

（清）谭莹撰：《乐志堂文集》《续集》，《续修四库全书》第 1528
　　册，影印咸丰九年己未（1859）吏隐园刻本。

（清）谭宗濬辑：《香山榄溪菊会诗集》，清西湖街藏珍阁刻本。

（清）唐鉴撰：《学案小识》，《续修四库全书》第 539 册，影印道光
　　二十六年丙午（1846）四砭斋刻本。

（明）唐时升撰：《三易集》，《四库禁毁书丛刊》集部第 178 册，影
　　印崇祯谢三宾刻康熙三十三年甲戌（1694）陆廷灿补修本。

（清）陶澍撰：《陶文毅公全集》，《续修四库全书》第 1502—1504

册，影印道光二十年庚子（1840）两淮淮北士民刻本。

（清）陶煦纂：《周庄镇志》，《续修四库全书》第 717 册，影印光绪八年壬午（1882）元和陶氏仪一堂刻本。

（清）陶元藻辑，蒋寅点校：《全浙诗话》，浙江古籍出版社 2017年版。

（清）田明曜修，陈澧纂：《（光绪）香山县志》，《中国地方志集成·广东府县志辑》第 32 册，影印光绪刻本。

（清）铁保撰：《惟清斋全集》，《续修四库全书》第 1476 册，影印道光二年壬午（1822）石经堂刻本。

（清）童槐撰：《今白华堂诗录》，《续修四库全书》第 1498 册，影印同治八年己巳（1869）童华刻本。

（清）屠倬辑：《是程堂倡和投赠集》，道光五年乙酉（1825）刻本。

（清）屠倬撰：《是程堂二集》，《续修四库全书》第 1517 册，影印道光元年辛巳（1821）潜园刻本。

（清）屠倬撰：《是程堂集》，《续修四库全书》第 1517 册，影印嘉庆十九年甲戌（1814）真州官舍刻本。

万柳：《清代词社研究》，中州古籍出版社 2011 年版。

（清）万台辑：《吴会联吟集》，道光四年甲申（1824）刻本。

（清）汪启淑辑：《撷芳集》，乾隆末汪氏飞鸿堂刻本。

（清）汪启淑撰：《讱庵诗存》，《续修四库全书》第 1446 册，影印乾隆刻本。

（清）汪琬撰，李圣华笺校：《汪琬全集笺校》，人民文学出版社 2010年版。

（清）汪学金撰：《静厓诗初稿》《后稿》《续稿》，《续修四库全书》第 1472 册，影印乾隆刻、嘉庆增修本。

（清）汪远孙等撰：《销夏倡和诗存》，道光十四年甲午刻本（1834）。

（清）汪远孙辑：《清尊集》，道光十九年己亥（1839）振绮堂刻本。

（清）汪曾唯辑：《东轩吟社画像》，光绪二年丙子（1876）汪氏振绮堂刻本。

（清）汪之选辑：《淮海同声集》，嘉庆二十二年丁丑（1817）汪氏刻本。

（清）王柏心撰，张俊纶点校：《百柱堂全集》，崇文书局 2008 年版。

（清）王宝仁撰：《旧香居文稿》，道光二十一年辛丑（1841）六安学舍刻本。

（清）王昶、顾光辑：《同岑诗选》，嘉庆五年庚申（1800）刻本。

（清）王昶、许宝善辑：《同音集》，乾隆刻本。

（清）王昶等撰：《檀园修禊诗》，乾隆听吟轩刻本。

（清）王昶辑：《湖海诗传》，《续修四库全书》第 1625—1626 册，影印嘉庆八年癸亥（1803）三泖渔庄刻本。

（清）王昶撰，陈明洁、朱惠国、裴风顺点校：《春融堂集》，上海文化出版社 2013 年版。

（清）王昶撰，周维德校点：《蒲褐山房诗话新编》，人民文学出版社 2011 年版。

王国平主编：《杭州文献集成》，杭州出版社 2014 年版。

（清）王凯泰辑：《三山同声集》《续编》，同治俭明简斋刻本。

（清）王凯泰辑：《致用堂志略》，同治十二年癸酉（1873）刻本。

（清）王闿运撰：《湘绮楼全集》，《续修四库全书》第 1568—1569 册，影印光绪三十三年丁未（1907）墨庄刘氏长沙刻本。

（清）王鸣盛辑：《江左十子诗钞》，乾隆二十九年甲申（1764）刻本。

（清）王鸣盛辑：《练川十二家诗》，乾隆嘉定刻本。

（清）王培荀辑：《听雨楼吟社》，道光二十九年己酉（1849）刻本。

（清）王培荀撰，蒲泽校点：《乡园忆旧录》，齐鲁书社 1993 年版。

（清）王芑孙撰：《渊雅堂全集》，《续修四库全书》第 1480—1481 册，影印嘉庆刻本。

（清）王琼等撰：《种竹轩闺秀联珠集》，嘉庆十二年丁卯（1807）刻本。

（清）王日藻等撰：《耆年宴集诗》，康熙三十二年癸酉（1693）刻本。

（清）王士禧撰：《抱山集选》，《四库全书存目丛书》集部第 227 册，影印康熙刻《王渔洋遗书》本。

（清）王士禛撰，惠栋、金荣注，伍铭点校整理，韦甫参订：《渔洋精华录集注》，齐鲁书社 1992 年版。

（清）王士禛撰，张宗柟纂集：《带经堂诗话》，戴鸿森校点，人民文学出版社 1963 年版。

（清）王士祯（禛）撰，袁世硕主编：《王士禛全集》，齐鲁书社 2007 年版。

（清）王韬撰：《弢园文录外编》，《续修四库全书》第 1558 册，影印光绪九年癸未（1883）排印本。

（清）王相辑：《友声集》，《续修四库全书》第 1627 册，影印咸丰八年戊午（1858）信芳阁刻本。

（清）王燕生辑：《曲江亭闺秀唱和诗集》，嘉庆十三年戊辰（1808）刻本。

（清）王应奎撰，以柔校点：《柳南随笔》《续笔》，上海古籍出版社 2012 年版。

王英志主编：《清代闺秀诗话丛刊》，凤凰出版社 2010 年版。

（清）王咏霓辑：《渐源唱和集》，光绪二十六年庚子（1900）刻本。

（清）王玉树撰：《经史杂记》，《续修四库全书》第 1156 册，影印道光十年庚寅（1830）芳椶堂刻本。

（清）王豫辑：《江苏诗征》，道光元年辛巳（1821）焦山海西庵诗征阁刻本。

（清）王拯撰：《龙壁山房诗草》，《续修四库全书》第 1545 册，影印同治桂林杨博文堂刻本。

（清）王拯撰：《龙壁山房文集》，《续修四库全书》第 1545 册，影印光绪七年辛巳（1881）陈宝箴刻本。

（清）王之佐辑：《白燕倡和集》，嘉庆二十年乙亥（1815）王氏青来草堂刻本。

魏泉：《士林交游与风气变迁：19 世纪宣南的文人群体研究》，北京大学出版社 2008 年版。

（清）文庆、李宗昉等纂修：《钦定国子监志》，北京古籍出版社 2000年版。

（清）文昭撰：《紫幢轩诗集》，《四库未收书辑刊》第八辑第 22 册，影印雍正刻本。

（清）翁心存撰：《知止斋诗集》，《续修四库全书》第 1519 册，影印光绪三年丁丑（1877）常熟毛文彬刻本。

（清）邬鹤征撰：《吟秋楼诗钞》，道光二十九年己酉（1849）刻本。

（清）吴懋谦撰：《苎庵二集》，《四库全书存目丛书》集部第 207 册，影印顺治十三年丙申（1656）梅花书屋刻本。

（清）吴绮撰：《林蕙堂全集》，《景印文渊阁四库全书》第 1314 册。

（清）吴庆坻撰，张文其、刘德麟点校：《蕉廊脞录》，中华书局 1990年版。

（清）吴省钦撰：《白华前稿》《后稿》，《续修四库全书》第 1447—1448 册，影印乾隆刻本、嘉庆十五年庚午（1810）石经堂刻本。

（清）吴嵩梁撰：《香苏山馆诗集》，《续修四库全书》第 1489—1490册，影印清木犀轩刻本。

（清）吴伟业撰，李学颖集评标校：《吴梅村全集》，上海古籍出版社 1990 年版。

（宋）吴渭辑：《月泉吟社》，道光、光绪南海伍氏粤雅堂刻本。

（宋）吴渭辑：《月泉吟社》，明末虞山毛氏汲古阁刻本。

（宋）吴渭辑：《月泉吟社诗》，《景印四库文渊阁丛书》第 1359 册。

（清）吴锡麒撰：《有正味斋诗集》《续集》《有正味斋骈体文》，《续修四库全书》第 1468—1469 册，影印嘉庆十三年戊辰（1808）刻《有正味斋全集》增修本。

吴小铁编：《南京莫愁湖志》，中央文献出版社 2005 年版。

（清）吴獬辑：《衡山九老会诗稿》，光绪刻本。

（清）吴獬撰：《吴獬集》，湖南人民出版社 2009 年版。

（清）吴仰贤撰：《小匏庵诗话》，《续修四库全书》第 1707 册，影印光绪刻本。

（清）吴翌凤撰：《灯窗丛录》，《续修四库全书》第 1139 册，影印民国十五年（1926）涵芬楼排印本。

（清）吴振棫撰，童正伦点校：《养吉斋丛录》，中华书局 2005 年版。

（清）吴振棫撰：《花宜馆诗钞》《续钞》，《续修四库全书》第 1521 册，影印同治四年乙丑（1865）刻本。

（清）吴祖德辑：《茸城九老会诗序题词》，嘉庆二十四年己卯（1819）刻《怡园初刊三种》本。

（清）吴祖德辑：《怡园初刊三种》，嘉庆二十四年己卯（1819）刻本。

（清）伍崇曜辑：《楚庭耆旧遗诗》《后集》《续集》，道光二十三年癸卯（1843）至三十年庚戌（1850）南海伍氏刻本。

（清）席夔等撰：《浣香亭澹香吟集》，乾隆三十七年壬辰（1772）刻本。

（清）夏荃撰：《退庵笔记》，《四库未收书辑刊》第三辑第 28 册，影印清钞本。

夏勇：《清诗总集通论》，中国社会科学出版社 2016 年版。

萧公权：《中国乡村——论 19 世纪的帝国控制》，张皓、张升译，台湾联经出版事业股份有限公司 2014 年版。

萧惠清等辑：《衡门社诗钟选第一集》，《清末民国旧体诗词结社文献汇编》第 24 册，影印民国二十二年（1933）排印本。

谢国桢：《明清之际党社运动》，上海书店出版社 2004 年版。

（清）谢章铤撰，陈庆元主编：《谢章铤集》，吉林文史出版社 2009 年版。

（明）谢肇淛撰：《小草斋文集》，《四库全书存目丛书》集部第 176 册，影印天启刻本。

（清）谢振定撰：《知耻斋诗集》，道光湘乡谢氏刻本。

（清）熊伯龙撰：《熊学士诗文集》，《四库全书存目丛书》集部第 217 册，影印康熙九年庚戌（1670）刻乾隆五十一丙午（1786）熊光补修本。

徐大纲：《熊伯龙家世及行年考略》，湖北人民出版社 2012 年版。

（清）徐景熹修，鲁曾煜、施廷枢等纂：《（乾隆）福州府志》，《中国地方志集成·福建府县志辑》第1—2册，影印乾隆十九年甲戌（1754）刻本。

（清）徐乾学撰：《憺园文集》，《续修四库全书》第1412册，影印康熙刻冠山堂印本。

（清）徐清等撰：《哀蝉集》，咸丰十一年辛酉（1861）养晦斋刻本。

（清）徐荣撰：《怀古田舍诗节钞》，《续修四库全书》第1518册，影印同治三年甲子（1862）锦城刻本。

（清）徐时栋撰：《烟屿楼文集》，《续修四库全书》第1542册，影印光绪元年乙亥（1875）葛氏松竹居刻本。

（清）徐燨等撰：《三老联吟集》，道光二十六年丙午（1846）刻本。

（清）徐行、曾灿辑：《依园七子诗选》，康熙十九年庚申（1680）刻本。

（清）徐旭旦撰：《世经堂初集》，《清代诗文集汇编》第197册，影印康熙四十八年己丑（1709）刻本。

徐雁平：《清代世家与文学传承》，生活·读书·新知三联书店2012年版。

（清）徐元章辑：《小桃源室联吟诗存》，同治五年丙寅（1866）徐氏刻本。

（清）许应鑅辑：《清华唱和集》，光绪九年癸未（1883）刻本。

（清）许应铣辑：《寄南园二子诗钞》，同治十三年甲戌（1874）刻本。

（清）许应铣辑：《南园寄社诗草》，同治八年己巳（1869）刻本。

（元）许有壬撰：《至正集》，《景印文渊阁四库全书》第1211册。

（清）许宗彦撰：《鉴止水斋集》，《续修四库全书》第1492册，影印嘉庆二十四年己卯（1819）德清许氏家刻本。

（清）薛时雨辑：《湖舫会课》，光绪二十年甲午（1894）刻本。

（清）延清撰：《锦官堂试帖》，《清代诗文集汇编》第765册，影印光绪十一年乙酉（1885）刻本。

（清）严长明辑：《官阁消寒集》，台湾新文丰出版公司《丛书集成

续编》第 116 册，影印民国三十七年（1948）合众图书馆得版编
印《咫园丛书》本。

（清）言南金辑：《曼陀罗馆消寒集》，同治十三年甲戌（1874）刻本。

（清）杨开第修，姚光发等纂：《（光绪）重修华亭县志》，《中国地
方志集成·上海府县志辑》第 4 册，影印光绪四年戊寅（1878）
刻本。

杨铁夫等撰：《聊社诗钟》，《清末民国旧体诗词结社文献汇编》第
10 册，影印民国二十一年（1932）排印本。

（清）杨雍建撰：《杨黄门奏疏》，《四库全书存目丛书》史部第 67
册，影印康熙刻本。

（清）杨钟羲撰，雷恩海、姜朝晖校点：《雪桥诗话全编》，人民文
学出版社 2011 年版。

（清）姚廷瓒等撰：《鹦湖花社诗》，康熙六十年辛丑（1721）刻本。

（清）姚文栋辑：《墨江修禊诗》，河田小桃、由良久香《海外同人
集》附，光绪刻本。

（清）姚燮辑：《红犀馆诗课》，同治四年乙丑（1865）刻本。

（清）姚燮撰，路伟、曹鑫编集：《姚燮集》，浙江古籍出版社 2014
年版。

（清）姚燮撰：《复庄诗问》，《续修四库全书》第 1532—1533 册，影
印道光姚氏刻《大梅山馆》本。

（清）叶方蔼撰：《读书斋偶存稿》，《景印文渊阁四库全书》第 1316 册。

（清）叶方蔼撰：《叶文敏公集》，《续修四库全书》第 1410 册，影
印清钞本。

（清）叶兰贞撰，何元均、钱德馨校注：《研香室诗存》，团结出版
社 2017 年版。

（清）叶名澧撰：《敦夙好斋诗全集》，《续修四库全书》第 1536 册，
影印光绪十六年庚寅（1890）叶兆纲刻本。

叶晔：《明代中央文官制度与文学》，浙江大学出版社 2011 年版。

（清）亦吾庐辑：《黄牡丹状元故事》，同治二年癸亥（1863）拜鹃

草堂影钞本。

（清）易顺鼎、程颂万辑：《湘社集》，光绪十七年辛卯（1891）长沙刻本。

（清）易顺鼎撰，王飚校点：《琴志楼诗集》，上海古籍出版社 2004 年版。

（清）永瑢等撰：《四库全书总目》，中华书局 1965 年影印本。

（清）尤侗撰，杨旭辉点校：《尤侗集》，上海古籍出版社 2015 年版。

（清）尤侗撰：《艮斋杂说》，《续修四库全书》第 1136 册，影印康熙刻《西堂全集》本。

（清）尤侗撰：《真率会约》，上海书店出版社《丛书集成续编》第 87 册，影印康熙三十四年乙亥（1695）新安张氏霞举堂刻《檀几丛书》本。

（清）尤兴诗等撰：《问梅诗社诗钞》，道光刻本。

由云龙辑：《南雅诗社吟稿》，《清末民国旧体诗词结社文献汇编》第 8 册，影印民国石印本。

（清）于尚龄辑：《凝香阁合集》，道光十三年癸巳（1833）刻本。

（清）俞樾撰：《春在堂杂文》《春在堂诗编》，《续修四库全书》第 1551 册，影印光绪二十五年己亥（1899）《春在堂全书》本。

（清）俞正燮撰，于石、马君骅、诸伟奇校点：《俞正燮全集》，黄山书社 2005 年版。

（清）毓俊撰：《友松吟馆诗钞》，《清代诗文集汇编》第 768 册，影印光绪二十五年己亥（1899）刻本。

（清）袁保龄撰：《雪鸿吟社诗钟》，宣统三年（1911）清芬阁排印本。

（清）袁景辂辑：《国朝松陵诗征》，乾隆三十二年丁亥（1767）爱吟斋刻本。

（清）袁枚撰，王英志编纂校点：《袁枚全集新编》，浙江古籍出版社 2015 年版。

（清）袁学澜撰：《雪坞消寒诗集》，清刻本。

（清）岳鸿庆等撰：《鸳水联吟》，道光二十一年辛丑（1841）刻本。

（清）允礼撰：《春和堂诗集》，《四库未收书辑刊》第八辑第 30 册，影印雍正刻本。

（清）曾燠撰：《赏雨茅屋诗集》，《续修四库全书》第 1484 册，影印嘉庆二十四年己卯（1819）刻增修本。

（清）曾元基辑：《听琴别馆消寒诗钞》，道光十五年乙未（1835）桐城官署刻本。

（清）翟灏撰：《无不宜斋未定稿》，《清代诗文集汇编》第 341 册，影印清乾隆十七年壬申（1752）自刻本。

（清）张景延等辑：《衡门社诗选》，《清末民国旧体诗词结社文献汇编》第 23 册，影印民国二十五年（1936）开封聚丰印刷局排印本。

（清）张凯嵩辑：《樾湖十子诗钞》，同治七年戊辰（1868）刻本。

（清）张立本辑：《二柳村庄吟社诗选》，道光元年辛巳（1821）鹅湖小绿天刻本。

（清）张銮辑：《沪上秋怀倡和集》，康熙三年甲辰（1664）刻本。

（清）张鸣珂撰，吴香洲点校：《寒松阁谈艺琐录》，凤凰出版社 2010 年版。

（清）张珮兰、张贞兰撰：《二兰合璧》，光绪三十年甲辰（1904）刻本。

（清）张维屏撰：《花甲闲谈》，《四库未收书辑刊》第十辑第 3 册，影印道光广州西湖街富文斋刻本。

（清）张伟等撰：《竹冈吟社诗钞》，咸丰二年壬子（1852）刻本。

（清）张问陶撰：《船山诗草》，《续修四库全书》第 1486 册，影印嘉庆二十年乙亥（1815）刻、道光二十九年己酉（1849）增修本。

（清）张祥河撰：《小重山房诗词全集》，《续修四库全书》第 1513 册，影印道光刻光绪增修本。

（清）张学仁辑：《京江七子诗钞》，道光九年己丑（1829）刻本。

（清）张曜孙辑：《同声集》，道光二十四年甲辰（1844）至同治元年壬戌（1862）递刻本。

张寅彭选辑，吴忱、杨焄点校：《清诗话三编》，上海古籍出版社 2014
　　年版。

（清）张应昌辑：《清诗铎》（《国朝诗铎》），中华书局 1960 年版。

（清）张应昌撰：《彝寿轩诗钞》，《续修四库全书》第 1517 册，影
　　印同治二年癸亥（1863）西昌旅舍刻增修本。

（清）张镛等撰：《冷香吟唱和稿合钞》，张镛《思诚堂文钞》附，
　　乾隆刻本。

（清）张滋兰等撰，任兆麟辑：《吴中女士诗钞》，乾隆五十四年己
　　酉（1789）刻本。

（清）张宗芝、王沩、王右维、冯英辑：《以介编》，台湾新文丰出
　　版公司《丛书集成续编》第 217 册，影印民国常熟丁氏刻《虞山
　　丛刻》本。

（清）张作楠辑：《北麓诗课》，道光二年壬午（1822）刻本。

赵厚均：《明清江南闺秀文学研究》，上海古籍出版社 2020 年版。

（清）赵怀玉撰：《亦有生斋集》，《续修四库全书》第 1469—1470
　　册，影印道光元年辛巳（1821）刻本。

（清）赵吉士辑：《寄园七夕集字诗》，康熙三十六年丁丑（1697）
　　刻本。

赵雅丽：《晚清京师南城政治文化研究》，凤凰出版社 2011 年版。

（清）赵翼撰，李学颖、曹光甫校点：《瓯北集》，上海古籍出版社
　　1997 年版。

（清）赵翼撰：《廿二史札记》，《续修四库全书》第 453 册，影印嘉
　　庆五年庚申（1800）湛贻堂刻本。

（清）震钧撰：《天咫偶闻》，北京古籍出版社 1982 年版。

（清）郑开禧辑：《龙溪二子诗钞》，道光十三年癸巳（1833）刻本。

钟伯毅等撰：《观澜诗社酬唱初集》，《清末民国旧体诗词结社文献
　　汇编》第 26 册，影印民国二十三年（1934）石印本。

钟慧玲：《清代女诗人研究》，台湾里仁书局 2000 年版。

（清）周"山村"等撰：《虞美人花倡和诗》，乾隆四十二年丁酉（1777）
　　刻本。

（清）周伯义辑：《京江后七子诗钞》，民国二十一年（1932）京江
　　解氏刻本。

（清）周长发撰：《赐书堂诗钞》，《四库全书存目丛书》集部第 274
　　册，影印乾隆刻本。

（清）周萼芳辑：《茸城九老会诗存》，道光刻本。

（清）周京撰：《无悔斋集》，《四库全书存目丛书》集部第 277 册，
　　影印乾隆刻本。

（清）周师濂撰：《竹生吟馆诗草》，道光九年己丑（1829）刻本。

（清）周映清等撰：《织云楼诗合刻》，嘉庆二十二年丁丑（1817）
　　刻本。

（清）周郁滨纂，戴扬本整理：《珠里小志》，上海社会科学院出版
　　社 2005 年版。

（清）周允中等撰：《松陵唱和钞》，乾隆五十三年戊申（1788）
　　刻本。

（清）朱宝善撰：《红粟山庄诗》，同治九年庚午（1870）福州刻本。

朱保炯、谢沛霖编：《明清进士题名碑录索引》，上海古籍出版社 1979
　　年版。

（清）朱珔撰：《小万卷斋诗稿》，《清代诗文集汇编》第 494 册，影
　　印光绪十一年乙酉（1885）嘉树山房重刻本。

（清）朱麟应撰：《耘业斋续鸳鸯湖棹歌》，上海书店出版社《丛书
　　集成续编》第 62 册，影印光绪四年戊寅（1878）秀水孙氏望云仙
　　馆《槜李遗书》本。

（清）朱铭辑：《虹桥秋禊图题词》，光绪三年丁丑（1877）刻本。

（清）朱铭辑：《平山堂唱和集》，朱铭《四白斋唱和集》附，同治
　　十三年甲戌（1874）刻本。

（清）朱铭辑：《四白斋唱和集》，同治十三年甲戌（1874）刻本。

（清）朱琦撰：《怡志堂诗初编》，《续修四库全书》第 1530 册，影

印咸丰七年丁巳（1857）刻本。

（清）朱寿鹏撰：《东华续录》，《续修四库全书》第383—385册，影印宣统元年己酉（1909）上海集成图书公司排印本。

（清）朱淑均等撰：《分绣联吟阁合稿》，道光十七年丁酉（1837）刻本。

（清）朱彝尊等撰：《鸳鸯湖棹歌》，乾隆四十年乙未（1775）曝书亭刻本。

（清）朱彝尊辑：《洛如诗钞》，《四库全书存目丛书补编》第42册，影印康熙四十七年戊子（1708）陆氏尊道堂刻本。

（清）朱彝尊撰，方田注释：《鸳鸯湖棹歌》，浙江古籍出版社2012年版。

（清）朱彝尊撰，王利民、胡愚、张祝平、吴蓓、马国栋校点：《曝书亭全集》，吉林文史出版社2009年版。

（清）朱彝尊撰，姚祖恩辑，黄君坦校点：《静志居诗话》，人民文学出版社1990年版。

朱则杰：《清诗考证续编》，浙江大学出版社2019年版。

（清）庄宇逵辑：《南华九老会倡和诗谱》，嘉庆刻本。

（清）左宗棠辑：《慈云阁合刻》，同治十年辛未（1871）刻本。

索　引

后 记

　　2017 年 6 月至今，从复旦大学古籍整理研究所毕业已逾四年。去年，获得国家社科基金后期资助暨优秀博士论文项目立项，这部书稿得以出版面世。该项目也是我入职上海外国语大学后申请的第一个项目，不仅顺利完成了学校的考核任务，也让我有机会对自己的清诗研究作一次回顾和总结，开始思考新的研究方向。

　　"清代诗社"这个课题的选定，要追溯到 2011 年 9 月。硕士导师浙江大学朱则杰教授，通常根据清诗研究的现状与空间，结合学生的志趣与之共同商定课题。当时，除了个案研究，博士同门尚无人决定系统研究清代诗社，因此，我这个小硕士生便得到了这么一个大题。朱老师建议硕士阶段先从几个诗社个案入手，将来攻读博士学位、继续从事清诗研究便有了一定基础。此后很长一段时间，我频繁往来于西溪校区和浙图，边学边问，边读边写。每个月至少拜访朱老师一次，或在老师书房改论文，或与老师一起游西湖，受益匪浅。学术研究的过程并非径行直遂，每每遭受挫败，我都会很快重整旗鼓，正是想到朱老师的厚爱和期许不可辜负，这个课题不可浪费。朱老师在学术上给了我一个支点，一份坚固的信念。多年来，浙江大学周明初教授也一直很关心我的发展。周老师治学，奉行陈寅恪先生所说独立之精神、自由之思想，重视文献材料及考据方法，常有推陈出新的结论。在杭州，我们陪伴老师左右，或看戏或登山，都成了不可追寻的往事。往事如梦，但梦里尚有杜丽娘的身影、宝石山的霞光。

在复旦大学古籍所读博的四年，也是"清代诗社"这个课题全面开展研究的阶段。绪论已提到研究思路的几点转变。在博士学位论文的开题、撰写、答辩等各个环节，导师郑利华教授都给予我悉心的指导。他的几缕点拨，总能让人豁然开朗，疑惑亦云消雾散。郑老师在教学、科研、古籍整理等方面所树立的典范，门下乃至所内学生无不敬服。我到上外参加面试一事，郑老师格外重视，提醒了穿着礼仪，还手写推荐长信，等等。师生之间的情谊原本至真至诚，不能一一道尽，也无须刻意渲染。读博期间，参与陈广宏教授的项目，承担了一些点校工作。搜集相关资料的同时，也顺道在各地图书馆查阅了不少清代社诗总集及唱酬总集，奠定了后续研究的文献基础。开馆时看书，闭馆时游玩，与馆员沟通，抄录文本，都成了难忘的经历。两位老师皆敦厚君子，不慕荣利，受教尤深而拳拳服膺。

毕业后，我进入同济大学哲学博士后流动站。合作导师孙周兴教授主张学术须关注现实与未来，其课题不囿于一隅且深具积极意义。与哲学不同，古代文学研究成果介入社会生活的程度其实有限。但孙老师的指点，推动我于晚近诗学观念这个方向有了一些粗浅的探索。在站期间，我大致完成了《清代社诗总集叙录》，并出版了《清代诗社初探》一书。与此同时，我的先生龚宗杰在香港浸会大学任副研究员，前往香港探亲之际，我亦幸得亲聆张宏生教授之教言。张老师纵谈所及清代诗词的治学方法、学术动态与研究热点、青年学者的自我修养等，娓娓可听。我们两本小书的出版，也有赖张老师联系香港两家出版社并快速促成。张老师受人景仰，不只在个人学术，也在教育、思想、文化等广阔领域。

至 2021 年 9 月，我与宗杰相识已逾十年，交织的人生轨迹让我们成为彼此不可或缺的另一半。读书之乐，远尘俗之乐，抵掌谈笑之乐，因得知己之深者而倍增。在追寻理想的路上，我所瞻依的慈父母始终默默支持，深感无以回报。

我的同门，以及周门、陈门学生，给予我许多帮助。如夏勇、郑幸、陈凯玲、周于飞、李美芳、李杨、黄治国、吴琳、卢高媛；陈启明、汤志波、邓富华、俞芝悦、姜彦章、朱光明、吴竺轩，等等。毕业论文答辩委员会许建平、张寅彭、孙小力、陈广宏和黄仁生教授，以及国家社科基金的评审专家，都提出了宝贵的修改意见。纸短情长，难尽素日师友气谊，都在心上。

胡媚媚

2021 年 11 月 7 日